HEYNE BÜCHER

Das Buch

In Lustbaders neuem Fernost-Thriller kehrt der Held seiner Bestseller »Ninja« und »Kaisho« wieder zurück: Nicholas Linnear muß unbedingt herausfinden, wer dem kürzlich ermordeten Leiter der Saigoner Filiale von Sato Industries geholfen hat, Firmengeheimnisse zu verraten. Die Spur führt ihn tief in den Dschungel Vietnams, wo streng abgeschirmt »Die schwimmende Stadt« liegt – ein Ort von Drogendealern und Gangstern kontrolliert und von zwei amerikanischen Vietnam-Veteranen beherrscht: Der eine ist Rock, eine sadistische Killermaschine, und der andere Michael Leonforte, der Sohn eines ermordeten Gangsterbosses. Wie ein Gott herrscht Rock über das legendäre Dschungelimperium, in dem ein exilrussischer Wissenschaftler eine neue Nuklearwaffe entwickelt hat, die so handlich ist, das jeder Terrorist und Verbrecher sie ohne weiteres bedienen kann. Nur ein Mann kann TORCH, das Werkzeug des ultimativ Bösen, zerstören: Nicholas Linnear. Aber um in »Die schwimmende Stadt« eindringen zu können und die vorprogrammierte Katastrophe zu verhindern, muß Linnear erst noch Kontakt aufnehmen mit Okami, dem allmächtigen Kaisho, dem Boß aller Bosse der japanischen Yakuza…

Der Autor

Eric Van Lustbader, in New York City geboren und aufgewachsen, graduierte 1969 an der Columbia University und arbeitete danach fünfzehn Jahre lang in der Musikindustrie, u. a. für Electrola und CBS Records. Er lebt heute als freiberuflicher Schriftsteller in Southampton, New York.

Bisher sind als Heyne-Taschenbuch erschienen: *Der Ninja* (01/6381), *Schwarzes Herz* (01/6527), *Teuflischer Engel* (01/6825), *Die Miko* (01/7615), *Ronin* (01/7716), *Dolman* (01/7819), *Jian* (01/7891), *Der weiße Ninja* (01/8642), *Moichi* (01/8054), *Shan* (01/8169), *Zero* (01/8231), *French Kiss* (01/8446), *Der Kaisho* (01/9083), und in der Reihe »Heyne-Jumbos« *Zero* (41/12), und *Schwarzes Schwert* (41/48).

ERIC VAN LUSTBADER

OKAMI

Ein Nicholas-Linnear-Roman

Aus dem Englischen
von Joannis Stefanidis

Deutsche Erstausgabe

WILHELM HEYNE VERLAG
MÜNCHEN

HEYNE ALLGEMEINE REIHE
Nr. 01/9456

Titel der Originalausgabe
FLOATING CITY

2. Auflage

Redaktion: Rainer-Michael Rahn

Printed in Germany 1995
Umschlagillustration: Photodesign Mall, Stuttgart
Umschlaggestaltung: Atelier Ingrid Schütz, München
Gesamtherstellung: Elsnerdruck, Berlin

ISBN 3-453-08282-6

Für meine geliebte Victoria,
meine unermüdliche Anwältin und beste Freundin,
ohne die ich zweifellos den Halt verlieren würde.

Die Jagdlaternen auf dem Mount Ogura sind erloschen,
das Getier ruft seine Artgenossen …
Wie leicht könnte ich doch Schlaf finden,
teilte ich nur nicht ihre Ängste.

Ono no Komachi

In der Praxis klappt alles bestens,
doch theoretisch wird es niemals funktionieren.

Französisches Managementprinzip

Die Dschungelfront

In der Natur verwandelt sich eine
widerwärtige Raupe in einen lieblichen
Schmetterling.
Unter den Menschen jedoch verwandelt sich
ein lieblicher Schmetterling in eine
widerwärtige Raupe.

Anton Tschechow

Shan-Plateau, Burma
Herbst 1983

Angeblich nannten sie ihn Wild Boy, weil er alle Tarzan-Filme gesehen hatte und die Namen aller Hauptdarsteller ab Elmo Lincoln kannte. Klar, er hatte ein, zwei Favoriten, behauptete aber, alle großartig zu finden.

Sie – die Gebirgsstämme der Shan – hatten keinen Grund, ihm zu mißtrauen, denn in den kleinen Dörfern unten am Berghang waren Tarzan-Filme groß in Mode, zumindest überall dort, wo es einen Vorführprojektor gab und man es sich zudem leisten konnte, aus Bangkok eingeflogene Spielfilme auszuleihen.

In Wahrheit jedoch wurde Rock von den Shan, die ihn kannten – also von allen, die mit dem Anbau, der Ernte, der Veredelung, dem Verkauf und dem Verschiffen von Schlafmohn zu tun hatten –, in Wahrheit wurde er von ihnen Wild Boy genannt, weil sie mit eigenen Augen gesehen hatten, wie er seine spezialangefertigte Panzerfaust zusammensetzte, sie auf seine rechte Schulter wuchtete und seine Feinde ins Jenseits pustete.

Im Laufe der Jahre hatte ein Opiumbaron nach dem anderen versucht, Rock zu eliminieren, doch Wild Boy waren, wie er es ausdrückte, »Rock'n'Roll und Krieg in die Wiege gelegt worden.« Er war Vietnamveteran; im Krieg hatte er die Aufgabe, CIDGs – zivile Verteidigungsgruppen – zusammenzustellen, die er aus den Reihen der Wa, der Lisu, der burmesischen Bergstämme und der im Mekong-Delta geborenen Kambodschaner für den Kampf gegen den Vietkong rekrutierte.

Er war einer jener seltenen, bluttriefenden Dämonen, für die Leben ohne Todesnähe undenkbar geworden war. Er liebte den Tod, alles an ihm: seinen Geruch, den Moment des Herzstillstands und das Hochgefühl, das er dabei verspürte; er liebte den Laut des Todes, und er liebte die Verschlagenheit, mit der man beim Töten vorgehen mußte. Doch am meisten liebte er die innere Ruhe, die ihm Töten schenkte, das Abstumpfen der messerscharfen Klingen in seiner Psyche, Klingen, die unaufhörlich danach trachteten, sein Inneres in einen Scherbenhaufen zu zerlegen.

Er war keiner der ungezählten Kriegsneurotiker, die nach der Heimkehr ausschließlich von vietnamesischen Truppen, dröhnenden Helikoptern und blutigen Leichenbergen träumten, die so hoch waren, daß ihre Opfer es niemals schafften, aus der *Gruft* emporzuklettern. Diese *Gruft* war Asien, und sie hatten bis zu den Augenbrauen in ihr gesteckt.

Genau wie Rock; doch im Gegensatz zu ihnen hatte er sich in dieser Totengruft über alle Maßen wohl gefühlt. Denn zum ersten Mal in seinem Leben hatte er eine wirkliche Aufgabe gefunden. Und diese Aufgabe hatte ihn hierhergeführt, zum Shan-Plateau, dem metaphorischen Scheitelpunkt des Goldenen Dreiecks, der Region, wo China, Burma und Thailand zusammentrafen und die aufgrund ihrer Höhe, ihres Klimas und ihrer Bodenbeschaffenheit für den Mohnanbau geradezu prädestiniert war.

Rock akzeptierte die Mordanschläge auf ihn nicht nur, er hieß sie willkommen. Er betrachtete sie nicht bloß als lebensgefährliche Prüfungen, sondern als Gelegenheit, hier oben in der dünnen Luft des Shan-Plateaus Akzeptanz zu finden. Er kannte die hiesigen Menschen gut genug, um zu verstehen, daß er ohne ihre Duldung für immer vogelfrei sein würde, eine Art Dschungelgespenst, kaum besser als ein Bettler, jemand, der seinen Lebensunterhalt damit verdiente, von einem Opiumbaron zum nächsten zu ziehen, um seine ganz spezielle Ware, den Tod, feilzubieten. So würde er in ihren Augen immer ein westlicher Barbar bleiben.

Ohne ihn zu akzeptieren, würden die Shan ihm niemals vertrauen. Und ohne ihr Vertrauen würde er niemals reich werden. Und Rock wollte reich werden. Reichtum war neben seinem Todeshandwerk das einzige, was für ihn zählte.

Letzten Endes erledigte er jeden, der auf ihn angesetzt wurde, und verhöhnte General Quan, der öffentlich gedroht hatte, daß seine ›Pein unendlich sein wird‹.

General Diep Nim Quan hatte in den letzten fünf Jahren all seine Konkurrenten ermorden lassen – allesamt Chinesen – und besaß nun im gewinnträchtigsten Mohnanbaugebiet der Welt das unangefochtene Monopol. Als Vietnamese war er wesentlich besser ausgestattet – mit freudiger, offizieller Unterstützung Saigons – als seine Rivalen, die gezwungen waren, von umherziehenden sowjetischen Schwarzmarkthändlern minderwertiges Waffenmaterial zu kaufen.

Ich hab's hier mit 'nem gottverdammten Vietnamesen zu tun, hatte Rock gedacht. *Wer sagte, der Krieg sei vorbei?*

Rock war auf dem Weg ins Tal. Er hatte lange auf das Geld gewartet, das man ihm versprochen hatte, das aber bislang nicht eingetroffen war. Nun mußte er nach Rangun, um seinem Partner ein Telex zu schicken. Er mußte wissen, wie lange die Verzögerung sich noch hinziehen würde.

Beinahe wäre er über Mai gestolpert. Sie lag hilflos am Wegrand; ein umgestürzter Holzkarren hatte ihre Beine unter sich begraben. Allerdings war es der Ochse, dessen Beine gebrochen waren.

Trotz seines ausgeprägten Verfolgungswahns mußte Rock zugeben, daß Mai mit ihrer goldfarben schimmernden Haut, ihren langen, geschmeidigen Beinen, ihren großen Augen und ihren festen Brüsten unwiderstehlich aussah.

Rock hatte den Karren wieder aufgerichtet, sich um Mai gekümmert und danach den Ochsen erschossen, um ihn von seinem Elend zu erlösen. Mit geschickten Händen häutete er das Tier, zerlegte den Kadaver in vier Teile und schabte das bluttriefende Fleisch von den Knochen.

Im Laufe der Jahre war Wild Boy wie alle Asiaten geworden: Er ließ nichts ungenutzt verkommen. Man kann ruhigen Gewissens behaupten, daß er sich mittlerweile als echten Asiaten betrachtete. Vielleicht war er einstmals Amerikaner gewesen, doch nun hatten Nationalitäten keine Bedeutung mehr. Hin und wieder berührte er die metallischen Hundemarken, die er noch immer um den Hals trug, als wären sie ein machtvoller Talisman, wie Jade für die Chinesen. Doch er sah sie niemals an. Er war Rock, der Wild Boy – er war der Staat, er war das Gesetz.

Er lud alles – das Fleisch, das Fell, die Knochen (für Suppen), das Mädchen – auf den Karren. Als er sie hochhob, kratzten ihre langen Fingernägel sanft über seine Haut. Der Saphir in ihrem linken Ohrläppchen funkelte im Sonnenlicht.

Rock zog den Karren mit bloßen Händen sieben Meilen bis

zu seinem derzeitigen Lager. Obwohl er seit drei Jahren auf dem Plateau lebte, hatte er noch keine feste Bleibe; dieser Luxus würde erst mit der Zeit kommen, gewissermaßen als Abfallprodukt von Akzeptanz und Vertrauen. Gegenwärtig jedoch mußte er es den Attentätern so schwer wie möglich machen, ihn aufzuspüren; das war Teil des Spiels, eine weitere Herausforderung an seine Gerissenheit.

Mai erzählte ihm, daß sie aus einem Bauerndorf hoch oben in den Bergen stamme, ›vom Gipfel der Welt‹, wie sie es ausdrückte. Was heißen sollte, inmitten der Mohnfelder.

Er sah den Blick in ihren Augen und wußte um dessen Bedeutung, denn diesen Blick hatte er schon viele Male überall in Südostasien gesehen, und er kannte die asiatische Denkweise. Es war seine Größe, eins fünfundachtzig. In den Staaten war dies die gängige Durchschnittsgröße, doch hier in Asien war es gigantisch. Rock lachte innerlich. Er konnte ihre Gedanken lesen. Sie fragte sich, ob alles an ihm so groß sei. Sie würde es bald herausfinden.

Während sie die blutunterlaufene Quetschung an ihrem Bein versorgte, bereitete Rock das Abendessen vor, einen Eintopf mit dem Frischfleisch, das er hierhergekarrt hatte.

Sobald der Kesselinhalt leicht vor sich hinkochte, machte er sich daran, die Fellinnenseite abzuschaben, um sie fürs Gerben zu präparieren. Während er arbeitete, grübelte er über ihre langen Fingernägel nach, die zu einem schlichten Bauernmädchen einfach nicht passen wollten. Sein sechster Sinn – die Japaner, bei denen er im Nahkampf ausgebildet worden war, nannten diesen sechsten Sinn *haragei,* die göttliche Energie – begann, seinen Geist mit der Klarheit des Verstehens zu durchfluten.

Als er aufblickte, sah er Mai splitternackt vor dem Eingang seines Zeltes stehen. Er starrte sie an und dachte: *Dieses Mal ist es etwas Besonderes.* Seine Hände und Unterarme waren blutbesudelt, und er spürte, daß er eine Erektion bekam. Es war schon ziemlich lange her, daß er mit einer Frau geschlafen hatte, doch bei Mais Anblick wußte er, daß er auch dann eine Erektion bekommen würde, wenn er erst vor einer Stunde Sex gehabt hätte.

Er ließ sein riesiges Marine-Kampfmesser auf das blutige Fell fallen und erhob sich. Er sah, wie Mais Blick von seinem Gesicht hinunter zu der Stelle zwischen seinen Beinen wanderte. Die Ausbuchtung in seiner Hose war unübersehbar. Dann drehte Mai sich um und ging ins Zelt. Rock folgte ihr, wegen der Härte seiner Erektion leicht gebückt gehend.

Drinnen kniete sie im trüben Licht und hob ihm einladend ihre Brüste entgegen. Rock öffnete seinen Gürtel, sie tat das übrige. Vorsichtig wog sie sein sensibelstes Körperteil in Händen.

Sie beugte ihren Kopf hinunter, und ihr glänzendes Haar strich wie ein sanfter Wasserfall über seine entblößten Schenkel, der zarte Flügelschlag eines Nachtvogels. Anfangs berührte sie ihn nur mit der Zungenspitze, dann mit der gesamten Fläche ihrer Zunge. Schließlich benutzte sie Mund und Lippen.

Sie verschlang ihn, und während er mit zusammengekniffenen Augen auf ihre hohlen Wangen starrte, überkam ihn eine blitzartige Erkenntnis, welche die Shan *Ruby* nannten. Aufgrund ihrer Geschicklichkeit wußte Rock, wer sie sein mußte. Er wußte, woher sie gekommen war und wer sie geschickt hatte. Er wußte, was zu tun war.

Ergeben saugte sie an ihm. Eine Hand massierte sanft seine Hoden, während sich ihre andere Hand zwischen seinen Schenkeln entlangschlängelte.

Rock beugte sich vor, umschloß Mais zierliche Taille und zog ihren Unterleib langsam höher, bis sich ihre Brüste gegen den unteren Teil seines Bauches preßten und ihre Schenkel auf seinen Schultern ruhten. Er spürte, wie sie zitterte, als er sein Gesicht in ihrem feuchten Venushügel vergrub.

Sie schmeckte nach Mango und Gewürzen. Seine Zunge tanzte in ihr, ließ ihre Lenden krampfartig erbeben, bis schließlich ein rauhes, wollüstiges Stöhnen aus ihrer Kehle drang.

Völlig in Extase versunken, saugte sie an ihm und flehte, daß er endlich kommen solle. Rock warf sie jedoch auf den Zeilboden und drang in sie ein. Es war nicht leicht, denn er war sehr stark gebaut, sie sehr zierlich. Doch allmählich paßte sich ihr enges Fleisch dem seinen an.

Rock begann langsam und hart zuzustoßen und merkte, wie sie sich mit scheinbar echtem Verlangen gegen seinen Unterleib drängte. Selbst als seine Augen vor Erregung glasig wurden, dachte er noch immer an *haragei* und den heimtückischen Hinterhalt, der sich wie ein tödliches Spinnennetz um ihn gelegt hatte.

Er war kurz vor dem Höhepunkt und stieß immer heftiger zu, als er plötzlich spürte, wie sie ihre rechte Hand, die ihn gerade noch mit glühender Hingabe gepreßt hatte, von seiner Schulter nahm. Aus dem Augenwinkel sah er ein funkelndes, libellenartiges Schimmern. Auf ihrem langen Fingernagel steckte ein metallischer Aufsatz, dessen dunkle Spitze giftglänzend schimmerte.

Er packte ihre Hand, unterschätzte aber Mais Schnelligkeit, oder seine Willenskraft war nicht stark genug, denn in diesem Moment ejakulierte er in ihr. Ihr Handgelenk entglitt seinem Griff, und er sah den metallischen, wie der Schwanz eines Skorpions gekrümmten Aufsatz, auf seine Halsschlagader zuschießen. Er wußte, daß er innerhalb weniger Sekunden tot sein würde.

Instinktiv, völlig aufgelöst in der Leere des *haragei,* rammte er ihr seinen Ellbogen ins Gesicht und spürte voller Befriedigung das Zersplittern von Knochen, spürte die Hitze ihres Fleisches und genoß den Duft ihres Blutes wie den einer aufbrechenden Rose.

Dann packte er ihr rechtes Handgelenk, umschloß ihren Zeigefinger mit stählernem Griff und stieß den vergifteten Fingernagel tief in ihren Solarplexus.

Am nächsten Morgen machte er sich an den steilen, mühsamen Aufstieg in General Quans Territorium. Es hatte in der Nacht geregnet, und der Tag war brütend heiß, was in dieser Höhe ziemlich ungewöhnlich war. Rock war schweißgebadet, als er die ersten Patrouillen von General Quan erspähte.

Er legte seine Ausrüstung zu Boden und setzte sich in den kühlenden Schatten eines Baumes, um ein wenig getrockneten Fisch zu essen und einen Schluck Wasser aus seiner Feldflasche zu nehmen. Als er fertig war, entzündete er ein Feuer, hängte einen Kochkessel über die Flammen und schüttete den Inhalt eines seiner Gepäckbündel in den Topf.

Inzwischen hatte General Quans Patrouille den aufsteigenden Rauch seines Feuers bemerkt. Sie kamen näher, ihre AK-47 im Anschlag. Rock sah, daß sie zu fünft waren. Perfekt. Er begann ›Light My Fire‹ von den Doors zu pfeifen.

Wild Boy packte die Einzelteile seiner Panzerfaust aus und setzte sie zusammen. Als die Patrouille in Reichweite war lud er, drückte ab, und drei von ihnen starben in einem grell aufblitzenden Feuerball.

»Bringt mir General Quan!« rief er in ihrem eigenartigen Akzent. »Sagt ihm, Wild Boy will ihn sehen!«

Die beiden überlebenden Soldaten stolperten davon. Rock machte es sich wieder unter seinem Baum bequem und wartete. Nach einer knappen Stunde kehrten sie mit einem ranghöheren Offizier zurück. Die beiden Shan hielten sich im Hintergrund.

»Sie wagen es, General Quan aufzufordern, sein Lager zu verlassen? Wer sind Sie überhaupt?« wollte der Offizier von Rock wissen.

Rock wußte, daß es darum ging, sein Gesicht zu wahren. In Asien ging es immer darum, sein Gesicht zu wahren. Jemand, der dies vergaß oder glaubte, es umgehen zu können, überlebte in diesem Teil der Welt nicht lange.

»Ich bin Wild Boy«, sagte Rock und hob wie zum Beweis seinen Raketenwerfer. »Ich fordere gar nichts. Ich habe bloß um eine Zusammenkunft mit General Quan gebeten. Ich bin ein höflicher Mensch. Fordern bedeutet, sich wie ein Barbar aufzuführen.«

Der Offizier hatte schon von Wild Boy gehört und war von Rocks kurzer Rede beeindruckt. Er knurrte. »Falls Sie bereit sind, dem General entgegenzukommen, wird er Ihnen vielleicht eine Audienz gewähren. Für die drei von Ihnen getöteten Männer zum Beispiel müssen Sie Wiedergutmachung leisten.«

»Ein unglücklicher Irrtum. Ich habe bloß versucht, mich zu verteidigen.«

»General Quan wird diese Erklärung nicht akzeptieren. Drei Familien müssen jetzt hungern.«

»Ich sorge dafür, daß das nicht passieren wird«, sagte Rock, an derartige Prozeduren gewöhnt.

»Haben Sie Geschenke für General Quan?«

»Natürlich. Nur ein Barbar oder ein Mann ohne Verstand würde den Herrscher der Shan ohne einen Beweis der Ehrerbietung aufsuchen.«

Auf diese Weise besänftigt, winkte der Anführer Rock bergauf. Rock packte seine Sachen zusammen, nahm demonstrativ seine Panzerfaust auseinander und verstaute sie umständlich, um jedmögliche Befürchtungen, die der Offizier noch hegen mochte, zu zerstreuen.

Der Offizier übernahm die Führung, während die beiden Soldaten Rock flankierten. Er hatte keine Angst, denn er befand sich nun unter General Quans wohlwollendem Schutz. Falls die Patrouille in diesem Augenblick angegriffen worden wäre, waren die Männer verpflichtet, ihn selbst auf Kosten ihres eigenen Lebens zu schützen.

Als sie in General Quans Lager eintrafen, wimmelte es dort nur so von waffenstarrenden Soldaten. Es schien, als hätte jeder verfügbare Mann den Befehl erhalten, bei Rocks Ankunft präsent zu sein. Rock nahm diese eher primitive Demonstration territorialer Überlegenheit mit Genugtuung zur Kenntnis. Es bedeutete nämlich, daß er ernst genommen wurde, was ein gutes Vorzeichen für seine Zusammenkunft mit dem General war.

General Quan war den Shan vor fünf Jahren zur Seite gestellt worden, um die märchenhaften illegalen Gewinne, die man hier erwirtschaften konnte, in Richtung seines völlig verarmten Heimatlandes zu dirigieren. Er wußte, daß er von dem chinesischen Opiumbaron, der damals das Shan-Plateau kontrollierte, wesentlich mehr zu befürchten gehabt hatte als vor der überforderten, lächerlich ausgerüsteten burmesischen Armee und ihren stümperhaften Versuchen, in einem Gebiet für Ruhe und Ordnung zu sorgen, in dem jegliche Staatsautorität schnell an ihre Grenzen stieß.

Quan war nirgends zu entdecken, und der Offizier führte Rock ins Hauptgebäude. Dort ließ man ihn allein. Nicht einmal ein junges Mädchen war zugegen, um Rock Tee zu servieren. Die Tatsache, daß man ihn nicht bewachte, war wohlbedacht, demonstrierte sie doch erneut General Quans souveräne Überlegenheit.

Nach einer Stunde betrat eine junge, wunderschöne Frau den Raum. Rocks Blick meidend, kniete sie vor einer geschwärzten Öffnung im Boden nieder, schob mehrere getrocknete Zweige hinein und entzündete ein Feuer. Dann legte sie drei Holzscheite in die Flammen, stand auf und ging.

Eine weitere halbe Stunde verstrich, in der Rock außer Hundegebell und einigen gebrüllten Befehlen vor dem Gebäude nichts hörte.

General Quan betrat den Raum mit der Würde eines Staatsoberhauptes. Er trug Reithosen aus gegerbtem Leder, ein derbes Baumwollhemd und darüber eine amerikanische Fliegerjacke aus Ziegenleder, auf deren rechten Ärmel das Abzeichen der Fourteenth Air Force aufgenäht war. Im Gegensatz zu den anderen Shan-Führern, die Rock kennengelernt hatte, trug Quan bis auf eine rubin- und saphirbesetzte Halskette – eine Gabe des burmesischen Tieflandes – keinen Schmuck. Er wurde von zwei mit Maschinengewehren bewaffneten Shan-Leibwächtern begleitet.

Erneut kam die junge Frau in den Raum, ein Tablett mit einem Eisenkessel und zwei Trinkschalen aus Tonerde in den Händen. Sie hängte den Kessel an die Eisenstange über der Feuerstelle. Es wurde Tee serviert, kochendheißer, dickflüssiger süßer Tee in typischer Thai-Tradition. Er war äußerst anregend. Rock hatte seit sechs Monaten keinen vernünftigen Tee mehr getrunken und genoß ihn in kleinen Schlucken.

»Ich werde den unsäglichen Vorfall heute morgen wiedergutmachen«, begann er nach einer Weile. »Es war natürlich meine Schuld, und ich werde selbstverständlich für die Hinterbliebenen sorgen.«

General Quan dachte über das Gehörte nach. Natürlich hatte ihm sein Offizier bereits alles berichtet, doch er war erfreut festzustellen, daß dieser Wild Boy zumindest anständige Manieren hatte, was allerdings nicht hieß, daß dessen zivilisiertes Benehmen General Quan davon abhalten würde, diesen fremdländischen Teufel zu töten. Er war mittlerweile zu einer zu großen Bedrohung geworden, als daß man ihm gestatten konnte, in den Shan-Staaten frei herumzulaufen.

General Quan sah die Gier in den Augen des fremdländischen Teufels genauso deutlich wie den glänzenden Schleim auf einer Bergschnecke. Wild Boy wollte ein Stück vom Kuchen – was sonst sollte einen fremdländischen Teufel in eine, soweit es die burmesische Regierung betraf, verbotene Region führen?

Huh, sein wa *ist nicht so ausgeprägt, wie man in den Geschichten hört,* dachte General Quan, während er den Riesen über den Rand seiner Trinkschale hinweg musterte. Wo er nun schon einmal hier ist, muß ich ihn für meinen Gesichtsverlust durch den Tod meiner Männer demütigen. Danach werde ich ihn bis zum Hals im Erdboden vergraben und ihn den Ameisen und der Sonne überlassen.

Die einzige dunkle Wolke an seinem Horizont war die Sorge um Mai. Wo steckte sie bloß? Und warum hatte sie diesen fremdländischen Teufel nicht wie befohlen umgebracht? Vielleicht, grübelte der General, hatte sie noch keine geschickte Möglichkeit ersonnen, um an ihn heranzukommen. Dann befiel ihn der verwunschene Gedanke, dunkel und häßlich wie Kuhmist, daß Mai etwas zugestoßen sein könnte. Möglicherweise hatte sie sich im Dschungel verletzt oder war wieder einmal von einem seiner zahlreichen Feinde entführt worden. Bei dem Gedanken zogen sich seine Hoden schmerzhaft zusammen. Was sollte er ohne seine wertvolle Mai tun? Sie war sein Glücksbringer; immer, wenn er einen besonderen Erfolg errungen hatte, war sie an seiner Seite gewesen.

General Quan bedachte Rock mit einem Lächeln. »Noch etwas Tee?«

Rock nickte. »Vielen Dank für Ihre Gastfreundschaft« sagte er und verbeugte sich. »So viel Großzügigkeit steht mir in keiner Weise zu.« Während er der schönen jungen Frau beim Einschenken zusah, fragte er sich, ob sie wohl Mais Schwester war, denn genauso sicher, wie er wußte, daß er jetzt hier saß, wußte Rock, daß Mai zu General Quan gehörte.

Von seinen langjährigen Gewährsleuten unter den Wa, den Lu und den Lisu kannte er all die Dschungelgerüchte über Mais herausragende Geschicklichkeit beim, wie die Chinesen es ausdrückten, beeinflussen der Wolken und des Regens, also dem Auslösen spektakulärer Orgasmen bei ihren Liebhabern. Aber er hatte diese Geschichten bloß als vage Gerüchte abgetan, als Gerüchte, die von jedem, der sie weitererzählte, zusätzlich ausgeschmückt und verfremdet worden waren. Bis Mai ihn zwischen ihre Lippen genommen hatte. Da wußte er, daß die Gerüchte der Wahrheit entsprachen – das *Ruby* hatte es ihm mit einer nicht zu ignorierenden Gewißheit gesagt.

Als sie ihre zweite Teeschale geleert hatten, sagte Rock: »Ich habe dem General neben meiner Wiedergutmachung an die trauernden Familien ein ganz spezielles Geschenk mitgebracht.« Er packte seinen Kochtopf und diverse Beutel aus. Sofort richteten General Quans Leibwächter ihre Gewehrläufe auf die auf dem Fußboden liegenden Utensilien.

»Essen!« rief Rock lachend, während er die Suppe in den Kessel schüttete und ihn übers Feuer hängte. »Selbst die Götter würden dieses Festmahl nicht verschmähen!«

Argwöhnisch verfolgte der General die Prozedur. »Man hat mich mit Rubinen, Saphiren, Jade und Gold beschenkt, aber niemals mit einer Mahlzeit.« Er war jedoch nicht ungehalten. Rock hatte von seinen Gewährsleuten erfahren, daß gutes Essen zu den Leidenschaften des Generals gehörte.

Wild Boy schöpfte etwas Suppe in ein Schälchen und stellte es vor General Quan ab, der sich darüber beugte und den aufsteigenden Dampf genießerisch einatmete. »Duftet köstlich.«

Er gab einem seiner Leibwächter ein knappes Zeichen. Sofort schnallte dieser sein Maschinengewehr auf den Rücken, nahm das Schälchen, tauchte zwei Finger in die Suppe und kostete mehrere Bissen. General Quan sah ihm gespannt zu.

Schließlich rülpste der Leibwächter geräuschvoll, nickte kurz und reichte seinem Führer die Schale. General Quan entschuldigte sich nicht für dieses scheinbar flegelhafte Verhalten, und Rock wollte auch keine Entschuldigung.

General Quan nahm zwei goldene, rubin- und saphirbesetzte Eßstäbchen, plazierte die Schale auf seiner Handfläche, hob sie bis knapp unters Kinn und begann sich das Essen in den Mund zu schaufeln. Dabei glich er einem Roboter; sogar Wild Boy war von dieser buchstäblichen Vertilgungsmaschine beeindruckt. Der General hielt nur ein einziges Mal inne und keuchte: »Es schmeckt sogar noch köstlicher, als es duftet.«

»Sie sind sehr liebenswürdig.« Rock verbeugte sich erneut. Er streckte dem General eine Hand entgegen. »Gestatten Sie mir, die Schale des Generals aufzufüllen.« Mit seiner Schöpfkelle rührte er den Topfinhalt mehrmals um und füllte dann die Schale, die ihm General Quan gereicht hatte.

»Ich habe gehört, daß der General an seinen Frauen genauso großen Gefallen findet wie an gutem Essen«, sagte Rock, während er den General beim Kauen beobachtete. Er wandte seinen

Kopf in Richtung der jungen Frau. »Ich weiß jetzt, daß diese Geschichten der Wahrheit entsprechen.«

Die kleinen Augen des Generals waren vor Wonne über Rocks erstklassigen Eintopf fast geschlossen.

»Zudem habe ich gehört«, fuhr Rock fort, »daß das Juwel unter den Frauen des Generals eine junge Dame namens Mai sein soll. Ist sie hier? Könnte ich sie vielleicht kennenlernen?«

»Uh.« Der General unterbrach sein Labsal nur für einen kurzen Augenblick.

»Nein? Oh, wie schade.« Rock lächelte. »Nun, eigentlich überrascht mich das nicht sonderlich. Ein dermaßen kostbares Juwel wird eben nicht so mir nichts dir nichts zur Schau gestellt – nicht einmal für besondere Gäste.«

»Uh.«

Rock zuckte mit den Schultern. »Wer weiß, möglicherweise ist uns Mai in diesem Moment gar nicht so fern.«

General Quan hatte seine zweite Schale beinahe geleert. Sein schweißüberzogenes Gesicht glänzte ölig. Er warf Rock einen durchdringenden Blick zu. »Was für einen Unsinn reden Sie da?«

»Sind Sie schon am Boden angelangt? Ich meine, am Boden ihrer Schale.«

General Quan stocherte im letzten Rest der dickflüssigen Suppe. »Noch ein letztes köstliches Stück Fleisch.« Mit den Spitzen seiner Eßstäbchen hob er es aus der Schale, wollte es sich gerade in den Mund schieben, als etwas seine Aufmerksamkeit erregte. Er hob das Fleischstück vor seine Augen, um es besser sehen zu können, und ließ die Sauce abtropfen.

Was er erblickte, war das unverwechselbare Funkeln eines burmesischen Saphirs. *Ah, dieser fremdländische Teufel ist sehr gewitzt,* dachte er. *Hier also ist mein wirkliches Geschenk.*

Doch dann weiteten sich seine Augen, und er erbrach all das, was er soeben gegessen hatte, mit einem tiefen, langgezogenen Klagelaut.

Der Saphir steckte in einem menschlichen Ohr. Es war das Ohr seiner geliebten Mai.

Erster Teil

Legenden des Bösen

Man wird immer einige Eskimos finden,
die einem Kongolesen unbedingt beibringen wollen,
wie man mit einer Hitzewelle fertig wird.

Stanislaw Lem

1
Saigon / Tokio

Nicholas Linnear wartete auf seinen Kontaktmann. Währenddessen trank er ein lauwarmes Bier und beobachtete die daumengroße Kakerlake, die das schäbige Hotelzimmer begutachtete, als wäre sie ein Shogun im feudalen Japan. Er befand sich im dritten Stock in einem Zimmer an der Vorderseite des Anh Dan Hotels, einem äußerst unerfreulichen Etablissement, das nichtsdestotrotz genau das richtige für seine Zwecke war. Das Licht der nackten, 40-Watt-Glühbirne entblößte die Risse im Gemäuer und die häßlichen Flecken auf der verblichenen, abblätternden Wandfarbe. Man schaltete das Licht ein – falls es Strom gab (was allzu oft nicht der Fall war) –, indem man die beiden freiliegenden Kabelenden kurzschloß, die an der Stelle aus der Wand ragten, wo eigentlich ein Lichtschalter hätte sein sollen. Der Geruch von offenen Kloaken und schalem Sex durchdrang das gesamte Hotel, und der entsetzliche Lärm der Nguyen Trai Street war zu jeder Tages- und Nachtzeit ein ständiger, unentrinnbarer Begleiter. Schließlich war man hier in Saigon, schlimmer noch, in Cholon, wo früher oder später der gesamte Abschaum der Stadt endete.

Nicholas wandte sich um und betrachtete Jisaku Shindo, den japanischen Privatdetektiv, der von Nicholas' Partner, Tanzan Nangi, engagiert worden war, um die mysteriöse Ermordung Vincent Tinhs aufzuklären, dem früheren Direktor der Saigoner Zweigstelle von Sato International, dem gigantischen *keiretsu* – Industriekonglomerat –, das Nangi und Linnear zusammen besaßen.

»Glauben Sie, daß er kommen wird?«

»Der Freund eines Freundes sagte, er würde kommen.« Shindos abgehackte Worte schnitten durch die feuchtschwüle Luft.

Nicholas vergegenwärtigte sich noch einmal Vincent Tinhs Aktivitäten. Anscheinend hatte Tinh eigene Pläne gehabt. Er hatte seinen Job bei Sato International als Tarnung für seine zwielichtigen Geschäfte benutzt, in deren Verlauf er die patentrechtlich geschützte Technologie von Satos strenggeheimem *Chi*-Projekt gestohlen und verkauft hatte. Im Rahmen dieses *Chi*-Projekts entstand unter Nicholas' Oberaufsicht eine völlig neue, revolutionäre Computergeneration, die im Vergleich zu allen auf dem Markt erhältlichen oder sich irgendwo in der Entwicklung befindenden Technologien einen Quantensprung in die Zukunft bedeutete. Die erste Generation der *Chi*-Computer basierte auf den Prinzipien neuronaler Netze und verarbeitete Daten auf die gleiche Art wie das menschliche Gehirn.

Wie die meisten Kriminellen – sogar die genialsten – war auch Tinh Opfer seiner Raffgier geworden. Hier in Saigon hatte er die gestohlene *Chi*-Technologie mit Elementen des neuentwickelten American Hive-Computers zu einer Hybridkonstruktion zusammengeschustert und damit begonnen, diese auf dem riesigen, immens lukrativen südostasiatischen Schwarzmarkt zu verhökern.

Wegen Tinh war Sato-Tomkin – insbesondere Nicholas von den Amerikanern des Diebstahls, der illegalen Reproduktion und der Spionage bis hin zum Hochverrat bezichtigt worden. Nicholas, der Tinh ursprünglich eingestellt hatte, war sowohl aus zwingenden persönlichen als auch aus geschäftlichen Gründen daran interessiert herauszufinden, wie groß der Schaden war, den Tinh vor seinem Ableben angerichtet hatte.

Jetzt, da Nicholas an Ort und Stelle war und sich den Stand der Dinge aus Shindos Perspektive angehört hatte, gelangte er zu der alarmierenden Schlußfolgerung, daß Tinh nicht der einzig Verantwortliche für den empfindlichen Schlag gewesen sein konnte, den Sato-International hatte hinnehmen müssen.

Zum Beispiel, wer hatte den *Chi*-Hive-Hybriden konstruiert? Tinh selber hatte es mit Sicherheit am erforderlichen Fachwissen in fortgeschrittener Computertechnologie gefehlt, als daß er ein solch tollkühnes Unterfangen auch nur in Erwägung hätte ziehen können. Tatsächlich war die Synthese zweier zwar ähnlicher, doch zweifellos andersartiger Gesetzmäßigkeiten der Kybernetik eine technische Meisterleistung, welche die Fähigkeiten der meisten Wissenschaftler bei weitem überstieg. Sicher, es gab eine Vielzahl von Kybernetik-Enthusiasten, die sich in ein schon existierendes System einarbeiten konnten, doch die Kombination zweier solch komplexer Systeme erforderte einen Theoretiker mit außergewöhnlichen Fähigkeiten und überragender Intelligenz.

Wen hatte Vincent Tinh für eine derart schwierige Aufgabe gefunden?

Außerdem stellte sich die Frage nach Tinhs mysteriösem Tod.

Laut Chief Inspector Hang Van Kiet von der Saigoner Polizei war Vincent Tinh beim unbefugten Eindringen in ein Gebäude durch einen tragischen Unfall ums Leben gekommen. Bei dem besagten Gebäude handelte es sich um ein riesiges, abbruchreifes Lagerhaus im Norden Saigons, in dem Fässer mit Schwefelsäure, Salz, Benzin, Natronlauge und Kaliumpermanganat gelagert wurden. Mit anderen Worten, das Lagerhaus war eine Drogenfabrik. Nicholas wußte, daß Van Kiet log.

Vergangene Woche hatte Shindo mit dem Chief Inspector gesprochen. Van Kiet, ein hagerer, verschlagen dreinblickender Vietnamese, der mit seinen gelblichen Augen und graugelben Zähnen wie ein Straßenräuber aussah, war störrisch bei seiner Version geblieben und hatte felsenfest behauptet, Tinhs Tod sei ein Unfall gewesen. Als Shindo ihn daraufhin unter Druck gesetzt hatte, hatte ihm Van Kiet zu verstehen gegeben, daß man die Angelegenheit besser auf sich beruhen lassen solle, da Tinh ja schließlich unbefugt in das Gebäude eingedrungen war.

Klugerweise hatte Shindo nicht durchblicken lassen, daß er durch den Freund eines Freundes an eine Kopie des Autopsieberichts gelangt war, aus dem hervorging, daß Tinh zwar tatsächlich in einem Bottich voller Schwefelsäure verbrannt war, aber vorher von fünfundzwanzig großkalibrigen Maschinengewehrkugeln durchsiebt wurde, die der Obduktionsarzt aus Tinhs Leichnam zutage gefördert hatte. Shindo hatte beschlossen, daß es sich hierbei um eine Information handelte, von der Van Kiet besser nicht wissen sollte, daß er sie besaß.

Shindo hatte den Chief Inspector schnell durchschaut – eine absolute Notwendigkeit in seinem Beruf – und deutete an, daß er Van Kiet verdächtigte, weit mehr über Tinhs Ableben zu wissen, als dieser gewillt war zuzugeben. Shindo gab dem

Chief Inspector unmißverständlich zu verstehen, daß er bereit sei, für Informationen mit harten US-Dollars zu bezahlen.

Van Kiet hatte Shindos Angebot nur mit einem verächtlichen Gesichtsausdruck quittiert und die Unterredung abrupt beendet – eine für einen Vietnamesen äußerst ungewöhnliche, ja geradezu taktlose Reaktion. Wirklich, ein erschreckender Fingerzeig, denn dies bedeutete, daß der Chief Inspector aufgrund seines scharf ausgeprägten Überlebensinstinktes unhöflich gewesen war.

Gesetz und Ordnung hatten im Saigon dieser Tage keine Bedeutung – zumindest keine für einen zivilisierten Menschen nachvollziehbare. Es handelte sich um eine Stadt – oder vielmehr um ein Land –, welches den Hunden des Krieges so lange ausgeliefert gewesen war, daß seine Gesellschaft durch die totale Gesetzlosigkeit – eine der vernehmlichen Begleiterscheinungen des Krieges – völlig aus den Fugen geraten war. Eine grausame Spielart einer inoffiziellen, allseits tolerierten Anarchie. Infolgedessen besaß die Polizei weniger Macht als die Armee, die ihrerseits deutlich weniger Einfluß hatte als die zwielichtigen Söldnerheere, die am Rande der Gesellschaft ihr Unwesen trieben – versteckt zwar, doch mit unübersehbarem Erfolg. Es waren Menschen, deren Kindheit vom wahnwitzigen Chaos eines jahrhundertealten Krieges geprägt worden war, eines Krieges gegen die Chams, Kambodschaner, Franzosen, Chinesen, Russen und Amerikaner.

Es war ein Krieg gewesen, der sich wie eine riesige, sich häutende Giftschlange in regelmäßigen Abständen selbst transformierte, bis er schließlich zu einer bösartigen Mutation eines psychedelischen Happenings geworden war: eine absurde Mixtur aus Napalmbomben, bewußtseinsverändernden Drogen, einer Zusammenballung ausländischer Truppen, ohrenbetäubendem Rock'n'Roll, einer gigantischen Anhäufung zerstörerischer Waffengattungen, Armut, Massenkonfusion, einem geballten Ausbruch von Haß sowie einem vom Männlichkeitswahn bestimmten Spiel mit der Angst. Kurz gesagt, es hatte sich um das drastische Aufeinanderprallen von öffentlichem Massenmord einerseits und obskurem, von der Nacht verschleiertem Sterben andererseits gehandelt.

Jeder Beamte in Vietnam war bestechlich; Korruption gehörte schlichtweg zum täglichen Leben. Doch Van Kiet hatte sich dem widersetzt. Warum? Furcht war die einzige Emotion, die über die Habgier obsiegte. Also gab es irgendeine ominöse Bedrohung einer anderen korrupten Macht, deren Drahtzieher in den höchsten Stellen saßen und sogar einen Chief Inspector der Saigoner Polizei nach ihrer Pfeife tanzen lassen konnten. Diese Tatsache hatte die Untersuchung in eine neue, gefährliche Richtung gelenkt. Aus diesem Grund war Nicholas nun hier, und deswegen mochte Shindo ihn nicht.

Shindo rauchte eine Zigarette nach der anderen und würdigte Nicholas keines Blickes. Er war spindeldürr, durchschnittlich groß und hatte den starren, undurchschaubaren Gesichtsausdruck eines alten Mannes. Es war ein Allerweltsgesicht, das man sofort wieder vergaß, selbst wenn man es eingehend betrachtet hatte; es besaß keine besonderen Merkmale, ein in seinem Beruf nicht von der Hand zu weisender Vorteil; andere Angehörige seines Berufsstandes mußten sich krampfhaft bemühen, so unauffällig wie möglich auszusehen. Er trug ein schlichtes weißes Hemd, graue Polyesterhosen und eine dunkle, musterlose Krawatte, die so schmal war wie die Klinge eines Tranchiermessers.

Träge nahm Nicholas einen Schluck aus seiner Bierdose und beobachtete die Kakerlake, die sich in diesem Dritte-Welt-Loch mit Sicherheit viel heimischer fühlte, als er es jemals tun würde. Trübes Licht brach sich auf ihrem Rückenpanzer und ließ ihn deformiert erscheinen. Er betrachtete das Insekt wohlwollend, als eine Art Gefährten, von dem er lernen konnte, in diesem dampfenden Großstadtdschungel besser zurechtzukommen. Er war nur selten in Saigon, ganz im Gegensatz zu Shindo, der des öfteren hierherkam. Shindo hatte viele vietnamesische Freunde, Bekannte und Informanten.

Aus dem Nebenzimmer vernahm Nicholas das rhythmische Aneinanderklatschen von Körpern auf einem Bett, animalisches Grunzen und die naßfeuchten Schmatzgeräusche intensiven Korpulierens.

Shindo zog seine Waffe aus dem Halfter, den er in Nierenhöhe auf dem Rücken trug. Es war eine 45er Armeepistole amerikanischer Herstellung, ungefähr neun Jahre alt, vielleicht auch etwas älter. Sie mußte ein kleines Vermögen gekostet haben, doch Shindo tat gut daran, sein Leben keiner dieser billigeren russischen oder chinesischen Handfeuerwaffen anzuvertrauen, die man überall in den engen Seitenstraßen Cholons kaufen konnte.

»Ich habe Ihnen eine Waffe besorgt«, grummelte Shindo unfreundlich. »Wissen Sie, wie man damit umgeht?«

»Sicher, aber ich benutze niemals Schußwaffen.«

Shindo grunzte mißbilligend und schnippte seinen Zigarettenstummel zu Boden, um sich gleich darauf die nächste anzuzünden. »Wir sind hier in Saigon, nicht in Japan. Es ist Selbstmord, hier keine Waffe zu tragen. Selbst ein Baby in Windeln könnte einen Revolver bei sich haben.« Er war ganz offensichtlich angewidert. »Was machen Sie denn, wenn man Sie mit einer Waffe bedroht?«

Nicholas war *ninja,* aber ebenso sehr *tanjian,* Meister einer synkretistischen Geistesdisziplin, die weit älter war als jede Kampfkunst. Die Essenz des *tau-tau* war *kokoro,* die Membran allen Lebens, das Herz des Universums. So wie in der Physik die Anregung der Atome außerordentlich intensive Reaktionen von Energie in Form von Licht-, Wärme- und Schallwellen nach sich zog, so führte auch die Anregung der kosmischen Membran zu deren eigenen Formen feinstofflicher Energie. Gedanken in Aktion umzusetzen, war das Kernstück der *tanjian*-Ausbildung.

Akshara und *kshira,* der Weg des Lichtes und der Pfad der Finsternis waren die beiden primären Lehren des *tau-tau.* Nicholas war in *akshara* ausgebildet worden, doch Kansatsu, sein *sensei,* hatte ihn während all der Zeit insgeheim mit gewissen Prinzipien der dunklen Seite vertraut gemacht. Einige glaubten, daß es für einen im höchsten Maße disziplinierten Geist möglich sei, *akshara* und *kshira* miteinander zu verbinden, doch im Laufe der Jahrhunderte hatte sich die dunkle Seite als übermächtig erwiesen und die Adepten, die versuchten, beide Lehren in sich zu vereinen, ins Verderben getrieben. Der Pfad der Finsternis hatte sie korrumpiert, ohne daß sie sich dessen bewußt waren, und daher wurde *kshira* nur noch äußerst selten gelehrt.

Doch je länger Nicholas *akshara* studierte, desto besser verstand er die Verlockungen des *kshira,* denn ihm wurde bewußt, daß der Weg des Lichts irgendwie unvollständig war. Allmählich hatte er seine eigene Theorie entwickelt, die besagte, daß *tau-tau* am Anbeginn der Zeit eine sorgfältig ausbalancierte ganzheitliche Lehre gewesen sein mußte, eine wesentlich machtvollere Disziplin, in der sich die helle mit der dunklen Hemisphäre verband. Irgendwo im Ozean der Zeit mußte die Fähigkeit, *kshira* zu bändigen, verlorengegangen sein.

Für ungezählte Jahrhunderte war es das Ziel eines jeden *tanjian*-Adepten gewesen, *shuken* zu erlangen, die vollständige, perfekte Vereinigung von *akshara* und *kshira.* Ohne *shuken,* dem alleinigen Schlüssel, wurden Adepten, die versuchten, beide Pfade des *tau-tau* in sich zu vereinen, zwangsläufig von der dunklen Seite zerstört. Genau das war Kansatsu passiert, der in *kshiras* teuflische, unentrinnbare Fänge geraten war.

Hatte Kansatsu für Nicholas das gleiche Schicksal geplant? Zweifellos tickte in Nicholas' Kopf eine Zeitbombe, die sich anschickte, ihn zu vernichten. Deswegen versuchte er verzweifelt, dem Geheimnis von *shuken* auf die Spur zu kommen.

Doch *shuken* hatte sich als ein extrem schwer zu erlangender Bewußtseinszustand erwiesen. Man erlangte ihn nur durch *koryoku,* der Kraft der Erleuchtung. Nicholas hatte herausbekommen, daß Mikio Okami *koryoku* besaß, was der maßgebliche Faktor zur Erlangung seiner Machtposition gewesen war, nämlich der absoluten Herrschaft über alle anderen Yakuza-*oyabun.* Deshalb hatte Nicholas ein persönliches Interesse daran, Okami aufzuspüren, und zwar lebend und bei bester Gesundtheit: Er wollte ihm das Geheimnis um *koryoku* und somit auch das um *shuken* entlocken.

»Legen Sie die Waffe weg. Es gibt wichtigere Dinge, um die Sie sich Gedanken machen sollten«, sagte Nicholas und dachte dabei an Shindos Ressentiments ihm gegenüber.

Shindo, der sich am Stummel seiner letzten Zigarette eine neue anzündete, wirkte so entrückt wie eine Buddha-Statue. Die Pistole verschwand, als hätte sie nie existiert, und seine fließenden Bewegungen ließen darauf schließen, daß er mit Waffen umzugehen verstand.

»Hatten Sie im Krieg Freunde?« fragte Nicholas und versuchte, das Gespräch auf die PI zu lenken. Durch den sich kräuselnden Zigarettenrauch sah Shindo kurz zu ihm hinüber. Er lümmelte sich gegen die schmierige Wand und glich dabei einem Zuhälter in einem Bordell. »Ich kannte einige Leute ... auf beiden Seiten.« Er nahm einen Zug von seiner Zigarette und blies den Rauch mit einem ärgerlichen Zischen in den Raum. »Ich nehme an, das überrascht Sie.«

»Eigentlich nicht. In Ihrem Geschäft ...«

»Jetzt haben Sie ja endlich einen Anlaß gefunden, mir zu mißtrauen.«

Das war es also. Shindo empfand Nicholas' Eindringen in sein angestammtes Jagdrevier als einen Ausdruck mangelnden Vertrauens.

»Wäre das tatsächlich der Fall«, entgegnete Nicholas, »würde ich Ihren Vertrag umgehend annullieren.«

Shindos Haltung straffte sich, als hätte irgend etwas sein Interesse geweckt. »Was wissen Sie eigentlich über den Krieg?«

Nicholas dachte einen Moment nach. »Es ist so viel darüber geschrieben worden, wie traumatisch der Krieg für die Amerikaner gewesen sei, doch ich glaube, daß noch etwas viel Bedrohlicheres am Werk war als der Krieg selbst, etwas, worüber die Leute nicht sprechen wollten oder das sie einfach nicht verstanden. Halbe Kinder von überall her – aus Großstadtghettos und biederen Kleinstädten – bekamen tödliche Waffen in die Hand gedrückt und durften sich damit nach Herzenslust austoben. Man brachte ihnen bei, mit Maschinengewehren, tragbaren Raketen- und Flammenwerfern umzugehen und sagte ihnen, daß Töten eine wünschenswerte Sache sei; man erwartete es von ihnen. Ich denke, der Krieg war für viele dieser Männer eine Droge, viel wirkungsvoller als Marihuana oder Heroin; es war eine bewußtseinsverändernde Erfahrung. Tja, wie sollte es auch anders sein? Man hat diese Kinder in eine Realität verfrachtet, in der es keine Gesetze gab, und stattete sie mit der Macht über Leben und Tod aus.«

Shindo sah ihn mit zusammengekniffenen Augen an. »Ja«, sagte er nach einer Weile. »Genauso ist es gewesen.«

Das Pärchen im Nachbarzimmer hatte seine schweißtreibenden Turnübungen beendet, und durch das offenstehende Fenster vernahm Nicholas nun das Gesäusel einer Sängerin, die in miserablem Französisch über eine einsame gequälte Seele lamentierte. Die Gefühlsduselei, vom krankhaften, sexuellen Pathos der Stimme noch unterstrichen, paßte perfekt nach Saigon.

Shindos Stimme hatte einen merkwürdigen Klang angenommen. Nicholas fragte sich, wieso. »Der Krieg muß Ihnen sehr nahegegangen sein.«

Shindo ging quer durchs Zimmer. »Ich hatte einen Freund, einen sehr guten Freund. Er war Soldat bei der Infanterie. Hat hier gedient.«

»Und hat überlebt.«

»Sozusagen.« Shindo starrte auf das glimmende Ende seiner Zigarette. Das Lied steigerte sich zu einem Crescendo, das wie ein gespenstischer Strudel durch den Raum wirbelte. »Am Ende wollte er nicht mehr leben. Er konnte einfach nicht. Die Dämonen, die der Krieg in ihm entfesselt hatte, fraßen ihn bei lebendigem Leib.«

Seltsam, dachte Nicholas, wie man sich einem völlig Fremden derart offenbaren konnte. »Und was geschah dann?«

»Was geschehen mußte.« Shindo schien wie herausgemeißelt aus der schwülen Nacht, so, als gehörte er eher hierher als nach Tokio. »Wissen Sie, was seltsam war? Die Leute, die hier waren und den Krieg austrugen – und ich meine jetzt beide Seiten, denn am Ende machte es wirklich keinen Unterschied mehr –, sie *brauchten* den Krieg. Für sie war der Wahnsinn normal geworden, zu ihrer ganz persönlichen Realität, und sie waren so fest mit ihr verwachsen, daß sie sich nicht mehr aus ihr befreien konnten. Sie träumten vom Krieg – er zog sie an wie eine heißblütige Geliebte, nährte ihre furchtbarsten Urinstinkte, begrub ihre Menschlichkeit unter einer fauligen Schicht von Mordlust – und sie wollten, daß es niemals endete.« Sein Blick wanderte von der glühenden Asche zu Nicholas' Gesicht hoch. »Was dann geschah? Ich habe ihn auf die Art und Weise getötet, um die er mich gebeten hatte.«

Die beinahe am Ende ihrer Darbietung angelangte Altstimme wurde auf einmal von einem anderen Pärchen übertönt, das sich nebenan auf sexuelle Entdeckungsreise begeben hatte. Dieses Mal war es so laut, daß Nicholas den Eindruck gewann, der Mann würde an der gemeinsamen Zimmerwand stehend wie besessen in die Frau eindringen. Wenn sie nicht aufpaßten, würden ihnen die aus der Wand herausragenden Kabelenden einen tödlichen Stromstoß verpassen. Genau das war einem Freier und seiner Hure heute vormittag passiert, jedenfalls hatte das der Hotelbesitzer mit einem schmierigen Grinsen berichtet. Sex und Tod, niemals weit voneinander entfernt, waren in Saigon kaum voneinander zu unterscheiden, dachte Nicholas.

Die Kakerlake ließ sich von alledem nicht aus der Ruhe bringen, im Gegensatz zu Nicholas. Aber sie hatte auch nicht Shindos Geschichte gehört. Der Fußboden vibrierte im Rhythmus des uralten Rituals, und Nicholas war sich sicher, weibliche Ausdünstungen riechen zu können. Er ging ans andere Ende des Zimmers, weg von dem Gestank, weg vom geöffneten Fenster, das seine Anwesenheit in dieser Gegend, in der ausschließlich Einheimische lebten, genauso sicher publik machte, als stünde er in der Mitte eines goldgerahmten Gemäldes.

»Er wird jeden Augenblick eintreffen – falls er kommt«, sagte Nicholas. »Sie sollten jetzt besser gehen.«

»Ich glaube noch immer, daß es ein Fehler ist, diesen Mann allein zu treffen. Wir wissen nichts über ihn.«

»Ich bin derjenige, der sich mit dem Neuronalnetz-Chip auskennt. Falls er Verdacht schöpft und Ihnen eine Fangfrage stellt, sind wir geliefert.«

»Aber wir beide haben …«

»Nein. Er besteht darauf, sich mit nur einer Person zu treffen. Wenn ich er wäre, würde ich auf der Stelle kehrt machen, falls ich mehr als eine Person erblicke.«

Auch von seinem neuen Standort konnte Nicholas einen – wenn auch eingeschränkten – Blick auf das chaotische Treiben in der Nguyien Trai Street erhaschen. *Cyclos*, dreirädrige Motorradtaxis, schwirrten neben alten sowjetischen Lastwagen durch die Gegend und spien ihre schmutzigbraunen Dieselabgase in die Luft. Heerscharen von Motorradfahrern zwängten sich zu beiden Seiten an größeren Fahrzeugen vorbei; ab und an rumpelte ein sogenanntes Hochzeitstaxi durchs Bild, alte, schiffsgroße amerikanische Benzinsäufer aus den Fünzigern oder Sechzigern, die mit ihren überdimensionalen Heckflossen wie Raumschiffe aussahen. Geschäftsleute, die tagsüber versuchten, ihre Billigproduktion im neuerdings boomenden Saigon anzukurbeln und nächtens nach Cholon kamen, um ihre ausschweifenden sexuellen Gelüste zu befriedigen, wurden von Horden zerlumpter Taschendiebe umschwirrt. Eine exotische Mixtur aus Soldaten in khakifarbenen Uniformen, buddhistischen Mönchen in safrangelben Roben, spärlich bekleideten Prostituierten sowie Amputierten und Krüppeln bevölkerte den Bürgersteig. Verstümmelte Menschen waren überall in Vietnam anzutreffen, junge, vom Krieg entstellte Erwachsene und deformierte Kinder, die an den Spätfolgen der dioxinhaltigen Entlaubungsmittel, wie Agent Orange litten.

Wie so oft in den vergangenen Monaten schweiften auch jetzt Nicholas' Gedanken zu Mikio Okami ab. Okami war der Kaisho – der Boß aller Yakuza-Bosse. Während der amerikanischen Besetzung Japans in den späten Vierzigern war er ein enger Freund von Colonel Denis Linnear gewesen, Nicholas' Vater. Nicholas hatte seinem Vater versprochen, Okami zu helfen, falls der Kaisho jemals Hilfe benötigen sollte.

Dieser Fall war eingetreten. Okami hatte seit geraumer Zeit heftige Auseinandersetzungen mit den Mitgliedern des inneren Zirkels gehabt, und wegen Okamis Allianz mit Dominic Goldoni war es dann zum endgültigen Bruch zwischen ihm und dem Zirkel gekommen. Der innere Zirkel war die japanische Sektion einer internationalen, von Okami ins Leben gerufenen Vereinigung namens *godaishu* – die fünf Kontinente; die Vereinigung setzte sich aus einem sorgfältig ausgewählten Personenkreis, Mitgliedern der Yakuza, der japanischen Regierung, der Mafia und der US-Regierung, zusammen und bildete ein interkontinentales Syndikat, das aus illegalen Waffengeschäften und anderen, mehr oder weniger legalen Transaktionen schwindelerregende Gewinne erwirtschaftete. Als sich die Profite vervielfachten, begann die *godaishu,* sich neuen Geschäftsbereichen wie dem Drogenhandel zuzuwenden.

Okami und Goldoni lehnten sich dagegen auf und hatten insgeheim eigene Pläne geschmiedet, doch ihre Allianz wurde verraten; Goldoni wurde auf brutale Weise ermordet, und aus seinem Hauptquartier in Venedig hatte Okami Nicholas um Hilfe ersucht. In Venedig hatte Nicholas dann Dominic Goldonis Schwester Celeste kennengelernt, die ebenfalls dazu verpflichtet war, dem Kaisho zu helfen. Nachdem Okami nur um Haaresbreite einem Mordanschlag entgangen war, hatte er sich schließlich gezwungen gesehen, einstweilen von der Bildfläche zu verschwinden. Während sich Nicholas nun in Vietnam aufhielt, war sein langjähriger Freund Lew Croaker, ehemaliger Lieutenant beim New Yorker Morddezernat, in Manhattan, wo er Goldonis andere Schwester, Margarite, beschattete und darauf hoffte, Okamis Nishiki-Nachrichtennetz bis zu Okami persönlich zurückverfolgen zu können. Als Nachfolgerin ihres Bruders würde Margarite früher oder später mit dem Netzwerk Kontakt aufnehmen müssen, da die Nishiki-Informationen über die dunklen Machenschaften einflußreicher Politiker und Wirtschaftsbosse die Vormachtstellung der Goldoni-Familie in Amerikas Unterwelt sicherten.

Nicholas empfand Mitleid für seinen Freund. Es war mit Sicherheit nicht einfach für Croaker, der Frau nachzuspionieren, die er ganz offensichtlich liebte. Nicholas konnte nur darüber spekulieren, welch turbulente Gefühlsaufwallungen eine derartige Aktion in seinem Freund hervorrief. Nichtsdestotrotz hatten er und Croaker beschlossen, daß es getan werden mußte.

Nicholas war der festen Überzeugung, daß Okami in den Untergrund gegangen war. Und offenbar versorgte er Nicholas und Croaker mit Hinweisen, die sie zur Avalon Ltd. und dem Nikishi Netzwerk führten. Warum? Anfangs glaubte Nicholas, weil Tinh ein Lieferant von Avalon Ltd. gewesen war. Doch jetzt dämmerte ihm, daß Okami anzudeuten versuchte, Tinh sei nur ein kleines Stück in dem Puzzles gewesen. Erneut zerbrach sich Nicholas den Kopf darüber, wer Tinhs Geschäftspartner gewesen waren.

Tinhs Leichnam war von einem Mann abgeholt worden, der sich als sein Bruder ausgab, doch Tinh hatte keine Familie gehabt. Später fand man heraus, daß der Mann ein Yakuza war. War dieser Mann womöglich Mitglied einer der Clans aus dem inneren Zirkel des Kaisho?

Kurioserweise hatte sich der Mann als Angestellter der Avalon Ltd. ausgegeben, einem mysteriösen, international operierenden Waffenlieferanten, in dessen strengbewachtem Computersystem Nicholas einen Querverweis auf etwas namens

Torch 315 entdeckt hatte. Er und Lew Croaker vermuteten, daß es sich dabei um ein neues Waffensystem handelte, und daß 315 ein Datum war – der fünfzehnte März. Wenngleich sie dafür keine eindeutigen Beweise hatten, gab die Tatsache, daß Okami sie zu Avalon dirigiert hatte, ihrer Vermutung einiges an Gewicht.

Nicholas war klar, daß Okami von ihm erwartete, die für den Mordversuch Verantwortlichen aufzuspüren und zu eliminieren. Führte die Spur nach Saigon, wo Vincent Tinhs Leiche von einem Yakuza abgeholt worden war, der sich als Bruder des Ermordeten und als Angestellter der Avalon Ltd. ausgegeben hatte? Weshalb hatte er überhaupt einen Firmennamen genannt – und warum gerade diesen Firmennamen? Wurde Nicholas zum wiederholten Male vom Kaisho auf spitzfindige Weise manipuliert? Dies war ein weiterer zwingender Grund für ihn gewesen, persönlich nach Saigon zu kommen.

Nicholas konnte sich des Verdachts nicht erwehren, daß Okami ihn, indem er ihn zur Avalon Ltd. dirigierte, auf Torch 315 hatte aufmerksam machen wollen. Scheinbar war dies das Herzstück des Rätsels, dessen Lösung der Kaisho von ihm erwartete.

Nicholas sah, wie eine Gestalt die Nguyen Trai Street überquerte und geradewegs auf den Eingang des Anh Dan Hotels zusteuerte. Er stellte die Bierdose ab und sah auf seine Armbanduhr.

Mitternacht.

»Keine Diskussionen mehr, Shindo. Verschwinden Sie. Sofort.«

Sein Kontaktmann war da.

Naohiro Ushiba nahm Haltung an und stellte sich dem gleißenden Scheinwerferlicht, den Fernsehkameras und den bohrenden Fragen, denen sich sein Ministerium ununterbrochen ausgesetzt sah, seitdem die Skandale von 1992 das engmaschige Geflecht von Japans politischer, wirtschaftlicher und bürokratischer Infrastruktur zerrissen hatten.

Ushiba war der *daijin,* der Chefminister des Ministeriums für internationalen Handel und Industrie, kurz MITI genannt, Japans allmächtiger wirtschaftspolitischer Körperschaft, die mit ihrer ökonomischen Expansionspolitik für das japanische Wirtschaftswunder nach dem Zweiten Weltkrieg verantwortlich zeichnete. Das MITI hatte neue Produktbereiche aufgetan, wissenschaftliche Grundlagenforschung finanziert und mittels lukrativer Steuererleichterungen dafür gesorgt, daß die ökonomische Umstrukturierung Japans für die gigantischen *keiretsu* von finanziellem Vorteil war. Und nun, da immer neue Skandale das Land beinahe wöchentlich erschütterten – der jüngste Skandal stand mit der schmerzhaften Reform der politischen Machtstrukturen in Verbindung –, fiel Japans politisches und ökonomisches Machtgefüge wie ein fragiles Kartenhaus in sich zusammen.

In den neununddreißig Jahren seit Gründung der Liberalen Demokratischen Partei hatte sich die Welt drastisch verändert. Damals hatte die LDP für die Zukunft Japans gestanden; die einzigen Alternativen waren die Kommunisten und Sozialisten gewesen. Ein LDP-Premierminister nach dem anderen hatte mit den *daijins* des MITI zusammengearbeitet, um Japan zu dem heutigen Wirtschaftsgiganten zu machen. Doch unter der Bürde ihrer beinahe vierzigjährigen unangefochtenen Herrschaft war die LPD zu einer selbstgefälligen, korrupten Partei geworden. Die jüngsten Wahlen waren für sie katastrophal verlaufen. Vielleicht war es auch an der Zeit, dachte Ushiba.

Das Unvermeidliche war nun eingetreten: Das MITI sah sich dem ungeheueren Druck einer unabhängigen öffentlichen Prüfungskommission ausgesetzt. Zwei altgediente Minister waren in eine Korruptionsaffäre verwickelt; sie hatten mehreren Computerherstellern großzügige Zuwendungen aus öffentlichen Mitteln versprochen.

Ushiba, der fest entschlossen war, in dem heillosen Durcheinander aus Skandalen und Polemik das moralische Zepter zu schwingen, hatte die aufgebrachten Minister aufs schärfste verurteilt. Sogar die Boulevardpresse war von der Schnelligkeit und Schonungslosigkeit seiner internen Untersuchung beeindruckt. Doch der Schaden war nicht mehr rückgängig zu machen, und noch immer haftete dem MITI ein ziemlich fragwürdiges Image an, was durch die regelmäßig erscheinenden Leitartikel in Zeitungen und Magazinen dokumentiert wurde.

Demzufolge schien heute jede Frage besonders unangenehm

zu sein. »Wie rechtfertigen Sie die Rolle des MITI in dem künstlich erzeugten Boom im Immobiliengeschäft in den Achtzigern, der mittlerweile zu einer Katastrophe für unsere Wirtschaft und ganz speziell für unsere Banken geworden ist?« fragte ein Reporter.

»Der Grundgedanke, auf welcher die Verteuerung japanischer Immobilien beruhte, war durchaus vernünftig und basierte auf fundierten Studien«, antwortete Ushiba mit ruhiger Stimme. »In den Achtzigern war der Yen so stark, daß unsere Wirtschaft durch Investitionen in Übersee beinahe lahmgelegt wurde. Unsere hiesigen Immobilienpreise anzuheben, war eine exzellente Möglichkeit, Inlandsinvestitionen wieder lukrativ zu machen.«

»Daijin, was können Sie uns zu den in letzter Zeit kursierenden Geschichten über den Einfluß der Yakuza auf unsere Wirtschaftspolitik sagen?« wollte ein anderer Reporter wissen. »Insbesondere über Akira Chosa, der offenbar dabei ist, das durch das plötzliche Verschwinden Mikio Okamis entstandene Machtvakuum auszufüllen.«

Ushiba hüstelte. Er war schlank und muskulös und hatte ebenmäßige, fast feminine Gesichtszüge, die anderorts als weibisch bezeichnet worden wären. Im Gegensatz zu westlichen Kulturen gab es jedoch in Japans Geschichte eine Vielzahl solcher Adonisse, die aufgrund ihres Äußeren als Helden verehrt wurden. Man nannte sie *bishonen*, schöne, junge Mannsbilder, die ausnahmslos von einem älteren Beschützer protegiert wurden.

»Wie Sie, verehrte Mitglieder der Presse, sicherlich wissen, ist Akira Chosa der *oyabun* des Kokorogurushii-Clans. Diesem Namen haftet eine gewisse Ironie an, und er ist typisch für die pathetische Mentalität der Yakuza. *Kokorogurushii* bedeutet ›schmerzhaft‹. Bekanntermaßen setzt sich das Wort Yakuza aus den Zahlenwerten eines beim Kartenspiel unterlegenen Blattes zusammen; innerhalb der Yakuza existiert eine unterschwellige Tendenz zur Selbstkasteiung, eine Art Ehrenkodex, der für das Leben außerhalb des Gesetzes eine Selbstbestrafung verlangt.«

Ushiba ließ seinen Blick durch den Raum schweifen. Seine dunklen Augen glänzten im Scheinwerferlicht. »Lassen Sie mich neben dem gerade Gesagten festhalten, daß die Yakuza ihre Aktivitäten in jüngster Zeit verstärkt hat, richtig. Um genau zu sein, wir haben ein systematisches Muster von dunklen Machenschaften zwischen Yakuza-Mitgliedern und gewissen Konzernen aufgedeckt. Chosa läßt in der Tat seine Muskeln spielen, doch ich kann Ihnen versichern, daß das MITI zusammen mit dem Staatsanwalt alles daran setzen wird, diesen Machenschaften ein für alle Mal ein Ende zu bereiten.«

Ushiba beugte sich ein Stück vor, um seinen nachfolgenden Worten zusätzliches Gewicht zu verleihen. »Chosa ist nur einer der *oyabun,* deren Geschäftspraktiken wie ein tödliches Gift im Blute Japans wirkt. Dieser Zustand muß so schnell wie möglich und mit aller Härte korrigiert werden.«

»Können Sie uns verraten, was Sie gegen die Yakuza zu unternehmen gedenken, Daijin?« fragte ein dritter Reporter. »Der Zustand der japanischen Wirtschaft ist auch ohne die Yakuza mehr als bedenklich.«

»Dem kann ich nur uneingeschränkt zustimmen«, erwiderte Ushiba. »Ich kann Ihnen versichern, daß sich das MITI auf einem rücksichtslosen Kreuzzug gegen jegliche illegalen Machenschaften befindet. Wir müssen das öffentliche Vertrauen in die japanische Lebensart um jeden Preis wiederherstellen. Ich muß Sie wohl kaum daran erinnern, daß das MITI über Jahrzehnte hinweg als zuverlässiger Hüter unseres phänomenalen, wenn auch gelegentlich schwierigen und schmerzhaften wirtschaftlichen Aufstiegs fungiert hat. Das MITI hat sich nicht ein einziges Mal aus der Pflicht gestohlen. Unser Aufgabenbereich hat sich nun erweitert, und das MITI wird die Interessen des japanischen Volkes auch weiterhin als seine oberste Priorität betrachten.« Er fuhr damit fort, die Reporterschar über einige beeindruckende statistische Erhebungen zu informieren, die sein Ministerium in den Geschäftsbereichen zusammengetragen hatte, die mittlerweile von Korruption gesäubert worden waren oder in denen augenblicklich ermittelt wurde. Danach übergab er das Mikrofon an einen finster dreinblickenden Mann, Tanaka Gin, dem bekanntesten Mitglied der gefürchteten Tokioter Staatsanwaltschaft, mit der Ushiba seit Monaten eng zusammenarbeitete.

Zurück in seinem Büro, fuhr Ushiba mit einer Hand durch

sein dichtes Haar und stellte fest, daß es feucht war. Widerwillig ging er in sein privates Badezimmer und schluckte eine Tablette. Er rubbelte sein Haar mit einem Handtuch trocken und spritzte sich kaltes Wasser ins Gesicht.

Obwohl er selbst diese Pressekonferenzen initiiert hatte, betrachtete er sie als eine immer größer werdende Belastung, der er nicht mehr entrinnen konnte. Er kam sich beinahe vor wie ein Filmstar. Diese Pressekonferenzen hatten ihn schlagartig zu einer landesweiten Berühmtheit gemacht, und da dieser Umstand auch für das MITI von Bedeutung war, wurde seine Popularität als nützlich für das angeschlagene Staatswesen erachtet.

Als er ins Büro zurückkehrte, summte seine Sprechanlage. Seine Sekretärin teilte ihm mit, daß Yukio Haji ihn sehen wolle. Ushiba warf einen Blick auf seinen randvollen Terminkalender. Er konnte Hajis Namen nirgendwo entdecken, aber da Haji einer der jungen Minister war, die Ushiba förderte, befahl er seiner Sekretärin, den Mann hereinzuschicken.

Haji betrat in gedrückter Stimmung das Büro und nahm auf einem stahlgefaßten Stuhl platz, den ihm Ushiba zuwies. Der aufstrebende Minister war ein ernster junger Mann, der mit den bestmöglichen Noten, den höchsten Auszeichnungen und hervorragenden Empfehlungen zum MITI gekommen war. Ushiba war von Anfang an fest entschlossen gewesen, etwas besonderes aus ihm zu machen.

»Daijin, ich weiß, wie beschäftigt Sie sind, doch es handelt sich um eine dringende Angelegenheit, die nicht warten kann.«

Ushiba lehnte sich zurück und zündete sich eine Zigarette an, während er das faltenlose Gesicht des jungen Mannes betrachtete. Hier saß ein Produkt des neuen Japan, ein vielfach getestetes Produkt, das gewohnt war, unter ständigem, extremem Druck Höchstleistungen zu erbringen. Die Belohnung für seine jahrelangen Anstrengungen war die Aufnahme ins MITI, doch Ushiba wußte, daß Haji noch lange nicht am Ende seines Weges angekommen war. Haji war vielleicht ein Produkt der Postmoderne, doch Ushiba legte größten Wert darauf, daß er ebenso *kanryodo* in sich trug, den Geist der Samurai-Gesetzgebung. Im MITI herrschte ein Ehrenkodex, der so streng war wie der altehrwürdige *bushido* der Samurai. Entweder ein Neuling akzeptierte diesen Kodex als die alleinige, unumstößliche Wahrheit, oder er wurde in ein anderes, weniger bedeutsames Ministerium versetzt.

»Um welches Problem handelt es sich?« fragte Ushiba.

»Als ich meine monatliche Miete überweisen wollte, hat sich herausgestellt, daß meine Geldmittel dazu nicht ausreichen.« Haji zog einen gefalteten Papierbogen aus der Brusttasche seines Sakkos. »Bitte akzeptieren Sie meine Kündigung. Ich ziehe mich aus dem Ministerialdienst zurück. Es ist offensichtlich, daß ich zwar viel gearbeitet, aber nur wenig gelernt habe.«

Ushiba nahm das ihm dargebotene Kündigungsschreiben, öffnete es aber nicht. Statt dessen entzündete er sein Feuerzeug und hielt die Flamme an eine Ecke des Papiers. Als der letzte Ascherest zu Boden gerieselt war, fragte er: »Wieviel brauchen Sie?«

Als Haji es ihm sagte, schrieb Ushiba einen Scheck aus und reichte ihn seinem erstaunten Protégé. »Lesen Sie *Hagakure,* das *Buch der Samurai.* Ihre Ignoranz seiner Weisheit ist Ihr wirkliches Vergehen.« Er fragte nicht, wofür Haji sein Geld ausgegeben hatte, denn es war ihm egal. Das einzige, was zählte, war, daß *kanryodo* eingehalten wurde, und daß der Fehltritt von Außenstehenden unentdeckt blieb. »Jugendlicher Leichtsinn ist verständlich, ja zu erwarten. Ich habe nicht die Absicht, deswegen einen meiner besten Mitarbeiter zu verlieren. Ich bin Ihr Vorgesetzter und somit für Sie verantwortlich. Nehmen Sie den Scheck, und wir werden kein Wort mehr darüber verlieren. Die Angelegenheit ist erledigt.«

Der Vietnamese war nicht gerade das, was man einen ›richtigen Mann‹ nannte. Nicholas war von der Erscheinung des schmächtig gebauten Individuums, das im Türrahmen seines Hotelzimmers stand, mehr als enttäuscht. Die Kakerlake war verschwunden. Sie hatte in dem Augenblick, als es an der Tür klopfte, Reißaus genommen und sich in ihr Lager verkrochen.

Die flackernde Neonröhre im Hotelflur tauchte den Mann in kaltes Licht. Er war ziemlich mager, hatte schmale Hüften. Seine obere Gesichtshälfte wurde durch einen riesigen amerikanischen Fedora-Hut verdeckt. Er trug einen gut geschneiderten Geschäftsanzug, der ihm dennoch eine Nummer zu groß zu sein schien, sowie ein Hemd und eine Krawatte aus thailändischer Seide. Der schwache, süßliche Blütenduft seines Eau de Toilette verursachte ein unangenehmes Kribbeln in Nicholas' Nase. Insgesamt wirkte sein Äußeres ziemlich affektiert, doch es schien ihn nicht zu kümmern. Statt dessen war der Mann darauf bedacht, Nicholas' rechte Hand im Auge zu behalten, denn sie war in diesem Augenblick Nicholas' einzige Waffe.

Der Mann kam ins Zimmer und fragte: »Sind Sie Goto?« Dies war das Pseudonym, das Nicholas dem Freund von Shindos Bekanntem genannt hatte, der bereit gewesen war, ihnen zu helfen.

»Richtig.«

Der Mann sah sich in dem Zimmer um und wirkte eher neugierig als argwöhnisch. »Können wir aufbrechen?«

»Ich kenne noch immer nicht Ihren Namen.«

Er zuckte mit den Schultern. »Nennen Sie mich Trang. Namen spielen doch eigentlich keine Rolle, oder, *Chu* Goto?« Er lächelte, und hinter seinen vollen Lippen kamen weiße, ebenmäßige Zähne zum Vorschein.

Nicholas nahm sein Sakko, und zusammen verließen sie das Zimmer. Er machte sich nicht die Mühe, die Tür hinter sich abzuschließen; er hatte für das Zimmer im voraus bezahlt, und er würde nicht zurückkommen.

»Wählen Sie immer solch, ah, luxuriöse Unterkünfte?« Trangs Stimme war rauh, als wäre er ein starker Raucher oder Trinker, was, so vermutete Nicholas, wahrscheinlich beides zutraf.

Ein Schwarm halbnackter Mädchen lungerte am Hoteleingang herum. Sie waren so aufgetakelt wie Rock-Groupies – und genauso jung, dachte Nicholas. Was für ein Leben. Sie machten obszöne Lutschgeräusche und griffen sich an die Brüste, während die beiden Männer sich an ihnen vorbeidrängten. Es roch nach Sex und billigem Parfüm.

Trang ging mit weit ausholenden Schritten, und Nicholas mußte sich Mühe geben, um dem Vietnamesen zu folgen, während dieser durch das nächtliche Gewimmel auf dem Liem Van

Chau Boulevard rauschte. Die Rauchschwaden der Straßenimbisse, in denen Fleisch und Gemüse gedünstet wurde, vermischten sich mit den giftigen Verkehrsabgasen zu einer rußigen Dunstglocke, die das Atmen fast unmöglich machte.

Nicholas hatte Shindos Freundesfreund erzählt, er besäße den Prototyp eines Neuronalnetz-Chips der zweiten Generation und bräuchte nun dringend einen Experten, der mit dieser neuen Technologie umgehen könne, um daraus einen funktionsfähigen Computer herzustellen. Nicholas ging davon aus, daß derjenige, der Tinhs Computer mit einem Neuronalnetz-Chip der ersten Generation zusammengesetzt hatte, begierig sein würde, den Chip der zweiten Generation in die Finger zu bekommen.

Die Aussicht auf einen Chip der zweiten Generation war wie ein Lottogewinn in Milliardenhöhe – die Möglichkeit, einen kybernetischen Computer zu konstruieren, der so fortgeschritten war, daß jegliche Konkurrenz das Nachsehen haben würde, war einfach zu verlockend.

Nach drei Tagen hatte der besagte Freundesfreund Nicholas angerufen, um ihm die Einzelheiten für ihre Zusammenkunft mitzuteilen. Nicholas hatte sich mit dem vorgeschlagenen Zeitpunkt einverstanden erklärt – nächster Tag um Mitternacht –, änderte aber den Treffpunkt. Er wollte den Mann im Anh Dan Hotel in Cholon treffen, denn Shindo kannte die Gegend wie seine Westentasche, was im Falle von Komplikationen von Vorteil wäre. Eine reine Vorsichtsmaßnahme. Nicholas hatte schon vor langer Zeit herausgefunden, daß es wichtig war, den ›Duft‹ – so bezeichnete er es – eines Treffpunkts zu analysieren – ein Mosaik, das sich aus Klängen und Perspektiven, aus Geschmäckern und Gerüchen und aus Intuition zusammensetzte. Denn man mußte mit all diesen Puzzlestücken vertraut sein und sie als Ganzes betrachten, um zu erkennen, ob ein Ort geeignet war oder nicht.

Nicholas war sich darüber klar, unter welch immensem Druck Shindo gestanden hatte. Im paranoiden Vietnam war es unumgänglich, bei Nachforschungen extrem vorsichtig zu sein. Instabile Splitterparteien rangen nach wie vor mit Teilen des Militärs, mit Rebellen aus den Bergregionen und mit ethnischen Minderheiten um die politische Macht, und jeder Ausländer stand automatisch unter Verdacht. Außerdem wußten weder Shindo noch Nicholas um die Identität oder Stärke des Feindes. Vielleicht hatten sich Vincent Tinh und seine Gefolgsleute mit Drogenschmugglern, Waffenschiebern, machtgierigen chinesischen Kriegstreibern oder der japanischen Yakuza eingelassen – die Liste ließe sich beliebig fortsetzen. All diese Gruppierungen hatten eines gemeinsam: sie waren lebensgefährlich und hatten ihre Spione überall in und um Saigon. Nicholas wußte, daß er mit äußerster Vorsicht agieren mußte, damit der unbekannte Feind nicht urplötzlich mit aller Macht auf ihn und Shindo losstürzte.

»Trang, wie lange haben Sie für Vincent Tinh gearbeitet?« fragte Nicholas unvermittelt. Vielleicht landete er ja einen Glückstreffer.

»Vincent Tinh?« Trang blieb abrupt stehen und sah aus wie ein Felsen in der Brandung.

»Ja.« Nicholas durchforstete Trangs Gesicht nach einem verräterischen Hinweis, doch er entdeckte etwas anderes, etwas, für das er keine Erklärung hatte.

Plötzlich wurde die Straße vom ohrenbetäubenden Aufheulen frisierter Motoren erfüllt, als eine jugendliche Gang auf ihren Maschinen an ihnen vorbeidonnerte. Die Schallwellen brachen sich an den Ladenfronten und schwappten über den Bürgersteig, und mit einem Mal übertönte ein Schwall krächzender Rockmusik den Lärm – Mick Jagger kreischte irgend etwas über den Krieg.

»Sie haben für ihn gearbeitet, stimmt's?« sagte Nicholas eindringlich.

Trang wandte sich ab. »Hätte ich das getan, wäre ich jetzt tot.«

Nicholas spürte, daß er einen wunden Punkt getroffen hatte. Selbst wenn Trang nicht für Tinh gearbeitet hatte, wußte er doch etwas über dessen Ermordung. Sofort stieg Trang in Nicholas' Wertschätzung.

Er packte Trang an den Schultern. »Einen Augenblick ...«

Doch Trang riß sich los, sprintete durch das Gewimmel, und Nicholas hatte keine andere Wahl, als dem Vietnamesen hinterherzujagen. Was zum Teufel hatte er vor?

Trang rannte in südöstlicher Richtung zum Kinh Ben Nghe-

Kanal, der Südgrenze Cholons. Zwei Mönche in orangefarbenen Gewändern blickten ihm gelassen hinterher, nachdem er sie rüde zur Seite geschubst hatte. Gackernde Kinder stellten sich ihm in den Weg und versuchten, ihn festzuhalten. Ein Straßenmädchen starrte ihn mit großen Augen an. Ihre falschen Wimpern flatterten wie die Flügel eines Kolibris, und sie sah aus wie eine billige Carnaby Street-Prostituierte aus dem Jahre 1969. Es schien fast so, als befände sich ganz Saigon auf einer verrückten psychedelischen Zeitreise zurück in die guten alten Tage, die – perverserweise – im Krieg stattgefunden hatten.

Nicholas hatte Trang fast eingeholt, als er glaubte, weit vor sich Shindos Gesicht zu erblicken. Doch plötzlich war es wieder verschwunden, und er setzte seine Aufholjagd fort. Trang manövrierte sich mit einer Leichtigkeit durchs Gewimmel, die Nicholas an einen durch ein Korallenriff gleitenden Aal erinnerte. Nicholas fühlte sich nicht wohl in seiner Haut, denn ihm fiel Shindos Warnung vor dieser Gegend ein. Dies war Shindos, nicht Nicholas' Revier.

Er zwängte sich durch eine Menschentraube, spurtete den Bürgersteig entlang und sprang Trang von hinten an. Aus der entgegengesetzten Richtung rannte jemand auf den Vietnamesen zu, und Nicholas schob sich schützend vor Trang, als er ohne Vorwarnung einen Schuß hörte.

Eine hundertstel Sekunde später zerbarst der Schädel des Mannes neben Trang wie eine aufgeplatzte Melone. Eine Fontäne aus Blut, Gehirnmasse und zerschmetterten Knochen spritzte in alle Richtungen, und Nicholas fand sich auf dem verdreckten Bürgersteig liegend wieder. Der Geruch von Weihrauch und Tod lag in der Luft. Für einen kurzen Augenblick legte sich betretene Stille über die enge Straße, bis der erste aufgeregte Schrei ertönte, der binnen Sekunden zu einem gewaltigen Stimmwirrwarr anschwoll.

Nicholas hockte auf seinen Knien, versank in *akshara* und stürzte in einem spiralförmigen Fall auf *kokoro* zu, dem Herz aller Dinge. Er schlug in dem jahrhundertealten *Tau-tau*-Rhythmus gegen die *kokoro*-Membran und kreierte die psychische Resonanz, die Gedanken zu Taten werden ließ. Lichter blitzten auf und verdunkelten sich, Farben verschwammen ineinander, während die Zeit verrann und in den Tiefen der Unendlichkeit verschwand. Derart bewaffnet, öffnete er sein *tanjian*-Auge und kehrte sein Inneres nach außen. Der Mann war tot. Automatisch suchte sein Geist nach der Gegenwart eines weiteren *tanjian*, doch er konnte nichts entdecken. Nicholas wandte seine Aufmerksamkeit wieder dem Leichnam zu und sah die dunkle Krawatte, die so schmal war wie eine Messerklinge. Doch sie war jetzt nicht mehr einfarbig. Ein Jackson Pollock-artiges Farbmuster aus Blutspritzern hatte sich wie ein Spinnennetz über den Stoff gelegt.

Oh Gott, dachte Nicholas. *Es ist Shindo.*

Er streckte eine Hand nach ihm aus, doch plötzlich kauerte Trang neben ihm. »Lassen Sie das! Wir müssen verschwinden!« schrie er Nicholas ins Ohr und zerrte ihn hoch. Trang machte auf dem Absatz kehrt und verschwand in der Menschenmenge. Nicholas warf Shindos Leiche noch einen letzten Blick zu, dann folgte er dem Vietnamesen.

Was dann geschah? Ich habe ihn auf die Art und Weise getötet, um die er mich gebeten hatte, hatte Shindo über seinen Freund erzählt. Jetzt realisierte Nicholas, daß Shindo auch über sich selbst gesprochen hatte. Vietnam hatte ihn nie mehr losgelassen. Der Krieg hatte ihn in seinen bösartigen Klauen gefangengehalten, und am Ende starb er so, wie er es sich gewünscht hatte: in Vietnam, durch eine feindliche Kugel.

Gemeinsam rannten Nicholas und Trang solange durch unzählige enge Seitenstraßen, bis Nicholas seine Orientierung völlig verloren hatte. Das war wahrscheinlich auch der Sinn dieser Übung, dachte Nicholas: Wenn selbst er verwirrt war, würde auch jeder mögliche Verfolger die Orientierung verlieren. Er hatte viele Fragen an Trang, und die dringendste war: Hatte die Kugel ihm gegolten?

Schließlich stießen sie auf die Tran Van Kieu Street. Vor ihnen lag der Kinh-Ben-Nghe-Kanal, in dessen dunklem Wasser sich die bunten Lichter der Stadt spiegelten. Sie rannten auf die Brücke zu, die als Verlängerung der Con Gluoc Street über den Kanal verlief. Darunter war nur völlige Schwärze.

Trang kletterte die Uferböschung hinab und stand nun unter der Brücke. Nicholas zögerte einen Moment und blickte über seine Schulter zurück. Die Dunkelheit machte ihm nichts aus, doch konnte er Trang vertrauen? Was, wenn es eine Falle war?

Was sollten diese Zweifel? fragte er sich. Falls Trang ehrlich war, brauchte er ihn. Er war sogar auf ihn angewiesen, denn nach Shindos Tod war Trang nun die einzige Spur, die er hatte. Wenn er hier wie angewurzelt herumstand, würde er nicht weiterkommen, das war das einzige, was er mit Sicherheit wußte.

Er zog seinen Kopf ein und verschwand in der Dunkelheit. Sofort versank er bis zu den Knien im Schlamm. Der Gestank war überwältigend. Allmählich paßten sich seine Augen der Schwärze an, und er erblickte die vagen Umrisse eines kleinen Bootes, das an einem Holzpflock vertäut war. Trang bewegte sich im Dunkel, und Nicholas vernahm das Rascheln von Stoff. Dann löste Trang das Seil, kletterte ins Boot und stieß sich vom Ufer ab. Nicholas sprang an Bord. Das Gefährt schaukelte bedrohlich, und Nicholas hatte die undankbare Aufgabe, breitbeinig in der Bootsmitte zu stehen, um es im Gleichgewicht zu halten.

Sie schaukelten unter der Brücke hervor, und Nicholas begann, das Ufer nach Personen abzusuchen, die ein übermäßiges Interesse an ihnen zeigten, doch seine Bemühungen blieben erfolglos. Die vielen Gesichter, das spärliche Licht und das ungleichmäßige Schaukeln des Bootes machten es ihm unmöglich, etwas Konkretes zu erkennen. Er öffnete sein *tanjian*-Auge, um feindselige Schwingungen aufzuschnappen, aber die Menschenmassen verursachten zu große psychische Interferenzen. Gedankenlesen gehörte nicht zu den Fähigkeiten eines *tanjian.* Zwar konnten Adepten durch eine geschickte Kombination von geistiger Klarheit, Beobachtungsgabe und Intuition gewisse Fertigkeiten entwickeln, doch es handelte sich dabei nicht um wirkliches Gedankenlesen, und dahingehende Versuche mußten mit größter Vorsicht getätigt werden.

Nicholas erkannte, daß sie auf dem Wasser eine leicht zu treffende Zielscheibe abgaben, und er wandte sich Trang zu, um es ihm mitzuteilen.

Trang hatte sich in Luft aufgelöst. Genau gesagt, er hatte niemals existiert, stellte Nicholas fassungslos fest, denn die schmächtige Gestalt, die den krächzenden Außenbordmotor bediente, trug nun keinen Fedora-Hut und keinen Anzug mehr. Jetzt sah Nicholas, daß es sich bei der Gestalt um eine

Frau handelte. Dies also war die Ungereimtheit, die er vorhin im Hotel instinktiv registriert hatte, ohne sich ihrer bewußt zu werden.

»Verdammt«, sagte er und setzte sich. »Wer zum Teufel sind Sie?«

»Mein Name ist Bay«, antwortete die junge Frau. Jetzt konnte er deutlich erkennen, wer sie wirklich war: eine vietnamesische Schönheit mit reiner, samtweicher Haut, großen, strahlenden Augen und langem, wallenden Haar. Also war der Hut keine Affektiertheit, sondern der maßgebliche Teil ihrer Verkleidung gewesen. Er mußte ihr Hochachtung zollen; nichts erinnerte mehr an Trang, ihre Masquerade war perfekt gewesen.

»Was ist mit Trang passiert?«

Sie lächelte mit ihren vollen, sinnlichen Lippen, während sie ein näherkommendes Boot weiträumig umschiffte. »Lassen Sie uns doch einfach sagen, daß Trang vorhin auf der Straße getötet wurde.«

»Nein. Einer meiner Angestellten wurde getötet, und Sie haben ihn einfach ...«

Sie wandte ihm den Kopf zu, und ihre schwarzen Augen bohrten sich in seine.

»Dieser Mann hätten Sie sein können. Sie täten gut daran, daß nicht zu vergessen. Haben Sie gesehen, was von seinem Schädel übrigblieb? Ihr Vorhaben ist illegal und sehr gefährlich, *Chu* Goto. Wer also ist verantwortlich für den Tod dieses Mannes, Sie oder ich?«

Nicholas wollte etwas erwidern, doch es hatte ihm die Sprache verschlagen. Sie hatte ihn nicht nur mit dem, was sie sagte, sondern auch mit der Vehemenz ihrer Worte aus der Fassung gebracht.

»Männer verwandeln sich in Frauen, ein Mord auf offener Straße, eine überstürzte Flucht vor einem unbekannten Gegner. Was geht hier eigentlich vor?«

»Das ist Ihr Abenteuertrip, *Chu* Goto. Sie haben es doch so gewollt.«

Nicholas entgegnete nichts, sondern versuchte, die Geschehnisse seit dem Augenblick, als diese verkleidete Frau sein Hotelzimmer betrat, zu verarbeiten. Die größten Kopfschmerzen bereitete ihm die Tatsache, daß er ihre Masquerade nicht sofort durchschaut hatte. Er fühlte sich in seinem Stolz gekränkt, und was noch viel schlimmer war, sie schien es zu spüren. Was wußte sie über ihn? Er war davon ausgegangen, daß man ihn hier in Saigon nicht erkennen würde.

»Sie müssen mir vertrauen«, sagte Bay eindringlich. Sie steuerte das Boot zu einem abgedunkelten, verlassenen Landstreifen am gegenüberliegenden Ufer. Nicholas schätzte, daß sie sich ungefähr drei Meilen südwestlich ihres Ausgangspunktes befanden. »Ich bringe Sie zu dem Mann, den Sie suchen.«

»Zu dem Computerexperten?«

Bay nickte. »Genau. Zu Abramanov, ein russischer Jude.«

2
Tokio / Saigon

Beseelt ließ sich Akira Chosa, *oyabun* der Kokorogurushii-Familie, vom glasklaren Klang der Schreinglocke durchströmen. Die Glocke bestand aus einer Bronze-Kupfer-Legierung und hatte die Höhe von drei aufeinanderstehenden erwachsenen Männern. Sie war vor mehr als 250 Jahren in derselben Glockengießerei gegossen worden, in der einige der edelsten Samurai-Rüstungen und *katana* geschmiedet worden waren, die es jemals in Japan gegeben hatte.

Die Glocke wurde zu Sonnenaufgang, in der Abenddämmerung und um Mitternacht von drei Shinto-Priestern geläutet, die mit vereinter Kraft einen bronzebeschlagenen Holzstamm gegen das Ungetüm wuchteten. Der obere Teil der Glocke war mit einem eigens angefertigten, indigoblauen Stofftuch umwickelt, welches am letzten Wintertag eines jeden Jahres in einer feierlichen, fast zwölfstündigen Zeremonie ausgewechselt wurde.

Chosa war ein tiefgläubiger Shintoist; seitdem er erwachsen war, hatte er jedes Jahr an dieser Zeremonie teilgenommen. Mehr als einmal hatte er mit kahlrasiertem, gesenktem Haupt zwischen den Priestern gehockt und zu den Göttern des heiligen Kampferbaumes gebetet, aus dessen Holz der Schrein erbaut war. Während der Schnee von den Dachrinnen herunter rieselte und sie im schwachen Mondschein auf dem Fußboden kauerten, hatte er wegen seiner zahlreichen Verbrechen um Vergebung gebetet.

Das alles war vor seiner Ernennung zum *oyabun* gewesen, und jedes dieser blutigen Verbrechen hatte eine weitere Stufe seines unaufhaltsamen Aufstiegs in der Hierarchie der Kokorogurushii-Familie markiert.

Wann immer Chosa das Läuten der Schreinglocke hörte, war er tief bewegt. Dieses Symbol seines Glaubens war für ihn viel wichtiger als Beziehungen zu Menschen. Menschen waren unbedeutend und vergänglich. Chosa war fest davon überzeugt, das in Geist und Seele, im Herzen und an den Orten der ewigen Wanderschaft letztendlich nur die kosmischen Symbole von Dauer waren.

Als der Klang anschwoll und ihn vollständig umhüllte, fing er zu weinen an. Er fuhr sich mit der Zunge über seine Lippen und glaubte, in seinem Speichel den vagen Geschmack von gehärtetem Stahl auszumachen. Es spielte für ihn keine Rolle, daß er sich zwanzig Stockwerke über der Erde befand und den Shinto-Schrein nicht sehen konnte. Das Läuten der Tempelglocke zu *hören*, war das, was zählte.

Er lauschte, an seinen Wangen rollten Tränen herab, und selbst als das Läuten eingestellt wurde, hing er noch immer den ausklingenden Echos nach, die sich durch die nächtliche Beton- und Glaswüste wanden und allmählich in der mit Wolfram- und Antimonsäure durchsetzten Smogluft über den Dächern Tokios erstarben.

Als schließlich der letzte Widerhall verklungen war, wandte er sich vom Fenster ab, das er kurz vor Mitternacht geöffnet hatte. Dabei zuckten die acht Fangarme der Krake auf seinem Rücken, als gehörten sie einem lebendigen Wesen. Die kunstvolle *irizumi* – die traditionelle, hochangesehene Tätowierung der Yakuza – bedeckte seinen gesamten Oberkörper bis hin zu den Oberarmen. Die Krake war eine große bräunliche Kreatur mit traurigen, gewalttätigen Augen. Sie war mit unzähligen *sakura* verziert – Kirschblüten – und sah so aus, als stammte sie eher aus der üppigen Berglandschaft in Nara als aus den Untiefen des Ozeans. Vier ihrer klauenbewehrten Fangarme kämpften gegen einen bärtigen, axtschwingenden Krieger; die verbleibenden Fänge befanden sich im Liebesspiel mit einer wunderschönen halbnackten Frau. In der japanischen Sagenwelt wurde die Krake als zügelloses, sexuell überaus aktives Fabelwesen verehrt. Warum auch nicht? Mit ihren acht Armen war sie mit Sicherheit ein besserer Liebhaber als ein gewöhnlicher Mann.

Die Krake zuckte heftig, als Chosa sich zu der großen Plexiglasvitrine umdrehete, die an der ansonsten kahlen Wand stand. In ihr befand sich eine lebensgroße Wachs-Nachbildung von Marilyn Monroe in der weltberühmten, mittlerweile legendären Pose aus *Das verflixte siebente Jahr*. Die Hände zwischen ihren gespreitzten Beinen, der überraschte, kokette Gesichtsausdruck, alles stimmte bis ins kleinste Detail. Die Nachbildung trug dasselbe Kleid, das Marilyn getragen hatte, als sie über dem U-Bahn-Schacht stand und der heiße Luftzug ihre sensationellen Oberschenkel entblößte. Das Modell hatte Chosa ein kleines Vermögen gekostet. Ein kleiner, im Boden der Vitrine eingebauter Elektromotor blies Luft nach oben und ließ das Kleid wie die Fahne am Grab des Unbekannten Soldaten ununterbrochen flattern.

»Was sehen Sie in Ihr?«

Beim Klang der unverwechselbaren Stimme drehte er sich langsam um, bis er in Naohiro Ushibas wohlgeschnittenes Gesicht blickte. Der *daijin* des MITI starrte die Monroe-Nachbildung mit unverhohlenem Widerwillen an. »Alles an ihr ist so ... übertrieben, so schrill.« Er parodierte Marilyns naiv-erotischen Gesichtsausdruck, mit dem sie die Welt ein ums andere Mal betört hatte. Chosa mußte lachen, was Ushiba noch mehr irritierte. »Das, was sie symbolisiert, ist Gift für die Seele.«

Chosa zuckte nur mit den Schultern. »Für wessen Seele? Und was soll sie Ihrer Meinung nach symbolisieren?«

Ushiba warf Chosa einen finsteren Blick zu. »Ich fürchte, die amerikanische Denkweise hat mittlerweile zu sehr auf Sie abgefärbt. Sie wissen ganz genau, was sie symbolisiert: amerikanische Dekadenz, amerikanischen Hedonismus, amerikanische Kurzsichtigkeit, amerikanische Arroganz.«

Chosa lächelte. »Sie sind so störrisch, Naohiro. Ganz anders als in Ihrem moderaten Auftreten in den Medien.« Chosa deutete auf die glitzernde Stadtlandschaft, die sich hinter den Fenstern endlos erstreckte. »Wir sind das Land der leeren Symbolik.« Er zeigte auf die Marilyn-Nachbildung. »Sie sollten ein wenig toleranter werden, wo Sie doch jetzt ein landesweit bekannter Mann sind. Sie ist ein Symbol richtig –, und zwar ein ziemlich faszinierendes. Wer könnte das besser nachvollziehen als wir?«

Chosa war ein eindrucksvoller Mann. Sein breites Gesicht thronte auf einem gedrungenen, ehrfurchtgebietenden Körper; ein Hals war scheinbar nicht vorhanden, und der rundliche Kopf schien auf brutale Weise zwischen die massigen Schulterblätter gerammt zu sein.

Die *irizumi* ließ ihn größer erscheinen, als er wirklich war, und verlieh ihm zusätzliche Autorität. Die fantasievolle, farbenprächtige Tätowierung hatte bei ihm die gleiche respektgebietende Wirkung, die eine schlichte Gesichtsmaske bei einem unscheinbaren Mann erzielen konnte. Ushiba, der ihn besser als jeder andere kannte, war davon überzeugt, daß Chosa nur aufgrund dieser Fassade dazu in der Lage war, seine Persönlichkeit und sein Verhalten radikal und binnen weniger Sekunden zu ändern, ohne dabei auch nur die geringsten Gewissensbisse zu verspüren, so, als wären die in seine Haut eingeritzten Kreaturen für sein Verhalten verantwortlich und nicht Chosa selbst.

»Sie machen mich krank«, sagte Ushiba, doch sein Blick verweilte einige Augenblicke auf dem Punkt an Chosas Oberkörper, wo sich die Krake und die Frau vereinigten. »Diese verdammten Amerikaner ...« Er schien mit seinen Gefühlen zu ringen.

»Nicht ich mache Sie krank, sondern die Amerikaner, mit denen wir es zu tun haben«, sagte Chosa und ging in die Küche, um Tee aufzusetzen.

»Daß wir sie überhaupt brauchen, ist schon schlimm genug.« Ushiba zündete sich eine Zigarette an und folgte Chosa in die Küche. »Ich frage mich, warum Sie die Sache nicht genauso sehen.«

»Oh, das tue ich doch.« Chosa stellte einen Kessel auf den Herd, nahm zwei hölzerne Trinkschalen aus dem Küchenschrank und schüttete einige Teeblätter hinein. »Aber im Gegensatz zu Ihnen habe ich damit zu leben gelernt.«

Die Suite, ausschließlich für ihn und seine gelegentlichen Gäste reserviert, war Teil eines dreistöckigen Apartmentkomplexes, den Chosa in dem Hochhaus besaß. Seine Leibwächter und Bediensteten wohnten in den darunterliegenden Räumen. Ihm galt das permanente Interesse der Öffentlichkeit, daher schottete er seine Privatsphäre hermetisch ab. Mitternacht war ein auf den ersten Blick merkwürdiger Zeitpunkt, um sich mit dem Chefminister des MITI zu treffen, doch Chosa war ein Yakuza, und persönliche Zusammenkünfte zwischen Mitgliedern der Unterwelt und der Regierung unterlagen natürlich strikten Sicherheitsvorkehrungen. Daß der *daijin* Naohiro Ushiba als Berater des inneren Zirkels fungierte, war ein strenggehütetes Geheimnis, das unter keinen Umständen an die Öffentlichkeit gelangen durfte. Seit Tomoo Kozos Tod Ende letzten Jahres bestand der innere Zirkel aus Chosa, Tetsuo Akinaga und Tachi Shidare, ein junger Mann, der nach Kozos Ableben dessen Amt als *oyabun* des Yamauchi-Clans übernommen hatte. Mit Ausnahme Shidares, der noch zu jung war, waren diese Männer gemeinsam mit Ushiba stimmberechtigte Mitglieder der *godaishu*, die mit der Politik ihres Kaisho Mikio Okami immer unzufriedener geworden war. Nach Monaten erbitterter Debatten hatte man schließlich beschlossen, Okami seines Amtes zu entheben, doch irgendwie hatte ein Unbekannter diese Entscheidung in ein Todesurteil umgewandelt.

»Es ist erniedrigend.«

»Nein.« Abrupt fuhr Chosa zum *daijin* herum. »Wirklich erniedrigend ist zu wissen, daß Sie ein kranker Mann sind.« Er goß heißes Wasser über die Teeblätter, dann setzten sie sich an den Küchentisch und starrten einander feindselig an.

»Ja.« Ushiba paffte an seiner Zigarette und blies eine bläuliche Qualmwolke in den Raum. »Mein Arzt sagt, mein Magengeschwür werde immer schlimmer. Es bricht immer wieder auf, und Schuld daran sind nur die Amerikaner. Finden Sie nicht, daß ich Grund genug habe, diese Barbaren zu verabscheuen?«

Chosa reichte Ushiba eine Trinkschale und warf ihm dabei einen skeptischen Blick zu. »Sicher, aber Sie haben die Amerikaner verdammt, genauso wie sie uns dabei geholfen haben, den Kaisho zu verdammen.«

»Mikio Okami zu ermorden. Ist es das, was Sie als *verdammen* bezeichnen?«

Chosa hob seine Augenbrauen. »Okami ist tot? Wissen Sie mehr als ich, Naohiro?«

»Nein, natürlich nicht.« Plötzlich verzog Ushiba sein Gesicht vor Schmerz, und verkrampft schlossen sich seine feingliedrigen Finger um die Trinkschale. »Ich bin nur davon ausgegangen, daß er mittlerweile tot ist.«

»Bei Okami wäre das ein Fehler.« Chosa trank seinen Tee aus und fuhr mit einem Finger über den Schalenboden, um die feuchtweichen Teeblätter aufzupicken. Er ignorierte Ushibas

Schmerzanfall absichtlich; täte er das nicht, würde der *daijin* sein Gesicht verlieren.

»Aber wenn Okami noch am Leben wäre, hätten wir inzwischen etwas von ihm gehört.«

Chosa leckte seine Fingerkuppe ab und kaute dann genießerisch auf den bitteren Teeblättern herum. »Richtig, bislang habe ich nichts von Okami gehört, aber da der Attentäter tot ist, haben wir keine Bestätigung aus erster Hand.« Er lächelte und legte seine Hand auf Ushibas. »Um den Kaisho brauchen Sie sich keine Gedanken mehr zu machen. Seine Macht ist gebrochen. Es ist genauso, wie mein Großvater zu sagen pflegte: ›Deine wahren Freunde sind diejenigen, die in der Lage sind, dich zu vernichten.‹« Chosa genoß diese Augenblicke, denn sie waren die einzigen Momente, in denen er Ushiba völlig unbefangen gegenübertreten konnte.

»Wenn Sie wirklich davon überzeugt wären, daß Mikio Okami noch lebt, würden Sie etwas dagegen unternehmen«, sagte Ushiba und schnippte die Asche von seiner Zigarette. »*Er* war schließlich Ihr Problem.«

»Ja, ja, der Kaisho«, säuselte Chosa gedankenversunken. »Der Shogun der Neuzeit. Er war eine einzige Katastrophe für uns! So viel Macht in den Händen eines einzelnen Mannes. Ein Unding!«

»Das sagen Sie doch bloß, weil er mächtiger war als Sie. Ich für meinen Teil bewundere ihn dafür.«

»Pah! Mächtiger!« Chosa schien wütend zu werden. »Immerhin war ich derjenige, der seine Ermordung angeordnet hat. Tun Sie doch nicht so, als hätten Sie das nicht gewußt.«

Ushibas weiche Gesichtszüge versteinerten sich. »Ihre Art von Humor wird Ihnen eines Tages noch zum Verhängnis werden. Ich kann Ihnen versichern, daß ich nichts von dem Plan wußte.«

Chosas gute Laune war jetzt endgültig dahin. »Sie haben krampfhaft versucht, das Wesen der Amerikaner zu verstehen, und was hat das Ihnen gebracht? Ein Loch im Magen! Hah!«

»Und Sie«, erwiderte Ushiba aufgebracht, »äffen sie nach wie ein dummer Schuljunge.«

»Und wenn schon. Wenigstens werde ich dabei nicht krank, also machen Sie sich um mich keine Sorgen. Schadet Ihrem Magen.«

»Genau wie dieser Tee.« Ushiba schob die Schale zur Seite. Er stand auf, ging eilig ins Badezimmer und ließ Chosa mit seinen Gedanken allein zurück.

Es stimmte, dachte Chosa mit einem Anflug von Bedauern, früher oder später werden die Amerikaner Naohiro ins Grab bringen. Es würde ein trauriger Tag werden, denn er, Chosa, würde dann den unschätzbaren Vorteil verlieren, den er gegenüber den anderen *oyabun* besaß: seinen direkten Draht in die obersten Etagen der japanischen Politik. Es fiel ihm zwar nicht leicht, aber er wußte, daß er auf diesen Tag vorbereitet sein mußte. Naohiro ging es trotz der intensiven Bemühungen seiner Ärzte immer schlechter. Schon vor Monaten hätte er sich für eine intravenöse Behandlung und eine völlige Ruhigstellung ins Krankenhaus begeben sollen, doch Naohiro wollte – oder konnte – dem nicht zustimmen.

Naohiro war ein echter Samurai-Bürokrat, er besaß *kanryodo.* Seine Arbeit im MITI bedeutete ihm alles, und wenn man ihn vorzeitig ins Grab bringen wollte, sinnierte Chosa, mußte man ihm bloß seine Arbeit wegnehmen. Die Ärzte wußten das und hatten deswegen nicht auf einem Krankenhausaufenthalt bestanden.

Chosa schätzte Ushiba sehr; auf seine ganz spezielle Art hatte er ihn vielleicht sogar gern. Doch Chosa war in erster Linie Pragmatiker. Seine Welt bestand aus Gewalt und Verrat und bot nur wenig Platz für Freundschaften und Sentimentalitäten.

Ushiba kam in die Küche zurück, aschfahl. Er zündete sich eine weitere Zigarette an und stand eine Weile wortlos rauchend da.

Chosa wußte, daß er den *daijin* brüskiert hatte, und versuchte nun, verlorenen Boden wiedergutzumachen. Er ging zum Kühlschrank, nahm eine Milchpackung heraus und füllte Ushibas Schälchen. »Nichts für ungut, mein Freund. Wenigstens müssen Sie sich jetzt nicht mehr über Tomoo Kozo den Kopf zerbrechen.«

Ushiba grunzte mißmutig. »Dieser verrückte *oyabun!* Versucht, Nicholas Linnear zu erledigen, und läßt sich statt dessen von ihm umbringen.«

»Sehen Sie's mal von der guten Seite. Der innere Zirkel des Kaisho ist ohne ihn besser dran.«

Ushiba zuckte mit den Schultern und setzte sich. »Gut möglich, jetzt, wo Sie sich mit Tetsuo Akinaga darauf geeinigt haben, Tachi Shidare zu Kozos Nachfolger zu machen. Sie und Akinaga sind jetzt wesentlich mächtiger als zuvor.«

Während er auf die Milch hinabstarrte, verfinsterte sich Ushibas Miene. »Linnear darf niemals herausfinden, daß seine Frau von Kozos Männern verfolgt wurde, als sie tödlich verunglückte. Wenn man bedenkt, was er von der Yakuza hält, wird er sich wohl kaum damit begnügen, sich nur am Yamauchi-Clan zu rächen. Er wird uns allen an den Kragen wollen. Die Polizei können wir kontrollieren, aber Linnear kann uns in Teufels Küche bringen.«

Chosa grunzte. »Linnear wird die Wahrheit nie erfahren. Der Lastwagenfahrer weiß nicht mehr als das, was er der Polizei erzählte. Der weiße Toyota ist mit keiner Silbe erwähnt worden, und selbst Tanzan Nangi hat keinen blassen Schimmer, daß Kozo Linnears Frau beschatten ließ. Aus welchem Grund hätte Kozo das auch tun sollen? Er war verrückt, das wußten wir doch alle. Was brachte es Kozo, sie beschatten zu lassen? Nichts.«

»Doch, ganz einfach. Sobald Kozo von der Verbindung zwischen Okami und Linnear erfuhr, ließ er Linnears Frau beschatten, um an ihn heranzukommen.«

»Wer war eigentlich dieser Mann, mit dem sie hier in Tokio die Nacht im Hotel verbracht hat?«

»Ihr Liebhaber, Geschäftsführer einer Werbeagentur.« Ushiba starrte noch immer in die Milch; um sein Gesicht kräuselte sich Zigarettenrauch. »Sie waren beide unschuldig.«

»Richtig, aber das haben wir zu dem Zeitpunkt nicht gewußt. Kozo wußte nur, daß dieser Mann Amerikaner war und gleich nach seiner Ankunft in Japan Tanzan Nangi aufgesucht hat. Kozo hat unseren amerikanischen Partnern in der *godaishu* sowieso nicht über den Weg getraut und schöpfte Verdacht.«

»Sie meinen, er wurde paranoid«, sagte Ushiba verächtlich.

»Wenn man einen Verdacht hegt, ist immer auch ein Hauch von Paranoia dabei, oder?« Chosa dachte kurz nach. »Wie dem auch sei, Kozo ließ Linnears Frau beschatten. Sie muß auf den weißen Toyota aufmerksam geworden sein und geriet in Panik.«

»Also war ihr Tod ein Unfall.«

»Ganz und gar nicht«, sagte Chosa langsam. »Wenn man es sich genau überlegt, ist es Linnears Schuld. Das Leben, das er führt, hat sie umgebracht, denn sie fühlte sich ständig verfolgt und hat überall Gespenster gesehen.«

Der *daijin* lachte heiser. »Da fügen Sie dieser häßlichen Geschichte ja einen interessanten Aspekt hinzu.«

»Nicholas Linnear. Wie Sie schon sagten, er ist extrem gefährlich und verfügt über außergewöhnliche Fähigkeiten. Es gibt keinen lebenden *oyabun*, der nicht vor ihm Angst hätte.«

»Außer Ihnen, was?« spottete Ushiba.

»Ich ganz *besonders.«* Chosa goß sich erneut Tee nach und gab sich alle Mühe, Ushibas Milchschälchen taktvoll zu ignorieren. »Ich betrachte Linnears Haß auf die Yakuza mit wesentlich mehr Respekt als die meisten anderen.«

»Belasten Sie die ohnehin schon schwierige Situation jetzt nicht noch mit persönlichen Rachegelüsten.«

»So sehen Sie das?« Chosa fixierte Ushiba. »Ich habe einen triftigen Grund, warum ich Linnear kaltstellen will. Irgendwie bekam Okami Wind von meinem Plan, ihn eliminieren zu lassen, und reagierte darauf ziemlich ungewöhnlich – er bat Nicholas Linnear um Hilfe.«

Ushiba schüttelte den Kopf. »Wie war das nur möglich? Linnear verachtet alle Yakuza.«

»Daran besteht kein Zweifel. Aber Linnear hat japanisches Blut in den Adern, genau wie sein Vater, Colonel Linnear. Seine Familie ist Okami etwas schuldig, und Linnear ist verpflichtet, diese Schuld zu begleichen. *Giri.* Deswegen wurde er Okamis Verbündeter. Aus diesem Grund kann ich nicht glauben, daß der Kaisho tot ist, und deswegen muß Linnear sterben.«

»Ganz gleich, welche Argumente Sie vorbringen, ich verbiete Ihnen, etwas gegen Linnear zu unternehmen.«

Chosa sah ihn spöttisch an. »*Sie* wollen *mir* etwas verbieten?«

»Hören Sie auf mich, aus mir spricht die Stimme der Vernunft. Kozo hat es versucht, und er ist tot. Ich kenne Sie. Sie glauben, Sie seien gerissener als Kozo und könnten Linnear überlisten.«

»Ich *weiß,* daß ich es kann. Schließlich ist er ein Mensch, keine Maschine oder ein Gott. Er ist genauso verwundbar wie jeder andere auch!«

»Sie werden die *godaishu* in Gefahr bringen, bloß weil Sie beweisen wollen, daß Ihre Erektion größer ist als seine.«

»Sie sabbeln wie ein Weib!«

Wütend drückte Ushiba seine Zigarette aus, stand auf und ging zum Küchenfenster hinüber, um die demütigende Milch nicht vor Chosas Augen trinken zu müssen. Es war schon schlimm genug, daß er gegen Chosas törichtes Vorhaben nichts tun konnte. Er wollte nicht länger über Nicholas Linnear und die blutige Auseinandersetzung nachdenken, die Chosa heraufbeschwor. Statt dessen starrte er durch die Fensterscheibe auf das Dickicht aus Chrom, Stahl, getöntem Glas und Eisenbeton. Es war ein atemberaubender Anblick, ein schillerndes Zeugnis seiner erfolgreichen Politik, das Resultat des kometenhaften wirtschaftlichen Aufstiegs seines Landes. *Es ist zu schnell gegangen,* dachte er. *Japan gerät bei seinen krampfhaften Bemühungen, den Westen zu überflügeln, ins Wanken und gleicht dabei einem Kind, das zu rennen gelernt hat, bevor es überhaupt laufen konnte.*

Ushiba drehte sich zum *oyabun* um. »Linnear ist nicht irgendein Mann.«

Chosa hatte sich beruhigt und wirkte sehr entspannt, was Ushiba zusätzliches Kopfzerbrechen bereitete, denn er wußte, daß es bloß die Ruhe vor dem Sturm war. Er wandte sich wieder dem Fenster zu.

»Blödsinn. Ich weiß, warum Linnear die Yakuza so sehr haßt, und ich beabsichtige, das zu seiner Achillesferse zu machen. Männer, die hassen, werden unvorsichtig.«

Plötzlich spürte Ushiba ein bohrendes Stechen im Magen. Sein schmerzverzerrtes Gesicht spiegelte sich in der Scheibe und starrte ihm wie eine groteske Totenfratze entgegen. Als er die Schale an seine Lippen führte und die Milch trank, zitterte seine Hand wie die eines Greises. Er wußte, daß die Milch allein genausowenig ausreichte, um sein Magengeschwür zu kurieren, wie die staatlichen Subventionen, um die wirtschaftliche Talfahrt zu stoppen.

Die Gegenwart war eine einzige Katastrophe. Die Regierung hatte ihr Versprechen, die Banken zu schützen, nicht einhalten können. Drei Viertel des Bankvermögens setzten sich aus Aktien und Immobilienbesitz zusammen, deren Wert mittlerweile einen besorgniserregenden Tiefstand erreicht hatte. Beispielsweise war der Nikkei-Index in den letzten Jahren über vierzig Prozent gesunken, und die Immobilienpreise waren in den Keller gefallen.

Der gegenwärtige Teufelskreis war allen Bemühungen Ushibas zum Trotz nicht zu durchbrechen. Die Rezession hatte eine Flut von Firmenkonkursen ausgelöst, was den Druck auf die Banken und ihre Finanzreserven weiter erhöhte. Dies wiederum verschreckte die Investoren, die ihre Aktien zu nie gekannten Tiefstpreisen verschleuderten und allen Beteuerungen der Regierung, Japans Wirtschaft sei insgesamt gesehen durchaus gesund, keinen Glauben mehr schenkten.

Das Problem ist, dachte Ushiba deprimiert, *daß der kleine Mann* auf der *Straße nach all den Skandalen und Korruptionsfällen glaubt, die Rezession sei eine logische Konsequenz von alledem, und wir verdienten es nicht anders, da wir uns das alles ja schließlich selbst eingebrockt hätten und er hat recht mit seiner Meinung.*

Ushiba wandte sich um und war plötzlich von seiner wehleidigen Grübelei angewidert. Worüber machte er sich überhaupt Sorgen? Schließlich hatten sie die *godaishu.* Egal, welche Katastrophen demnächst über Japan hereinbrechen würden, der *godaishu* konnten sie nichts anhaben, denn die Vereinigung operierte auf globaler Ebene und verbuchte weltweit astronomische Gewinne. Die Männer, aus denen sich die *godaishu* zusammensetzte, hatten nichts und niemanden zu befürchten, selbst einen Nicholas Linnear nicht. Wenn Chosa behauptete, Linnear neutralisieren zu können, blieb Ushiba nichts anderes übrig, als ihm zu glauben. Er *wollte* ihm glauben.

Er wollte auch noch etwas Milch, doch er würde seinen Freund nicht darum bitten. Wieso auch? fragte er sich verbittert. Jedermann einschließlich Chosa glaubte, seine Schmerzen würden von einem Magengeschwür herrühren. Sehr gut. Er hatte sie alle an der Nase herumgeführt. Wie schnell sie ihn doch vor die Tür setzen würden, wenn sie wüßten, daß er Magenkrebs hatte.

Eine Operation hatte er strikt abgelehnt, als ihm die Ärzte die Konsequenzen vor Augen geführt hatten: Er würde ein Pflegefall sein, der nicht einmal seine Nahrung selbst verdauen konnte, an Kanülen und Atemschläuche angeschlossen wie ein nutzloses Stück Fleisch. Nein, niemals. Diese Demütigung durfte er sich nicht antun, dann lieber in Würde sterben.

»Eins weiß ich mit Sicherheit«, sagte Chosa. »Die *godaishu* hat ohne Mikio Okami größere Chancen, ihre Ziele zu verwirklichen.«

»Okami verlor den Glauben an das, was er in Gang gesetzt hatte«, entgegnete Ushiba nachdenklich. »Warum bloß? Das frage ich mich immer wieder. Okami ist immer ein glühender Patriot gewesen und hat alles getan, um dem moralischen Verfall Einhalt zu gebieten, der Japan befallen hat, seitdem uns die Amerikaner eine Verfassung aufzwangen, die sie für uns geschrieben haben, als seien wir unmündige Kinder.«

»Was spielt das für eine Rolle? Okami gehört der Vergangenheit an«, sagte Chosa bestimmt. »Was immer er dachte, hat jetzt keine Bedeutung mehr. Uns gehört die Zukunft. Es ist unser Karma, mein Freund, und wir stehen so kurz vor dem Ziel, daß ich es beinahe riechen kann.«

»Mag sein, aber es gibt immer noch viele Probleme, die gelöst werden müssen«, sagte Ushiba und beneidete den *oyabun* um dessen Zukunft, die er, Ushiba, nicht mehr hatte. »In erster Linie muß man sich um die Amerikaner kümmern. Ihre Dominanz in Glasfasertechnologie und Telekommunikation stellt schon jetzt eine Bedrohung für unsere Zukunft dar. Das 21. Jahrhundert wird von den Firmen beherrscht werden, die Daten am schnellsten und effizientesten transportieren können.«

»Noch ein Grund, Linnear zu fürchten. Seine Firma Sato-Tomkin International hat im Bereich der Telekommunikation diverse, patentrechtlich geschützte Innovationen entwickelt, von denen wir gegenwärtig nur träumen können. Sie sind gerade dabei, in China, Indien und Malaysia tausende Kilometer Glasfaserkabel zu verlegen, die diese Länder eines Tages zu ernstzunehmenden Konkurrenten für uns machen werden.«

»Ich kann mich nur wiederholen und muß Sie noch einmal eindringlich vor Linnear warnen. Er ist ein Ninja und zudem außerordentlich intelligent«, sagte Ushiba. »Ich habe versucht, ihn einzuschüchtern, aber ohne Erfolg.«

»Es ist nicht Ihre Aufgabe, sich über Linnear den Kopf zu zerbrechen.«

»Ich weiß, aber es ist meine Pflicht, die *godaishu* zu schützen. Sich mit Linnear anzulegen, birgt unkalkulierbare Risiken. Wenn wir ihn in unsere Angelegenheiten hineinziehen ...«

»Er ist Okamis Verbündeter«, fiel ihm Chosa ins Wort. »Er steckt bereits bis zum Hals in unseren Angelegenheiten.«

Nicholas kam es so vor, als würden sie schon seit einer Ewigkeit in dieser verrosteten Blechschüssel sitzen, auf die vielleicht vor zwanzig Jahren eine Bezeichnung wie ›Bus‹ gepaßt haben könnte. Geräuschvoll rumpelten sie über eine schlaglochübersäte Asphaltstraße. Der Geruch im Wageninneren war erbärmlich; es stank nach Tieren, Urin und Kot. Jedes Schlagloch ließ die Hühner aufkreischen, was den zitronengelben Vogel jedesmal vor Angst mit den Flügeln flattern ließ. Der Vogel hockte in einem winzigen, vom Wagendach herunterhängenden Bambuskäfig neben dem Kopf des Fahrers. Nicholas hatte gehört, daß Vietnam das Land war, in dem die Leute Vögel an der Leine führten und Hunde zum Abendessen verspeisten. Shindo hatte ihn davor gewarnt, jemals nach der Fleischsorte zu fragen, die er serviert bekam.

Anscheinend wurde diese vierrädrige Todesfalle ausschließlich dazu benutzt, Kleinvieh zum Markt zu transportieren, denn außer Nicholas und Bay waren keine menschlichen Passagiere an Bord, und auch am Straßenrand wartete niemand. Daß Bay überhaupt von der Existenz dieses Gefährts wußte, erstaunte Nicholas, doch es hatte nicht weit von dem Punkt, an dem sie an Land gegangen waren, auf sie gewartet. Zwanzig Minuten später hatten sie Saigon hinter sich gelassen und fuhren in südwestliche Richtung.

»Wohin fahren wir eigentlich?« fragte er Bay.

»Zum Eisernen Dreieck.« Er vermutete, sie meinte Cu Chi. Diese Region war während des Krieges ein einziges Schlachtfeld gewesen, eine freie Schußzone, in der auf alles geschossen wurde, was sich bewegte. Das Gebiet war zu zweifelhaftem Ruhm gelangt, weil sich unter ihm ein weitverzweigtes Tunnelsystem befand, das dem Vietkong weiträumige Kontrolle über die Umgebung Saigons ermöglicht hatte. Die Vietnamesen hatten mit dem Tunnelbau während des Krieges gegen die Franzosen begonnen und das unterirdische Netzwerk im Lauf der Jahre stetig vergrößert, bis es sich schließlich bis zur kambodschanischen Grenze erstreckte.

»Bay, ich möchte jetzt ein paar Antworten von Ihnen. Welche Beziehung hatten Sie zu Vincent Tinh?«

Bay starrte aus dem Fenster. Ihr dichtes langes Haar ergoß sich wallend über eine Schulter. Sie schien eine willensstarke, hochmotivierte Frau zu sein – kein Wunder, daß ihr Possenspiel als Mann bühnenreif gewesen war. Sie hatte die Art von Gesicht, das, obwohl durch und durch feminin, nur einen Hauch Make-up brauchte, um daraus ein überzeugend aussehendes Männergesicht zu machen. Ihr beinahe androgynes Aussehen ließ sie um so verwirrender und interessanter erscheinen, besonders, weil sie sich dessen vollkommen unbewußt war.

»Er wollte, daß ich für ihn arbeite, aber ich habe abgelehnt«, sagte sie nach einer Weile. Ihr Gesicht war noch immer ein wenig von ihm abgewandt, aber in der dunklen Fensterscheibe sah er das geisterhafte Spiegelbild ihres Kopfes. »Außerdem wollte er mit mir ins Bett, doch ich kannte seinen Ruf und wußte, daß er mich völlig vereinnahmt hätte, wenn ich auf einen seiner Vorschläge eingegangen wäre.« Sie spielte nervös mit ihren Fingern. »Das konnte ich mir nicht erlauben, denn meine berufliche Unabhängigkeit ist mein Kapital – ich biete meine Dienste verschiedenen Gruppierungen an, manchmal vermittle ich sogar zwischen verfeindeten Parteien.«

»Ich schätze, mit ›Parteien‹ meinen Sie Drogenbarone, Waffenhändler, Terroristen und so weiter.«

Es dauerte eine ganze Weile, bis Bay antwortete. Der Bus rumpelte durch die Nacht, die Hühner krächzten, und der zitronengelbe Vogel hüpfte zwischen seinen Sitzstangen hin und her, als stünde er unter Strom.

»Was immer Sie von mir denken mögen, *Chu* Goto, ich mußte hart arbeiten, um meine heutige Position zu erlangen. Ich bin niemandem verpflichtet, aber viele einflußreiche Leute schulden mir einen Gefallen. Wissen Sie, wie wichtig das ist? Wahrscheinlich nicht. Mein Land ist anders als alle anderen. Man muß viel Zeit, Geduld und Verständnis aufbringen, um Vietnam zu verstehen. Wenn Sie mein Land nach ihren Maßstäben beurteilen, könnte das in einer Katastrophe für Sie enden.«

Jemand anders hätte ihre Worte wahrscheinlich vorschnell

als dummes Frauengeschwätz abgetan, aber für Nicholas waren Zeit, Geduld und Verständnis drei immens wichtige Tugenden. Außerdem hatte er gelernt, daß es lebenswichtig war, sich in fremde Denkweisen hineinzuversetzen, in sie einzutauchen und das Fremdartige, Bizarre und Beängstigende in sich zu absorbieren. Für einen Außenstehenden besaß Vietnam eine furchteinflößende Kultur, und das Entsetzen lähmte einen immer im falschen Augenblick. Bay hatte recht: Es könnte tödlich für ihn sein, sie so zu beurteilen, als wäre sie eine Japanerin oder Amerikanerin.

»Sie sind eine sehr kluge Frau«, sagte er vorsichtig. »Können Sie mir etwas über Tinhs Tod sagen?«

»Es war kein Unfall, aber ich schätze, das wissen Sie längst, oder?«

»Ja.«

»Wissen Sie auch, daß er auf chinesische Art umgebracht wurde?«

»Chinesische Art? Was meinen Sie?«

»Früher ermordeten die chinesischen Drogenbarone in den Shan-Bergen ihre Feinde auf die Art, wie Vincent Tinh getötet wurde. Sie erschossen sie und warfen sie in ein Säurebad, das normalerweise dazu dient, Mohn zu Opium zu veredeln. Das Ganze sollte eine Warnung für potentielle Verräter sein, verstehen Sie?«

»Was meinen Sie mit ›früher‹? Machen sie es heute nicht mehr so?«

Bay schwang ihren Kopf zur Seite; dabei strich ihr Haar wie ein Flügelschlag durch die Luft und ergoß sich über die andere Schulter.

»Nein – es gibt sie nicht mehr. Ein einzelner Mann hat sie aus dem Geschäft gedrängt. Er kontrolliert jetzt praktisch den gesamten Mohnhandel allein.«

»Tatsächlich? Von einem solchen Mann habe ich noch nie gehört.«

»Das überrascht mich nicht.« Bay musterte ihn eine Weile. »Den Namen dieses Mannes auch nur zu erwähnen, bedeutet, sein eigenes Todesurteil zu unterschreiben.«

»Nun gut. Ich akzeptiere das. Aber ist dieser Mann für Tinhs Ermordung verantwortlich?«

Bays Augen, dunkel wie schwarzer Kaffee, ruhten auf seinen. »Ich werde Ihnen über den Ort, zu dem wir unterwegs sind, eine Geschichte erzählen. Er heißt Cu Chi. Haben Sie davon gehört?«

»Ja, hab' ich.«

»Während des Krieges errichtete die 25. Division eine Operationsbasis in Cu Chi, um den Vietkong nicht noch näher an Saigon heranrücken zu lassen. Niemand wußte, wie der Vietkong scheinbar nach Belieben so tief in feindliches Gebiet vordringen konnte. Nachdem man dann in dem neuen Lager monatelang allmorgentlich erstochene Soldaten gefunden hatte, stießen die Amerikaner zufällig auf das Tunnelsystem – ohne es zu wissen, hatte die 25. Division ihr Basislager direkt über den Tunneln errichtet.«

Nicholas dachte eine Weile über die Geschichte nach. »Hatte sich Tinh zu nah an den Mann herangewagt, der jetzt den Mohnhandel kontrolliert?«

»Der Mohnhandel ist nicht das einzige, was er kontrolliert.«

Kein Wunder, daß Chief Inspector Van Kiet nicht auf Shindos Angebot eingegangen war, dachte Nicholas. Van Kiet hatte sich vor Angst fast in die Hosen gemacht.

»Bay, wie heißt dieser Mann?«

»*Chu* Goto, oder wie auch immer Sie wirklich heißen, ich habe Ihnen zwar gesagt, ich sei unabhängig, aber das bedeutet nicht, daß ich mir keine Feinde mache, wenn ich eine Dummheit begehe.«

Plötzlich wurden sie vom Busfahrer unterbrochen, der ihnen mit kehliger Stimme etwas undefinierbares zurief. Eilig ging Bay nach vorne, und Nicholas hörte, wie sie kurz miteinander sprachen. Selbst aus dieser Entfernung konnte er den besorgten Tonfall in ihren Stimmen heraushören.

Als Bay zurückkam, war ihr Gesicht aschfahl. »Wir kriegen Ärger, vor uns ist eine Polizeisperre. Ich glaube, sie suchen uns.«

»Warum? Wir haben nichts verbrochen.«

Bay rollte mit den Augen. »Nichts, außer daß wir unerlaubt den Tatort eines Mordes verlassen haben, in einem Sperrgebiet auftauchen und vorhaben, gestohlene Computertechnologie zu verkaufen – und dies sind bloß die drei berechtigten Anklagepunkte, die man gegen uns erheben kann.«

»Ja, aber …«

»Dreißig Jahre Gefängnis ohne Gerichtsverfahren, ohne Aussicht auf vorzeitige Entlassung. Ihre Regierung unterhält keine formellen diplomatischen Beziehungen zu Vietnam. Wenn man Sie schnappt, sind Sie erledigt.«

Sie führte ihn in den hinteren Teil des Busses, wo der Fahrer die Falltür geöffnet hatte.

»Viel wahrscheinlicher ist jedoch, daß die Polizei von irgendwelchen einflußreichen Hintermännern bestochen wurde. Falls sie uns schnappen, können wir von Glück reden, wenn sie uns nicht auf der Stelle erschießen.«

Als sie in die Nacht hinaussprang, verschluckte der Wind ihre letzten Worte. Nicholas folgte ihr, ohne zu zögern.

Einen Moment lang war Chefminister Ushiba blind vor Schmerz. Dann hellte sich seine Sicht wieder auf, und er konnte das einfache Holzgebäude des Yasukuni erkennen.

Des chaotischen Verkehrslärms ungeachtet, hallten hier noch immer die heiseren Durchhalteparolen einer vergangenen Epoche durch den smogverpesteten Nachmittag.

Der Yasukuni-Schrein, mitten im Herzen Tokios in der Nähe des Königspalastes, war eine Gedenkstätte sowohl für die zivilen Kriegsopfer als auch für die Kamikaze-Flieger, die im Zweiten Weltkrieg bekanntermaßen ihr Leben gegeben hatten, um einen Sieg zu erzwingen, der ihrer Nation letztendlich nicht vergönnt sein sollte.

Ushiba widerstand der Versuchung, eine Hand auf seinen schmerzenden Bauch zu legen, und nahm statt dessen eine Tablette. Mittlerweile schluckte er täglich drei anstatt einer, und er mußte sich anstrengen, einen klaren Kopf zu behalten, denn das Schmerzmittel benebelte seinen Verstand in zunehmendem Maße. Wo sollte das noch hinführen? Er nahm an, daß er bereits süchtig war. Es war ihm unmöglich, einen langen, mit unzähligen Terminen vollgestopften Tag ohne die schmerzlindernde Wirkung der kleinen weißen Erlöser durchzustehen.

Er zündete sich eine Zigarette an und sog den Rauch tief in seine Lungen. Während er auf den Schrein zuschritt, zwang er sich dazu, so normal wie möglich zu gehen. Er dachte an die Geschichte des Yasukuni, das in der zweiten Hälfte der dreißiger Jahre zum Zentrum rechtsorientierter Propagandademonstrationen geworden war, welche die Regierung inszeniert hatte, um die Bevölkerung aufzuheizen und sie in einen allgemeinen Kriegstaumel zu versetzen.

Erst kürzlich hatte der oberste Gerichtshof beschlossen, daß es amtierenden Ministern untersagt sei, im Schrein zu beten, da laut Nachkriegsverfassung eine strikte Trennung zwischen Staat und Kirche zu erfolgen habe. Dabei handelte es sich natürlich um die von den Amerikanern diktierte Verfassung, und die meisten Minister ignorierten den Gerichtsbeschluß.

Im Schrein waren einige weißhaarige alte Männer, zweifellos Veteranen, die vom Krieg träumten und ihrer getöteten Kameraden gedachten. Ushiba trat seine Zigarette aus und stellte sich zu ihnen. Er läutete die Glocke, um den *kami* des Schreins zu wecken. Dann klatschte er zweimal in die Hände und senkte sein Haupt zum Gebet.

Er schob einige Münzen zwischen die roten Holzleisten der Sammelbüchse und ging danach zu einem nahe gelegenen Gebäude. Es schien wegen Reparaturarbeiten geschlossen zu sein, denn vor dem Eingang standen diesbezügliche Hinweisschilder, und überall schwirrten Männer in Arbeitsmonturen herum. Bei genauerem Hinsehen wurde jedoch klar, daß sie keine Arbeiter waren.

Der größte von ihnen bedachte Ushiba mit einem abweisenden Blick, doch als er ihn erkannte, verneigte er sich respektvoll, hob einige Werkzeuge auf und ging aus dem Weg.

Ushiba betrat das Gebäude, ein Museum, das der Kamikaze-Toten gedachte. Die Wände waren mit zerfetzten Flaggen, alten Standarten und eilig hingekritzelte Gedichten geschmückt.

Ergriffen rezitierte Ushiba ein *haiku:*

Der Wind trägt genügend
gefallene Blätter herbei,
um aus ihnen ein Feuer zu entzünden.

Im Museum war noch ein anderer, hoch aufgeschossener spindeldürrer Mann; die Knochen seiner Handwurzeln ragten wie monströse Druckknöpfe hervor. Als er Ushiba hörte, drehte er sich um, und ein zaghaftes Lächeln huschte über sein Gesicht.

Es war Tetsuo Akinaga, *oyabun* des Shikei-Clans, neben Akira Chosa und Tachi Shidare, Tomoo Kozos Nachfolger, das dritte Mitglied des inneren Zirkels. Es war kein Zufall, daß genau diese *oyabun* Okami dabei geholfen hatten, die *godaishu* aufzubauen. Seit der Demission des Kaisho schien sich Ushibas Rolle vom bloßen Berater zum vollwertigen Ratsmitglied gewandelt zu haben.

»Ein passender Ort, um sich zu treffen, was, *daijin?*«

»In der Tat.«

Akinaga hatte das Recht, ihn mit seinem Namen anzusprechen, doch der *oyabun* schien es vorzuziehen, anstelle von Namen Titel zu benutzen. Ushiba vermutete, daß es Akinaga half, die verschiedenen Ressorts auseinanderzuhalten, die bei einer Vollversammlung der *godaishu* aufeinandertrafen.

Er hatte stahlgraue, unmodisch lange Haare, die er in überlieferter Samurai-Tradition streng nach hinten gekämmt trug. Seine eingefallenen Wangen und die dicke, plattgedrückte Nase ließen seine tiefliegenden Augen noch furchteinflößender erscheinen, als sie ohnehin schon waren. Er war genau wie Chosa Ende fünfzig, sah aber wesentlich älter aus. Das Alter, mutmaßte Ushiba, und der alles verzehrende Umgang mit der Macht hatten seine Mundwinkel im Laufe der Jahre heruntergezogen, so daß seine Miene unentwegt Mißbilligung auszudrücken schien. Er war ein Mensch, der miterlebt hatte, wie aus ehemaligen Todfeinden Partner geworden waren, und daher wußte er, daß es keinen substantiellen Unterschied zwischen beiden gab.

»Die Stille an diesem Ort ist einfach herrlich«, sagte Akinaga. »Wie die Stille, die sich bei Sonnenuntergang über die ländliche Natur legt.« Er lachte. »Ich fürchte, ich werde in meinem fortgeschrittenen Alter noch zum Poeten.«

Ushiba spürte das grausame Brennen in seinem Bauch, und plötzlich verstand er. Ihm war jetzt klar, daß er nur in seinen geliebten *haiku* und in deren oft erschreckenden Metaphern Trost finden würde; sie waren das einzige, was ihm noch blieb. Und natürlich die ehrgeizigen Pläne der *godaishu,* die bald Wirklichkeit werden würden.

Die beiden Männer schlenderten unter den Bannern der gefallenen Helden entlang und spürten die schwere Bürde des komplexesten aller japanischen Denkmodelle, der Ehrhaftigkeit der Niederlage.

»Ich habe großen Respekt vor Ihnen, *daijin.*« Akinaga nickte anerkennend. »Vor sechs Monaten sagten Sie mir, Sie wären in der Lage, den Kursverfall an der Börse zu stoppen. Das hat mich sehr gefreut, denn die meisten Banken, die ich kontrolliere, haben in Nikkei investiert. Doch um ehrlich zu sein, habe ich Ihnen damals nicht geglaubt. Normalerweise halte ich nicht viel von staatlichem Interventionismus, aber was Sie in diesem Zeitraum bewegt haben, grenzt an ein Wunder. Der Nikkei ist seitdem um fünftausend Punkte gestiegen, und meine Banken regenerieren sich allmählich.«

»Zugegeben, es war nicht einfach«, sagte Ushiba, »und ich finde es ziemlich gefährlich, wenn die Regierung Gelder aus der Rentenkasse in den Aktienmarkt pumpt, um die Nachfrage und damit auch die Preise zu erhöhen. Wir haben sogar einige Gerüchte lanciert, um das Preisniveau in einigen besonders angeschlagenen Bereichen anzuheben, und waren einem immensen Druck ausgesetzt, als wir beschlossen, keine neuen Wertpapiere auf dem Aktienmarkt zuzulassen. Aber natürlich mußten wir all das tun; je weniger Aktien im Umlauf sind, desto größer ist die Nachfrage.«

»Und es hat perfekt funktioniert.«

»Aber es ist wieder künstlich, genau wie der Boom auf dem Immobilienmarkt in den Achtzigern. Unsere Manipulationen könnten negative Auswirkungen haben, die niemand von uns abzusehen vermag.«

Akinaga lächelte. »Die Geschichtsschreibung gibt Ihnen recht, *daijin.* Ich bin fest davon überzeugt, daß wir die Talsohle durchschritten haben und uns auf dem Weg aus der Rezession befinden.«

Die beiden Männer, verbunden durch ihre tiefgreifende Wertschätzung für die Vergangenheit, scheuten davor zurück, auf ihre gemeinsamen Geschäftsaktivitäten zu sprechen zu kommen. Sie lebten gleichzeitig in der Vergangenheit und in der Zukunft; die Gegenwart hatte keine Bedeutung, sondern war nur die Brücke zwischen diesen beiden Realitäten.

»Die Frage, die ich vor dem Rat immer wieder aufwerfen werde, ist«, sagte Akinaga schließlich, »ob wir diesem anderen

Mafia-*oyabun* vertrauen können. Die amerikanische Mafia ist auf dem absteigenden Ast. Das Ehrgefühl und das Traditionsbewußtsein, das ihre Bosse für uns zugänglich gemacht hat, ist von zahlreichen Kronzeugen mit Füßen getreten worden; sie sagen bereitwillig gegen ihre eigene Organisation aus, bloß weil sie dumme Rachegelüste hegen oder unzufrieden sind.«

Ushiba nickte. »Und wir müssen uns jetzt mit Caesare Leonforte herumschlagen; er ist ein Heißsporn, lange nicht so intelligent und vorausschauend wie Dominic Goldoni. Andererseits kann das auch gut sein. Wir haben vergeblich versucht, Goldoni zu kontrollieren, genau wie die Leute aus der US-Regierung, mit denen er angeblich zusammengearbeitet hat.«

Akinaga schien unbeeindruckt. »Ich mache mir nicht bloß wegen Leonforte Sorgen, sondern auch wegen der Vielzahl unzuverlässiger und daher gefährlicher Männer, mit denen wir zusammenarbeiten müssen, damit die *godaishu* funktioniert. Die Mafia, Leute aus amerikanischen Regierungskreisen, ja selbst unsere langjährigen Kontakte in Vietnam – all diese *iteki* machen mich ganz nervös, weil wir ihre Denkweise nicht so gut verstehen wie Okami.«

Akinaga schüttelte den Kopf. »Und Chosa ist sich nicht einmal der fürchterlichen Risiken bewußt, die wir eingehen, um unsere Ziele zu erreichen. Er verschließt einfach die Augen vor der Möglichkeit einer weltweiten Katastrophe – ein simples Mißverständnis zwischen Menschen aus völlig fremden Kulturkreisen könnte ausreichen, um einen schrecklichen Holocaust heraufzubeschwören.«

Akinagas Gesichtszüge verdüsterten sich, und plötzlich ging eine bedrohliche Spannung von ihm aus. »Meine schlimmsten Befürchtungen sind wahr geworden. Chosa hat sich zu sehr mit den Amerikanern eingelassen. Diese *iteki* haben keine Ahnung von unseren wahren Zielen – ihnen geht es einzig und allein um Geld. Sie sind käufliche Barbaren ohne Ehrgefühl und Idealismus. Wenn wir nur einen Augenblick lang unachtsam sind, fallen sie uns in den Rücken wie tollwütige Hunde.«

»Stimmt, aber bedenken Sie, was wir gerade durchgemacht haben«, sagte Ushiba. »Als uns Okami und Goldoni betrogen haben, wäre um ein Haar das Undenkbare passiert. Aber wie Sie selbst feststellen konnten, funktionieren unsere Sicherheitsvorkehrungen. Goldoni ist tot, Okami verschwunden. Es gibt keinen Anlaß zur Besorgnis. Wir sind auf dem Weg in eine glorreiche Zukunft.«

»Natürlich wurden sie neutralisiert«, sagte Akinaga in scharfem Tonfall. »Das habe ich geregelt. Okami war viel zu gefährlich. Er besaß *koryoku* – die Kraft der Erleuchtung.«

Ushiba konnte nicht fassen, daß zuerst Chosa und jetzt Akinaga für sich in Anspruch nahmen, Urheber das Mordkomplotts gegen den Kaisho gewesen zu sein. Er versuchte, sich seine Verwirrung nicht anmerken zu lassen und sagte: »*Koryoku?* Nie davon gehört.«

»Das überrascht mich nicht.« Akinaga verschränkte seine Arme auf dem Rücken und wirkte dabei wie ein Professor. »Ich habe es auch nur zufällig aufgeschnappt, als Okami es einmal beiläufig erwähnte. Ich habe mich schlau gemacht. Es ist eine Art tiefer Meditationszustand, und doch muß es noch viel mehr sein – wie soll ich sagen, eine Art zweites Gesicht, das einem ein beinahe überirdisch anmutendes Intuitionsvermögen verleiht. Für einen so intelligenten und ehrgeizigen Mann wie Okami war das natürlich ein unschätzbarer strategischer Vorteil gegenüber seinen Konkurrenten. Ich bin davon überzeugt, daß Okami nur durch *koryoku* in der Lage war, so lange mit dem Mafia-Don Goldoni gemeinsame Sache zu machen, ohne daß wir es merkten.«

»Dieses *koryoku* würde viel von Okamis Macht und Einfluß erklären. Immerhin ist er schon über neunzig.«

Akinaga rieb sich die Augen. »Aber was hatten er und Goldoni vor? Wir haben unsere besten Leute darauf angesetzt, aber sie konnten nichts herausbekommen.«

Endlich konnte Ushiba etwas Konstruktives zu der Unterredung beisteuern; bislang war ihr Gespräch ziemlich einseitig verlaufen. Akinaga hatte über Chosa hergezogen, und er, Ushiba, hatte dem nichts entgegenzusetzen gehabt. »Vielleicht haben sie an den falschen Orten gesucht.«

Akinaga blieb wie angewurzelt stehen. Er war ein Mann, der Versagen unter keinen Umständen tolerierte. »Wie meinen Sie das, *daijin*?«

»Mir ist zu Ohren gekommen, daß Okami von Ihrem Attentatsplan wußte. Er hat Nicholas Linnear um Hilfe gebeten.«

Akinaga machte eine abfällige Geste. »Unsinn. Linnears Haß auf die Yakuza ist allgemein bekannt. Wer hat Ihnen denn dieses Märchen erzählt?«

»Akira Chosa. Und bevor Sie diese Theorie als Unsinn abtun, sollten Sie noch einmal genau darüber nachdenken – es ist gut möglich, daß es stimmt. Schließlich lehrt uns Japans Geschichte, daß das Vortäuschen von Feindschaft ein erfolgreiches Täuschungsmanöver sein kann.«

»Schon möglich«, sagte Akinaga, der noch immer nicht überzeugt war, »aber jeder weiß doch, wie sehr Chosa Linnear haßt. Indem er nun dieses Märchen verbreitet, bekommt er einen Grund, sich an Linnear zu rächen.«

Ushiba, der mit Beunruhigung registriert hatte, daß seit dem Verschwinden des Kaisho die Uneinigkeit im inneren Zirkel immer größer wurde, bemühte sich, seiner Rolle als Vermittler gerecht zu werden. »Niemand, schon gar nicht Chosa selbst, leugnet seinen Haß auf Linnear. Auch ich habe Chosa vorgehalten, daß er sich doch bloß aus persönlichen Motiven an Linnnear rächen wolle, doch er bestreitet das entschieden. Außerdem, wenn Linnear die Yakuza tatsächlich so sehr haßt, was wollte er dann vergangenen Monat in Venedig, wo Okamis Hauptquartier ist?«

Wie Ushiba vorausgesehen hatte, ließ diese Neuigkeit Akinaga verstummen. »Nun gut«, sagte er nach einer Weile, »im Augenblick gebe ich mich geschlagen. Aber ich warne Sie, Ushiba. Ich werde nicht untätig zusehen, wie Chosa einen persönlichen Rachefeldzug führt. Ich stimme zu, daß man sich um Linnear kümmern muß, weil er die *godaishu* vernichten kann, aber ich mache mir keine Illusionen über ihn. Ich weiß um Linnears Fähigkeiten. Mein Vater kannte Colonel Linnear sehr gut. Sie haben sich des öfteren in schwierigen Situationen geholfen, und ich empfinde noch heute eine tiefe Zuneigung für den Colonel. Ich kann mich noch gut an seine Beerdigung erinnern. Es war das erste und einzige Mal, daß ich meinen Vater habe weinen sehen. Niemand außer mir hat es bemerkt. Er trug eine dunkle Brille, und nur weil ich direkt neben ihm gestanden habe, konnte ich sehen, wie sehr ihn der Tod des Colonels berührte.«

Akinaga starrte zu den blutbefleckten Kamikaze-Bannern über ihren Köpfen hoch und lächelte zaghaft. »Aber mir ist klar, daß Vater nicht gleich Sohn ist. Der Colonel wußte, daß es manchmal ratsam war, die amerikanische Gesetzgebung nicht immer haarscharf zu befolgen, sondern sie den japanischen Verhältnissen anzupassen. Ich bezweifle, daß Nicholas Linnear ebenfalls dazu in der Lage ist. Er folgt einem strengen Ehrenkodex. Wäre er ein Samurai im siebzehnten Jahrhundert gewesen, ich glaube, er hätte sich geweigert, einen *ninja* anzuheuern, um die *bushido*-Gesetze zu umgehen. Die damalige Auffassung vom Kampf als einem politischen Mittel wäre sein Untergang gewesen.«

»Dennoch sollten Sie sich vor Linnear in acht nehmen«, gab Ushiba zu bedenken. »Man erzählt sich, daß er weitaus gefährlicher sei, als wir alle glauben. Einen schlafenden Dämon zu wecken, ist bestimmt keine kluge Strategie. Die *godaishu* steht kurz davor, ihre Machtposition endgültig zu festigen, und man sollte zu diesem Zeitpunkt besser nichts tun, was Linnear gegen uns aufbringen könnte.«

»Schon möglich. Aber wenn ich Argumente wie die Ihrigen höre, werde ich immer an den ruhmreichen Yoshitoshi erinnert, der auszog, das dämonische Spinnenmonster zu vernichten, das neuntausendneunzig heroische Männer niedergemetzelt hatte. Als er das Monster schließlich fand, war es schwerverletzt, denn ihm waren im Kampf zahlreiche Wunden zugefügt worden. Es konnte weder sich noch das Nest verteidigen, in dem seine Jungen schliefen.« Seine scheinbar noch tiefer in die Höhlen gesunkenen Augen blickten traurig. »Die Wahrheit ist nicht immer das, wofür wir sie halten, oder so, wie wir sie gerne hätten, *daijin*.«

Ushiba nickte und dachte an Chosas Versprechen, Linnears Achillesferse gefunden zu haben. »Ja. Ich schätze, sogar Spinnenmonster können vernichtet werden.« Er blickte nach oben auf die blutbefleckten Kamikaze-Banner und dachte noch einmal an das dämonische Untier und seine Brut. Akinaga hatte mit dem sagenumwobenen Monstrum Nicholas Linnear gemeint, doch Ushiba glaubte, daß man die Legende genausogut auch auf dessen Vater beziehen konnte, Colonel Linnear, der seinem Sohn den Charakter des legendären japanischen Helden eingeimpft hatte, der auch vor einem übermächtigen Feind niemals halt machte.

»Sie klingen nicht wirklich überzeugt.«

Ushiba fröstelte und zog seine Schultern ein. Er wünschte, er hätte einen wärmeren Mantel angezogen, doch er war fest entschlossen, diesen Schakalen kein Zeichen der Schwäche zu zeigen, da ansonsten seine Position im inneren Zirkel ins Schwanken geraten würde. »Akinaga-san, ich verbringe fast die Hälfte meiner Zeit mit den Amerikanern, und ich kann diese ungehobelten Barbaren einfach nicht respektieren. Im Gegensatz zu Chosa betrachte ich ihre sogenannte Kultur als einen äußerst schlechten Einfluß auf die japanische Gesellschaft. Aber Nicholas Linnear ist kein *iteki*. Um genau zu sein, ich bin davon überzeugt, daß er anders ist als alle anderen. Chosa will das einfach nicht wahrhaben.«

»Huh, Chosa.« Akinaga machte ein Gesicht, als bekäme er verdorbenen Fisch dargereicht. »Ich glaube, er will der neue Kaisho werden, obwohl er immer behauptet, dieses Herrschaftsmodell sei inakzeptabel, da es zuviel Macht in die Hände eines einzelnen Mannes lege. Ich billige seine Unbesonnenheit nicht, aber ich kann sie verstehen. Stellen Sie sich doch bloß einmal vor, welchen Ruhm der Mann erntet, der Nicholas Linnear vernichtet. Für mich ist Chosas Vorhaben nur ein weiteres Manöver, um Einfluß über uns zu gewinnen.«

Also war sich auch Akinaga der Gefahr nicht bewußt, die Nicholas Linnear für sie darstellte. Genau wie Chosa war er viel zu sehr mit den Grabenkämpfen und Intrigen zwischen den verbleibenden *oyabun* des inneren Zirkels beschäftigt, um sich die langfristigen Auswirkungen vor Augen zu führen, die ein weiterer Attentatsversuch auf Linnear haben würde. Ushiba konnte die ständigen Auseinandersetzungen zwischen den *oyabun* nicht länger ertragen. Wie sehr er doch den Kaisho vermißte, der, trotz all seiner Fehler, stets für Einigkeit unter den Ratsmitgliedern gesorgt hatte. Seit Okamis Demission betrachteten die *oyabun* jede Angelegenheit von einer persönlichen Warte und suchten ständig ihren eigenen Vorteil, anstatt zum Wohle der *godaishu* zu handeln. Dennoch war Ushiba überrascht, daß er Okami nachtrauerte, denn schließlich hatte er erst vor wenigen Monaten für dessen Amtsenthebung gestimmt.

»Ich habe genau wie alle anderen einen Eid geleistet. Die *godaishu* kommt an erster Stelle.« Ushibas Hände steckten tief in seinen Manteltaschen und waren zu Fäusten geballt. »Die *godaishu* ist das einzige, was für mich zählt, denn ich weiß, daß sie etwas bewerkstelligen kann, was unsere Regierung niemals schaffen wird – die Dominanz des Weltmarktes, angefangen bei Computern über Waffenhandel, Petrochemie bis hin zum Drogengeschäft.«

Ushiba seufzte. »Endlich ist die Zeit der *godaishu* gekommen. Unsere Wirtschaft liegt brach. Die Gewinne werden immer geringer, und viele *keiretsu* tun das Undenkbare: Sie verringern ihre Produktion, indem sie Arbeiter entlassen und ganze Fabriken stillegen. Am schlimmsten ist, daß wir das Schadensausmaß für unsere Finanzwirtschaft noch gar nicht überblicken können. Wie viele Firmen werden noch bankrott gehen? Und die ach so schlauen Amerikaner wollen einen starken Yen. Sie behaupten, das helfe ihrem Handelsdefizit mit uns, aber ich kenne ihre wahren Motive: Sie wissen, daß ein starker Yen unseren Aufschwung lähmt, da er unsere Waren in Übersee zu teuer macht. Die Amerikaner haben uns am Boden, und wenn es nach ihnen ginge, werden wir da auch für immer bleiben.«

»Ah, aber dieses Chaos kann der *godaishu* doch nur recht sein«, warf Akinaga ein. »Diese Finanzkatastrophe bildet den perfekten Nährboden für unser Gedeihen, finden Sie nicht auch?«

Ushiba nickte. »Ja, das tue ich, und um so mehr Grund hat der Rat, mit vereinten Kräften auf die Verwirklichung unseres großen Ziels hinzuarbeiten: die absolute Kontrolle über die Weltwirtschaft.

Der Nachthimmel glich einem bluttrunkenen Inferno, als hätte der Teufel persönlich seinen Zorn an ihm entladen. Nicht lange, dann erkannte Nicholas, daß das seltsame Leuchten von einem Fahrzeugkonvoi stammte, der sich langsam Richtung Cu Chi durch den Dschungel schlängelte. Zu seinem Entsetzen sah Nicholas, daß der Konvoi nicht nur aus Polizeifahrzeugen, sondern auch aus Truppentransportern der Armee bestand.

»Sieht ja wie eine allgemeine Mobilmachung aus«, sagte er leise.

»Stimmt«, gab ihm Bay recht. »Sie müssen einen sehr mächtigen Feind haben, *Chu* Goto.«

»Vielleicht haben wir beide diesen mächtigen Feind.«

Bay warf ihm einen düsteren Blick zu. »Ich zahle jährlich ein kleines Vermögen, um genau das zu vermeiden.« Sie drehte sich von ihm weg und rutschte den Hügel hinunter, auf den sie geklettert waren.

Sie befanden sich ungefähr dreihundert Meter hinter der Straße. Nicholas konnte den Bus erkennen, in dem sie gesessen hatten. Er hatte an der Straßensperre angehalten, und der Fahrer wurde mit erhobenen Armen von einem Offizier verhört, während ein dutzend Soldaten über das Fahrzeug herfielen wie Ameisen über ein Stück Zucker.

»Es sind zu viele«, sagte Bay wie zu sich selbst. »Wir schaffen es nie bis Cu Chi.«

»Okay, dann also zurück nach Saigon.«

»Unmöglich. Es ist schon nach drei. Bevor wir ankommen, wird die Sonne aufgegangen sein, und wir hätten keine Dekkung. Wir würden wahrscheinlich irgendwelchen Patroullien in die Arme laufen, lange bevor wir Saigon erreichen.«

»Sollten wir es nicht wenigstens versuchen?«

Bay zuckte mit den Schultern, und sie machten sich auf den Rückweg nach Saigon. Doch schon nach hundert Metern drückte sie ihn auf den feuchten Erdboden und deutete auf die Scheinwerfer, die den Horizont in helles Licht tauchten.

»Ich hatte recht«, flüsterte sie. »Sie warten auf uns. Wir sitzen in der Falle, und die Schlinge zieht sich langsam zu. Wir müssen in die andere Richtung.«

Sie machten auf dem Absatz kehrt und eilten wieder Richtung Cu Chi, doch als sie an dem Hügel ankamen, auf dem sie noch vor wenigen Minuten gekauert hatten, hatte sich die Lage zugespitzt. Nichola versenkte sich in *kokoro* und ließ seine Sinne durch die Dunkelheit schweifen. Beinahe sofort spürte er die Gegenwart sich nähernder Soldaten. »Sie kommen von dort«, sagte er zu Bay.

Geduckt kroch Bay den Hügel hoch. »Woher wollen Sie das wissen? Ich kann nichts erkennen.«

»Jetzt müssen *Sie mir* vertrauen«, sagte Nicholas und schloß sein *tanjian*-Auge. »Mindestens ein dutzend Soldaten kommen auf uns zu. Vielleicht hat uns der Fahrer verraten.«

»Nein, das würde er nicht tun. Er …« Sie hielt mitten im Satz inne und packte ihn am Handgelenk. »Kommen Sie«, flüsterte sie so leise, als könnten die Soldaten sie schon hören. »Da lang!«

Gebückt liefen sie den Abhang hinab und rannten dann in nordöstliche Richtung, um dem immer enger werdenden Netz vietnamesischer Soldaten zu entrinnen. Das Weg führte jetzt leicht bergauf, und Nicholas konnte die nahe gelegenen Reisterrassen riechen. Sie rannten ungefähr einen halben Kilometer, bis Bay ihn unvermittelt nach links zerrte. Einen Augenblick später wurde die Erde abschüssig, und an einem bestimmten Punkt änderte Bay die Richtung erneut, so daß sie nun mehr oder weniger direkt auf Cu Chi zuliefen.

Nicholas hörte das Rauschen von Wasser. »Seien Sie jetzt vorsichtig!« warnte ihn Bay, aber zu spät. Das mit losem Sand und Gestein durchsetzte Erdreich gab unter seinem Gewicht nach; dornige Äste schlugen ihnen ins Gesicht und verhakten sich in ihrer Kleidung, während sie hilflos einige Meter den Abhang hinabrutschten.

»Gibt's keinen besseren Weg?« fragte er, nachdem sie wieder auf die Beine gekommen waren.

Bay deutete in die Richtung, aus der sie kamen. »Dort oben ist der Erdboden zwar fest und leicht zu begehen, aber leider befindet sich dort ein dreihundert Meter langes Minenfeld. Selbst die Einheimischen meiden es.«

Sie kletterten weiter den tückischen Abhang hinab, bis sie schließlich an ein Flußufer gelangten. Dort verlangsamten sie ihr Tempo und suchten im Morast nach festem Untergrund. Die Luft war geschwängert mit dem schweren moschusartigen Geruch vermodernder Tropenpflanzen; das Sirren und Zirpen der Insekten erfüllte die Nacht.

Bay stoppte an einer Flußbiegung, an der ein umgestürzter Baum ins Wasser ragte. Sie ging in die Hocke und starrte den Stamm eine Weile an.

»Wie wär's mit einem Bad?« Sie watete ins Wasser und erwartete ihn am Ende des umgestürzten Baumes. Obwohl das Wasser nicht tief war, war die Strömung sehr stark. Eine Bewegung erregte Nicholas' Aufmerksamkeit, und er erkannte im Wasser eine lange Viper, die direkt auf sie zugeschlängelt kam, doch Bay schien darüber nicht beunruhigt zu sein. Sie lächelte ihn sardonisch an.

»Wenn Sie ihr Gleichgewicht verlieren, drehen Sie sich auf den Rücken«, riet sie ihm. »Sie wären erstaunt, wie schnell man hier ertrinken kann.«

Sie ließ den Stamm los, und gemeinsam begannen sie ihren mühsamen Weg flußaufwärts. Es war unmöglich, gegen die Strömung anzuschwimmen, was bedeutete, daß sie über den weichen, treibsandartigen Grund waten mußten, während die starke Strömung an ihren Körpern zerrte. Nicholas schätzte, daß sie ungefähr einen halben Kilometer hinter sich gebracht hatten, als sich Bay zu ihm umdrehte und ihn gegen die glatte Oberfläche eines Felsens schob.

»Warten Sie hier«, flüsterte sie ihm ins Ohr.

»Warum?«

»In den Tunneln gibt es zahlreiche Ausstiegsluken, von denen einige in diesen Fluß führen. Das Problem ist, daß sie heutzutage nicht mehr benutzt werden, und die Vietcong hatten die unschöne Angewohnheit, diese Ausgänge zu verminen.«

Nicholas blickte ihr nach, während sie sich langsam von ihm fortbewegte. Nahe dem Ufer blieb sie kurz stehen und tauchte dann in dem tiefschwarzen Wasser unter. Nicholas spürte eine plötzliche Anspannung in sich aufsteigen und begann zu meditieren. Er öffnete sein *tanjian*-Auge und sah sofort, daß Bay auf das Flußufer zuschwamm. Ebenso sah er die Unterwasserluke und erkannte jetzt, daß der umgestürzte Baumstamm einen halben Kilometer hinter ihnen eine Art Markierung war. Die Projektion vor seinem geistigen Auge zeigte zwar keine Verminung an dem Einstieg, aber das hatte nichts zu bedeuten. Leblose Gegenstände zu erkennen, war äußerst kompliziert, und obwohl er in völliger Dunkelheit einen Pfad ausmachen konnte, überstieg das Identifizieren künstlich erzeugter Energiefelder seine gegenwärtigen Möglichkeiten.

Er konnte das langsame Heranpirschen des Todes spüren, und als er sich dessen bewußt wurde, schweiften seine Gedanken unweigerlich zu Justine ab, seiner Frau, die vor einigen Monaten bei einem schrecklichen Autounfall ums Leben gekommen war. Er würde niemals völlig darüber hinwegkommen, daß sie sich auseinandergelebt hatten, als sie starb. Selbst jetzt noch war er sich nicht sicher, ob sie jemals wieder zueinander gefunden hätten, denn zu vieles war zwischen ihnen vorgefallen, zu viele Wunden waren nur äußerlich verheilt und schmerzten dafür im Innern um so heftiger.

Celeste, die wunderschöne Frau, in die er sich verliebt hatte, während er Mikio Okami half, war nach Venedig zurückgekehrt. Er hatte sie nicht darum bitten wollen, gegen ihren Willen in Japan zu bleiben. Wo war er gewesen, als Justines Wagen in Flammen aufgegangen war? In Celestes Armen oder ... Am schlimmsten war, daß er das nie herausfinden würde.

Bay war schon ziemlich lange unter Wasser, aber Nicholas, der selber über eine exzellente Atemtechnik verfügte, war nicht wirklich beunruhigt. Falls Bay in akuter Gefahr war, hätte es ihn sein *tanjian*-Auge sofort wissen lassen.

Als sie schließlich wieder auftauchte, rieb sie sich das Wasser aus den Augen, drehte sich zu ihm um und sagte: »Alles in Ordnung, kommen Sie.«

Während er ihr nachtauchte, hielt er sich an ihrem Fußknöchel fest. Verschwommen sah er, wie sie eine quadratische Holzplatte zur Seite schob und durch die Öffnung schlüpfte. Er folgte ihr und spürte, wie sie sich an ihm vorbeizwängte und die Luke von innen schloß.

Das Unterwasserverließ bot kaum Platz für zwei Personen. Er war sich ihres an ihn gedrückten Körpers vollauf bewußt und spürte, wie ihre Hitze das Wasser erwärmte. Ihre Finger griffen nach einem Eisenring am Ende der Kammer, und gleich darauf öffnete sich eine weitere Luke, durch die sie nach oben schwammen, bis sie plötzlich in einer winzigen Höhle auftauchten, in der modrigfeuchte, aber nichtsdestotrotz atembare Luft war.

»Geschafft«, stieß Bay aus. Ein schmaler Lichtstrahl blitzte auf, und Nicholas sah, daß sie eine Mini-Taschenlampe in der Hand hielt. Offensichtlich war sie auf all das vorbereitet gewesen, als sie vorhin in sein Hotelzimmer kam.

Der Lichtstrahl tanzte durch einen engen Gang, der von der Höhle wegführte, und erhellte für den Bruchteil einer Sekunde etwas, das wie ein merkwürdig geformter Schädel aussah. Dann ließ Bay den Strahl langsam an den Wänden entlangstreifen. Nicholas schätzte, daß der Gang nicht mehr als einen halben Meter breit und höchstens einen Meter hoch war.

Der Lichtkegel verharrte auf einem glänzenden, hauchdünnen Draht, der wie der Seidenfaden eines Spinnennetzes aussah.

»Da ist sie«, flüsterte Bay. »Knapp unter Kniehöhe.«

Die Mine.

»Vielleicht gibt's noch eine zweite«, sagte Nicholas.

Bay sah ihn an und nickte. Vorsichtig fuhr sie mit den Fingerspitzen an der Tunnelwand entlang, bis sie im Gemäuer einen Vorsprung ertastete.

»Eine Splittergranate«, sagte Bay. »Wenn die erste Mine Sie nicht schon zerfetzt hat, würde Sie dieses kleine Monstrum in Stücke reißen.«

Bay zeigte ihm, wie er die vergrabenen Auslöser umgehen konnte. Dann kletterten sie umständlich über den Stolperdraht und hielten sich in der Mitte des Ganges.

Nach einigen Metern stoppte Bay. Ihr Lichtstrahl fiel auf das unvollständige Skelett eines großen Hundes, dessen Fleisch den Tunnelratten vor langer Zeit ein Festmahl beschert hatte. Nicholas erkannte, daß es derselbe Schädel war, den er vorhin schon kurz gesehen hatte.

»Ein Schäferhund«, sagte sie, während sie an dem Knochenhaufen vorbeiging. »Die Amerikaner benutzten diese Hunde zum Auskundschaften der Tunnelausgänge. Hat aber nicht funktioniert. Die VCs haben Pfeffer verstreut und Uniformen toter Soldaten in die Tunnel gelegt, um die Hunde zu verwirren. Sie haben sogar damit begonnen, sich mit amerikanischer Seife zu waschen, damit sie wie GIs rochen.« Sie strahlte das Skelett an, bis Nicholas daran vorbeigegangen war. »Arme Viecher. Die Minen der Vietcong konnten sie natürlich nicht riechen, und viele sind hier unten elendig verreckt oder wurden verstümmelt, bis sich die Hundeführer schließlich weigerten, die Tiere hier herunterzuschicken.«

Sie führte ihn auf einer Treppe aus gehärteter Lehmerde und verrottenden Holzstufen steil nach oben. Ein süßlicher, übelkeitserregender Geruch durchdrang die modrige Luft und wurde immer stärker, je höher sie kamen. Bay stoppte unvermittelt, drehte sich zu ihm um und sagte leise: »Dies ist kein angenehmer Ort, und deshalb wurde er ausgewählt. Die derzeitige Regierung weiß nicht allzuviel über die Tunnel. Die meisten Leute glauben, daß die Flächenbombardierung der B-52 Bomber den

Großteil des Tunnelnetzwerks zerstört hat, aber das stimmt nicht. Die tiefergelegenen Tunnel waren durch das feste Erdreich und durch Kalkstein vor den Verwüstungen geschützt.«

Sie kamen aus dem Steilgang heraus und befanden sich, schätzte Nicholas, auf einer dieser tieferen Ebenen. So oder so ähnlich mußte die Hölle aussehen, dachte er. Überall, wo Bay ihren Lichtstrahl hinschwenkte, erblickte er menschliche Gebeine, die nicht willkürlich durcheinander lagen wie nach einem überraschenden Angriff, sondern sich in ganz alltäglichen Haltungen befanden.

Dies war das wirklich entsetzliche an der Szenerie, die sich ihm darbot, nicht die Gebeine an sich, sondern die triviale Alltagssituation, in der diese Leute der Tod ereilt hatte. Überall waren kleine Menschengruppen, die anscheinend miteinander geredet hatten, andere lagen auf Matratzen und waren im Schlaf überrascht worden. Wieder andere hockten auf dem Boden, hatten gerade eine Mahlzeit zubereitet oder hatten einfach nur erschöpft an der Tunnelwand gelehnt.

Und mit seinem geöffneten *tanjian*-Auge sah er nicht nur das, was Bay mit ihrer Mini-Taschenlampe anstrahlte, sondern auch die unzähligen Skelette, die sich in der dämonischen Finsternis dieser riesigen Totenstadt auftürmten. Die Bilderflut vor seinem geistigen Auge machte ihn benommen, so, als besäßen diese schon lange verstorbenen Soldaten noch immer die Aura des Lebendigen.

»Wir sind jetzt in Sicherheit«, sagte Bay und ging in einen der abzweigenden Gänge. »Weder die Polizei noch die Armee würde jemals hier herunterkommen, selbst wenn sie vermuteten, daß wir hier sind.«

»Warum nicht?«

»Weil sie genau wissen, daß wir in diesem Labyrinth monatelang überleben könnten, ohne daß sie auch nur die geringste Spur von uns finden würden. Außerdem ist es viel zu gefährlich, sogar für sie. Sie haben ja gesehen, daß es hier von scharfen Minen nur so wimmelt.«

»Was ist mit Tränengas? Sie könnten die Tunnel damit durchfluten.«

»Nein. Sie wissen, daß es hier überall Falltüren gibt, die verhindern, daß sich Gas im Netzwerk ausbreitet.«

Nicholas schüttelte den Kopf. »Na ja, ich wäre trotzdem lieber im verlausten Anh Dan Hotel.«

Bay lächelte. »Wo Sie gerade von Läusen sprechen ...« Sie strahlte ihn mit ihrer Taschenlampe an, bückte sich und begann, die Blutegel zu lösen, die sich an seinen Fußknöcheln, Ellbogen und in seinem Nacken festgebissen hatten. »Gleich wären Sie von allein darauf gekommen ... Sie sollten sich besser ausziehen.« Während er sich seiner Kleidung entledigte, ruhte sein Blick auf ihre dunklen, glänzenden Augen. Sie tastete seinen Körper mit der Professionalität eines Arztes ab.

»Sie haben einen schönen Körper, sehr athletisch. Ihre Muskeln sehen aus wie die eines Schwimmers.« Sie schien ins Grübeln zu geraten. »Dies ist nicht der Körper eines Geschäftsmannes oder Industriespions. Nun habe ich also hinter Ihre Maske geschaut, *Chu* Goto. Ich weiß jetzt, was Sie wirklich sind.«

Sie streckte eine Hand aus und pulte einen Blutegel von der Innenseite seines Oberschenkels. Als er die Berührung ihrer Fingerspitzen spürte, kräuselten sich seine Nackenhaare.

Als sie fertig war, erhob sie sich. »Da Sie sich Ihrer Nacktheit nicht schämen, nehme ich an, daß Sie auch nichts dagegen haben, wenn ich mich ausziehe.«

Sie reichte ihm die Taschenlampe und entledigte sich ihrer klitschnassen Kleidung. Sie war jünger, als er gedacht hatte, vielleicht zwanzig. Ihr Körper war wunderschön, aber nicht makellos. Der ganze Rücken bis hin zu den Pobacken war mit Narben übersät.

Nicholas kratzte einen Blutegel von ihrem Rückgrat und fuhr dann mit einer Fingerspitze sanft über eine dieser Narben. »Wie ist das passiert?«

»Wollen Sie das wirklich wissen?« Da Bay ihm den Rücken zuwandte, verschluckte die pulsierende Dunkelheit der Tunnel beinahe ihre Worte.

»Nicht, wenn es Ihnen unangenehm ist.«

»Ich habe über Sie nachgedacht.« Sie holte tief Luft und atmete bedächtigt wieder aus. Als er darauf nichts sagte, fuhr sie fort. »Jemand wurde sehr ... Wie sagt man?«

»Gewalttätig?«

»Heißblütig.«

Nicholas dachte eine Weile darüber nach. »Also wollten Sie es.«

»Ja.

»Und die Narben stammen von einem Liebhaber.«

Bay fuhr herum, und ihre Blicke trafen sich. »Sind Sie schon wieder dabei, mich zu beurteilen, *Chu* Goto?«

»Ich hoffe nicht.«

»Wirklich?« Ihr Kopf bewegte sich ein wenig, und der Lichtstrahl glitt über ihr linkes Auge, ließ es aufblitzen, bevor ihr Gesicht wieder in Schwärze getaucht war.

»Sie haben einen überzeugenden Mann abgegeben«, sagte Nicholas. »Dafür kann ich Sie bloß bewundern.«

Erneut legte sich das ihm mittlerweile vertraute sardonische Lächeln über ihre Züge. Ihr haftete nichts weltmüdes an, doch irgend etwas an ihr ließ darauf schließen, daß sie in ihrem noch jungen Dasein bereits zuviel erlebt hatte. In ihren Augen stand der Ausdruck eines Menschen, der zu lange in die lodernden Flammen der Hölle gestarrt hatte.

»Sollte es ganz schlimm kommen«, sagte Bay und zertrat einen Blutegel nach dem anderen, »können wir uns immer noch von diesen Viechern ernähren.«

Nicholas wollte nicht über Blutegel sprechen. »Haben Sie Ihrem Liebhaber wirklich erlaubt, Sie so zu verunstalten?«

»Es dürfte ziemlich merkwürdig klingen, wenn ich darauf mit ja antwortete; die Antwort ist viel komplexer.« Sie drehte ihren Kopf in die Dunkelheit, als hätte sie ein weit entferntes Geräusch gehört. Nach einer Weile realisierte Nicholas, daß sie der Vergangenheit lauschte. »Es war der Schmerz, verstehen Sie. Der physische … Beweis. Die Narben haben damit eigentlich nichts zu tun.«

»Was hat Ihnen der Schmerz gegeben?«

»Er ließ uns spüren, daß wir lebendig waren.«

In der tödlichen Stille konnte Nicholas die vereinzelten Wassertropfen hören, die noch immer an ihren Körpern herabperlten, an den Gebeinen der Toten vorbeiflossen, um schließlich im rötlichen Erdboden zu versickern.

Diese junge Frau, beinahe noch ein Teenager, erregte ihn, weil sie ein derartiges Extrem gewollt, ja gebraucht hatte, um etwas zu fühlen, an das sie sich später erinnern konnte.

Sie tat ihm leid, aber sein Instinkt warnte ihn davor, sie das spüren zu lassen, da sie sonst wahrscheinlich in Wut geraten würde. Sie wollte kein Mitleid; sie würde es als eine Taktlosigkeit oder gar Feindseligkeit betrachten und ihn dementsprechend behandeln.

Sie trockneten ihre Kleider über einer seltsamen, ofenähnlichen Vorrichtung – einer sogenannten Dien Bien Phu-Küche –, die den Vietcong vor Jahrzehnten zum Kochen gedient hatte. Durch ein kompliziertes Röhrensystem wurden die Dämpfe in einen entlegenen Bereich des unterirdischen Tunnelsystems geleitet, wo sie von den Amerikanern unbemerkt an die Außenwelt abgegeben worden waren. Brennholz lag in Hülle und Fülle herum, und glücklicherweise hatte Bays Metallfeuerzeug ihre kurze Unterwasserexkursion heil überstanden.

Splitternackt kauerten sie in der Dunkelheit und spürten die Gegenwart der Toten, deren Seelen ruhelos in den Katakomben umherwanderten. »Warum haben Sie mich hierhergebracht?« fragte Nicholas und war sich ihrer entblößten Brüste nur allzu bewußt.

»Dies ist ein Treffpunkt auf halbem Weg.«

Er ließ ihr Zeit, um fortzufahren, doch als sie still blieb, sagte er: »Zwischen welchen Orten?«

»Zwischen Saigon und ...« Sie lächelte vieldeutig. »Das spielt keine Rolle. Es war Abramanovs Bedingung, Sie hier unten zu treffen. Woanders fühlt er sich nicht sicher.«

»Ist dieser Abramanov der Mann, der für Vincent Tinh den Computer mit dem gestohlenen Neuronalnetz-Chip gebaut hat?«

Bay stocherte in den glimmenden Holzscheiten herum. »Abramanov ist der einzige im Umkreis von fünftausend Meilen, der dazu in der Lage wäre.«

Nicholas starrte sie an. »Wieso weichen Sie mir aus? *Hat* Abramanov das Ding gebaut?«

»Ja«, sagte sie leise und mit einem Tonfall, der Nicholas glauben ließ, er hätte sie mit einer glühenden Zange malträtiert.

»Bay, was ist los?«

Sie schüttelte den Kopf. »Fragen Sie mich nicht, bitte.«

»Warum nicht?« Einen Moment lang schlossen sich ihre Augen, und er glaubte, eine einzelne Träne auf ihrer Wange gesehen zu haben, bevor sie sich von ihm abwandte. »Weil ich es Ihnen sagen möchte und ganz genau weiß, daß Sie mir nicht glauben würden.«

»Versuchen Sie es doch einfach.«

Sie wischte mit dem Handrücken über ihr Gesicht, und er wußte, daß sie tatsächlich geweint hatte. Sie drehte sich wieder zu ihm um und bedachte ihn mit ihrem sardonischen Lächeln. »Nein. Sie vertrauen mir nicht. Meine Mutter erzählte mir einmal, daß man den größten Fehler seines Lebens begehe, wenn man jemandem etwas sagt, das er nicht hören will.«

»Ganz gleich, was Sie mir zu sagen haben, ich werde aufmerksam zuhören.«

»Uhm, ich habe Durst.« Sie verschwand in der Dunkelheit und kam wenige Augenblicke später mit einem amerikanischen Armeehelm zurück, der bis zum Rand mit Wasser gefüllt war. Sie hängte ihn über den Ofen und ließ das Wasser eine Weile kochen.

Während sie warteten, sagte sie: »Ihr Freund Vincent Tinh ist oft hier runtergekommen«.

»Er war nicht mein Freund, aber ich schätze, das wissen Sie.«

»Ich glaube, Sie haben ihn nicht richtig gekannt.« Sie starrte auf den Helm. »Er hat sich hier unten immer mit Abramanov getroffen … und den anderen Leuten, mit denen er zu tun hatte. Er mochte diesen Ort, die Dunkelheit, die düstere Atmosphäre. Einmal gestand er mir sogar, daß ihn die Toten daran erinnerten, wie schön das Leben sei; es erregte ihn.«

Das Wort ›gestand‹ ließ Nicholas aufhorchen. Die Welt in den Cu Chi-Tunneln veränderte sich plötzlich, als sich der Schleier lüftete und die darunterliegende Wahrheit offenbarte.

»Es war schwer zu verstehen, woher er seinen Lebensmut nahm«, sprach Bay weiter. »Er hat weder seine Eltern noch seinen Geburtsort gekannt und ist ganz auf sich allein gestellt in den Straßen Saigons aufgewachsen. Als er noch fast eine Kind war, hätte ihn ein einheimischer Gangster beinahe umgebracht, und während des Krieges ist er nur knapp den Amerikanern entkommen. Ehrlich, ich weiß nicht, wen er mehr gehaßt hat.«

Sie stand auf, umwickelte ihre Hände mit den inzwischen fast trockenen Kleidern und nahm den siedendheißen Helm vom Feuer. »Darin war er gut, im Hassen. Haß war für ihn wie Nahrung.« Die Bakterien im Wasser waren abgetötet.

»Hat Tinh Sie hierher mitgenommen?« Das war, was sie ihm mitzuteilen versuchte: Sie und Tinh waren ein Liebespaar gewesen. Tinh hätte einem Geschäftspartner niemals seine Gefühle offenbart, und er war auch nicht der Typ, der Freunde besaß, denen er sich anvertrauen konnte. Aber es war nun mal eine unumstößliche Tatsache, daß jeder Mensch ab und an jemanden brauchte, um sich seine Sorgen von der Seele zu reden, und Tinh hatte keine große Auswahl gehabt. Wem, außer seiner Geliebten hätte er sich anvertrauen sollen?

»Ja, oft.« Prüfend tauchte Bay einen Finger ins Wasser. »Sex hat ihm hier unten ganz besonderen Spaß gemacht.«

»Und Ihnen?«

»Mit ihm zu schlafen, war ... schiere Ekstase. Der Ort war mir ziemlich egal.«

»Selbst ein so ... *potenter* Ort wie dieser?«

Bay hob den Helm und reichte ihn Nicholas. »Für mich zählte nur, daß er glücklich war.«

Er trank einen Schluck und gab ihr den Helm zurück. Der ganze Geschmack war aus dem Wasser herausgekocht, aber es schmeckte nichtsdestotrotz köstlich. Er beobachtete sie prüfend, während sie einen tiefen Schluck nahm. Unzählige Fragen schwirrten in seinem Kopf herum, doch sie führten alle in dieselbe Richtung. Immer mehr gelangte er zu der Überzeugung, daß er bei dieser Frau nach dem Fremden, dem Unbekannten suchen mußte, um sie wirklich zu verstehen.

»Haben Sie sich dabei wirklich wohl gefühlt?«

Sie fuhr sich mit den Fingern durch ihr dichtes Haar.

»Wissen Sie, es war das gleiche mit dem Schmerz. Wenn Vincent glücklich war, *wirklich* glücklich – nicht bloß benebelt von Alkohol oder Drogen –, war er ein anderer Mensch. Ich weiß, daß ich ihm etwas bedeutet habe. Ich konnte spüren, wie die Erregung jede Faser seines Körpers zum Beben brachte. Das war etwas besonderes, weil er ansonsten immer eine schützende Fassade zur Schau trug, aber in diesen glücklichen Momenten konnte ich hinter diese Fassade blicken und den wahren Vincent Tinh sehen.«

Nicholas hockte auf dem Boden und dachte über sie nach. Er

verstand, warum es für Bay wichtig war, einem Mann etwas zu bedeuten – sie lebte in einer Gesellschaft, in der Frauen keinen großen Respekt genossen. Die meisten Frauen ihres Alters waren dazu gezwungen, ihre Körper auf der Straße zu verkaufen, wo Syphilis, Hepatitis und in steigendem Maße AIDS grassierten und ein früher, unbeweinter Tod auf sie wartete.

Plötzlich fröstelte er. Ihm wurde klar, daß sich das Drama zwischen Bay und Tinh jetzt in gewisser Weise wiederholte, denn nach Tinhs Tod hatte sie dessen Fassade angenommen, und er, Nicholas, entdeckte jetzt den Menschen dahinter.

»Bay, wie lange sind Sie schon auf sich allein gestellt?« fragte er schließlich.

»Jetzt ist es aber genug.« Sie biß sich auf die Unterlippe. »Lassen Sie mich in Ruhe.«

Nicholas stand auf und zog seine inzwischen trockenen Sachen an. »Wo bleibt Abramanov?«

Sie sah auf ihre Uhr. »Eigentlich hätte er schon längst hier sein müssen.« Sie nahm ihre Kleidung. »Wir sollten herausfinden, was los ist.« Sie deutete in einen Gang. »Eine Viertelmeile in diese Richtung befindet sich ein geheimes Nachrichtendepot. Falls Abramanov aus irgendeinem Grund nicht kommen kann, werden wir dort eine Nachricht vorfinden.«

Widerwillig enthüllte sich die Welt der Vietcong unter dem Lichtstrahl von Bays Taschenlampe, während sie durch den engen Tunnel eilten. Nicholas sah, daß sie auf eine eingestürzte Sektion zuliefen, und er fragte sich, wohin sie ihn führte.

Kurz vor der Einsturzstelle stoppte Bay, ging in die Knie und zog an einem Metallring. Eine Falltür öffnete sich, durch die Bay nach unten verschwand. Nicholas folgte ihr.

Sie befanden sich jetzt auf der Ebene unter der Einsturzstelle, wo der Weg frei war. Allmählich begann er, für die Erbauer dieses einzigartigen Labyrinths Respekt zu empfinden.

Sie eilten weiter; auch in diesem Stockwerk wimmelte es von Gebeinen der Vietcong. Sie waren hier in einer unterirdischen Totenstadt, die scheinbar kein Ende nehmen wollte. Irgendwann erreichten sie das geheime Depot. Niemand außer ihnen war da. Bay hockte sich auf den Boden und wühlte im losen Sand.

»Nichts.« Zum ersten Mal, seitdem er sie getroffen hatte,

glaubte Nicholas, einen besorgten Unterton in ihrer Stimme zu hören. Bislang war sie fast zu ruhig geblieben angesichts der bedrohlichen Situationen, die sie seit Shindos Ermordung hatten durchstehen müssen. Sie blickte zu ihm auf. War dort eine Spur von Furcht in ihren dunklen Augen? »Abramanov hätte kommen müssen. Keine Ahnung, was passiert ist.«

»Vielleicht hat ihn der Militärkonvoi abgehalten.«

Bay schüttelte den Kopf. »Er wäre ganz woanders in die Tunnel hinabgestiegen. Die Soldaten hätten ihn nicht gestört.«

»Dann hat man mich hereingelegt – oder uns beide.« Er half ihr auf. »Bay, es ist Zeit für ein paar Antworten.«

In diesem Moment hörten sie ein Geräusch.

»Da kommt jemand!« flüsterte Bay und schaltete ihre Taschenlampe aus. »Schnell, da lang!«

Sie verkrochen sich hinter einem hüfthohen Schutthaufen, der zur Hälfte aus vermoderten Knochen bestand. Der Gestank war unbeschreiblich. Nicholas lag dicht neben ihr und spürte ihre Anspannung. Ein mattes metallisches Glänzen am Rande seines Gesichtsfeldes erregte seine Aufmerksamkeit. Er drehte sich leicht zur Seite und sah das Messer in ihrer linken Hand. Es war ein monströses Marine-Kampfmesser, eine schreckliche Waffe, mit der man mühelos Knochen spalten konnte.

Angestrengt starrte sie in die Dunkelheit. Er folgte ihrem Blick und sah, was sie sah: eine einzelne Gestalt, die sich vorsichtig durch den Tunnel auf sie zubewegte. Selbst in der totalen Finsternis und trotz der gebückten Haltung der Gestalt konnte er erkennen, daß es ein Soldat war. Also hatte sich Bay geirrt: Sie scheuten sich nicht, hier herunterzukommen.

Ein Funken ihrer Wut sprang auf ihn über und blitzte vor seinem inneren Auge auf. Eine Hundertstelsekunde bevor sie aufsprang, erkannte er, was sie vorhatte. Er hätte sie stoppen können, aber was würde das bringen? Obwohl er sie noch nicht lange kannte, wußte er genau, daß sie sich wehren und dadurch ihr Versteck preisgeben würde. Also ließ er ihr freie Bahn und sprang dann seinerseits auf, denn sein *tanjian*-Auge hatte etwas erfaßt, daß sie noch nicht sehen konnte.

Sie war wie eine Katze, lautlos und geschmeidig, und der vietnamesische Soldat bemerkte sie erst, als sich die riesige Klinge tief in seine Eingeweide gebohrt hatte. Mit enormer Kraft schlitzte sie seinen Oberkörper auf und ihr Opfer schrie erbärmlich, während das Blut in Sturzbächen aus ihm herausschoß. Er sank zur Seite gegen die Tunnelwand, und erst da erblickte Bay die häßliche Maschinengewehrmündung, die direkt auf ihren Bauch gerichtet war. Ihre einzige Waffe steckte noch immer bis zum Schaft im Fleisch des ersten Soldaten, und entsetzt riß sie ihre Augen auf.

Dann stürzte Nicholas auf den zweiten Soldaten zu. Eine Feuersalve zischte ohrenbetäubend durch den Tunnel, richtete aber keinen Schaden an. Nicholas rammte eine Faust in den Solarplexus des Soldaten, was diesen einen Moment lang lähmte. Sofort ließ Nicholas einen tödlichen Handkantenschlag folgen, der dem Mann das Genick brach. Er ging zu Boden und blieb regungslos liegen. Gurgelnd floß etwas Blut und Speichel aus seinem Mundwinkel und tropfte auf die Erde. Dann trat Stille ein.

»Was zum Teufel geht hier vor?« zischte Nicholas. »Sie sagten doch ...«

»Ich weiß, was ich gesagt habe.« Sie schaltete ihre Taschenlampe ein und begann den Tunnel hinunterzueilen. »Irgend etwas ist schiefgegangen. Dieser Ort ist zu einer tödlichen Falle geworden. Wir müssen sofort verschwinden.«

Alle paar Meter klopfte sie mit dem blutverschmierten Kampfmesser gegen die Tunneldecke. Beim vierten Mal stoppte sie und schob einige Holzbalken zur Seite. Über ihren Köpfen öffnete sich eine Falltür, und sie kletterte durch die Luke nach oben. Nicholas folgte ihr und sah sich suchend um. Bay hatte nicht auf ihn gewartet, sondern war schon losgelaufen.

Er hörte sie leise auf Vietnamesisch fluchen.

Als er sie einholte, sah er, daß eine relativ neue Einsturzstelle den Weg blockierte. Sie rannten zurück, und nach einigen hundert Metern entdeckte Bay eine weitere Luke, durch die sie nach oben auf die nächste Ebene kletterten.

Die Luft war sehr dünn und viel modriger als in den tiefer gelegenen Stockwerken, was Nicholas zu der Annahme führte, daß selbst Bay und ihre Gewährsleute diesen Teil des Labyrinths noch nicht erkundet hatten.

Sie liefen beinahe völlig lautlos und konnten daher das Geräusch hinter ihnen mit beängstigender Klarheit hören. Bay steigerte ihr Tempo.

Nicholas hingegen stoppte, drehte sich um und öffnete sein *tanjian*-Auge, um den Ursprung des Geräusches zu lokalisieren, als er Bay unvermittelt aufschreien hörte. Sofort rannte er zu ihr.

Ihre Taschenlampe war zu Boden gefallen und tauchte die Szenerie in gespenstisches Licht. Bay lag ausgestreckt im Sand, zwischen ihren Beinen ragte ein spitz zulaufender Zylinder aus der Erde.

»Kommen sie nicht näher!« schrie sie. »Bewegen Sie sich nicht! Um Himmels willen, beweg ...«

Es machte leise *thwop,* und plötzlich brannte sich ein gleißendes, grünweißes Licht in seine Netzhaut, und die Hitze einer explodierenden Sonne schlug ihm entgegen.

»Ah, Buddha«, stöhnte sie. »Buddha, nein.«

Zuerst glaubte er, sie hätte sich ein Bein gebrochen, doch sie sprang auf und stieß ihn beinahe um. Mit einer Mischung aus Panik und Entsetzen starrte sie auf den großen leuchtenden Fleck auf ihrem Oberschenkel, der aussah, als würde er brennen.

Sie spürte Nicholas hinter sich, wandte ihren Kopf zu ihm um und drückte ihm das Messer in die Hand.

»Schnell!« Sie war atemlos vor Furcht. »Schneiden Sie es heraus!«

»Was?«

»Ich bin über ein mit weißem Phosphor gefülltes Brandgeschoß gestolpert. Das Scheißzeug ist an mein Bein gekommen. Die Amerikaner nannten es Willy Peter. Wenn Sie es nicht sofort rausschneiden, wird es sich durch mein Bein fressen!«

Er kannte die Horrorgeschichten über Phosphorgeschosse. Sobald Sauerstoff mit Phosphorsäure zusammentraf, explodierte sie und führte zu ätzenden Verbrennungen. Nicholas wußte, daß ihm keine Wahl blieb.

»Legen Sie ihre Arme um meinen Hals, und halten Sie sich fest!«

Er führte den Klingenrand seitlich gegen die verätzte Haut und drückte das Stahl in ihr Fleisch. Bay stöhnte auf, Tränen schossen ihr in die Augen, und sie umklammerte ihn mit vor Schmerz weit aufgerissenen Augen.

Durch ihre zusammengebissenen Zähne drang ein gespenstisches Wimmern.

Mit geschickten Schnitten schälte er den Phosphor und das verbrannte Gewebe aus ihrem Oberschenkel. Bay rollte mit den Augen und brach ohnmächtig zusammen. Das war das Beste, was ihr jetzt passieren konnte, dachte Nicholas. Mit der Messerspitze pickte er verkohlte Fleischbrocken aus der Wunde und schnippte sie zur Seite. Die Hitze war beinahe unerträglich.

Er wünschte, sie wären in der Dien Bien Phu-Küche, wo er das blutige Loch in Bays Bein hätte desinfizieren können. Statt dessen mußte er sich damit begnügen, die Wunde mit einigen Stoffetzen seines Hemdes provisorisch zu verbinden.

Wo hatte sie hingewollt? Ohne Bays Hilfe war er in diesem Todeslabyrinth hoffnungslos verloren. Er konnte hier neben ihr sitzen und darauf warten, daß die Soldaten sie fanden und exekutierten, oder er konnte versuchen, zu ihrem Ausgangspunkt am Fluß zurückzugelangen.

Es dauerte fast zwei Stunden, bis er die Stelle erreichte, wo der glänzende Minendraht gespannt war und das Schäferhundskelett lag. Nicholas hatte Bay die meiste Zeit auf seiner Schulter getragen und wußte, daß sie ein Schocktrauma erlitten hatte, denn während des ganzen Weges war sie von spasmischen Zuckungen geschüttelt worden. Er wünschte, er könnte ihr an Ort und Stelle helfen, aber das einzige, was er im Augenblick für sie tun konnte, war, sie so schnell wie möglich hier herauszubringen.

Als sie in der Nähe der Dien Bien Phu-Küche waren, hatte er kurz überlegt, ob er sich dort um ihre Wunde kümmern sollte, aber sein die Dunkelheit sondierendes *tanjian*-Auge erfaßte unzählige Soldaten. Daher hatte er die Gegend sorgfältig umgangen, wobei er darauf achtete, zwar schnell aber auch extrem vorsichtig zu sein.

Er legte Bay nur wenige Zentimeter neben dem Hundeskelett und dem Minendraht zu Boden. Ihr Gesicht hatte beinahe alle Farbe verloren, und sie war noch immer bewußtlos. Er sammelte seine psychische Energie und ließ sie wie eine Sonde in Bay hineinströmen. Sie hatte viel Blut verloren; der chirurgische Eingriff ohne Betäubung hatte einen massiven Schock hervorgerufen, und er wußte, daß eine Blutvergiftung unvermeidlich war, wenn die Wunde nicht sorgfältig gereinigt werden würde und sie innerhalb von vierundzwanzig Stunden keine hochwirksamen Antibiotika bekäme. Durch bloße Konzentration schaffte er es, die Anzahl pathogener Mikroorganismen in der Wunde zu reduzieren, doch heilen konnte er sie nicht.

Er drehte sich zu dem Minendraht um, stieg vorsichtig darüber, ergriff dann Bay und hob sie über den todbringenden Auslösemechanismus. Er erstarrte. Aus dem Augenwinkel sah er, daß ihr Ellbogen gegen die Splittergranate gepreßt wurde, die aus der Tunnelwand herausragte. Mit äußerster Behutsamkeit hievte er Bay zurück, bis ihr Ellbogen nicht länger gegen den Sprengkörper drückte. Würde das Ding jetzt hochgehen?

Nichts passierte.

Erneut hievte er sie über den Draht, wobei er penibel darauf achtete, daß ihr Körper nicht die Tunnelwand berührte. Als es geschafft war, setzte er sie neben sich ab.

Er stieg durch die Falltür nach unten, und spürte, wie das eisige Flußwasser seine Hüfte umspülte. Dann zog er Bay durch die Öffnung. Er wußte nicht, wie lange sie in ihrem Zustand unter Wasser überleben konnte, also mußte er sehr schnell sein; er durfte sich keinen Fehler erlauben. Schließlich hatte er es nicht bis hierher geschafft, bloß um sie auf der letzten Etappe ihrer Flucht ertrinken zu lassen.

Im Wasser überließ er seinem *tanjian*-Auge die Kontrolle; er vertraute darauf, daß es ihn ohne Probleme durch die Luke in den Fluß führen würde. Bay hing wie ein totes Gewicht an ihm, zog ihn hinunter auf den schlammigen Grund und verhedderte ihn dabei in schlingernden Wasserpflanzen und verrottendem Geäst.

Nach einer halben Ewigkeit spürte er endlich die Strömung und wußte, daß er nun im Fluß war. Er zog ihren Kopf über Wasser und schwamm mit kräftigen Stößen auf das gegenüberliegende Ufer zu. Als er sie die Böschung hochzog, wurde sie von einem heftigen Hustenanfall geschüttelt, aber zu Nicholas' Erleichterung spuckte sie dabei kein Blut. Vielleicht hatte das kalte Wasser sie wieder zu Bewußtsein gebracht. Sie begann zu stöhnen, als der Schmerz durch die Erlösung spendende Mauer aus Endorphinen an die Oberfläche ihrer Wahrnehmung drängte. Mit geöffnetem *tanjian*-Auge stimulierte Nicholas den Bereich in ihrem Hirn, in dem diese natürlichen Schmerzunterdrücker produziert wurden.

»Mein Gott«, flüsterte sie mit rauher Stimme. »Was ist mit mir geschehen?«

»Weißer Phosphor. Ich habe alles herausgeschnitten.«

Sie schloß ihre Augen, wandte ihr Gesicht von ihm ab und versuchte, wieder zu Atem zu kommen.

Während sie in den Cu Chi-Tunneln bei lebendigem Leib begraben gewesen waren, hatte die Morgendämmerung eingesetzt. Der Himmel war blaßgrün und rosafarben. Vogelgezwitscher begrüßte den neuen Tag, und eine völlig andere Insektenpopulation als in der Nacht summte und zirpte im Unterholz. Die Morgenbrise trug den unverkennbaren Duft der Eukalyptusbäume herbei, die nach der Entlaubung durch die Amerikaner in dieser Gegend angepflanzt worden waren.

Er tätschelte ihre Schulter. »Ich weiß, Sie sind erschöpft, aber wir müssen sofort weiter. Sie brauchen einen Arzt.«

»Kein Grund zur Eile«, brummte eine tiefe Stimme über ihnen am Rand der Uferböschung. »Sie beide gehören jetzt mir.«

Nicholas blickte zu dem über ihm stehenden Mann hoch. Er hielt einen Revolver in der Hand, dessen Lauf momentan auf den Boden gerichtet war. Obwohl ungefähr ein Dutzend Soldaten um ihn herumstanden, trug dieser Mann die Uniform der Saigoner Polizei. Er war ein hagerer Vietnamese von nicht gerade einschüchternder Statur, sofern man dazu neigte, Menschen nach ihrem Körperbau zu beurteilen. Er hatte ein verschlagen dreinblickendes Gesicht, gelbliche Augen und graugelbe Zähne. Shindo hatte sein Äußeres ziemlich treffend zusamengefaßt: Er sah aus wie ein Straßenräuber.

Chief Inspector Hang Van Kiet.

»Ich bin Bürger der ...«

»Aufstehen!« Jetzt war der Revolver auf ihn gerichtet. Nicholas erhob sich und stützte Bay, die vor Schmerzen stöhnte und am ganzen Leib zitterte. »Um Himmels willen, sie ist schwer verletzt«, sagte Nicholas. »Ich mußte ätzendes Phosphor aus ihrem Bein herausschneiden. Wenn man sie nicht sofort ins Krankenhaus bringt, wird sie sterben.«

»Ach ja?« Er kam die Böschung hinunter und starrte in ihr aschfahles, schmerzverzerrtes Gesicht. Ohne Warnung schlug er mit seinem Revolver gegen den blutdurchtränkten Verband. Bay stieß einen fürchterlichen Schrei aus und verlor beinahe wieder das Bewußtsein. Van Kiets Lippen verzogen sich zu einem häßlichen Grinsen. »Ob Sie leben oder sterben, entscheide nur ich, ist das klar?« fauchte er Nicholas an.

Nicholas erwiderte nichts, und er glaubte auch nicht, daß Van Kiet Wert darauf legte.

»Sie und diese Frau befinden sich in einem Sperrgebiet. Was hatten Sie in den Tunneln zu suchen?«

»Wir machten eine Besichtigungstour.«

Nicholas' *tanjian*-Auge spürte den Schuß eine halbe Sekunde, bevor er abgefeuert wurde; Van Kiets Geist zeigte dabei nicht die geringste Regung.

Die Explosion hallte am Flußufer entlang und verlor sich im Dickicht des Dschungels; Bay wurde aus Nicholas' Armen gerissen und zu Boden geschleudert. Aus ihrem Brustkorb sickerte Blut.

Mein Gott, er hat sie tatsächlich erschossen!

Nicholas stürzte ihr nach und kniete sich neben sie. Sie lag halb im Wasser. Während er sie vorsichtig auf die Seite drehte, hörte er Van Kiets stählerne Stimme.

»Glauben Sie, das sei ein Spiel, Mann? Sie haben gegen die souveräne Republik Vietnam spioniert!«

Sie atmete noch, aber aus ihrem Mundwinkel floß Blut. Van Kiet hatte nicht ziellos geschossen; er hatte sie töten wollen.

»*Chu* Goto ...«

Es war nur ein Flüstern, kaum lauter als der Wind in den Grashalmen am Ufer.

»Ich muß ...«

Er beugte sich über sie und legte ein Ohr an ihre Lippen. Er spürte, wie sie mit dem Tod rang: Ihr Herz pumpte verzweifelt, ihre Lungen füllten sich mit Flüssigkeit. Nur wegen ihm lag sie jetzt im Sterben, und er war erschüttert.

»... Ihnen etwas sagen ...«

»Bringt ihn weg von ihr!« befahl Van Kiet seinen Männern.

»Müssen von ...«

Die Soldaten kamen die Uferböschung hinabgeklettert.

»… Floating City erfahren …«

Gewehrläufe drückten schmerzhaft in seinen Rücken.

»Stehen Sie auf, Mann!« schrie Van Kiet.

»Die Tunnel sind … Treffpunkt … zwischen Saigon … und … Floating City.«

Brutal zerrte ihn Van Kiet von der sterbenden Bay fort. Sein Frettchengesicht glühte vor Zorn. »Vergewaltigung, Mord und Spionage sind Kapitalverbrechen. Sie sind so gut wie tot, Mann!«

3
Connecticut / New York City / Saigon

»Onkel Lew!«

Das hochaufgeschossene dünne Mädchen warf sich in seine Arme.

»Ich habe nicht geglaubt, daß ich dich jemals wiedersehen würde«, sagte Francine und drückte ihn so fest an sich wie sie konnte.

»Ich hab' doch versprochen, daß ich zurückkommen werde, oder?«

Francine nickte und lehnte ihren Kopf an seine Brust.

Lew Croakers gegenwärtiger Auftrag war so unangenehm, daß er lieber nicht darüber nachdenken wollte – was ihm natürlich nicht gelang. Eigentlich war er kein grüblerischer Mensch, doch als er Margarite Goldoni DeCamillo kennen- und liebengelernt hatte, war alles anders geworden. Croaker hatten den Mord an Margarites Bruder Dominic Goldoni – der mächtigste und einflußreichste Mafia-Don an der Ostküste – untersucht und sich im Zuge seiner Ermittlungen überraschender- und konsternierenderweise in Margarite verliebt. Francine war ihre Tochter.

Francine zog ihn ins Wohnzimmer des eleganten Landhauses. Eigentlich wohnte sie zur Zeit bei Freunden und war jetzt nur zu Besuch hier. Sie hatte lange an Bulimie gelitten, krank geworden durch die Erkenntnis, daß sich ihre Eltern zutiefst verachteten, und daß ihr Vater Tony DeCamillo, ihre Mutter seit geraumer Zeit brutal mißhandelt hatten. Im vergangenen Jahr hatte Croaker Francie geholfen, ihre Bulimie zu überwinden, woraufhin die beiden enge Freunde geworden waren. Ein weiterer Grund für Tony D., ihn zu hassen.

»Es ist so toll, dich zu sehen!« sagte Francie und tätschelte seine Hand. »Toll, daß du gerade heute kommst, denn ...«

In diesem Moment öffnete sich die Eingangstür, und Margarite betrat das Haus. Als sie ihn erblickte, blieb sie wie angewurzelt stehen. Die Überraschung auf ihrem Gesicht wich schnell dem Ausdruck überschwenglicher Freude, der jedoch genauso schnell wieder erstarb.

»Lew«, sagte sie mit ihrer tiefen, wohlklingenden Stimme. »Was für eine Überraschung.«

Welch eine erinnerungswürdige Untertreibung. Das letzte Mal hatten sie sich einen Tag vor Neujahr auf dem Narita-Flughafen in Tokio gesehen, als sie in die Staaten zurückgeflogen war.

Ich möchte, daß du etwas weißt, hatte sie zu ihm gesagt. *Wenn ich dich nicht wiedersehe, werde ich verkümmern und sterben.*

Aber du verläßt mich jetzt, hatte er mit gebrochenem Herzen erwidert. *Du gehst zu Tony D. zurück.* Er hatte die Tränen in ihren bernsteinfarbenen Augen gesehen. *Es würde mich ein bißchen trösten, wenn du mir wenigstens verraten würdest, wie man das Nishiki-Netzwerk kontaktiert.*

Das war Doms Vermächtnis an mich. Ich kann es nicht verraten – selbst dir nicht.

Jetzt, wo sie in Jeans, Cowboystiefeln und einer eleganten Lederjacke in der Eingangshalle stand, schien sie noch schöner zu sein, als er sie in Erinnerung gehabt hatte. Ihr Gesicht mit der markanten Nase, den vollen Lippen und den weit auseinanderliegenden bernsteinfarbenen Augen rief in ihm ein derart heftiges Wonnegefühl hervor, daß es beinahe weh tat.

»Mom. Hi.«

»Hallo, Süßes.« Margarite lächelte ihre Tochter an. »Wie geht's dir?«

»Super!« Sie hing mit kindlichem Übermut an Croaker.

Croaker hatte seine Hände noch immer auf Francies Schultern und wollte sie anscheinend nicht mehr loslassen. Warum? War sie eine Art Schutzschild zwischen ihm und Margarite oder eher das Bindeglied, das ihn mit ihrer Mutter verband?

»Ich mach' mir was zu essen«, sagte Francie und sah die beiden an. »Wenn ihr Hunger bekommt, ihr wißt ja, wo die Küche ist.« Sie deutete in einen Flur zur ihrer Linken und verschwand.

Margarite kam ins Wohnzimmer und warf ihre Handtasche und die Wagenschlüssel auf eins der Sofas.

»Ich wußte nicht, daß du aus Japan zurück bist. Wie lange ...«

»Seit einigen Monaten.«

»Verstehe.« Sie senkte ihren Kopf. »Und während all der Zeit hast du nicht einmal angerufen.«

»Margarite ...« Er machte einen Schritt auf sie zu, aber als ihm wieder einfiel, was er die ganze Zeit über getan hatte, stoppte er abrupt. Seitdem sie aus Tokio zurückgekommen war, hatte er sie rund um die Uhr observieren lassen, anfangs hatte ein Firmendetektiv aus Sato-Tomkins New Yorker Zweigstelle den Job übernommen, doch sobald Croaker vor einigen Wochen nach New York zurückgekehrt war, hatte er selbst die Beschattung durchgeführt. Er suchte nach etwas Ungewöhnlichem in Margarites Tagesablauf, etwas, das von ihrer gewöhnlichen Routine abwich. Er wußte, daß sie regelmäßig mit dem Nishiki-Netzwerk Kontakt aufnahm, welches Okami aufgebaut hatte, um Dominic Goldoni mit brisanten Informationen über prominente Washingtoner Persönlichkeiten zu versorgen. Und sie mußte dabei genauso vorgehen, wie es ihr Bruder getan hatte, denn die Mechanismen waren seit einiger Zeit die gleichen; man würde sie jetzt nicht über den Haufen werfen.

Er liebte sie und spionierte ihr nach und versuchte gleichzeitig, Tony D. aus dem Weg zu gehen. Zum tausendsten Male stellte er sich die Grundsatzfrage: Wie konnte er eine Frau lieben, die auf der anderen Seite des Gesetzes stand? Andererseits nahm er an, daß sie sich das gleiche fragte.

»Wie behandelt dich Tony D.?«

»Oh, Lew, verdirb diesen Augenblick nicht, indem du über ihn sprichst.«

Sofort war er hellwach. »Schlägt er dich wieder?«

»Nein«, sagte sie. »Das ist Gott sei Dank vorbei.« Sie lächelte gequält. »Ich glaube, er versucht, das Blatt zu wenden. Er will, daß Francie nach Hause kommt und unsere Ehe wieder so ist wie früher.«

Croaker fühlte sich so, als hätte ihn ein Eisberg gerammt. »Und das nimmst du ihm ab?«

Ihr Lächeln war jetzt ungekünstelt und voller Wärme. »Ich glaube ihm schon seit Jahren nicht mehr.«

Er machte noch einen Schritt auf sie zu, fühlte sich wie magnetisch von ihr angezogen. Er setzte einen Fuß vor den anderen, kam immer näher, bis er sie in seinen Armen hielt und ihre

Münder einander fanden. Seufzend öffnete sie ihre Lippen, und er spürte, wie die Anspannung von ihr abfiel.

»Oh, Gott«, flüsterte sie. »Ich dachte ...« Sie schloß die Augen. »Ich möchte meinen Gedanken gar nicht aussprechen.«

»Ich werde nie aufhören, dich zu lieben.« Er strich ihr zärtlich über das Haar. »Ganz gleich, was passiert.«

Tränen rollten über ihre Wangen. »Ich habe niemals an die Hölle geglaubt, aber jetzt komme ich mir vor, als stünde ich mittendrin. Ich weiß, daß du von mir etwas über Nishiki erfahren willst, aber das geht nicht. Vielleicht hast du dir ja einen Weg ausgedacht, um mir etwas zu entlocken, keine Ahnung, aber ich bin mir sicher, daß du es versuchen wirst. Ich möchte dich nicht als Gegner, verstehst du? Es bringt mich um. Ich komme mir so vor, als würde ich entzwei gerissen.«

Sie standen engumschlungen da, wortlos. Was sollte er auch erwidern? Alles, was er sagen würde, wäre eine Lüge, also schwieg er.

Sie verzehrten sich danach, miteinander allein zu sein, doch das war nicht möglich – Margarite hatte nur eine Stunde Zeit, und Croaker mußte überprüfen, was sie in den letzten vierundzwanzig Stunden getrieben hatte –, und außerdem war Francie da. Also gingen sie in die Küche und nahmen gemeinsam den Lunch ein, wobei sie so taten, als gäbe es all die Verwicklungen, Heimlichkeiten und Probleme nicht. Momentan war die Realität bedeutungslos.

Am nächsten Morgen parkte er auf der Ostseite der Park Avenue Ecke Forty-seventh Street, und seine gestrige Begegnung mit Margarite war nur noch ein schöner Traum. Aus dem Augenwinkel machte er eine Bewegung aus. Zwei Wagen hinter ihm war eine Frau auf die Straße getreten, um sich ein Taxi heranzuwinken. Sie sah gut aus, war Mitte vierzig und offensichtlich sehr wohlhabend, wie der elegante Wildledermantel mit Fuchspelzkragen und die schwarze Lederhandtasche von Chanel belegten. Während sie mit erhobener Hand dastand, kam ein spindeldürrer Schwarzer mit einem Fahrrad auf sie zugerast. Er fuhr scharf nach rechts und schnitt dabei einem zornig hupenden Autofahrer den Weg ab. Der Schwarze war jetzt auf einer Höhe mit der Frau und riß ihr blitzschnell die Handtasche von der Schulter. Die Frau wurde herumgewirbelt, stieß mit der Hüfte gegen das Heck eines parkenden Wagens und ging dann in die Knie.

Der Fahrradfahrer jagte davon, als Croaker seine Wagentür aufschwang und der Schwarze mit vollem Tempo dagegen knallte. Die Wucht des Aufpralls hob ihn aus dem Sattel und schleuderte ihn in die Luft. Croaker sprang aus dem Auto, trat das Fahrrad aus dem Weg und bückte sich, um die Handtasche aufzuheben, als sich der Schwarze unvermittelt zur Seite rollte, gleichzeitig die Tasche packte und ein Springmesser zückte.

»Biste bereit, für die Tasche zu sterben, Motherfucker?«

Croakers linke Hand schoß vor; sie glänzte dunkelblau und mattschwarz. Die Messerklinge schlug gegen zwei Finger, Funken sprühten, Metall traf auf Metall, und der Schwarze riß verwirrt die Augen auf.

»Oh, Mama!«

Croakers Finger aus Titan und Polykarbonat zogen sich zusammen und umschlossen die Klinge mit stählerenem Griff. Mit einer knappen Handdrehung entwand er dem Schwarzen das Messer. Dann schob er seine Hand dicht vor das entsetzt dreinblickende Gesicht des Straßenräubers und ließ langsam die gefährlich aussehenden Stahlnägel aus den Fingerspitzen herausfahren. Er drückte die Klauen auf die Brust des Schwarzen und zerfetzte mit einem Ruck dessen Hemd.

»Gib mir die Tasche«, zischte er, »oder ich werde dich bei lebendigem Leibe aufspießen.«

»Okay, okay«, lenkte der Schwarze ein und gab Croaker die Tasche. Er stand auf und ließ dabei Croakers Hand keine Sekunde aus den Augen. »Verdammt, was is'n das überhaupt?«

»Frag besser nicht.«

Mit hängenden Schultern schlurfte der Schwarze zu seinem Fahrrad, wollte es aufheben, aber Croaker stellte einen Fuß auf das Hinterrad. »Das gehört jetzt mir.«

»Hey, beruhig dich. Ohne das Ding verlier ich meinen Job. Mein Leben hängt davon ab.«

»Das hättest du dir vorher überlegen sollen.«

Croaker sah dem davonschleichenden Mann hinterher und ging dann zu der Frau, die mißmutig eine Laufmasche in ihren

Fogal-Strümpfen begutachtete. »Ich glaube, Sie haben das verloren, Ma'am.«

»Sie hätten dieses Tier richtig zusammenschlagen sollen«, sagte die Frau und nahm ihre Chanel-Handtasche. Ihre kalten grauen Augen hielten schon wieder nach einem Taxi Ausschau. »Verdammt, jetzt komme ich zu spät zu Sotheby's.«

»Das wird man Ihnen bestimmt verzeihen«, fauchte Croaker sarkastisch und ging zu seinem Wagen zurück. Das Fahrrad ließ er auf der Straße liegen.

Mein Gott, dachte er. *Was ist bloß aus dieser Stadt geworden?* Vor vielen Jahren hatte er hier Nicholas Linnear kennengelernt. Er nahm den Pappbecher mit kaltem Kaffee vom Armaturenbrett und betrachtete seine Metallprothese. Im Verlauf ihrer Zusammenarbeit hatte Croaker seine linke Hand verloren, die ein Team hochqualifizierter japanischer Chirurgen durch eine biomechanische Prothese ersetzt hatte. Noch immer bestaunte er dieses Wunder der Technik. Die Finger waren originalgetreu nachgebildet und wurden von einem Paar spezieller Lithium-Batterien bewegt. Die Hand war mit einer Schicht aus mattschwarzem Polykarbonat, rostfreiem Stahl und dunkelblauem Titan überzogen. Es war eine überaus beeindruckende Konstruktion, halb Prothese, halb Waffe. Es hatte Monate gedauert, bis er sich einigermaßen daran gewöhnt hatte, und ein ganzes Jahr, bis er die vielfältigen Anwendungsmöglichkeiten beherrschte, aber jetzt erschien ihm die Hand wie ein natürlicher Teil seines Körpers.

Croaker war ein großer, breitschultriger Mann. Früher hatte er sich nicht besonders in Form gehalten, seine Muskeln waren schwammig gewesen, und er hatte wie ein abgetakelter Football-Profi ausgesehen. Doch Nicholas hatte ihm ein strenges Fitneßprogramm und einen rigorosen Diätplan auferlegt, so daß er sich heute wieder in absoluter Topform befand. Croaker war schon immer sehr stark gewesen, und seine biomechanische Hand hatte ihn nur noch stärker gemacht. Er hatte das wettergegerbte Gesicht eines Cowboy.

Vor einigen Jahren war er vorzeitig aus dem Dienst der New Yorker Polizei ausgeschieden und nach Marco Island in Florida gezogen, wo er einen Bootsverleih betrieben hatte. Mit anderen Worten, er hatte faul in den Tag hineingelebt. Alix, die Frau, mit der er dort unten zusammengelebt hatte, hatte behauptet, er sähe aus wie Robert Mitchum, worüber er sich köstlich amüsierte.

Er sah auf seine Uhr. Drei Minuten vor zehn. Einen Augenblick später sah er Margarite aus einem Taxi steigen. Sie trug ein dunkelrotes Tweed-Kostüm und eilte mit angespanntem Gesicht zu ihrem wöchentlichen Zehn-Uhr-Termin bei ihrem Finanzberater. Sie sah aus wie eine professionelle Spielerin, die mit einer erfolgreichen Kombination aus Intuition und Logik die Bank des Hauses sprengen konnte, ganz gleich, um welches Haus es sich dabei handelte.

Es war die reinste Qual, sie zu sehen und nicht bei ihr sein zu können, aber welche andere Wahl hatte der denn? Wenigstens konnte er sich aufgrund der räumlichen Distanz einreden, daß dies eine ganz gewöhnliche Observierung war, was ihm dabei half, nicht den Verstand zu verlieren.

Croaker schlug eine Zeitung auf und verbarg sein Gesicht dahinter. Seine Beziehung war an einem kritischen Punkt angelangt, und seine Meinung über sie änderte sich ständig, denn ihre vielschichtige Persönlichkeit überraschte ihn immer wieder aufs neue. Sie war nicht nur Dominic Goldonis Schwester, sondern auch seine Nachfolgerin. Zusammen mit ihrem Mann, Tony D., führte sie das Goldoni-Imperium genauso geschickt, wie es Dominic getan hatte. Doch was waren Dominics wirkliche Ziele gewesen? Im Laufe seiner Ermittlungen war Croaker klargeworden, daß Dominic Goldoni weit mehr gewesen war als bloß ein kaltblütiger Gangster. Er hatte erhabenere Ziele gehabt, als bloß seinen Anteil in beinahe jedem Wirtschaftszweig an der Ostküste einzutreiben. Seine Verbindungen nach Washington waren außergewöhnlich gut gewesen.

Er und Mikio Okami, der Kaisho – der Boß aller japanischen Yakuza-Bosse – hatten eine heimliche Allianz gebildet. Aber zu welchem Zweck? Weder Nicholas noch Croaker hatten das bislang herausbekommen. Zuerst mußten sie Okami finden. Der Kaisho hatte Goldoni regelmäßig mit brisanten Geheiminformationen versorgt, und obwohl Goldoni tot war, stand die Leitung nach wie vor, und Margarite machte davon regen Gebrauch.

Nicholas und Croaker wußten beide, daß Croaker eine unerfreuliche Aufgabe hatte: Er mußte die Frau beschatten, die er liebte, um den Weg der Informationen bis zu Okami zurückzuverfolgen. Während er beobachtete, wie sie den breiten Bürgersteig entlang schritt, wurde ihm klar, daß zwei Gefahren über ihm schwebten. Er mußte seine Arbeit nicht nur vor Margarite geheimhalten, sondern auch aufpassen, daß Okamis Feinde nicht von seinen Aktivitäten Wind bekamen und ihn als Zugesel benutzten, um an Okami heranzukommen.

Durch die große verglaste Eingangsfront sah er Margarite den Fahrstuhl betreten, der sie in den achtundzwanzigsten Stock bringen würde. Daß sie es aushielt, sich im selben Gebäude wie Tony aufzuhalten, war ein Beleg dafür, wie ernst sie das Vermächtnis ihres verstorbenen Bruders Dominic Goldoni nahm. Tony hatte sie so lange mißhandelt, bis ihre Beziehung auf dem Nullpunkt angelangt war, und deswegen hatte Francine an chronischen Depressionen und Bulimie gelitten. Trotzdem fühlte Croaker sich immer etwas befangen, wenn er mit Margarite zusammen war, denn immerhin war sie eine verheiratete Frau – gebunden an einen Mann, der einzig und allein als Handlanger für ihre kriminellen Aktivitäten fungierte. Er nahm die Worte in der Zeitung nicht wahr und schloß seine Augen, doch seine Gedanken konnte er nicht stoppen. Die Ironie, in eine Frau verliebt zu sein, die auf der anderen Seite des Gesetzes stand, war einfach zuviel für ihn.

»Hey, Kumpel, Sie stehen im Parkverbot.«

Ohne sich umzublicken, kramte Croaker die FBI-Marke hervor, die ihm sein früherer Chef, der kürzlich verstorbene William Justice Lillehammer, gegeben hatte. Er war derjenige gewesen, der Croaker mit den Ermittlungen im Mordfall Goldoni beauftragt hatte. Croaker hielt die Marke ans Fenster.

»Bitte schalten Sie ihren Motor ab und steigen Sie aus.«

Croaker legte die Marke aufs Armaturenbrett. Anstelle eines übergewichtigen Manhattaner Verkehrspolizisten erblickte er einen jungen uniformierten Mann mit ungepflegtem Dreitagebart und schmutzigbraunen Augen.

»Sehen Sie diese Marke, Officer? Ich bin im Dienst und zwar außerhalb Ihres Zuständigkeitsbereichs. Lassen Sie's gut sein.«

Der Polizist hielt seinen Blick auf Croaker gerichtet, langte ins Wageninnere, entriegelte das Schloß und öffnete die Tür. »Bitte tun Sie, was ich gesagt habe.«

»Sind Sie taub? Ich bin Polizist.«

»Sofort.«

In der rechten Hand des Mannes erblickte Croaker plötzlich eine Waffe. Wo hatte der Kerl bloß gesteckt, als die reiche Schlampe überfallen wurde? Er steckte seine Marke ein und stieg aus. Direkt hinter ihm stand ein blauweißer Funkwagen, in dem ein weiterer Cop saß, der teilnahmslos ins Leere starrte.

»Kommen Sie bitte mit«, sagte der junge Polizist freundlich aber bestimmt.

Schulterzuckend stieg Croaker in den Fond des Funkwagens. Der Polizist setzte sich neben ihn, und der Wagen fädelte sich in den Verkehr ein.

Croaker lehnte sich zurück und schwieg. Er wußte nur zu gut, daß es keinen Sinn machte, Fragen zu stellen, auf die man sowieso keine Antworten bekommen würde. Er tat besser daran, sich auf die beiden Typen zu konzentrieren und darauf zu achten, wohin sie fuhren.

Der Fahrer war ein älterer, schwergewichtiger Mann mit einem dicken Leberfleck auf der Nase. Er kaute auf einem Zahnstocher herum und schien sich irgendwie unwohl zu fühlen, so, als würde ihm seine Uniform nicht richtig passen.

Sie fuhren in westliche Richtung, dann Downtown zur Einfahrt des Lincoln Tunnels. *New Jersey,* dachte Croaker.

»Grübeln Sie besser nicht drüber nach«, sagte der Bärtige. Seine Waffe bohrte sich in Croakers Rippen.

Na klar, dachte Croaker. *Welcher New Yorker Bulle würde mich schon über den Fluß nach Jersey bringen?* Kein Wunder, daß den Fahrer die Uniform zwickte. Wahrscheinlich trug er so ein Ding zum ersten Mal in seinem Leben. Wer waren dieses Kerle?

Sie schienen eine halbe Ewigkeit durch den Tunnel zu fahren, und als sie schließlich herausrollten, empfing sie der Anblick einer abgasgeschwärzten, scheinbar endlosen Betonlandschaft, New Jerseys Vorgarten.

Die Luft hatte sie verändert. Sie war stickig und rußgeschwängert, als wäre die ganze Gegend eine einzige riesige Fabrikanlage. Autowracks, verdreckte Hausfassaden, verrosteter Stahl und häßliche Hochspannungsleitungen bildeten ein unappetitliches Mosaik, eine leblose, graue Einöde.

Sie bogen nach rechts ab und fuhren Richtung Hoboken, doch lange vorher rollten sie auf eine verfallene Tankstelle zu, die wie ein Relikt aus den Vierzigern aussah. Ein uralter, ausgebrannter VW-Käfer stand auf dem rußigen Abstellplatz, unter dem sich die unterirdischen Benzintanks befanden, die seit Jahrzehnten nicht mehr aufgefüllt worden waren. Eine ausgemerkelte, schwarze Katze streunte zwischen den Abfällen herum.

Hinter der verlassenen Tankstelle war ein Schrottplatz, der von einem hohen Gitterzaun und Stacheldraht umsäumt war. Die Szenerie erinnerte an ein Gefangenenlager. Der Boden war mit Steinbrocken und Geröll übersät, als wäre dies vor nicht allzu langer Zeit ein Kriegsschauplatz gewesen. Einige Obdachlose trotteten mit gesenkten Köpfen vorbei und schoben ihre Einkaufswagen vor sich her, in denen unzählige Plastiktüten, schäbige Kleider und anderer, unidentifizierbarer Plunder lagen. Sie überquerten die Straße, als plötzlich zwei Einkaufswagen zusammenprallten. Für einen kurzen Augenblick stritten sich zwei der Penner, dann versuchte einer von ihnen, die Katze zu fangen, aber das Tier war viel zu schnell und jagte beim ersten, unbeholfenen Ausfallschritt des Mannes davon.

»Nette Gegend«, sagte Croaker. »Seid ihr oft hier?«

»Schnauze!« zischte der Bärtige und stieß ihm den Lauf in die Rippen.«

»Vorsicht, mein Junge«, sagte Croaker, »sonst jagst du dir versehentlich selbst eine Kugel in den Bauch.«

»Ich sagte doch ...«

»Reiß dich zusammen!« unterbrach ihn der Fahrer. »Er ist da.«

Croaker wandte noch rechtzeitig den Kopf, um einen mitternachtsblauen Lincoln Mark VIII um die Ecke biegen zu sehen.

Der Fahrer des Polizeiwagens legte den Gang ein, und sie fuhren durch ein offenstehendes Tor auf den Schrottplatz. Der Lincoln folgte ihnen, sein mächtiger Motor summte leise vor sich hin.

Sie holperten über unzählige Schlaglöcher, bis sie endlich anhielten. Der Fahrer schaltete den Motor ab und stieg wortlos aus.

»Mach schon!« befahl der Bärtige, und Croaker rutschte aus dem Wagen. Er sah den Fahrer gegen einen verkümmerten Baum pinkeln, der die allgegenwärtige Umweltverschmutzung anscheinend irgendwie überlebt hatte.

Der Lincoln kam wenige Meter hinter ihnen zum Stehen. Seine Scheiben hatten die gleiche, seltsame Tönung wie die Wagenverglasung in Florida, wo sie dazu diente, Sonne und Hitze abzuhalten.

Auf der Fahrerseite stieg ein Mann aus, und Croaker entfuhr ein überraschtes Seufzen. Es war Tony DeCamillo, Margarites Ehemann. Tony D. schritt über das Geröll auf Croaker zu. Er trug einen eleganten, aber unauffälligen Anzug und sah ganz wie der etablierte Anwalt aus dem Filmgeschäft aus, der er war. Nur die auf den Kragen seines Seidenhemds gestickten Initialen verrieten seinen persönlichen Ehrgeiz. Er würde niemals das kriminelle Genie werden, das Dominci Goldoni einst gewesen war. Eigentlich, sinnierte Croaker, war Tony D. doch bloß eine austauschbare Marionette, die sich im Glanz des Goldoni-Imperiums sonnte.

»Verschwindet«, blaffte Tony D. die falschen Polizisten an, die Croaker hierhergebracht hatten.

»Aber Tony«, protestierte der Bärtige, »der Kerl ist gefährlich.«

»Sicher ist er das, aber ich habe Sal dabei«, sagte Tony und deutete auf den Lincoln.

Der blauweiße Polizeiwagen setzte sich in Bewegung und rumpelte vom Schrottplatz.

»Ist das hier Ihr schönstes Grundstück, Tony?«

Croaker bereute seine flapsige Bemerkung sofort, aber er hatte nicht anders gekonnt, denn er haßte diesen Mann aus ganzem Herzen, nicht nur, weil er durch und durch korrupt war, sondern vor allem, weil er seine Frau jahrelang mißhandelt hatte. Croaker mußte an die brutalen Schläge denken, die Margarite immer wieder hatte hinnehmen müssen, und sein Herz hämmerte so schmerzhaft in seiner Brust, daß er tief und langsam ein- und ausatmen mußte.

DeCamillo war ein gutaussehender Mann südeuropäischer

Abstammung. Seine Haut hatte einen olivfarbenen Teint, und seine braunen Augen funkelten unter schweren Lidern. Er kam dicht an Croaker heran und sah im direkt ins Gesicht.

»Also, du bist der Kerl«, sagte er mit schriller Stimme, »der meiner Frau die Seele aus dem Leib gefickt hat.«

Hübsch formuliert, dachte Croaker. »Ich bin der Mann, der Margarite noch nie geschlagen hat«, gab er zurück.

Gleichstand.

Ihrem gegenseitigen Haß haftete nichts Intellektuelles, nichts Rationales an. Sie waren wie zwei Kampfbullen im Blutrausch, jeder von ihnen wild entschlossen, sein Revier zu verteidigen, die Herde anzuführen, den Hauptgewinn, die Frau, in Besitz zu nehmen.

»Sie ist ganz verrückt nach dir«, sagte Tony D. tonlos. »Dafür werd' ich dir das Gehirn aus dem Schädel pusten.«

»Haben Sie überhaupt keinen Respekt vor Ihrer Frau?« Es sollte komisch klingen, aber Tony D. ignorierte Croakers Frage. Vielleicht war er nicht in Stimmung.

Er hob eine Hand, und die Beifahrertür des Lincoln öffnete sich. Sal stieg aus, Tonys Leibwächter. Er hielt ein großkalibriges Gewehr in der Hand, plazierte den Lauf auf dem Wagendach und nahm Croaker sorgfältig ins Visier. Seinen routinierten Bewegungen sah man an, daß er ein Experte war. Croaker erkannte, daß Tony die Sache präzise vorbereitet hatte, denn Sal war nahe genug, um garantiert zu treffen, und Tony stand nicht in der Schußlinie, würde sich nicht einmal bewegen müssen, es sei denn, er wollte keine Blutspritzer auf einer Sulka-Krawatte. Selbst das wäre egal, denn bei seiner Liebe zum Detail hatte er wahrscheinlich ein paar Ersatzkrawatten dabei.

Sal legte seine Wange an den Gewehrschaft, sein Auge war am Zielfernrohr.

»Bist du bereit zu sterben, du Hurensohn?« Tonys Stimme überschlug sich beinahe.

»Wer, ich?« Croaker dachte nicht über Leben und Tod nach, sondern daran, daß Tony DeCamillo unbedingt lernen mußte, Gefühl und Vernunft voneinander zu trennen. Vielleicht hatte er deswegen nicht anders gekonnt, als seine Frau ständig zu schlagen.

Margarite. Er dachte an sie und wußte, daß er nicht sterben

wollte, schon gar nicht durch diesen aufgeblasenen Schwachkopf. Aber es gab keinen Ausweg. Er war nicht in der Position, um zu verhandeln, und selbst wenn er es wäre, würde Tony D. wahrscheinlich nicht darauf eingehen. Er verfluchte sich dafür, in diese aussichtslose Lage geschlittert zu sein. Marco Island hatte seine Instinkte abgestumpft. Zuviel Alkohol, zu viele Trinkgelage mit seinen Kunden, zu viele vertrödelte Nachmittage in der Sonne. Man verweichlichte und wurde nachlässig und träge. Genau das war mit ihm passiert, und nun würde er dafür büßen. Wie viele gute Polizisten hatte er sterben sehen, die Opfer eines einzigen, tödlichen Fehlers geworden waren? Jetzt war er an der Reihe.

Jesus.

Seine Gedanken gingen zu Alix. Er dachte daran, wie sie im goldenen Licht der untergehenden Sonne am Strand von Marco Island gesessen hatte, sie, diese unvergleichlich schöne Frau, ein Model, das sich wider Erwarten in ihn verliebt hatte. Dann wanderten seine Gedanken wieder zu Margarite. Sie war so vielschichtig, so willensstark. Mit glühendem Eifer hatte sie das Erbe ihres Bruders angetreten und regierte jetzt ein Imperium, das sich auf Blut, Korruption und Macht gründete. Er dachte an Nicholas in Tokio, an ihre im Kampf zusammengeschweißte tiefe Freundschaft, an ihre beiderseitiges Vertrauen, an die unzähligen Male, in denen sie einander das Leben gerettet hatten. Er dachte an seinen Vater, der irgendwo in einer schäbigen Seitenstraße New Yorks erschossen worden war, und an die blutgetränkte Uniform. Croakers Mutter hatte nicht zugelassen, daß man ihn in dieser Uniform begrub, und hatte sie weggeschmissen. Aber Croaker hatte sie aus der Mülltonne hervorgekramt, sie andächtig zusammengelegt und bis zu dem Tag, als er zum Detective befördert wurde, in einer Plastiktüte aufbewahrt.

Wie in Zeitlupe sah Croaker Tony D. mit dem Kopf nicken. Er konnte beinahe spüren, wie Sal seinen Finger um den Abzug spannte und ihn, Croaker, durch das Zielfernrohr fixierte.

Ein Schuß explodierte, aber Croaker wurde von keiner Kugel getroffen. Sein Herz raste. Er hörte ein leises Wimmern, und gleichzeitig wirbelten er und Tony D. herum. Sal war zusammengebrochen und lag auf dem geröllübersäten Beton; das Gewehr lag eine Armlänge neben ihm.

»Was zur Hölle ...«

»Denken Sie es nicht zu Ende«, rief eine befehlsgewohnte Stimme. »Es wäre zu kompliziert für Sie.«

Croaker sah einen Mann über den Schrottplatz schreiten. Er war älter als Tony, hatte aber mit seinem krausen, ungebändigtem Haarschopf und seinem breiten Grinsen etwas Jugendliches an sich. Mit weit ausholenden Schritten kam er auf sie zu.

Tonys Kinnlade klappte herunter. »Gütige Mutter Gottes. Bad Clams.«

»In Person«, sagte Caesare Leonforte, keck grinsend.

»Sie müssen verdammt gute Nerven haben, sich ohne Erlaubnis in mein Territorium zu wagen.«

Leonforte beäugte Tony, als wäre dieser ein seltenes Tier im Zoo. »Glauben Sie? Yeah, ich weiß, daß ich mit Dominic ein Abkommen hatte, demzufolge ich an der Westküste bleibe und er an der Ostküste.« Er zuckte mit den Schultern. »Aber Sie wissen doch, wie es ist, Anwalt. Der Mensch ist nun mal so. Dom begann, nach Westen zu expandieren, ich nach Osten.«

»Sie gottverdammter *Ganove*!« schrie Tony mit hochrotem Kopf. »Erst dringen Sie in mein Gebiet ein, und dann knallen Sie meinen Leibwächter ab. Sie wollen Krieg! Gut, Sie können ihn haben!«

»Immer mit der Ruhe, Anwalt«, sagte Leonforte. »Ich kümmere mich doch nur um meine Geschäfte. Bloß weil Sie mit dem Schwanz denken, muß ich noch lange nicht tatenlos zusehen, wie Sie einen dummen Fehler nach dem anderen begehen.«

In seinen Augen funkelte der blanke Wahnsinn. Es waren die Augen eines Killers. Croaker hatte dieses Funkeln während seiner Zeit als Streifenpolizist viele Male gesehen, aber es gab einen Unterschied; Leonforte strahlte eine überlegene Ruhe aus, die sich mit dem Wahnsinn in seinen Augen die Waage hielt. Es war so, dachte Croaker, als steckten zwei grundverschiedene Menschen in ein und demselben Körper.

»Was zur Hölle faseln Sie da?«

»Wann wachen Sie endlich auf, Anwalt? Sie führen sich auf wie ein verdammter Amateur, der versucht, ein Spiel zu gewinnen, dessen Regeln er nicht einmal ansatzweise kapiert hat.«

»Ich muß mir ihren Schwachsinn nicht anhören. Die Sache

mit diesem Bastard ist eine reine Privatangelegenheit. Was zum Teufel liegt Ihnen an ihm?«

»Ich will Ihr Gehirn nicht überfordern, Anwalt. Warum setzen Sie sich nicht einfach in Ihren neuen Lincoln, den ich übrigens richtig toll finde, und fahren nach Manhattan zurück. Wir können die Sache ein anderes Mal ausdiskutieren.«

»Wie bitte? Denken Sie, Sie könnten so mir nichts dir nichts in mein Territorium eindringen und mich wie einen dummen Jungen herumkommandieren?«

»Nehmen Sie's nicht so tragisch, Anwalt. Schlucken Sie ein paar Halcions, oder lassen Sie sich einen blasen. Am besten, Sie machen beides.«

»Sie sind ein toter Mann, Bad Clams.« Tony D.s drohender Tonfall war derselbe, mit dem er die Produktionsleiter bei Paramount und MGM ein ums andere Mal über den Tisch gezogen hatte.

Leonforte ließ das alles kalt. Er schnalzte mit der Zunge, und wie aus dem Nichts tauchten zwei einschüchternde Gestalten in langen Mänteln auf, unter denen sie MAC-10 Maschinenpistolen hervorzauberten.

»Es gibt keinen Grund zum Streit, Anwalt. Und um Ihnen meinen guten Willen zu demonstrieren, werde ich über Ihre Drohung hinwegsehen. Ich will keinen Ärger ...«

»Verdammt, den haben Sie bereits!«

»... und Sie auch nicht.«

Tonys Blick wanderte von den MAC-10s zu Croakers Gesicht. »Ich kann es nicht fassen, wieviel Glück du hast.« Croakers biß die Zähne aufeinander. »Ich hoffe, du bist dir darüber im klaren.«

Leonfortes Gnade ausgeliefert, zog sich Tony D. in die relative Sicherheit seines Lincolns zurück. Sein Gesicht hatte mittlerweile jegliche Farbe verloren; er sah aus, als würde er jeden Augenblick in Ohnmacht fallen. »Ich wünschte, Sie hätten sich nicht eingemischt, Bad Clams. Wir sehen uns wieder, mein Wort drauf!«

»Eindrucksvoller Mann«, sagte Leonforte, als sich der Lincoln in Bewegung setzte. Dann drehte er sich zu Croaker um und lachte schallend. »Nun, sehen Sie sich mal an. Sie waren schon so gut wie tot.« Er schüttelte den Kopf. »Der Junge hat's wirklich ernst gemeint. Er will Ihre Eier in der Schlinge sehen.«

»Ihre auch. Auf gewisse Weise macht uns das zu Seelenverwandten, oder?«

Leonforte musterte Croaker eine Weile. »Mein Gott, Sie sind wirklich ein abgebrühter Bursche.« Er schmunzelte. »Oder soll ich einen der Jungs prüfen lassen, ob Sie sich nicht doch vor Schiß in die Hose gemacht haben?«

»Wie, keine Weiber dabei für die Schmutzarbeit?«

Caesare Leonforte warf seinen Kopf in den Nacken und brach erneut in Gelächter aus, beruhigte sich aber schnell wieder. »Machen Sie ruhig Ihre Witze, aber vergessen Sie nicht, daß ich Ihnen das Leben gerettet habe. Sie stehen in meiner Schuld.

Die heftigen Vibrationen verursachten ein dissonantes Rauschen in Nicholas' Kopf. Er lag mit verbundenen Augen und straff gefesselten Händen und Füßen auf dem Rücksitz von Chief Inspector Van Kiets Militär-Jeep und analysierte die auf ihn einströmenden Sinneswahrnehmungen. Er hörte, wie Van Kiet entgegenkommenden Fahrzeugen vietnamesische Flüche zubrüllte und roch frischen Aal, Zuckerrohr, Longan und Rambutan, Tropenfrüchte mit spezifischen Duftnoten.

Selbst ohne sein *tanjian*-Auge zu benutzen, hatte er erkannt, daß man ihn nach Saigon zurückbrachte. Also würde man ihn nicht sofort exekutieren, wie Van Kiet angedroht hatte, sondern erst ausgiebig verhören, bevor er vor ein Erschießungskommando gestellt werden würde. Er wußte, daß er weder auf einen Anwalt noch auf ein ordentliches Gerichtsverfahren hoffen konnte; an solch zivilisierte Annehmlichkeiten war nicht zu denken.

Ihm war klar, was er tun mußte. Immer, wenn er dem Geheimnis um Vincent Tinhs Ermordung ein Stück näher gekommen war, hatte jemand sterben müssen. Zuerst Shindo, dann Bay. Wenigstens wußte er jetzt, wer den *Chi*-Hive Hybridcomputer konstruiert hatte, ein russischer Programmierexperte namens Abramanov, der sich irgendwo nordwestlich von Saigon versteckt hielt. Die Cu Chi-Tunnel waren ein geheimer Treffpunkt.

Shindo war davon überzeugt gewesen, daß Van Kiet mehr über Tinhs Ermordung wußte, als er zugab. Nicholas war sicher, daß er höchstens zwanzig Minuten allein mit dem Inspector brauchen würde, um ihm diese Informationen zu entlocken.

Zwanzig Minuten.

Er konzentrierte sich auf die Drahtfesseln an seinen Handgelenken. Sie stellten kein allzu großes Problem dar. Sie saßen zwar schmerzhaft eng, aber als er gefesselt worden war, hatte Nicholas die Muskeln und Sehnen seiner Unterarme so weit angespannt, daß er nun genügend Spielraum hatte, um mit seinen Fingerspitzen die Drahtenden zu ertasten und den Metallknoten langsam aufzuwickeln.

Er ging sehr vorsichtig zu Werke, obwohl er davon ausging, daß Van Kiet bei dem Gerumpel nichts merken würde, selbst wenn er ab und zu einen Blick auf Nicholas warf.

Innerhalb von zehn Minuten waren seine Hände frei. Danach widmete er sich den Fesseln an seinen Fußgelenken. Nachdem auch das geschafft war, ließ er seinen Kopf immer wieder gegen den Sitz prallen, als würde er aufgrund des fürchterlichen Straßenzustands hin- und hergeschleudert. Langsam rutschte die Augenbinde über seine Stirn, bis er schließlich freie Sicht hatte.

Er sah geradewegs in Van Kiets grinsende Visage. Der Chief Inspector hatte sich auf seinem Sitz umgedreht und hielt seinen russischen Revolver auf ihn gerichtet.

»Keine Chance«, sagte er. »Wissen Sie, ich weiß, wer sie sind, oder besser, *was* Sie sind. Ich kenne Ihre Fähigkeiten, und glauben Sie mir, ich werde nicht zulassen, daß Sie mich zum Narren halten. Eher würde ich Ihnen auf der Stelle eine Kugel ins Gehirn jagen. Ich meine es ernst.«

Sein geöffnetes *tanjian*-Auge sagte Nicholas, daß Van Kiet zumindest in diesem Punkt die Wahrheit sagte. Er entspannte sich und sank in den Sitz zurück. Obwohl man ihn nicht wieder fesselte, war er jetzt weiter von der Freiheit entfernt als zu dem Zeitpunkt, als man ihn in Cu Chi in den Jeep verfrachtet hatte.

Sie schwiegen, während der Fahrer den Jeep durch die unzähligen Holzkarren verstopften Straßen der Außenbezirke manövrierte. Nicholas erkannte sofort, daß Van Kiet nicht vorhatte, ihn aufs Polizeirevier zu bringen. Das verhieß nichts Gutes, und Nicholas begann sich zu fragen, unter wessen Befehl Van Kiet stand. Im Intrigenwirrwarr Saigons hatte ein Mann wie er wahrscheinlich mehr als nur einen Arbeitgeber. Wenn er schlau und geschäftstüchtig genug war, konnte Van Kiet diese diversen Verpflichtungen problemlos unter einen Hut bringen. Es wäre mit Sicherheit nicht klug, wenn beispielsweise der Drogenbaron der Shan, auf dessen Gehaltsliste Van Kiet bestimmt stand, Wind davon bekäme, daß Van Kiet auch für einen hier ansässigen internationalen Waffenschieber arbeitete. Ein solcher Fehltritt hätte für ihn zwangsläufig dasselbe gewaltsame Ende zur Folge, das Vincent Tinh ereilt hatte.

Nicholas wußte, daß eine volle Konzentration erforderlich war, wenn er aus dieser Geschichte heil herauskommen wollte. Anscheinend stand Van Kiet unter dem Befehl eines Unbekannten, der aller Wahrscheinlichkeit nach für Tinhs Ermordung verantwortlich war. Tinh hatte sich mit dem *Chi* der ersten Generation eine goldene Nase verdient, doch jetzt war er tot und die gestohlene *Chi*-Technologie verschwunden. Deswegen war Nicholas nach Saigon gekommen und hatte das Gerücht in Umlauf gebracht, er besäße einen Neuronalnetz-Chip der zweiten Generation. Er war davon ausgegangen, daß dieses Lockmittel für Tinhs Geschäftspartner eine unwiderstehliche Versuchung darstellen würde.

Bay hatte ihm einen Namen genannt, Abramanov. Aber Abramanov war ein hochspezialisierter Techniker, kein Geschäftsmann. Außerdem hatte er in Vietnam nichts zu bestellen; Russen wurden hier verachtet. Wer stand hinter Abramanov? Nicholas vermutete, derselbe Mann, der auch hinter Tinhs Ermordung steckte. Vermutlich wurde Nicholas jetzt zu diesem Mann oder jemandem aus dessen Organisation gebracht – falls er lang genug überlebte.

Schließlich hielten sie vor einem nicht näher bezeichneten weitläufigen Gebäude, auf dessen abbröckelnder Fassadenfront nur eine schlichte Nummer angebracht war.

Irgend etwas an dieser Adresse kam Nicholas bekannt vor. Während sie aus dem Jeep kletterten, donnerten Motorräder und Cyclos an ihnen vorbei. Nicholas beneidete diese Menschen, denn trotz ihrer bitteren Armut besaßen sie etwas unendlich Wertvolles, etwas, das er nicht besaß: Freiheit. Als er in Saigon ankam, hätte er nicht im Traum daran gedacht, hier irgend jemanden um irgend etwas zu beneiden; doch jetzt tat er es, und irgendwie erniedrigte es ihn.

Sie betraten das scheinbar völlig verlassene Gebäude, und plötzlich fiel es ihm ein. Die Adresse. Laut Shindo hatte sich Vincent Tinh in diesem Gebäude eingemietet, um in aller Ruhe seine illegalen Geschäfte abwickeln zu können. Nicholas spürte, daß er der Aufklärung von Tinhs Ermordung wieder einen Schritt näher gekommen war.

Sie gingen eine steile Stahltreppe hoch, der Fahrer vornweg, dahinter Nicholas, dicht gefolgt von Chief Inspector Van Kiet. Doch bevor sie den ersten Treppenabsatz erreichten, schob sich ihnen eine von oben kommende Gestalt entgegen und blockierte den Weg.

»Chief Inspector«, sagte eine wohlklingende Stimme.

»Sie!« Van Kiet blieb wie angewurzelt stehen.

»Ab sofort werde ich mich um diesen Mann kümmern«, befahl Seiko.

»Unmöglich! Wissen Sie überhaupt, was er verbrochen hat?«

»Ich weiß alles.«

»Egal, ich kann auf keinen Fall ...«

»Vergessen Sie nicht, mit wem Sie sprechen, Van Kiet. Sie können und Sie werden.«

Nicholas lauschte diesem außergewöhnlichen Wortwechsel und spürte, wie sein Herz einen Schlag aussetzte. Diese schöne Japanerin namens Seiko Ito war seine Assistentin gewesen. Sie war diejenige, die ihm vorgeschlagen hatte, Vincent Tinh einzustellen und ihn zum Direktor des neueröffneten Saigoner Büros von Sato-Tomkin zu machen. Es bestand der dringende Verdacht, daß sie in den Schmuggel des Chi Neuronalnetz-Chips von Tokio nach Saigon verwickelt war; in Nicholas' Abwesenheit und ohne eindeutige Beweise hatte Tanzan Nangi, Nicholas' Partner, sie zur Fortführung der Geschäfte hierhergeschickt, darauf hoffend, daß sie irgendwann einen Fehler begehen würde. Wenn sie davon überzeugt war, daß ihr die Geschäftsleitung in Tokio vertraute, so Nangis Überlegung, würde sie vielleicht unvorsichtig werden und sich verraten.

Und jetzt tauchte sie in dem Lagerhaus auf, in dem Tinh sich eingemietet hatte, und sie kannte nicht nur den Chief Inspector der Saigoner Polizei, sondern erteilte ihm sogar Befehle.

Seiko kam eine Stufe herunter, wo ihr Van Kiets Fahrer den Weg versperrte. Sie hatte ein schulterloses, schwarztürkises Minikleid aus roher Seide an, das mehr entblößte als verhüllte. Bis auf einen breiten, silberbeschlagenen Armreif an ihrem linken Handgelenk trug sie keinen Schmuck. Sie sah blendend aus, topfit, und schien fest entschlossen, ihren Willen durchzusetzen. Nicholas hatte in ihrem Gesicht noch nie einen solchen Ausdruck grimmiger Entschlossenheit gesehen.

Der Fahrer sah den Chief Inspector fragend an. Van Kiet nickte ihm kurz zu, und der Fahrer trat zur Seite.

»Kommen Sie, Nicholas«, sagte Seiko und streifte ihn im Vorübergehen mit ihrem Körper. »Sie müssen nach dieser Tortur völlig erschöpft sein.«

Am liebsten hätte er ihr gesagt, daß sie verschwinden und ihn allein lassen soll, wo er doch jetzt so kurz vor dem Ziel war. Sie glaubte, sie würde ihn retten, doch ironischerweise bedeutete ihr Auftauchen, daß seine Ermittlungen zurückgeworfen wurden, vielleicht unwiederbringlich. Doch wie sollte er ihr das unter Van Kiets starrendem Blick verständlich machen?

Ihm blieb keine Wahl. Er ging an dem mürrisch dreinblickenden Polizisten vorbei und folgte Seiko durch den Korridor. Vor ihm konnte er das schimmernde Rechteck des zur Straße geöffneten Torwegs sehen, hinter dem Motorräder und Cyclos vorbeirauschten, so frei wie Amseln im Wind.

»Tony glaubt, Sie hätten Dominic Goldoni ermordet.«

»Aber Sie wissen es besser, oder, Mr. Croaker?«

»In der Tat.«

Caesare Leonforte goß ihnen aus der Flasche Jordan Cabernet nach, die er geordert hatte. »In Kalifornien zu leben, hat viele Vorteile. Einer davon ist, daß man sich in der Nähe des besten Weinanbaugebiets der Vereinigten Staaten befindet.« Er nahm einen Schluck von der rubinroten Flüssigkeit. »Ich bin mit italienischen Weinen groß geworden und liebe sie noch immer, aber die Weine aus Napa und Sonoma ...«

Fasziniert starrte er in sein Glas. »Eine wirklich außerordentliche Leistung! Wie die der Japaner.«

»Der Japaner?«

Croaker und Caesare Leonforte saßen im hinteren Teil eines momentan als ›in‹ geltenden TriBeCa-Restaurants auf der Westseite von Downtown Manhattan, gleich südlich der Canal Street. Der langgezogene schmale Raum hatte mit seinen hohen Fabrikfenstern, den unverkleideten Rohrleitungen an der Decke und den Kellnern in schwarzen Hosen und kragenlosen Hemden einen Hauch von Fabrikhallenatmosphäre. Die Kargheit des höhlenartigen Inneren wurde nur von einer langen Bar aus Kirschbaumholz aufgelockert, die auf dem polierten Parkettboden stand, der so alt und abgewetzt war, daß Herman Melville noch auf ihm gewandelt sein konnte. Leonfortes MAC-10-bewehrte Leibwächter lungerten wahrscheinlich irgendwo vor dem Restaurant herum und behielten den Eingang im Auge.

»In den Fünfzigern und Sechzigern«, sagte Leonforte, »war der Satz ›Made in Japan‹ ein Synonym für billigen Schrott. Mit kalifornischen Weinen war es dasselbe. Doch sehen Sie jetzt!« Er hob sein Glas. »Die ganze Welt beneidet uns um diese Weine. Und mit Japans Wirtschaft ist es genau das gleiche. Trotz ihrer derzeitigen Probleme reißt niemand mehr Witze über Toyotas, nur noch über Cadillacs. Mich kriegen keine zehn Pferde mehr in einen Caddy.«

»Entschuldigen Sie bitte meine Neugier«, sagte Croaker, »aber woher wissen Sie von mir?«

»Das ist gar nicht so schwierig, wenn Sie mal genau drüber nachdenken.«

Lässig wedelte Leonforte mit einer Hand. »Ich habe Zugang zu fast allen elektronischen Datenbanken, die unsere sogenannten Gesetzeshüter benutzen.« Er lehnte sich zurück und fühlte sich großartig, geradezu unwiderstehlich. Warum auch nicht? Immerhin hatte er gerade seinen Rivalen aufs Tiefste gedemütigt, ihm von dessen Territorium verjagt, jemanden geschnappt, den seine Informationsquellen als Agenten der Bundespolizei klassifizierten und besagtem Agenten dabei das Leben gerettet.

»Tatsächlich? Ich habe immer geglaubt, Computer der Regierung seien gegen unbefugten Zugriff geschützt.«

»Wer sagt denn, daß ich unbefugt bin?« Leonforte lachte angesichts Croakers verblüfftem Gesichtsausdruck. »Nun, okay, ich bin unbefugt. Technisch gesehen. Aber nicht jeder denkt so

– oder bemüht sich darum, mich davon abzuhalten. Diese Regierungsleute sind doch alle schrecklich überarbeitet.«

»Und chronisch unterbezahlt.«

Leonforte grinste. »Genau das ist es, Mr. Croaker. Unterbezahlung ist das Verhängnis der Bürokraten. Wenn man das verstanden hat, versteht man alles über diese Menschen.« Er sprach über ›diese Menschen‹, als wären sie eine niedere Lebensform. »Diese Leute führen die Geschäfte unseres Landes, und ihr Vertrauen – genauer gesagt – ihr Interesse zu gewinnen, ist eins meiner vordringlichen Anliegen.«

»Das Getriebe ölen, heh?« Croaker schob sich ein Stück in Olivenöl getunktes Weißbrot in den Mund. Der Wein hatte in seinem Magen ein säuerliches Brennen ausgelöst. Nun schließlich kam man nicht jeden Tag von den Toten zurück, schon gar nicht in Begleitung eines Adjutanten des Teufels.

Leonforte hob eine Hand und bedeutete dem Kellner, ihnen eine weitere Flasche zu bringen. »Es ist ein Fakt, daß jedes Auto ab und zu Öl braucht, besonders die, die mit niedriger Oktanzahl fahren.«

Aus der Nähe konnte Croaker die lange dünne Narbe an Leonfortes Kehle sehen. Bad Clams versuchte nicht, sie zu kaschieren, im Gegenteil, ein Mann wie er trug ein solches Überbleibsel einer jugendlichen Auseinandersetzung mit Stolz.

»Okay, Sie wissen, wer ich bin. Und weiter?«

Leonforte wartete, bis der Kellner die Flasche entkorkt und einen Probeschluck des Jordan in ein neues Glas gegossen hatte. Er schickte den Kellner fort, ohne den Wein probiert zu haben. »Hier kommt's Mr. Croaker. Warum beschatten Sie Margarite Goldoni DeCamillo?«

»Erwarten Sie ernsthaft, daß ich Ihnen das verrate?«

Jetzt nahm sich Leonforte die Zeit, den Wein zu kosten. Er tat es mit überschwenglichem Eifer und schenkte dann für sie beide ein. »Ich werde Ihnen etwas sagen, das Sie vielleicht schockieren wird. Wir haben etwas gemeinsam. Dominci Goldoni. Wir sind beide von ihm besessen.«

Croaker erwiderte nichts. Trotz des Weißbrots rumorte noch immer der Cabernet in seinem Magen.

»Vielleicht glauben Sie, ich sei völlig bescheuert, aber falls dem so ist, sollten Sie darüber besser noch mal nachdenken.

Lassen Sie mich Ihnen etwas über mich erzählen. Mein Vater, Francis, Gott sei seiner Seele gnädig, war ein Mann alter Schule. Was ich damit meine? Er war heroisch, überlebensgroß. Ihn interessierten nur die elementaren Dinge des Lebens: Geld, Einfluß, Respekt. Klar, er hat auch viel herumgevögelt. Als ich zwölf war, hat er mich in ein Bordell geschleppt. Es war Tradition. Er hat zugesehen, wie ich es mit der Hure trieb. Vielleicht wollte er mir Hilfestellung geben, vielleicht hat's ihn angemacht, wer zum Teufel weiß das schon? Auf jeden Fall hat er mich von diesem Moment an als Mann betrachtet. Innerhalb der nächsten sechs Monate hat er mir dann eine Knarre in die Hand gedrückt und mir gezeigt, wie man schießt, wie man lädt und wie man so ein Ding selbst im Dunkeln auseinandernimmt und wieder zusammensetzt. In gewisser Weise war mein Vater ein ziemlich militanter Typ.

Wie dem auch sei, es war alles bloß ein verdammtes Training. Für was? Um mich meiner Haut erwehren zu können. ›Du bist kein Mann, wenn du dich nicht deiner Haut erwehren kannst‹, pflegte mein alter Herr zu sagen. Er hatte verdammt recht, das sage ich Ihnen.« Leonforte trank einen Schluck Wein und genoß ihn genauso wie die Geschichte, die er gerade zum besten gab.

»Es war mein Vater, der mich zum Töten angestiftet hat. Irgendein Klugscheißer hatte in der Öffentlichkeit einige dumme Bemerkungen über meinen alten Herrn gemacht. Also mußte der Kerl auch öffentlich exekutiert werden – in seinem Lieblingsrestaurant, wo er sich am sichersten gefühlt hat. ›Ich werde ein Exempel statuieren‹, sagte mein alter Herr. ›Die Freunde dieses Klugscheißers und jeder andere auch werden die Botschaft verstehen.‹

Ich war damals erst dreizehn, aber meine Kindheit war längst vorbei. Mein Vater hatte es so gewollt; ich hatte es so gewollt.« Leonforte sah Croaker in den Augen. »Ich weiß, daß auch Sie getötet haben, Mr. Croaker, aber ich schätze, es ist Ihnen schwergefallen. Mir nicht. Es war so, als wäre ich ein Gesandter Gottes, als würden Engel auf meinen Schultern singen. Bam! Wham! Das ganze Restaurant war mit Blut, Hirnmasse und Muschelsauce bespritzt, die Leute haben geschrien, und die verdammten Freunde des Kerls haben nur blöd dagesessen oder auf den Boden gekotzt. Mein Gott, das Gefühl der Macht war unvergleichlich. Und wissen Sie was? Am liebsten hätte ich alle umgelegt, jeden, der mit am Tisch gesessen hat – als ob sie allesamt infiziert wären, weil sie mit dem Kerl befreundet gewesen waren. Aber ich hab' mich zusammengerissen, ließ die Waffe fallen und bin einfach rausmarschiert aus dem Tollhaus.«

Berauscht von der Erinnerung, beugte Leonforte sich über den Tisch. »So, jetzt zur gegenwärtigen Lage: Dominic war ein verdammtes Genie. Ich habe ihn gehaßt, aber ich wäre ein Idiot, wenn ich nicht zumindest im privaten Kreis zugäbe, daß er brillant war. Obwohl ich mehr Geld, mehr Leute und bessere Know-how besaß als er, schaffte er es, mich in Schach zu halten. Jedesmal, wenn ich einen bestimmten geographischen Punkt überschreiten wollte, hat er meine Pläne durchkreuzt. Ich habe nie direkt von ihm gehört; es gab nie den leisesten Hinweis auf eine Konfrontation zwischen uns beiden. Aber in einem Bundesstaat platzte ein Immobiliengeschäft wegen urplötzlich geänderter lokaler Vorschriften, in einem anderen hat die Bundespolizei eine Firma hochgehen lassen, die ich hatte kaufen wollen, in einem dritten veräußerte ein Konzern, in den ich Millionen investiert hatte, seine Aktien zu Schleuderpreisen, kurz bevor ich ihn übernehmen wollte. Und so weiter. Es passierte immer wieder aufs neue. Ich weiß, daß Dominic dafür verantwortlich war. Wie zur Hölle hat er das geschafft? Ein ruheloser Geist dürstet nach Antworten, Mr. Croaker, und mein Geist ist äußerst ruhelos.«

»Faszinierend. Aber was hat all das mit mir zu tun?«

Leonforte knallte sein Glas auf die Tischplatte. »Sie wollen, daß ich zur Sache komme, na schön.« Das beunruhigende Funkeln in seinen Augen wurde animalisch. »Er hat's Ihnen angetan, oder? Ich meine Dominic. Sicher. Ist jedem so gegangen, der ihn gekannt hat. Sie, mein Freund, haben Domincis Mörder ausfindig gemacht und haben, soweit ich weiß, geholfen, ihn umzulegen. Außerdem haben Sie es mit Margarite DeCamillo getrieben und hängen jetzt an ihrer Schürze.» In der ihm typischen Art wedelte er mit seiner Hand. »Nicht, daß es mich stört, ich find's eher lustig. Mann bleibt Mann, richtig? Teufel, noch eine Demütigung für Tony D. Männer wie er müssen ihrer Mutter bei der Geburt aus dem Arsch gekrochen sein, wissen Sie, was ich meine?«

Anklagend richtete er einen Finger auf Croaker. »Aber Sie – bei Ihrem Hintergrund – haben uns alle durch ihre Affäre mit Margarite lächerlich gemacht. Es ist eine *infamia*, so als hätten Sie uns eine Beleidigung ins Gesicht gespuckt. Momentan bin ich ziemlich sauer auf Sie.«

Du und Tony D. Macht zwei Feinde an einem Tag, dachte Croaker. Es gibt Tage, da sollte man besser nicht aufstehen.

»Andererseits habe ich bei Margarite ein komisches Gefühl. Ich meine, ihr Bruder gibt den Löffel ab und hinterläßt sein Geschäft einem Schwachkopf wie Tony D.? Bloß weil der in die Familie eingeheiratet hat? Das macht keinen Sinn. Dominic war viel zu schlau, um einen solchen Fehler zu begehen. Was steckt also dahinter?« Er hob die Hand.

»Vielleicht haben Sie ja keine Ahnung, aber ich würde meine Eier verwetten, daß Margarite es weiß. Sie wissen, daß ich auf der richtigen Spur bin, weil Sie den gleichen Gedanken gehabt haben. Warum sollten Sie sonst Margarite beschatten und nicht Tony? Margarite war die einzige Person, der Dominic in den Jahren vor seinem Tod nahegestanden hat; sie ist verdammt gerissen, aber sie hat ein Handikap.«

»Ein Handikap?«

»Sie ist eine Frau, Schmack. Wie würden Sie das nennen?«

Croaker wich Leonfortes Blick aus. »Ich möchte etwas essen.« Die zwei Persönlichkeiten in Caesare Leonforte trieben ihn zur Weißglut.

Leonforte grinste und winkte den Kellner heran.

»Sicher. Warum nicht? Deswegen sind wir ja schließlich hierhergekommen, richtig?«

Er bestellte Pasta und grünen Salat. Croaker, dessen Stimmung sich dem Nullpunkt näherte, orderte ein Steak, doch Leonforte fügte noch einen Salat für Croaker hinzu.

Als sie wieder alleine waren, hob der Mafia-Don sein Glas und zeigte auf ein junges Paar, das an einen nahe gelegenen Tisch geführt wurde.

»Sehen Sie sich mal dieses idiotische Pärchen an; wie er ihr in die Augen starrt. Ein verweichlichter Bürohengst. Wissen Sie was, ich würde nur zu gern mit ihm am Verhandlungstisch sitzen heute nachmittag. Er wird in sein Büro zurückkehren und von nichts einen blassen Schimmer haben, nur weil er an diese blöde Kuh denken muß.«

Leonforte brach ein Stück Brot ab, tauchte es in den Wein und sah zu, wie es sich mit der rubinroten Flüssigkeit vollsaugte. »Seit Anbeginn der Zeit haben Frauen einen schlechten Einfluß auf Männer.«

»Ist das Ihre persönliche Meinung oder eine wissenschaftliche Tatsache?«

Leonforte lachte kurz. »Sie sollten nicht so skeptisch sein, mein Freund.« Er schob sich das Brotstück in den Mund und begann darauf herumzukauen. »Zum Beispiel, nehmen Sie sich selbst und Margarite. Eine Affäre, eine nette kleine Liebelei wäre ja nicht weiter schlimm. Aber Sie haben eine Bindung zu ihr entwickelt, und dabei ist Ihr Urteilsvermögen flötengegangen. Sie haben keinen klaren Kopf mehr. Sie wollen sie beschützen, wollen Ihr Retter sein.«

»Ach, was wissen Sie denn schon darüber.«

Die Salate wurden gebracht, und sofort machte sich Leonforte über seinen her. Croaker nahm einen Bissen, doch sein Magen meldete sich schmerzhaft zu Wort. Er legte seine Gabel nieder.

»Tatsache ist, ich weiß alles darüber«, sagte Leonforte schmatzend. »Denn ich weiß, was zwischen Männern und Frauen abgeht. Männer wollen Macht, und Frauen wollen mächtige Männer, das ist die Natur des Menschen. Ende der Durchsage.«

Er aß seinen Salat auf und nahm dann ein Stück Brot, mit dem er das restliche Öl-Essig-Gemisch vom Teller wischte. Er deutete auf Croakers Grünzeug. »Essen Sie den noch?«

»Nehmen Sie ruhig.«

Leonforte tat wie geheißen und vertilgte Croakers Salat in Rekordzeit. Als er fertig war, schob er den Teller mit einem zufriedenen Grunzen beiseite. Der Kellner kam, räumte ab und legte ihnen ein neues Silberbesteck für den nächsten Gang auf den Tisch.

Leonforte nahm einen Schluck Wein. »Schauen Sie, ich kann darüber hinwegsehen, daß Sie's mit Tonys Frau treiben, denn anscheinend sind Sie wirklich scharf auf sie. Aber das ist eine

Schwäche, Mr. Croaker, und jetzt verstehen Sie vielleicht, weshalb ich der Meinung bin, daß Frauen einen schädlichen Einfluß auf Männer ausüben. Sie schulden mir etwas, und im Gegensatz zu Tony D., diesem lächerlichen Schlappschwanz, bin ich kein Mann, der lange herumfackelt. Sie kommen an Margarite heran, und sie besitzt etwas, das ich unbedingt haben will.«

Croaker versuchte, seinen pochenden Herzschlag zu beruhigen. »Und was soll das bitte schön sein?«

»Dominics schwarze Liste. Das Ding, mit dem er es geschafft hat, beinahe jeden im Rathaus, auf Bundesebene und in Washington nach seiner Pfeife tanzen zu lassen. Tony D. hat sie bestimmt nicht, also bleibt nur Margarite. Gott allein weiß, warum sie der einzige Mensch war, dem Dom vertraut hat; egal wie gerissen sie ist, sie ist nur eine Frau, und niemand wird sie je wirklich respektieren«

Der Hauptgang wurde serviert, und Leonforte stürzte sich auf seine Nudeln, beinahe bevor der Kellner die dampfende Schüssel vor ihm abgesetzt hatte.

»Also, Mr. Croaker. Sie werden Margarite weiterhin beschatten und ihr Doms Geheimnis entlocken; dann werden Sie mir alles verraten. Denn ab jetzt arbeiten Sie für mich.«

»Und wenn ich mich weigere?«

Leonforte blickte auf. Das verrückte Funkeln tanzte in seinen Augen, und er verzog seine Lippen zu einem grausamen Grinsen. »Dann, Mr. Croaker, jage ich Margarite Goldoni DeCamillo eine Kugel ins Gehirn.«

4
Tokio / Saigon / Washington

Die junge Frau mit der mandelfarbenen Haut sah Akira Chosa mit ihren dunklen lockenden Augen an, und er erblickte in ihnen Geheimnisse wie Inseln in tosender See.

Geheimnisse waren Chosas Geschäft, und daher fühlte er sich der Frau sofort verbunden. Sie rekelte sich auf der schwarz lackierten Bühne, und ihre langen, in der Farbe der Lackierung schimmernden Haare flossen über ihre kleinen Brüste und den flachen Bauch bis hinunter zu ihren festen Schenkeln. Die Luft in dem kleinen *akachochin* war geschwängert vom dichten Zigarettenqualm und der Ankündigung von Sex. Die Frau, nackt, mit indigoblauen Streifen bemalt, sah ihn unverwandt an und öffnete langsam ihren Mund, bis ihre Lippen ein perfektes O formten.

Es waren streng gehütete Geheimnisse, die Chosa, *oyabun* des Kokorogurushii-Clans, vor dem Gefängnis bewahrten. Es liefen schon genug Verfahren gegen reiche Geschäftsmänner, hochrangige Politiker und ehemalige Regierungsmitglieder; viele von ihnen saßen bereits wegen Bestechung, Steuerhinterziehung oder illegaler Spenden an politische Kriegskassen im Gefängnis.

Die Schamlippen des Mädchens waren diskret mit einem glänzenden schmalen Stoffstreifen verdeckt, doch die phallische Form der riesigen Gummiapparatur, die sich von oben in ihren geöffneten Mund herabsenkte, war unverkennbar. Es war Showtime: Bunte Punktstrahler tauchten ihren in aufreizender Pose erstarrten Körper in bonbonfarbenes Licht, während allein die blutroten Lippen ihren subtilen Tanz begannen. In dem Club war es so still, daß Chosa den rasselnden Atem des ausschließlich männlichen Publikums hören konnte, das nach teuren Abendessen und anschließenden Trinkgelagen in den Nachtclub gekommen war, um den unerträglichen Leistungsdruck der täglichen Arbeit für einige lustvolle Stunden zu entfliehen.

Von allen Geheimnissen, die er bewahrte, erachtete Chosa das über Nicholas Linnear als das wertvollste, obgleich Linnear eigentlich nur der Knotenpunkt war, um den sich all die Ereignisse in ihrem eigenständigen Rhythmus wanden.

Genau wie die Lippen des Mädchens, die sich wanden und pulsierten, sich zusammenzogen und öffneten und immer wieder am Schaft der Gummistange auf- und abfuhren. Dieses Mädchen verstand ihr Geschäft; während sie saugte und leckte, rollte sie dermaßen ekstatisch mit den Augen, als nähere sie sich einem gewaltigen Orgasmus.

In den Anfangsjahren der amerikanischen Besatzung in Japan hatte Nicholas' Vater, Colonel Denis Linnear, eine streng vertrauliche Allianz mit Mikio Okami gebildet. Oberflächlich betrachtet war das nichts Außergewöhnliches. In jenen Tagen war es durchaus üblich, daß sich das amerikanische Militär der Hilfe der Yakuza bediente, um die von den Kommunisten inszenierten Arbeiteraufstände niederzuschlagen, welche die Großstädte ein ums andere Mal in Aufruhr versetzten. Anstatt selbst gegen die Protestbewegung vorzugehen, hatten es die Amerikaner als geschickter erachtet, dies Japanern zu überlassen; die Yakuza war überaus glücklich, helfen zu können, denn sie fürchtete die Kommunisten genauso sehr, wie es die Amerikaner taten.

Doch offenbar war die Beziehung zwischen Colonel Linnear und Mikio Okami weit mehr gewesen als eine rein politisch bedingte Geschäftsbeziehung. Offenbar waren die beiden schnell Freunde geworden, doch über diesen Punkt hinaus waren Chosas Informationen eher dürftig. Was die beiden Männer tatsächlich vorgehabt hatten, lag noch immer im dunkeln, aber immerhin konnte Chosa einige Rückschlüsse ziehen. Er war der einzige unter den Yakuza-*oyabun*, der wußte, warum Tomoo Kozo, damals *oyabun* des Yamauchi-Clans, versucht hatte, Nicholas Linnear am letzten Neujahrstag zu töten.

Es hieß, Kozo hätte Angst gehabt, Linnear könnte herausfinden, daß seine Frau Justine auf Kozos Geheiß beschattet und ihr tödlicher Autounfall durch eben diese Beschattung verursacht worden war. Chosa hatte Ushiba angelogen – Kozo hatte Justine Linnear töten wollen, genauso wie er Nicholas hatte töten wollen. Und alles bloß, weil er geglaubt hatte, Colonel Linnear und Mikio Okami hätten 1947 seinen Vater Katsuodo umgebracht, weil dieser gegen Okamis Aussöhnungspolitik mit den Amerikanern agitierte. Katsuodo hatte den Westen zutiefst verachtet; er war nie über die demütigende Kapitulation seines Landes im Zweiten Weltkrieg hinweggekommen, und demzufolge waren er und Okami erbitterte Feinde gewesen.

Zu dem Zeitpunkt hatte es ganz nach einem internen Krieg ausgesehen, obgleich alle Yakuza-*oyabun* wußten, daß ein solcher Krieg für sie alle von Nachteil wäre. Zwei Wochen, nachdem Katsuodo sich öffentlich für einen Kampf gegen Okami aussprach, fand man seine Leiche im Fluß Sumida. Sein Körper wies keine Spuren einer gewalttätigen Auseinandersetzung auf, aber es war ein streng gehütetes Geheimnis, daß Katsuodo Kozo nicht schwimmen konnte. Der junge Tomoo Kozo schlußfolgerte, daß irgend jemand diesem Geheimnis auf die Spur gekommen sein mußte, und machte es sich zur Lebensaufgabe, den Mord an seinem Vater aufzuklären. Seine Nachforschungen brachten Koza auf Okami und Colonel Linnear, doch Chosa wußte nicht, ob Kozo unwiderlegbare Beweise – oder irgendeinen Beweis – gehabt hatte, auf denen seine Vermutungen basierten.

Die perfekte Körperkontrolle des Mädchens beeindruckte Chosa, aber natürlich war sie gerade deshalb für diese Show ausgewählt worden. Es war ihre gottgegebene Gabe. Nicht ein Muskel ihres Körpers regte sich, und doch überzog ein feiner Schweißfilm ihren Körper. Eine einzelne Schweißperle, im Scheinwerferlicht glitzernd wie ein Diamant, hing an einer ihrer erigierten Brustwarzen. Dieser einzelne Tropfen hatte etwas sehr Tiefgründiges an sich. Er war wie eine Träne oder eine fast reife Kirschblüte und symbolisierte ein noch nicht von Zeit und Emotionen verdorbenes Dasein.

In gewisser Weise beneidete Chosa Nicholas Linnear, weil dieser in einem typisch japanischen Heldendilemma steckte. Nicholas liebte und verehrte seinen Vater, glaubte aber, daß dessen Allianz mit der Yakuza – speziell mit Mikio Okami – moralisch verwerflich gewesen sei. Und doch sah er sich gezwungen, Okami zu helfen, da der Colonel ihm das Versprechen abgenommen hatte, dem alten *oyabun* im Notfall zur Seite zu stehen. Im letzten Jahr hatte Okami Wind davon bekommen, daß er umgebracht werden sollte, und hatte sich an Nicholas gewandt. Es sprach für Linnear, daß er das Gedenken an seinen Vater nicht entehrt und sein Versprechen gehalten hatte, obwohl der persönliche Konflikt, in den er dadurch geraten war, ziemlich gravierend gewesen sein mußte.

Ein dünner Speichelfaden klebte zwischen der Zungenspitze der Frau und dem Gummiphallus, der von der Deckenhydraulik langsam aus ihrem Mund gezogen wurde. Sie umschloß ihn mit beiden Händen, rieb ihn zwischen ihren sich hebenden und senkenden Brüsten und fuhr mit der Spitze erst über den einen, dann über den anderen Nippel, bis beide sichtlich erbebten.

Dann strich sie mit dem Stab über ihren Bauch, umspielte den Bauchnabel, ging immer tiefer, bis der Stab den Stoffstreifen über ihrer Scham berührte. Mit einer flinken Handbewegung schob sie die Spitze unter den schimmernden Stoff, hob ihn an, worauf das Publikum sich wie ein Mann von seinen Sitzen erhob.

Der Gummistab glitt in sie hinein, und ein lautloser Schrei oder ein Aufstöhnen entrang sich ihren weit geöffneten Lippen. Im Rhythmus der einsetzenden Musik drang der Stab immer tiefer in ihren Körper, vor und zurück, vor und zurück.

Ein Mann löste sich aus dem Publikum und taumelte mit einem Zehntausend-Yen-Schein wedelnd zur Bühne. Aus dem Schatten nahm ihm eine Gestalt die Geldnote ab; keuchend ließ der Mann seine Hosen runter und erklomm die Plattform. Unaufhörlich fuhr der glitschige Stab in die Frau, immer wieder, vor und zurück.

Der Mann hockte sich neben dem Kopf der Frau auf die Knie und schob seinen Penis in ihren weit geöffneten Mund. Saugend legten sich ihre Lippen um sein pulsierendes Fleisch; jetzt war alles auf den Beinen; selbst als die Musik verklang und vom Stöhnen des Mannes abgelöst wurde, hörte man kein Atmen. Die Innenseiten ihrer Schenkel waren schweißnaß und blutüberströmt. Sie öffnete ihre Beine noch ein wenig weiter, und der Stoffstreifen wurde vollends zur Seite geschoben.

Sie nahm die Hände von dem Gerät und begann ihre Brüste

zu massieren. Erstaunlicherweise setzte der Stab sein rhythmisches Vor-und-Zurück fort, als besäße er einen eigenen Willen; die trainierten Muskeln in ihrem Unterleib hielten ihn in Bewegung. Ihr Kiefer klappte herunter, und sie saugte den Mann bis zum Schaft in sich auf. Seine Lenden zuckten, er stieß einen kurzen Schrei aus und wäre beinahe von der Bühne gefallen. Im selben Moment preßte die Frau ihre Beine gegen den Bühnenboden und riß ihr Becken hoch, bis die Apparatur in voller Länge in sie eingedrungen war.

Das Publikum stieß einen kollektiven Seufzer aus. Es roch nach Schweiß. Der Mann stand auf und ging schwankend zu seinem Platz zurück.

Zigaretten wurden angezündet. Die Show war vorüber, der Bann gebrochen. Chosa bedeutete einem seiner Männer, hinter die Bühne zu gehen und auf das Mädchen zu warten, bis sie sich geduscht und angezogen hatte. Er wußte, daß sie ihn in seinem Bett erwarten würde, wenn er nachher nach Hause kam. Doch zuerst mußte er zu einer Unterredung mit der außer Mikio Okami vielleicht einzigen Person, die über die wahren Geschehnisse im besetzten Tokio der späten 40er Bescheid wußte.

Chosa kletterte in den Fond seiner kugelsicheren Limousine und sprach leise mit dem Fahrer. Neben dem grobschlächtigen Mann saß Chosas Leibwächter, stoisch und völlig regungslos, als würde er schlafen. Nichts war weiter von der Wahrheit entfernt.

Nach zwanzig Minuten rollten sie durch einen etwas heruntergekommenen Bezirk, der parallel zum Sumida verlief. Herumstreunende Hunde huschten durch das Scheinwerferlicht, und in den Mülltonnen am Straßenrand brannten offene Feuer. Die nachtschwarzen Fassaden der Lagerhallen wirkten bedrohlich. Die Limousine kam vor einem Privathaus zum Stehen, das zwischen zwei solcher Gebäude gezwängt war.

Im kalten Licht der Straßenlampen schimmerte der Nieselregen silbrig glänzend. Chosa stieg aus dem Wagen und stellte seinen Mantelkragen hoch. Nach der rauchgeschwängerten, dampfenden Atmosphäre in dem Nachtclub tat es gut, ein wenig frische Luft zu schnappen. Er konnte den Sumida riechen, doch nach wenigen Augenblicken hatte er einen chemischen

Geschmack auf der Zunge, und er eilte die Stufen zur Eingangstür des Hauses hoch.

Die Tür öffnete sich beim ersten Klopfen, als hätte die Frau auf ihn gewartet. Sie war eine korpulente, schlicht aussehende Person Ende zwanzig mit einem dichten schwarzen Haarschopf, der sich kräuselte wie die Fasern von Reispapier.

Das Innere des Hauses hatte ein elegantes abendländisches Ambiente. Ein ovales Foyer öffnete sich zu einem imposanten Treppenaufgang. Ein schwerer Kristalleuchter tauchte die warmen Farben des Raumes in goldenes Licht, und auf einer Marmorkonsole stand eine prächtige Kristallvase mit Blumen, die, so wußte Chosa, täglich frisch geschnitten wurden.

Er wurde durch einen mit Kirschbaumholz ausgekleideten Flur in die Bibliothek geführt. Der Fußboden war mit einem kostbaren antiken Perserteppich bedeckt, auf dem ein samtüberzogenes Sofa und zwei gepolsterte Stühle mit hohen Rückenlehnen standen. Ein großes Bücherregal mit Werken über jedes nur erdenkliche Thema nahm eine gesamte Wand ein. An der gegenüberliegenden Wand stand eine Glasvitrine, in der eine komplette, eigentlich in ein Museum gehörende Samurai-Rüstung aus dem siebzehnten Jahrhundert aufgestellt war. Daneben stand ein französischer Sekretär, an dem eine Frau saß, die sich umdrehte und erhob, als er das Zimmer betrat.

Dies war ihr Heiligtum, und Chosa hatte das zu allen Zeiten respektiert. Die Frau war ungefähr Mitte siebzig, sah aber bestimmt zwanzig Jahre jünger aus. Sie hatte die Art Patriziergesicht, das von reinem Samuraiblut zeugte. Ihre Haut hatte die Farbe und Ebenmäßigkeit von Porzellan, doch ihre funkelnden Augen zeugten von Intellekt und unnachgiebiger Entschlossenheit. Chosa wußte, daß mit dieser Frau nicht zu spaßen war. Sie war Mikio Okamis Schwester, und allein das machte sie schon zu etwas Besonderem, doch ihre ungeheure Ausstrahlung ließ ihre Herkunft beinahe irrelevant erscheinen. Chosa hatte von seiner Mutter gelernt, die sanfte Macht einer Frau zu respektieren, und er würde nicht den tödlichen Fehler begehen und annehmen, diese Frau hier sei ein minderwertiges Wesen.

»Guten Abend, Kisoko-san«, sagte Chosa ehrerbietig. »Ich hoffe, daß ich Sie zu dieser späten Stunde nicht störe.«

Kisoko sah ihn abschätzend an. »Zeit ist für mich irrelevant«, entgegnete sie mit ihrer wohlklingenden Stimme. »Genauso wie Schlaf.« Es war eine außergewöhnliche Stimme, eine Stimme, die sowohl drohend als auch verheißend klingen konnte. Mit anderen Worten, sie kannte sich mit Männern aus. »Wie wäre es mit einem Brandy?«

»Ein Brandy wäre perfekt.«

Kisoko schenkte ihnen aus einer Kristallkaraffe ein. Sie trug einen prächtigen brokatbesetzten Seidenkimono, Schwarz auf Indigoblau. Wie es die Tradition verlangte, schaute am Ärmelaufschlag und am Kragen ein Unterkimono aus schwarzer Seide hervor, doch ihre Frisur und ihr Make-up waren westlich und hochmodern.

Sie reichte ihm den Drink und ließ sich auf ihrem vergoldeten Louis-quinze-Schreibtischstuhl nieder. Chosa ging zu der Glasvitrine und bewunderte die Samurai-Rüstung.

»Fantastisch«, sagte er. »Ich beneide Sie darum.«

»Oh, sie gehört nicht mir, sondern meinem Sohn Ken. Historische Waffen faszinieren ihn.« Ihr Blick wanderte von Chosa zu der Brüstung. »Sein Traditionssinn ist, wie soll ich sagen, ein wenig überentwickelt.« Sie lachte kurz. »Er hätte wohl lieber im siebzehnten Jahrhundert gelebt. Manchmal glaube ich, daß ihn die Komplexität der modernen Welt völlig verwirrt.«

Wie sie von ihrem körperbehinderten Sohn sprach, klang ziemlich trotzig. Anscheinend war sie wie viele Mütter behinderter Kinder nicht in der Lage, den Zustand ihres Sohnes als das zu akzeptieren, was es war. Chosa wußte, daß selbst die vernünftigsten, von Liebe und verzweifelter Hoffnung für ihre Sprößlinge geblendeten Menschen dazu neigten, sich etwas vorzumachen.

Sie lächelte zaghaft. »Entschuldigen Sie bitte, Sie sind bestimmt nicht hierhergekommen, um mich über meinen Sohn reden zu hören.«

Chosa nahm einen kleinen Schluck Brandy. Das Zeug hatte ihm noch nie geschmeckt, doch ihm war klar, daß er sich das nicht anmerken lassen durfte. Bei seinen zahlreichen Geschäftstreffen mußte er des öfteren Unannehmlichkeiten in Kauf nehmen, das gehörte einfach dazu. »Ich würde mit Ihnen gerne über Colonel Linnear und Ihren Bruder sprechen.«

Kisokos Kopf fuhr herum wie der Kopf eines Gefahr witternden Vogels. »Reden Sie weiter.«

»Ich möchte Sie nicht brüskieren.«

»Chosa-san, wir kennen uns seit einer Ewigkeit. Ich habe Sie schon auf dem Schoß gehabt, bin mit Ihnen im Ueno-Park spazieren gegangen und habe Ihren Papierdrachen aus den Ästen eines Kirschbaumes befreit.«

»Ja, ich kann mich noch gut daran erinnern. Es war ein Papiertiger.«

Kisoko nickte. »Eine wilde Kreatur, die trotzdem Ihre ganze Liebe brauchte, um zu überleben.«

»Mein Bruder versuchte, ihn mir wegzunehmen, und ich habe ihn fürchterlich verprügelt.«

»Ich weiß, er mußte ins Krankenhaus. Sein Schlüsselbein war gebrochen.«

»Seine linke Schulter hängt heute noch ein Stückchen herab. Aber nachdem er aus dem Krankenhaus kam, hat er nie wieder versucht, mich zu bestehlen.«

»Und er sagte niemandem, was wirklich passiert war.«

Chosa schwieg für eine Weile und dachte über ihre Worte nach. Diese Kindheitserinnerungen langweilten ihn, aber er wußte, daß Kisoko dafür bekannt war, sich in Epigrammen auszudrücken, die sich auf das jeweilige Thema bezogen. Was wollte sie ihm sagen?

Schließlich sprach er weiter: »Ich nehme an, Sie wissen, daß Tomoo Kozo versucht hat, Nicholas Linnear zu töten.«

»Ja, sicher. In den Medien hat man davon natürlich nichts gehört. Die Polizei hat alles vertuscht.«

»Kozo glaubte, der Colonel und Ihr Bruder wären für den Tod seines Vaters 1947 verantwortlich gewesen.«

»Ja. Ich erinnere mich noch an den Tag, an dem man die Leiche im Sumida fand.«

»Hatte Tomoo recht? Waren die beiden für den Tod des alten Kozo verantwortlich?«

»Natürlich nicht«, antwortete sie, ohne zu zögern. »Tomoo war verrückt, jeder wußte das. Es ist mir sowieso schleierhaft, wieso Sie ihn in den Rat aufgenommen haben.«

»Aber Colonel Linnear und Ihr Bruder waren gute Freunde, oder?«

»Freunde?« Sie schüttelte den Kopf. »Der Colonel kam aus dem Westen, wie also hätten sie Freunde sein können?«

»Im Innern war er Japaner.«

»Ach ja? Ein absurder Gedanke.«

Chosa stellte sein Glas ab. »Wollen Sie die Fakten leugnen?«

»Welche Fakten? Sie verwechseln Fakten mit obskuren Gerüchten.«

»Aber es ist doch eine wohlbekannte Tatsache, daß Colonel Linnear dabei geholfen hat, die japanische Wirtschaft in Gang zu kriegen und die politische Ordnung wiederherzustellen.«

»Das steht außer Frage.« Kisoko kippte ihren Brandy in einem Schluck hinunter. »Aber ebenso hat er alles getan, um die Spuren hochrangiger Militärs zu verwischen, die plötzlich verschwunden waren.«

Chosa stand stocksteif da, gleichzeitig fasziniert und erschrocken. »Ich glaube, ich verstehe Sie nicht ganz.«

»Ist doch ganz einfach: Die Amerikaner waren der Meinung, daß man die besten Köpfe des japanischen Militärs verschonen sollte, damit sie ein Bollwerk gegen den Kommunismus im pazifischen Raum aufbauen konnten. Wir waren nach dem Krieg praktisch Amerikas Speerspitze gegen die sowjetische und chinesische Bedrohung im Fernen Osten. War schon irgendwie komisch, finden Sie nicht? Zuerst besiegen uns die Amerikaner, dann sollen wir ihren Einflußbereich sichern.«

»Wir sprechen jetzt von Kriegsverbrechern, oder?« Chosa wollte sicherstellen, daß er sie richtig verstand. »Die amerikanische Oberkommandantur wollte japanische Kriegsverbrecher vor einem Prozeß bewahren, um sie für ihre eigenen Zwecke einzusetzen?«

»Richtig. Sie haben eine Gruppe vor dem Prozeß bewahrt. Die offizielle Geschichtsschreibung besagt zwar, daß diese Generäle nie gefunden wurden, aber ich weiß, wohin sie verschwunden sind: in den Untergrund. Sie wurden amerikanische Spione.«

»Und Ihr Bruder und Colonel Linnear waren in diese Geschichte verwickelt.«

Kisoko spitzte ihre Lippen. »Auf eine Weise, die Sie nie verstehen würden.«

»Aber ich muß es wissen!« Die Vehemenz seiner Worte erschreckte ihn.

»Müssen? Was müssen Sie?« Mit einer weitausholenden Geste hob sie ihre Arme, und ihr Kimono raschelte dabei wie Engelsgeflüster. »Der *oyabun* befiehlt, und alles tanzt nach seiner Pfeife.«

Er senkte seinen Blick. »Ich kann Ihnen nichts befehlen, Kisoko, und das wissen Sie auch.«

»Stimmt. Niemand kann den Okamis etwas befehlen.«

»Dann beantworten Sie mir bitte diese eine Frage: War Ihr Bruder mit Colonel Linnear eng befreundet?«

Sie bot ihm mehr Brandy an, doch er winkte ab. »Jede Ehe durchläuft schlechte Phasen. Einige zerbrechen daran, andere nicht.«

»Und wie war es bei dem Colonel und Ihrem Bruder?«

»Eine Frage, sagten Sie.« Sie stellte die Karaffe ab und kam so dicht an ihn heran, daß er ihren Atem auf seiner Haut spüren konnte. »Wäre Mikio hier, könnten Sie ihn selbst fragen.«

Erst jetzt verstand Chosa ihr Gleichnis. Zu spät. Eine Hand kam hochgeschossen und packte ihn am Hals. Ihr schraubstockartiger Griff war so fest, daß er das pulsierende Blut in seiner Halsschlagader spüren konnte.

»Aber er ist nicht hier. Er versteckt sich an einem weit entfernten Ort ... weit weg von Ihnen.« Ihre Augen glänzten fiebrig, und Chosa hatte die unangenehme Vision, daß sie sich jeden Augenblick in eine riesige Schlange verwandeln würde, die ihn bei lebendigem Leib verschlang. Dies war, was sie gemeint hatte: Ganz gleich, was Mikio sich zu schulden kommen ließ, er würde immer ihr Bruder bleiben. Ihre Loyalität zu ihm übertraf jedweder anderen moralischen Aspekt. Genauso wie Chosas Bruder immer loyal zu ihm geblieben war – trotz der Probleme, die sie miteinander gehabt hatten –, würde auch sie ihrem Bruder niemals in den Rücken fallen.

»Waren Sie derjenige, der ihn umbringen wollte, mein Lieber?«

Chosa war von der Frage so überrascht, daß er keinen Ton hervorbrachte.

»Wollen Sie seine Macht? Wollen Sie den Thron des Kaisho?« Ihr Griff war unerbittlich. »Sie waren solch ein süßes

Kind, genau wie Ihre Spielkameraden. Ich habe Ihnen abends Schlaflieder vorgesungen. Und jetzt sehen Sie sich an, was aus Ihnen geworden ist: ein skrupelloser Unterweltler. Nun, mein Lieber, die Finsternis paßt Ihnen wie eine zweite Haut.«

Chosa wußte, daß er gepockert und verloren hatte. Seine Trumpfkarte – seine gemeinsame Vergangenheit mit Kisoko – hatte sich als wertlos erwiesen. Trotzdem mußte er ihr noch eine allerletzte Frage stellen. »Wenn Sie schon nicht über Ihren Bruder und den Colonel sprechen wollen, könnten Sie mir wenigstens etwas über Koei verraten?«

»Koei?« Er sah, daß er sie verunsichert hatte, und ihr Griff lockerte sich ein wenig. »Wie kommen Sie darauf, daß ich etwas über Koei wüßte?«

Es war typisch, daß sie nur ihren Vornamen benutzten. Jeder tat das bei Koei.

»Weil es unmöglich ist, daß dies nicht zutrifft.«

Plötzlich bohrte sie ihre langen Fingernägel in seinen Adamsapfel, und er wäre vor Schmerz beinahe ohnmächtig geworden. »Sie verächtliche Kreatur, Sie!« fauchte Kisoko. »Wagen Sie es nicht noch einmal ihren Namen in den Mund zu nehmen. Wir sprechen hier nie über Koei.«

»Warum nicht?« preßte er hervor.

»Sie widern mich an. Das ist also der wahre Grund, weswegen Sie hierhergekommen sind.« Ihre Augen schienen ihn zu durchbohren. »Nicht wegen meines Bruders oder Colonel Linnear, sondern wegen ihr.«

»Das Geheimnis – ich muß es wissen ...«

»Eher bringe ich Sie um, Sie ...«

»Mutter.«

Chosa wußte nicht, welchen Verlauf die Situation genommen hätte, wäre Ken nicht in seinem Rollstuhl in die Bibliothek gekommen. Er war ein gutaussehender Mann mit länglichen, grüblerischen Gesichtszügen und sanften braunen Augen, die völlig im Gegensatz zu seinen breiten Schultern und dem muskelbepackten Brustkorb standen. Er trainierte jeden Tag in dem speziell für ihn gebauten Fitneßraum im ersten Stock, wo er die meiste Zeit des Tages mit Gewichten und antiken Waffen verbrachte.

»Ja, Ken?« Sie nahm ihre Hand von Chosas Hals und hinterließ dort weiße Druckstellen, die jedoch schnell wieder Farbe gewannen. Einige Sekunden sah sie ihn durchdringend an; dann drehte sie sich mit einem freundlichen Lächeln auf den Lippen zu ihrem Sohn um.

»Könntest du bitte nach oben kommen, Mutter?«

»Sicher.« Sie ging einen Schritt auf ihren Sohn zu, stoppte jedoch plötzlich, als fiele ihr wieder ein, daß Chosa noch immer im Zimmer war. »Ich hoffe, ich konnte Ihnen helfen«, sagte sie zu ihm.

Noch immer pochte das Blut in seinem Hals und seiner Magengrube. Ihm fiel keine passende Erwiderung ein.

»Der Tod ist hier allgegenwärtig, und doch habe ich ein Leben gerettet«.

Seiko stand dicht vor Nicholas; ihre warmen Brüste preßten sich gegen seine zerlumpte Kleidung. Sie hatte ihn in ein modernes Apartment gebracht, dessen Fenster auf eine Einkaufsstraße hinausblickten, in der unzählige kleine Läden billige Elektronikartikel, gebrauchte Fotoapparate (von denen die meisten wahrscheinlich gestohlen waren) und handgefertigte *ao dais* verkauften. Von einem Restaurant im Erdgeschoß wehte der Duft von Maniok-Pulver und *nuoc mam*, der in der vietnamesischen Küche unentbehrlichen Fischsauce, zu ihnen hoch.

Das Apartment war mit einer bunten Ansammlung von Holzmöbeln und Kunstgegenständen eingerichtet, von denen einige aus Vietnam, andere aus Burma, Thailand und Indien stammten. Überall hingen farbenprächtige Seidentücher an den Wänden, außer an einer Stelle neben der Küchentür, wo ein Poster von Jimi Hendrix klebte.

»Er wollte Sie umbringen. Van Kiet hat vor Wut gezittert, als er Sie unbehelligt gehen lassen mußte.« Beim Ausatmen wölbten sich ihre Nasenflügel, und ihre sanft geschwungenen Lippen zitterten. »Sie haben seit Tagen nicht gebadet. Sie riechen wirklich lecker.«

Ihre bisherige gemeinsame Vergangenheit war von unterdrückten Gefühlen, enttäuschter Hoffnung und unausgesprochenem Verlangen gekennzeichnet. Justine war rasend vor Eifersucht gewesen und hatte Nicholas beschuldigt, eine Affäre mit Seiko zu haben. Er hatte Justines paranoide Vermutungen als lächerlich abgetan, bis ihm Seiko kurz vor seinem Abflug nach Venedig ihre Liebe gestanden hatte. Aber war es wirklich Liebe oder nur ein sexuelles Begehren? Er vermutete, daß sie es selbst nicht genau wußte.

Sie öffnete sein zerfetztes Hemd. »Sie haben ja geblutet.« Ihre Fingernägel strichen über seine Brust. »Ich würde sonst was dafür geben, wenn ich ...« Sie drückte ihr Gesicht gegen seinen blutverkrusteten Oberkörper, und ihre Wange war so weich wie ein Seidenkissen. Dann biß sie ihn sanft in seine linke Brustwarze und begann, daran zu saugen.

»Was wollen Sie, Seiko?«

»Benutzen Sie doch ihr *tanjian*-Auge, dann wissen Sie es.«

Er nahm an, daß sein gesunder Menschenverstand ausreichen würde. »Haben Sie sich nur wegen mir um den Job als meine Assistentin beworben?«

»Ja.«

»Also haben sie mich bereits gekannt.«

»Ja. Ich habe Sie in Nangis Club in Shinjuku gesehen. Ich war mit meinem Freund da. Ich war sauer auf ihn, und deswegen wollte er mich betrunken machen, damit ich später mit ihm schlafen würde. Als Sie plötzlich auftauchten, hatte ich schon einen Schwips. Ich dachte, mich trifft der Schlag, und mir wurde ganz schwindlig. Ich sagte zu meinem Freund, ich müsse auf die Toilette, doch in Wahrheit wollte ich bloß in ihrer Nähe sein.« Ihr Körper rieb sich an seinem. »Ich stand mitten in einer Menschentraube und wußte, daß Sie mich nicht sehen konnten. Ich starrte Sie unentwegt an und geriet in Ekstase. Zwischen meinen Schenkeln begann es zu kribbeln, und mein Atem ging immer heftiger. Ich malte mir alle möglichen Fantasien aus, bis ich schließlich einen Orgasmus bekam. Ich konnte nicht anders.«

Unter ihrem Seidenkleid konnte er ihren erhitzten Körper so deutlich spüren, als wäre sie schon nackt.

»Ich glaube, ich habe Sie stundenlang angestarrt. Vielleicht hat mein Freund nach mir gesucht, keine Ahnung. Er muß irgendwann gegangen sein, geil und pleite, aber das war mir völlig egal, denn ich hatte ja Sie.«

»Aber als Sie sich um den Job bewarben, wußten Sie bereits, daß ich verheiratet war, oder?«

»Ich wußte alles über Sie.«

»Also waren Sie sich darüber im klaren, daß Sie mich nicht kriegen konnten.«

»Oh, ganz im Gegenteil. Meine Fantasien waren so real, daß ich wußte, es würde irgendwann passieren.«

Vielleicht war sie verrückt, dachte Nicholas. Vielleicht war es tatsächlich so einfach, was er allerdings bezweifelte. Das reale Leben war nie einfach und unkompliziert. »Warum will mich Van Kiet umbringen?«

»Wegen der beiden getöteten Soldaten in Cu Chi.«

»Aber deswegen hat er doch schon Bay exekutiert.«

»Nein. Er hat die Frau getötet, weil es ihm Spaß gemacht hat. Er würde Sie immer noch am liebsten bei lebendigem Leibe häuten, wenn er die Gelegenheit dazu hätte.«

Nicholas blickte auf sie herab. »Aber Sie werden ihm diese Gelegenheit nicht geben, oder?«

»Nein«, sagte sie mit einem hintergründigen Lächeln. »Bei mir sind Sie sicher.«

Er legte seine Arme um sie. »Wie das? Für wen arbeiten Sie hier?«

Sie zuckte in seinen Armen zusammen. »Weshalb sollte ich für jemand anderen außer für Sie arbeiten?«

»Weil man in Saigon nur durch gute Beziehungen sicher ist, und weil Sie eine Frau sind. Schlimmer noch, Sie sind Japanerin, eine Ausländerin.«

»Nur zur Hälfte. Mein Vater ist Vietnamese.« Plötzlich warf sie ihren Kopf in den Nacken und öffnete ihre Lippen. Mit Hilfe von *tanjian* spürte er das Vibrieren in ihrem Inneren, eine Art spasmisches Beben, das ihren Körper erschauern ließ. Was ging hier vor? Ihr Gesicht glühte, und an ihrem Körper rann Schweiß herab. »Ohhh!« Es war ein langgezogenes kehliges Stöhnen. Dann sank sie in seinen Armen zusammen.

Mein Gott, dachte er völlig perplex, sie hat einen Orgasmus gehabt.

Sie schmiegte sich an ihn und flüsterte mit rauher Stimme: »Noch mal, bitte, nochmal!«

»Seiko …«

Sie preßte ihre Lippen auf seine, ihre Zunge drang in seinen

Mund ein. Gleichzeitig strich sie mit einer Hand über die Ausbuchtung zwischen seinen Beinen.

»Ich wußte es«, keuchte sie atemlos. Ein zufriedenes Lächeln legte sich über ihr Gesicht. »Sie können ihre Gefühle nicht länger leugnen. An dem Abend am Flughafen, als Sie nach Venedig geflogen sind, habe ich es so stark gespürt, daß es beinahe weh tat.« Sie massierte die Wölbung in seiner Hose. »Waren Sie wirklich so überrascht, als ich Ihnen meine Gefühle gestand?«

»Ja, ich ...«

»Nein, lügen Sie nicht. Ich weiß, was Sie fühlten, weil ihre Aura bebte. Ihre Schwingungen verrieten einen ziemlichen Aufruhr hinter ihrer kühlen Fassade.«

»Seiko, Sie machen sich etwas vor, wenn Sie ...«

»Ich mache mir nichts vor«, flüsterte sie, sank auf die Knie und öffnete seinen Reißverschluß. Was ging hier vor? Er konnte sich nicht länger zurückhalten. Durch den Orgasmus, den sie ohne sein physisches Zutun gehabt hatte, war sein Blut in Wallung geraten, und nun hatte ihr seltsames Feuer auch auf ihn übergegriffen. Es gab kein Zurück mehr.

Sie beugte sich vor, und als sie ihn zwischen ihre Lippen nahm, ergoß sich ihr langes Haar über ihre Schultern. Er wurde in feuchte Hitze gehüllt, Sie bewegte ihren Kopf langsam vor und zurück und saugte an ihm, während sich ihre Zunge geschickt um sein sensibelstes Körperteil wand.

Ohne es zu wollen, schoben seine Hände die Schulterträger ihres Kleides herunter. Sie legte ihre Arme an die Seite, bis er ihre Brüste entblößt hatte, und als er sie zu massieren begann, spürte er ein heftiges Vibrieren in ihrer Kehle.

Er brachte es nicht fertig aufzuhören. Schwer atmend rollte er ihre Brustwarzen zwischen seinen Fingern. Sie verschlang ihn vollständig, saugte so geschickt und leidenschaftlich an ihm, daß er weder seinen Körper noch seinen Geist länger kontrollieren konnte. Als er in ihrem Mund explodierte, öffnete sich sein *tanjian*-Auge wie von selbst und schoß orientierungslos durchs Zimmer. Alles in ihm zog sich krampfartig zusammen, doch sie hörte nicht auf.

Zu seiner Überraschung behielt er seine Erektion. Er drückte Seiko zu Boden und schob ihr das Kleid über die Schenkel. Sie trug keinen Slip und war sehr feucht. Er drang in sie ein und merkte, daß sie ihn nicht nur mit dem Körper sondern auch mit dem Geist empfing. Bei einem besonders harten Stoß fing sie zu weinen an. Ihr Körper erbebte, ihr Herz hämmerte wild, und ihr zartes feuchtes Fleisch zog sich krampfartig um ihn zusammen. In ihren Augen standen Tränen, und ihre erregten Schreie waren so leidenschaftlich, daß er instinktiv wußte, daß sie nicht verrückt war, sondern eine äußerst seltene Fähigkeit besaß, eine Art Hypersensibilität für seine geistigen Energien. Deswegen also hatte sie sich an jenem Abend in Nangis Club so zu ihm hingezogen gefühlt und hatte inmitten der Leute einen Orgasmus erlebt.

Nicholas gab sich seiner Leidenschaft hin und war genau wie Seiko unfähig, der Ekstase zu entrinnen. Er versuchte, *tanjian* zu kontrollieren, es an sich zu binden, aber *tanjian* war entfesselt und wollte ihm einfach nicht gehorchen. Es sprang aus seinem wohlbehüteten Nest und hüllte sie beide in einen schützenden Kokon, der ihr Verlangen viel länger brennen ließ, als dies sonst möglich war. Hinterher schliefen sie wie Tote.

Sie erwachten mitten in der Nacht und fühlten sich so, als kämen sie nach einem heftigen Fiebertraum langsam wieder zu Bewußtsein. Anfangs wußten beide nicht, wo sie waren, aber das lag zum Teil daran, daß sie das Gewesene noch ein wenig länger auskosten wollten, bevor es sich endgültig verflüchtigte.

Durch das offenstehende Fenster drang ein buntes Klangwirrwarr in den Raum: kreischende Hühner, aufheulende Motorräder, vorbeidonnernde Lieferwagen, plärrende Rockmusik aus einem Club an der Straßenecke und der monotone Singsang eines buddhistischen Gebets. Eine zu Kopf steigende Duftmischung aus Weihrauch, gegrilltem Fleisch, billigem Parfüm, saurem Essig und Zwiebeln, gepökeltem Salzfisch, menschlichen Ausdünstungen und Dieselabgasen hing bleischwer in der Luft.

»Bin ich wach?«

Er strich eine feuchte Haarsträhne aus seiner Stirn. »Ja.«

Tränen schossen ihr in die Augen. Verwirrt bedeckte sie ihre Brüste mit den Händen und rollte sich von ihm weg. »Es tut mir so leid, es gibt keine Entschuldigung für das, was ich getan habe. Ich ...«

Er tätschelte ihre Hüfte. Unter seiner Berührung erschauerte sie und seufzte leise. Die Muskeln in ihren Pobacken zuckten.

»Ah, Buddha, was geschieht bloß mit mir?« Sie war jetzt völlig in Tränen aufgelöst, weinte ungehemmt. »Ich war so wild nach dir. Ich hätte sogar getötet, um dich zu kriegen. Ich hätte alles dafür ...«

Er legte eine Hand auf ihren Mund. »Psst.« Er zog sie an sich und wiegte sie sanft in seinen Armen. »Du hattest recht. Ich habe es auch gefühlt, sogar an dem Abend am Flughafen.«

Sie schmiegte sich an ihn. »Mein Schädel pocht, als hätte ich eine halbe Flasche Scotch geleert.«

Ihr Atem hauchte über seine Brust, und er konnte ihren Herzschlag so deutlich spüren, als wäre sie in ihm. Irgendwo tief im Innern ahnte er, daß es gefährlich war, sich ihrer berauschenden Leidenschaft hinzugeben, ihr so nahe zu sein und sich mit den psychischen Kräften einzulassen, die, davon war er mittlerweile überzeugt, in ihr steckten. Andererseits war die Herausforderung unwiderstehlich.

Neben der Tatsache, daß sie nach Bays Tod seine einzige Spur zu Abramanov war und vielleicht wußte, wer hinter Vincent Tinhs Ermordung steckte, machte sie die psychische Vereinigung, die sie miteinander vollzogen hatten, so wertvoll für ihn.

Er sah sich jetzt mit einer Person konfrontiert, die auf seine Geistesfähigkeiten auf elementarster Ebene reagierte. Wie stellte Seiko das an? Besaß sie *koryoku*? Ihre Sensibilität für die menschliche Aura schien sich mit Celestes Beschreibung von Okamis Fähigkeiten zu decken – Fähigkeiten, durch die er seinen Gegnern seit mehr als neunzig Jahren immer um einige Schritte voraus war. Und Nicholas hatte herausgefunden, *koryoku* im Gegensatz zur landläufigen Annahme keine Disziplin war, die man erlernen konnte, sondern vielmehr eine natürliche Gabe, die in einigen wenigen auserwählten Menschen schlummerte und darauf wartete, erweckt zu werden.

Die Nachwirkungen des Energiestroms hatten einen metallischen Geschmack auf seiner Zunge hinterlassen. Es war das beste für sie beide, so schnell wie möglich in die Normalität zurückzukehren.

Während er duschte, ging Seiko zu einem rund um die Uhr geöffneten Bazar. Sie brachte Obst, Gemüse und eine große Pappschachtel voll dampfender Glasnudeln mit zurück. Sie hatte ihm auch mehrere Kleidungsstücke besorgt, die mehr oder weniger paßten: diverse Unterwäsche, Kakhi-Hosen, ein weißes, luftiges Oberhemd, strapazierfähige Schnürstiefel, Socken, eine militärisch aussehende, hüftlange Jacke.

Sie dünstete das Gemüse in Sesamöl, und sie aßen in der gelben und chromfarbenen Küche, die wie ein amerikanisches Relikt aus den 70er Jahren aussah.

Sie waren beide ausgehungert. Wortlos vertilgten sie die Nudeln und das Gemüse und beäugten sich vorsichtig.

»Du mußt mir einige Erklärungen geben«, sagte Nicholas, als er seinen leeren Teller zur Seite schob. »Ich weiß fast nichts über dich.«

»Dann haben wir ja den gleichen Ausgangspunkt.«

»Falsch. Du weißt eine ganze Menge über mich – zum Beispiel, daß ich *ninja* und *tanjian* bin. Du hattest es dir zur Aufgabe gemacht, alles über mich und meine Beziehung zu Justine herauszufinden.«

»Na schön. Ich bekenne mich schuldig.«

Sie saß ihm gegenüber und blickte ihm offen ins Gesicht. Ohne Make-up sah sie viel weicher und kindlicher, beinahe unschuldig aus. Nicholas wußte aber, daß der Schein trog. Die Anziehungskraft, die sie aufeinander ausübten, war jedoch echt und so greifbar wie ein Seil, das sie miteinander verband. Komischerweise mußte er an einen Film denken, den er einmal gesehen hatte. Darin ging es um eine Blutfehde zwischen zwei spanischen Zigeunern, die, jeder mit einem Messer bewaffnet, durch ein um die Handgelenke geknotetes Seil aneinandergekettet waren, so daß keiner dem anderen entrinnen konnte. Einer von ihnen mußte unweigerlich sterben.

»Ich möchte etwas mit dir machen ... etwas Unorthodoxes.«

Ihr Mund wurde schmal, und sie fuhr sich mit der Zunge über die Lippen. »Haben wir das nicht bereits getan?«

»Doch, schon, aber ich meine etwas anderes. Ich möchte in dich hineinsehen.«

»Nein.« Sie starrte auf ihren Teller. »Das wäre doch fast wie eine Vergewaltigung, oder?«

»Ich weiß nicht, schwer zu sagen.«

Sie hob ihren Kopf und sah ihm in die Augen. »Warum willst du das tun?«

Er erzählte ihr von *koryoku*, warum er danach suchte, und daß ihre Reaktion auf seine *tanjian*-Projektion ihn neugierig machte, ob sie vielleicht *koryoku* besaß.

»Ich bin keine Hellseherin«, sagte sie. »Ich habe weder Visionen noch Vorahnungen. Von diesen Dingen habe ich keinen blassen Schimmer.«

»Laß es mich bitte trotzdem versuche. Nur für alle Fälle.«

»Was wirst du sehen?«

»Kann ich noch nicht sagen.«

»Würdest du mein Leben sehen, meine Vergangenheit, meine Zukunft?«

»Nein. Das kann ich nicht, niemand kann das.« Er nickte ihr aufmunternd zu. »Gib mir deine Hände.« Sie legte sie in seine; ihre Fingerspitzen waren eiskalt. »Entspann dich. Du brauchst keine Angst zu haben.«

Sein *tanjian*-Auge öffnete sich, und Seikos Augenlider klappten herunter, als hätte ihr Nicholas einen gesprochenen Befehl gegeben. Während seine Energie in sie hineinströmte, spürte er, wie sie sich allmählich entspannte. Er umgab sie mit einer wärmenden, schützenden Hülle, bis sie völlig ruhig war; sie befand sich nun in einem traumartigen Schlafzustand, und er fing an.

Seine Untersuchung dauerte nicht länger als eine Zehntelsekunde, doch das genügte, um festzustellen, daß sie die Kraft der Erleuchtung nicht besaß. Also würde er doch Mikio Okami finden müssen.

Er schloß sein *tanjian*-Auge wieder, und sie kam wieder zu sich. »Wie fühlst du dich?«

»Prima. Ich ... fühl' mich gut.« Sie drückte seine Hände. »Hast du gefunden, wonach du gesucht hast?«

»Nein.«

»Und mein Leben ...?«

»Ich weiß genauso wenig über dich wie vorher. Ich sagte doch, ich kann keine Gedanken lesen.«

Sie nickte und zog ihre Hände zurück.

Er sah sie interessiert an. »Du ähnelst überhaupt nicht mehr der Frau, die ich eingestellt habe.«

»Das war ja auch in Tokio.« Sie stand auf und räumte den Tisch ab. »Hier in Saigon kommt die vietnamesische Seite in mir zum Vorschein.

»Du sagtest, dein Vater sei Vietnamese. Lebt er noch?«

Sie stellte einen Wasserkessel auf den Herd, nahm ein Obstmesser und begann die Früchte zu zerteilen. »Ja. Er ist Politiker, obwohl dieses Wort hier irgendwie unangebracht ist. Politik ist in Vietnam gleichbedeutend mit Korruption; man verkauft seine Dienste an den Höchstbietenden und wechselt dabei sein Ideologie so oft, wie andere Menschen ihre Unterwäsche. Man kann also nicht mehr von Politik im eigentlichen Sinne sprechen.« Sie sah vom Obst auf und warf ihm einen merkwürdigen Blick zu. »Mein Vater hat für viele verschiedenen Leute gearbeitet. Er ist ziemlich gerissen. Deswegen hat er so lange überlebt.«

»Bist du wegen ihm in der Lage, Van Kiet Befehle zu erteilen?«

»Zum Teil.« Sorgfältig schälte sie eine Longan-Frucht. »Aber ich habe hier meine eigenen Verbindungen.«

»Kanntest du die Frau, mit der ich zusammen war?«

»Bay? Ja, natürlich. Jeder kannte sie. Sie hat für einen internationalen Waffenhändler gearbeitet.«

»Sie sagte mir, sie wäre unabhängig, eine Art ›Freiberuflerin‹.«

Seiko lachte. »Wir sind hier in Vietnam. Keine Frau besitzt so viel Macht.«

»Du anscheinend schon.«

»Ich habe nie gesagt, ich sei unabhängig. Das ist völlig unmöglich, egal wie einflußreich mein Vater ist.« Sie zerteilte einen Zimtapfel und legte die Stücke zusammen mit den Longans und zwei halbierten Bananen auf einen Teller. »Frauen haben hier keine Rechte. Wenn überhaupt, respektiert man uns nur äußerst widerwillig und meist nur für kurze Zeit.«

»Also hast du zwei Arbeitgeber: Sato International und ...«

Sie stellte den Obstteller auf den Küchentisch. »Ich arbeite noch für einen Mann namens Shidare.«

»Shidare? Klingt nicht vietnamesisch.«

»Er ist auch kein Vietnamese. Die meisten Drahtzieher hier sind Ausländer.« Sie zuckte mit den Schultern. »Aber so ist es hier schon immer gewesen. Vietnamesen sind wertlos. Dieses Land ist nur aufgrund seiner geographischen Lage wichtig geworden. Schon seit Jahrzehnten sind wir der Spielball internationaler Intrigen, die wir nicht verstehen.«

»Du klingst ziemlich verbittert.«

»So?« Sie nahm ein Stück Longan und betrachtete es eingehend. »Vietnam wurde in seiner jüngeren Geschichte immer wieder von ausländischen Armeen besetzt. Das hat unsere Kultur völlig zerstört. Unsere Musik ist französisch, unsere Küche eine wirre Mischung aus fremden Einflüssen, und die Menschen hier wollen alle wie Amerikaner aussehen. Wie würdest du dich an meiner Stelle fühlen?«

»Keine Ahnung. Ehrlich gesagt kann ich mir eine solche Situation nur schwer vorstellen.«

»Ich schätze, ich fühle es so deutlich, weil ich zur Hälfte Japanerin bin. In Tokio wird es mir immer bewußt, wie schlecht es um Vietnam bestellt ist.«

»Seiko, ich kann nicht zulassen, daß du gleichzeitig für zwei Unternehmen arbeitest. Das ist wirklich ein zu großes Sicherheitsrisiko.« *Und offengestanden,* dachte Nicholas, *besteht der Verdacht, daß du in Tokio mit Masamoto Goei, einem der Leiter meines Chi-Projekts, gemeinsame Sache gemacht hast. Goei ist erwischt worden, als er einen Chi-Neuronalnetz-Chip zu Vincent Tinh geschmuggelt hat.* Bei allem, was sich in den letzten vierundzwanzig Stunden in Saigon ereignet hatte, war es nur allzu leicht zu vergessen, was Seiko in Tokio angestellt haben konnte.

»Wirst du mich feuern?«

»Nur wenn du mich dazu zwingst.« Was brachte es ihm, wenn er sie feuerte? Er mußte herausfinden, ob sie die Wahrheit sagte. Für wen außer ihm arbeitete sie wirklich? Es war wichtig, daß sie annahm, er vertraue ihr. Ansonsten, fürchtete er, würde er niemals die Wahrheit über sie herausbekommen. »Du wirst dich für einen deiner beiden Jobs entscheiden müssen.«

»Ich möchte Sato – und dich – nicht verlassen«, sagte sie ohne zu zögern. »Aber so lange wir hier sind, brauche ich – brauchen wir – Protektion. Du hast ja heute morgen erlebt, wie wichtig das ist. Sobald wir wieder in Tokio sind, werde ich ausschließlich für dich arbeiten, in Ordnung?«

»Nur wenn ich eine geeignete Person zur Leitung des hiesigen Sato-Tomkin-Büros finde. Vergiß nicht, daß Nangi dich nach Saigon geschickt hat, damit du Vincent Tinh ersetzt.«

Seiko nickte. »Abgemacht.«

Unerklärlicherweise war Nicholas erleichtert. Wieso fühlte er sich wider besseren Wissens zu dieser hartgesottenen, aber auch seltsam verletzlichen jungen Frau so hingezogen? In der Zwischenzeit würde er sie in der Annahme bestärken, daß er ihr voll und ganz vertraute.

»Als ich mit Bay zusammen war, hat sie etwas Merkwürdiges erwähnt. Ich glaube, es handelt sich um einen Ort: Floating City.«

Seiko fuhr herum. »Was hat sie dir darüber erzählt?«

»Eigentlich nichts, außer daß Cu Chi auf halbem Weg zwischen Saigon und Floating City liege.«

»Sie hätte nicht darüber sprechen sollen.«

»Sie lag im Sterben, Seiko. Offensichtlich glaubte sie, es wäre wichtig. Du denkst anscheinend genauso. Also, was ist Floating City?«

Seiko stand auf und stellte den Teller mit dem restlichen aufgeschnittenen Obst in den Kühlschrank. Sie wandte ihm den Rücken zu und verharrte eine Weile regungslos. Schließlich drehte sie sich zu ihm um.

»Es ist nicht immer gut, alles zu wissen.«

»So was ähnliches hat Bay auch gesagt. Trotzdem war sie der Meinung, daß ich es erfahren mußte.«

Seiko kam an den Tisch zurück und setzte sich. »Floating City ist eine Art Zitadelle.«

»Eine Zitadelle?«

Sie nickte. »Ja, im ursprünglichen Sinne des Wortes. Es ist eine bis an die Zähne bewaffnete Stadtfestung, ein praktisch vollkommen autonomer Ort mitten in Vietnam.«

»Bist du jemals dort gewesen?«

»Nein. Niemand, den ich kenne, ist dort gewesen.« Sie legte eine Hand in seine. »Es gibt einige Leute, die versucht haben, dort einzudringen oder sich einzuschmuggeln, aber keiner ist lebendig zurückgekommen.«

»Woher weißt du das?«

»Weil man sie alle kopfüber an einem Pfahl hängend im Dschungel gefunden hat. Man hatte ihnen die Genitalien abgeschnitten und sie in ihre Münder gestopft.«

Lange Zeit sagten sie nichts. Der normalerweise unüberhörbare Straßenlärm klang plötzlich dumpf, weit entfernt, und schien – wie das Poster von Jimi Hendrix – in eine andere Epoche zu gehören.

Nach einer Weile tätschelte er ihre Hand. »Du sagtest, Bay habe für einen internationalen Waffenhändler gearbeitet. Wie heißt er?«

»Timothy Delacroix.«

Nicholas versuchte, sich nichts anmerken zu lassen, doch seine Gedanken überschlugen sich. Lew Croaker hatte ihm von Delacroix erzählt. Delacroix hatte behauptet, mit Vincent Tinh und einer Firma, von der er annahm, es sei Sato International, Geschäfte gemacht zu haben. So, wie Nicholas die Sache verstand, handelte Delacroix mit allem, was der internationale Waffenmarkt hergab. Anscheinend konnte er sogar hochentwickelte amerikanische Waffensysteme beschaffen – die gleichen Systeme, auf die Nicholas im Computerverzeichnis der Avalon Ltd. in Paris gestoßen war.

»Ist Delacroix in Saigon?«

»Ja. Angeblich macht er mit Floating City regelmäßig Geschäfte.«

»Du meinst, Floating City ist seine Waffenquelle. Interessant.« *Gab es irgendeine Verbindung zwischen Delacroix und Avalon Ltd., Torch und Floating City?* fragte Nicholas sich. *Hat mich der Kaisho deswegen hierher dirigiert?* Er traf eine schnelle Entscheidung. »Ich will Delacroix treffen.«

Während der letzten Minuten schien jegliche Sanftheit und Unschuld aus Seikos Gesicht verschwunden zu sein. »Ich würde dir nicht empfehlen, ihn zu kontaktieren. Du solltest dich von den Leuten fernhalten, die mit Floating City zu tun haben.«

»Warum?«

»Der Mann, den du treffen solltest, Abramanov, lebt dort. Die Cu Chi-Tunnel waren eine Falle. Ich weiß zwar nicht, wer dich verraten hat, aber es wäre töricht anzunehmen, die Leute in Floating City hätten deine Tarnung als Mr. Goto nicht durchschaut.«

Nicholas wußte, daß sie wahrscheinlich recht hatte, doch ihm blieb keine Wahl. Er mußte Delacroix treffen und herausfinden, ob Vincent Tinh mit Floating City Geschäfte gemacht hatte, und ob Delacroix über Avalon Ltd. und Torch 315 Bescheid wußte.

»Trotzdem, ich will, daß du mit Delacroix ein Treffen arrangierst. Ich muß unbedingt mit ihm reden.«

Seiko rückte an ihn heran und senkte ihren Kopf; er deutete ihre Geste als Zeichen der Ergebenheit.

Croaker beobachtete, wie Margarite aus der Ankunftshalle des Washington International Airport kam und geradewegs auf eine Limousine mit getönten Scheiben zuschritt. Ein uniformierter Chauffeur öffnete ihr den rechten hinteren Wagenschlag, tippte zur Begrüßung respektvoll an seine Dienstmütze und schloß die Tür hinter Margarite. Dann eilte er um den Wagen herum und setzte sich hinters Steuer. Zu diesem Zeitpunkt war Croaker schon an einem Taxistand und benutzte seine FBI-Marke, um das erste wartende Taxi zu bekommen.

Als sich Margarites Limousine in Bewegung setzte, tippte Croaker seinem Fahrer auf die Schulter und hielt ihm seine Marke unter die Nase. »Behalten Sie diese Limousine im Auge, okay? Ich geb' Ihnen 'nen Hunderter.«

»Alles klar, Chef, für die Kohle gehört der Wagen Ihnen«, brummte der Fahrer und fädelte in den Verkehr ein.

Croaker lehnte sich vor und stierte durch die Windschutzscheibe. Eilig kritzelte er das Kennzeichen der Limousine in seinen Notizblock. Ihm fiel auf, daß es kein Mietwagen war. Merkwürdig, dachte er. Er war schon mit Margarite in Washington gewesen und hatte erwartet, daß sie wie damals am Flughafen einen Wagen mieten würde.

Dieser unvorhergesehene Trip nach Washington war die erste Abweichung von ihrem ansonsten streng durchorganisierten Terminkalender. Croakers Neugier war aus zweierlei Gründen geweckt. Erstens war sie ohne Tony D. hier, der normalerweise als ihr Strohmann fungierte. Zweitens war

Croaker in Goldonis FBI-Akte auf die Tatsache gestoßen, daß sich der tote Don regelmäßig in D. C. aufgehalten hatte, was an sich nicht ungewöhnlich war. Ganz im Gegenteil. Bei Goldonis zahlreichen Verbindungen in die Hauptstadt wäre es eher seltsam gewesen, wenn Goldoni nicht regelmäßig nach Washington gekommen wäre. Egal, ob Croaker sich diesen Zufall einbildete oder nicht, er zwickte sein Polizistenhirn wie ein Steinchen in einem Schuh.

Während sein Taxi sich durch den dichten Verkehr über den Washington Memorial Parkway quälte, starrte er auf den träge dahinfließenden Potomac. Er durchforstete sein Gedächtnis nach den Orten, wo sich Dominic aufgehalten hatte, wenn er in Washington war. Zweifellos hatte der Don gewußt, daß er beschattet wurde, und hatte sich nie mit jemandem getroffen, der den Verdacht des FBI erregte. Dennoch, jahrelang hatte sich der Mafia-Don als cleverer als das FBI erwiesen. Wer weiß, was man alles übersehen hatte.

Croaker zählte die Orte auf, die ihm einfielen: Dons elegantes Backsteinhaus in Kalorama; sein Lieblingsrestaurant, das Occidental Grill; das Museum für Geschichte und Technik; das Washington Hotel; Moniker's ein Nachtclub für Geschäftsleute, wo er gelegentlich ein Mädchen aufgegabelt hatte, Omega, ein Club in Georgetown; weitere Restaurants: Villa D'Este in Alexandrias Old Town, Veneziano und Blue Angel Cafe in Adams Morgan; der private Tennisplatz in McLean, der einem ehemaligen Senator aus Texas gehörte; der Belle River Country Club in Chevy Chase, wo er mit Abgeordneten, Bankiers und Lobbyisten Golf gespielt hatte. War einer dieser Orte vielleicht wichtiger, als es auf den ersten Blick den Anschein hatte? Möglicherweise kannte Margarite die Antwort.

Croaker rechnete fest damit, daß sie als erstes ihre Stiefmutter besuchen würde, die auf einem herrschaftlichen Landsitz vor den Toren Washingtons residierte. Er hatte Renata Loti einmal mit Margarite besucht und wußte, daß sie Dominics Mutter war und in höchsten Regierungskreisen verkehrte. Doch zu seiner Überraschung fuhr Margarites Limousine Richtung Innenstadt.

Es war früher Abend, und die Straßenlampen entlang des Parkway und der Arlington Memorial-Brücke waren schon eingeschaltet. Der Himmel war wolkenverhangen, und ein leichter Ozongeruch hing in der Luft. Nieselregen tröpfelte auf die joggenden Angestellten des State Department, die entlang der Brücke ihr tägliches Fitneßprogramm herunterspulten. Ein fettleibiger Jogger hatte erschöpft aufgegeben und stand, nach Luft japsend, da. Sein Oberkörper war vorgebeugt, die Hände stützten sich auf den Knien ab. Armes Schwein, dachte Croaker, und kämpfte gegen den Impuls an, dem Mann eine Freifahrt zurück ins Büro zu spendieren. Nachdem Croaker sein halbes Leben damit verbracht hatte, sich mit hirnlosen Bürokraten anzulegen, empfand er für diese Spezies Mensch mittlerweile nur noch Verachtung, aber heute hätte er liebend gern den Platz getauscht mit diesem nach Sauerstoff lechzenden Burschen.

Er versuchte, nicht an Bad Clams zu denken, in dessen Diensten er nun stand. Schlimm genug, daß er gegen die Frau arbeitete, die er liebte; jetzt stand er sogar auf der Gehaltsliste ihres Erzrivalen, eines Verrückten, der Margarite und Tony D. am liebsten tot sähe. Und er hatte nur allzu deutlich gemacht, daß er Croaker benutzen wollte, um sein Ziel zu erreichen.

Margarites Chauffeur brachte ihr Gepäck ins Hay-Adams und fuhr sie anschließend ins Washington Hotel, wo sie mit Senator Graves aus Indiana einen Drink nahm. Fünfzig Minuten später traf sie sich in einem neuerdings populären Restaurant in der Pennsylvania Avenue mit Renata zum Abendessen. In Washington bedeutete populär, daß das Restaurant in gesteigertem Maße von Mitgliedern der neuen Administration frequentiert wurde. Während die beiden Frauen bei zwei Martinis miteinander plauderten, warf Croaker einen Blick auf die Menükarte und schätzte, daß die Rechnung der beiden mindestens 250 Dollar betragen würde. Er drückte seinem Taxifahrer eine Hundertdollarschein und einen Zehner in die Hand und schickte ihn los, um etwas zu essen zu besorgen. Fünfzehn Minuten später würgte Croaker ein fetttriefendes Etwas hinunter, das ein doppelter Cheeseburger sein sollte. Beinahe sofort fing sein Magen an zu rebellieren. Nicholas hatte recht, dachte er. Wie konnten Menschen dieses Zeug tagtäglich essen? Das nächste Mal, schwor er sich, würde er es wieder mit Sushi probieren.

Margarites Abendessen mit ihrer Mutter dauerte knapp über zwei Stunden. Danach bestieg sie wieder die wartende Limousine und verschwand.

»Wie lange werden Sie mich noch brauchen?« fragte der Taxifahrer über seine Schulter hinweg. »Meine Schicht ist in einer Stunde zu Ende.«

»Schwer zu sagen.« Croaker drückte ihm eine weitere Hundertdollarnote in die Hand.

»Danke. Ich sag' besser meinem Fahrleiter Bescheid, daß er meine Frau anruft und ihr sagt, daß sie das Abendbrot in den Kühlschrank stellt.«

Sie verfolgten die Limousine quer durch die Stadt. Der Regen war stärker geworden, und heftiger Wind schüttelte die Bäume entlang der Avenues. Croaker überlegte, wie er Bad Clams festnageln konnte, ohne daß man Margarites Eingeweide auf New Jerseys Hinterhöfen wiederfand. Im Augenblick hatte er nicht die leiseste Idee.

»Ihre Bekannte hat sich nicht gerade 'ne tolle Gegend ausgesucht.«

Die nervöse Stimme des Taxifahrers riß Croaker aus seinen Gedanken. Er sah, daß sie sich tatsächlich in einem ziemlich heruntergekommenen Viertel befanden, wo Touristen es sich zweimal überlegten, ob sie einen Abendspaziergang machen sollten oder nicht. Schäbige Bars, grelle, Striplokale anpreisende Neonreklamen und billige Restaurants prägten das Bild. Auf den Bürgersteigen tummelten sich Kleindealer, Bettler, abgetakelte Huren und anders zwielichtiges Volk aus dem unteren Drittel der Gesellschaft.

Croaker sah, daß die Limousine vor Moniker's hielt, dem Etablissement, in dem Dominic sich gelegentlich mit Frischfleisch versorgt hatte. Margarite stieg aus und ging hinein.

Ah, ja, jetzt wird's interessant, dachte Croaker.

»Was hat Ihre Klassebraut denn in diesem Schuppen verloren?«

Das fragte sich Croaker auch. »Warten Sie hier«, sagte er, stieg aus und folgte ihr in den Club. An der Garderobe entdeckte er ein öffentliches Kartentelefon. Er benutzte die Kreditkarte, die Lillehammer ihm gegeben hatte, und wählte eine Nummer. Er hoffte, daß *Alices Spiegel,* die ultrageheime amerikanische

Spionageorganisation, für die Lillehammer gearbeitet hatte, noch existierte. Nach dem Tod von Leon Waxman, dem Direktor des *Spiegel*, war es gut möglich, daß die Organisation aufgelöst worden war. Es wäre sehr hilfreich, wenn er das weitverzweigte Informationsnetz der Agentur weiterhin in Anspruch nehmen konnte.

Es klingelte zweimal, bis sich jemand meldete. Croaker nannte der Stimme das Codewort, das ihm Lillehammer gegeben hatte, und betete, daß es noch gültig sein möge. Das Codewort hatte die höchste Klassifizierung und war sein Sesam-öffne-Dich. Als die Stimme das Wort bestätigte, stieß Croaker einen Seufzer der Erleichterung aus. Man wies ihn an, die letzten vier Ziffern der in seine Karte gestanzten Zahlenkombination in die Tastatur einzugeben; danach wartete er, während sein Anruf durch wer weiß wieviele geheime Dienststellen weitergeleitet wurde.

Nach einer Weile hörte er mehrere doppelte Klingelzeichen. Der Hörer wurde abgenommen, und eine weibliche Stimme meldete sich mit einem schlichten »Ja.«

Alices Spiegel war also noch im Geschäft.

Croaker sagte der Stimme, was er wollte: eine Identifizierung des Kennzeichens der Limousine.

»Fünfundvierzig Minuten«, sagte die Stimme.

»Machen Sie's in zwanzig.«

»Es ist schon nach Büroschluß«, grummelte die Stimme.

»Tun Sie's einfach.« Er legte auf und betrat jetzt den eigentlichen Club.

Moniker's sah genauso aus, wie man sich ein solches Etablissement vorstellte: knallrote und silberne Wandverkleidung, buntes Scheinwerferlicht, reflektiert von verspiegelten Drehkugeln, die schon in den Siebzigern altmodisch ausgesehen hatten, eine Dunstglocke aus Zigarettenqualm und Schweiß. Aus gigantischen, an schwarzen Ketten von der Decke herabhängenden Lautsprecherboxen dröhnte hämmernde Rockmusik. Langbeinige Tänzerinnen mit blankem Busen hüpften über eine quer durch den Raum verlaufende Bühne. Sie war verspiegelt, so daß nichts der Fantasie überlassen blieb. Der Darstellung haftete nichts Geheimnisvolles an, und deswegen war das Ganze total unerotisch, dachte Croaker. Trotz allem verstanden die völlig unbehaarten Mädchen ihr Geschäft; die glotzäugige Menge drängte johlend an die Bühne und goß sich dabei in erstaunlichen Tempo Bier und Whiskey hinter die Binde.

Eine wie Pudding wackelnde Hostess stakste auf ihn zu, und Croaker hielt ihr zur Begrüßung seine Marke unter die Nase. Sie schien unbeeindruckt zu sein – wahrscheinlich hatte sie schon zu viele von seiner Sorte gesehen. Aber wenigstens versuchte sie nicht, ihn zu einem wässrigen Drink zu überreden.

Er beschrieb Margarite. »Sorry, Kleiner.« Ihr Lächeln war so einladend wie das der Medusa. »Hier is' heut' keine reingekommen, die so aussieht.«

Croaker beugte sich zu ihr vor und starrte sie böse an. »Was hältst du davon, wenn ich dir deine falschen Wimpern rausreiße, und zwar eine nach der anderen?«

»Scheiße.« Gleichzeitig deutete sie auf eine Tür im hinteren Teil des Raumes. Anscheinend war sie enttäuscht, daß sie ihn nicht bezirzen konnte.

Die Musik dröhnte lauter denn je, und Croaker vermutete, daß man nach längerem Hörgenuß wahrscheinlich reif fürs Irrenhaus war. Er schob sich durch die Menge auf die linke Seite des Clubs zu der Tür, wo ihm ein großer Schwarzer mit schweißglänzender Glatze und anabolikagestählten Muskelbergen den Weg versperrte. Anscheinend glaubte der Kerl, Croakers Marke wäre eine Fälschung oder eine Fata Morgana, denn er weigerte sich beharrlich, aus dem Weg zu gehen.

»Jeder will dort hinten rein«, sagte er lakonisch. »Aber keiner schafft's.«

»Ich weiß, Sie machen nur Ihren Job …«

»Geh mir aus den Augen, Hurensohn«, schrie Bluto in einer Lautstärke, die selbst den ohrenbetäubenden Krach übertönte. Er stieß seinen wulstigen Zeigefinger in Croakers Solarplexus und schubste ihn dann unsanft nach hinten. »Raus«, zischte er, »oder ich verspeise deine Leber zum Abendessen!«

Ohne ein weiteres Wort packte Croaker mit seinen biomechanischen Fingern Blutos rechtes Handgelenk und drückte zu. Es war interessant zu beobachten, wie sich der Gesichtsausdruck des großen Mannes veränderte, während Croaker langsam dessen Handwurzelknochen zermalmte.

Dennoch versuchte Bluto, Croaker anzugreifen und schlug mit seiner anderen Hand zu. Behende wich Croaker dem mörderischen Hieb aus und trat dem Schwarzen mit voller Wucht gegen die Kniescheibe. Sie zersplitterte, und Bluto ging zu Boden.

»Hoffentlich haben Sie keinen Hunger«, sagte er, stieg über ihn hinweg und ging im Korridor zur nächstgelegenen Tür, die jedoch verriegelt war. Er zog ein Stück Draht aus der Tasche und öffnete das Schloß. Ein Lagerraum. Er kehrte zu Bluto zurück, packte ihn unter den Achselhöhlen, schleifte ihn in den Raum und verriegelte die Tür.

Der schmale Gang vibrierte unter dem hämmernden Baß-Sound. Entlang der Fußleisten lag Mörtel und abgeplatzte Wandfarbe; billige Lampen mit grünen Schirmen schwangen hin und her, als hingen sie in einem schlingernden Schiff.

Überall tummelten sich nackte Mädchen, die ihn jedoch keines zweiten Blickes würdigten. Er schätzte, das hatte er Bluto zu verdanken. Wie der Mann gesagt hatte, wollte jeder hinter die Bühne, was jedoch strikt verboten war. Und jetzt wußte Croaker auch, warum. Die Umkleideräume hatten keine Türen, daher waren gierige Männeraugen unerwünscht. In jedem Raum sofort einen Blick werfen zu können, vereinfachte seine Aufgabe um einiges.

Er hatte den Korridor zu drei Vierteln durchquert, als sich die einzige Tür am Endes des Ganges öffnete. Er erblickte Margarites dunkelrotes Kostüm und hastete eilig in den nächstgelegenen Umkleidraum, wo er eine langbeinige Blondine und einen Rotschopf schelmisch angrinste, bevor er sich umdrehte und vorsichtig in den Gang spähte.

Margarite verließ den Raum – wahrscheinlich das Büro des Geschäftsführers – zusammen mit einer wunderschönen jungen Frau. Sie hatte üppiges, hellblondes Haar, große kornblumenblaue Augen und eine umwerfende Figur. Ohne weiteres hätte sie hier Tänzerin sein können, was aber eindeutig nicht der Fall war. Sie trug einen oliv- und ockerfarben gestreiften Armani-Anzug, der ihr auf den Leib geschneidert zu sein schien. In der linken Hand hielt sie einen dunkelgrünen Aktenkoffer aus Krokodilleder, der mehr kostete, als jeder Angestellte dieses Clubs jährlich verdiente. Ihre Bulgari-Ohrringe und ein kostspielig aussehender Armreifen glitzerten prachtvoll im Licht der hin und her schaukelnden Deckenlampen.

Das macht zwei Klassebräute in diesem Schuppen, dachte er.

Die beiden Frauen liefen nicht in seine Richtung, sondern gingen links hinunter und verschwanden durch eine Tür. Croaker folgte ihnen und fand sich in einem schlecht beleuchteten, unbeheizten Lieferanteneingang wieder. Es stank nach Schnaps, Abfall und Urin. Über der einzigen Tür hing ein Schild mit der Aufschrift ›Exit‹ – Ausgang. Er ging hinaus und stand in einer dunklen, mit überquellenden Mülltonnen zugestellten Seitenstraße. Nächtliche Kreaturen fauchten ihn an, wahrscheinlich streunende Katzen.

Er drehte sich gerade noch rechtzeitig um und sah, wie sich ein schwerer Nissan 300ZX in Bewegung setzte. Die Zeit reichte aus, um Margarite, die Blonde und einen Teil des Nummernschilds zu erkennen, bevor der Wagen verschwand.

Er ging in den Club zurück. Sie zu verfolgen, war hoffnungslos, also tat er das Nächstbeste: Er brach in das Hinterzimmer ein, aus dem Margarite und die blonde Frau gekommen waren.

Sorgfältig verriegelte er die Tür hinter sich, um ungebetene Gäste auszusperren. Der Raum war ein winziges, fensterloses Büro mit einem verschmutzten Ventilator an der Decke. An einer Wand stand eine schwedische Couch mit einem Tweedbezug, der einmal whiskeyfarben gewesen sein mußte. Links davon befand sich ein Schreibtisch aus Metall und Holzimitat sowie ein schwarzer Chefsessel aus Kunstleder. Ein schäbiger, metallener Aktenschrank vervollständigte die karge Einrichtung. Bis auf einen in dieser schäbigen Umgebung unpassenden Kunstdruck von John Siner Sargents geheimnisvollem Fumée d'Ambre Gris waren die Wände kahl. Das Poster zeigte in einer leicht orientalisch anmutenden Szenerie eine Frau in fließenden, weißen Gewändern. Obwohl ihr Gesicht teilweise im Schatten lag, schimmerte es weißglühend und strahlte sinnliche Erregung aus. Croaker fragte sich, was dies wohl über die umwerfende Blondine aussagen mochte. Besaß sie neben ihrem prachtvollen Äußeren etwa auch noch Verstand?

Er setzte sich an den Schreibtisch, auf dem eine neuere Ausgabe von *Strip!* lag. Hastig blätterte er das Heft durch. Heutzutage hatte wirklich jeder Geschäftszweig seine eigene Zeitung, dachte er. Unter dem Magazin lagen ein Anstellungsvertrag mit einer der Tänzerinnen, mehrere Lieferantenrechnungen und ein gebundenes Geschäftsbuch, aus dem er ersah, daß der Club einer Firma namens Morgana Inc. mit Sitz in Washington gehörte.

Er begann, den Schreibtisch systematisch zu durchsuchen. In der obersten Schublade lagen typische Büroutensilien: Kugelschreiber, Bleistifte, Radiergummis, Briefklammern, Notizblöcke und dergleichen mehr. Er griff in das Schubfach hinein und tastete es sorgfältig ab, um sicherzustellen, daß sich darin kein zweiter Boden befand. Diese Prozedur wiederholte er bei jeder der drei weiteren Schubladen.

In einer stieß er auf einige persönliche Habseligkeiten der Blondine: zahllose Lippenstifte, Puderdosen und andere Make-up-Utensilien, doch außer der Bestätigung für ihren teuren Geschmack förderte er nichts Interessantes zutage.

In einer anderen fand er einen Aktenordner mit der Finanzbuchhaltung. Er überprüfte ihn, konnte aber nichts Ungewöhnliches darin entdecken. Die Bücher des Clubs waren tadellos geführt. Er war sicher, daß selbst der gewissenhafteste Steuerprüfer keine Unregelmäßigkeit darin entdecken würde. Durch den Club floß eine Menge Geld, das jedoch von der Zentrale der landesweiten Moniker's-Kette verwaltet wurde.

Er legte den Aktenordner in die Schublade zurück, sah auf seine Uhr und wählte dieselbe Nummer wie vorhin an der Garderobe. Nachdem er die langwierige Kontrollprozedur hinter sich gebracht hatte, meldete sich am anderen Ende der Leitung die weibliche Stimme. »Das Kennzeichen ist auf Richard Dedalus registriert.«

»*Senator* Richard Dedalus?«

»Lassen Sie mich die Adresse überprüfen ... Ja, der Wagen gehört dem Senator.«

Croaker schrieb Dedalus' Adresse auf und schwieg einen Moment. Mit sechsundsiebzig war Dedalus der älteste Senator am Capitol Hill. Im Gegensatz zu vielen seiner Altersgenossen hatte er im Laufe der Jahrzehnte nicht nur Geschichte passieren sehen, sondern hatte dabei auch eine aktive Rolle gespielt. Man erzählte sich, daß John F. Kennedy ohne Dedalus' Unterstützung niemals gewählt worden wäre, und daß hauptsächlich er für Lyndon B. Johnsons Schwierigkeiten im Amt verantwortlich gewesen sei. Gerücht besagten, Dedalus habe eng mit dem Geheimdienst zusammengearbeitet. Es war Dedalus, der JFKs ernsthafte Erkrankung geheimgehalten hatte, genauso wie er alles daran gesetzt hatte, den Untersuchungsausschuß im Kennedy-Mord nach seinem Gutdünken zusammenzustellen. Hatte diese graue Eminenz unter den Washingtoner Machtverwaltern mit Dominic Goldoni unter einer Decke gesteckt? Auf den ersten Blick erschien das mehr als unwahrscheinlich.

»Noch etwas?«

Die weibliche Stimme riß ihn aus seinen Gedanken.

»Ich fürchte, ja. Ich brauche eine Liste aller Ferngespräche, die in den letzten drei Monaten von Moniker's aus geführt worden sind.« Er nannte ihr die Adresse. »Außerdem habe ich ein halbes Kennzeichen eines schwarzen Nissan 300ZX mit Schiebedach. Es war eine Washingtoner Nummer. Vielleicht können Sie was rauskriegen.«

»Das mit dem Schiebedach hilft; es gibt nicht allzu viele davon. Wird aber trotzdem eine Weile dauern.«

»Schaffen Sie's bis morgen früh?«

»Nicht vor sechs Uhr. Sie können die Informationen unter dem Namen Samuel Johnson an der Rezeption des Holiday Inn Central an der Rhode Island Avenue, Ecke Fifteenth Street abholen.«

»Alles klar. Danke.«

Er verharrte regungslos, fühlte sich für den Augenblick geschlagen. Er starrte den Sargent an, und obwohl es nur ein billiges Poster war, ließ er sich von der exotischen Aura des Gemäldes gefangennehmen. Seine Gedanken wanderten zu der blonden Frau. Er dachte an den Moment, als sie aus dem Büro gekommen und durch den Korridor gegangen war, und er sah das clevere Funkeln ihrer kornblumenblauen Augen beinahe bildhaft vor sich. Er fragte sich, was eine solche Frau hier zu suchen hatte. War sie wirklich Geschäftsführerin dieses Striplokals? Unwahrscheinlich. Viel plausibler war, daß sie sich hier aufhielt, weil niemand sie in einem solch heruntergekommenen Etablissement vermuten würde. Logisch, die meisten Leute tätigten ihre geheimen Transaktionen an Orten, wo sie sich unbeobachtet glauben.

Noch immer starrte er auf die Frau in den wallenden weißen Gewändern. Welche Geheimnisse hatte ihr Sargent auferlegt? Was tat sie, und warum tat sie es?

Unvermittelt stand er auf, ging zu dem Poster und nahm es von der Wand. Spöttisch stierte ihm dahinter die kahle Stelle entgegen. Er legte das Poster auf den Schreibtisch und betrachtete die Wand genauer. Sie war von Rissen durchzogen, daher war nur schwer etwas zu erkennen, aber zweifellos bildeten die Risse einen rechten Winkel. Er verfolgte sie mit den Augen und entdeckte weiter unten zwei weitere rechte Winkel. Mit dem Zeigefinger fuhr er die Linien entlang, bis er ein perfektes Rechteck gezeichnet hatte.

Bingo!

Mit einem zum Stechwerkzeug umfunktionierten Bleistift stieß er in einen der Risse und hob eine Ecke an. Das Wandstück ließ sich mühelos herausnehmen und enthüllte einen dahinter liegenden Safe. Aus seiner Innentasche zauberte Croaker einen Schlüsselbund hervor, an dem ungefähr ein Dutzend hakenförmiger Dietriche hing. Er erkannte die Marke des Safes, wählte ein Instrument aus und schob es ins Schloß. Mit einem Ohr am Schloß bewegte er das Drahtstück geschickt hin und her und hörte, wie ein Rädchen nach dem anderen einrastete.

Der Safe öffnete sich, und er sah hinein. Plötzlich hörte er ein knarrendes Geräusch; jemand auf dem Korridor versuchte die Tür zu öffnen. Gedämpfte Stimmen drangen an sein Ohr, dann wurde heftig an der Tür gerüttelt.

Hastig begutachtete Croaker den Safeinhalt: über 100.000 Dollar in feinsäuberlich gestapelten Scheinen, der Mietvertrag des Gebäudes, ausgestellt auf die Morgana Inc., die üblichen Versicherungsunterlagen, ein weiterer Aktenordner und ein kleines Notizbuch aus Kalbsleder.

Das Rütteln an der Tür hatte aufgehört, aber er ließ sich davon nicht täuschen. Wer immer hereingewollt hatte, würde wiederkommen, und er wußte, daß er bis dahin verschwunden sein mußte.

Als erstes ging er den Aktenordner durch. Hier offenbarten

sich die tatsächlichen Geschäfte von Moniker's. Morgana Inc. schleuste monatlich Zehntausende Dollar durch den Club, und die Gewinne, die angeblich aus der landesweiten Kette stammten, kamen in Wahrheit aus Übersee, hauptsächlich aus Frankreich und England. Und im Gegensatz zu den gefälschten Büchern, die besagten, daß die Profite im Zehntausenderbereich lagen, wurden die Summen in diesen Unterlagen weit höher beziffert. Moniker's wusch pro Monat fast eine Million Dollar für Morgana Inc.. Kein Wunder, daß der Geschäftsführer hier nicht der typische Schleimbeutel war, den man normalerweise in derartigen Etablissement antraf.

Croaker legte den Ordner in den Safe zurück und schlug das Notizbuch auf, in dem ausschließlich akkurat niedergeschriebene Buchstabenfolgen standen, die hier und da von arabischen Ziffern unterbrochen wurden. Ein Code, erkannte Croaker.

Er steckte das Notizbuch in die Tasche, verschloß den Safe und paßte das Wandstück wieder in die Ausbuchtung ein; dann hängte er das Poster darüber. Er durchquerte den Raum und lauschte an der Tür. Nach einigen Augenblicken entriegelte er sie langsam, öffnete sie einen spaltbreit und spähte vorsichtig in den Flur. Er sah niemanden.

Schnell schlich er aus dem Büro und machte sich durch den Hintereingang aus dem Staub. Er durchquerte die dunkle Gasse, bog um die Ecke und ging zur Frontseite des Clubs. Der Regen war mittlerweile stärker geworden und durchnäßte seine Kleidung. Er kletterte in sein Taxi und ließ sich zum Hay-Adams bringen, Margarites Hotel.

Dort angekommen, entließ er den Fahrer in seinen wohlverdienten Feierabend und nahm sich ein Stockwerk unter Margarite ein Zimmer. Beim Anblick seiner Marke war der Nachtportier freudig gewillt, ihm Margarites Zimmernummer zu nennen, und versprach, Croaker Bescheid zu sagen, wenn Margarite eintraf.

Von seinem Zimmer aus bestellte Croaker etwas zu essen, entledigte sich seines Jacketts und rubbelte sich mit einem Handtuch den Kopf trocken. Dann setzte er sich an den Schreibtisch und öffnete das Notizbuch. Er nahm ein Stück Papier und einen Bleistift und machte sich an die Arbeit.

Er hatte sich in der Armee sechs Monate mit der Entschlüsselung von Geheimcodes beschäftigt und war darin alles anderes als ein Anfänger. Er war sich sicher, daß er es hier nicht mit einem Spionagering zu tun hatte, und daher würde der Code nicht allzu schwer zu knacken sein. Für den Anfang wollte er es mit der relativ einfachen Substitutionsmethode probieren, bei der Buchstaben durch andere ersetzt wurden.

Das erste, was ihm auffiel, war, daß auf mehreren Seiten immer wieder die Ziffer 9 auftauchte. Jedesmal standen fünf Buchstaben vor der 9. Wie man es ihm beigebracht hatte, begann er, die drei geläufigsten Buchstaben für andere einzusetzen.

Als das Essen gebracht wurde, hatte er bereits alles erfolglos durchprobiert. Er streckte sich, stand auf und machte sich über sein Hühnchensandwich und eine Büchse eiskaltes Bier her. Beim Essen starrte er durchs Fenster in die verregnete Washingtoner Nacht. Mitternacht. Irgendwo dort draußen waren Margarite und die blonde Frau. Möglicherweise hatten sie sich mit Senator Dedalus getroffen und sprachen mit ihm über Gott und die Welt, was er allerdings bezweifelte. Margarite war in Dedalus' Limousine zu Moniker's gefahren – genau gesagt war sie seit ihrer Ankunft in Dedalus' Limousine gefahren –, und wenn die beiden Frauen tatsächlich vorgehabt hatten, Dedalus zu treffen, warum sollten sie dann nicht seine Limousine benutzen? Statt dessen hatten sie sich in dem Nissan der Blondine davongestohlen.

Draußen goß es in Strömen, und soweit es Croaker betraf, war das einzig Gute an diesem Abend, daß er nicht dort draußen sein mußte. Er beendete seine Mahlzeit und nahm das restliche Bier mit an den Schreibtisch. Er trank einen Schluck und starrte auf das aufgeschlagene Notizbuch und auf seine kläglichen Entschlüsselungsversuche herab. Er hatte geglaubt, daß er den Code mit der dritten Substitutionsmethode würde knacken können. Was übersah er? Wieder starrte er den Code an und versuchte, die Buchstaben nicht einzeln, sondern als Ganzes zu betrachten, um festzustellen, ob sich ein Muster herauskristallisieren würde. Das a mit dem e vertauschen? Die fünf mittleren Buchstaben des Alphabets durch Vokale ersetzen? Jeden Buchstaben durch einen anderen ersetzen?

Moment mal! Er setzte sich hin und nahm seinen Stift. Die

Zahlen! In jeder Buchstabengruppe waren ein oder zwei Zahlen. Sein Herz raste. Nach mehreren Versuchen glaubte er, es geschafft zu haben. Die Zahlen waren der Schlüssel. Bei geraden Buchstaben, also b, d, f, h und so weiter, ging man dem Zahlenwert entsprechend im Alphabet zurück; bei ungeraden vor. Wenn man zum Beispiel DK3A dekodierte, wurde daraus AND – D war gerade, also drei Schritte zurück zum A; K war ungerade, also drei Schritte vor zum N; A war ebenfalls ungerade, also drei Schritte vor zum D. Dort, wo es zwei Zahlen in einer Gruppe gab, ging es nur darum, diese Zahlen entweder miteinander zu addieren oder voneinander zu subtrahieren, um den Schlüssel für die Chiffre zu finden.

Nachdem der Code geknackt war, machte sich Croaker an die mühsame Arbeit, das Buchstabenwirrwarr in Englisch zu übersetzen, was beinahe drei Stunden in Anspruch nahm. Was er schließlich vor sich hatte, war eine Liste mit Lieferterminen und Verkaufspreisen für eine atemberaubende Ansammlung modernster internationaler Waffensysteme, darunter amerikanische F-15 Kampfbomber, Lockheed SR-71 Überschalljets, computergesteuerte Badger-Flammenwerfer, Sioux Infrarot-Kononenboote, hitzeempfindliche Wolverine A-322 Luft/Boden-Raketen, russische Tupolev-22 M Bomber, T-72 Panzer, SAM-13 Flugabwehrraketen, Python-600 Mörser, tragbare Deyrael-Panzerfäuste.

Als er sich die Bedeutung dieser Liste vor Augen führte, war seine Erschöpfung wie fortgeblasen. Es war illegal, diese Waffensysteme aus den USA zu exportieren, und doch hielt er den Beweis in Händen, daß genau das regelmäßig geschah. Also war Morgana Inc. im selben Geschäft wie Avalon Ltd.. Beide operierten außerhalb der Gesetze und handelten mit dem Tod.

Er rieb seine übermüdeten Augen. Alles war dekodiert, bis auf die Buchstabengruppen mit einer 9. Egal, was er tat, er konnte ihren Code nicht knacken. Offensichtlich war die 9 hier nicht der Schlüssel; sie mußte ein Teil der Chiffre selbst sein. Aber was war dann der Schlüssel? Jede Gruppe bestand aus fünf Buchstaben und der 9.

Dann kam ihm die Idee, die 9 zu zerlegen. Er begann mit drei Dreien. Der erste Buchstabe wäre dann T, aber der zweite wurde ein Z, also fiel das aus. Er behielt das T, die erste Drei, und addierte Eins. Das ergab TO – so weit so gut. Er versuchte es mit Zwei, weil er glaubte, da es fünf Buchstaben gab, benötigte er fünf Zahlen, die zusammen neun ergaben, aber das funktionierte nicht. Eine weitere Drei hinzugefügt, ergab TOT, aber da nur noch zwei Einsen übrigblieben, um auf neun zu kommen, hatte er wieder Kauderwelsch. Er versuchte es mit Fünf und kam auf Tor. Drei plus eine plus fünf machte neun – vielleicht ...

315.

In seinen Gedanken verschmolzen die teilweise dechiffrierten Buchstaben und die Ziffern miteinander, und plötzlich traf ihn die Erkenntnis wie ein Keulenschlag. Sein Kopf pochte, und in seinen Ohren rauschte es. Mit Fiebereifer dekodierte er die nächsten Buchstabengruppen. Er war sich jetzt sicher, was er finden würde.

»Jesus.«

In diesem Notizbuch stand die Bestätigung, daß die rätselhafte Waffe, auf die Nicholas in den Computerdateien der Avalon Ltd. gestoßen war, tatsächlich existierte und kein Produkt ihrer Fantasie war.

TORCH 315.

Schnell dekodierte er die restlichen Buchstabengruppen. Er lehnte sich zurück und starrte ungläubig auf das, was er entschlüsselt hatte. Sein Herz pochte so heftig, daß er kaum denken konnte. Nicholas und er hatten richtig geraten. Er las die knappe Mitteilung wieder und wieder, und während er das tat, gefror sein Blut in den Adern:

»Planmäßiger Einsatz von TORCH am 15. März. Einsatzgebiet ausgewählt nach Bevölkerungsdichte und Lage des Zielobjekts. Maximale Vernichtungskraft zugesichert.«

Der mondgesichtige Junge mampfte *banh chung*, vietnamesischen Reiskuchen. Sein Mund war von der Füllung – Bohnen, Zwiebeln und Gehacktes – verschmiert, was sein Lächeln breiter erscheinen ließ, als es wirklich war.

Nicholas lächelte zurück, während er und Seiko auf die Giac Lam-Pagode zugingen. Das helle Sonnenlicht spiegelte sich in den blauweißen Porzellankacheln am Dach des ältesten buddhistischen Tempels in Saigon, der 1744 erbaut und zuletzt 1900 renoviert worden war. Damit war er glücklicherweise den modernistischen Restaurationsarbeiten entgangen, durch die so viele andere Tempel in Vietnam ruiniert worden waren.

Seinen Mund mit *banh chung* vollgestopft, rannte der Junge zu dem alten *bo de*-Baum, der den Garten vor der Pagode beherrschte. Zwei der das ganze Jahr über im Giac Lam lebenden Mönche schritten über das Grün und verschwanden in der Pagode.

Nicholas und Seiko waren im Tan Binh-Distrikt, ungefähr zehn Meilen entfernt von Cholon, dem Amüsierviertel, wo Nicholas vor zwei Nächten Bay kennengelernt hatte. Seitdem schien ein ganzes Leben vergangen zu sein. Rechts neben der Pagode lagen die reich geschmückten Gräber der meistverehrten Mönche, die hier gelebt hatten.

Dies war der Ort, wo sich der Waffenhändler Timothy Delacroix mit ihnen treffen wollte. Es war früher Morgen, sechs Minuten nach sechs.

Der Himmel war blaßgrün. In ihren Bambuskäfigen zwitscherten Vögel und reinigten ihr Gefieder. Palmenwedel raschelten, die Stadt erwachte langsam zum Leben. Der köstliche Duft frisch gebackener Baguettes erfüllte die Luft und vermischte sich mit dem Weihrauch, der aus dem Innern der Pagode hinausgeweht wurde, wo aus Ebenholz geschnitzte Statuen aller Buddha-Inkarnationen von Bildern geweihter Richter und anderer Wächter der Hölle umringt wurden. In diesen kurzen Momenten, wo der nächtliche Verkehr aufgehört hatte und der allmorgendliche Stau noch bevorstand, lag diese eigenartige Süße in der Luft, die die ursprünglichen Vietnamesen in dieses einstmals paradiesische Land gelockt haben mußte.

Aus dem Innern der Pagode erhob sich Gesang, als die Mönche mit ihren Morgengebeten begannen. Gierig schmatzend stopfte sich der kleine Junge den klebrigen Reiskuchen in den Mund.

»Sie rezitieren Buddhas Vier Ehrwürdige Wahrheiten«, sagte Seiko. »Alles Leben ist leidvoll; Leiden entsteht durch die egoistische Sucht nach Dasein, Leben und Lust; Leid endet, sobald

Egoismus endet; zur Aufhebung des Egoismus führt der achtteilige Pfad.«

»Genau. Rechte Anschauung und Gesinnung, rechtes Handeln, Leben und Streben, Überdenken und Sich-Versenken und die Einhaltung der fünf Gebote: nicht töten, stehlen, lügen, nichts Unkeusches tun oder Berauschendes trinken. Glaubst du daran?«

Seiko lächelte. »Es läßt einem nicht viel Platz für Vergnügen, oder? Das Leben ist schon ohne diese geistigen Fesseln hart genug.«

»Sind es denn wirklich Fesseln, wenn sie zur Erleuchtung führen?«

»Jetzt klingst du eher wie ein Heiliger als wie ein Geschäftsmann.«

»Ich bin mehr als bloß Geschäftsmann, genauso wie du mehr bist, als bloß meine Assistentin. Wir alles verstecken uns hinter Fassaden, Seiko, sogar vor uns selbst. Warum denkst du, ist das so? Ist unser wahres Wesen so schwer zu ertragen?«

Der Junge hatte sein *banh chung* aufgegessen und langweilte sich nun offenbar, denn er spielte mit den beiden Versteck und linste immer wieder hinter dem *bo de*-Baum hervor.

»Da kommt er«, sagte Seiko.

Nicholas drehte sich um und erblickte einen großgewachsenen hageren Mann. Er trug eine leichte Jacke, ein Seidenhemd und feste Baumwollhosen. Sein sandfarbenes, schulterlanges Haar war vom Wind zerzaust, und sein hohlwangiges, beinahe fuchsartiges Gesicht gezeichnet vom Leben in rauher Natur.

»Bist du sicher, der ist es?«

Seiko nickte. »Auf jeden Fall.«

»Okay. Ich will, daß du jetzt ...«

Am Rand seines Gesichtsfeldes bemerkte Nicholas eine Bewegung. Offenbar hatte der kleine Junge hinter dem *bo de*-Baum seine Mahlzeit doch nicht ganz beendet, denn er warf etwas in ihre Richtung.

Die Zeit schien stillzustehen, und mit Hilfe seines *tanjian*-Auges erfaßte Nicholas die Situation: ein dunkles rechteckiges Etwas kam auf sie zugeflogen; Delacroix blieb auf der menschenleeren Straße stehen, die Beine gespreizt wie in Schießposition.

Zwischen den Sinneswahrnehmungen extremer Gefahr existierten all die irdischen Gerüche und Geräusche des frühen Morgens: Weihrauchduft, der Gesang der Mönche, das Knattern eines startenden *cyclos,* das tiefe Brummen von Lieferwagen auf der nahegelegenen Avenue, lärmende Kinder, Rufe von Händlern, die gerade ihre Läden öffneten, das rauhe Krächzen eines aufgeschreckten Vogels.

Das Wurfobjekt – es war nicht der halbaufgegessene Reiskuchen des kleinen Jungen, sondern ein schwarz glänzender Plastikquader – schlug neben ihnen auf den gepflasterten Weg auf. Plötzlich hielt Delacroix eine kleine längliche Apparatur mit einer kurzen Antenne in der Hand.

Nicholas sprang auf Seiko zu, um sie von dem schwarzen Etwas fortzudrücken, das wie eine Rune auf dem Pflasterstein lag.

Er rammte Seiko mit der Schulter, und sie gingen beide zu Boden.

Delacroix' Finger drückte auf einen Knopf an dem Apparat.

Die Welt um sie herum zerbarst in Tausende kleiner Splitter; die Druckwelle erfaßte sie, dann wurde alles weiß.

Dämonologie

Gott ist verschwunden.
Die welken Blätter türmen sich auf,
und alles liegt verlassen da.

Bahso

110° Ost/ 12° Nord, Südchinesisches Meer Winter 1991/ Frühjahr 1992

Abramanov war bereit zu sterben. Die Tupolev-10 bäumte sich auf wie ein angeschossenes Tier. Der grüne Himmel kippte zur Seite weg, und Abramanov hätte sich beinahe übergeben. Schmutziggraue Wolken schossen am Plexiglasfenster vorbei, sperrfeuerartiger Monsunregen hämmerte gegen den Flugzeugrumpf.

»Machen Sie sich bereit«, sagte Fedorov, der Pilot. »Ich habe die Kontrolle verloren. Wenn ich sie nicht zurückgewinne, gehen wir runter.«

Runter ins sturmgepeitschte südchinesische Meer. Ein langer Weg nach unten. Zu lang. Abramanov drückte die Augen zu und sah den schmalen Landstreifen – Vietnam, hatte Fedorov gesagt – im Geist viel näher vor sich, als es tatsächlich der Fall war, wie ein Blick durch das rechte Cockpitfenster verriet.

Er begann zu beten.

Abramanov hatte dem Tod schon mehr als zehn Jahre lang ins Auge gesehen, als er unter völliger Geheimhaltung und Isolation in Arzamas-16 gearbeitet hatte, einer Atomstadt, die auf keiner Landkarte der Welt verzeichnet war.

Weniger als zweihundert Meilen östlich von Moskau gelegen, war Arzamas-16 trotz des nahenden Zusammenbruchs des Landes noch immer das Zentrum der sowjetischen Kernwaffenforschung. Obwohl Jude, hatte Abramanov einen hohen Posten im Moskauer Kurchatov-Institut für Atomenergie bekleidet, wo er von seinen Kollegen gleichermaßen mit Bewunderung und Argwohn betrachtet worden war, hauptsächlich, weil er nicht nur in Atomphysik, sondern auch in der Entwicklung von Programmiersprachen ein Genie war. Er war der Überzeugung, daß es nicht ausreichte, neue Formen der Atomenergie zu entwickeln, wenn man diese nur ungenügend kontrollieren konnte. Computertechnologie, hatte er argumentiert, sei die einzig zuverlässige Methode, um mit Energieformen umzugehen, die eine tödliche Bedrohung für Menschen darstellten.

»Der Jude ist brillant«, sagten seine Kollegen des öfteren. »Zu brillant«, sagte V. I. Pavlov, der nach einer besonders unschönen Säuberungsaktion im Frühjahr 1981 vom Zentralkomitee zum Leiter des Kurchatov-Instituts ernannt worden war. Meiner Meinung nach bedrohen solche Juden den Staat, schrieb er in einem vertraulichen Bericht an das Komitee.

Anscheinend stimmte ihm das Zentralkomitee zu, denn im Sommer 1981 war Abramanov von seinem intriganten Vorgesetzten, einem notorischen Antisemiten, nach Arzamas-16 strafversetzt worden, angeblich um Abramanovs Affäre mit einer schönen Assistentin zu unterbinden. Daß man seiner Karriere dadurch den Todesstoß versetzte, fand keine offizielle Erwähnung.

Während V. I. Pavlov sich vergnügt die Hände rieb, traf Abramanov, bis dato ein zwar brillanter, aber untertäniger Apparatschik, mit eigenen Plänen in Arzamas-16 ein; denn er war nicht nur ein Genie in fortgeschrittener Kernphysik und Kybernetik, sondern besaß auch eine weit in die Zukunft reichende visionäre Kraft.

Fast ein Jahrzehnt, bevor es Wirklichkeit wurde, hatte er das Ende des Sowjet-Kommunismus, das Auseinanderstreben der zahllosen ethnischen Minderheiten und den wirtschaftlichen Zusammenbruch der Supermacht vorhergesehen, deren Führer dem Westen nur wenige Jahre zuvor versprochen hatten: »Wir werden euch zu Grabe tragen.«

Doch es war die Sowjetunion, die zu Grabe getragen werden würde, und Abramanov hatte sich vorgenommen, als einer der ersten einen Kranz niederzulegen. Alles, was er gewollt hatte, war, ein ergebener Staatsdiener zu sein, doch der von Korruption zerfressene Staat hatte ihn mit Füßen getreten.

Und er hatte ihn verändert. Erst jetzt, den Tod vor Augen, konnte Abramanov objektiv auf die Vergangenheit zurückblicken und dankbar sein.

Nach seiner Ankunft in Arzamas-16 begann er, der Rüstungsforschung immer weniger Zeit zu widmen, und startete einen geheimen, aber dennoch regen Gedankenaustausch mit Douglas Serman, einem Kollegen, der an der DARPA in Virginia angestellt war. DARPA war die Abkürzung für Defense Advanced Research Projects Agency, was Abramanov nicht sehr viel sagte, außer daß seinem amerikanischen Kollegen großzügige Mittel für seine Projekte bewilligt wurden, während Abramanov mit immer weniger auskommen mußte.

Abramanov hatte Serman, einen amerikanischen Nukleartheoretiker, auf einer der wenigen internationalen Konferenzen kennengelernt, die er während seiner Zeit am Kurchatov-Institut hatte besuchen dürfen. Nur weil seine Wachhunde vom KGB den Amerikaner als das kleinere Übel betrachteten und Abramanov von den ›kontaminierten‹ israelischen Wissenschaftlern fernhalten wollten, war er in der Lage gewesen, sich mit Serman anzufreunden.

Den Kontakt zu seinem DARPA-Freund aufrechtzuerhalten, war für einen Mann mit Abramanovs Fähigkeiten ein Kinderspiel. Tag und Nacht verbreitete Arzamas-16 ungeheure Mengen an elektromagnetischer Strahlung, und es war für den Russen nicht allzu problematisch, seine kodierten Übertragungen inmitten dieses telemetrischen Wirrwarrs unbemerkt zu senden.

Im großen und ganzen drehte sich Abramanovs heimlicher Gedankenaustausch mit Serman um die Erschaffung eines transuranischen Isotops, von dem man bis dahin angenommen hatte, es existiere nur theoretisch. Sein wachsender Enthusiasmus hatte ihn dazu geführt, die erste Neutronenflußkammer in der damaligen Sowjetunion zu bauen. In dieser Kammer war 114m geboren worden.

Die Tupolev bäumte sich erneut auf und begann mit einer langgezogenen Kurve ihren Sinkflug durch den wütenden Sturm. Der schwarze, unheilverkündende Himmel kippte zur Seite und verschwand aus Abramanovs Blickfeld. Er drehte sich auf seinem Sitz um und starrte besorgt durch den leeren Innenraum des Flugzeugs auf die beiden Behälter aus DU – ausgebranntem Uran 238 –, die an der linken und rechten Kabinenwand lagerten. Nervös dachte er an ihren Inhalt, der binnen Sekunden eine verheerende Katastrophe heraufbeschwören konnte.

Das transuranische Isotop 114m hatte in Abramanovs Neutronenflußkammer das Licht der Welt erblickt. Bei der Kammer handelte es sich um einen fensterlosen Würfel mit anderthalb Meter dicken Betonwänden. Das radioaktive Material wurde mittels zweier Roboterarme gehandhabt, die von außerhalb der

Kammer an einer Schalttafel mit Meßgeräten, zahllosen Kontrollampen und Hebevorrichtungen bedient wurden. Die Brennkammer war mit einem ausgeklügelten Kontaminierungswarnsystem ausgestattet, und die angrenzenden Räume besaßen hermetisch versiegelte Ventilationssysteme, um im Falle eines Falles das Austreten hochgiftiger Plutonium- und 114m-Partikel zu verhindern.

Seit einigen Jahren hatten Wissenschaftler erfolglos versucht, transuranische Isotope – also Substanzen mit höheren Kernladungszahlen als Uran – herzustellen. Das Isotop 114m war entstanden, indem Abramanov in einer Argon-Atmosphäre ein Stück Plutonium mit einem dichten Neutronenstrom bombardierte. Zwar hatte man das bereits versucht, doch erst durch Abramanovs brillanter Einfall, die Neutronen in einer bestimmten Frequenz pulsieren zu lassen, welche die Atomkerne des Plutoniums anregte und zu einer Reaktion zwang, führte zum Erfolg.

Tatsächlich hatten sich einige Isotope des Elements 114 gebildet, die jedoch aufgrund ihrer geringen Halbwertzeit schnell wieder zerfielen.

Nur ein einziges Isotop blieb übrig. Abramanov nannte es 114m, weil es das vierzehnte Isotop war, das bei dem Versuch entstanden war. Er schätzte seine Halbwertzeit auf mehrere zehntausend Jahre, was jedoch nicht die einzige Überraschung bleiben sollte, die auf Abramanov wartete. Er fand heraus, daß das Isotop eine übermäßig große Wechselwirkung mit thermischen Neutronen besaß, die 114m zu einem extrem leicht spaltbaren Material machten. Und weil seine kritische Masse geringer war als die von Plutonium und Uran, schoß sein potentieller Wert in astronomische Höhen. Abramanov war klar, daß seine Entdeckung die machtvollste und effizienteste nukleare Energiequelle des Planeten darstellte.

Von den einzigartigen Eigenschaften des neuen Isotops fasziniert, setzte Abramanov seine Studien Tag und Nacht fort und verließ sich fortan nur noch auf seine eigene Meinung – und auf die von Douglas Serman in Virginia. Was er herausfand, begeisterte und beunruhigte ihn so sehr, daß er es nicht wagte, seine Entdeckung zu veröffentlichen – sogar seinem Forschungsteam sagte er kein Wort.

Wenn es um die Menschheit ging, war Abramanov alles andere als optimistisch. Er wußte, was passieren konnte, wenn auch nur eine kleine Menge 114m in die falschen Hände geriet. Er wußte, daß die meisten Leute, mit denen er zu tun hatte, versucht sein würden, 114m zu ihrem persönlichen Vorteil zu mißbrauchen, denn Gier, Egoismus, Habsucht und Machthunger waren nun mal unausrottbare Charaktereigenschaften der Menschen.

Er kam sich wie ein Gefangener seiner eigenen Bilanz vor. Es war für ihn undenkbar, seine Kollegen in Arzamas-16 in das schreckliche Geheimnis des transuranischen Isotops einzuweihen; nicht auszudenken, was passieren würde, wenn die Machthaber im Kreml von seiner Entdeckung erführen. Außerdem war zu diesem Zeitpunkt nicht absehbar, wohin sein Land steuerte und wer demnächst die Fäden in der Hand halten würde. Es gab keine Möglichkeit, die 114m-Brennstäbe, die er bereits hergestellt hatte, zu zerstören, und ihm fiel auch kein wirklich sicherer Ort ein, wo man sie hätte vergraben können.

Dies war also das Dilemma, in das er sich unbeabsichtigt hineinmanövriert hatte. Eines Nachts erwachte er aus einem wundervollen Traum, in dem das 114m seine Rettung und nicht sein Untergang war. Schon seit Monaten hatte er davon geträumt, den immer chaotischer werdenden Verhältnissen in der Sowjetunion zu entfliehen, doch bislang hatte ihm der Mut dazu gefehlt. Jetzt hatte er den richtigen Antrieb, denn sein Heimatland mit den tödlichen Brennstäben zu verlassen, war der einzig logische Ausweg aus seinem Dilemma.

In mühsamer Nachtarbeit konstruierte er zwei aus ausgebranntem Uran bestehende Behälter, in denen die Brennstäbe von rund acht Zentimeter dickem Schwermetall abgeschirmt wurden. Das war bei weitem nicht die ideale Dicke, doch Abramanov mußte sich den Faktoren Zeitdruck und Gewicht beugen. Jeder der Behälter wog neunhundert Pfund, aber er wußte, daß die beiden Kisten mindestens einen halben Meter voneinander entfernt stehen mußten, da ansonsten die kritische Masse der hoch radioaktiven Brennstäbe erreicht wurde. Bei dem Gedanken, was dann passieren würde, brach ihm kalter Schweiß aus.

Die aufgepeitschte dunkle See kam immer näher und sah so unnachgiebig aus wie Stahlbeton. Erst jetzt wurde ihm das Ausmaß seines törichten Unternehmens in vollem Umfang bewußt.

Er hatte sich der Hilfe eines befreundeten Piloten bedient, eines Offiziers der sowjetischen Luftwaffe, der genau wie Abramanov vom Kommunismus enttäuscht war. Gemeinsam hatten sie ihre Flucht geplant. Dann kontaktierte Abramanov Douglas Serman und unterrichtete ihn von seinem Vorhaben.

Fedorov hatte den Befehl erhalten, einen zweisitzigen MiG-29 UB Jet-Trainer von Moskau quer durchs ganze Land zu einem Militärflughafen außerhalb von Wladiwostok zu fliegen. Für Abramanov, der an die Ostküste der USA – nach Virginia – wollte, bedeutete diese Route den doppelten Weg, aber er hatte keine andere Wahl.

Fedorovs Hauptproblem war das sowjetische und vietnamesische Radar; Abramanovs Problem war die Größe und das Gewicht der beiden ausgebrannten Uran 238-Behälter, in denen gleich der Kinder von Behemoth die todbringenden 114m-Brennstäbe lagerten.

Fedorov diente seit mehr als zwanzig Jahren in der sowjetischen Luftwaffe und kannte jeden Fliegertrick. In Wladiwostok arrangierte er einen Testflug mit einer soeben reparierten Tupolev-10, einer alten Langstrecken-Transportmaschine, mit der er anfangs im Radarbereich blieb. Als sie über der Küste waren, sendete er einen verzweifelten Notruf, der die sowjetische Suchaktion in nördliche Richtung führen würde, während er das Radar in südliche Richtung unterflog und auf Nimmerwiedersehen verschwand.

Die beiden zehn-mal-zwölf-mal-zwanzig Zentimeter großen Brennstäbe wogen zusammen etwas mehr als dreihundert Pfund, die Schwermetallbehälter jeder eine knappe halbe Tonne. In der MiG-29 hatten Abramanov und Fedorov Teile des Trägersystems der beiden lasergesteuerten AA-10 Luft/Luft-Raketen ausgebaut und die beiden DU-Behälter mit Hilfe einer automatischen Servo-Hebevorrichtung, die normalerweise zum Beladen mit Bomben diente, in den freigewordenen Stauraum gehievt.

Auf dem Flughafen in Wladiwostok herrschten unter den

Militärs bereits dermaßen chaotische Zustände, daß es relativ einfach war, die Behälter völlig unbemerkt in die Tupolev zu verfrachten.

Nachdem er die unglaubliche Schubkraft der beiden MiG-29 Tumanskii-Triebwerke am eigenen Leib gespürt hatte, hätte Abramanov den Flug liebend gerne mit dem Düsenjet fortgesetzt, was jedoch unmöglich war. Neben der Tatsache, daß er die MiG-29 an den Flughafenkommandanten übergeben mußte, wies Fedorov darauf hin, daß sie eine internationale Katastrophe ungeahnten Ausmaßes heraufbeschwören würden, wenn das chinesische oder vietnamesische Radar ein sowjetisches Kampfflugzeug in ihrem Luftraum registrierte.

Jetzt, inmitten des subtropischen Unwetters, sehnte Abramanov die 4700 km/h schnellen Tumanskii-Triebwerke herbei, mit denen sie dem Sturm einfach hätten davonfliegen können. In der bedrohlich hin und her schaukelnden Tupolev waren sie hilflos der Gnade des Himmels ausgesetzt.

Zu spät vergegenwärtigte er sich, was passieren würde, wenn die beiden 114m-Behälter miteinander in Kontakt kommen sollten oder – genauso erschreckend – die Uran-Abschirmung bei dem Absturz beschädigt werden sollte.

»Ich kann sie nicht länger halten!« schrie Fedorov und nährte Abramanovs schlimmste Befürchtungen. »Wir gehen runter!«

Fedorov öffnete seinen Sicherheitsgurt, während Abramanov regungslos vor Angst in seinem Sitz verharrte. Er dachte nicht an sich selbst, sondern an das 114m.

»Verdammt, mach schon!« Fedorov packte Abramanov am Kragen seiner Fliegermontur und riß ihn aus dem Sitz.

Die Tupolev zuckte und ruckelte wie verrückt; ihre Spitze wurde heruntergezogen, als hinge ein Bleigewicht an ihr. Mit ohrenbetäubendem Getöse prasselte der Regen gegen Cockpit und Rumpf und erzeugte eine furchterregende Geräuschkulisse. Heftige Sturmböen schlugen gegen die Maschine und wirbelten sie herum wie ein Kinderspielzeug.

»Wir müssen abspringen!« schrie Fedorov in Abramanovs Ohr.

Abramanov verharrte wie in Trance. »Unsere Ladung …«

»Du Idiot, scheiß auf die Ladung!« brüllte Fedorov und zerrte ihn zur Tür. »Der Autopilot wird uns nicht mehr lange oben halten. Wenn wir noch länger warten, nützen uns unsere Fallschirme nichts mehr!«

Fedorov lehnte sich gegen die Frachttür und schob sie auf. Sofort bliesen Wind und Regen herein und wirbelten wie umherirrende Querschläger durch die Kabine. Die Elemente zerrten an ihnen wie ein lebendiges Wesen und raubten Abramanov den Atem.

»Jetzt!« brüllte Fedorov vom Türrahmen.

»Ich kann nicht. Ich ...«

Doch Fedorov hatte schon seine Halterung von der Kabinenwand gelöst, und sein Körper wurde aus der Maschine gerissen. Fasziniert beobachtete Abramanov, wie sich Fedorovs Gestalt in der Luft überschlug und von der Dunkelheit verschluckt wurde. Dann sah er die blassen Umrisse des Fallschirms, der sich soeben geöffnet hatte.

Die Tupolev erbebte unter den peitschenden Sturmböen, welche die Maschine auseinanderzureißen drohten. Abramanov klapperte vor Angst mit den Zähnen. Wie im Traum sah er seine Finger den Türrahmen loslassen. Er spürte einen plötzlichen Ausbruch kinetischer Energie, als hätten ihn die Hände eines Riesen mit voller Wucht in den Rücken gestoßen, und er wurde in die sturmgepeitschte Nacht geschleudert.

Kopfüber, den heulenden Wind in den Ohren und bis auf die Knochen durchnäßt, tastete er nach der Reißleine. Er sah, wie sich die Unterseite der Tupolev von ihm entfernte, und wunderte sich, daß er den Lärm ihrer brüllenden Motoren nicht länger wahrnehmen konnte.

Orientierungslos suchte er die Reißleine. Wo war sie bloß? Er geriet in Panik und mußte an den tief unter ihm liegenden Ozean denken, der immer näher kam und ihn in wenigen Augenblicken verschlingen würde. Sein Magen rumorte; beinahe hätte er die Kontrolle über seinen Schließmuskel verloren und sich in die Hosen gemacht. Dann fanden seine Hände den Plastikgriff und zogen ihn mit einem heftigen Ruck herunter. Die plötzliche Abbremsung seines freien Falls kam ihm vor wie das Einschreiten Gottes. Erleichtert stieß er ein Gebet aus.

Unter ihm war die See und zu seiner Rechten die Oberseite von Fedorovs Fallschirm, der ihm wie eine trostspendende Blume in einer feindlichen Umwelt vorkam; Abramanov spürte, wie sich die Anspannung in ihm etwas legte.

Zurückblickend schien es, als hätte er den Bruchteil einer Sekunde, bevor es tatsächlich geschah, gewußt, was dann passieren würde. Ein unheimliches Déjà-vu-Gefühl überkam ihn, als er sah, wie Fedorov von einer heftigen Windböe auf die Seite geschleudert wurde. Beinahe gleichzeitig zeichnete sich auf Fedorovs Hauptschirm ein Riß ab, ein schwarzer, grinsender Schlund, der immer größer wurde, bis der Fallschirm in sich zusammenfiel und Fedorov in rasendem Tempo in die Tiefe zu stürzen begann.

Abramanov versuchte, ihm etwas zuzubrüllen, doch der Sturm verschluckte jede Silbe.

Er war nahe genug an der überschäumenden See, um zu erkennen, was geschah, als Fedorov mit gebrochenem Genick ins Meer fiel. Es war so, als würde sich das Meer erheben, um ihn zu verschlingen. Abramanov sah eine gigantische Flutwelle auf Fedorov zurollen, ein Dämon mit gläsernen Fängen, ein Monstrum aus einem Alptraum, das in ungezügeltem Zorn erbebte. Fedorovs Kopf rollte in einem unmöglichen Winkel hin und her, als sein Körper von der Spitze der Welle erfaßt und in die Tiefe gezerrt wurde. Auf der wogenden See waren nur noch die zerfetzten Überreste seines Fallschirms zu erkennen, die wenige Sekunden lang den Übergang vom Leben zum Tod markierten, bevor auch sie von den tosenden Wassermassen verschlungen wurden.

Abramanov verspürte das dringende Bedürfnis, sich zu übergeben. Er war der Wasseroberfläche jetzt so nahe, daß er auf seiner Zunge Salz und Phosphor schmecken konnte. Das Schicksal seines Freundes war vielleicht das kleinere Übel, dachte Abramanov. Sofortiger Tod war qualvollem Ertrinken in jedem Fall vorzuziehen. Plötzlich wurde er genau wie Fedorov von einem Windstoß erfaßt und herumgewirbelt, als säße er in einer Achterbahn; einen Moment lang glaubte Abramanov, Gott hätte seinen Wunsch nach einem schnellen Tod erhört.

Aber sein Fallschirm blieb intakt, und er trieb weiter über den Ozean. Über sich erkannte er die Umrisse der Tupolev, die wie ein fliegendes Ungeheuer in einem weiten Bogen aufs Meer zustürzte. Schließlich krachte sie mit der Nase zuerst ins Wasser. Trotz des unablässigen Sturmgeheuls vernahm Abramanov das ohrenbetäubende Geräusch zerberstenden Metalls und spürte die Druckwelle, die so heftig war, als stammte sie von einer Bombenexplosion.

Sich im Kreis drehend, driftete er knapp über der Wasseroberfläche dahin, bis er schließlich von einer Welle erfaßt wurde und näher an der Tupolev-10 und ihrer beunruhigenden Fracht, als ihm lieb war, ins Südchinesische Meer stürzte.

Etwas riß, zersplitterte. Schmerz schoß durch seinen Körper. Oh Gott, mein Bein! dachte er, als die erste Welle über ihn hinwegrollte und ihn unter sich begrub.

Rock sog die herbe, salzhaltige Seeluft tief in seine Lungen und ließ den Geschmack von welkem Seegras, Muscheln und in der Sonne gebackenen Fischköpfen auf seiner Zunge zergehen. Das Patrouillenboot glitt durch die grünblaue See.

»Wir sind fast da«, sagte Abramanov.

Rock war dabei, sein M16A1 Armee-Gewehr – er nannte es Black Magic – zu reinigen, und blickte kurz zu Abramanov auf, der wie ein Brauner Bär über das Deck stakste. Kein allzu langer Trip, dachte Rock, aber bis sie alles erledigt hatten, konnte trotzdem noch eine halbe Ewigkeit vergehen.

Rock lebte schon so lange in Asien, daß es mittlerweile das einzige Zuhause war, das er kannte. Er konnte sich noch an ein anderes erinnern, verschwommen und mit einer Mischung aus Zorn und Furcht. In düsteren Alpträumen erlebte er, wie sich sein Vater sturzbetrunken und mal wieder arbeitslos vor ihm aufbaute.

Komm schon, schrie sein Vater in diesen Alpträumen. Nur du und ich, Kleiner, ohne daß deine Mutter deinen stinkenden, wertlosen Arsch beschützt. Dann würde ihm sein Vater die Bettdecke wegreißen und ihm einen so wuchtigen Schlag hinters Ohr verpassen, daß Rock beinahe ohnmächtig wurde. Immer wieder. Nur ein Alptraum oder reale Vergangenheit?

Rock erinnerte sich noch an den Tag, als er nach jahrelangem Hanteltraining in einer schäbigen Sporthalle und im Ausbildungslager der Armee zum ersten Mal zurückgeschlagen hatte. Mit einem blitzschnellen linken Haken hatte er seinen Vater vor ihrer Mietskaserne in Pittsburgh zu Boden geschickt.

Sein Vater hatte Blut gespuckt und ihn bloß schmierig angegrinst. Darauf habe ich verdammt lange gewartet, Kleiner, hatte er gesagt. Vergiß nie, daß ich dich zu dem gemacht habe, was du bist.

Während er nun an Deck eines seiner vielen Boote stand, beobachtete Rock, wie der Russe auf ihn zugehumpelt kam. Als eins von Rocks Patrouillenbooten Abramanov vor sechs Monaten aus der sturmgepeitschten See gefischt hatte, war dessen Bein ein blutiger Fleischklumpen gewesen. Rock war gewohnt, in Südostasien von allem nur das Beste zu bekommen, und ließ seine Leute ganze Arbeit an dem Russen verrichten, aber ihnen standen weder die Einrichtungen noch das Personal eines Walter Reed-Krankenhauses zur Verfügung. Die Knochen waren gerichtet worden, doch die zerrissenen Nervenstränge konnte man nicht mehr flicken, zumindest nicht in diesem Teil der Welt; natürlich hatte er das Abramanov nicht gesagt; der Mann war dankbar genug, vor dem Ertrinken gerettet worden zu sein. Wie viele Menschen mit einem durch und durch analytischen Geist hatte auch Abramanov eine irrationale Angst. Rock glaubte, er hätte es seinem guten Karma zu verdanken, daß Abramanovs Phobie das Ertrinken war. Da auch Haie nicht zu seinen Lieblingstieren gehörten, war er um so dankbarer, rechtzeitig gerettet worden zu sein.

Rock stand mit Abramanov an der Reling. Er nahm seine Sonnenbrille ab und blinzelte in die mächtigen Nimbostratus-Wolken, die sich langsam vor die Sonne schoben. Schlagartig wurde das gleißende Licht matt und diesig. »Wenn sich das Wetter hält«, sagte er, »werden wir den Roboter innerhalb einer Stunde zum Flugzeug hinunterschicken.«

Er starrte ins Meer und versuchte, sich die sowjetische Maschine vorzustellen, die an einem schräg in die Tiefe ragenden Felsvorsprung am Rand eines jähen Abgrunds hängengeblieben war. Doch schon verdunkelte sich das Wasser und wurde pechschwarz.

Das Sturmtief war aufgezogen, als sie schon zu weit auf dem Meer waren. Der Kapitän von Rocks Patrouillenboot war ein kleiner Vietnamese, der die hiesigen Gewässer besser kannte als jeder andere. »Der Sturm wird ziemlich schlimm«, sagte er mit seiner trällernden Stimme. »Aber wenn wir jetzt umkehren, geraten wir in sein Zentrum, und ich glaube nicht, daß ich das will.«

Rock nickte. »Gut, ich auch nicht. Halt die Position. Wir machen uns an die Arbeit.« Er wandte sich zu Abramanov. »Wie wird der Roboter bei diesem Wetter arbeiten?«

Um seine Dankbarkeit zu beweisen, hatte Abramanov die Monate seiner Genesung damit zugebracht, einen Unterwasserroboter zu konstruieren, einen über zwei Meter hohen Titankoloß, der mit einem lasergesteuerten Entfernungsmesser, Mini-Computern, einer Steuervorrichtung, einem Sonargerät, mehreren Turbo-Schubdüsen, zwei Gelenkarmen mit fingerartigen Greifzangen, Videokameras, Wolframstrahlern, Lithiumbatterien und dergleichen mehr ausgestattet und mittels mehrerer gebündelter Glasfaserkabel mit dem Schiffscomputer verbunden war.

Die komplexe Maschine zu konstruieren, war für Abramanov ein Kinderspiel. Die meisten Einzelteile des Roboters hatte er sich in Rocks riesiger Lagerhalle zusammengesucht, die mit modernstem Kriegsgerät vollgestopft war. Teile des Roboters basierten auf den ›Spezialarmen‹, die er für seine Neutronenflußkammer in Arzamas-16 entwickelt hatte.

»Er wird einwandfrei funktionieren«, sagte Abramanov. »Er wird in zweihundert Metern Tiefe arbeiten und von dem Sturm nichts mitbekommen. Wir sind diejenigen, denen der Sturm Probleme bereiten wird. Falls wir unsere Position nicht halten können und wir den Roboter nicht rechtzeitig hochbekommen, könnte das Kabel beschädigt werden, und wir würden den Roboter verlieren.«

»Na los, wir fangen an!« rief Rock seinen Männern zu.

»Aber ...«

»Sofort! Sonst wird der Wellengang zu hoch, um das Ding ins Wasser zu hieven!«

Einzelne Regenschauer ergossen sich auf sie, und die Wolkenuntergrenze hatte sich während ihres kurzen Wortwechsels sichtlich gesenkt. Über ihren Köpfen hatte sich eine dunkle Gewitterfront zusammengebraut, die den nahenden Sturm ankündigte. Die wogende See schien sich am Horizont dem aufgewühlten Himmel entgegenzurecken.

Rock gab den Männern an der Hebewinde das Startzeichen.

Einen Moment später wurde ein voluminöses weißes Objekt über die Reling hinweg zu Wasser gelassen; sofort wurde es von der Strömung erfaßt und in Schräglage mit einem dumpfen Knall gegen den Schiffsrumpf gestoßen. Jeder an Bord hielt den Atem an, doch dann sank der Roboter plangemäß seinem Ziel entgegen.

Abramanov hatte den Roboter als Tabula Rasa konzipiert. Er besaß fantastische Fähigkeiten, hatte aber nicht das Hirn, um diese Fähigkeiten selbständig einzusetzen. Es lag an Abramanov, die Stahl-, Keramik- und Glasfaserkonstruktion mit Leben zu erfüllen.

»Halb unten«, murmelte Abramanov zu Rock, während er sich an einen Haltegriff der Lukentür klammerte, die in die Hauptkabine im Schiffsbauch führte. Der unruhige Seegang machte ihn sichtlich nervös, und er hätte sich anscheinend am liebsten sofort ins sichere Unterdeck verzogen. »Alles in Ordnung. Das Umherschlingern hat aufgehört. Ruhiger Seegang dort unten.«

Rock ging zum Kapitän, um ihre Position zu überprüfen. Trotz des immer schlechter werdenden Wetters war der Vietnamese zuversichtlich, die Position halten zu können. Rock trug ihm auf, sofort Bescheid zu geben, falls sich die Lage änderte.

Momentan zufriedengestellt, ging er wieder zu Abramanov und sah zu, wie der Russe die an seinem Gürtel hängende Fernsteuerung justierte. Dann, mit einem nervösen Seitenblick auf Rock, stülpte sich Abramanov den Helm mit integriertem Mini-Bildschirm über und schaltete das System ein.

»Es ist sehr dunkel dort unten. Farben sind nicht zu erkennen. Ich schalte die Flutstrahler ein.«

»Sind Sie nervös, Abramanov?«

»Ja, und ein bißchen ängstlich. Wir sind beinahe im Zielgebiet.«

»Ich kann mich gut in Sie hineinversetzen. Sie wollen genausosehr wie ich, daß alles klappt. Ist der Roboter schon auf der Bodenschwelle angekommen?«

»Nein, ich schwebe noch.«

Abramanov hatte eine komische Ausdrucksweise, wenn er mit den Kameraaugen und den Titanarmen des Roboters vernetzt war.

Rock stülpte sich die Kapuze seiner Regenjacke über den Kopf und ging hinaus aufs Deck. Als der Bug aus einer Welle auftauchte, spülte Meerwasser über seine Fußknöchel; dann senkte sich die Bootsspitze, und das Wasser floß wieder ab.

Er ging in die Kajüte zurück, wo Abramanov mit dem Roboter verkabelt dasaß. »Wo sind wir?«

»Fast da«, sagte Abramanov und kontrollierte die vor ihm aufgebauten tragbaren Computer. »Ich bin sechs Meter von der oberen Ebene der Felsplatte entfernt.«

»Schade, daß wir das Ding nicht auf die tiefere Ebene runterlassen können, aber die Felsvorsprünge, die das Sonargerät aufgezeichnet hat, würden das Kabel mit Sicherheit zerschneiden.« Rock schüttelte den Kopf. »Wir wissen nicht mal, ob er durch den Spalt bis zum Wrack durchkommt.«

Mit der Wucht eines Hammerschlags peitschte die Gischt gegen das Kajütenfenster. Das Boot geriet ins Schlingern, zerrte an der Ankerleine. Rock warf dem Kapitän einen besorgten Blick zu, was dieser jedoch nicht bemerkte, da er zu sehr damit beschäftigt war, Befehle zu erteilen.

»Ich bin auf der Felsspalte.«

Rock wandte sich wieder Abramanov zu, der die Unmengen hereinkommender Daten von den Außensensoren des Roboters ununterbrochen analysierte.

»Wie sieht's da unten aus?«

»Ruhig und friedlich. Ganz anders als hier oben. Ich zeig's Ihnen.«

Der Russe schaltete den externen Videobildschirm ein und führte einige Feinabstimmungen durch. Auf dem Dreißig-Zentimeter-Monitor erschien ein gestochen scharfes Bild von der zweihundert Meter unter ihnen liegenden Felsplatte.

Entgegen seinem Naturell empfand Rock bei dem Anblick so etwas wie Ehrfurcht. »Ich sehe den Boden. Gehen Sie vorwärts.«

Das Bild bewegte sich, und Rock kam es so vor, als würde er selbst auf dem schmalen Grat entlanggehen, der über dem unendlich tiefen Abgrund hing. Dort unten wurde der Druck so hoch, daß alles von Menschenhand gebaute in Stücke gerissen werden würde.

»Es ist überraschend einfach«, sagte Abramanov. »Nicht allzu steil.«

»Den Sonarortungen zufolge wird sich das sehr bald ändern.«

»Ja, ja, ich weiß.«

Abramanov war der Faszination seiner Unterwasserwelt vollkommen erlegen. Rock fragte sich, wie es wohl war, Teil einer Maschine zu sein; nicht, daß ihn der Gedanke reizte, aber ein Wissenschaftler wie Abramanov mußte sich wie im Paradies vorkommen.

»Seien Sie vorsichtig.«

Rock sah, daß sich das Bild veränderte. In dem Lichtkegel konnte er tiefe Furchen im Felsboden und im Wasser treibendes Plankton erkennen, das sich mit Sand und vom Roboter aufgewühltem Gesteinsschutt zu einer schwebenden Partikelwolke vermengte. Ein nahezu durchsichtiger Tintenfisch schwamm durchs Bild.

»Jetzt wird es abschüssig.«

Der Regen prasselte in einem monotonen Stakkato gegen das Kajütenfenster, und das Boot wogte bedrohlich in der aufgewühlten See. »Alles in Ordnung mit den mechanischen Systemen?« Und als Abramanov nickte, fragte er: »Immer noch auf dem Abstieg?«

»Ja, aber die Sonaranzeigen liegen um fünf Prozent daneben.«

»Gar nicht mal schlecht.«

»Die Differenz hätte einen Taucher wahrscheinlich ernsthaft verletzt. Sehen Sie?«

Rock erkannte die tiefe Spalte im Felsboden. »Kann der Roboter darüber hinwegschweben?«

»Kein Problem.«

Sich plötzlich schwerelos vorkommend, klammerte sich Rock an den Haltegriff der Lukentür. Dann erschien die Felsplatte wieder im Bild, und die unheimliche Sinneswahrnehmung war vorüber. Er sah, daß die Ebene, obwohl sie sich jetzt in einem wesentlich steileren Winkel nach unten neigte, breiter was als weiter oben. Rock wartete.

»Wir haben ein Problem.«

Rocks Magen zog sich zusammen, und zwar nicht bloß wegen der stürmischen See. »Welcher Art?«

»Ich zeig's Ihnen besser.«

Das Monitorbild schwenkte zur Seite, was bei Rock ein kurzzeitiges Schwindelgefühl hervorrief. Dann stabilisierte sich das Bild, und er erblickte eine Phalanx spitz zulaufender Felssäulen, die genau vor dem Roboter aus dem Boden ragten.

»Kommt das Ding zwischen ihnen durch?«

»Der Weg scheint auf einer Breite von zwanzig Metern unpassierbar zu sein. Danach kommt sofort der Abgrund.«

Nein, dachte Rock. Wir sind so dicht dran; ich laß mich nicht aufhalten. Es muß einen Weg geben.

»Ich glaube, es gibt eine Möglichkeit«, sagte Abramanov, als hätte er Rocks Gedanken gelesen.

»Schießen Sie los.«

»Wenn man mich mit dem Kabel in einen bestimmten, noch zu berechnenden Winkel von der Felsplatte hochhebt, wird mich die Vorwärtsbewegung über das Hindernis hinwegtragen.«

»Na, dann los.«

Abramanov zögerte. »Noch etwas.«

Rocks Magen rumorte wie ein Dampfkessel. »Was denn?«

»Wenn mich die Schwungkraft hinter diese Säulen trägt, besteht die Gefahr, daß das Kabel dabei beschädigt wird.«

»Wenn das passiert, ist der Roboter und unser kleiner radioaktiver Schatz verloren.«

»Richtig.«

»Wie stehen unsere Chancen?«

»Etwa fünfzig zu fünfzig.«

»Alternativen?«

Abramanov seufzte. »Ich fürchte, es gibt keine Alternativen. Wie wir gesehen haben, kann kein Taucher das Flugzeug erreichen, geschweige denn mit der Ladung zurückkehren. Der Roboter ist unsere einzige Chance.«

Rock atmete tief durch. »Dann fangen Sie mit Ihren Berechnungen an.«

Abramanov überraschte ihn. Dies war der Moment, in dem er begann, den Russen zu mögen und ihm zu vertrauen. »Meine Berechnungen sind fertig. Ich füttere sie gerade in den Computer.«

Besorgt zupfte der Kapitän an Rocks Ärmel. »Was sind das für Daten, die da reinkommen?«

»Kümmer dich nicht darum«, fuhr Rock ihn an. »Beobachte den Sturm und paß auf, daß wir unsere Position halten!«

»Aber, Sir …«

Er hob Black Magic. »Wenn wir auch nur einen Zentimeter von unserer Position abkommen, erschieß' ich dich.« Zu Abramanov gewandt sagte er: »Sind Sie bereit?«

»Ja.«

»Dann los«, befahl Rock und spürte, wie sein Herzschlag einen Moment aussetzte, als er Abramanov den Knopf drücken sah.

Das Bild kippte aus seinem Rahmen; Kamera und Wolframstrahler vollführten einen radikalen Schwenk, was die funkelnden Plankton-Diademe wie verrückt über die Monitoransicht tanzen ließ. Während der Roboter seitwärts von der Platte fortgetragen wurde, sah man auf eine immer größere Sektion der Felsplatte herab, bis plötzlich der jähe Abgrund im Bild erschien.

Dort unten herrschte tiefste Finsternis, die in Rock wieder das unheimliche Gefühl der Schwerelosigkeit hervorrief. Das Bild änderte sich erneut, als der Roboter vorwärts getragen wurde und das Scheinwerferlicht über das tödlich aussehende Sandgestein strich, das aus diesem Blickwinkel wie die zerfurchte Stirn eines gigantischen Seegottes aussah.

Dann trudelte der Roboter geradewegs auf die bedrohlich emporragenden Felssäulen zu.

Ist der Abstand groß genug? fragte sich Rock. Stimmen Abramanovs Berechnungen? Sieht so aus, als würde der Roboter irgendwo hängenbleiben. Winzige Lebewesen schwebten in dem befremdlichen Scheinwerferlicht, um gleich darauf von der Druckwelle des herangleitenden Roboters davongespült zu werden.

Whoomp!

»Das Kabel ist intakt.«

Rock wurde beinahe schwarz vor Augen, und seine Finger gruben sich in die Schulter des Russen.

»Geschafft. Wir stehen wieder auf der Felsplatte«, sagte Abramanov trocken.

Das Monitorbild verschwand einen Moment und kam wieder, als der Roboter seinen Abstieg am Rand des Abgrunds fortsetzte. Nach einiger Zeit wurde das Bild statisch, und Rock wußte, daß der Roboter gestoppt hatte.

»Was ist los?«

Abramanov zeigte ihm die Frontalansicht, und Rock sah, daß sich die Felsplatte nahezu senkrecht in den Abgrund neigte. Am entfernten Ende einer tiefen Bodensenke im Sandgestein erhellten die Scheinwerfer unter einer schlammigen Algenkruste etwas Kaltes, Hartes, metallisch Glänzendes.

»Unser Zielobjekt.«

Rocks Herz vollführte einen Freudensprung. »Irgendwelche Probleme?«

»Nein, keine.«

Das Monitorbild blieb unverändert.

»Worauf warten wir dann?«

Abramanov nahm seinen Helm ab und wandte sich zu Rock um. »Ich denke, wir sollten noch einmal überlegen, ob wir das Projekt nicht besser abblasen.«

»Weshalb? Sehen Sie irgendwelche Risse im Rumpf. Deutet irgend etwas auf radioaktive Strahlung hin?«

»Nein, der Geigerzähler zeigt nichts an.«

»Haben Sie auf einmal moralische Bedenken, oder was?«

Abramanov seufzte. »Es wäre unmenschlich, keine zu haben.«

»Machen Sie's einfach wie ich. Ich habe nicht die geringsten Bedenken. Wir müssen Ihr 114m aus dieser Gefahrenzone holen. Ich habe Ihnen doch gesagt, daß es hier letztes Jahr ein großes Erdbeben gegeben hat und fast jeden Monat kleinere Erdstöße die Gegend erschüttern.«

»Ich weiß, deswegen sind wir ja hier. Wie schon erwähnt, ist 114m durch einen massiven, wiederholten Neutronenbeschuß von Plutonium in einer trägen Argon-Atmosphäre entstanden. Eine träge Atmosphäre war notwendig, weil 114m außerordentlich energiereiche Gammastrahlung emittiert. Selbst wenn man dieser Strahlung nur eine Minute ausgesetzt ist, wirkt sie absolut tödlich.«

Abramanov hatte Rock erklärt, daß alle radioaktiven Isotopen drei Arten von Strahlung emittierten: Alphastrahlen, die am langsamsten und daher am einfachsten zu kontrollieren waren; Beta- und Gammastrahlen. Gammastrahlen bewegten sich mit Lichtgeschwindigkeit und waren deshalb am schwersten zu bändigen. Meistens verwendete man Blei oder DU, ausgebranntes Uran-238, beides sehr dichte Metalle, um das Austreten von Gammastrahlung zu verhindern. Isotop 114m war ein ungewöhnlich starker Gammastrahlen-Emitter, und man mußte erst herausfinden, ob die DU-Behälter einen ausreichenden Strahlenschutz boten.

»Davon abgesehen«, setzte Abramanov fort, »ist 114m weitaus giftiger als sein Ausgangselement Plutonium, und glauben Sie mir, mit Plutonium zu arbeiten, ist ein Alptraum. Selbst feinste Partikel in der Luft, in der Nahrung oder auf der Haut wirken tödlich. Die Argon-Atmosphäre minimiert Oxidation und Oberflächen-Instabilität. Dennoch muß ich ausdrücklich betonen, daß selbst bei sorgfältigster Lagerung 114m-Partikel in die Umwelt abgegeben werden.«

Rock starrte den Russen unversöhnlich an. »Und? Worauf wollen Sie hinaus?«

Resigniert schüttelte der Russe den Kopf. »Wenn Sie das noch immer nicht verstanden haben, ist es sowieso sinnlos.« Er wandte sich wieder seinen Computern zu. »Lassen Sie uns weitermachen.«

Rock spürte eine bittere Flüssigkeit in seine Kehle aufsteigen, als das Monitorbild zur Seite und dann nach unten wegkippte. Der Roboter schwebte in die Bodensenke hinab und tauchte sie in milchiges Licht.

Dort lag das russische Flugzeug, das Abramanov in Rocks Schoß geführt hatte.

»Dringe jetzt in den Rumpf ein.«

Die hochentwickelten Titanarme fuhren aus dem Torso des Roboters heraus, und die fingerartigen Gelenkglieder begannen sich in den Rumpf der Maschine zu bohren.

Mit schmerzhaft pochendem Herzen wartete Rock ab. Die von den rotierenden Klingen verursachten Turbulenzen machten ein visuelles Verfolgen der Prozedur unmöglich.

»Rumpf aufgebrochen. Gehe jetzt hinein.«

Eine schnelle Bildfolge flackerte über den Schirm, bis die Scheinwerfer schließlich das Flugzeuginnere anstrahlten und von Sektion zu Sektion sprangen.

Rock konnte die Spannung nicht länger ertragen. »Sehen Sie die Kisten?«

Man sah auf dem Monitorbild nichts außer gleißend hellem Licht und undurchdringlicher Dunkelheit. Vielleicht hatte ein Seebeben das Wrack aufgerissen und das 114m in den Abgrund gespült; vielleicht war das 114m beim Absturz irgendwie aus dem Flugzeug gefallen und lag gar nicht hier; vielleicht ...

»Ladung lokalisiert.«

Mit zusammengekniffenen Augen blinzelte Rock auf den Monitor und erkannte die matten Metallbehälter, die der Roboter bereits mit seinen Gelenkarmen gepackt hatte.

»Ja! Komm zu Mama!« Rock war in diesem Augenblick zu guter Laune, um nervös zu sein. Er signalisierte dem zuständigen Mannschaftsmitglied, die automatischen Netze auszuwerfen, die den Roboter und seine außergewöhnliche Fracht einfangen würden, sobald sie an die Oberfläche kamen.

Plötzlich wurde das Monitorbild erschüttert und verschwand einige Augenblicke; dann kam es wie in Zeitlupe schwankend zurück. Der Roboter war aus dem Rumpf herausgekommen und taumelte bedrohlich nahe am Abgrund entlang.

»Du Arschloch, ich hab' dir doch gesagt, du sollst das Boot ruhig halten!« schrie Rock den Kapitän an und griff nach Black Magic.

»Es ist nicht der Sturm«, fuhr Abramanov dazwischen, während seine Finger in rasendem Tempo auf die Tastatur der Fernbedienung einhämmerten. »Eine tektonische Verschiebung ist im Anmarsch.«

»Ein Seebeben!«

Das Monitorbild flimmerte und löste sich dann in splitterförmige Fragmente auf.

»Ich bin irgendwo dagegengestoßen. Entweder gegen den Rumpf oder gegen einen Felsvorsprung. Die Schubdüsen funktionieren nicht mehr.«

»Holen Sie das Ding hoch, Abramanov! Sofort!«

»Ich kann nicht! Ich bin gelähmt!« Der Russe schwitzte. »Wir müssen die elektronische Winde benutzen!«

Rock eilte aus der Kajüte in den Sturm hinaus. Er schrie seinen Männern einen Befehl zu, die daraufhin sofort zu dem Sicherungsblock stürzten, der die Winde an Deck hielt. Rock bediente das Kontrollpult und begann, den Roboter nach oben zu holen. Er versuchte, sich die Szenerie tief unter ihm vorzustellen. Wie stark war das Beben? Durch den strömenden Regen starrte er auf die Meßanzeigen und stieß einen erleichterten Schrei aus, als endlich das Gewicht des aufsteigenden Roboters angezeigt wurde.

Er übergab das Kontrollpult einem seiner Männer und rannte in die Kajüte zurück.

»Sir, ich kann die Position nicht mehr lange halten«, sagte der Kapitän.

»Mit ein bißchen Glück wird das auch nicht nötig sein.« Zu Abramanov gewandt sagte er: »Wie läuft's?«

»Wir sind von der Felsplatte runter. Jetzt geht's nur noch darum, daß wir die Behälter nicht verlieren.«

Doch Rock wußte, daß da nicht passieren würde. Gleich würde er das 114m an Bord haben, und in Kürze würden das wertvolle Isotop und sein Schöpfer in dem extra für diesen Zweck gebauten bunkerartigen Verließ in Sicherheit sein.

Dann würde er Abramanov die endgültigen Instruktionen erteilen – oder ihm ein Ultimatum stellen. Er hatte keinerlei Skrupel wegen dem, was getan werden mußte, um dieses außergewöhnliche Rohmaterial an sich zu reißen und daraus etwas Einzigartiges zu machen. Für ihn bestand zwischen Element 114m und dem Schlafmohn, das seine Leute hoch oben in den Shan-Bergen Burmas ernteten, kein großer Unterschied. Diese Substanz war ebenso außergewöhnlich, doch bedurfte es eines aufwendigen Veredelungsprozesses, um daraus etwas Besonderes – und Profitables – zu machen.

Rock beobachtete Abramanov, der am Monitor den Aufstieg des Roboters mit den DU-Behältern verfolgte. Rock wußte, daß er aus dem spaltbaren Isotop ein Endprodukt wie kein zweites erhalten würde.

Er wußte es, weil ein auf ewig dankbarer Abramanov ihm das Geheimnis seiner Kreation verraten hatte: daß es sich um die mächtigste tragbare nukleare Energiequelle handelte, die man sich vorstellen konnte. Rock eröffneten sich dadurch Möglichkeiten, die ihm das Wasser im Mund zusammenlaufen ließen. Die Welt von heute war völlig anders als die vor zwei Jahren. Der Kalte Krieg war vorbei, und von Russland ging nicht mehr die Gefahr früherer Tage aus. Das Zeitalter räumlich begrenzter, ethnischer Minderheitenkriege war angebrochen, was dem Terrorismus eine immer größere Bedeutung gab. Unwissentlich hatte Abramanov ihm das potenteste Produkt in die Hände gegeben, das er an diese neue Art von Kundschaft verkaufen konnte, eine Kundschaft, die in zunehmenderem Maße nach immer wirksameren Waffen verlangte.

Rock hatte vor Freude beinahe Schaum vor dem Mund. Er war im Besitz der ultimativen Waffe für Terroristen – kompakt und mit extremer Zerstörungskraft. Besser noch, er hatte den Mann, der sie herstellen konnte.

Zweiter Teil

Insignien des Verrats

Zwischen den Bäumen des Waldes,
habe ich einen Bach gesehen,
schimmernd wie ein greller Blitz.

Masaoka Shiki

1
Washington / Vung Tau / Tokio

Als Croaker die Lobby des Holiday Inn Central an der Rhode Island Avenue Ecke Fifteenth Street betrat, erwartete ihn dort eine Frau in einem kurzen, dunkelblauen Faltenrock und rosafarbenen Angorapulli. Ihre glatten jetzt schwarzen Haare waren kurzgeschnitten, reichten ihr bis knapp unters Kinn. Sie hatte ein herzförmiges Gesicht und trug eine bis zu den Schläfen reichende Spiegelglas-Sonnenbrille. Lässig lehnte sie an der Rezeption; unter einem Arm klemmte ein dicker Umschlag, den sie ihm reichte, als er vor ihr stehenblieb.

»Ich nehme an, Sie sind Samuel Johnson.« Sie hatte eine tiefe, rauhe Stimme, die mehr wie ein Schnurren klang.

»Und Sie sind?«

»Bloß eine Stimme am anderen Ende einer abhörsicheren Telefonleitung.« Sie sah ihm zu, wie er den Umschlag öffnete. »Sollten wir das nicht lieber in … privater Atmosphäre erledigen?«

Er sah auf. »Wir? Was haben Sie hier überhaupt zu suchen?«

Sie zuckte mit den Schultern. »Ich war neugierig. Mir ist in letzter Zeit so langweilig, daß ich meine Nachmittage mit Rollschuhlaufen vertrödele.«

»Ach ja?« Er betrachtete ihre langen, wohlgeformten Beine. »Und was passiert, wenn man Sie braucht?«

»Man beept mich an.« Sie lächelte. »Habe Funktelefon; bin ortsungebunden.«

Eilig überflog er die Dokumente. »Was hat Sie so neugierig gemacht?«

»Ich fragte mich, warum Sie mich den Wagen meiner Schwester haben überprüfen lassen.«

»Ihrer Schwester?«

»Yeah. Der Nissan mit dem Schiebedach gehört ihr. Vesper Arkham.« Sie reichte ihm die Hand. »Und ich bin Domino.« Sie lachte ob seines verblüfften Gesichtsausdrucks. »Ich kenne diesen Gesichtsausdruck. Keine Sorge. Mein Vater war James

Bond-Fanatiker. Er benannte seine Töchter nach Charakteren aus den Bond-Romanen.«

»Wenigstens hat er Sie nicht Pussy genannt.«

»Gott sei Dank.« Sie hakte sich bei ihm ein. »Wie wär's, wenn Sie mich zum Frühstück einladen und mir erzählen, was Sie von Vesper wollen.«

Zu dieser frühen Stunde gab es keine große Auswahl. Sie fuhren ins Restaurant des Four Seasons in Georgetown. Es lag etwas außerhalb, aber darum ging es ja gerade. Er bestellte Orangensaft, Kaffee, Eier und gebratenen Speck.

Domino orderte Kaffee und Toast, beides schwarz. »Ich liebe angebrannten Toast und halbrohes Fleisch. Keine Ahnung, warum.«

Als der Kellner verschwunden war, fragte er: »Was wissen Sie über Senator Richard Dedalus?«

»Dedalus? Was hat der mit meiner Schwester zu tun?«

»Vielleicht nichts. Je nach dem.«

Der Kellner brachte den Kaffee und den Saft und verschwand dann wieder hinter einigen mannshohen Topfpflanzen. Strahlendes Sonnenlicht durchflutete das elegante Restaurant. Außer ihnen waren nur sehr wenige Gäste anwesend; am nächsten saß ihnen ein fleischgesichtiger Geschäftsmann, der eifrig mit seinem Notebook herumhantierte. Falls er nicht gerade ein Richtmikrofon dabei hatte, war er außer Hörweite.

»Offen gesagt, ich bin mit ihm eine Weile zusammengewesen.« Sie trank einen Schluck Kaffee. »Es war ein Auftrag. Richie ist so einflußreich, daß man sich dachte, es wäre besser, ihn auf diese … unorthodoxe Weise zu überprüfen. Ich meine, wir hatten keine Möglichkeit, ihn offiziell anzujucken.« Anjucken bedeutete, ihn einem Lügendetektortest zu unterziehen. »Es war zu seinem Besten.«

»Glaub' ich gerne.«

Domino verzog ihr Gesicht. »Ich habe nicht mit ihm geschlafen, oder so.«

»Hab' ich auch nicht behauptet.«

Sie stellte ihre Tasse ab. »Klang aber so.«

Ihr Essen kam; er schwieg eine Weile und sah ihr zu, wie sie an ihrem verkohlten Toast knabberte. »Könnten Sie vielleicht

Ihre Sonnenbrille abnehmen? Die Spiegelgläser machen mich ganz verrückt.«

Domino setzte sie ab, und er sah ihre weit auseinanderliegenden, smaragdgrünen Augen, die genauso groß waren wie die kornblumenblauen Augen ihrer blonden Schwester.

»Ich mag Richie«, setzte sie fort. »Er ist blitzgescheit und flink. Er denkt überhaupt nicht altmodisch.«

Croaker zerstieß ein Eigelb und tunkte eine Scheibe Speck in die zerlaufende Flüssigkeit.

»Hat er irgendwelche ungewöhnlichen Freunde?«

»Ungewöhnlich?«

»Für einen Senator ungewöhnlich.«

»Richie hat viele Freunde.«

Richie. Sie sprach hier über einen der mächtigsten Männer Amerikas. »War einer davon Dominic Goldoni?«

»Der Mafia-Boß? Der Kerl, der letztes Jahr ermordet wurde?«

»Genau der.«

Domino wischte sich die Finger an einer Serviette ab. »Ich glaub' schon. Ich hab' mal seine Schwester kennengelernt. Wie hieß sie noch gleich?«

»Marilyn.«

»Nein, Margarite. Ich erinnere mich gut an sie. Sie hat mich sehr beeindruckt; sie ist ganz anders als die italienischen Prinzessinnen, die ich so kenne, wenn Sie wissen, was ich meine.«

Croaker wußte genau, was sie meinte. »Also haben sich Margarite und der Senator miteinander getroffen. Was haben sie gemacht?«

Domino schüttelte den Kopf. »Zuerst Sie. Was wollen Sie von Vesper?«

Croaker wischte sich den Mund ab, nahm einen Schluck Kaffee und fragte sich, wie groß das Loch wohl sein würde, das die Säure in seine Magenschleimhaut ätzte. »Ich habe sie gestern abend im Moniker's gesehen. Sie und Margarite sind in dem Nissan davongebraust.«

»Wohin?«

»Keine Ahnung.«

»Und Richie?«

»Margarite kam in Senator Dedalus' Limousine zu Moniker's.«

»Also beschatten Sie Goldonis Schwester.«

»Nein. Jemand anderen, der dort war.« Unter keinen Umständen würde er dieser Frau die Wahrheit erzählen. Er hatte Lillehammer bis zu einem gewissen Punkt vertraut und war hintergangen worden.

Domino wandte ihren Kopf in das hereinflutende Sonnenlicht und überdachte seine Antworten. »Meine Schwester hat bis zu seinem Tod für Leon Waxman gearbeitet.«

»Ich habe für William Justice Lillehammer gearbeitet.«

»Wirklich? Und Sie sind nie meiner Schwester über den Weg gelaufen? Lillehammer hat doch in Waxmans Diensten gestanden.«

»Richtig. Gleiche Agentur. Ich wurde für den Außendienst eingestellt. Ich war nie in seinem Büro. Ich wußte nicht mal, daß er eins hatte.«

Argwöhnisch spitzte Domino ihre Lippen. »Sind Sie sicher, daß Sie auf legale Weise an den Code gelangt sind? Ich hasse den Gedanken, Informationen an einen Unbefugten gegeben zu haben.«

»Lillehammer hat mich als freien Mitarbeiter engagiert, um Dominic Goldonis Tod zu untersuchen.«

»Und das tun Sie noch immer? Ich dachte, Goldoni sei von einem verrückten Vietnamesen abgestochen worden. Wie hieß der Kerl noch? Duck oder so?«

Croaker konnte sich ein Lächeln nicht verkneifen. »Do Duc. Aber man hat bisher nicht herausgefunden, wer Do Duc angeheuert hat. Ich glaube, Waxman war's.«

»Das würde Sinn machen, denn Waxman hat sich ja als Johnny Leonforte entpuppt.«

Allmählich wurde klar, daß diese Frau keine dümmliche Schreibtischtante war.

Croaker überlegte einen Moment. »Wie kam Dedalus überhaupt dazu, Waxman zu engagieren?«

»Er wurde ihm wärmstens empfohlen.«

»Von wem?«

»Ich weiß nicht.« Sie sah ihn eine Weile nachdenklich an. »Vielleicht weiß es Vesper.«

»Ein weiterer Grund, weshalb ich sie treffen muß.«

Sie beugte sich über den Tisch. »Wen haben Sie im Moniker's observiert?«

»Ich fürchte, das ist streng vertraulich.«

Verärgert stand sie auf. »Dann kann ich Ihnen auch nicht mit Margarite und dem Senator weiterhelfen.«

»Bitte, setzen Sie sich.«

Widerwillig gehorchte sie ihm. Ihm dämmerte, daß diese Frau ihn an der Nase herumführte, was ihm gehörig gegen den Strich ging. Er wußte, daß er nicht so empfinden sollte. Wäre sie ein Mann gewesen, hätte er das ganze einfach als einen interessanten verbalen Schlagabtausch betrachtet, aber so? Er fragte sich, wie er vorgehen sollte. Vielleicht war es an der Zeit, zumindest mit einem Teil der Wahrheit rauszurücken.

»Die Wahrheit ist, daß Lillehammer mich ins Spiel brachte, weil er sich wegen eines oder mehrerer Verräter in der Agentur Sorgen machte. Er sagte mir, ich solle niemandem trauen; bisher hat sich sein Rat als klug erwiesen.«

»Mag sein, aber das Problem ist, daß Sie irgendwann jemandem vertrauen müssen, wenn Sie mit Ihren Ermittlungen vorankommen wollen.«

Natürlich hatte sie recht, was er sich allerdings nur ungerne eingestand. »Ich frage mich, was für eine Beziehung Dominic Goldoni zu Senator Dedalus hatte. Auf jeden Fall war sie fragwürdig genug, um eine Untersuchung zu rechtfertigen.«

»Da stimme ich Ihnen zu. Aber wenn Sie wissen, daß Dedalus eine Kommission leitete, welche die Vorschriften des bundesstaatlichen Güterverkehrs neu festsetzte und die Vergabe städtischer Bauaufträge beaufsichtigte, wird klar, weshalb Goldoni sich an den Senator herangemacht hat.«

»Und Margarite setzte diese Beziehung fort.«

»Denke schon. Ich wüßte nicht, weshalb sie sich sonst mit Dedalus treffen sollte.« Sie strahlte ihn an. »Sehen Sie? Ein wenig Vertrauen zu schenken, ist doch gar nicht so schlimm oder?«

Nicholas öffnete seine Augen und sah nur gleißendes weißes Licht. Er blinzelte heftig; Tränen schossen ihm in die Augen, und er wurde sich seiner Atmung bewußt: ein, aus, ein, aus. Überall Weiß, als würde er gewichtslos inmitten einer Wolke existieren. Er hörte seinen Herzschlag wie das *ki* des Himmels, das pulsierende Blut in seinen Arterien und Venen wie den Wind.

Das Krächzen einer Seemöwe lenkte ihn von sich selbst ab; das sanft rollende Rauschen der Brandung schlich sich in sein Bewußtsein. Er war ganz nahe am Meer; vielleicht an einem Küstenstreifen. Wo?

»Hast du schon mal den Traum gehabt, daß du dich in einem Gebäude – einem Büro oder einem Privathaus – befindest, in dem es vor Menschen nur so wimmelt? Du kannst sie nicht sehen, aber spürst sie wie Läuse auf der Haut, und du weißt, du mußt dich vor ihnen verstecken. Du weißt nicht warum, aber du mußt.«

»Nein, hab' ich noch nie.«

»Nun, ich schon – jede Nacht.«

Nicholas erkannte Seikos Stimme, aber wer hatte ihr geantwortet? Eine männliche Stimme, wohlartikuliert und gebildet. Sie unterhielten sich auf japanisch.

Man hörte das leise Klappern von Eiswürfeln in einem Glas, und plötzlich spürte Nicholas den feuchten Schweißfilm und die dünne Baumwolldecke, die ihn von der Hüfte abwärts zudeckte. Über ihm hing ein weißes Moskitonetz, die in ihm den Eindruck erweckte, er würde in einer Wolke schweben.

»Was geschieht in deinem Traum?« fragte die männliche Stimme.

»Ich versuche verzweifelt, nicht entdeckt zu werden. Ich renne durch die Räume und klopfe die Wände ab, um einen geheimen Ausgang zu finden. Dann, kurz bevor man mich überwältigt, renne ich um eine Ecke, greife an die Decke und finde den Ausstieg.«

»Also bist du gerettet.«

Ein leises Stoffrascheln, ein Hauch von Parfüm, und Nicholas wußte, daß Seiko durchs Zimmer ging. »Nein, sie finden mich in diesem dunklen, engen Raum.«

»Ich bin zwar kein Freudianer, aber …«

»Ich weiß, ich weiß, es ist ein Geburtstraum. Das ist eine Interpretation.«

»Und wie ist deine Interpretation?«

»Ich schäme mich für das, was ich tue.«

Der Mann lachte. »Meinst du das ernst?«

»Vielleicht nicht. Irgendwer hat einmal gesagt, Träume seien sowieso nur Witze.«

»Das hoffe ich. Scham ist eine Gefühlsregung, die überhaupt nicht zu dir paßt.

Nicholas stöhnte.

Seiko hielt den Atem an. »Er ist wach. Gott sei Dank.«

»Ich hab' dir doch gesagt, daß es nicht lange dauern würde.«

»Und woher wolltest du das so genau wissen?« Sie ging zu dem Bett, auf dem Nicholas lag, blickte zu ihm herab und lächelte sichtlich erleichtert. »Gott sei Dank«, sagte sie erneut, als sie ihm mit einer Hand sanft über die Stirn strich. Sie beugte sich zu ihm herunter und preßte ihre Lippen auf seine.

»Wo bin ich?« fragte Nicholas mit heiserer Stimme.

»Um Himmels willen, gib ihm was zu trinken«, sagte die männliche Stimme in leicht verärgertem Tonfall. »Küssen kannst du ihn später.«

Neben dem Bett kniend, führte Seiko einen Becher mit kaltem Wasser an Nicholas' Mund. Er trank gierig.

»Ich möchte mich aufsetzen«, flüsterte er und spürte Seikos angenehm kühle Schulter an seiner Wange.

»Das ist keine gute Idee, glaube ich.«

»Oh, hör auf, ihn zu bemuttern«, knurrte die männliche Stimme. Sie bewegte sich, näherte sich ihnen. »Was immer er behauptet, tun zu können, kann er auch tun. Hab' ich dir doch gesagt.«

Nicholas sah, oder spürte vielmehr, daß Seiko zu diesem Mann aufblickte. Er war neugierig, wer der Fremde war, doch instinktiv wollte er ihm nicht ins Gesicht schauen, bis er auf den Beinen war.

»Wo sind wir?« fragte er, während Seiko ihm aus dem Bett half.

»Zerbrich dir darüber nicht den Kopf. Es ist ein vollkommen sicherer Ort.«

Erstaunt merkte er, daß er außer einem um die Hüfte geschlungenen Batiktuch nichts anhatte.

»Sieh ihn dir an«, sagte der Mann. »Alle Prellungen und Hautabschürfungen sind verheilt.«

Er hatte natürlich recht. So wie anstrengende physische Übungen wichtige chemische Prozesse in Körper und Geist in

Gang setzten, so konnte *tau-tau* die Produktion körpereigener Stoffe wie Endorphine und Enzyme erhöhen, um Heilungsprozesse zu beschleunigen.

Noch etwas unsicher auf den Beinen, schwang Nicholas seinen Kopf herum. »Wer zum Teufel sind Sie?«

»Nicholas Linnear, dies ist Tachi Shidare, der neue *oyabun* des Yamauchi-Clans.«

Shidare verneigte sich, jedoch nicht sehr tief, wie Nicholas bemerkte. Der *oyabun* war sorgsam darauf bedacht, ihm nicht zuviel Respekt entgegenzubringen.

»Ich weiß, wie du über die Yakuza denkst«, sagte Seiko. »Aber ich war so verzweifelt und brauchte jemanden, dem ich vertrauen konnte, jemanden ohne Hintergedanken.«

»Sie sind also Tomoo Kozos Nachfolger«, sagte Nicholas zu Shidare.

Der *oyabun* lächelte verkniffen. Er war jung, ungefähr Mitte dreißig, großgewachsen und hatte die schwarzen Augen einer Krähe. In seinem schmalen Gesicht saß eine zierliche, beinahe feminine Nase. Er hatte eine unterschwellig bedrohliche Ausstrahlung, als loderte in ihm ein Feuer, daß er nur mühsam im Zaum halten konnte. Etwas sagte Nicholas, daß jeder, der mit diesem Feuer spielte, sich mehr als nur die Finger verbrennen würde.

»Die Sünden meines Vorgängers lasten schwer auf meiner Seele.« Shidares Gesichtsausdruck zeigte jedoch, daß er seine Worte nicht ernst meinte.

Er wirkte auf Nicholas wie ein typischer Vertreter der neuen Yakuza-Generation: frech, arrogant, als Unterweltler genauso gewandt wie als hochgebildeter Hochschulabsolvent. Sein ganzes Auftreten und Benehmen machte deutlich, daß er im Gegensatz zu Chosa oder Akinaga nicht von der Straße kam, sondern das Produkt einer Universität, vielleicht gar der Tokioter Todai-Universität, war und deswegen nicht die traditionelle Rolle als Außenseiter der Gesellschaft für sich in Anspruch nehmen wollte.

»Sie haben den Anschlag auf bemerkenswerte Weise überlebt.«

»Nicholas«, sagte Seiko, »du hast uns gerettet, aber ich weiß noch immer nicht wie. Ich habe deinen Körper über mir gespürt und dann so etwas wie eine feuchte Wärme, fast so, als wäre ich in Wachs getaucht. Einen Moment lang konnte ich weder atmen noch sehen. Ich geriet in Panik. Ich wollte davonkriechen, aber dann kam die Druckwelle, und ich dachte, wir würden in Stücke gerissen werden. Ich hörte ein weit entferntes Heulen, dann verlor ich das Bewußtsein.«

Lässig schritt Shidare über den auf Hochglanz polierten Kachelboden des großen, sonnendurchfluteten Raumes. Er trug einen schicken cremefarbenen Leinenanzug im weitgeschnittenen italienischen Look. Nicholas tat sich immer schwerer, ihn zu ignorieren.

»Ich habe *tau-tau* angewendet«, sagte Nicholas leise. »Ich projizierte mein *ki* nach außen, um eine Art ...«

»... um eine Art Schutzhülle zu bilden.«

»Nicht ganz. Stell dir die aerodynamische Form eines Autos oder Flugzeugs vor. Der Wind wird gezwungen, unter oder über dem Flugzeug hinwegzuströmen. Stell dir vor, wir wären so ein Fahrzeug gewesen. Ich habe die Druckwelle über uns hinwegschießen lassen.«

Shidare war ganz nah herangetreten. Seine funkelnden schwarzen Augen durchbohrten Nicholas, doch sein Blick war leer, völlig ausdruckslos; nicht einmal der Hauch einer Emotion war in ihnen zu erkennen. Er neigte seinen Kopf zur Seite. »Man hat mir erzählt, Linnear-san, Sie hätten Aikido studiert«, sagte er mit traditionsgemäßer Höflichkeit. »Sagen Sie, sind Sie mit *jiyu waza* vertraut?«

»Tachi ...«

»Schon gut, Seiko-san«, unterbrach Nicholas. »Der *oyabun* hat gesprochen und somit seinen Weg gewählt.«

Doch Seiko wollte ihre Warnung nicht unbeachtet im Raum stehenlassen. »Das ist gegen unsere Abmachung, Tachi. Spiel bitte nicht den wilden Mann. Nicht hier. Nicht jetzt.«

»Sei still, Seiko.«

Nicholas betrachtete Shidare mit wachsendem Interesse. So mir nichts dir nichts hatte er Seiko zum Schweigen gebracht. War sie von ihm eingeschüchtert, weil er einer der drei Yakuza-*oyabun* des inneren Zirkels war, oder zollte sie bloß einem Mann Respekt, den sie bewunderte?

»Bedauerlicherweise kann ich Ihnen kein *gi* oder *hakama* als traditionelle Aikido-Tracht anbieten, aber es geht auch ohne.« Shidare gestikulierte mit seiner langgliedrigen Hand. »Sollen wir an den Strand gehen?«

»Er hat neununddreißig Stunden geschlafen und ist noch wackelig auf den Beinen.« Seikos Tonfall war eher anklagend als bittend. »Was ist nur mit dir los?«

Shidare sah sie kurz an. »Ich hab' doch gesagt, du sollst still sein.«

Sie gingen hinaus ins rötlich schimmernde Licht der bereits tief am Horizont stehenden Sonne. Sanft rüttelte eine Spätnachmittagsbrise an den Palmen und kühlte die feuchtschwüle Luft. Der Himmel hatte die gelblichblaue Färbung, die Nicholas mit Vietnam assoziierte; blaugrüne Wellen brandeten auf einen breiten, weißen Sandstrand. Er versuchte zu kalkulieren, wo genau sie sich befanden, doch ohne Vorwarnung beendete Shidare mit einem teuflischen *mune-tsuki*, einem Tiefschlag in den Unterleib, Nicholas' beschauliche Beobachtungen.

Nicholas ging zu Boden; dabei packte Shidare sein rechtes Handgelenk, verdrehte es und benutzte den Schwung von Nicholas' Sturz, um ihn brutal herumzuschleudern. Nicholas spürte Schmerz durch seinen Körper schießen, doch er hieß ihn willkommen, denn dieser riß ihn aus seiner Lethargie. Er hatte zu lange geschlafen; die hochintensive Projektion von *tanjian*-Energie, durch die er und Seiko vor der Explosionswucht geschützt worden waren, hatte ihn vollkommen ausgelaugt. Es tat gut, sich wieder lebendig zu fühlen.

Er rollte zur Seite und wich damit einem Tritt aus, der ihn ansonsten in die Rippen getroffen hätte. Er versuchte, Shidare mit einem Scherenschlag von den Beinen zu holen, doch der *oyabun* wich geschickt aus.

Gleichzeitig ergriff Shidare mit beiden Händen Nicholas' rechtes Handgelenk. Nicholas, noch immer außer Balance, versuchte sein Glück und begann ein *tenkan*. Er drehte sich auf seinem rechten Fuß um die eigene Achse, zog den linken zurück, verlagerte sein Gewicht auf den unteren Teil seines Rückens und seiner Oberschenkel und reduzierte dadurch die Hebelwirkung auf seine Arme. Während er nach links herumwirbelte, hatte er Shidare ungeschützt vor sich. Nicholas vervollständigte seine Drehung, ging in einen *tsugi ashi* und glitt unter den ausgestreckten Armen des *oyabun* hindurch. Aufs rechte Knie fallend, entwandt Nicholas sein Handgelenk aus Shidares Griff und schleuderte ihn in hohem Bogen durch die Luft. Blitzschnell schoß seine Faust nach oben und grub sich knapp über der Nierengegend in Shidares rechte Seite.

Er vernahm das überraschte, schmerzerfüllte Stöhnen des *oyabun*, der jetzt auf dem Boden aufschlug und mehrere Meter durch den Sand rollte. Nicholas stand auf, aber Shidare kam schon wieder auf die Beine und näherte sich Nicholas mit schlaff herunterhängendem Arm, die Schulter leicht gesenkt, als würde er versuchen, den Schmerz abzuschütteln.

Er war ganz nahe, als urplötzlich seine rechte Hand aufzuckte, und ein Miniatur-*naginata* mit rasender Geschwindigkeit auf Nicholas zugeschossen kam. Der kurze, gekrümmte Speer, den der *oyabun* irgendwie unter seinem wallenden Anzug versteckt gehalten hatte, verfehlte Nicholas' Unterarm nur um Millimeter.

Nicholas hatte keine Wahl. Er öffnete sein *tanjian*-Auge, und indem er seine Psyche mit einem einzigen, machtvollen Schub nach außen projizierte, brachte er die Armbewegung des *oyabun* lange genug ins Stocken um den unerwarteten Angriff mit einer *tegatana*, einer Schwerthand, zu kontern. Den äußeren Rand seiner Handkante wie eine Schwertklinge führend, stieß er gegen die Innenseite von Shidares Handgelenk.

Vollkommen perplex, wich Shidare einen Schritt zurück. Seine Waffe war neben ihn in den Sand gefallen, und er begann, Nicholas mit seinen schwarzen Krähenaugen zu fixieren. Plötzlich schien sich die Welt um ihre Achse zu verschieben, Farben verschwammen wie Neonlichter im Regen, Schwerkraft und Perspektive krümmten sich im Zeitkontinuum, und der sie umgebende Raum verdunkelte sich mit dem Einfall einer unnatürlichen Nacht.

Ungläubig sah Nicholas, wie Shidare mit versteinerter Miene seine Augen öffnete. Er hatte den Eindruck, spiralförmig in die Tiefe gezogen zu werden, wo er weit unten treibend die eigentümlichen Farbreflexe erkannte, die eine seltsame Verbindung zwischen ihnen herstellten. Dann spürte er Shidares Psychenprojektion, und einen Moment später trafen sich ihre *tanjian*-Seelen in dem zwischen ihnen liegenden Raum und grüßten einander mit unverhohlener Vorsicht. Es war schon einige Jahre her, daß Nicholas einem echten *tanjian* begegnet war. Sie waren so selten, daß er, nachdem Kansatsu, sein *tanjian*-Lehrer, gestorben war, vergeblich nach einem hochtrainierten Geist gesucht hatte. Hier und heute auf einen solchen zu stoßen, war sowohl eine freudige wie auch eine äußerst unpassende Überraschung.

Nicholas sah Shidares Hand hochkommen; er hielt ihm den *naginata* entgegen. Nicholas hob seinerseits einen Arm und umschloß mit seinen Fingern vorsichtig die Klingenspitze der Waffe. Der *naginata* war einstmals von umherziehenden Priestern zur Verteidigung gegen Banditen und andere zwielichtige Subjekte benutzt worden war. Jetzt strömte die *tanjian*-Energie durch die gehärtete Stahlklinge, genauso, wie sie vor vielen Jahrhunderten von *ki* – der Kraft des Lebens – durchströmt worden war und damit zu einer machtvollen Waffe wurde.

Abrupt verneigte sich Shidare, tief und formell. »Tomoo Kozo war ein Narr«, sagte er in einem Tonfall, der keinen Widerspruch zuließ. »Indem Sie ihn töteten, haben Sie uns einen großen Dienst erwiesen. Ich für meinen Teil stehe in Ihrer Schuld.«

Verwirrt blickte Seiko mit zusammengekniffenen Augen von Shidare zu Nicholas und wieder zurück zu Shidare. Noch vor wenigen Augenblicken waren diese beiden Männer erbitterte Widersacher gewesen, und nun standen sie sich friedlich und frei von der nervenzerreißenden Spannung des Nahkampfes gegenüber. Sie war sich sicher, daß Nicholas sein *tanjian*-Auge geöffnet hatte. Aber was war danach passiert? Wieso hatte er seine psychische Energie nicht dazu benutzt, Tachi zu besiegen? Sie spürte, daß es weder Sieger noch Besiegten gab, sondern nur zwei Männer, die sich langsam aufeinander zubewegten.

Seiko stupste Nicholas kurz am Arm an, als wäre sie in Gegenwart des jungen *oyabun* plötzlich schüchtern geworden. »Dreimal bist du nur knapp dem Tod entkommen, Nicholas. Vier ist eine böse Zahl. Im Chinesischen ist sie ein Synonym für Tod.«

Nicholas blickte an Shidare vorbei zu Seiko. »Kann uns dein Vater nicht irgendwie helfen?«

»Ich fürchte, nein«, antwortete Seiko. »Laßt uns einen kleinen Strandspaziergang machen.«

Sie schlenderten über den weißen Sand auf die türkisfarbene Brandung zu. Die Luft roch nach Salz und Phosphor, und weit draußen auf dem Wasser konnte Nicholas die Silhouetten der Fischerboote erkennen.

»Falls Sie sich fragen, wo wir sind, dies ist ein Teil von Vung Tau, der Bucht der Boote«, sagte Shidare. »Wir sind ungefähr zwei Autostunden südöstlich von Saigon. Dies ist der kosmopolitische Teil Vietnams. Schon im fünfzehnten Jahrhundert, als Le Thanh Tong gegen das Königreich der Champa aufbegehrte, liefen hier ständig portugiesische Handelsschiffe ein, und noch Jahrzehnte später haben sich die Seefahrer jener Zeit in dieser Gegend von ihren Reisestrapazen erholt.« Er deutete auf eine imposante stuckverzierte Villa hinter ihnen. »Mein Haus wurde in den dreißiger Jahren erbaut. Vor einem Jahr hat Seikos Vater für mich die Rekonstruktionsarbeiten arrangiert.«

Nicholas fragte sich, was es noch alles über Seiko zu wissen gab, von dem er keine Ahnung hatte. »Wie gut kennen Sie ihren Vater?« fragte er den *oyabun*.

»Niemand kennt ihn gut«, sagte Shidare. »Ich schätze, er will es so. Er ist wie einer der ehemaligen Könige hier in Vietnam; er ist so entrückt von dem, was wir als gewöhnliche menschliche Existenz bezeichnen, daß es ungemein schwierig ist, mit ihm überhaupt in Kontakt zu treten.«

Nicholas wandte sich zu Seiko. »Weshalb hilft er uns nicht?«

»Weil er und ich nichts mehr miteinander zu tun haben.« Seikos Gesichtsausdruck war Nicholas völlig fremd. »Er hat sich nie abfinden können mit meiner ... Emanzipation. Wenn es nach ihm ginge, wäre ich schon lange verheiratet, hätte zwei Kinder, und das dritte wäre unterwegs. ›Wo ist mein Enkel?‹ schrie er mich immer an. ›Du hast meine Zukunft zerstört!‹«

Sie wandte ihre Gesicht von Nicholas ab und hielt es in die vom Südchinesischen Meer her wehende Brise. »Das ist natürlich schon eine Weile her; damals haben wir noch miteinander gesprochen. Mittlerweile hat er wieder geheiratet, und seine einundzwanzigjährige Frau hat ihm inzwischen drei prächtige Söhne geboren, die dafür sorgen werden, daß seine Familienlinie fortgeführt wird.«

»Er redet nicht einmal mehr mit dir?«

Seiko schüttelte den Kopf. »Er betrachtet die Art, wie ich mein Leben führe, als eine persönliche Beleidigung. Was ihn angeht, so hat er keine Tochter mehr.«

Nicholas schaute an ihr vorbei zu Shidare, der neben ihnen durch den Sand schlenderte. Tachi zuckte bloß mit den Schultern, als wolle er sagen: »Ja, es ist traurig, aber das ist nun mal ihr Karma. Was soll man da machen?«

»Nach dem dritten Mordanschlag auf Sie hat mich Seiko um Hilfe gebeten.« Wie viele junge Japaner hatte sich auch Tachi die lockere westliche Art angeeignet, was ihn einerseits zugänglicher machte, ihn aber auch von der fundamentalistischen Sensibilität entfremdete, die sein Land so einzigartig machte. Nicholas sah in Tachi Japans Zukunft und fragte sich, ob dieser gesellschaftliche Wandel einen positiven Effekt auf Japan und auf den Rest der Welt haben würde.

»Gut. So wie sich die Dinge entwickeln, kann ich jede Hilfe gebrauchen«, sagte Nicholas. »Alles, was ich bisher erfahren habe, weist auf einen Ort namens Floating City hin.«

Tachi nickte. »Hab' schon davon gehört, aber genau wie Seiko kenne ich niemanden, der dort war und lebendig zurückgekommen ist. Sogar die Bergstämme haben schreckliche Angst vor diesem Ort. Die Geschäfte werden von außenstehenden Mittelsleuten abgewickelt.«

»Wie von dieser Bay, die Chief Inspector Van Kiet erschossen hat.«

»Sieht ganz so aus.«

»Ich glaube, wir sollten uns mal eindringlich mit Van Kiet unterhalten.« Nicholas' nackte Fußknöchel wurden vom schaumigen Meerwasser umspült, dessen angenehme Kühle ihn erfrischte. »Seiko, du hast doch Einfluß bei ihm. Könntest du mit ihm ein Treffen arrangieren?«

»Ich kann's versuchen, aber Van Kiet hält nicht viel von mir – zweifellos, weil ich eine Frau in einem, wie er meint, Männerjob bin.«

»Besser, wenn ich ihn kontaktiere«, sagte Tachi mit einem Lächeln. »Wenn ich mit ihm fertig bin, wird er nichts dagegen haben, sich mit Ihnen zu unterhalten.«

Es geschah mitten in der Nacht, als selbst die Fischhändler im Tsukiji-Markt nicht mehr auf den Beinen waren. Ushiba, der aufgrund seines Krebsleidens vollends im Zynismus versunken war, hatte der Polizei einen solch tollkühnen Schritt längst nicht mehr zugetraut.

Ushiba hatte Yoshinori Zeit seines Erwachsenenlebens gekannt. Yoshinori, landläufig bekannt als das ›Schwert des Ministers‹, hatte bei der Ernennung – und in einigen Fällen auch bei der Absetzung – der letzten acht Premierminister ein gewichtiges Wort mitzureden gehabt.

Daß gegen ihn seit geraumer Zeit ermittelt worden war und er jetzt im Gefängnis saß, zeigte deutlich, wie sehr sich Japan verändert hatte. Mittlerweile blieben selbst die mächtigsten Mitglieder der Liberalen Demokratischen Partei nicht mehr vor den Ermittlungen der Tokioter Staatsanwälte verschont.

Tanaka Gin, der Staatsanwalt, mit dem Ushiba an der Säuberung der skandalumwitterten Wirtschaft arbeitete, hatte den *daijin* zu nachtschlafener Zeit aus dem Bett geklingelt.

»Wir haben Yoshinori in Haft behalten«, sagte Tanaka Gin auf seine typisch lakonische Art.

Ushibas Herz raste. Dies würde der LPD einen traumatischen Schock versetzen; und nicht nur ihr, sondern der gesamten japanischen Politszene. »Was wird ihm vorgeworfen?«

»Steuerhinterziehung, Spendenzahlungen auf politische Geheimkonten, Zahlungen an Firmen, von denen angenommen wird, daß sie der Yakuza gehören, wahrscheinlich Honorare für irgendwelche erwiesenen Dienste.«

Ushiba war dermaßen erschüttert, daß er nicht wußte, was er sagen sollte. Nicht die eigentlichen Enthüllungen schockierten ihn, sondern die Tatsache, daß man Yoshinori auf die Schliche gekommen war.

»Es ist vielleicht nicht ganz korrekt, daß ich es Ihnen jetzt schon sage, aber dies ist eine ganz große Sache«, fuhr Tanaka Gin fort. »Wir haben unumstößliche Beweise gegen Yoshinori. Sie wissen, was das bedeutet: eine immer größere Kreise ziehende Untersuchung. Ich kann mir den Aufruhr im rechten Lager der LPD beinahe bildlich vorstellen; sie werden alles tun, um sich von ihm zu distanzieren, denn wer weiß, wohin diese Ermittlungen noch führen werden. Sich einfach nur als alleiniger Garant eines demokratischen marktwirtschaftlichen Systems zu proklamieren, wird sie im Gegensatz zu früher diesmal nicht retten. Diese Geschichte kann nicht so einfach unter den Teppich gekehrt werden wie der Recruit- oder der Lockheed-Skandal.«

»Sie haben schon seit einiger Zeit gegen Yoshinori ermittelt.« Es war keine Beschuldigung, sondern eine Feststellung.

»Als Staatsanwalt leite ich viele Ermittlungen. Das wissen Sie doch.«

Ushibas Gedanken überschlugen sich. Tanaka Gin war jemand, der sich strikt und kompromißlos an die Spielregeln hielt. Er hatte die Ermittlungen gegen Yoshinori so lange geheimgehalten, bis er bereit war zuzuschlagen. Doch jetzt verriet er mehr, als Ushiba wissen mußte. Warum? Welche Absichten verfolgte Tanaka Gin damit?

»Dies ist mehr als ein Höflichkeitsanruf«, sagte Tanaka Gin. »Yoshinori wünscht Sie zu sehen. Sie und er sind alte Freunde, oder?« Ushiba hatte sich inzwischen von seinem Schock erholt und überhörte nicht den warnenden Unterton in Tanaka Gins Stimme. Im Verlauf der letzten Monate hatte er genug Zeit mit dem Staatsanwalt verbracht, um zu wissen, daß dieser auf seine dogmatische Art äußerst gerissen und absolut unbestechlich war. Kurz gesagt, er war überraschenderweise der richtige Mann für den richtigen Job.

»Ja«, sagte Ushiba. »Er und mein älterer Bruder waren Klassenkameraden. Er ist so etwas wie ein Onkel für mich.«

»Er hat Ihrem Bruder einmal Geld geliehen, oder?«

»Stimmt. Es handelte sich um einen persönlichen Gefallen. Die Firma meines Bruders ging bankrott, und er hatte einen riesigen Schuldenberg am Hals. Yoshinoro half ihm wieder auf die Beine. Mein Bruder zahlte den Kredit innerhalb von zwei Jahren zurück, aber Yoshinoro weigerte sich, Zinsen zu nehmen. Statt dessen hat ihm mein Bruder dann ein Auto geschenkt.«

»Ja, so steht's auch in unseren Akten«, sagte Tanaka Gin ohne eine Spur von Ironie. »Ich hole Sie in zwanzig Minuten ab, in Ordnung?«

»Natürlich.«

Eine Pause trat ein, und Ushiba wollte schon auflegen, als

Tanaka Gin plötzlich etwas hinzufügte: »Die Anklagepunkte werden sehr schwerwiegend sein. Wir haben in Yoshinoris Haus Goldbarren und Diamanten im Wert von mehr als hundert Millionen Dollar gefunden.«

Schweigend fuhren die beiden Männer durch die regennassen Straßen Tokios. Neonlicht spiegelte sich im Rinnstein. An den futuristischen Konsumtempeln blinkten und zuckten die gigantischen elektronischen Werbetafeln, die ohne die Menschenmassen, die diese Botschaften verschlangen, völlig bedeutungslos waren.

Zusammengekauert saß Ushiba neben Tanaka Gin. Der *daijin* fror, und sein Magen fühlte sich an, als hätte er Batteriesäure getrunken. Bevor er sein Apartment verließ, hatte er noch zwei Tabletten geschluckt, doch die Pillen zeigten keinerlei Wirkung. Macht ist in der Tat vergänglich, dachte er, während er Tanaka Gins dunkles Profil betrachtete. Es hatte einmal eine Zeit gegeben, da hätten Männer wie Yoshinori über derartige Polizeiaktionen nur verächtlich gelacht, hätten sie mit einer Handbewegung vom Tisch gefegt. Doch das war einmal. Sogar die einflußreichsten Leute waren durch ihre Habsucht unvorsichtig geworden, und die ständigen Skandale hatten so hohe Wellen geschlagen, daß die Medien und, was viel schlimmer war, die Öffentlichkeit nicht mehr daran vorbeikamen. In der Bevölkerung gab es jetzt einen Aufschrei gegen die Habgier und die Korruption, deren Hintergründe der einfache Mann auf der Straße einfach nicht verstehen konnte. Die Polizei und die Staatsanwälte hatten die Massen jetzt auf ihrer Seite, und das Gleichgewicht der Kräfte verschob sich zu ihren Gunsten. Ushiba wußte, was seine vordringlichste Aufgabe war: das Geheimnis der *godaishu* wahren.

Tanaka Gin fuhr in die Einfahrt des Bürohauses, in dem er arbeitete, und saß bei laufendem Motor eine Weile schweigend da. Keine Menschenseele war zu sehen. Das quietschende Hin und Her der Scheibenwischer war das einzige Indiz, daß Zeit verstrich.

Tanaka Gin räusperte sich. »Ich habe beschlossen, mein Glück zu versuchen, und Sie um das Unmögliche zu bitten.« Sein Blick traf Ushibas. »Bei der Anklageerhebung gegen Yoshinori brauche ich Ihre Unterstützung. Werden Sie mir helfen?«

Ushiba schwieg, unfähig, einen zusammenhängenden Gedanken zu fassen.

»Ich weiß, was für Sie von Bedeutung ist.« Über Tanaka Gins schmales dunkles Gesicht rollten die Schatten der an der Windschutzscheibe herunterlaufenden Regentropfen. »Erkenntnis Gestalt, Dichtkunst. Ehre.« Plötzlich wurde sein Tonfall sanft. »Im Leben eines jeden Menschen kommt der Zeitpunkt, zu dem gewisse Dinge wichtiger als alles andere werden.«

Ushibas Herz setzte einen Schlag aus. »Das ist wahr. Das Alter wird zum Bettgenossen, ohne daß man weiß, wie es überhaupt ins Haus gelangt ist.«

»Alter und Krankheit fällen selbst den standhaftesten Baum. Aber bevor sie das tun, verändert man durch sie seine Sicht der Dinge.« Tanaka Gin rutschte auf seinem Platz hin und her. »Sie fragen sich vielleicht, woher jemand in meinen jungen Jahren das weiß. Mein Vater starb an Lungenkrebs. Vielleicht, weil er in einem Außenbezirk Nagasakis gewohnt hat, vielleicht aber auch wegen der allgemeinen Luftverschmutzung unserer Tage. Auf jeden Fall habe ich einige Zeit mit ihm verbracht, als es dem Ende entgegenging, und mir fiel dabei auf, wie sehr ihn seine Krankheit verändert hatte. Sein von den Fesseln der Zeit und des Todes befreiter Geist war klarer geworden, in gewisser Weise geordneter, als er es je zuvor gewesen war. Er wurde, zumindest für mich, ein völlig anderer Mensch.«

Ushiba konnte seinen rasenden Herzschlag nicht beruhigen. All dieses merkwürdige Gerede von Krankheit, Veränderung und Tod erfüllte einen Zweck. Tanaka Gin wußte, daß er – Ushiba – kein Magengeschwür, sondern Magenkrebs hatte. Dieser verdammte Staatsanwalt war cleverer als erwartet. Wußte er auch, welche Beziehung Ushiba wirklich zu Yoshinori hatte? Ushiba erschauerte innerlich.

Tanaka Gins Blick war unerbittlich. »Wie ich schon sagte, ich weiß, was für Sie von Bedeutung ist.« Seine auf dem Lenkrad ruhenden Hände waren wohlgeformt, kräftig und von vielen Äderchen durchzogen. Sie waren wunderschöne Werkzeuge, wie die Hände eines Pianisten oder Chirurgen. »Yoshinori hat das Vertrauen derer mißbraucht, die am meisten an ihn geglaubt haben. Werden Sie mir helfen, ihn zu verurteilen?«

Ushiba sah Tanaka Gin in die Augen und entdeckte in ihnen eine störrische Unnachgiebigkeit, die er bei dem Staatsanwalt noch nie gesehen hatte. Er öffnete seinen Mund, um etwas zu sagen, doch was würde das schon bringen? Beide Männer kannten die Antwort bereits.

Im Gebäude führte ihn Tanaka Gin durch einen langen, spärlich beleuchteten Gang, der von zwei uniformierten Männern bewacht wurde, die Tanaka Gin ganz offensichtlich kannten, aber dennoch seine Identifikationsmarke sehen wollten.

Sie fuhren in den sechsten Stock, wo sich Tanaka Gin erneut ausweisen mußte. Er nannte dem Wachhabenden weder Ushibas Namen noch dessen Titel und wurde auch nicht danach gefragt. Sie gingen durch einen weiteren anonymen Korridor und stoppten schließlich vor einer giftgrün angestrichenen Holztür.

»Ich geben Ihnen fünfundvierzig Minuten, nicht mehr.« Dann marschierte Tanaka Gin eilig den Korridor hinunter und verschwand um eine Ecke.

Prüfend blickte sich Ushiba um, als würde man ihn heimlich beobachten. Schließlich atmete er tief durch, drückte die Türklinke hinunter und betrat den Raum.

Yoshinori saß an einem großen polierten Holztisch. Er stand auf, als Ushiba hereinkam, und ein zaghaftes Lächeln legte sich über sein faltiges Gesicht.

»Mein Freund.«

Man sah Yoshinori seine achtundsiebzig Jahre deutlich an. Sein Gesicht war bleich, seine Kleidung unordentlich, als wäre er gezwungen gewesen, sich schnell anzuziehen. Der Raum stank nach Zigarettenrauch, und Ushiba sah den überquellenden großen Messing-Aschenbecher, daneben eine Schachtel Zigaretten und ein goldenes Feuerzeug.

Der Raum war keine Gefangenenzelle, sondern eine Art Konferenzzimmer. Um den Tisch herum standen zwölf identische Stühle, an der Wand zwei Anrichten, auf denen Kannen mit Tee und Eiswasser sowie Gläser und Tassen standen. Es war kühl in dem fensterlosen Raum.

»Man sagte mir, Sie wollen mich sprechen.«

»Das Allerschlimmste ist passiert, Ushiba-san.«

Yoshinori sank in einen Stuhl. Er nahm eine Zigarette und zündete sie sich an. Der allgegenwärtige Qualm kratzte in Ushibas Kehle; er ging zu einer der Anrichten und goß sich etwas Wasser ein.

»Ich habe Himmel und Hölle in Bewegung gesetzt«, sagte Yoshinori, »aber die Zeiten haben sich geändert. Die LPD ist nicht mehr das, was sie mal war – eine Bastion der Vernunft gegen die Kommunisten und Sozialisten. Es scheint so, als würde unser *raison d'etre* nicht länger existieren. Für Wähler, die eine freie Marktwirtschaft wollten, war die LPD früher die einzige Wahl. Wir kamen vor neununddreißig Jahren an die Macht und sicherten die Freiheit und den Wohlstand der Bürger – alles zum Besten Japans! Heutzutage gibt es rechte und linke Splitterparteien, und die Bevölkerung hat eine größere Auswahl, aber ist das gut? Ich bezweifele das. Es ist gut möglich, daß in Japan bald italienische Zustände herrschen: eine riesige Palette schwacher Parteien, die um Koalitionen rangeln, um überhaupt eine Regierung bilden zu können.«

Er schüttelte seinen graumelierten Kopf wie ein verwundetes Tier. »Um mich herum ist nur Bitterkeit und Mißgunst. Ich glaube nicht, daß ich Tanaka Gin dieses Mal entkommen werde.«

»Sie dürfen die Hoffnung nicht aufgeben.«

Yoshinori lächelte hintergründig. »Wenn ich schon auf die Schwertspitze fallen muß, dann wenigstens mit einem reinen Gewissen.«

Ushiba nahm sein Glas und setzte sich an den Tisch. Wenn nötig, blitzte noch immer die alte Energie in Yoshinoris Augen auf, und während der Achtundsiebzigjährige mit den Fingern durch sein zerzaustes Haar fuhr, erinnerte er an den Mann, der er noch vor zehn Jahren gewesen war.

»Jetzt, wo die LPD ihre Mehrheit verloren hat, erwarten die Leute eine politische Revolution, aber ich weiß, was wirklich los ist«, sagte Yoshinori. »Diese sogenannten Reformer kommen aus unseren eigenen Reihen; sie sind allesamt korrupt; nur deswegen waren sie in der Regierung. Sie kennen nichts anderes. Ich bin nicht so naiv zu glauben, Menschen – besonders Politiker – könnten sich von einem Tag auf den anderen ändern.«

Yoshinori wandte sich ab und schwieg eine Weile. Schließlich holte er tief Luft. »Auch ich habe fragwürdige Dinge getan«, sagte er mit kratziger Stimme, die kaum mehr als ein Flüstern war, »und, wie manche Leute meinen, unverzeihliche Sünden begangen. Mein Bruch mit Ihnen, zum Beispiel.« Gedankenverloren sog er an seiner Zigarette und stieß zischend den Rauch aus. »Am Ende eines langen und ereignisreichen Lebens hier zu sitzen, macht einen sehr nachdenklich. Nehmen wir zum Beispiel die Liebe. Liebe ist eine solch komplexe Emotion voller Zuneigung, Schuldgefühle und ungezügelter Lust. Doch was ist die andere, die dunkle Seite der Liebe? Was geschieht, wenn Liebe stirbt oder abgewiesen wird? Ich glaube, je tiefer man liebt, desto tiefer kann man auch hassen. Ist nicht genau das mit uns passiert?«

Yoshinori nahm einen Zug von seiner Zigarette, und einen Moment lang war das glimmende Zigarettenende das hellste Licht im Zimmer. Als es zu grauer Asche verglüht war, sprach er weiter. »Es geht nicht darum, daß wir einander hassen, Ushiba-san, sondern wie tief dieser Haß geworden ist.« Er drückte seine Zigarette aus und zündete sich eine neue an. »Ein wahrlich trauriges Ende für einen Onkel und seinen Neffen, finden Sie nicht auch? Ich haben Ihnen nie verziehen, daß Sie mich nicht unterstützt haben … und Sie?« Er zuckte mit seinen schmalen Schultern. »Ich kann nur spekulieren, aber so, wie ich Sie kenne, haben Sie meine Geschäftspraktiken nie gebilligt. Ich bin für Sie zweifellos korrupt, genau wie für Tanaka Gin.« Er lächelte, nicht einmal unfreundlich. »Sie und Tanaka Gin sind sich in vielen Dingen ähnlich. Ziemlich ungewöhnlich, wirklich. Nachdem er mich verhaften ließ, mußte ich sofort an Sie denken, und ich wußte, was zu tun war.«

Schweigend rauchte er eine Weile, offensichtlich seine Gedanken sammelnd. Ushiba stand auf und goß sich Wasser nach. Während er Yoshinori den Rücken zuwandte, sagte der alte Mann: »Von all den angeblichen Sünden, die ich begangen habe, bedaure ich nur eine einzige. Es ist etwas, das ich erst vor wenigen Tagen getan habe, und ich tat es wider mein besseres Wissen, einfach nur, weil ich Sie hasse.«

Ushiba stellte sein Glas ab und drehte sich um.

»Wie gesagt, ich möchte dem Ende mit reinem Herzen entgegensehen. Ich muß meinen Haß exorzieren. Heute abend habe ich mir verziehen, daß ich Sie hasse, aber ich weiß, daß ich noch mehr tun muß. Ich muß Ihnen diese eine Sünde beichten.«

»So daß ich Ihnen vergebe?«

Jetzt lächelte Yoshinori richtig. »Das verlangt niemand von Ihnen, Neffe. Ich möchte nur, daß Sie mir zuhören. Vor einigen Tagen kam Akira Chosa zu mir. Wir sind seit vielen Jahren Geschäftspartner. Das haben Sie bestimmt nicht vermutet, oder, Daijin? Nun, egal. Chosa und ich betreiben Spielhallen, Versicherungsgesellschaften und Baufirmen. Wir haben gemeinsam ein Vermögen gemacht, und als er mich um einen Gefallen bat, blieb mir nichts anderes übrig, als ihm zu helfen. Er wußte natürlich von der Feindschaft zwischen Ihnen und mir und hat sich das zunutze gemacht. Er sagte, er benötige diesen Freundschaftsdienst, um einen bestimmten Mann als Waffe gegen die Achillesferse eines Feindes zu benutzen. Kommt Ihnen das bekannt vor?«

»Ja«, sagte Ushiba und dachte an Chosas Schwur, er würde einen Weg finden, um Nicholas Linnear zu töten.

»Er sagte, Sie wären gegen seinen Plan. Stimmt das?«

»Ja, das stimmt.«

Yoshinoris Augen hatten zu tränen angefangen, vielleicht wegen des beißenden Zigarettenqualms. »Deswegen habe ich ihm diesen Gefallen getan. Mit meiner Hilfe überzeugte Chosa den neu ernannten *oyabun* des Yamauchi-Clans, Tachi Shidare, diese Waffe zu werden.«

2
Vung Tau / Washington

Das Skelett war riesig, mehr als vier Meter lang, schätzte Nicholas. Die brennenden Fackeln an den Wänden tauchten die Glasvitrine, in der es aufgebaut war, in flackerndes goldenes Licht und warfen unruhig tanzende Schatten und Lichtstreifen über die geschwungenen Rippenknochen.

»Dieser wurde 1868 gefangen«, sagte Tachi. »Jeder Wal hier im Lang Ca Ong hat eine bestimmte Bedeutung.« Lang Ca Ong, der 1911 erbaute Tempel der Wale, war mit seinen in Vitrinen ausgestellten Walskeletten einzigartig unter den buddhistischen Tempeln in Vietnam. Die Vietnamesen hatten den Walkult von den Champa übernommen, den Ureinwohnern, die bei der Besiedlung des Landes beinahe ausgerottet worden waren.

»In der einheimischen Folklore haben Wale jahrhundertelang die Rolle des Retters gespielt.« Tachi legte eine Handfläche ans Glas. »Nicht überraschend bei einer Fischernation.«

Der Nachthimmel war sternenübersät, und der bananengelbe Mond trieb wie ein Schiff mit gesetzten Segeln über das Firmament.

»Wann wollte Van Kiet hier sein?«

Tachi sah Nicholas an. »Haben Sie Geduld. Wir sind aus diversen Gründen so früh hier. Ich wollte, daß Sie diesen Ort kennenlernen, weil er einzigartig ist in Vietnam. Außerdem wollte ich, daß wir den Treffpunkt gemeinsam überprüfen. Nicht, daß ich dem Chief Inspector mißtraue; ich mißtraue *jedem* Vietnamesen. Ich glaube, Vietnamesen haben die Angewohnheit, jeden zu belügen – inklusive sich selbst.«

Sie spazierten durch den Tempel. Umgeben von den riesigen Walskeletten, spürte Nicholas die räumliche Harmonie des Lebens. Die gigantischen Meeressäuger schufen eine Atmosphäre, welche die Sterne weniger fern und den Mond näher erscheinen ließ.

»Soweit ich über die Yakuza Bescheid weiß, ist es höchst ungewöhnlich, einen so jungen Mann wie Sie zu einem *oyabun* eines ganzen Clans zu machen.«

Tachi lächelte. »Nun, Sie wissen wesentlich mehr über die Yakuza, als die anderen *oyabun* glauben.«

Nicholas blieb im Schatten eines Skeletts stehen; die geschwungenen, vom Zahn der Zeit und von den Elementen ausgebleichten Knochen warfen ein Netz von dunklen Streifen über sein Gesicht. Er wollte sich von Tachi nicht so einfach abspeisen lassen. »Ich weiß, daß Sie jetzt im Inneren Zirkel des Kaisho sind.«

»Stimmt. Sie haben geschworen, Mikio Okami zu schützen. Aber Okami ist vielleicht längst tot. Zweifellos würde das einige Mitglieder im Zirkel freuen, denn einer von ihnen hat seine Ermordung angeordnet. Zumindest ist der ehemalige Kaisho untergetaucht.«

»Der ehemalige? Hat man ihm schon seinen Titel genommen?«

»Denke schon, soweit ich über die derzeitigen Aktivitäten des Zirkels informiert bin.«

Nicholas wurde stutzig. »Klingt nicht so, als würden Sie richtig dazugehören.«

»Warum sollte ich? Bloß weil ich Tomoo Kozos Position geerbt habe? Ich habe noch lange nicht so viel Einfluß wie er, aber ich arbeite daran.« Tachi sah zu den Sternen hoch. »Ich habe eine Theorie: Ich glaube, man hat mich zu Kozos Nachfolger gemacht, gerade weil ich so jung bin und noch nicht so viel Einfluß besitze wie Akira Chosa oder Tetsuo Akinaga. Das paßt ihnen prima in den Kram. Ich brauche Unterstützung, und sie sind nur zu gewillt, sie mir zu gewähren, denn sie wissen ganz genau, daß ich auf ewig an sie gefesselt sein werde, wenn ich erst einmal in ihrer Schuld stehe. Die Yamauchi haben deutlich an Macht verloren, glaubt der Zirkel wenigstens.«

»Ich nehme an, Sie haben Ihre eigenen Pläne, oder?«

»Ja, die hab' ich.«

Sie schlenderten weiter durch die Tempelanlagen und setzten sich schließlich auf eine Mauer am Rand eines kleinen Steingartens; mit ihren herabbaumelnden Beinen sahen sie wie zwei Schuljungen aus. Tachi öffnete eine kleine Ledertasche und holte kaltes Grillfleisch, Reis und einen gebackenen Fisch heraus. Sie aßen unter dem funkelnden Sternendach, die monströsen Silhouetten der Wale im Rücken.

Als sie fertig waren und die Reste weggepackt hatten, sagte Tachi: »Sie spielen in meinen Plänen durchaus eine Rolle, vorausgesetzt, ich kann irgendwie Ihr Interesse wecken.«

»Die Yakuza interessiert mich eigentlich nicht sonderlich.«

»Das weiß ich aber anders«, widersprach Tachi und stand auf. »Mikio Okami war der beste Freund ihres Vaters. Durch Okami benutzte er die Yakuza, um bestimmte Ziele zu erreichen.«

»In den ersten Jahren nach dem Krieg herrschte das reinste Chaos. Man mußte alles nur Erdenkliche tun, um Japans Wirtschaft in Gang zu bringen und die politische Ordnung wiederherzustellen. Es gehörte zur allgemeinen Besatzungspolitik, sich gelegentlich der Yakuza zu bedienen. Das gehörte einfach zum Job meines Vaters dazu.«

»Ja. Er spielte eine gewichtige Rolle bei der Gründung des neuen Nachkriegs-Japans. Ich bezweifle, daß wir ohne seine Hilfe dort wären, wo wir heute sind.«

Doch aus seinem Tonfall schloß Nicholas, daß Tachi eigentlich etwas ganz anderes hatte sagen wollen. *Shicho,* der Strom der Gedanken, pulsierte zwischen ihnen wie ein Hitzegewitter. Mit einemmal erkannte Nicholas, daß ihre elementare Affinität durch *tau-tau* ein zweischneidiges Schwert sein konnte. Einerseits konnte *tau-tau* sie auf spiritueller Ebene einander näherbringen, andererseits konnte es jeden von ihnen verraten, da es mehr offenbarte, als man bereit war preiszugeben.

Sie sahen die Gestalt im gleichen Moment. Langsam, beinahe zögerlich, löste sie sich aus dem Schatten der Tempelsäulen und kam auf sie zu. Sie war klein, gewandt, und ihre schmalen Hüften wiegten sich in dem uralten Rhythmus, der an diesem Ort unpassend, ja geradezu grotesk erschien.

Es war ein kleines Mädchen, höchstens neun Jahre alt, noch zu jung, um schon Brüste zu haben. Und doch hatte sie den typischen Hüftschwung, den jedes routinierte Straßenmädchen überall auf der Welt beherrschte.

»Lassen Sie mich das machen«, sagte Tachi, als das Mädchen ihnen eine Hand entgegenstreckte. Sie war wunderschön, wenn man sich die zahlreichen Hautabschürfungen in ihrem Gesicht und auf den nackten Schultern wegdachte.

Sie sagte etwas auf Vietnamesisch, das für Nicholas klang wie: »Wollen Sie gleich hier ficken? Na los, kostet nur fünf amerikanische Dollar.« Aber er konnte nicht glauben, daß sich ein so junges Kind auf diese Weise anbot.

Nichtsdestotrotz stand Tachi auf, drückte ihr einige Geldscheine in die Hand und beugte sich zu ihr hinunter, um ihr seine Jacke um die Schultern zu legen. Er sprach zu ihr in demselben Dialekt, den sie benutzt hatte. Nach einiger Zeit hatte sich ihr mißtrauischer Gesichtsausdruck soweit verflüchtigt, daß sie sich an den Platz führen ließ, wo Nicholas war.

Sie saß zwischen ihnen, dieses zerlumpte, armselige Kind, und verzehrte das restliche Essen wie ein ausgehungertes wildes Tier. Sie pulte das süße Fleisch aus dem Fischkopf und zerkaute es langsam wie in einem euphorisierten Trancezustand. Dann stopfte sie sich den Kopf in den Mund und verschlang ihn vollständig. Zu guter Letzt nahm sie die Knochen und nagte zufrieden an ihnen.

Ihre Augen waren dunkel und glänzend, ihre Haut schimmerte bronzefarben, zumindest dort, wo keine Abschürfungen waren. Man sah, daß sich ihr zierlicher Körper bereits zu entwickeln begann und bald nicht mehr der eines kleinen Mädchens sein würde.

Nach jedem Bissen beantwortete sie Tachis sanft bohrende Fragen. Nicholas fand es faszinierend, zu sehen, wie dieser Yakuza-Boß zuvorkommend, beinahe zärtlich mit diesem bemitleidenswerten Geschöpf der Nacht umging.

»Sie sagt, ihr Vater habe ihr beigebracht, wie man Männern Vergnügen bereitet«, sagte Tachi leise zu Nicholas. »Ihre Familie ist sehr arm, und ohne das Geld, das sie beisteuert, könnten sie die Miete nicht bezahlen. Ihr kleiner Bruder ist schwerkrank, und der Verdienst ihres Vaters geht vollständig für Arzneimittel und Nahrung drauf.« Er sah Nicholas an. »Wenn man sich das süße Ding so ansieht, fällt es nicht allzu schwer, einen solchen Vater zu hassen.« Er beugte sich zu ihr und wischte ihr den Mund ab, flüsterte etwas und erntete im Gegenzug ein schiefes Grinsen. Dann sprang sie auf und hüpfte, seine Jacke eng um den Leib geschlungen, in die Dunkelheit davon.

»Wir haben ihr nur eine kurze Verschnaufpause vom Elend gegeben«, sagte Tachi traurig. »Morgen wird sie wieder ihrem

Geschäft nachgehen und behaupten, sie sei Jungfrau, damit sich die ausländischen Geschäftsleute keine Sorgen um AIDS machen. Es ist nur eine Frage der Zeit, bis sie sich ansteckt, aber den Kerlen ist das scheißegal.«

Die Nacht war sehr ruhig geworden. Der Mond begann feuerfarben zu glänzen, als er durch die Schichten abgasgeschwängerter Luft hinabstieg, die tagsüber vom zukunftsweisenden neuen Industriepark Vietnams aufgestiegen waren. Bald würde eine dicke Rußschicht diesen winzigen Garten überziehen und sich wie Klebstoff an den Gebäuden und Bäumen festsetzen.

Seiner Jacke entledigt, waren Tachis Arme jetzt nackt. Auf dem rechten, auf dem nicht ein einziges Härchen war, sah Nicholas eine Reihe konzentrischer Kreise, die sich spiralförmig hinabwanden. Die Haut war bleich und runzelig, glänzend wie geschmolzenes Wachs, obwohl diese Narben vor vielen Jahren entstanden sein mußten.

Tachi sah Nicholas nicht an, sondern durchstöberte seine Ledertasche. »Ich schätze, Sie sind neugierig. Ich zumindest wär's an Ihrer Stelle.«

Nicholas sagte nichts. Er dachte an Croaker und seine biomechanische linke Hand. Er fragte sich, ob sein Freund es je vermißte, zwei Hände aus Fleisch und Blut zu haben. Croaker fehlte ihm. Ihrem vereinbarten Zeitplan entsprechend, hatten sie zuvor miteinander telefoniert und den neuesten Stand ihrer parallelen Missionen ausgetauscht.

»Seit zwei Tagen versuche ich, dich zu erreichen«, hatte Croaker gesagt. »Ich hab' eine Nachricht hinterlassen und auf deinen Rückruf gewartet. Nichts. Was zur Hölle ist passiert? Geht's dir gut?«

»So einigermaßen. Erinnerst du dich an Timothy Delacroix?«

»Der Waffenhändler, yeah.«

»Er ist in Saigon, und ich wollte mich mit ihm treffen. Der Bastard hat versucht, mich in die Luft zu jagen.«

»Christus! Bist du sicher, daß es dir gutgeht? Willst du, daß ich komme?«

»Ich weiß dein Angebot zu schätzen«, sagte Nicholas, »aber ich bin in Ordnung. Außerdem hört's sich so an, als würdest du gebraucht werden, wo du gerade bist.«

»Da bin ich mir nicht so sicher.« Croaker erzählte ihm von

seinem Einbruch ins Büro des Moniker's und von den Morgana-Unterlagen. »Ich weiß jetzt, was es mit Torch auf sich hat, und es ist schlimmer als befürchtet. Es ist tatsächlich eine neu entwickelte Waffe, und sie ist anscheinend relativ handlich. Sie soll am fünfzehnten März hochgehen, aber ich habe keine Ahnung, wo. Ich weiß nur, daß der Einsatzort nach – ich zitiere – ›Bevölkerungsdichte und Lage des Zielobjekts‹ ausgewählt worden ist.«

»Das bedeutet, eine Großstadt«, sagte Nicholas entsetzt.

»Richtig. Aber welche? Es könnte jede Stadt der Welt sein.«

»Wir dürfen keine Zeit verlieren; wir haben nur noch drei Wochen. Ich glaube, es ist am sinnvollsten, wenn du deine Spur weiterverfolgst.«

Als Croaker ihm von Domino berichtete, hatte Nicholas gesagt: »Ich denke, du bist gut beraten, wenn du so schnell wie möglich mehr über sie in Erfahrung bringst.«

»Seh' ich auch so«, hatte Croaker gesagt. »Was kann eine angebliche *Spiegel*-Angestellte wie Domino mit den Informationen, die sie mir gegeben hat, alles anstellen ...?«

»Genau. Und wenn Vesper Arkham Teil von Okamis Nishiki-Netz ist, finde ich es höchst alarmierend, daß sie auch für den verstorbenen Chef des *Spiegel*, Leon Waxman, gearbeitet hat.«

»Allerdings. Waxman war Johnny Leonforte, Bad Clams' Vater«, sagte Croaker.

»Soweit es Vesper anbelangt, wird die Sache immer heikler«, hatte Nicholas gesagt. »Was, wenn sie *godaishus* Maulwurf im Nishiki-Netz ist?«

»Hab' ich mir auch schon überlegt. Durch Nishiki versorgt Okami die Goldonis – erst Dominic, jetzt Margarite – mit den neuesten Skandalgeschichten des Washingtoner Establishments. Falls Vesper schon im Nishiki-Netz drin ist, könnte sie es problemlos zu Okami zurückverfolgen.«

Die Möglichkeit, daß Okamis Feinde Mittel und Wege besaßen, um den Kaisho aufzuspüren, ließ die beiden Männer frösteln.

»Das macht deine Aufgabe noch dringlicher«, hatte Nicholas zu Croaker gesagt. »Du mußt Okami finden, bevor Vesper es tut.«

»Bald«, sagte Nicholas und konzentrierte sich wieder auf Tachi, »wird sie in ihrem eigenen Land eine Ausgestoßene sein.« Er starrte in die Dunkelheit, in die das Mädchen verschwunden war.«

»Eine Ausgestoßene, ja.« Tachi hob seinen rechten Arm, bis das Mondlicht ihn perlweiß schimmern ließ. Die Vernarbungen glänzten auf der zerfurchten Haut und hoben sich so deutlich ab wie Stickereien auf einer dunklen Decke.

»Linnear-san, Sie verstehen die Bedeutung des Wortes *ijime* wahrscheinlich besser als jeder andere, den ich kenne. Als halber Kaukasier, der in Japan aufwuchs, haben Sie bestimmt die eine oder andere Form davon zu spüren bekommen.«

»Sicher. Ich bin von anderen Kindern oft gehänselt und schikaniert worden, weil ich anders aussah als sie und irgendwie nicht richtig zu ihnen gehörte.«

Tachi nickte. »Ganz genau.« Er hielt seinen Arm hoch wie eine Trophäe. »Das kommt von *ijime.* Ich bin in der Nähe von Kumamoto aufgewachsen, und meine Familie war anders als die meisten anderen. Mein Vater war ziemlich wohlhabend. Er besaß eine Färberei. Wir sind dort hingezogen, weil es eine arme Gegend war, in der mein Vater wegen der niedrigen Löhne größere Profite machen konnte.

Während meine Klassenkameraden in beengten, häßlichen Betonschachteln wohnten, lebten wir in einem geräumigen zweistöckigen Holzhaus. Es war wunderschön, wirklich. Meine Mutter war eine sehr talentierte Künstlerin. Um alles in der Welt wollte ich in ihre Fußstapfen treten, doch traurigerweise war ich nicht künstlerisch veranlagt. Ich hatte einfach kein Talent. Mir waren Formen und Perspektiven so schleierhaft wie Quantenphysik für meine Mutter.

Außerdem war meine Haut zu hell, ein weiterer Nachteil. Meine früheste Kindheitserinnerung ist meine badende Mutter. Ihre Haut war so weiß wie Milch, fast durchsichtig. Als ich älter war, las ich die sagenhaften Legenden über den Schneefuchs, der in den japanischen Bergen lebt und am letzten Tag jeden Jahres hinunter zu den Menschen kommt, um sich in ein junges Mädchen mit milchweißer Haut zu verwandeln und Bauern und Städter zum Narren zu halten.

Von da an glaubte ein Teil von mir, meine Mutter wäre ein

magisches Wesen. Das war nicht unbedingt gut für mich, den ich betrachtete mich nur um so mehr als etwas Besonderes und isolierte mich noch stärker von den anderen Kindern.

Konsequenterweise wurde ich in der Schule regelrecht verachtet, und zwar nicht nur von meinen Klassenkameraden, weil ich kein Einheimischer war und zudem noch reich und hellhäutig, sondern auch von meinen Lehrern und dem Schuldirektor, der meine Gegenwart befremdlich und äußerst störend fand. Man war der Meinung, ich wäre selbst Schuld an meinen Schwierigkeiten. Tatsache ist, meine Familie war wohlhabend, wir lebten in einem für dortige Verhältnisse riesigem Haus, ich sah anders aus als die dunkelhäutigen Bauerntölpel, und ich hatte mir nie die Mühe gemacht, ihren Dialekt zu lernen. Kurz gesagt, ich habe mich nie in die Gemeinschaft integriert. Ich war so anders, als wäre ich ein halber Abendländer.«

Nicholas dachte an die Schwierigkeiten, die er in der Schule und später im Kampfkunst-*dojo* gehabt hatte. Man akzeptierte ihn erst, nachdem er bewiesen hatte, daß er mehr als in der Lage war, sich selbst zu verteidigen. Zum ersten Mal fragte er sich jetzt, ob die Prügeleien in der Schule ihn zur Kampfkunst gebracht hatten. Die Tatsache, daß er als erstes das auf reinen Defensivtechniken beruhende *aikido* ausgewählt hatte, sprach für diese These.

»Ich wurde ständig verprügelt«, sagte Tachi, »im Klassenzimmer und auf dem Sportplatz. Man hat mich in einem fort geschlagen, getreten, beleidigt und schroff zurechtgewiesen. Wie oft mußte meine Mutter meine Oberlippe nähen. Einmal hat sie mich zum Arzt gebracht, aber da zwei seiner Söhne für meine Verletzungen verantwortlich waren, weigerte er sich einfach zuzugeben, daß ich medizinische Hilfe brauchte. Die geübten Hände meiner Mutter wurden im Laufe der Zeit im Umgang mit Nadel und Faden genauso geschickt wie im Umgang mit Pferdehaarpinsel und Meißelhammer.

Als mein Vater eines Tages in die Schule ging, um sich zu beschweren, begrüßte ihn der Direktor nur mit einem kalten Lächeln. Immerhin war mein Vater in Tokio ausgebildet worden und verdiente in einer Woche mehr, als der Direktor im ganzen Jahr nach Hause brachte. Er sagte meinem Vater, daß er, anstatt sich zu beschweren, Verständnis für die Jungen aufbringen solle, die nur aus einem wohlentwickeltem Instinkt für das Überleben der Gemeinschaft heraus handelten. Als mein Vater drohte, mit der Geschichte zur Lokalzeitung zu gehen, wies der Direktor ihn darauf hin, daß der Chefredakteur und der Herausgeber, deren Sprößlinge die besagte Schule ebenfalls besuchten, sehr wohl verstehen würden, daß die Rechte der einheimischen Kinder geschützt werden mußten. Man dürfe nicht zulassen, daß deren Zukunft gefährdet werden könnte.«

Regungslos saß Tachi da. Man sah ihm an, daß es ihm nicht leicht fiel, über die Vergangenheit zu sprechen. Es schien so, als hocke sie wie ein Dämon auf seiner Schulter, die riesigen Augen funkelnd wie ein Kaleidoskop.

»Irgendwann wollte ich mit einem Akt der Selbstkasteiung die gesamte Schule bloßstellen. Während ich im Auditorium saß und gemeinsam mit allen Schülern einer langweiligen Predigt unseres scheinheiligen Direktors zuhörte, setzte ich meinen Arm in Flammen. Ich schätze, das war sehr kühn von mir, aber es half nichts. Die Belegschaft der Schule hielt zusammen und bezeichnete die Sache als einen Unfall. Sie wollten nichts weiter, als diesen unangenehmen Vorfall so schnell wie möglich vergessen.

Also tat ich das einzige, was mich retten konnte, das einzige, für das ich offensichtlich taugte: Ich trat der Yakuza bei. Ich fuhr nach Kumamoto und suchte mit jugendlicher Frechheit – und Verzweiflung – den dortigen *oyabun* auf. Als ich ihm die Geschichte von meinem Arm erzählte, verstand er sofort. Er hatte keinen Sohn, nur Töchter. Das war mein Glück.«

Tachi hielt jetzt seine linke Hand ins Licht. Das oberste Glied seines kleinen Fingers fehlte. Er betrachtete den Stumpf beinahe liebevoll, und der Dämon auf seiner Schulter verschwand. »Während ich diesem *oyabun* diente, beging ich einen einzigen Fehler. Ich dachte, es wäre mein Ende. Am Hochzeitstag seiner ältesten Tochter mit dem Sohn des *oyabun* aus dem Nachbarort sollte ich als Leibwächter der Braut fungieren. Es gab Leute, die gegen diese Hochzeit waren, da sie fürchteten, daß die beiden Clans sich zu einem einzigen, weitaus mächtigeren vereinen würden, und das wollten sie verhindern.

Es gab einen Angriff, und in dem Durcheinander wurde die Braut von einer umherirrenden Kugel getroffen. Obwohl ich genau wußte, daß ich nichts hätte tun können, hatte ich versagt. Sechs Stunden später starb sie auf dem Operationstisch, und ich suchte den *oyabun* auf, mir meines Schicksals völlig sicher.

Statt dessen sprach er von einem tragischen Unglück und von Loyalität; er redete zu mir, als wäre ich sein eigener Sohn. Er vergab mir, und zwar nicht bloß mit Worten, sondern mit ganzem Herzen. Dies ist eine Lektion, die ich niemals vergessen habe. In der realen Welt – der Welt meiner Jugend – gab es keine Ehre, doch in der Yakuza fand ich, wonach ich gesucht habe. Ich entdeckte, was im Leben wirklich zählt.«

Als Croaker aufwachte, überprüfte er als erstes, ob Margarite im Hotel war. Man sagte ihm, sie sei nicht da. Daraufhin kontaktierte er erneut *Alices Spiegel* und hatte diesmal einen anscheinend jungen Mann mit einer hellen lebhaften Stimme am Apparat. Nachdem die Stimme seine ID bestätigt hatte, verlangte Croaker nach Domino.

»Tut mir leid«, erwiderte die Stimme. »Hier gibt's niemanden, der so heißt.«

»Kann nicht sein. Ich habe gestern abend mit ihr gesprochen«, sagte Croaker, aber seine Gedanken waren schon drei Schritte weiter, und er erkannte, daß man ihn hereingelegt hatte.

»Auf dieser Leitung? Unmöglich. Ich hatte gestern abend Dienst. Ich habe nicht mit Ihnen gesprochen.«

»Aber ich habe doch ...«

»Warten Sie. Alle Anrufe werden elektronisch registriert und im Computer gespeichert. Lassen Sie mich nachschauen ... So, hier kommt's. Wann haben Sie angerufen?«

»Ich habe zweimal angerufen.« Croaker nannte ihm die Zeiten.

»Ich weiß nicht, wo Sie angerufen haben, aber mit Sicherheit nicht hier. In den Aufzeichnungen taucht ihre ID seit Jahresbeginn kein einziges Mal auf. Dies hier ist Ihr erster Anruf in diesem Jahr.«

Croaker schloß seine Augen, und seine Gedanken überschlugen sich. Wer war Domino, und woher hatte sie gewußt, daß er anrufen würde? Wie hatte sie verhindert, daß sein Anruf registriert wurde? Vielleicht war sie ein Cyber-Hacker. Oder vielleicht …

Croaker beschrieb Domino, und der Mann am anderen Ende der Leitung lachte. »Bis auf die Haare und die Augenfarbe würde ich meinen, Sie haben Vesper Arkham beschrieben.

»Die war doch Waxmans Assistentin, richtig?« fragte Croaker mit heiserer Stimme.

»Yeah, aber jetzt arbeitet sie direkt für Senator Dedalus.«

»Was genau macht sie?«

»Was immer er will. Es kursiert das Gerücht, daß sie versucht, die verbliebenen *Spiegel*-Agenten zusammenzuhalten, um sie gründlich zu durchleuchten. Die Nachricht, daß Waxman Johnny Leonforte war, hat die Agentur bis in die Grundfesten erschüttert.«

»Aber war Vesper nicht bloß eine administrative Assistentin?« fragte Croaker.

»Ja, aber man munkelt, daß sie mehr war als das. Vielleicht Dedalus' Maulwurf, wer weiß?«

Croaker dachte einen Moment darüber nach. Es sah mehr und mehr danach aus, als hätten er und Nicholas recht gehabt: Sie war ein Maulwurf und gehörte zu Dedalus. Wenn sie daneben Teil von Okamis Nishiki-Netz war, arbeitete sie dann für beide Seiten? Den Agenturgerüchten zufolge war eine Doppelrolle nichts Neues für sie. Falls sie Nishiki gefährdete, war Margarite in Gefahr.

»Hat sie eine Schwester?« fragte Croaker.

»Vesper? Nicht laut ihrer Personalakte, und die sind in der Regel sehr gründlich.«

»Okay. Also, ich brauche zwei Dinge: Vespers Privatadresse und eine komplette Auflistung aller Telefonate, die in den letzten drei Monaten im Moniker's geführt worden sind.« Er nannte der Stimme seine Adresse. Domino hatte ihn belogen, also mußte er davon ausgehen, daß die Dokumente, die sie ihm gegeben hatte, gefälscht waren. Selbst wenn sie wundersamerweise korrekt sein sollten, mußte er sie in jedem Fall gegenprüfen.

»Tut mir leid«, sagte die Männerstimme, »ich darf keine Adressen des Agenturpersonals herausgeben. Die Liste der Telefonate ist aber kein Problem. Ein Kurier wird sie Ihnen innerhalb von zwei Stunden bringen. Wo wollen Sie sich mit ihm treffen?«

»In meinem Hotel. Würden Sie die Liste persönlich vorbeibringen?«

»Machen Sie Witze? Das verstößt gegen die Agenturvorschriften.«

Offensichtlich hatte Domino sich nicht davon abhalten lassen. »Übrigens, *wem* dürfen Sie denn Personaladressen geben?« fragte Croaker.

»Mr. Lillehammer zum Beispiel, aber der lebt ja nicht mehr.«

»Wem noch.«

»Nun, Senator Dedalus natürlich.«

»Wieso?«

»Die Öffentlichkeit weiß nichts davon, aber er ist Vorsitzender eines Senatsausschusses, der Leon Waxmans Aktivitäten untersucht.«

»Hat der Senator darum gebeten, sein Mitwirken in diesem Ausschuß geheimzuhalten?«

»Ich bin nicht sicher, aber ich glaube schon. Er ist so sehr mit der DARPA beschäftigt, und will es nicht an die große Glocke hängen, daß er zusätzlich noch diesen Ausschuß leitet.«

»Was ist die DARPA?«

»Die Defense Advanced Research Projects Agency des Pentagons.« Die Stimme kicherte. »Sie glauben gar nicht, was für merkwürdiges Science Fiction Zeug die Jungs da zusammenbasteln. Sprechende Roboter, sonderbares Kriegsspielzeug, allen möglichen Scheiß. Wo die ihr Geld herkriegen, ist mir schleierhaft, wahrscheinlich schwarzes Budget – Sie wissen schon, inoffizielle Zuwendungen, über die nirgendwo Buch geführt wird; wie bei der NSA.«

Interessant, dachte Croaker. Die Frau, die sich als Domino ausgab, hatte ihm zwar von Dedalus' Aktivitäten bei Neuregulierungen im Güterverkehr und der Vergabe von städtischen Bauaufträgen berichtet, aber nicht das hier.

»Wer ist im Augenblick Ihr Chef?« fragt er.

»Ich schätze, Senator Dedalus trifft solange alle Entscheidungen, bis ein neuer Direktor gefunden wird.«

»Und wer wird diesen neuen Direktor ernennen? Der Präsident?«

»Das bezweifle ich. Präsidenten haben das noch nie getan. Diese Agentur ist schon immer Senator Dedalus' Baby gewesen.«

Croaker beendete das Telefonat und sah auf seine Uhr. Fast vier Uhr morgens. Er schlief knapp zwei Stunden, zu erschöpft, um seine restlichen Sachen auszuziehen. Um sechs schreckte ihn der Wecker an seiner Armbanduhr aus einem Traum auf, in dem er, mit einem Clownskostüm bekleidet, auf einem Stuhl saß und von verdächtig nach Bad Clams klingenden Offiziellen der US-Regierung verhört wurde. Er versuchte, nicht an Bad Clams zu denken, aber das war ungefähr so, als würde man einem Chirurgen, der gerade seine Frau operiert, sagen, er soll vergessen, wer seine Patientin ist. Er gab seine derzeitigen Koordinaten in den Digitaltransmitter ein und wartete auf Nicks Rückruf.

Wenige Augenblicke später klingelte das Telefon; er sprang auf und riß den Hörer von der Gabel.

»Nick?«

»Ja. Hallo Lew.« Unfähig stillzusitzen, marschierte Croaker im Zimmer auf und ab. Trotz seiner Erschöpfung jagten Unmengen Adrenalin durch seinen Körper. »Anscheinend kontrolliert jetzt Senator Dedalus den *Spiegel*. Ich muß rausfinden, auf wessen Seite er steht – auf Margarites oder auf Leonfortes. Er soll mit Dominic Goldoni befreundet gewesen sein, aber gleichzeitig ließ er Johnny Leonforte den *Spiegel* leiten. Und wie wir wissen, war Johnny Leonforte ein führendes Mitglied der *godaishu*.«

»Interessant«, sagte Nicholas. Er berichtete Croaker von der möglichen Verbindung zwischen der Yakuza, Avalon Ltd., Torch und Delacroix.

»Trotzdem«, sagte Croaker, »würde ich gerne wissen, wer Torch herstellt.«

»Ich habe so eine Ahnung«, sagte Nicholas und erzählte ihm von Floating City.

»Gut möglich, daß die Person oder Personen, die Torch besitzen, dieselben sind, die Okamis Ermordung angeordnet haben. Ich würde auf die *godaishu* setzen.«

Es herrschte kurz Stille, bis plötzlich beide gleichzeitig zur selben Schlußfolgerung kamen.

»Was, wenn Okami das Ziel von Torch ist?« sagte Nicholas.

»Macht Sinn, nicht wahr? Und Okami ist schlau genug, um etwas Derartiges zu vermuten, aber da er untergetaucht ist, hat er nicht die Macht, um es zu verhindern.«

»Das ist es doch gerade, Lew. Er hat sehr wohl die Macht dazu. Deswegen hat er uns doch mit Hinweisen gefüttert.«

Als Croaker den Hörer auflegte, hatte bereits die Morgendämmerung eingesetzt. Zwanzig Minuten später verließ er, frisch geduscht, rasiert und mit Deo eingesprüht, sein Zimmer. Auf dem Weg nach unten erkannte er, wie sich ein mögliches Muster herauszukristallisieren begann. Als er im Badezimmer war, hatte er absichtlich seine Gedanken abgeschaltet und Atemübungen gemacht, um seinem Unterbewußtsein Zeit zum Arbeiten zu geben. Jetzt begann er langsam klarer zu sehen.

Was von dem Augenblick an passiert war, als er mit Domino telefoniert hatte, glich einem klassischen Agentenstück. Während er versucht hatte, Domino Informationen zu entlocken, hatte sie mit ihm genau das gleiche getan.

Im Laufschritt durchquerte er die Lobby und nahm sich draußen ein Taxi. Er nannte dem Fahrer Senator Dedalus' Adresse.

Es sah immer mehr danach aus, als wäre Domino, angeblich Vespers Schwester, in Wirklichkeit Vesper selbst. Alles paßte zusammen, als er dem Szenario noch eine entscheidende Tatsache hinzufügte: Vesper war Dedalus' Maulwurf im Nishiki-Netz. Wenn man den Gedanken weiter fortführte, schien es so, als wenn Dedalus die treibende Kraft hinter Johnny Leonforte gewesen wäre, was gleichzeitig die Frage beantwortete, wie Leonforte alias Waxman die rigorosen Sicherheitskontrollen der Agentur überstanden hatte.

Auch mußte er Vesper unbedingt fragen, wem Morgana Inc. gehörte. Torch 315 war sowohl in den Unterlagen von Morgana als auch in der Computerdatei von Avalon erwähnt worden. Wenn diese beiden konkurrierenden Firmen hinter Torch her waren, mußte es sich tatsächlich um eine brandheiße Sache handeln.

In den letzten achtundvierzig Stunden hatte er nur zwei Stunden geschlafen. Sein Gesicht war von der hastigen Rasur wund und gerötet, und trotz seiner frischen Kleidung fühlte er sich ungepflegt. Nicht gerade ideal, wenn man sich zum ersten mal mit dem Senat traf; wohl oder übel würde er sich allein auf seinen Charme verlassen müssen.

Leichter Nieselregen hatte eingesetzt. Ab und an verwandelte sich der eisige Winterwind in einen Graupelschauer, der auf das Dach und gegen die Windschutzscheibe des Taxis prasselte und Croaker an das schabende Kratzen eines herrenlosen Köters erinnerte. Inmitten des komplexen Netzes, in das er und Nicholas verwoben waren, versuchte er verzweifelt, nicht an Margarite zu denken, doch er konnte nicht anders. Falls Vesper, die die illegalen Waffengeschäfte von Morgana Inc. leitete, mit Margarite unter einer Decke steckte, warf das ein völlig anderes Licht auf die Situation. Seiner Meinung nach war Dominic Goldoni wesentlich mehr gewesen als bloß der Obergangster an der Ostküste. Goldoni war ein Visionär gewesen. Er hatte sich mit Okami verbündet, und gemeinsam hatten sie sich von der höchst profitablen *godaishu* losgesagt, um eigene Pläne zu verfolgen; das war ihm zum Verhängnis geworden und hatte beinahe auch zu Mikio Okamis Ermordung geführt. Wieso das ganze? Was hatte die beiden Männer dazu getrieben?

Entgegen jeglicher Logik und allen italienischen Familientraditionen zum Trotz hatte Goldoni seine Schwester insgeheim darauf vorbereitet, seine Nachfolgerin zu werden.

Und doch hatte sein Erzrivale Caesare Leonforte den Braten gerochen. Vielleicht kannte er Tony D. zu gut oder war einfach schlauer, als Dominic geglaubt hatte. Auf jeden Fall hatte er jetzt Croaker genau dort, wo er ihn haben wollte: Er war sein Spürhund, der die Witterung seiner Beute bereits aufgenommen hatte.

Croaker wurde im Fond des rumpelnden Taxis hin und her geschaukelt und fühlte sich unangenehm daran erinnert, daß – je näher er an Margarite und das Nishiki-Netz herankam – auch Bad Clams seinem Ziel, nämlich Margarites Vernichtung, immer näher kam.

Er fühlte sich immer mehr wie eine Ratte in einem Irrgarten, einem Labyrinth, das auf teuflische Weise extra für ihn ersonnen worden war. Er war es nicht gewohnt, machtlos zu sein, manipuliert von unsichtbaren Kräften außerhalb seines Verstandeshorizonts. Er mußte aufpassen, daß ihn seine Wut nicht unvorsichtig machte. Er hatte genügend Polizisten in eine Kugel rennen sehen, weil sie ihre Gefühle von ihrem Job nicht hatten trennen können, und er wußte, daß er nicht so sterben wollte. Ebenso begann er eine Ahnung von den wahren Dimensionen der Geschichte zu entwickeln, in der er steckte, und spürte einen ersten Anflug von Furcht. Auch dieses Gefühl mußte er bekämpfen, denn genau wie Wut einen unvorsichtig machte, konnte Furcht einen lähmen.

Annahme Nummer eins: Morgana Inc. gehörte Dominic und Okami. Annahme Nummer zwei: Vesper war mit ihren Verbindungen zum *Spiegel,* dem ultrageheimen FBI-Ableger, der früher von Johnny Leonforte und jetzt von Senator Dedalus geleitet wurde, eine der Hauptfiguren in diesem Spiel. Croaker und Nicholas waren durch Okamis indirekte Hinweise auf die Spuren gebracht worden, die sie jetzt verfolgten. Durch seine Informationen waren sie auf Avalon gestoßen, hatten Torch entdeckt und waren auf das Nishiki-Netz aufmerksam geworden. Für einen Moment hatte Croaker das Bild vor Augen, wie Okami aus dem Dunkel heraus die Fäden zog und sie alle wie Marionetten nach seiner Pfeife tanzen ließ.

Senator Richard Dedalus schien der Schlüssel zu allem zu sein, und Croaker freute sich mit mulmiger Faszination auf das Treffen mit dem Mann, der Waxmans Agentur ins Leben gerufen hatte und selbige jetzt leitete.

Dedalus wohnte auf einem fünf Hektar großen Grundstück in McLean, Virginia. Das imposante Herrschaftshaus strahlte die Atmosphäre eines altenglischen Schlosses aus, ohne dabei auch nur im geringsten prätentiös zu wirken. Die geschwungene Zufahrt war eine Viertelmeile lang und wurde von majestätischen Aristocrat Bradford-Birnenbäumen flankiert, die mit ihren kerzengeraden Stämmen an die Wachtposten im Schloß Windsor erinnerten.

Auf seinem Weg zum Haus kam Croaker an einem tadellos gepflegten Obstgarten und einem geschickt verborgenen Tennisplatz vorbei. Ein Gärtner fuhr in einem Elektrocar über das Grün, Heckenscheren in diversen Größen auf der Ladefläche. Trotz der frühen Stunde nahm der Gärtner von dem Taxi keine

Notiz. Zweifellos war er von seinem Chef sonderbare Arbeitszeiten gewöhnt.

Croaker entlohnte den Fahrer und stieg aus. Die Auffahrt war groß genug, um der kugelsicheren Präsidenten-Limousine und den Wagen seines Stabes Platz zu bieten. Die mit Schnitzereien verzierte Eingangstür war so hoch, daß selbst ein Basketball-Profi beim Eintreten nicht den Kopf einziehen mußte.

Auf Croakers drängendes Läuten hin öffnete eine junge Frau Mitte zwanzig die Tür. Sie trug einen hübschen Donna-Karan-Anzug. Eine schimmernde Perlenkette setzte sich effektvoll von ihrer Hautfarbe ab, die den Ton heißer Schokolade hatte. Ihre großen schwarzen Augen sahen Croaker mit einer Mischung aus Neugier und guter Laune an. Ihr dichtes Haar war zu mehreren, auf dem Kopf festgesteckten Zöpfen geflochten.

»Was kann ich für Sie tun?«

Er zeigte ihr seine FBI-Marke. »Ich würde gerne mit dem Senator sprechen.«

Die junge Frau sah von der Marke zu Croakers Gesicht auf. Sie hatte sich Zeit genommen, um das Ding eingehend zu studieren, was ihn beeindruckte. Die meisten Leute taten das nicht; sie ließen sich nur allzu leicht von der Autorität der Staatsgewalt einschüchtern.

»Treten Sie bitte ein.« Sie machte einen Schritt zurück. »Ich werde nachschauen, ob der Senator schon wach ist.«

Sie führte ihn durch eine weitläufige ovale Eingangshalle mit weißem Marmorfußboden. Ein prächtiger Kristalleuchter und eine geschwungene, offenbar von Hand gezimmerte neue Prunktreppe aus Teakholz dominierten den Raum. Genau unter dem Kronleuchter stand ein kleiner Ebenholztisch, der die gleiche ovale Form wie die Eingangshalle hatte. Auf ihm ragte eine Bennet Bean-Skulptur aus Granit, rostfreiem Stahl und gebranntem Ton in die Höhe und berührte beinahe die untersten Kristalle des Leuchters.

»Wie wär's mit Kaffee oder Tee?« fragte ihn die Frau, während sie durch einen kurzen Flur gingen.

»Kaffee wäre nett.«

Sie lächelte ihm über die Schulter hinweg an. »Ich glaube, ich werde auch einen trinken.«

Sie war gut gebaut, hatte eine schmale Taille und hübsche Beine. Während sie vor ihm herging, konnte er unter ihrem Anzug die Konturen ihrer breiten Schultern und ihres muskulösen Oberkörpers erkennen. Croaker fragte sich, ob sie zum Sicherheitspersonal des Senators gehörte.

Sie führte ihn in eine riesige, mit blaßgelber Emaillefarbe gestrichene Küche. Von der Decke hing mindestens ein Dutzend glänzender Kochtöpfe aus Kupfer herab. Ein professioneller Herd von Garland und ein stählerner, mit verglasten Türen ausgestatteter Kühlschrank, für den jeder Restaurantbesitzer seine Seele verkauft hätte, vervollständigten die Kücheneinrichtung.

Aus einer multifunktionalen Maschine auf einer der vielen Anrichten goß die junge Frau dampfenden Kaffee in zwei in Metallfassungen stehenden Gläsern. Sehr europäisch. Sie hatte ein breites, flaches Gesicht mit wißbegierigen Augen und einem ständigen Lächeln. Sie war putzmunter, als wäre es bereits drei Uhr nachmittags und nicht erst Viertel vor sieben.

Die gesamte hintere Küchenfront bestand aus einer Reihe von Fenstern und französischen Glastüren, die auf einen mit Blumenbeeten geschmückten Rasen hinausführten. Die Beete waren mit einer architektonischen Präzision über das Grün verteilt, die man ansonsten nur in den Prunkgärten französischer Chateaus vorfand. Selbst im tiefsten Winter verloren sie nichts von ihrer Pracht.

»Herrlich, was?« Die junge Frau hatte sich neben Croaker gestellt, während er den verlassenen Garten betrachtete. »Gärten sind im Winter so herb und irgendwie melancholisch, finde ich.«

»Ich weiß nicht. Ich habe auf dem Gebiet nicht genügend Erfahrung, um dazu eine Meinung zu haben.«

Sie wandte sich zu ihm um und reichte ihm eine Hand. »Mein Name ist Marie.«

Er nahm sie und merkte, daß ihre Hand kühl und ihr Griff fest war. Genau wie er erwartet hatte. »Lew Croaker.«

Marie nickte. »Es ist schrecklich früh, um sich mit dem Senator zu treffen.«

»Es handelt sich um eine ziemlich dringende Angelegenheit. Wird er mich empfangen?«

»Er wird in fünf Minuten unten sein.« Croaker hatte keine Ahnung, woher sie das wußte oder wie sie überhaupt dem Senator von seiner Anwesenheit berichtet hatte. »Ich werde bei dem Gespräch dabei sein.«

»Sind Sie sein Anwalt?«

Sie lachte. »Der Senator braucht keinen Anwalt. Er *ist* einer.«

Er betrachtete sie mit prüfendem Blick. Falls sie eine Waffe trug, konnte er sie nicht entdecken. »Vertrauen Sie mir nicht? Ich komme von einer Bundesbehörde. Von der Behörde des *Senators*.«

»Mr. Croaker. Man bezahlt mir eine Unsumme dafür, daß ich *niemandem* vertraue. Glauben Sie mir, es ist nichts Persönliches.«

»Wunderbar. Jetzt fühl' ich mich schon viel besser.«

Ihr Lachen hatte einen angenehmen Klang, volltönend und ehrlich. Er mochte Menschen mit Sinn für Humor. »Arbeiten Sie schon lange für den Senator?«

»Ich bin zu jung, um lange für den Senator gearbeitet zu haben. Erst seit knapp einem Jahr.«

»Was ist mit Ihrem Vorgänger passiert?«

Marie entblößte ihre strahlend weißen Zähne. »Er war nicht so gut wie ich.«

»Willkommen im Club«, sagte Croaker mit einem schelmischen Grinsen und hob seine Hände mit den Innenflächen nach vorn.

»Marie, haben Sie sich anständig um unseren Gast gekümmert?«

»Ja, Sir.«

Croaker drehte sich um und erblickte einen großen schlanken Mann mit schlohweißem Haar und länglichem, kummervollen Gesicht. Von dem Moment an, da er die Küche betrat, veränderte sich die Atmosphäre in dem Raum. Er bewegte sich nicht wie ein alter Mann, sondern vielmehr wie ein erfahrener Seefahrer auf einem schwankenden Deck. Er ging leicht gebückt, als wäre jeglicher Raum, den er betrat, zu eng für seine Persönlichkeit. Er hatte klare blaue Augen, eine große Nase und einen breiten schmalen Mund. In seiner Freizeithose, dem Baumwollhemd und der schlichten Wolljacke sah er eher wie ein Gentleman-Farmer als wie einer der mächtigsten Männer der Hauptstadt aus.

»Ich habe ihn durchleuchtet. Keine Waffen, keine Wanzen. Er ist sauber.«

Dedalus nickte zufrieden und begrüßte Croaker mit einem aggressiven Händedruck. »Richard Dedalus, Mr. Croaker. Wie ich höre, kommen Sie von der Agentur.«

Es gab also überall im Haus Mikrofone; wahrscheinlich auch Videokameras. »Ja und nein«, sagte Croaker.

»Oh?«

»Tatsache ist, Mr. Lillehammer hat mich engagiert, um den Mord an Dominic Goldoni zu untersuchen, weil er innerhalb der Agentur eine undichte Stelle vermutete.«

Dedalus nickte. »Hat sich wahrscheinlich wegen Leon Waxman Sorgen gemacht, seinem Direktor. Zu recht. Waxman war ein Fehler.«

Das war die Untertreibung des Jahrhunderts, dachte Croaker, denn immerhin hatte sich Leon Waxman als der angeblich verstorbene Johnny Leonforte entpuppt.

»Wenn Sie Ihren Kaffee ausgetrunken haben, würde ich gerne einen Blick auf den Tennisplatz werfen. Dieses feuchte Wetter ist Gift für den Bodenbelag.«

Zu dritt gingen sie zur Tür. »Ist Maries Anwesenheit unbedingt notwendig?«

»Ich fürchte schon, nach dem Debakel mit Waxman.«

Sie gingen hinaus in den trübgrauen Morgen. Marie blieb einige Schritte hinter ihnen; ihr Blick wanderte zwischen den beiden Männern und der sie umgebenden Landschaft stetig hin und her. In einiger Entfernung konnte Croaker den Gärtner erkennen. Er war mittlerweile aus seinem Golfwagen geklettert und bearbeitete eine Hecke am Rand des umzäunten Tennisplatzes.

»Über einige Dinge spricht man besser außerhalb der Hörweite«, sagte der Senator, machte aber nicht klar, wessen Hörweite er meinte. Vielleicht dachte er dabei an sein eigenes elektronisches Überwachungssystem. Falls ja, wäre das ziemlich interessant.

»Ich suche eine Frau«, sagte Croaker, »und da sie für die Agentur arbeitet – oder gearbeitet hat, als Lillehammer noch lebte –, bin ich zu Ihnen gekommen.«

»Ihr Name?«

»Vesper Arkham.«

Wortlos ging der Senator weiter, aber an den Dunstwolken, die sein Atem verursachte, erkannte Croaker, daß Dedalus scheinbar nervös geworden war.

»Was wollen Sie von Ms. Arkham?«

»Das hängt mit meinen Ermittlungen im Mordfall Goldoni zusammen.«

Abrupt stoppte der Senator. »Gütiger Gott, Lillehammer ist seit mehr als drei Monaten tot. Wer hat Ihnen gesagt, daß sie weiter ermitteln sollen?«

»Niemand sagte, daß ich aufhören soll.«

Dedalus starrte ihn im trüben Morgenlicht an. »Sie verwirren mich, Mr. Croaker.« Er ging weiter. »Nicht viele Männer sind so hartnäckig. Wer, wenn ich fragen darf, bezahlt Sie?«

»Niemand.«

Dedalus knurrte, anscheinend überrascht. »Entweder Sie sind extrem neugierig oder ein Mann mit eisernen Prinzipien. Was von beiden auf Sie zutrifft, werde ich bald genug herausfinden.«

»Ich schätze, Sie werden mir befehlen, meine Ermittlungen abzubrechen, oder?«

Dedalus warf ihm einen bösen Blick zu. »Wie kommen Sie denn darauf?«

»Das würde Sinn machen. Sie waren Goldonis Freund, haben sich oft genug mit ihm und seiner Schwester Margarite getroffen. Vor zwei Tagen haben Sie Ihre Limousine zum Flughafen geschickt, um Margarite abholen zu lassen. Goldoni hatte einen Plan von globaler Natur, und ich bin überzeugt, daß Vesper und vielleicht auch Margarite in der Sache drinstecken.«

»Also muß ich ebenfalls mit drinstecken – ist es das, was Sie sagen wollen?« Dedalus schüttelte den Kopf. »Ich bin der große böse Wolf, der die Fäden in der Hand hält, ist dies das Szenario, das Sie sich zusammengebastelt haben?« Sie erreichten das Eingangstor des Tennisplatzes, und der Senator öffnete es. »Wie Sie schon sagten, ich war Dominics Freund. Für Sie mag das sonderbar klingen – oder gar scheinheilig von mir, einem Mitglied des US-Senats. Aber Sie haben Dominic Goldoni nicht gekannt. Er war ein fantastischer Mann. Ihn einen Gangster zu nennen, wird ihm nicht gerecht. Er hat viel Gutes getan, aber fragen Sie mich jetzt nicht nach einer Auflistung, okay? Es ist nicht meine Aufgabe, das zu rechtfertigen, was ihm vorgeworfen wurde.«

Sie betraten den schlammigen Tennisplatz, und Dedalus starrte den Sandbelag verärgert an. »Ich wußte doch, ich hätte Har-Tru verlegen sollen. Schauen Sie sich das an.«

»Was wissen Sie über Vesper Arkham?«

Dedalus nahm einen Notebook-Computer aus der Jackentasche und gab einen Zugangscode ein. »Sie wurde vor zweiunddreißig Jahren in Potomac, Maryland, als Tochter von Maxwell und Bonny Harcaster geboren. Sie graduierte in Yale mit summa cum laude, schrieb an der Columbia ihre Doktorarbeit in Psychologie und eine weitere in Parapsychologie an der ...«

»*Para*psychologie?«

Dedalus blickte auf. »Sie ist eine Phi Beta Kappa und Mitglied der Mensa.«

»Der Verein der Gehirnakrobaten.«

»Der nationalen Vereinigung für Leute mit extrem hohen Intelligenzquotienten.«

Croaker sah Dedalus an. »Hat sie je geheiratet?«

Sein Blick wanderte zum Notebook hinunter, aber Croaker bemerkte, daß er nicht vom Bildschirm ablas. »Sie war einmal verheiratet, mit einem Mann namens John Jay Arkham, einem Washingtoner Geschäftsmann in der Abrißbranche. Die Ehe hat nur ein knappes Jahr gehalten.«

»Und doch behielt sie seinen Namen.« Croaker ließ seinen Blick über den Tennisplatz schweifen. »Senator, haben Margarite und Vesper Sie vor zwei Tagen aufgesucht?«

»Nein.«

»Ist das die Wahrheit?«

Dedalus steckte seinen Computer ein. »Ich bin zwar schon über siebzig, aber bei Gott, ich brauche nicht Maries Hilfe, um Sie von meinem Anwesen zu schmeißen. Das schaffe ich noch mit meinen eigenen zwei Händen.«

»Ich hab' ja bloß gefragt, Senator.«

»Ja, ja, sparen Sie sich das für jemanden auf, der halb so alt ist wie ich.« Er wandte sie zu Marie. »Was meinen Sie? Har-Tru?«

»Har-Tru.« Dies war die Antwort, die der Senator hören wollte, und sie gab sie ihm ohne zu zögern.

Allmählich begann Croaker ein Bild von dem Mann zu bekommen. Heftige Gefühlsregungen zu provozieren, war nur einer von vielen Tricks in seinem Job. Genaues Beobachten konnte genauso effektiv sein.

»Machen Sie jetzt keinen Fehler. Ich bin nicht Ihr Feind«, sagte Dedalus zu Croaker. »Ich möchte, daß Sie Ihre Ermittlungen fortsetzen, denn Dominic war mein Freund. Wenn Sie mit Vesper Arkham reden wollen, werde ich das arrangieren. Sagen Sie mir einfach, wann und wo.«

»In Ordnung.« Croaker sah sich ein letztes Mal um. Marie durchbohrte ihn mit ihrem Blick, als würde sie sich jeden Augenblick in einen Kampfhund verwandeln. Der Gärtner hatte seine Arbeit fürs erste beendet und kletterte wieder in seinen Golfwagen. »Heute mittag. Den Treffpunkt gebe ich Ihnen um Viertel vor zwölf telefonisch durch. Werden Sie hier sein?«

»Nein, ich werde in einer Konferenz sitzen.«

Croaker sah ihn gelassen an. »Wenn Sie Dominic wirklich helfen wollen, werden Sie meinen Anruf entgegennehmen.«

Dedalus gab Croaker eine Karte mit seiner Büroadresse und der Telefonnummer. »Nennen Sie meiner Sekretärin einfach Ihren Namen; den Rest wird sie dann erledigen.«

Die junge Vietnamesin stand splitternackt auf einer niedrigen, mit azurblauer Seide drapierten Holzbühne. Ihr einziges Makeup war ein scharlachroter Lippenstift, der ihren sanft geschwungenen Mund betörend sinnlich schimmern ließ. Ihre Beine waren gespreizt, ihre Hände in die Hüften gestemmt. Ihr Körper war völlig unbehaart, und im Schein der Gaslampe glänzte die mit Rosenholzöl eingeriebene, makellose Haut wie Kupfer.

Eine zweite, ebenfalls nackte Frau hockte auf allen Vieren vor ihr. Ihr Kopf war nach unten gebeugt, so daß ihre dichten schwarzen Haare wie ein Fächer ihr Gesicht verdeckten und ihr jegliche Individualität nahmen.

»Macht weiter«, sagte Rock, um sich das Gefühl zu geben, sie bräuchten Ermunterung. Seine Augen waren zu schmalen Schlitzen zusammengekniffen, und seine Atmung war so flach, als befände er sich in einem meditativen Trancezustand. Hinter den Wänden dieses verriegelten Raumes ging das geschäftige Treiben in Floating City seinen gewohnten Gang, entweder im gleißenden Sonnenlicht oder im monsunartigen Regen; wie auch immer, es war ihm egal. Sollte sich doch sein Partner um die Geschäfte kümmern. Für ihn zählte momentan nur, was hier in diesem Raum passierte.

Die stehende Frau nahm ihre Hände von den Hüften und legte sie auf die Pobacken der anderen, die Rock zugewandt war. Aufreizend fuhr sie mit der Zunge über ihre vollen Lippen, als ihre Hände zwischen den Pobacken ihrer Gespielin verschwanden. Ihre Knie knickten leicht ein, während sich ihre Arme rhythmisch vor und zurück bewegten. Mit fiebrig glänzenden Augen starrte Rock die beiden an und stellte sich in allen Einzelheiten vor, was geschah. Nach einigen Augenblicken begann sie auf allen vieren heftig zu keuchen und schwang ihre schwarze Mähne ekstatisch hin und her.

»Ist es soweit?«

Die Frau mit dem unbehaarten Körper nickte wortlos. Ihre dunklen Brustwarzen waren erigiert.

Rock betrat die Bühne und spürte die kühle Seide unter seinen nackten Füßen genauso deutlich wie das Pochen in seinen Lenden.

Er legte seine Hände auf den Körper der Unbehaarten. »Und wie sieht's mit dir aus?«

Es war schwierig, nicht von Rock eingeschüchtert zu sein. Er war groß, muskulös, hatte die Schultern eines Gewichthebers. An den Seiten war sein noch immer schmutzigblondes Haar so kurz geschnitten, daß die Haut darunter von der Sonne verbrannt war. Er war tiefbraun, was seinen blauen Augen einen unnatürlichen Glanz verlieh. Trotz seiner Bräune konnte man die parallel verlaufenden Narben auf seinen Wangen erkennen, Überbleibsel einer schweren, unbehandelten Akne. Doch anstatt ihn zu verunstalten, unterstrichen sie bloß seine brutale Erscheinung und ließen ihn wie einen afrikanischen Stammeshäuptling mit martialischen Gesichtstätowierungen aussehen.

»Ich brauche dich.« Ihre mahagonifarbenen Augen fixierten ihn, während sie unablässig ihre Gespielin bearbeitete. »Besorg's mir.« Rock griff ihr in die Nackenhaare und zog ihren Kopf zu sich heran. Er küßte sie, ärgerte sich aber, daß er sich nicht von vorne gegen ihren Körper pressen konnte; brutal stieß er die auf dem Boden kauernde Frau zur Seite. Er hörte ihr überraschtes und enttäuschtes Seufzen und bekam sofort eine Erektion.

Die Unbehaarte langte nach unten, zog seinen Penis zwischen ihre Schenkel und klemmte ihn dort ein. Provokativ kreiste sie mit ihren Hüften, und er spürte die köstliche Reibung an ihrer heißen Haut. Sein Blut stand in Flammen.

Dann fühlte er ein Prickeln zwischen seinen Beinen. Ohne hinzusehen, wußte er, daß die zweite Frau herangekrochen war. Es war an der Zeit. Er drang in die Frau mit dem unbehaarten Körper ein, hörte ihren rasselnden Atem und spürte, wie sie ein Bein anhob und es um seine Hüfte schlang.

Das Prickeln zwischen seinen Beinen wanderte auf und ab, neckte ihn, kletterte immer höher, bis Fingerspitzen und Zunge der zweiten Frau in seinem Schritt angelangt waren. Vor seinen Augen explodierten Lichter und Farben. Seine Stöße waren tief und ungestüm, beinahe unkontrolliert. Finger und Zunge drangen in ihn ein, reizten ihn so sehr, bis er sich nicht länger zurückhalten konnte und mit einem langgezogenen Aufschrei explodierte.

Schweißgebadet sanken alle drei zu Boden. Er roch ihre Körperausdünstungen und sah den beiden Frauen mit noch immer rasendem Herzen zu, wie sie ihre glitschigen Körper ineinander verschlangen und ihre ekstatisch tanzenden Zungen einander Lust bereiteten. Erneut bekam er eine Erektion. Dann benutzten sie ihn, so wie er sie benutzt hatte, taten mit ihm, was sie wollten, was immer ihnen Lust verschaffte, bis er schließlich wieder das Kommando übernahm, sich vor ihnen aufbaute und sie sich an seinem Samen labten, als wäre es köstlicher Wein.

Hinterher, klitschnaß von all den Körperflüssigkeiten, schlief er erschöpft ein – und träumte. Er befand sich an einem unbekannten Ort zu einer Zeit, an die er nur ungern zurückdachte. Sein Vater hetzte ihn durch dunkle Räume, in denen es nach

Verwesung stank. Überall waren Kakerlaken und fettbäuchige Ratten.

Vergiß nie, daß ich dich zu dem gemacht habe, was du bist. Die harsche Stimme des Vaters hallte an den verdreckten Wänden wider und nahm immer mehr eine physische Gestalt an, bis der Raum, in dem Rock sich im Traum befand, mit Blut gefüllt war, und er darin ertrank.

Er schreckte so entsetzt auf, daß er die beiden schläfrigen nackten Frauen anbrüllte und so lange blindwütig auf sie einschlug, bis sie blut- und tränenüberströmt aus dem Raum stürzten.

3
Vung Tau / Washington / Tokio

Als Chief Inspector Van Kiet im Lang Ca Ong-Tempel eintraf, zog er ein Gesicht wie der Teufel persönlich. Wäre er nur ein klein wenig ärgerlicher gewesen, ihm wäre der Dampf aus den Ohren gestiegen.

»Es ist schon schwer genug, so etwas wie ein Privatleben zu führen, ohne daß Leute wie Sie mich zu den unmöglichsten Zeiten aus dem Bett holen«, blaffte er Tachi an, bevor er Nicholas erblickte, und verächtliches Schnauben ausstieß. »Sie sind ein böses Omen, wissen Sie das?« Dann wandte er sich wieder zum *oyabun* um. »Ich schwöre, falls Sie mir jemals einen Gefallen schulden sollten, werde ich Sie um die Erlaubnis bitten, diesen Mann töten zu dürfen.«

»Danke für die Warnung«, erwiderte Tachi trocken. »Ich werd's mir merken.«

Dunkel und bedrohlich ragten hinter ihnen die Walskelette empor.

»Müssen wir hier bleiben?« Van Kiet sah sich nervös um. »Ich versuche immer in Bewegung zu sein, besonders nachts.«

Während sie den Tempel verließen, beobachtete Nicholas den Inspektor argwöhnisch. Das Auftreten dieses Mannes war völlig anders als bei ihrem letzten Treffen, als Van Kiet mit seinen Männern im Schlepptau vollkommen Herr der Lage gewesen zu sein schien. Was hatte sich verändert?

»Vor zwei Tagen hat es nahe der Giac Lam-Pagode einen Vorfall gegeben«, sagte Tachi.

»Ach ja? Als ob ich das nicht wüßte.« Van Kiet war offensichtlich erregt. »Die Regierung hat mich unter wahnsinnigen Druck gesetzt, den Täter zu finden. Das Problem ist, ich kenne den Auftraggeber, und er zahlt mir wesentlich mehr als die Regierung.«

»Dieser Mann hier war das Ziel der Bombe«, sagte Tachi auf Nicholas deutend. »Er kam nur aufgrund besonderer Umstände mit dem Leben davon.«

»Um so schlimmer für uns alle, das sag' ich Ihnen«, entgegnete Van Kiet säuerlich. Er blickte über seine Schulter, als sehnte er sich nach einer kugelsicheren Weste.

»Wer befahl, mich zu töten?« fragte Nicholas.

»Mein Gott, Rock natürlich.«

Nicholas sah Van Kiet fragend an. »Wer ist Rock?«

»Der Herrscher von Floating City«, knurrte Van Kiet. »Er hat den verdammten Ort mitten im Dschungel aus dem Boden gestampft. Gott allein weiß, wie er das geschafft hat, aber mit genügend Geld kann man alles machen, und Rock hat so viel davon, daß er es gar nicht schnell genug ausgeben kann.«

»Wenn Sie ihm gehören, warum erzählen Sie uns das alles?« wollte Nicholas wissen. »Wenn Rock meinen Tod will, hätten Sie mich sofort erschießen sollen, als Sie mich vorhin sahen.«

Van Kiet warf Tachi einen argwöhnischen Blick zu.

»Macht der Kerl Witze?«

Tachi zuckte mit den Schultern. »Sagen Sie es ihm.«

Van Kiets Augenbrauen schossen in die Höhe. »Im Ernst?«

»Im Ernst.«

Van Kiets Blick wanderte zu Nicholas. »Man kann mich zwar anheuern, aber nicht besitzen. Vielleicht bin ich eine Hure, aber meine Seele hab' ich noch nicht verkauft.«

Tachi rollte mit den Augen. »Ich meinte, Sie sollen ihm die *Wahrheit* sagen.«

Van Kiet fröstelte. »Ich fühl' mich hier nicht sonderlich wohl. Können wir woanders hingehen?«

Woanders hieß auf Van Kiets Boot, einem fast neun Meter langen Zweimaster mit weißem Fiberglas-Rumpf, einem Deck aus Teakholz und glänzenden Messingarmaturen. Ein gewöhnlicher Polizist – selbst ein Chief Inspector – konnte sich ein solches Boot normalerweise nie und nimmer leisten. Van Kiet warf den Motor an und schaltete die Signalleuchten ein, während Nicholas und Tachi die Vertäuung vom Steg lösten.

Van Kiet fuhr mit ihnen ungefähr eine halbe Meile seewärts, bis die sichelförmige Lichterkette Vung Taus wie ein glitzernder Armreif in der Dunkelheit aussah. Dann ließ er den Anker zu Wasser und holte aus der Kajüte eine Kühlbox mit Bier. Trinkend saßen sie in der samtigen Schwärze der Nacht und genossen das Gefühl, von allem und jedem losgelöst zu sein.

»Die Wahrheit ist«, begann Van Kiet nach einer Weile, »daß Tachi und ich seit zwei Jahren daran arbeiten, Floating City zu infiltrieren.«

»Rock besitzt die Mohnfelder in den Shan-Bergen«, sagte Tachi.

Van Kiet nickte beipflichtend. »Soweit ich weiß, ist er ein amerikanischer Vietnam-Veteran. Als die Truppen damals abgezogen wurden, ist er einfach hiergeblieben. Wie er dieses Kunststück vollbrachte, ohne daß seine Vorgesetzten davon Wind bekamen, ist ein Rätsel. Vielleicht hat er seinen Tod vorgetäuscht – er wäre nicht der erste, das sag' ich Ihnen. Na ja, wie dem auch sei, offensichtlich war er der Meinung, hier in Asien sein Glück machen zu können, und ging nach Burma, wo er ins Drogengeschäft einstieg. Er ließ sich von diversen Drogenbaronen als Killer anheuern und schaltete für ein großzügiges Honorar deren ärgste Rivalen aus. Allerdings waren sich die Drogenbosse nicht darüber im klaren, daß Teil des Honorars eine Allianz mit Rock war. Ihm ging es nicht um das schnelle Geld – nein, er wollte das Geschäft an sich reißen.«

Bedächtig nahm Van Kiet einen Schluck von seinem Bier. »Wer nicht mitspielte, den erledigte er.«

»Alles auf eigene Faust?« fragte Nicholas mit unverhohlener Skepsis.

»Hören Sie zu, der Mann war im Krieg ein regelrechtes Monster. Niemand weiß genau, wie viele Menschen er umgelegt hat, aber eins steht fest: Es hat ihm Spaß gemacht. Unter solchen Umständen kann Töten zu einer richtigen Sucht werden. Er wußte mit Waffen jeder Art umzugehen. Bis zum heutigen Tag schleppt er ständig eine LAW mit sich 'rum. Wissen Sie, was das ist? Eine M72 Panzerfaust. Können Sie sich vorstellen, mit so einem Ungetüm bedroht zu werden? Und man erzählt sich, daß er das Ding modifiziert hat, so daß es sogar noch verheerender ist. Zudem ist er auch noch ein ziemlich gerissener Hund. Es gibt dieses häßliche Gerücht, daß er den letzten verbliebenen Drogenbaron vernichtet hat, indem er dessen wertvollsten Besitz – ein junges Mädchen – ermordete und ihm ihr abgeschnittenes Ohr in einer Suppe servierte.«

»Dann scheint *Monster* ja in der Tat eine passende Beschreibung für ihn zu sein«, stimmte Nicholas zu. »Sind Sie jemals in Floating City gewesen?«

»Nein, aber ich glaube, ich war nahe dran. Dann sind Sie mit Ihrer Computer-Geschichte aufgetaucht und haben alles versaut. Rock hat Sie sofort durchschaut, und deswegen will er Sie aus dem Weg räumen. Verstehen Sie jetzt, warum ich so sauer auf Sie bin?« Van Kiet räusperte sich und spuckte über die Reling. »Erwarten Sie keine Entschuldigung von mir. Ich hätte Sie genauso umgelegt, wie die Frau, mit der Sie zusammen waren. Aber zuerst wollte ich Sie verhören und herausbekommen, wer Sie wirklich sind und was Sie vorhaben.«

»Offensichtlich das gleiche wie Sie.«

Tachi drehte seine Bierflasche zwischen den Händen. »Sagen Sie, gibt es tatsächlich diesen Chip der zweiten Generation?«

»Ja, den gibt's«, sagte Nicholas. »Aber er liegt wohlbehütet in einem Labor in Tokio. Ich wäre niemals das Risiko eingegangen, ihn hierherzubringen.«

»Und was hätten Sie Abramanov gezeigt?«

»Dann existiert dieser Abramanov wirklich?«

»Oh, ja«, sagte Tachi. »Er arbeitet in Floating City fieberhaft an einem Projekt, das nichts mit Rocks Drogengeschäften zu tun hat.«

»Rock macht nicht bloß Drogengeschäfte«, warf Van Kiet ein. »Er ist auch der Hauptlieferant im weltweiten illegalen Waffenhandel. Ich meine, heutzutage kann im Prinzip jeder, der das Geld hat, von den Russen und Chinesen Waffen kaufen, aber von denen bekommt man bloß drittklassigen Schrott. Einigen unbedeutenden Rebellen und Terroristen mag das ja ausreichen, aber die wichtigen Leute wollen mehr. Sie meinen es ernst und wollen an die Spitze, verstehen Sie? Die wollen amerikanische Waffen – und zwar nur das Beste vom Besten.«

»Und da kommt Rock ins Spiel.« Tachi nahm sich ein neues Bier aus der Kühlbox und öffnete es. »Er hat einen heißen Draht zu – wem? Zum US-Militär? Ins Pentagon? Zu den Herstellern? Wer weiß das schon. Doch er ist die einzige Bezugsquelle. Mittelsmänner wenden sich an ihn, ausschließlich an ihn, und zahlen Riesensummen für seine Dienste. So ist das, wenn man das Monopol inne hat. Wo soll man hingehen, wenn man übers Ohr gehauen wird?«

»Und wenn man so blöd ist, sich zu beschweren?« Van Kiet ahmte mit einer Hand eine Waffe nach und drückte den Abzug.

»Ist es das, was mit Vincent Tinh passiert ist?«

»Wahrscheinlich«, sagte Van Kiet. »Aber ich persönlich glaube, daß der kleine Bastard einfach zu gierig geworden ist, und daß Rock an ihm ein Exempel statuieren wollte. In Rocks Geschäft zahlt es sich aus, wenn man so was von Zeit zu Zeit macht. Das hält die Leute im Zaum.«

»Wieso läßt die vitnamesische Regierung zu, daß ein Ort wie Floating City überhaupt existiert?«

Van Kiet grunzte. »Machen Sie Witze? Rocks Lebenswerk ist für sie eine Goldgrube; er zahlt den Schlüsselfiguren in der Regierung so viel, daß sie die Existenz seines unabhängigen Königreichs schlichtweg leugnen.«

Nicholas trank sein Bier aus, lehnte aber Van Kiets Angebot für ein weiteres ab. Trotz seiner schnellen Genesung spürte er die Auswirkungen dieses langen Tages. Sein Schädel brummte, und er nahm an, daß nur eine erholsame Nachtruhe seine Kopfschmerzen vertreiben würde.

»Hat einer von Ihnen beiden schon mal die Bezeichnung Torch 315 gehört?« Er berichtete ihnen, wie er in einer Computerdatei der Avalon Ltd. auf diesen Namen gestoßen war und was Croaker ihm darüber erzählt hatte. »Wir haben es hier mit einer extrem gefährlichen Bedrohung zu tun, einer möglichen Katastrophe, bei der Tausende oder gar Hunderttausende unschuldiger Menschen ums Leben kommen könnten.«

»Könnte sein, daß es sich um das Projekt handelt, an dem Abramanov arbeitet«, sagte Van Kiet.

»Er ist doch Kybernetiker und Experte für Programmiersprachen, oder?«

»Stimmt«, bestätigte Van Kiet. »Aber angeblich nicht nur das. Sechs Monate, nachdem er auf der Bildfläche erschien, soll Rock Unmengen an Blei und ausgebranntem Uran 238 herbeigeschafft haben.«

»Wissen Sie, wozu man das Zeug benutzt?« fragte Tachi.

»Normalerweise für die Lagerung von radioaktivem Material«, sagte Nicholas mit wachsender Beunruhigung. »Das könnte es sein. Haben Sie Abramanovs Vorleben durchleuchtet?«

»Ja, und dabei ist rein gar nichts rausgekommen.« Tachi seufzte. »Wir reden hier über Rußland. Die Bürokraten dort sind so sehr damit beschäftigt, sich ihr täglich Brot zu ergattern, daß sie gar nicht dazu kommen, Lebensläufe eines früheren Bürgers auszugraben. Und jedesmal, wenn ich jemanden gefunden hatte, der eventuell helfen würde, wurde diese Person kurz darauf durch jemand anderen ersetzt.«

Van Kiet tippte mit seiner leeren Bierflasche gegen die Oberlippe. »Wissen Sie, es gibt jemanden in Saigon, der vielleicht helfen könnte. Er ist hier vor vier Tagen via Osaka aus Bangkok eingetroffen, aber seinem Paß zufolge hat er seine Reise in Moskau angetreten. Ich erinnere mich so gut an den Bericht, weil heutzutage nur sehr wenige Russen ins Land kommen. Die Menschen hier hassen Russen, bespucken sie, rufen ihnen Schimpfwörter hinterher, versuchen sie zusammenzuschlagen und auszurauben. Wir kriegen viele Beschwerden von Amerikanern, die für Russen gehalten worden sind.«

»Also ist er Russe«, sagte Nicholas. »Das heißt aber noch lange nicht, daß er irgend etwas über Abramanov weiß.«

»Oh, das wird er.« Mit einem schmierigen Grinsen entblößte Van Kiet seine graugelben Zähne. »Falls Abramanov tatsächlich Atomwissenschaftler ist, wird ihn dieser Mann kennen. Er ist Leiter des Kurchatov-Instituts für Atomenergie in Moskau.«

»Was will er hier?«

»In Saigon kann er nur aus zwei Gründen sein.« Van Kiet stand auf, warf den Motor an und begann den Anker einzuholen. »Geld oder Arbeit.«

»Geld *und* Arbeit«, warf Tachi ein und verstaute die Kühlbox unter einer Sitzbank. »Könnte bedeuten, daß er auf dem Weg nach Floating City ist.«

Das Taxi hielt vor der abbruchreifen Hausruine; Croaker entlohnte den Fahrer und stieg aus. Nach der klinisch reinen Landluft auf Senator Dedalus' herrschaftlichem Anwesen genoß er den vertrauten Abgasgeruch um so mehr. Es tat gut, wieder in der lärmenden, verschmutzten Stadt zu sein; er hatte genug von Senator Dedalus und seinem sonderbaren James Bond-Gehabe. Anscheinend war Dedalus dafür geboren, Menschen zu manipulieren. Wie er mit Macht umging, war schon ziemlich außergewöhnlich. Croaker, der davon lebte, Leute innerhalb weniger Augenblicke zu durchschauen, wurde aus dem Senator nicht schlau. War er ihm tatsächlich wohlwollend gesonnen, wie er vorgab, oder versteckte er sich hinter einer aalglatten Fassade? Waren Vesper und Margarite vor zwei Tagen dort gewesen, was Croaker noch immer vermutete, oder sagte Dedalus die Wahrheit?

Croaker hielt den ersten Mann an, der ihm vor dem Gebäude entgegenkam. »Ich suche John Jay Arkham. Seine Sekretärin sagte, er wäre hier.«

Der Arbeiter deutete auf das verlassene Gebäude. »Er ist dort drin und beaufsichtigt das Plazieren der Ladungen.« Er meinte die Sprengsätze, die dafür sorgen sollten, daß das Gebäude sicher in sich zusammenstürzte, ohne die angrenzenden Häuser zu demolieren. »Großer Kerl, blonde Haare. Sie können ihn nicht übersehen.« Er drückte Croaker einen Schutzhelm in die Hand. »Hier. Tragen Sie den, solange sie auf dem Gelände sind, auch beim Pinkeln.«

Croaker dankte dem Mann, setzte den Helm auf und betrat das Gebäude. Es war nicht allzu schwierig gewesen, Arkham aufzuspüren; seine Abbruchfirma war die größte in der Gegend. Da er oft bei den Sprengungen mitarbeitete, war sein Büro daran gewöhnt, potentielle Kunden vor Ort zu schicken.

Im Innern herrschte eine gespenstische Atmosphäre; überall hohe nackte Gewölbe, brüchige Holzverstrebungen, freiliegende Metallträger. Trockener Staub und feine Farbpartikel flimmerten in der Luft. Hier und da zeugten freiliegende Rohr- und Kabelleitungen von den elendigen Bemühungen der Obdachlosen, sich mit aus den Wänden herausgerissenen Isoliermatten vor der grimmigen Kälte langer Winternächte zu schützen. Auf diese Weise erfroren sie zwar nicht, aber Gott allein weiß, was das offen herumschwirrende Asbest und das zerborstene Fiberglas in ihren Lungen anrichtete.

Croaker bahnte sich seinen Weg durch den Schutt, bis er einige Männer erblickte, die sich über eine Stelle im aufgerissenen Betonboden beugten, an der vier Metallträger aufeinandertrafen und ein Kreuz bildeten. Stoßweise heulte ein Preßluftbohrer auf und wirbelte Betonstaub in die Luft. Ein großer blonder Mann gab mit heiserer Stimme Anweisungen.

»Mr. Arkham?« Croaker mußte mehrmals laut schreien, und erst als der Bohrer verstummte, drehte sich der große Mann zu ihm um. »Lew Croaker.« Er zeigte seine Marke. »Darf ich Ihnen eine Minute Ihrer Zeit stehlen?«

Der Mann sagte etwas zu einem seiner Arbeiter, woraufhin der Bohrer sofort wieder eingeschaltet wurde. Dann ging er zu Croaker, nahm seine Schutzbrille ab und zog den Nasen- und Mundfilter herunter. Sein Gesicht und die Hände waren mit einer feinen Staubschicht überzogen.

»Ich fürchte, ich habe nicht viel Zeit. Ich muß einen Termin einhalten, und ich hinke schon einen Tag hinterher.«

»Verstehe. Wird nicht lange dauern. Ich muß mit Ihnen über ihre Exfrau reden.«

Arkham blickte überrascht auf und musterte ihn abschätzend. Er war hochaufgeschossen, ungefähr eins neunzig, hatte muskulöse Schultern und schmale Hüften. Er hatte das einnehmende Äußere eines College-Quarterbacks mit all den üblichen männlichen Attributen. Croaker glaubte, etwas von der Anziehungskraft erkennen zu können, die dieser Mann auf eine Schönheit wie Vesper ausgeübt haben mußte.

Arkham deutete nach links. »Lassen Sie uns hinausgehen; dort können wir ungestört reden.«

Er führte Croaker über das Geröll durch eine Tür in einen schmutziggrauen Gang, der teilweise knöchelhoch unter Wasser stand. Am entfernten Ende sah Croaker einige Arbeiter, die im Gemäuer Sprengladungen anbrachten.

»Was möchten Sie über Vesper wissen?«

»Alles.«

Arkham seufzte. »Dann sind Sie zum Falschen gekommen. Ich habe sie zwar geliebt, aber nie richtig verstanden.«

»Hatte sie zuviel Grips für Sie?«

»Scheiße, ja, vielleicht. Klingt auch nicht schlechter als meine Theorie.« Arkham nahm eine Zigarette und zündete sie an. Angewidert blies er den Rauch in die Luft, betrachtete das glimmende Ende mit unverhohlenem Ekel und trat sie gleich darauf mit seinem klobigen Arbeitsstiefel aus. »Ich weiß, daß ich aufhören kann, ich hab's schon oft geschafft.« Er fuhr sich mit dem Ärmel über die Stirn. »Alles, was ich Ihnen über Vesper sagen kann, paßt auf einen Stecknadelkopf. Ich glaube, auf ihre Art hat sie mich geliebt, doch diese Art soll mal einer verstehen. Wissen Sie, ich war nur ein kleiner Mosaikstein in ihrem Leben. Immer wieder verschwand sie tagelang, manchmal gar wochenlang, und wenn ich sie dann fragte, wo sie war, wissen Sie, was sie dann sagte? ›Jay, ich bin ein freier Mensch; ich habe mein eigenes Leben. So bin ich nun mal. Entweder du akzeptierst das, oder du verläßt mich‹.«

Er sah zu Boden. »Am Ende habe ich's dann gemacht. Sie hat mir keine andere Wahl gelassen, obwohl sie Ihnen wahrscheinlich etwas anderes erzählen würde.« Er seufzte resigniert. »Ja, sie hat mich geliebt, aber was hatte das letzten Endes schon zu bedeuten? Sie ist mir immer ein Rätsel geblieben.«

»Vielleicht haben Sie gerade das an ihr geliebt.«

»Ja, klar. Welcher Mann würde das nicht? Bis zu einem gewissen Punkt. Aber ihre Geheimniskrämerei war für sie weit mehr als bloß ein Spiel, da bin ich ganz sicher. Wenn sie ernst wurde, dann war sie *tod*ernst. Das ging so weit, daß ich anfing, mich vor ihr zu fürchten. Normalerweise habe ich nie Angst vor anderen Menschen.« Er lächelte gezwungen. »Liegt wahrscheinlich an meiner Größe. Aber ich muß zugeben, Vesper hat mich manchmal zu Tode erschreckt.«

»Wie?«

»Sie war so verdammt *schlau.*« Er schüttelte den Kopf. »Eigentlich beschreibt *schlau* nicht einmal annähernd, wie sie ist. Sie hat mich so gut gekannt, daß ich manchmal glaubte, sie steckte in meinem Kopf. Und dann gab's wiederum Momente, da schien es so, als ...« Er zuckte resigniert mit den Schultern. »Als wäre sie sich überhaupt nicht bewußt, daß ich existiere.« Er sah auf seine Uhr. »Ich muß wieder an die Arbeit.«

Croaker ließ ihn einige Schritte vorangehen. »Da ist doch noch mehr, oder?« rief er ihm dann hinterher.

Der große Mann drehte sich zu ihm um. »Nein, da ist nicht mehr.«

»Mr. Arkham, es ist anzunehmen, daß Vesper in ernsthaften Schwierigkeiten steckt.«

»Wie ernsthaft?«

»Offengestanden, es könnte Ihr Ende sein.« Sofort empfand Croaker Gewissensbisse, weil er Arkham auf diese billige Weise austrickste. Aber er hatte keine Wahl, wie meistens. Leute hatten nun mal nicht die Angewohnheit, irgendwelchen Schnüfflern die ungeschminkte Wahrheit unter die Nase zu reiben, also mußte man ihren wunden Punkt finden und dann gnadenlos zudrücken. Ohne es zu wissen, hatte Arkham seine Schwachstelle offenbart: Vesper. Trotz allem, was zwischen ihnen passiert war, liebte er sie noch immer.

Arkham kam zu Croaker zurück. »Was, wenn da tatsächlich noch *mehr* wäre? Wie kann ihr das jetzt noch helfen?«

»Ich muß Vesper *verstehen*, Mr. Arkham. Sie ist so lange unschuldig, bis man ihr das Gegenteil beweist. Je besser ich sie kenne, um so besser stehen meine Chancen sie zu retten. Sie wollen doch, daß sie diese Chance hat, oder?«

Staub rieselte auf sie herab, das dreckige Wasser floß träge den Gang hinunter, und der Preßluftbohrer bahnte sich noch immer lautstark seinen Weg durch den Beton. Croaker nahm all diese Dinge wahr, aber irgendwie waren sie in den Hintergrund gedrängt worden, als wären sie nichts weiter als das Rauschen auf einer billigen Kassette, das man ignorieren mußte, um die Musik genießen zu können.

Arkham schob seine riesigen Hände in die Taschen und deutete mit einem Kopfnicken auf Croakers biomechanische Hand. »Beeindruckendes Stück. Leistet Sie Ihnen gute Dienste?«

Croaker sah sich um und hob ein verrostetes Brecheisen vom Boden auf. Er verkeilte es zwischen zwei offenliegenden Metallträgern, packte ein Ende mit seiner biomechanischen Hand und bog es langsam um zur Seite, bis es einen der Träger u-förmig umschloß.

»Hübsch. Aber ich wette, Sie hätten trotzdem lieber eine echte.«

Arkhams Tonfall verdeutlichte, daß er der Meinung war, etwas genauso Wertvolles wie eine Hand verloren zu haben. *Ist vielleicht gut so,* dachte Croaker. *Macht die Sache leichter, wenn er glaubt, wir hätten etwas gemeinsam.*

Argwöhnisch blickte sich Arkham um, als fürchtete er, belauscht zu werden. »Scheiße«, sagte er leise. Dann nahm er seinen Helm ab und saß Croaker in die Augen. »Als sie einmal verschwand, war ich so aufgebracht, daß ich zu ihren Eltern gegangen bin.«

»Den Harcasters.«

Arkham nickte. Auf seinem Helm bildeten sich kleine Rinnsale, die wie Tränen zu Boden tropften. »Ich wußte nicht, was ich zu erwarten hatte, denn Vesper sprach kaum von ihnen. Es hatte nie zur Debatte gestanden, mit ihnen Ostern, Weihnachten oder Thanksgiving zu verbringen. Bei solchen Anlässen haben wir uns immer mit meiner Familie getroffen, und Vesper schien darüber auch ganz glücklich gewesen zu sein.

Trotzdem, auf *den* Empfang war ich nicht vorbereitet. Es herrschte eine unverhohlen feindselige Atmosphäre. Ich sagte ihren Eltern, ich sei Vespers Mann, und einen Moment lang glaubte ich, ihr Vater würde sein Gewehr von der Wand nehmen und mich erschießen. Dann legte ihm seine Frau eine Hand auf den Arm. Sein Gesicht war aschfahl. Sie fragte mich, was ich wolle, und ich sagte, daß ich auf der Suche nach Vesper sei. Wissen Sie, was ihr Vater meinte, Mr. Croaker? Er sagte: ›Warum sind Sie dann *hierher* gekommen?‹ Können Sie sich vorstellen, daß jemand so von seinem Kind spricht?«

Arkham hatte einen bestürzten Ausdruck auf seinem Gesicht, als würde er den schrecklichen Vorfall noch einmal durchleben. »›Unser Kind lebt hier nicht mehr‹, sagte Vespers Mutter. ›Es ist alles schon so lange her.‹ Keiner von beiden nannte sie beim Namen. Sie hatten sie rausgeschmissen, sich von ihr losgesagt. Sie wollten nichts mehr mit ihr zu tun haben. Ich hab' gesehen, daß es ihrer Mutter noch immer das Herz brach, aber ihr Vater war kalt wie ein Eisberg.«

»Was war geschehen?«

»Zum einen war sie ein Adoptivkind ... und sie war lesbisch oder zumindest bisexuell.« Arkham hatte sich die Worte mühsam abgerungen, und Croaker sah, wie schwer ihm das gefallen war. »Als die Harcasters das herausgefunden haben, sind sie beinahe verrückt geworden.«

»Wann war das?«

»Laut Mrs. Harcaster, als Vesper in der zwölften Klasse war.«

In Croakers Kopf ertönte eine Alarmsirene. »Etwas wundert mich. Vesper hat eine exzellente Ausbildung genossen – Yale, Columbia, zwei Doktorarbeiten. All das kostet Unsummen, und ihre Eltern haben ihr offensichtlich keinen Pfennig gegeben. Wie hat sie ihr Studium finanziert?«

»Sie ging nach New York und hat sich beim damaligen demokratischen Bürgermeisterkandidaten irgendwie einen Job erschlichen. Wenn sie erst einmal in einer Organisation war, öffneten sich ihr die Türen beinahe wie von selbst.«

»Aber die Bezahlung hätte nicht einmal für ein Studium an einer normalen Universität gereicht, von Yale und Columbia ganz zu schweigen.«

Arkham nickte. »Sie erzählte mir einmal, daß sie ziemliches Glück gehabt hätte. Der Kandidat hat die Wahl gewonnen und war so beeindruckt von ihr, daß er sie einer Stiftung empfahl, die Stipendien für Hochbegabte verteilte.

Hat sie wieder irgendwelchen Mist angestellt? Sie kann nicht anders, wissen Sie.« Die Seelenqual dieses Mannes war beinahe greifbar, und er tat Croaker leid. Er hatte nie aufgehört, seiner Exfrau nachzutrauern.

»Kann ich noch nicht sagen. Kennen Sie vielleicht den Namen dieser Stiftung?«

Grübelnd legte Arkham sein Gesicht in Falten. »Acton? Andover? Ich weiß noch, daß er mit *A* anfing, genau wie mein Name. Er schnippte mit den Fingern. »Avalon! Das ist es! Wie in der König Arthur-Sage.«

Einen Moment lang war Croaker völlig perplex. Avalon war der Name des internationalen Waffenlieferanten und der Stiftung, die jahrelang für Vespers Studium aufgekommen war. Zufall? In Croakers Welt gab es keine Zufälle. Stahl Dedalus aus seiner eigenen Organisation, DARPA, und verschacherte die Beute durch Avalon Ltd. in alle Welt?

»Mr. Croaker, Vesper ist kein schlechter Mensch«, sagte Arkham verzweifelt. »Sie hat viel durchmachen müssen, vergessen Sie das nicht.«

»Versprochen.«

Croaker sah zu, wie die Silhouette des großen Mannes mit den dunklen Schatten des Gebäudes verschmolz, das in kürze in sich zusammenstürzen würde, so wie Arkhams Welt über ihm zusammengestürzt war.

Ushiba machte sich auf den Weg zu einem Treffen mit Tetsuo Akinaga, dem *oyabun* des Shikei-Clans. Aufgrund Ushibas vertraulicher Beziehung zu Akira Chosa war es ihm schwergefallen, sich zu diesem Schritt durchzuringen, doch Yoshinoris Enthüllung, daß Chosa Tachi Shidare dafür gewonnen hatte, Nicholas Linnear zu töten, hatte Ushiba keine andere Wahl gelassen.

Die Wahrheit war, daß Ushiba niemandem zutraute – am allerwenigsten einem rachedurstigen Chosa – gegen einen Mann wie Nicholas Linnear bestehen zu können. In Wahrheit konnte Ushiba keines der wohlformulierte Argumente für Linnears Tod wirklich nachvollziehen. Sie waren zwar alle triftig, sicher, aber Ushiba kannte Chosa gut genug, um zu wissen, daß er genau wie der verrückte Tomoo Kozo, der am Neujahrstag versucht hatte, Linnear zu töten, ausschließlich aus persönlichen Rachemotiven handelte. Ushiba verachtete grundsätzlich jede Art von persönlichen Rachefeldzügen. Sie widersprachen dem Geist von *kanryodo,* nach dessen Grundsätzen er lebte. Ebenso widersprachen sie allen Erfahrungen, die er im Laufe seines Lebens gemacht hatte. Wie viele Männer hatte er gekannt, die wegen ihrer Rachegelüste ins Verderben gerannt waren? Es tat ihm noch heute weh, an diese Männer zu denken.

Während seines lebenslangen Kampfes gegen die Amerikaner hatte Ushiba mit wechselhaftem Erfolg versucht, sich immer die dramatischen Konsequenzen von Besessenheit vor Augen zu führen. Diejenigen, die ihre Moral den jeweiligen Gegebenheiten anpaßten, waren dem Untergang geweiht. Sofort fielen ihm Tomoo Kozo und Chosa ein. Für Ushiba stand fest, daß es eine absolute übergeordnete Moral gab, die sich beispielsweise in *kanryodo* oder im Buddhismus manifestierte und auf der der Lauf der Welt beruhte; nur auf diese Basis konnte das menschliche Herz gedeihen, das ansonsten bloß wie ein Organ in einer Formaldehyd-Lösung vor sich hin vegetierte.

Nach dem Debakel mit Kozo hatte Ushiba geglaubt, daß Chosa seine Lektion gelernt hätte. Aber Chosa war ein Starrkopf; er glaubte nach wie vor mit jugendlicher Arroganz, man könne sich Tod und Katastrophen durch schiere Willenskraft vom Leibe halten. Für Ushiba war eine solche Haltung einfach nur kindisch und gefährlich, und er hatte keine Lust, sich in den tödlichen Strudel hineinziehen zu lassen, der Chosas unverantwortlichem Handeln folgen würde.

Ushiba starrte durch die getönte Scheibe seines Wagens, registrierte aber nichts von der vorbeiziehenden Schönheit der Omotesando, einer der breiten Prachtstraßen Tokios. Statt dessen dachte er weiter an Chosa und Akinaga und daran, wie sehr sich der innere Zirkel verändert hatte, seitdem der Anschlag auf den Kaisho Okami ins Exil gezwungen hatte.

Tetsuo Akinaga besaß in Tokio viele große Unternehmen, aber am liebsten waren ihm seine kleineren Läden, deren Leitung er persönlich beaufsichtigte. Gegenwärtig war er in seine Big White Men-Läden vernarrt, die es überall in der Stadt gab.

Ohne daß es Ushiba bewußt wahrnahm, hatte sein Wagen angehalten. Sein Fahrer öffnete ihm die Tür, und der *daijin* mußte einen Aufschrei unterdrücken, als ihm beim Aussteigen der Schmerz wie verdorbenes Essen hochkam.

Dieses bestimmte Big White Men-Geschäft war in Harajuku, nahe dem Meiji-Schrein. Ushiba schob sich durch das rege Treiben auf dem Gehsteig und ging hinein. Eigentlich war Big White Men kein Geschäft im üblichen Sinne, sondern ein diskreter, auf Männerunterwäsche spezialisierter Waschsalon. Für einen monatlichen Beitrag erhielten die Kunden einen Schlüssel zu einem anonymen Schließfach, das ungefähr so groß war wie ein Postschließfach. Der Kunde zahlte hundert Yen pro Wäschestück, legte die schmutzige Unterwäsche in besagtes Fach, um sie darin achtundvierzig Stunden später gereinigt und gebügelt vorzufinden. Laut Akinaga boomte das Geschäft, da in den Apartementblocks oft Unterwäsche von den Wäscheleinen gestohlen wurde. »Wer hätte das gedacht«, hatte Akinaga scherzhaft gesagt. »Ich mache ein Vermögen damit, die Leute vor Fetischisten zu schützen.«

Ushiba und Akinaga saßen in einem der Hinterzimmer des Big White Men. Der Geruch von Waschmittel und Entfärber hing in der Luft, und das tiefe Grollen der Waschmaschinen war als ein sanftes Beben im Fußboden zu spüren.

Akinaga, heute besonders hager und verhärmt aussehend, goß ihnen Tee ein. Sie saßen auf niedrigen Stühlen, einen kurzbeinigen Tisch zwischen sich. Das schlichte Mobiliar entsprach dem modernen japanischen Design, das eine bizarre Mixtur aus traditionellen japanischen Elementen und europäischem Flair war.

Auf dem Tisch stand ein Telefon und – als geschmacklicher

Kontrast zu dem extrem bitteren grünen *macha*-Tee – ein kleiner Teller mit süßem Gebäck. Die beiden Männer tranken wortlos, jeder in das Ritual der Tee-Zeremonie versunken, und ließen den Geschmackkontrast genußvoll auf der Zunge zergehen. Als sie fertig waren, räumte die junge Frau, die den Tee serviert hatte, die Tisch ab.

Als sie alleine waren, ergriff Ushiba das Wort: »Ich muß mit Ihnen über eine äußerst dringliche Angelegenheit sprechen.«

Akinaga neigte seinen Kopf ein klein wenig zur Seite, der einzige Hinweis seiner Überraschung. »Es ehrt mich, daß Sie damit zu mir kommen«, sagte er respektvoll.

»Ich habe kürzlich erfahren, daß Chosa etwas sehr unvernünftiges in Angriff genommen hat.«

»Wenn es um persönliche Belange geht, ist Chosa oft unbesonnen und starrköpfig.« Akinagas fortwährend sorgenvolle Miene hellte sich etwas auf, als würde er bloß über ein launisches Kind sprechen. »Was hat er denn wieder angestellt?« fragte er, als würde man ihn um einen Putzlappen bitten, um den Unrat aufzuwischen, den dieses Baby verursacht hatte.

»Er hat es anscheinend geschafft, Tachi Shidare auf seine Seite zu ziehen. Der neue *oyabun* soll Nicholas Linnear töten.«

Wäre Akinaga in der Lage gewesen, vor Bestürzung seine Kinnlade herunterzuklappen, er hätte es jetzt getan. Statt dessen legte sich tiefe Besorgnis über seine Züge, so daß zwischen seinen Augen zwei vertikale Falten erschienen. »Das war eine sehr dumme Entscheidung von ihm. Nachdem Sie und ich miteinander gesprochen hatten, habe ich ihn vor einem solchen Schritt eindringlich gewarnt. Aber wenn es um Nicholas Linnear geht, sieht Chosa rot.«

»Ja, anscheinend«, sagte Ushiba gedrückt. »Ist Shidare so leicht unter Druck zu setzen?«

Akinaga zuckte mit den Schultern. »Zweifellos. Er ist ein aufgeweckter Bursche, ehrgeizig, aber jung. Sein Mentor war ein *oyabun* aus Kummamoto. Shidare hat noch lange nicht so viel Macht wie früher Kozo, und es wird noch einige Zeit dauern, bis er sich etabliert hat. Es wird leichter für ihn, wenn er sich mit Chosa zusammen tut. Auf diese Weise kann er sich sofort Chosas Verbindungen und Einfluß zunutze machen. Ich glaube, daß Chosa ihm das angeboten hat.« Akinaga legte seine knochigen Hände auf die Tischplatte. »Es wird eine Weile dauern, bis er kapiert, daß er ausgenutzt worden ist. Aber dann wird es bereits zu spät sein. Er wird die Kontrolle über den Yamauchi-Clan faktisch an Chosa übergeben.«

Ushibas Magenschmerzen flammten so heftig auf, daß er unter dem Tisch eine Hand gegen seinen Bauch pressen mußte. »Mikio Okami hat den inneren Zirkel so zusammengesetzt, daß derartige Intrigen um Macht und Einfluß praktisch ausgeschlossen waren«, sagte er. »Die Rolle des Kaisho war dafür gedacht, den ewigen Territorialkriegen zwischen den wichtigsten *oyabun* ein Ende zu bereiten. Jetzt sieht es ganz danach aus, als würde es ohne die ausgleichende Politik des Kaisho wieder Krieg geben.«

»Nicht, wenn es nach mir ginge. Wir müssen uns um Shidare und Chosa kümmern, aber voneinander unabhängig.«

Ushiba nickte, sich dem Unvermeidlichen fügend. »Ich bin zu dem gleichen Schluß gelangt.«

»Ich bin froh, daß Sie mit dieser Angelegenheit zu mir gekommen sind«, sagte Akinaga herzlich. »In der Tat, die Zeit drängt.« Er überlegte einen Moment. »Hier mein Vorschlag: Lassen Sie mich mit unserem Jüngling Shidare sprechen. Ich fürchte, wenn ich als einer der *oyabun* aus dem inneren Zirkel mit Chosa rede, würde er das als Einmischung in seine Angelegenheiten auffassen und paranoid oder gar feindselig reagieren.«

Ushiba war über Akinagas Vorschlag nicht sonderlich erbaut, widersprach aber nicht, denn er war schließlich Gast des *oyabun.* Obwohl ein allseits respektiertes Mitglied der *godaishu,* beschränkte sich Ushibas Rolle im inneren Zirkel auf eine beratende, ausgleichende Funktion. Er hatte gehofft, Akinaga würde sich um Chosa kümmern, weil ihm persönlich der Gedanke daran nicht behagte und er Chosa aufs schärfste dafür verurteilte, ja, verachtete, einen Plan zu verfolgen, der die *godaishu* ins Verderben stürzen könnte. Wie konnte Chosa etwas gefährden, das Ushiba als heilig erachtete? Zumindest hätte er Ushiba um Rat fragen können, bevor er seinen Plan in die Tat umsetzte. Dabei hätte es auch keinen Unterschied gemacht, daß Chosa Ushibas Meinung bereits kannte. Offenbar wollte er nicht zur Räson gebracht werden.

Ushiba lauschte dem dumpfen Brummen der Waschmaschinen. Er tröstete sich mit dem Gedanken, daß er eine gewisse Befriedigung dabei empfinden würde, etwas zu ersinnen, das Chosa Einhalt gebieten würde.

Er stand auf und dankte Akinaga für das Gespräch. Sie würden ihre parallelen Missionen koordinieren und einander auf dem laufenden halten. Dann trennten sich ihre Wege; Ushiba kehrte in sein Büro im MITI zurück, und Akinaga fuhr fort, das Sortieren von tausenden Stücken blütenweißer Unterwäsche zu beaufsichtigen.

Als Croaker ins Hotel zurückkehrte, holte er sich an der Rezeption die Unterlagen der Agentur ab, die man dort für ihn hinterlegt hatte, und erfuhr von dem Angestellten, daß Margarite noch immer nicht im Hotel eingetroffen war und auch nicht ausgecheckt hatte.

Er fuhr mit dem Fahrstuhl bis eine Etage unter seine und ging zu ihrem Zimmer. Vor der Tür angekommen, spähte er in beide Richtungen des Korridors – niemand war zu sehen. Er zog seinen Spezialdraht aus der Tasche und öffnete das Schloß im Nu.

Das Zimmer war völlig unberührt. Auf der Überdecke des unangetasteten Betts lagen zwei in Goldfolie eingepackte Schokoriegel und die Frühstückskarte des Zimmerdienstes. Er ging ins Bad. Die Seifenpäckchen waren ungeöffnet, das oberste Blatt des Toilettenpapiers war noch immer hübsch gefaltet. Nichts war benutzt worden. Er ging ins große Zimmer zurück und überprüfte den Schrank. Kein Gepäck. Nachdenklich setzte er sich an den Schreibtisch.

Margarite war niemals hiergewesen; wenn er auch Dedalus' Chauffeur die Koffer ins Hotel hatte bringen sehen, war Margarites Gepäck dennoch nie hier oben angekommen. Außerdem hatte ihr Chauffeur das Zimmer für sie gemietet, was nur eins bedeuten konnte: Margarite hatte von dem Moment an, als sich sein Taxi am Flughafen an die Limousine gehängt hatte, gewußt, daß sie verfolgt wurde.

Er verließ den Raum und fuhr mit dem Fahrstuhl einen Stock höher. In seinem Zimmer spritzte er sich als erstes kaltes Wasser ins Gesicht und orderte den Zimmerservice. Dann legte er sich aufs Bett und wartete aufs Essen. Ihm blieben noch zwei Stunden, bis er Dedalus' Büro anrufen mußte, um den Treffpunkt für sein Rendezvous mit Vesper durchzugeben.

Er machte die Augen zu, aber sein Herz pochte so stark, daß er sich aufsetzen und langsam tief ein- und ausatmen mußte. Seine Gedanken kreisten um Vesper. Je mehr er über sie nachdachte, desto faszinierender – und gefährlicher – kam sie ihm vor. Anscheinend war sie in dem Moment zu Dedalus' Komplizin geworden, als sie sich mit Avalons Geld im Rücken an der Yale-Universität eingeschrieben hatte. Offenbar gehörte Avalon der *godaishu*. Aber wieso arbeitete sie dann für Morgana? Gab es zwischen den beiden Firmen eine Verbindung?

Er fuhr sich mit der Zunge über die Lippen; sie schmeckten salzig, und ihm wurde plötzlich klar, daß er in ernsthaften Schwierigkeiten steckte. Während er an Vesper gedacht hatte, war ihm kalter Schweiß ausgebrochen. Dies war ihm nicht mehr passiert, seitdem er zum ersten Mal einen Menschen erschossen hatte, einen Süchtigen, der seinem Partner mit einer Eisenstange den Kopf einschlagen wollte. Das war lange, lange her, während seines ersten Jahres bei der Polizei.

Das Essen wurde gebracht. Er machte sich darüber her und sah gleichzeitig die zwölf Seiten durch, welche Auskunft über alle Telefonate der letzten drei Monate in Moniker's gaben.

Er wußte nicht, wonach er eigentlich suchte, aber was immer es war, er hatte es nicht gefunden. Keine Anrufe bei Senator Dedalus, beim Präsidenten oder irgend jemandem, der mit dem organisierten Verbrechen in Verbindung stand. Er war vor allem auf die Anrufe neugierig gewesen, die sich allmonatlich wiederholten. Davon gab es einige, doch keiner von ihnen sah allzu vielversprechend aus: Lebensmittel- und Alkohollieferanten, Taxibestellungen, Wäschedienst und so weiter. Genau das, was zu erwarten war. Dennoch, eine Reihe von Anrufen bei einer Londoner Nummer ließ ihn aufhorchen. Den Unterlagen zufolge gehörte sie einer Firma namens Malory Enterprises in Hammersmith. Es konnte nichts weiter dahinterstecken oder aber …

Croaker sah auf seine Uhr. In London war jetzt später nachmittag. Er nahm den Hörer von der Gabel, ließ sich eine Überseeleitung geben und wählte die Nummer.

»Malory«, meldete sich eine helle weibliche Stimme mit englischem Akzent.

»Oh, hallo, hier spricht Philip Marlowe. Ich arbeite seit kurzem für Morgana Inc. Man sagte mir, ich solle ...«

»Einen Moment bitte, ja?«

Eine Pause trat ein, dann: »Marlowe? Wie der amerikanische Detektiv?« Es war ein tiefer, volltönender Bariton mit einer Mischung aus englischem und amerikanischem Akzent.

»Ja, stimmt. Aber niemand verwechselt uns.« Croaker versuchte, locker zu klingen.

»Ich hab' noch nie von Ihnen gehört, Marlowe. Seit wann, sagten Sie, arbeiten Sie für Morgana?«

»Ich sagte nichts dergleichen«, antwortete Croaker und legte auf. Er starrte auf die Liste mit den Telefonaten. Malory hing also in irgendeiner Weise mit Morgana Inc. zusammen. Einer Ahnung folgend, nahm er die Unterlagen zur Hand, die ihm diese angebliche Domino gegeben hatte. Die Auflistung der Gespräche stimmte mit der vom *Spiegel* überein – bis auf die Hammersmith-Nummer der Malory Enterprises. Sie war nirgendwo zu finden. Also hatte Domino – alias Vesper? – die Unterlagen gefälscht. Schlaues Mädchen, aber nicht schlau genug.

Er beendete seine Mahlzeit, nahm dann Dedalus' Geschäftskarte und rief in dessen Büro an. Die Sekretärin teilte ihm mit, daß Dedalus noch nicht eingetroffen sei, sie aber telefonisch davon unterrichtet habe, daß Croaker anrufen würde. Er nannte ihr den Treffpunkt mit Vesper und legte gedankenversunken auf. Wohin war der Senator nach Croakers Besuch gegangen?

An der Rezeption orderte er einen Mietwagen, der so bald wie möglich vor dem Hotel für ihn bereit stehen sollte. Dann nahm er sich ein Taxi zum Dupont Circle. Von dort ging er mehrere Blocks zum Philipps-Museum. Ursprünglich der private Wohnsitz von Duncan Philipps, einem Erben der Jones and Laughlin Steel Company, war es 1921 in ein Museum für impressionistische und postimpressionistische Kunst umgewandelt worden.

Croaker stand vor dem berühmtesten Gemälde aus Phillips' Sammlung, Renoirs *Das Frühstück der Ruderer*, das Philipps 1923 unter extrem glücklichen Umständen für 125 000 Dollar hatte erwerben können. Die Darstellung, ein typisch französisches *joie de vivre,* war wie die besten Renoirs lustvoll und lebendig und leuchtete in herrlichen Sommerfarben. Die Männer waren maskulin, die Frauen kokett und wohlgerundet. Alles so, wie es sein sollte.

Völlig losgelöst versank Croaker in dem Gemälde, das für ihn in diesem Augenblick zu einer Art Ruhepol wurde und ihm vor Augen führte, wie hektisch und verwirrend das moderne Leben doch war, das er führte. Momentan wimmelte es darin von trügerischen, undurchsichtigen Gestalten wie Margarite, Vesper, Dominic Goldoni und Caesare Leonforte, die sich jeglicher traditioneller Kategorisierung entzogen. Die althergebrachten allgemeinen Wesenszüge, die er im Laufe seines Lebens bei den Menschen kennengelernt hatte, hatten sich drastisch verändert, mehr noch: Sie mutierten in solch rasendem Tempo, daß er in völlig neuen Kategorien denken mußte, um sie verstehen zu können.

Nach einer Weile merkte er, wieviel Zeit verstrichen war. Zwölf Uhr durch, und noch immer kein Zeichen von Vesper. Abwesend schlenderte er durchs Museum und nahm die an den Wänden hängenden Gemälde nur noch am Rande wahr. Er wartete zehn Minuten in der Lobby, dann nochmal fünf draußen auf den Stufen des Eingangsportals. Der Himmel war noch immer dunkelgrau und wolkenverhangen, aber wenigstens regnete – oder schlimmer – schneite es nicht.

Um zwölf Uhr fünfunddreißig nahm er ein Taxi und traf zehn Minuten später wieder in seinem Hotel ein. Sein Mietwagen stand bereit; eilig füllte er die Formulare aus, zückte seine Kreditkarte und nahm schließlich die Wagenschlüssel in Empfang.

Kurz vor eins war er auf dem Weg zu Dedalus' Büro, blieb aber im undurchdringlichen Verkehrsgewühl stecken. Er mußte sich den Senator noch einmal vornehmen, aber diesmal, ohne daß Dedalus gewarnt wäre. Vesper hatte ihn versetzt, was vielerlei Gründe haben konnte. Vielleicht hatte sie nicht kommen wollen oder hatte die Nachricht gar nicht erhalten. Dedalus hatte Croaker gesagt, er würde in seinem Büro sein – hatte er das wirklich?

Croaker starrte durch die Windschutzscheibe auf den zähflüssigen Verkehr vor ihm und ließ noch einmal ihre Gespräche

Revue passieren. Dedalus hatte bloß gesagt, er würde in einer Konferenz sein, und hatte ihm dann seine Geschäftskarte mit der Büronummer gegeben. Croaker war zwangsläufig davon ausgegangen, daß ... Scheiße!

Der Senator war noch immer zu Hause und konferierte ... mit wem?

An der nächsten Ampel bog Croaker ab und fuhr stadtauswärts. Um kurz vor zwei traf er an Dedalus' Anwesen in McLean ein. Er fuhr in die Einfahrt, lenkte den Wagen über den Gehsteig aus belgischen Pflastersteinen und rollte über ein Rasenstück in eine kleine Baumgruppe. Dort stellte er den Motor ab, stieg aus und machte sich auf den Weg zum Haus.

Der Nebelschleier vom frühen Morgen hatte sich gelichtet, und man sah auf dem Boden geisterhafte Schatten umhertanzen. Einen Moment später brach die Sonne durch die dichten Wolkenbänke, und blauer Himmel wurde sichtbar. In einiger Entfernung sah Croaker den Gärtner in seinem Elektrocar. Automatisch verbarg er sich hinter einem Baum und begann den Mann in weitem Bogen zu umgehen.

Während er durchs Gebüsch schlich und von Baum zu Baum rannte, behielt er ihn ständig im Auge. Das Elektrocar hatte angehalten; der Gärtner nahm seine Mütze ab und fuhr sich mit dem Unterarm über die Stirn.

Im Sonnenlicht schimmerten seine blonden, im Nacken zusammengebundenen Haare wie Gold. Croaker war dicht herangekommen und schlich jetzt im Schutz der Bäume auf ihn zu. Plötzlich fuhr der Kopf des Gärtners herum, als hätte er gleich einem wilden Tier eine unbekannte Witterung aufgenommen.

Croaker blieb beinahe das Herz stehen. Die kornblumenblauen Augen, die Konturen der Nase und die unvergeßliche Haarfarbe hatten sich unauslöschlich in sein Gedächtnis gebrannt. Falls er nicht aufgrund von Schlafmangel und verdorbenem Essen halluzinierte, war Senator Dedalus' Gärtner niemand anders als Vesper Arkham.

4
Saigon / Washington

Es war nicht allzu schwer, den Russen aus dem Kurchatov-Institut für Atomenergie aufzuspüren. Van Kiet informierte sie von seinem Büro aus, daß der Russe sechs Stunden, bevor Nicholas und Tachi aus Vung Tau nach Saigon zurückgekehrt waren, ins Cho Ray-Krankenhaus eingeliefert worden war. Natürlich waren sie zusammen mit Seiko zurückgekommen, wovon der Chief Inspector allerdings nichts wußte.

Ungefähr zu dem Zeitpunkt, als Van Kiet, Nicholas und Tachi auf dem Boot des Chief Inspectors gesessen hatten, war der Russe namens V. I. Pavlov in den OP gebracht worden. Die Ärzte hatten ihn sieben Stunden lang operiert, bis sein Zustand einigermaßen stabilisiert war.

»Was ist ihm zugestoßen?« fragte Nicholas am Telefon.

»Alles mögliche.« Nicholas hörte Papierrascheln und wußte, daß Van Kiet jetzt den offiziellen Krankenbericht vor sich liegen hatte. »Die Ärzte hatten drei Stunden lang Blei aus ihm herausgepickt; dann versuchten sie noch einmal drei Stunden lang, an die Kugel heranzukommen, die ihm das Gehirn wegblasen sollte. Offenbar ist sie ganz oben im Rückgrat hängengeblieben. Er ist vollständig gelähmt – gut möglich, daß er nicht durchkommt. Ich schätze, Sie sollten sofort hinfahren. Einer meiner Männer wird dafür sorgen, daß man Sie zu ihm läßt. Halten Sie mich auf dem laufenden.«

Das Cho Ray-Krankenhaus lag am Nguyen Chi Thanh Boulevard in Cholon. Es war in ganz Vietnam als exzellentes Krankenhaus bekannt, in dem sogar einige englischsprachige Ärzte tätig waren. Obwohl es kaum westlichen Standard erreichte, hieß es, man habe gute Chancen, gesund und in einem Stück entlassen zu werden.

Der zehnte Stock war ausländischen Patienten vorbehalten. Van Kiets Sergeant erwartete sie dort bereits und führte sie an protestierenden Krankenschwestern, Ärzten und am Sicherheitspersonal vorbei.

Die Wände des Krankenzimmers waren schmutzig und vergilbt wie altes Zeitungspapier. Als sie eintraten, glaubte Nicholas, sie kämen zu spät. V. I. Pavlov lag unter einem Sauerstoffzelt, Schläuche in Mund und Nase, das Gesicht kreideweiß. Seine Lippen waren purpurfarben angelaufen, und sein Brustkorb hob und senkte sich kaum mehr. Er war ein großer, fleischiger Mann, doch der Zahn der Zeit hatte ehemals jugendliche Muskeln in fettes, aufgeschwemmtes Gewebe verwandelt, dessen äußere Schichten losgelöst auf seinem Körper zu schwimmen schienen.

»Du meine Güte. Sie haben ihn wirklich übel zugerichtet.« Wie ein seinen Gegner taxierenden Boxer wanderte Tachi ums Bett.

»Wer immer *sie* sein mögen.«

»Sie wissen doch, was man in diesem Teil der Welt von Russen hält.«

»Schon, aber vietnamesische Straßenräuber jagen einem keine Kugel ins Gehirn. Ein Messer in den Bauch oder eine mit Münzen gefüllte Socke gegen die Schläfe ist da schon eher ihre Handschrift.« Nicholas schob einen altersschwachen Holzstuhl ans Bett des Russen und setzte sich. »Wir brauchen einige Antworten von Dr. Pavlov.«

»Ich glaube kaum, daß er sich dafür im richtigen Zustand befindet«, sagte Tachi mit Blick auf die hinter dem Bett aufgebauten Monitore.

»Keine Sorge, das wird schon«, entgegnete Nicholas, beugte sich vor und schob das Sauerstoffzelt zur Seite. Ein Teil von ihm war sich bewußt, daß Tachi ihn aufmerksam beobachtete, während ein anderer Teil bereits tief in *tau-tau* versunken war und sich auf V. I. Pavlov konzentrierte. Als sein Bewußtsein in Pavlovs Körper strömte, wäre Nicholas vor Schreck beinahe zusammengefahren. Der Russe schwamm in einem Meer nahezu unvorstellbarer Schmerzen, und Nicholas umhüllte ihn mit der wärmenden Energie seines *ki*. Dann, mit der Präzision eines Mikrochirurgen, öffnete er Pavlovs völlig überlastete Schmerzrezeptoren und regenerierte ihre Fähigkeit, Botschaften ans Gehirn zu übermitteln. Dadurch begann das Gehirn mit der Produktion von Endorphinen und Enzymen, die auf natürliche Weise den Schmerz auf ein erträgliches Niveau herunterschrauben würden. Plötzlich stieß er gegen eine Mauer.

Ohne seine psychische Verbindung zu Pavlov zu unterbrechen, sagte er zu Tachi: »Man hat ihm ein ziemlich starkes Schmerzmittel gegeben, Morphium, nehme ich an.«

Tachi nickte. »War zu erwarten. So lange er das Zeug im Körper hat, wird er uns nicht viel nützen.«

»Dagegen kann ich etwas tun.« Nicholas verstärkte seine Verbindung zu Pavlov. Die Farben im Raum funkelten, dann verblaßten sie, als würde das Licht aus dem Zimmer gesaugt werden. Formen verschoben sich und verschwammen ineinander, als Nicholas, tief in *tau-tau* versunken, Gedanken zu Taten werden ließ. Um ihn herum pulsierte tiefste Dunkelheit, und die Zeit, ein Biest mit zehn Millionen Augen, schien an einen Pfahl in der Erde festgekettet zu sein. Losgelöst vom Joch des Kontinuums, begann Nicholas mit der Manipulation des Lebens auf zellularer Ebene.

Ganz langsam – er mußte sich anstrengen, um es wahrzunehmen – veränderte sich die chemische Zusammensetzung von Pavlovs Blut; der Morphiumgehalt wurde immer geringer. Dies war eine gefährliche Prozedur. Er mußte das Morphium hypermetabolisieren – mit anderen Worten, seinen chemischen Abbau beschleunigen. Wenn er dabei überhastet vorging, würde er Pavlovs Lymphdrüsen und Nieren überlasten, und der Körper des Russen würde in einen traumatischen Schockzustand versetzt werden und sterben.

Pavlov stöhnte, sein Kopf ruckte auf dem feuchten Kissen hin und her.

Nicholas schob seinen Stuhl einige Zentimeter näher ans Bett, und bei dem kratzenden Geräusch schlug der Russe plötzlich seine Augen auf. Sie waren trübblau, blutunterlaufen, das Weiße so schmutziggelb wie die Zimmerwände.

Er murmelte etwas Unverständliches. Nicholas flößte ihm ein wenig Wasser ein. Er saugte es gierig auf und starrte zu Nicholas und Tachi hoch.

»Sind Sie Ärzte?« fragte er auf Vietnamesisch.

»Ich bin der Chirurg, der Sie operiert hat«, log Nicholas. »Und das ist Chefarzt Dr. Van Kiet, der Leiter dieses Krankenhauses.«

»Er sieht wie ein Japaner aus«, flüsterte Pavlov.

»Mein Pech«, entgegnete Tachi. »Können Sie uns sagen, was Ihnen passiert ist?«

Pavlov fielen die Augen zu, und für einen Moment fürchtete Nicholas, sie würden ihn verlieren. Sein Puls beschleunigte sprunghaft, sein Blutdruck stieg. »Sie werden sich gleich besser fühlen«, sagte Nicholas und ließ wohlige Wärme durch den Körper des Russen strömen.

Pavlovs Atem verlangsamte sich. Er schlug die Augen wieder auf und sah sie stumm an. Nicholas glaubte zu wissen, was ihm durch den Kopf ging.

»Die Polizei ist natürlich sehr an Ihrem Fall interessiert. Genau gesagt, vor dem Zimmer warten einige Kriminalbeamte; sie wollen unbedingt mit Ihnen reden.«

Auf Pavlovs aufgedunsenen, bleichen Wangen rann Schweiß herunter, doch keiner der beiden Männer machte Anstalten, ihn wegzuwischen. »Sie dürfen sie nicht reinlassen«, sagte er mit zittriger Stimme.

»Keine Sorge.« Nicholas strich ihm aufmunternd über den verbundenen Arm. »Ich werde nicht zulassen, daß Ihnen irgend etwas passiert, dafür habe ich zu hart um ihr Leben gekämpft.«

Neben dem Bett stehend, schüttelte Tachi den Kopf. »Ich weiß nicht. Der Chief Inspector der Saigoner Polizei setzt mich schwer unter Druck. Keine Ahnung, ob ich ...«

»Sie müssen!« fuhr Nicholas Tachi ins Wort. Dann richtete er seinen Blick wieder auf den Patienten. »Aber Sie verstehen sicher Dr. Van Kiets mißliche Lage.«

»Was soll ich bloß machen?« flüsterte Pavlov. »Ich kann nicht mit der Polizei reden, ich *kann* nicht.«

Drohend beugte sich Tachi übers Bett. »Ich fürchte, Sie haben keine andere Wahl ...«

»Warten Sie!« Nicholas hob eine Hand. »Doktor, es gibt vielleicht eine Lösung. Wenn Dr. Pavlov *uns* erzählt, was passiert ist, können wir die Polizei eventuell umgehen. Immerhin ist sein Zustand einigermaßen stabil.«

Erneut schüttelte Tachi den Kopf. »Ich weiß nicht. Das ist gegen die Vorschriften und ...«

»Aber mit Ihnen würde ich sprechen«, flüsterte Pavlov hastig. »Wenn Sie mir dafür die Polizei vom Leib halten.«

»Also gut.« Pavlov brach wieder in Schweiß aus, sein Herzrhythmus schwankte bedrohlich. Nicholas hatte keine Ahnung, wieviel Zeit ihnen noch blieb. Er verstärkte seine Projektion und hüllte den Russen noch enger in den wärmenden Schutzmantel seiner Psyche ein.

Pavlov leckte über seine bläulichen Lippen. »Ich wäre nie hierhergekommen, wenn mein Institut nicht so dringend Geld bräuchte. Ich bin Leiter des Kurchatov-Instituts für Atomenergie in Moskau. Früher bedeutete das eine ganze Menge. Ich führte ein Leben voller Privilegien ... ein chromblitzender Chaika, der mich zur Arbeit brachte und wieder abholte, eine herrliche Datscha im Baltikum, wo meine Frau im Sommer immer mit den Kindern hinfuhr, eine geräumige Wohnung in Moskau.« Er machte eine Pause, um sich kurz auszuruhen; selbst Reden war für ihn extrem anstrengend. »All das änderte sich, als die Sowjetunion zusammenbrach. Jetzt bin ich nichts weiter als ein Bittsteller, der Tausende Meilen reist, um Gelder für das Institut zu erbetteln.«

»Sie sind nach Saigon gekommen, um Finanzmittel aufzutreiben?« fragte Tachi.

Pavlov versuchte ein Lächeln, doch es wurde bloß eine vom Schmerz entstellte Grimasse. Um Atem ringend, hielt er einen Moment inne. Nicholas gab ihm noch etwas Wasser.

»Ich bin wegen Abramanov in Saigon. Er sollte mein Wohltäter sein.«

Der Russe machte ein seltsames Geräusch, halb Gurgeln, halb Husten. Möglicherweise sollte es ein Lachen sein. »Abramanov war mein *bête noir;* vielleicht ist er das ja noch immer, wer weiß. Er hat für mich am Kurchatov-Institut gearbeitet, wissen Sie. Einige sagten, er wäre in seinem Fachgebiet brillant, aber ich wußte, daß er eine aufrührerische, zerrissene Persönlichkeit war. Schließlich ist er Jude, und wir alle wissen, was das bedeutet.«

Die Augenlider des Russen klappten herunter; Nicholas und Tachi tauschten vielsagende Blicke aus.

»Was war Abramanovs Fachgebiet, Dr. Pavlov?« fragte Nicholas.

Der Russe stieß ein langgezogenes Seufzen aus. »Hochenergetische Neutronenfelder.«

»Was bedeutet das?« fragte Tachi.

»Sie sollten das wissen! Sie sind doch Arzt!« Für einen Moment blitzte etwas von Pavlovs barscher Persönlichkeit auf, doch ein heftiger Hustenanfall bereitete dem sogleich wieder ein Ende. Nicholas wußte, daß der Russe schwere innere Blutungen hatte, und ihm war klar, was das hieß. Der Tod wartete auf ihn, lauerte im Schatten, und kein Arzt der Welt würde ihn vertreiben können.

»Doktor Pavlov, bitte«, sagte er. »Beruhigen Sie sich.«

»Ja, ja, ist schon gut. Aber nach allem, was mir passiert ist ... Wo war ich stehengeblieben? Ach ja, bei den Neutronenfeldern. Also, simpel ausgedrückt: Abramanov war davon besessen, ein stabiles transuranisches Isotop herzustellen. Er hoffte, eine atomare Substanz zu entdecken, die als ultimative Energiequelle genutzt werden konnte, billig und unerschöpflich.«

»Hat er's geschafft?« fragte Nicholas.

»Nicht im Kurchatov. Aber nachdem ich ihn in die Atomstadt Arzamas-16 ins Exil geschickt hatte, habe ich ihn aus den Augen verloren. Doch jetzt ... ich nehme an, er hat es geschafft, ja, denn ich bin hierhergekommen, um ihm etwas zu verkaufen, daß er dringend benötigt. Er wollte mir dafür eine gigantische Summe zahlen. Fünfundzwanzig Millionen Dollar.« Pavlovs Augen füllten sich mit Tränen. »Wie konnte ich nur so naiv sein und glauben, ich würde das Geld bekommen? Jetzt ist die Ware weg, und ich stehe mit leeren Händen da.«

Das Verhör wurde von einem diskreten Klopfen an der Tür unterbrochen. Van Kiets Sergeant winkte Tachi nach draußen. Nicholas wollte warten, bis Tachi wiederkam, aber er wußte, daß er keine Zeit verlieren durfte.

»Sie wurde gestohlen?« fragte Nicholas den Russen.

»Ja, gestohlen. Aber eins sag' ich Ihnen: Es war Abramanovs Schuld, denn wer immer auf mich geschossen und die Ware gestohlen hat, muß ihren Wert gekannt haben. Er hat mich am Treffpunkt, den ich mit Abramanov persönlich ausgemacht hatte, erwartet. Niemand sonst hat von dem Treffpunkt gewußt.«

Pavlov weinte jetzt wie ein kleines Kind. »Ich weiß, es war ein Wucherpreis, aber was sollte ich machen? Das Institut brauchte das Geld, und ich wußte, daß Abramanov sich an niemanden sonst wenden konnte. Außerdem hat dieser verdammte Jude mein Land verraten. Der Gedanke, so viel Geld aus ihm herauszupressen, hat mir Spaß gemacht.«

Durch *tau-tau* wurde Nicholas auf das immer stärker werdende Blutgerinnsel in Pavlovs Körper aufmerksam. Die Hustenanfälle wurden immer stärker.

»Was war das für eine Ware, die man Ihnen gestohlen hat, Dr. Pavlov? Was hatte Abramanov so verzweifelt gebraucht?«

Der Russe wurde jetzt von derart heftigen Krämpfen geschüttelt, das Nicholas seine Worte nicht verstehen konnte. Allein Nicholas' fortwährende psychische Verbindung hielt Pavlov noch am Leben.

»Es war die ... die Hauptkomponente eines neuartigen kontaminationssicheren Kontrollfeldes, mit dem man der extremen Giftigkeit von Plutonium entgegenwirken kann«, preßte er mühsam hervor.

»Warum war Abramanov so versessen darauf, das Gerät zu bekommen? Arbeitet er mit Plutonium?«

»Ich glaube, es ist noch viel schlimmer ... Falls ... falls er tatsächlich dieses transuranische Isotop hergestellt hat, wird es zweifellos wesentlich giftiger sein als Plutonium, chemisch ... durch feine Staubpartikel ... ah, ah ... und physik ... physikalisch durch hochenergetische Gammastrahlung.«

Tachi kam ins Zimmer zurück. Er beugte sich zu Nicholas hinunter und flüsterte ihm eilig etwas ins Ohr: »Draußen war ein Bote von Van Kiet. Er wollte mir die Kugel zeigen, die man aus Pavlovs Rückgrat herausgeholt hat. Van Kiet hat so ein Ding noch nie gesehen, aber ich schon. Es handelt sich um ein Projektil Kaliber 308. Anhand der Kratzspuren erkenne ich, daß sie aus einem Styers-Gewehr abgefeuert wurde. Ein erstklassiges Gewehr für professionelle Scharfschützen; es hat ein Präzisionszielfernrohr und eine Reichweite von fast achthundert Metern.«

»Dann hat der Russe also recht«, sagte Nicholas. »Er wurde tatsächlich in eine Falle gelockt.«

Fiebrig warf Pavlov seinen Kopf hin und her; über sein Gesicht rannen keine Schweißbäche. Seine Augenlider flatterten, und aus seinen Nasenlöchern sickerte Blut. Nicholas versuchte, den Russen im Griff zu behalten, doch nun reichte selbst *tau-tau* nicht mehr aus, um ihn vor dem Dahinschwinden zu bewahren.

»Dr. Pavlov, wir müssen Abramanov finden.« Nicholas packte den Arm des Russen, und seine Fingernägel gruben sich in die schlaffe Haut. »Er ist Ihr Feind. Sagen Sie uns, wo wir ihn finden können.«

Ein wässriger Film überzog Pavlovs Netzhaut; das Blau seiner Augen war mit einem weißlichen Sekret bedeckt, doch die Pupillen waren noch immer auf Nicholas gerichtet.

»Pavlov, verstehen Sie mich?«

»J-ja, ich ...« Er rang nach Luft; sein Mund war mit rosafarbenen Blutblasen gefüllt. Er war buchstäblich am Ertrinken.

»Einen Namen! Wir brauchen einen Namen!«

»Zao.«

»Wovon spricht er?« fragte Tachi erregt. »Das ist japanisch!«

Nicholas sah zu Tachi hoch. »Erinnern Sie sich daran, was Van Kiet über seinen Reisepaß sagte? Pavlov ist über Bangkok und *Osaka* nach Saigon gekommen.« Er wandte sich wieder dem Russen zu. »Wer ist Zao?«

Aber Pavlovs Augen waren starr auf einen imaginären Punkt weit hinter Nicholas, weit hinter den vergilbten Wänden dieses Krankenhauszimmers gerichtet.

Nicholas ließ Pavlovs Arm los. »Allmächtiger, er ist tot.«

Dieser Tage verließ Rock Floating City nur noch selten; es war sein Heiligtum, und er war darin der unumschränkte Herrscher. Wenn er sich dennoch auf Reisen begab, dann nur aus gutem Grund. Er traf Timothy Delacroix in einem der neu eröffneten, überall in Saigon aus dem Boden schießenden Restaurants mit westlicher Küche. Delacroix gehörte zu der Handvoll weltweit operierender Waffenschieber, deren Geschäfte von den Lieferungen aus Floating City abhingen.

Delacroix wartete auf ihn. Rock hatte es absichtlich so arrangiert, indem er vierzig Minuten zu spät kam. In Wahrheit jedoch war er viel früher an dem Treffpunkt gewesen, auf dem er bestanden hatte. Von Natur aus paranoid, hatte er jede Seitenstraße, jeden im Schatten liegenden Hauseingang, jedes offene Fenster, das zum Restaurant lag und jedes parkende Auto sorgfältig und systematisch in Augenschein genommen. Da er den Besitzer des Restaurants kannte, war es vielleicht nicht unbedingt nötig, das Personal zu überprüfen, aber er tat es trotzdem. Rock war ein extrem vorsichtiger Mensch. Bevor er durch den Hinterausgang zurück auf die Straße ging, gab er dem Besitzer ein kleines Paket.

Obwohl Delacroix in einer hinteren Ecke des nur spärlich beleuchteten Restaurants saß, erblickte ihn Rock sofort. Vielleicht lag es an seinen Augen, die so auffällig blaß waren, daß sie praktisch keine Farbe hatten. Delacroix umgab die Aura eines Abenteurers, der sein mehr als vierzigjähriges Leben ausschließlich in der Wildnis verbracht hatte. Seine Haut war ledrig, faltengefurcht und permanent gerötet, sein sandfarbenes Haar lang und zerzaust. Unablässig fuhr er sich mit der Zunge über seine Lippen, als wäre er am Verdursten.

Während Rock sich seinen Weg durch die dicht beieinanderstehenden Tische bahnte, an denen überall westlich gekleidete Gäste saßen, konnte er sehen, wie Delacroix' listig dreinblickende Augen jeden Zentimeter von ihm musterten; er war froh, unbewaffnet gekommen zu sein.

Als Rock an den Tisch kam, nahm Delacroix einen Schluck Bier. Wortlos nickten sie einander zu. Eine vietnamesische Sängerin trällerte ein Lied von Jacques Brel; der französische Text handelte von Weltschmerz und Tod.

Bevor er Gelegenheit hatte, etwas zu ordern, stellte man Rock einen Whiskey auf den Tisch. Dann ließ man die beiden Männer in Ruhe.

Rock nippte an der bernsteinfarbenen Flüssigkeit und fragte: »Haben Sie die kleine Aufgabe, die ich Ihnen gestellt habe, gelöst?«

»Warum fragen Sie?« antwortete Delacroix mürrisch. »Sie wissen doch sowieso schon längst Bescheid.«

»Oh, das ist es.« Rock hob seine Augenbrauen. »Sie glauben, ich wäre sauer, weil Sie Linnear nicht ins Jenseits befördert haben.«

»In etwa.«

Rock lachte schallend. »Ich wollte ihn nur ein wenig Gottesfurcht lehren.« Er klopfte sich auf die Brust. »Furcht vor *diesem* Gott, dem Gott von Floating City.«

»Nun, ich denke, das ist mir gelungen.« Delacroix schien sich etwas zu entspannen.

»Gut.« Offensichtlich zufriedengestellt trank Rock einen Schluck Whiskey. Die Sängerin war jetzt voll in ihrem Element und jaulte wie eine läufige Hündin. Der Sound der dreiköpfigen Band prallte wie Pistolenkugeln von den Wänden ab und schoß durch den Raum. Nach einer Weile sagte Rock: »Wissen Sie, eine Zeitlang war ich ein wenig beunruhigt. Dieser Hurensohn Vincent Tinh arbeitete für Sato International und drehte nebenbei ein Ding nach dem anderen. Erst gab er sich als Mittelsmann aus und kaufte Waffen von mir, dann verwandelte er sich in einen Lieferanten und verschacherte die Ware mit hohem Gewinn. Und obendrein besaß das Schwein auch noch die Dreistigkeit, sich als Partner von mir auszugeben!« Rock grummelte mürrisch. »Nun, er hat sich einmal zuviel auf mein Floating City berufen. Ich hab' an ihm ein Exempel statuiert und ihm das Hirn aus dem Schädel geschossen – aber zuvor habe ich ihn noch in ein nettes kleines Säurebad getaucht.« Er kicherte. »Das war vielleicht ein schöner Anblick!«

Delacroix sagte keinen Ton; statt dessen schien er in seiner Ecke zusammenzuschrumpfen.

Rock war geübt, feinste Stimmungsschwankungen zu erkennen, und grinste genüßlich. »Was ist los, Tim? Ist die reale Welt zuviel für Sie? Himmel, Sie sind doch freiwillig in diesem Geschäft; tun Sie jetzt nicht so, als hätten Sie einen schwachen Magen, Mann! Ich glaub Ihnen sowieso nicht, dafür haben sie bereits zuviel Blutvergießen gesehen.« Das Lächeln weitete sich zu einem wissenden, sardonischen Grinsen aus. »Sie wissen ganz genau, inwieweit Sie verantwortlich sind für das, was heute so in der Welt passiert.«

Delacroix trank sein Bier aus. »Ich habe nicht erwartet, daß Sie mich persönlich bezahlen würden. Die übliche Prozedur hätte ausgereicht.«

»Aber so macht es viel mehr Spaß.« Rock mußte seine Stimme heben, um sich trotz der lauten Musik Gehör zu verschaffen. »Ich komme heutzutage kaum raus. Tut mir mal ganz gut, wissen Sie? Manchmal kann ich mich kaum erinnern, wie die Welt außerhalb von Floating City aussieht. Ich habe mir selbst einen Gefallen getan.« Er langte in sein Jackett und schob einen weißen Umschlag über den Tisch.

Delacroix nahm ihn und steckte ihn ungeöffnet ein.

»Schön, daß Sie mir vertrauen, Tim. Das läßt auf eine weiterhin gute Beziehung hoffen.« Rock wandte sich kurz um, und sofort stand ein Kellner neben ihm. Er bestellte für sie beide ein Dinner.

»Ich brauche Ihren Rat«, sagte Rock vertrauensvoll. »In letzter Zeit geht mir mein Partner ziemlich auf die Nerven. Er hat irgendwelche ausgeflippten Ideen, die ich nur größenwahnsinnig nennen kann.«

»Größenwahnsinnig?«

»Yeah, größenwahnsinnig. Was glauben Sie, was ich bin, ein verdammter Geldscheißer, oder was?«

»Nein, Rock, ich war nur ... ein wenig erschrocken, daß es Reibereien gibt.«

Rock kicherte zerknirscht. »Ach, Scheiße, Sie wissen doch, wie Ehen so sind. Früher oder später kommt man sich wie im Gefängnis vor und muß einfach mal ausbrechen.«

Sie bestellten beide noch einen Drink, und Delacroix erteilte ihm einige wohlgemeinte Ratschläge, doch Rock hörte kaum hin. Die Sängerin war inzwischen bei etwas fetzigeren Mylene Farmer-Songs angelangt, und das Essen wurde serviert. »Ich hoffe, Sie mögen den Schuppen«, sagte Rock und breitete seine Arme aus. »Die Restaurants in Paris sind natürlich um einiges besser, aber für hiesige Verhältnisse ist es allererste Klasse.«

Nachdem er zur Hälfte aufgegessen hatte, legte Rock sein Besteck nieder und entschuldigte sich. Er ging nach hinten an den Toiletten vorbei in die Küche, wo sein Freund, der Besitzer, in einen Topf mit Gazpacho stierte.

»Für Besucher ist es viel zu heiß hier in der Küche«, sagte der Mann mürrisch. »Was kann ich bloß dagegen tun?«

»Den Koch erschießen«, sagte Rock.

Sie brachen in Gelächter aus. Dann ließ sich Rock den 25er Colt und den kleinen keramischen Zylinder geben. Er schraubte den Vitek-112 Schalldämpfer auf den Lauf.

»Wie wird das klingen?« fragte der Besitzer auf die Waffe deutend.

»Wie das Entkorken einer Weinflasche.«

Der Besitzer nickte.

»Danke, daß Sie das Ding für mich aufbewahrt haben. Ich bin Ihnen etwas schuldig.«

»Wozu hat man denn Freunde?«

Rock ging an den Tisch zurück. Er behielt seine Hände unter der Tischplatte und beugte sich vor. Die Sängerin krächzte aus voller Brust; sie wurde jetzt von zwei hageren Vietnamesen mit elektrischen Gitarren begleitet, was die Lautstärke nicht gerade verringerte, im Gegenteil.

»Tim, ich möchte Ihnen eine Frage stellen.«

Delacroix neigte sich zu Rock vor, der den Lauf auf den Bauch des Waffenhändlers richtete und genau in dem Augenblick dreimal feuerte, als die Musik einen langgezogenen Höhepunkt erreichte. Es gab donnernden Applaus. Kommt bestimmt noch 'ne Zugabe, dachte Rock, stand auf und verließ das Restaurant durch den Hinterausgang. Er warf die Waffe in eine Mülltonne. Zu schade, daß Delacroix nichts von der Zugabe mitbekommen würde. Egal. In dem Moment, als er sich bereit erklärt hatte, Linnear in die Luft zu jagen, war er zu einer Belastung geworden; durch ihn hätte man herausfinden können, daß Rock hinter dem Anschlag steckte.

Voller Elan und Tatendrang nahm sich Rock vor, für den Rest des Abends Saigons berüchtigte Seitenstraße zu erforschen; mal sehen was er dabei an menschlichen Kuriositäten entdecken würde. Bei der Aussicht auf eine nette kleine Abwechslung begann er eine fröhliche Melodie zu pfeifen.

Diese Haare! Sie schimmerten wirklich wie gesponnnes Gold. Croaker, sich wie ein Wilddieb hinter den Bäumen versteckend, schlich Vesper hinterher, während sie mit dem Elektrocar langsam über einen ausgetretenen Pfad rollte.

Sie drangen immer tief in Dedalus' Anwesen ein. Ihm fiel auf, daß Vesper in einem weiten Bogen um das Haupthaus herumfuhr. Sie umkurvte einen künstlich angelegten Teich und einen Nadelholzgarten und rumpelte dann über eine mit ausgezehrtem braungelbem Sommergras bedeckte Anhöhe auf eine Lichtung mit einem kleinen Holzhaus. Es sah aus wie eine elegante Anglerhütte. Aus dem steinernen Schornstein kräuselte sich bläulicher Rauch; auf der um das gesamte Haus herumgezogenen Veranda standen Tische und Stühle aus Teakholz im traditionellen Adirondack-Stil der Dreißiger und Vierziger. Neben dem Haus erstreckte sich eine urwüchsige, abschüssige Rasenfläche, die in dichtes Unterholz und zu riesigen Zelkova-Bäumen hinabführte, welche noch höher waren als die auf dem Anwesen vorherrschenden alten Eichen. Dahinter erspähte Croaker einen wild dahinströmenden Bach, den Dedalus garantiert jedes Jahr mit Forellen auffüllte.

Vesper parkte das Elektrocar an der Längsseite des Hauses neben ihrem schwarzen Nissan 300ZX. Sie stieg aus, klopfte den Staub von ihrem Overall und ging ins Haus.

Croaker löste sich aus der Deckung der Bäume und rannte halbgebückt zur Veranda; lautlos erklomm er die Holzstufen. Er kroch von Fenster zu Fenster, bis er hinter einem Vesper erblickte. Sie stand neben einem überdimensionalen Steinkamin, in dem ein Feuer brannte. Jemand goß ihr ein Glas Weißwein ein, und als sich die Gestalt umdrehte, um die Flasche auf einem Beistelltisch abzustellen, erhaschte er einen Blick auf das Gesicht: Es war Margarite.

Er schob sich dicht ans Fenster und preßte sein Ohr gegen das kalte Glas. So verstand er, was drinnen gesprochen wurde.

»Wieso mußt du schon wieder nach London?« fragte Margarite. »Du hast mir doch gerade erst die neueste Nishiki-Informationen gebracht.«

Vesper lächelte sie an. »Ich hab' dir doch gesagt, daß dies etwas anderes ist. Ich bin nicht bloß ein Nishiki-Kurier. Ich habe noch andere Verpflichtungen. Es scheint ein Problem zu geben, und ich soll persönlich instruiert werden. Außerdem sind die Informationen über Kongreßmitglied Martin, die ich dir gerade gegeben habe, unvollständig. Ich weiß, daß er für dich wichtig ist, weil er diesen neuen Gesetzentwurf zur Reform des Bankwesens eingebracht hat, der den Interessen deiner Familie ziemlich schaden könnte, wenn er ratifiziert wird. Bevor du ihn zwingst, den Gesetzentwurf zu ändern, solltest du das *gesamte* belastende Material gegen ihn in Händen halten. Also unternimm nichts, bis ich zurück bin.«

»Wie gefährlich wird es für dich dort drüben?«

Vesper stellte ihr Glas ab und ging zu Margarite.

»Warum zerbrichst du dir darüber den Kopf? Schließlich bin

ich für so etwas ausgebildet worden.« Ihr betont unbekümmertes Lächeln ließ sie wie ein glückliches Schulmädchen aussehen. »Keine Sorge, mir wird nichts passieren.«

»Aber die Gefahr innerhalb des Nishiki-Netze …«

»Wirklich du solltest dir diese paranoide Ader endlich abgewöhnen, Darling.«

»Ich dachte dabei an Lew«, sagte Margarite achselzuckend. »Seitdem ich ihn kennengelernt habe, ist alles viel gefährlicher geworden.«

Vesper bedachte sie mit einem lüsternen Blick. »Ich glaub' nicht, daß *kennengelernt* das richtige Wort ist.«

»Wieso? Bist du eifersüchtig?«

Vesper lachte. »Mach' ich dich immer noch nervös.«

»Na ja, wenn's um Sex geht, kannst du zuweilen zum Raubtier werden. Das wirst du wohl kaum abstreiten, oder?«

Vesper strich Margarite eine Haarlocke aus dem Gesicht. »Ich hab's nicht auf dich abgesehen; wenn's so wäre, wüßtest du davon. Ich gebe zu, daß ich gewisse sexuelle Neigungen habe, klar. Dedalus hat das sofort erkannt, und darauf beruht unsere Beziehung.« Sie küßte Margarite auf die Wange. »Er ist sehr einfühlsam, genau wie dein Bruder. Das war eine seiner großen Stärken.«

»Gott, wie ich Don vermisse. Aber manchmal hasse ich ihn dafür, mir all die Verantwortung übertragen zu haben.«

»Du haßt ihn nicht.« Vesper tätschelte Margarites Hand. »Er hat dir die Chance geboten, mehr zu sein, bedeutend. Er hat das Feuer in dir erkannt und es geschürt; du solltest ihm hoch anrechnen, daß er in dir mehr gesehen hat als bloß eine normale Frau.«

Margarite schritt durch den Raum und starrte in die züngelnden Flammen im Kamin. »In Lew sehe ich auch mehr; er hat etwas ganz Besonderes an sich.«

Vesper sah Margarite scharf an. »Erinnere dich bitte daran, daß dein Lew uns alle ins Grab bringen könnte. Caesare …«

Plötzlich funkelten Margarites Augen zornentbrannt. »Was erzählst du da? Versuchst du mir meine Gefühle zu vermiesen?«

Vesper schüttelte den Kopf. »Nein, ich versuche bloß, dich zu beschützen.«

»Vor Lew? Sei nicht albern. Er würde mir nie etwas antun.«

»Vielleicht nicht absichtlich. Vergiß nicht, er ist ein Mann des Gesetzes, und was bist du? Wie lange, glaubst du, wird er auf dem Drahtseil tanzen können? Bestimmt nicht ewig, und wenn er hinunterstürzt, Darling, stehen die Chancen gut, daß er dich mit in die Tiefe reißt.«

»Zerbrich dir nicht den Kopf über meine Beziehungen, okay? Du klingst langsam wie eine Heuchlerin.«

»Mit deinem Bruder habe ich geschlafen, weil ich Lust dazu hatte. Ich habe im Laufe der Zeit eine enge Bindung zu ihm entwickelt – und er zu mir auch. Vielleicht bin ich deshalb zu sehr in euren Machtkampf mit den Leonfortes verstrickt worden.«

Vesper schüttelte den Kopf. »Und trotz alledem hat er mir nie den wahren Grund für die Feindschaft zwischen den beiden Familien verraten.«

»Von mir wirst du das ebensowenig erfahren.« Margarite wandte sich ab.

»Wirklich? Ist schon irgendwie komisch. Immerhin bin ich diejenige, die dir die Nishiki-Informationen liefert, durch die du Caesare Leonforte und all den anderen Dons immer einige Schritte voraus bist.«

»Familie ist Familie. Du wirst deinen Flug verpassen«, sagte Margarite scharf, das Gespräch beendend.

Nach einer kurzen Pause nickte Vesper und sagte: »Du hast recht. Ich zieh' mich besser um.«

Als sie aus dem Blickfeld verschwand, ließ sich Margarite aufs Sofa fallen und starrte eine Zeitlang gedankenverloren ins Feuer. Dann nahm sie das Telefon und rief Francine an, ihre Tochter. Croaker spürte einen Stich im Herzen. Sein Zusammentreffen mit Francine war viel zu kurz gewesen; daß ihre Eltern nach wie vor miteinander in Kontakt standen, machte ihr mit Sicherheit zu schaffen. Aber er wußte, daß der Stich in seinem Herzen vor allem Margarite galt. Zu hören, wie sich ihr Tonfall änderte, während sie mit Francine sprach, machte ihm bewußt, wie sehr er sie vermißte und wie er sich dafür verachtete, ihr nachzuspionieren.

Margarite beendete das Gespräch, holte zwei kleine Handkoffer aus dem Schrank und stellte sie neben der Eingangstür ab. Eine Weile stand sie regungslos da und starrte auf die Koffer herab, als könnte sie sie durch reine Willenskraft in Luft auflösen und damit den Lauf der Dinge verändern.

Dann drehte sie sich um, und Croaker wußte, daß Vesper wieder ins Zimmer kam. Er streckte sich, um bessere Sicht zu bekommen, und erstarrte. Die Gestalt, die er sah, trug schwarze Jeans, ein weißes Männerhemd mit offenem Kragen und eine übergroße Claude Montana-Lederjacke. Um ihren Hals hing eine schwere Kette mit einem klobigen roten Jadestein.

Ungläubig starrte er auf ihr kurzgeschnittenes, schwarzglänzendes Haar: eine täuschend echte Perücke. Mit Hilfe farbiger Kontaktlinsen waren ihren großen Augen jetzt rehbraun; sie funkelten spöttisch. Nur ihr voller Mund, nun ohne Lippenstift, sah wie immer aus.

Ich zieh' mich besser um.

Jetzt verstand er die Ironie ihrer scheinbar arglos daher gesagten Worte. Das Chamäleon hatte sein Erscheinungsbild mal wieder geändert. Was für eine Art Kreatur war sie bloß? Croaker erinnerte sich an seine beinahe philosophischen Anwandlungen im Phillips-Museum. Er erkannte, daß der Zeitpunkt gekommen war, um seine überkommene Denkweise endgültig über Bord zu werfen und von vorne zu beginnen. Seine althergebrachten Vorstellungen über die Rolle der Geschlechter paßten nicht in die Welt, in die er hier eintauchte. Solange er sich nicht von seinen vorgefaßten Meinungen freimachen konnte, würde er das Rätsel um Vesper Arkham nie lösen.

Sex & Angst

Für mich, der ich gehe,
für dich, die du bleibst –
zwei Herbste.

Buson

Tokio
Sommer 1962 – Herbst 1971

1962 beging Colonel Denis Linnear den Fehler, seinen Sohn mit Tsunetomo Akinaga bekannt zu machen. In den ungezählten melancholischen Herbstmonaten nach denen des Jahres 1971 hatte Nicholas oft Grund dazu, sich zu fragen, welche Beweggründe sein Vater dafür gehabt haben mochte. Aber natürlich war es nicht mehr möglich, dies herauszufinden, denn der Colonel war 1963 getötet worden.

Im Sommer 1962 war Tsunetomo Akinaga ein vitaler Mann, energiestrotzend wie ein überreifer Pfirsich. Er war seit vielen Jahren *oyabun* des Shikey-Clans. *Shikei* hieß soviel wie ›Höchststrafe‹, und in jenen Tagen fragte sich Nicholas oft, wie sich eine Familie einen solchen Namen geben konnte. Niemand schien ihm das erklären zu können, am allerwenigsten Tsunetomo, der den ausgeprägten Humor eines professionellen Komödianten besaß. Der alte Mann – er war wesentlich älter als er aussah – hatte immer zwerchfellerschütternde Witze parat, bei denen sich die Jungen vor Lachen die Bäuche hielten.

Die Jungen waren Omi und Hachi, Tsunetomos mittlerer und jüngster Sohn, und Nicholas. Tetsuo, der älteste, als Nachfolger seines Vaters vorgesehene Sohn, war bereits aus dem Haus und biß sich, wie Tsunetomo mit einem Grinsen zu sagen pflegte, die Zähne daran aus, in Kobe eine Unterfamilie des Shikei-Clans zu leiten.

Ob Omi und Hachi Nicholas mochten, sei dahingestellt; aufgrund seiner *aikido*-Künste akzeptierten sie ihn jedenfalls. Genau wie Tsunetomo, der Nicholas achtete, erstens, weil er Colonel Lineares Sohn war, und zweitens, weil er Nicholas' angeborene Intelligenz erkannte.

»Du bist ein Halbblut«, sagte Tsunetomo eines Nachmittags bei Tee und süßem Soyagebäck, »und deswegen wird dein Leben kein leichtes sein.« Sie waren allein, saßen auf *tatami*-Matten; der Raum, in dem sie sich befanden, bot einen herrlichen Ausblick auf den Garten, eine Komposition aus Azaleen und Felsblöcken. Die Azaleen waren mit äußerster Kunstfertigkeit den Felsformen nachempfunden worden, so daß der Garten selbst zu einer komplexen Synthese aus Natur und Künstlichkeit wurde.

Der *oyabun* führte ein hektisches Leben und genoß es, mit einem seiner Jungen am späten Nachmittag, wenn Schule und Kampfkunst-Unterricht beendet waren, eine Stunde zusammenzusitzen und sich zu unterhalten. Er sagte, dies habe auf ihn den gleichen Effekt wie Meditation, von der er behauptete, sie nicht mehr zu beherrschen, seitdem sein Vater eine Dekade zuvor in einem Territorialkrieg ermordet worden war.

»Aber ich werde keine Sympathien an dich verschwenden, junger Mann«, sagte er und schob sich ein Stück Gebäck in den Mund, »denn du brauchst keine. Du wirst über deine Bürde hinwegkommen. Genau gesagt, sie wird dich eine Menge über die Menschen lehren, und dieses Wissen wird dich zu einem klügeren Menschen machen.« Dann erzählte er einen Witz über einen Bauern und einen Wanderpriester, und Nicholas bog sich vor Lachen.

Tsunetomo lächelte zufrieden. »Lachen ist gut für meine Azaleen. Sie saugen es in sich auf wie Wasser und Sonnenlicht. Wenn in meinem Garten etwas verwelkt, weiß ich, daß nicht genug gelacht worden ist.«

»Ist das der Grund, weshalb Sie Witze erzählen?«

Tsunetomo nickte. »Zum Teil.« Er signalisierte Nicholas, Tee nachzuschenken. »Mein Vater war ein herrlicher Witzbold. Habe ich dir je davon erzählt, wie er sich in die Hotelanlage geschlichen hat, in der ich mit meiner Frau unsere Flitterwochen verbrachte, und unter unserem Fenster Feuerwerkskörper hochgehen ließ? Ja, er war schon einer; für viele Leute war es eine fürchterliche Tragödie, als er getötet wurde. Mit meinen Witzen versuche ich, die Erinnerung an ihn lebendig zu halten. In deinem und dem Lachen der anderen kehrt er immer wieder zurück und zündet unter meinem Fenster Feuerwerkskörper.«

Die Erinnerung an dieses Gespräch wurde für Nicholas um so schmerzlicher, weil es in dem Frühjahr nach Colonel Lineares Tod stattfand. Tsunetomo hatte sich monatelang nicht bei

Nicholas gemeldet, und obwohl Nicholas Omi und Hachi regelmäßig im *dojo* traf, luden sie ihn nie zu sich nach Hause ein. Die meiste Zeit war Nicholas zu beschäftigt, um darüber nachzugrübeln, aber es gab Tage, an denen er seine nachmittäglichen Begegnungen mit dem *oyabun* schmerzlich vermißte. Und erst da wurde ihm bewußt, wieviel sie ihm bedeuteten.

Er hatte seinen Vater geliebt und verehrt, aber der Colonel war trotz allem ein Abendländler; diese Tatsache unterschied ihn von seinem Sohn, ganz gleich, wie sehr der Colonel die orientalische Denkweise verinnerlicht hatte. Tsunetomo steuerte etwas zu Nicholas' Erziehung bei, das Colonel Linnear nicht besaß: eine hundertprozentige asiatische Mentalität, und möglicherweise hatte der Colonel die beiden gerade deswegen miteinander bekannt gemacht.

Im Frühjahr 1964 erschien Tsunetomo in Nicholas' *dojo* und sah anderthalb Stunden zu, wie der *sensei* einen Angriff nach dem anderen auf Nicholas niederprasseln ließ. Nicholas war zu dem Zeitpunkt schon ziemlich gut und hatte längst – in einem anderen *dojo* – mit seiner *ninjutsu*-Ausbildung begonnen. Einiges dieser altüberlieferten Geheimdisziplin schimmerte bereits in seinen unorthodoxen und oft überraschenden Gegenangriffen durch, mit denen er die *aikido*-Attacken seines *sensei* konterte.

Geduldig wartete der *oyabun* auf Nicholas, während seine Leibwächter-Phalanx außer Sichtweite blieb, um die vom *sensei* sorgsam ausbalancierte Harmonie im *dojo* nicht zu stören. Nicholas, außer sich vor Freude, Tsunetomo zu sehen, war mehr als glücklich, vom *oyabun* zu Tee und Soyagebäck eingeladen zu werden.

Später – ihm klangen noch immer Tsunetomos Worte im Kopf – verstand Nicholas, wie sehr der Tod des Colonel den *oyabun* getroffen hatte. Vielleicht erinnerte er ihn zu deutlich an die brutale Ermordung seines eigenen Vaters. Sie beide, er und Nicholas, hatten erst ihre Seelenpein überwinden müssen, bevor sie ihre Treffen wieder aufnehmen konnten. Außerdem war da noch Tsunetomos strenge Auffassung von Respekt: Der *oyabun* hatte bei Nicholas nicht den Eindruck erwecken wollen, er würde in irgendeiner Weise versuchen, dem Colonel den Platz in Nicholas' Herzen streitig zu machen.

»Ich bin Tsunetomo«, sagte er an diesem Nachmittag, seinen Blick auf die zarten Azaleenknospen gerichtet, die kurz vor der Blüte standen. »Und der Colonel war dein Vater. Ich bin *oyabun,* aber er war etwas viel Bedeutsameres, ein Architekt von Träumen. Ich erwarte nicht, daß du das jetzt verstehst, aber eines Tages *wirst* du.«

Mit Tsunetomo Tee zu trinken, war ein nahezu endloses Ritual. Es war für ihn heilige Zeit; solange er beim Tee saß, wußten seine Männer, daß er nicht gestört werden durfte. Auf diese Weise zog Tsunetomo eine Demarkationslinie zwischen Geschäft und dem, was er private Pflichten nannte.

»Wie du siehst«, sagte er, »ist dieser Garten von vier Mauern umgeben. Drei davon sind *fusuma*-Schiebetüren ins Haus; die vierte ist die innere Mauer dieses Grundstücks. Alles im Garten ist absichtlich niedrig gehalten. Selbst der Wind kann keiner der Komponenten etwas anhaben. Ich habe Licht und Schatten eingefangen wie Schiffe in einer Flasche. Morgens oder nachmittags hier zu sitzen und zu beobachten, wie sich die Formen im Lichteinfall verändern, hilft einem, die Natur des Lebens und den Lauf der Zeit zu verstehen, denn letztendlich verändert sich hier nichts. Am Ende einer jeden Nacht beginnt der Garten erfrischt einen neuen Zyklus.«

Nicholas, der mit den Erinnerungen an seinen Vater zu lange allein gewesen war, spürte, wie sich ein inneres Tor in ihm öffnete. »Hier kann ich meinen Vater spüren.«

»Früher oder später spürt man in diesem Garten alles«, sagte Tsunetomo, offensichtlich angetan. Er aß ein Stück Gebäck und sah zu, wie Nicholas seinen bitteren grünen Tee trank. In den folgenden Momenten des Schweigens wußte Nicholas, daß sie beide an den Colonel dachten.

Mit der königlichen Würde eines Shogun auf der *tatami*-Matte kniend, sagte Tsunetomo: »Ich möchte dir eine Geschichte aus der Vergangenheit erzählen; wenn ich fertig bin, will ich wissen, was sie für dich bedeutet.« Er räusperte sich. »In jenen Tagen, bevor der erste Tokugawa-Shogun Japan vereinte, gab es einen feudalen Landherrn, der ein ziemlicher Frauenheld war. Er war ein in jeder Weise ehrenwerter Mann, und seine Gefolgschaft verehrte ihn. Er hatte viele uneheliche Söhne, aber nur einen ehelichen. Dieser Junge hatte das Herz seines Vaters erobert, als er sich aus dem Schoß seiner Mutter herauspreßte, obwohl er in ihrem Leib verkehrt herum herangewachsen war. ›Eigentlich hätte er sterben müssen‹, sagten die überraschten Ärzte dem Landherrn, ›aber sein Lebenswille hat ihn gerettet‹.

Aus dem Kind wurde ein junger Mann. In Kriegszeiten beschützte ihn sein Vater mit seinem Schwert und dem ihm eigenen heldenhaften Mut. Aber es gab auch Zeiten, da konnte der Landherrn seinen Sohn nicht auf die oft langen, gefährlichen Reisen mitnehmen und überließ ihn der Obhut eines jungen Gefolgsmannes, dem der Landherr vertraute, als wäre er ein Mitglied der Familie.

An seinem einundzwanzigsten Geburtstag wurde der Jüngling schwer krank, und allem Flehen und Drohen des Landherrn zum Trotz konnten ihn die Ärzte nicht retten. Am Tag der Beerdigung, als alle Priester der Gegend ihre Aufwartung machten, ritt der junge Gefolgsmann zum Tempel, stieg von seinem Pferd und beging vor dem Buddha-Altar rituellen Selbstmord.«

Drei Kiebitze kamen in den Garten geflogen. Zwei von ihnen ließen sich auf einer gestutzten Azalee nieder, während der dritte sich auf die Spitze des höchsten Felsens setzte und fröhlich drauflos zwitscherte.

Nicholas beobachtete den Kiebitz eine Weile und sagte dann: »Die Geschichte sagt mir, daß sich das Ehrgefühl nicht ausschließlich auf die Familie begrenzen sollte, sondern vielmehr im Zusammenhang mit Zeit und Raum zu sehen ist; aber hauptsächlich ist es eine Definition des eigenen Ichs.« Er sah Tsunetomo an. »Ist die Antwort richtig?«

Der *oyabun* lächelte. »Ich bin kein buddhistischer Rinzai-Priester. Es gibt keine richtige oder falsche Antwort, nach der ich dich beurteilen müßte. Ich wollte nur wissen, was du zu meiner Geschichte zu sagen hast.«

Über die Jahre hinweg hatte Nicholas oft Grund dazu, sich an diese Geschichte aus dem feudalen Japan zu erinnern. Während der Colonel und Nicholas' Mutter, Cheong, diejenigen waren, die ihm einen Sinn für Ehre beigebracht hatten, war es Tsunetomo, der diesen Sinn zur vollen Entfaltung brachte, als Nicholas erwachsen wurde.

Im Herbst 1971 – Nicholas war ein junger Mann – betrat er

Tsunetomos Haus, wie er es seit acht Jahren zweimal in der Woche zu tun pflegte. Aber diesesmal war Tsunetomo nicht allein in dem Raum, der seiner Tee-Zeremonie und seinen ›privaten Pflichten‹ vorbehalten war. Eine junge Frau war bei ihm. Eigentlich schien sie noch ein Mädchen zu sein, und Nicholas war ziemlich überrascht zu erfahren, daß sie gerade volljährig geworden war.

Bis zu diesem Zeitpunkt waren seine Erfahrungen mit Frauen sowohl stürmisch als auch ziemlich niederschmetternd gewesen, und daher fühlte er sich in weiblicher Gegenwart immer etwas befangen; er verabredete sich nur selten in jenen Tagen.

Als Nicholas den Raum betrat, wandte sich Tsunetomo zu ihm zu. »Ah, da bist du ja, Nicholas. Ich möchte dir die Tochter eines alten Freundes vorstellen. Ihr Name ist Koei.« Er stand auf. »Könntest du bitte für sie Tee zubereiten. Unglücklicherweise muß ich für eine Stunde oder so fort. Also, sei ein guter Gastgeber während meiner Abwesenheit.«

Auf den ersten Blick wirkte Koei nicht sonderlich attraktiv, besonders, wenn man jedes ihrer Merkmale einzeln betrachtete. Ihr Mund war schmal und ausdruckslos, ihr großen Augen blickten ablehnend, und ihre Gesichtszüge schienen von unerbittlicher Härte zu zeugen. Ihre Haut war so blaß wie die der legendären Geishas des neunzehnten Jahrhunderts, die niemals ohne einen schützenden Schirm in die Sonne gegangen waren.

Während sie mit formell im Schoß gefalteten Händen auf ihrer *tatami*-Matte kniete, sah sie ziemlich zerbrechlich, ja beinahe gebrechlich aus. Anfangs fragte sich Nicholas, ob sie vielleicht behindert sei.

Nicholas begann den Tee zuzubereiten. Traditionsgemäß schwieg er dabei, doch beim Trinken erzählte er ihr von den Azaleen und den Felsen im Garten, und daß sich nur das Sonnenlicht und ein gelegentlicher Vogel frei darin bewegen konnten.

»Ich schätze, dies muß ziemlich schwierig für dich sein«, sagte Koei, als hätte sie ihm überhaupt nicht zugehört. Sie mied seinen Blick.

»Was meinst du?«

»Allein gelassen zu werden mit jemandem, den du nicht

kennst, und für diese Person den zuvorkommenden Gastgeber spielen zu müssen.«

»Nun ...«

»Besonders, da Tsunetomo kein Mensch ist, dem man einen Wunsch abschlägt.«

Er lächelte. »Stimmt. Aber selbst wenn er nicht *oyabun* des Shikei-Clans wäre, hätte ich seinen Wunsch befolgt.« Er legte seinen Kopf schräg. »Es ist überhaupt nicht schwierig ... oder lästig.«

Noch immer kniete sie leicht vorgebeugt, den Blick gesenkt. Wenn sie sprach, bewegten sich ihre Lippen fast überhaupt nicht. Sie besaß eine Art ätherischer Ruhe, die er zuvor nur bei erfahrenen *senseis* gesehen hatte, doch es gab einen feinen Unterschied, den er nicht definieren konnte.

»Ich möchte für niemanden eine Last sein.«

»Wie kommst du darauf, daß du das sein könntest?«

»Wer bin ich denn schon?« Sie stellte ihre Tasse auf den Tisch. »Ich bin weder hübsch noch besonders intelligent. Ich kann mir nicht vorstellen, wieso irgend jemand mit mir seine Zeit verbringen möchte.«

»Ach, das kann doch nicht wahr sein. Tsunetomo liegt offensichtlich eine ganze Menge an dir.«

Sie hob den Kopf und ihr Gesichtsausdruck war ein wenig verwirrt, wie der einer Möwe, die von hellem Scheinwerferlicht überrascht worden ist. »Glaubst du das wirklich?«

»Natürlich. Er hat dich in sein Teezimmer eingeladen. Das macht er nicht mit jedem.«

»Dich hat er doch auch eingeladen.« Zum ersten Mal schien sie seiner bewußt zu werden, wie eine Schnecke, die aus ihrem Häuschen kriecht, nachdem ein Eindringling dicht daran vorbeigegangen ist.

»Tsunetomo ist so etwas wie mein zweiter Vater.« Nicholas erzählte ihr von Colonel Linnear und seinem Tod. Sie schien sonderbar ungerührt, als hätte er ihr von einem Vogel erzählt, der gerade durch den Garten geflogen war.

Sie zitterte ein wenig. »Ich fühle mich hier nicht wohl.«

Tsunetomo war noch nicht zurückgekehrt. Nicholas beschloß, Koei nach Hause zu bringen; sie erschien ihm so zerbrechlich, daß er befürchtete, sie würde es allein nicht schaffen.

Sie passierten die unzähligen Leibwächter, die das Anwesen des *oyabun* bewachten. Auf der Straße sah er, daß eine Limousine mit Fahrer sowie zwei stämmige Yakuza auf Koei warteten. Dies waren keine Männer des Shikei-Clans. Also war Koei die Tochter eines anderen Yakuza-*oyabun*. Eines alten Freundes, hatte Tsunetomo gesagt und es dabei bewenden lassen.

Sie stand wie zu Stein erstarrt auf dem Gehsteig und stierte ins Innere der Limousine, als wäre der Wagen ein offenes Grab.

»Ich will da nicht einsteigen.«

»Ich werde dich nach Hause bringen.«

Eine Zeitlang blieb sie regungslos stehen, und nichts deutete darauf hin, daß sie ihn gehört hatte. Was ihm an ihr gefiel war, daß sie offenbar nicht billigte, was ihr Vater tat. Wenn Nicholas mit Tsunetomo zusammen war und in den Genuß seiner Großzügigkeit, Lebenserfahrung und Zuwendung kam, war es unmöglich, sich über seinen Beruf den Kopf zu zerbrechen. Immerhin waren einige der engsten Freunde des Colonels Yakuza-*oyabun* gewesen. Und doch vernahm Nicholas tief im Innern eine warnende Stimme, spürte, wie sich in ihm ein Klumpen Sünde zusammenballte gleich der Perle im Fleisch in einer Auster. Meistens ignorierte er beides und ging zur Tagesordnung über.

Koei lebte auf einem von Mauern umgebenen Anwesen, daß dem Tsunetomos nicht unähnlich war. Ihr Vater, Tokino Kaeda, ein finsterer, hochaufgeschossener Mann, war Chef-Unter*oyabun* des Yamauchi-Clans, in dem es seit Katsuodo Kozos frühem Tod drunter und drüber ging. Katsuodos ältester Sohn, Tomoo, damals Anfang dreißig, war für die Aufgaben eines *oyabun* noch zu unerfahren. Als ältester Unter*oyabun* war daher Koeis Vater dazu auserkoren worden, den Clan zu führen, bis Tomoo alt genug war, um ihn abzulösen. Teil von Tokinos Aufgabe war es, Tomoo alles beizubringen, was er wissen mußte.

Koeis Mutter war eine nette kleine Frau, fast so zierlich wie ihre Tochter, doch der Lauf der Zeit hatte an ihr unverkennbare Spuren hinterlassen. Tiefe Falten durchzogen ihr Gesicht, ihr Haar war ergraut, und ihre Augen waren irgendwie blicklos. Während sie einen Tee servierte, sprach sie von ihren Blumen – sie lehrte *ikebana*, die Kunst des Blumenarrangierens – und davon, wie jede Jahreszeit von dem gekennzeichnet wurde, was lebte und was starb. Sie schien weder erfreut noch verärgert darüber zu sein, daß Koei Nicholas mitgebracht hatte, sondern einfach nur ein wenig überrascht. Aber wenn man Koeis Schüchternheit in Betracht zog, war dies vielleicht auch nicht anders zu erwarten gewesen. Andererseits sprach sie keinen von beiden direkt an, sondern redete immer ins Leere, wie zu sich selbst.

Tokino Kaeda hatte das Aussehen eines kompromißlosen Zuchtmeisters. Er kam gerade mit einem seiner Söhne nach Hause. Argwöhnisch musterte er Nicholas und Koei, drückte seinem Sohn seinen Aktenkoffer in die Hand und trug ihm auf, selbigen ins Arbeitszimmer zu bringen. »Arbeite, bis du es hinbekommst«, herrschte er den jungen Mann an. »Und wenn du noch mal einen Fehler machst, wirst du dafür büßen.« Während er sprach, würdigte er seinen Sohn keines Blickes, sondern stierte ununterbrochen auf das Tee trinkende Paar. Seine Frau zog sich in die Küche zurück, wahrscheinlich, um ihm etwas zu essen zu machen.

»Was haben wir denn hier?« sagte Kaede und kam auf sie zu.

Den Blick auf die leere Teetasse gesenkt, stellte Koei Nicholas vor. »Er ist ein guter Freund von Akinaga-san«, fügte sie hastig hinzu. »Wir haben uns in Akinagas Haus kennengelernt.«

»Sie sind kein Yakuza«, sagte Kaeda zu Nicholas. »Ihrem Aussehen nach sind Sie nicht einmal Japaner.«

»Ich bin halb Japaner, halb Amerikaner. Colonel Denis Linnear war mein Vater.«

»Ich schätze, das hat Ihnen viele Türen geöffnet, die für Sie besser verschlossen geblieben wären.« Er warf seiner Tochter einen kurzen, scharfen Blick zu. »Ich bin nicht Akinaga. Ihr Vater wird Ihnen hier nichts nützen.«

Nicholas erwiderte nichts.

»Ich gebe sorgsam darauf acht, mit wem meine Tochter verkehrt.«

»Vater …«

»Ich verstehe«, sagte Nicholas, bemüht, einen Familienstreit zu vermeiden. »Die meisten *oyabun* denken so.«

»Ich bin nicht die *meisten oyabun*. Und meine Tochter ist etwas Besonderes.«

»Ich versuche nur, ihr ein guter Freund zu sein.«

Der große Mann knurrte mißmutig und verschwand in die Küche.

»Entschuldige«, flüsterte Koei. Sie schien zu zittern.

»Wofür?«

»Für das Benehmen meines Vaters. Er ist auf der Straße aufgewachsen, und ich bin seine einzige Tochter. Er hat ständig mit Blutvergießen und Tod zu tun, und ...« Erschaudernd brach sie ab. »Es macht mir angst. Was, wenn er getötet wird? Ständig gibt es Kämpfe unter den Yamauchi; jeder ist auf jeden eifersüchtig. Jemand könnte ihm ein *katana* in den Leib stoßen und sein Herz oder Lunge treffen. Es wäre schrecklich.«

Ihrer Atmung und dem Rhythmus ihrer Worte haftete eine Intensität an, die man leicht für sexuelle Erregung halten konnte. Nicholas wußte, daß große Angst etwas derartiges in einem Menschen bewirken konnte. Selbst ein Halbtoter konnte davon wieder zum Leben erweckt werden. Bei diesem Gedanken erschrak er. Dachte er so über Koei?

In den folgenden Wochen traf er sich immer öfter mit ihr, und in dieser Zeitspanne war das einzige, was er mit Gewißheit über sie sagen konnte, daß sie ihm ein völliges Rätsel war. Er verliebte sich in sie. Vielleicht war diese Liebe nicht vollkommen, da die Unsicherheit vor dem Unbekannten über ihnen schwebte, aber welche junge Liebe war schon frei von Ängsten und Ungewißheit?

Je mehr Zeit er mit Koei verbrachte, desto schöner wurde sie. Sie war wie eine Kamelie, die ihre mit Rauhreif überzogenen Blätter langsam der fordernden Sonne öffnete. Er betrachtete ihre Gesichtsmerkmale nicht länger einzeln und voneinander getrennt, sondern war von ihrer Gesamtheit verzaubert worden. Ihre Gesichtszüge kamen ihm nun weder hart noch unerbittlich vor; statt dessen sahen sie eher wie ein exotischer Hintergrund aus, der aufs vollkommenste ihre Augen und ihren Mund komplementierte.

Und dann war da dieser undurchsichtige Schleier ihrer Rätselhaftigkeit. Er ging über ihren Augen, hing zwischen ihren Körpern, während sie Schulter an Schulter dasaßen und der kalte Herbstwind durch die Straßen pfiff und die welken Ahornblätter vor sich herblies. Der Schleier war ihr ständiger

Begleiter, und Nicholas ließ sich davon immer weiter einen Pfad entlanglocken, den er schon lange vorher hätte verlassen sollen.

Koei blickte zum wolkenverhangenen Himmel auf. »Hast du dich jemals gefragt, wieso das Leben so ist, wie es ist? Wieso gibt es soviel Schmerz und Leid? Warum können Menschen nicht in Frieden zusammenleben?«

»Ich glaube, daß ist einfach Teil ihrer Natur.« Koei wurde oft von einer unerklärlichen Melancholie gepackt und wirkte dann wie eine alte Frau, die am Ende ihres Weges steht und beim Betrachten ihres Lebens bittere Tränen vergießt. »Ansonsten gäbe es keine Religion. Menschen müssen kämpfen. Wäre das nicht der Fall, würden sie verkümmern und sterben.«

Fröstelnd umklammerte Koei ihre Schultern. Nicholas hätte jede andere Frau jetzt in den Arm genommen, aber nicht Koei. Sie mochte es nicht, berührt zu werden. Daß sie so eng beieinander saßen, war an sich schon ziemlich ungewöhnlich, doch Nicholas störte sich nicht daran; er hatte genug von Frauen, die leicht herumzukriegen waren.

»Wenn ich in die Zukunft schaue, sehe ich nichts«, sagte Koei.

»Du meinst, du hast keinen Beruf? Du wirst sicher heiraten, Kinder bekommen, eine Familie gründen.«

Koei erschauderte und sah mit leerem Blick den vertrockneten Ahornblättern nach, die der Wind vor sich hertrieb. »Ich glaube nicht, daß ich je ...« Entschieden schüttelte sie den Kopf. »Ich bin nicht gerne mit Männern zusammen, außer mit dir. Bei dir fühle ich mich wohl, Nicholas. Ich ...« Sie schien nicht weiterreden zu können. Er spürte ihren Atem, ihren rasenden Puls. »Leg deinen Arm um mich.«

»Koei ...«

»Bitte.«

Er tat es. Sie schloß ihre Augen. Unter ihrem Mantel hoben und senkten sich ihre Brüste. Aus ihren Augenwinkeln begannen Tränen zu fließen. Sie rollten an ihren Wangen herab und tropften ihr eine nach der anderen in den Schoß.

»Koei, was ist mit dir?«

Sie öffnete ihre Augen und sah ihm ins Gesicht. »Oh, Nicholas, ich bin so gerne mit dir zusammen.«

Langsam, schmerzhaft langsam nahmen die Dinge ihren Lauf. Lebhaft erinnerte er sich an den Moment, als sich ihre Lippen zum erstenmal trafen. Es geschah in einer mondlosen Nacht. Keine einzige Wolke trübte den Blick auf den sternenübersäten Himmel. Über die offenen Felder hörten sie eine Eule schreien. Vor den Toren Tokios, weit weg von ihren Wohnstätten, fühlten sie die schwindelerregende Freiheit von Entdeckern, die ihren Fuß auf einen neuen Kontinent setzten.

Er spürte ihr bebendes Fleisch und hörte das leise Wimmern, das aus ihrer Kehle drang. Dann machte sie sich plötzlich von ihm los, als könnte sie seine hitzige Nähe nicht länger ertragen. Ihr Atem rasselte, als hätte sie gerade einen Marathonlauf absolviert.

»Koei?« Sein Flüstern drang durch die Nacht.

»Ja, ja, küß mich noch mal.«

Koei schien sich von den Verwüstungen, die der Krieg in ihrer Stadt hinterlassen hatte, angezogen zu fühlen. Obwohl nahezu vollständig wieder aufgebaut, gab es überall in Tokio verstreut noch immer Orte, an denen die Narben der Bombenangriffe und der von Napalm entfachten Feuerstürme nach wie vor sichtbar waren. An vielen goldenen Herbstnachmittagen führte sie ihn zu diesen Stellen, als wären es herrliche Gärten, deren Pracht sie mit ihm teilen wollte. In den Ruinen schien sie sich am ungezwungensten zu fühlen – hier kroch sie aus ihrem Schneckenhaus. Unbewußt verriet sie damit Nicholas, daß auch sie eine Narbe hatte, wenn auch nicht, woher diese stammte.

Natürlich war ihm zu diesem Zeitpunkt längst klar, daß ihr etwas angetan worden sein mußte. Die Wunde saß tief, und daher war es nicht wahrscheinlich, daß sie von einer Zurückweisung oder von einer gefühllosen Äußerung eines Exfreundes herrührte. Daß die Wunde sexueller Natur war, stand für ihn außer Frage. Oft kam es ihm so vor, als brenne, ja verglühe Koei vor Verlangen und lebe in ständiger Todesfurcht vor dieser Leidenschaft in ihr. Sie war wie zweigeteilt, wie zwei Menschen in einem Körper, der nach einem Trauma ungeahnten Ausmaßes erbittert um sein seelisches Gleichgewicht ringt.

»Du bist mein Retter«, flüsterte sie ihm eines Nachts zu. Sie lagen engumschlungen auf einer ausgebreiteten Decke am

Rand eines Felds, genau dort, wo eine Weile zuvor die Sterne sie in Flammen gesetzt und sie sich, vom Schreien einer Eule begleitet, zum ersten Mal geküßt hatten.

»Rette mich.«

Wovor wollte sie gerettet werden?

Nicholas glaubte zu wissen, wovor. Er wollte es nicht wissen, und doch wollte er verstehen, weil er mehr als alles andere ihren Schmerz und ihr Leid beenden wollte, um ihre zwei Persönlichkeiten wieder zu *einer* zu machen. Es war der Abschnitt in seinem Leben, wo er felsenfest glaubte, daß er dazu in der Lage war.

»Rette mich.«

Mit *rette mich* meinte sie: »Nimm mich.« Er wußte es, und sie wußte, daß er es wußte. Sie wollte es. Er wollte es. Es war richtig.

Vorsichtig knöpfte er ihre Bluse auf. Sie drehte sich leicht zur Seite, und er hakte ihren Büstenhalter auf. Dann beugte er sich zu ihr hinunter; seine Lippen und seine Zunge liebkosten ihre erigierten Brustwarzen. Schwer atmend fuhr sie mit den Fingern durch sein dichtes schwarzes Haar; er spürte ihren exstatischen Herzschlag und kam sich wie in Feuer getaucht vor. Mehr als alles andere in der Welt wollte er in sie eindringen und ihr damit Wärme und Schutz injizieren. Er wollte ihrem Leiden ein Ende setzen.

Er küßte ihre milchweißen Brüste, schob ihren Rock hoch, zog ihr Höschen herunter. Dann legte er sich auf sie.

Genau in diesem Moment schrie sie auf, rollte von ihm weg und zog ihre Knie an die Brust. »Oh, mein Gott. Oh, mein Gott«, schluchzte sie.

»Ist schon gut«, flüsterte er ihr von hinten zu.

»Nein, nein.« Sie warf ihren Kopf hin und her. »Alles ist zu Asche zerfallen, alles, was ich seit Wochen erträume.« Ihre Schultern zuckten. »Ich weiß nicht, wieso das passiert ist. Ich kann mir nicht …«

»Ist schon gut«, sagte er wieder und drehte sie sanft zu sich herum. »Mach dir keine Gedanken. Alles wird gut werden.«

»Nein«, flüsterte sie, als ihre Hand ihn fand und ihn zärtlich umschloß. »Gar nichts wird gut.« Sie streichelte ihn vorsichtig.

»Koei, du mußt das nicht …«

»Doch, ich will.« Sanft wie eine Feder fuhr ihre Hand an seinem pulsierenden Fleisch auf und ab. »Oh, Nicholas, ich will es genauso sehr wie du, bitte glaube mir, aber ich kann nicht ...« Sie stöhnte auf, als sich sein Samen über ihre Finger und ihr Handgelenk ergoß. »Ja«, seufzte sie, ihren Kopf an seine bebende Brust gelehnt. »Oh, ja.«

In dieser Nacht, nur der Wind und die Vögel bei ihnen, schienen sie aus dem Strom der Zeit hinausgesaugt zu werden, gepackt von reißenden Strudeln, die nur sie sehen konnten.

Nicholas, seinen ganzen Mut zusammennehmend, um auszusprechen, was gesagt werden mußte, hielt sie engumschlungen in seinen Armen. »Ich weiß, daß du es von selbst nicht sagen wirst, also laß mich es für dich tun.«

»Nein.« Sie legte eine Hand auf seinen Mund. »Bitte, nein.«

Entschlossen schob er ihre Hand beiseite. »Du weißt, daß es zu deinem Besten ist, Koei. Denn wenn ich es nicht ausspreche, wird deine Wunde nie verheilen, und der Schleier wird für immer zwischen uns hängen. Irgendwann werden wir anfangen, einander zu mißtrauen, und uns schließlich hassen. Ich werde nicht zulassen, daß das passiert.«

Er hielt einen Moment inne und hörte nur den Wind und das wilde Pochen ihrer Herzen. Sie hatte nachgegeben und zwar auf die einzige ihr bekannte Weise.

»Du bist vergewaltigt worden, oder?« Er spürte einen Schauer durch ihren Körper jagen, als hätte er sie mit einer Nadel gepiekt. »Wann ist es passiert?«

»Vor drei Jahren, fünf Monaten und sechs Tagen.« Sie starrte zum Himmel empor, und ihr Tonfall war so trocken wie der eines Wirtschaftsprofessors. Das Tor war endlich aufgestoßen.

»Deine Eltern wissen es, oder?«

»Ja.«

Dies erklärte die merkwürdige Zurückhaltung ihrer Mutter und das beinahe paranoide Verhalten ihres Vaters. Noch immer war ihre Mutter in der Leugnungsphase und ihr Vater nach wie vor rasend vor Zorn.

»Wer hat das getan?«

Sie rollte von ihm fort, doch er ergriff sie und zog sie wieder zu sich. »Koei.« Er zwang sie, ihn anzusehen. »Dieses Gift in dir muß raus. Es bringt dich um, merkst du das nicht? Du bist nur glücklich, wenn wir zusammen sind, und auch dann nur sporadisch.« Er dachte an die zerbombten Orte in Tokio, an denen sie so ausgelassen sein konnte. »Wir haben die Wunde aufgeschnitten, und das Gift tropft heraus; aber alles muß raus, alles, sonst wird die Infektion immer schlimmer werden, bis du eines Tages allen Lebenswillen verloren hast. Ich kann nicht glauben, daß du das willst. Nicht jetzt.«

Eine ganze Weile sah sie ihn stumm an; dann öffnete sie ihren Mund, um etwas zu sagen, brach jedoch abrupt wieder ab. Er wußte, daß sie weinen wollte, doch dafür war es zu spät. Ihm war klar, daß sie vor der letzten Barriere stand, die sie unbewußt errichtet hatte, um nach der Vergewaltigung bei Verstand zu bleiben.

»Wer hat dich vergewaltigt?«

»Bitte, zwing mich nicht.«

»Es ist zu deinem Besten. Das weißt du genauso gut wie ich.«

»Es war ... ein Freund. Yasuo Hideyuke. Mein ... ein Junge aus der Schule. Aus der zwölften Klasse.« Sie senkte ihren Kopf und schluchzte so erbittert, daß er sie nur festhalten und sanft in seinen Armen wiegen konnte.

Nach einer Weile waren ihre Tränen versiegt, und es blieb nur ihre schwache, tränenerstickte Stimme, mit der sie das Entsetzen, das nun vollständig exorziert werden mußte, noch einmal heraufbeschwor. »Er war ... älter als ich. Ich habe ihn angehimmelt ... und ihm vertraut. Ich hätte nie geglaubt, daß er mir etwas antun würde. Es geschah nachts; ich schlief und wußte zuerst gar nicht, was passierte. Sein Atem roch nach Alkohol, und als er sich gegen mich preßte, spürte ich etwas Hartes. Es war wie eine Rute oder ein Dolch. Ich ... ich wußte nicht, was ich tun sollte. Meine Gedanken überschlugen sich; dann war mein Verstand plötzlich wie betäubt. Ich konnte nicht dort sein, dies alles konnte nicht passieren, nicht mir. Also blieb ich still. Ich weiß noch, wie sich meine Beine öffneten, als er mich packte.« Sie klammerte sich an Nicholas, als fürchtete sie, in ihren Erinnerungen zu ertrinken. »Der Schmerz hat mich wachgerüttelt. Ich schrie auf, doch das schien ihn nur noch mehr anzuheizen. Er lag keuchend über mir und stieß immer wieder auf mich nieder. *In mich hinein.* Da war etwas – ich weiß nicht –, etwas schrecklich Aggressives, als würde Zorn ihn antreiben, nicht Lust. Da bin ich ausgerastet. Seine Lust hätte ich irgendwie ertragen können, schätze ich, weil das noch irgendwo verständlich gewesen wäre. Aber Zorn? Wie konnte er mein Vertrauen mit Zorn erwidern?

Ich versuchte, mich zu wehren, und er schlug mich. Auch das schien ihm Spaß zu machen, mich zu verprügeln, während er ... in mir war; dann baute er sich über mir auf ... *Gott!* Nein! Nein! Nein!«

Am nächsten Tag geisterte Nicholas wie ein Zombie durch die Schule. Im *aikido-dojo* hörte er den Anweisungen seines *sensei* kaum zu, und als ihn ein Anfänger aus dem zweiten Jahr auf die *tatami* schleuderte, wurde ihm klar, daß er etwas unternehmen mußte.

Er wußte, mit wem er sich zu treffen hatte, und das war nicht Koei. Es war der Mann, der ihr Leben entzweigeschnitten hatte, bevor sie zu voller Blüte gelangt war.

Er spürte Yasuo Hideyuke auf, der trotz Schulabschluß nur Fischer geworden war. Er hatte das Boot seines Vaters übernommen und führte das Geschäft jetzt mit der Disziplin eines Drill-Sergeants. Er war ziemlich groß, hatte Muskeln wie ein Gewichtheber. Ein mürrischer, verschlossener Mann, der möglicherweise in einem Beruf gefangen war, der ihn nicht interessierte, ihm und seiner verwitweten Mutter aber den Lebensunterhalt ermöglichte.

Er mochte Nicholas nicht und machte auch keinen Hehl daraus. Er war ein erzkonservativer Radikaler, der sowohl die Amerikaner wie auch die Kommunisten mit gleichem Enthusiasmus haßte.

»Ob ich was mit Koei hatte oder nicht, geht Sie einen Scheißdreck an«, sagte er und versperrte breitbeinig den Zugang zu seinem Boot. »Dies ist Privatbesitz; Sie dringen hier widerrechtlich ein.«

»Die Vergangenheit läßt sich nicht einfach fortschicken«, sagte Nicholas. »*Die* ist nicht ihr Privatbesitz.«

»Ich muß arbeiten«, fauchte Hideyuke zornig. »Lassen Sie mich in Ruhe.«

Nicholas begann über den Landesteg an Bord zu gehen. »Nicht, bevor ich ein paar Antworten bekommen habe.«

»Hier ist die einzige Antwort, die Sie von mir kriegen«, sagte Hideyuke, nahm einen schweren gezackten Angelhaken und schwang ihn präzise auf Nicholas' Gesicht zu.

Nicholas reagierte instinktiv. Anstatt dem Angriff auszuweichen, lief er in ihn hinein. Blitzschnell duckte er sich, der Haken schoß über seinen Kopf hinweg, und er versetzte Hideyuke einen *atemi* in den Magen.

Der große Mann grunzte, sog zischend Luft ein, und rammte den Holzgriff des Angelhakens in Nicholas' Nacken. Nicholas' Kopf schien zu explodieren, und er sackte auf dem Landesteg zu Boden.

Mit einem brutalen Tritt beförderte Hideyuke ihn in den Spalt zwischen Bootswand und Kaimauer, so daß Nicholas mit beiden Händen am Bootsrand über dem brackigen Wasser hing.

»Wie gefällt ihnen *diese* Antwort?« fragte Hideyuke und stieß das mit Stacheldraht umwickelte Ende des Hakens auf Nicholas' linke Hand nieder. Gerade rechtzeitig ließ Nicholas los, und der Haken grub sich ins Holz.

Dies war Nicholas' Chance; er schwang sich hoch. Hideyuke konnte sich einen Moment lang nicht entscheiden, ob er zuschlagen oder sich um seine Waffe kümmern sollte. Er wählte letzteres und konzentrierte sich darauf, sie frei zu bekommen.

Seine Muskeln blähten sich auf; mit einem Ruck riß er den Haken aus dem Holz, doch Nicholas hatte bereits einen Tritt angesetzt und rammte seine Schuhsohle gegen Hideyukes Knie. Der große Mann sank zu Boden, packte aber Nicholas und riß ihn mit.

Sie krachten gegen die Bootswand und stolperten dann, noch immer miteinander ringend, über den Rand des Landestegs. Nicholas griff nach oben und hielt sich an einem glitschigen, seegrasüberwuchertem Tau fest. Hideyuke, nach wie vor seinen Angelhaken umklammernd, rutschte ab und packte im Fallen mit seiner freien Hand Nicholas' linkes Bein.

Nicholas blickte hinunter und sah, wie Hideyuke zu einem weiteren Hieb mit dem Angelhaken ausholte. Er tat das einzig Mögliche: Er holte mit seinem rechten Bein aus und rammte seinen Fuß auf Hideyukes Schädel.

Abrupt erstarb Hideyukes Angriff. Er ließ Nicholas' Bein los und plumpste wie ein Stein ins Wasser, wo er vom Wellengang gegen die Kaimauer geschleudert wurde.

Nicholas wurde drei Stunden lang von der Polizei verhört, bevor man ihn schließlich gehen ließ. Die Augenzeugen waren sich nicht darüber einig, wie der Kampf begonnen hatte, aber jeder bestätigte, daß Nicholas ins Wasser gesprungen war und versucht hatte, Hideyuke zu retten. Außerdem war er Colonel Denis Lineares Sohn.

»Ich muß dir etwas sagen«, begann Nicholas, als sie sich bei Sonnenuntergang an einem der öden ausgebombten Plätze trafen, die sie so liebte. »Ich war heute bei Yasuo Hideyuke.«

Koei erstarrte. Alle Farbe wich aus ihrem Gesicht, und der Ausdruck in ihren Augen erinnerte ihn an ein verwundetes Tier, kurz bevor es endgültig erlegt wird.

»Hast du mit ihm geredet?«

»Er hat meine Fragen nicht beantwortet.«

Ihr schien eine Zentnerlast vom Herzen zu fallen, und für einen Moment glaubte er, sie würde vor Erleichterung in Ohnmacht fallen. Er legte einen Arm um sie.

»Koei, er ist tot.«

»Wer ist tot?« Sie hatte jetzt diesen verwirrten Gesichtsausdruck, den er vor langer Zeit schon einmal bei ihr gesehen hatte.

»Hideyuke.«

»Was? Wie ist das passiert?«

Nicholas sah sie eine Weile an. »Wir haben uns geprügelt.«

»Er hat mit dir gekämpft? Du bist ... mein Gott, ich habe gesehen, wozu du imstande bist.« Dann, als wäre in ihr ein Schalter umgelegt worden, stieß sie ein resigniertes Seufzen aus. »Weshalb bist du zu ihm gegangen?«

»Das weißt du ganz genau.«

»Vergeltung. Das war es, worum es dir ging, oder?« entfuhr es ihr bitter.

»Nein, ich ...« Die Wahrheit war, daß Nicholas es nicht wußte, und diese Frage verfolgte ihn, seitdem er aus dem Wasser gestiegen war. War er zu Hideyuke gegangen, um ihn mit seiner Tat zu konfrontieren? Aus welchem Grund? Um ihn beichten zu hören, und daraus eine gewisse Befriedigung zu ziehen? Oder hatte er tatsächlich Vergeltung gewollt für das gemeine

Verbrechen, daß Hideyuke begangen hatte? Nein, das konnte nicht sein. Er war nicht imstande, jemanden zu … Dann fiel ihm das Gespräch mit Tsunetomo, in dem der *oyabun* ihm die Geschichte von dem loyalen Gefolgsmann erzählt hatte, der *seppuku* beging, weil der Sohn seines Herrn an einer Krankheit gestorben war. *Die Geschichte sagt mir, daß sich das Ehrgefühl nicht ausschließlich auf die Familie begrenzen sollte,* hatte er Tsunetomo entgegnet, *sondern vielmehr im Zusammenhang mit Zeit und Raum zu sehen ist; aber hauptsächlich ist es eine Definition des eigenen Ichs.*

»Ich weiß nicht«, sagte Nicholas.

»Du weißt nicht«, wiederholte Koei. Dann legte sich bittere Wut über ihre Züge und verwandelte ihr Gesicht in etwas, das er sich bei ihr nie hätte vorstellen können. »Yasuo war unschuldig. Er und ich haben Händchen gehalten, ein-, zweimal. Nichts weiter.«

Nicholas war wie vom Donner gerührt; tosendes Rauschen brandete durch seine Ohren. »Aber du hast mir doch gesagt …«

Koei hielt sich die Ohren zu. »Ich weiß, was ich dir gesagt habe, aber ich wußte nicht, was ich sonst hätte sagen sollen. Du hast mich gezwungen, darüber zu reden, und vielleicht hattest du recht; ein Teil von mir wollte darüber sprechen. Aber ich konnte dir nicht die Wahrheit sagen.«

»Welche Wahrheit?« Er schüttelte sie so heftig, daß ihre Zähne klapperten. In seiner Kehle stieg bitterer Gallengeschmack auf, und sein Magen krampfte sich schmerzhaft zusammen. Im Geiste sah er, wie Hideyuke den Halt verlor und ins aufgewühlte, brachige schwarze Wasser stürzte. *»Welche Wahrheit?«* schrie er.

Angesichts seines Schmerzes und seiner Wut brach das Geschwür aus Schweigen und Lügen endlich auf. »Mein Vater war es! Mein Vater hat mich vergewaltigt!«

Blitzartig wurden ihm all die Begebenheiten klar, die er völlig falsch gedeutet hatte: Wie Koei in die Limousine ihres Vaters gestarrt hatte, als handele es sich um ein offenes Grab, das merkwürdige Verhalten ihrer Mutter, die Eifersucht ihres Vaters, Koeis sonderbare Erregung, als sie von einem möglichen brutalen Tod ihres Vaters gesprochen hatte. *Ich schlief und wußte zuerst gar nicht, was passierte* – sie war zu Hause gewesen, als sie vergewaltigt wurde. Die Halbwahrheiten und die Andeutungen; das Schweigen und die Lügen.

Die Hände vor die Augen geschlagen, brach sie vor seinen Füßen zusammen. Aber es war zuviel; selbst sie konnte die Vergangenheit und die Gegenwart nicht vergessen machen. »Oh, Buddha, rette mich!«

Doch Nicholas, mit einer Mischung aus Zorn und Mitleid auf sie herabblickend, wußte, daß es für sie beide keine Rettung geben würde. Sein Herz war gebrochen, aber was spielte das jetzt noch für eine Rolle? Er hatte seine Wahl aus freien Stücken getroffen. Er hatte sich mit der Yakuza eingelassen und war blutbefleckt darauf hervorgegangen.

Dritter Teil

Schädel & Knochen

Verglühende Holzfeuer; die Nacht wird spät –
dann plötzlich ein Rütteln am Tor.

Kyoroku

1
Kyoto / Washington

Nicholas wurde von den gedämpften Rufen der Fischhändler geweckt. Er hatte von Koei geträumt, und nun ging sie ihn nicht mehr aus dem Kopf. Diesen speziellen Traum hatte er schon lange nicht mehr gehabt. Was hatte ihn ausgelöst?

All seine Tage und Nächte mit ihr waren unauslöschlich in sein Gedächtnis gemeißelt. Blicke, Geräusche, Gerüche und vor allem seine Gefühle waren in ihm noch heute so lebendig wie damals, als er mit Koei zusammen gewesen war. Wäre Koei sein rechter Arm gewesen, ihr Verlust hätte nicht schmerzlicher sein können. Seine Liebe zu ihr war über das rein physische weit hinausgegangen; nachts, wenn er im Bett lag, erblühte diese Liebe wie eine exotische ätherische Blume, selbst während all der Jahre, als er mit Justine verheiratet gewesen war. Und die Umstände dieses Verlusts machten das ganze um so schmerzvoller. Er war von seiner Ersatzfamilie betrogen worden, fehlgeleitet, indem er in die Fußstapfen seines Vaters getreten war, fehlgeleitet von seinem eigenen Instinkt, der zugelassen hatte, daß er sich mit Mitgliedern der Yakuza anfreundete.

Sein stümperhafter Versuch, ein Verbrechen zu sühnen, hatte einen unschuldigen jungen Mann das Leben gekostet. Und im Verlauf der Geschichte war er einer Reihe von unverzeihlichen Sünden begegnet. Doch er mußte erst noch herausfinden, welches *seine* unverzeihliche Sünde gewesen war: Yasuos Tod verursacht zu haben oder in der Welt der Yakuza zu leben? Kein Wunder, daß er voller Haß auf die Yakuza aufgewachsen war.

Er spürte eine Bewegung im Rücken, drehte sich um und sah Seiko, die schlummernd neben ihm auf dem Futon lag. Vorsichtig schlug er die Decke beiseite und stand auf. Sie befanden sich im zweiten Stock eines *ryokan*, einer kleinen traditionellen Pension in einer Seitenstraße des Shijo-dori, einem von Kyotos breiten, geschäftigen Einkaufsboulevards. Der Shijo-dori war genauso modern wie jede vergleichbare Straße in Tokio, doch wenn man in eine der zahlreichen Nebenstraßen hineinging, fand man sich schlagartig im alten, von engen Gassen und Holzhäusern geprägten Kyoto wieder.

Bevor er Saigon verließ, hatte Nicholas vorübergehend einen Cousin von Van Kiet eingestellt, der Sato-Tomkins vietnamesische Produktionsstätten beaufsichtigte, jedoch nicht entscheidungsbefugt war. Aufgrund der Verdachtsmomente, die er gegen Seiko hegte, wollte er ihr diese Aufgabe gegenwärtig nicht anvertrauen.

Er, Tachi und Seiko waren nach Osaka geflogen und hatten dort den Bus nach Kyoto genommen, denn Van Kiet hatte in Pavlovs Brieftasche zwei Rechnungen gefunden – ein Überbleibsel von Pavlovs Pedanterie; eine stammte von einer Busfahrt Osaka-Kyoto-Osaka, die andere von einem Nachtclub in Kyoto namens Puppen-Pavillon. Eine Rechnung aus einem Hotel oder *ryokan* hatte Pavlov merkwürdigerweise nicht bei sich gehabt.

Draußen wurden Kisten voll frischem, glänzenden Fischs von den kleinen Lieferwagen geladen, die den Fischmarkt um die Ecke belieferten. Er hatte nur bis Mittag geöffnet, und an sechs Tagen in der Woche wehte der Geruch von Blut und Salzwasser durch die enge Gasse.

Von seinem Fenster aus beobachtete Nicholas die Fischhändler in ihren Gummistiefeln und sah in einiger Entfernung die Hafenanlagen und das wogende brackige Wasser, das bar jeden Lebens war. So viele Jahre waren vergangen, seitdem er seine Lektion gelernt hatte; so viele Jahre, seitdem er sich von der Yakuza und Mikio Okami, dem besten Freund seines Vaters, abgewandt hatte. Wie ein Schatten aus der Vergangenheit war dann im letzten Jahr plötzlich Okami aufgetaucht und hatte von ihm das Versprechen eingefordert, das Nicholas seinem Vater einst gegeben hatte, nämlich Okami zu helfen, falls dieser je Hilfe bräuchte. Durch eine verrückte Verkettung der Umstände wurde er also gezwungen, Okami zu schützen, und war dabei in eine Welt eingetaucht, die sich langsam aber sicher seinem Verständnis entzog. Im Zuge der Ereignisse hatten Lew Croaker und er Okamis Attentäter aufgespürt, Do Duc, ein Vietnamese, den Nicholas getötet hatte.

»Nicholas.«

Er drehte sich um und sah, daß Seiko aufgestanden war. Im Zimmer duftete es nach gebratenem Fisch, der unten in der Küche zum Frühstück zubereitet wurde. Bald würde er Tachi gegenübertreten müssen, dem Yakuza-*oyabun*, dem *tanjian*.

»Du siehst so traurig aus. Willst du Tee?«

»Ja, gerne, *Domo*.«

Sie ging aus dem Zimmer, füllte Wasser in einen Eisenkessel und kam zurück, um sich vor einer im Boden eingelassenen *hibachi* niederzulassen, über die sie den Kessel hängte. Er sah ihr zu, wie sie aus einer Dose zerkleinerte grüne Teeblätter nahm und sie in eine Teekanne legte. Als das Wasser kochte, goß sie es in die Kanne und verschloß sie, um den Tee ziehen zu lassen.

Sie saßen einander gegenüber. Seiko reichte ihm eine volle Tasse; er trank als erster. Er spürte, daß sie ihn zum Reden bringen wollte. Er vermißte Lew. Ihre regelmäßigen Telefonate waren notwendigerweise kurz und bündig und boten nur unzureichend Ersatz für die Inspiration, die sie einander gaben, wenn sie zusammen waren.

»Die Zahl der Frauen in diesem Puzzle ist interessant«, hatte Nicholas zu Croaker gesagt. »Wir haben zwei Schwestern, Margarite und Celeste, eine lebt in New York, die andere in Venedig, wo sie für Okami arbeitet; dann ist da Dominics Mutter, Renata Loti, eine Hauptfigur im Washingtoner Machtpoker, und jetzt noch diese Vesper Arkham, die mit Dedalus zu tun hat. Auffällig ist, daß alle von ihnen sehr mächtige Positionen innehaben.«

»Hast du eine Theorie?« hatte Croaker ihn gefragt. »Im Augenblick kann ich jede nur mögliche Hilfe gebrauchen, denn diese Vesper will einfach nicht in mein altmodisches Denkkonzept passen.«

»Genausowenig wie all die anderen Frauen. Aber irgendwie habe ich den Eindruck, daß Vesper der Schlüssel zu allem ist. Vergiß das nicht, wenn du in London bist.«

»Du wirst mir wohl nie vertrauen, oder?« Seikos Stimme riß ihn aus seinen Gedanken. Sie sah ihn über den Rand ihrer Tasse hinweg an.

»Nangi hat Beweise, daß Masamoto Goei, der Leiter der Abteilung für Programmiersprachen in meinem *Chi*-Projekt, in den Diebstahl des *Chi* Neuronalnetz-Chips verwickelt war. Es besteht der Verdacht, daß du ihm geholfen hast, den Chip nach Vietnam zu Vincent Tinh zu schmuggeln.«

»Ich bin schuldig.«

»Was?«

Sie nickte. »Ja, ich habe Goei geholfen, aber nicht wegen des Geldes, wie Tinh dachte, und auch nicht aus ideologischen Gründen, wie Goei vermutete. Ich habe es getan, um Tachi und Van Kiet zu helfen, nach Floating City reinzukommen. Mit dem illegalen Klon, den Tinh Abramanow aus den gestohlenen *Chi*- und amerikanischen Hive-Elementen zusammenbasteln ließ, haben sie einen Fuß in die Tür bekommen. Glaubten sie wenigstens. Unglücklicherweise weigerte sich Tinh – die Schlüsselfigur, denn er stand mit Rock in Kontakt – zu kooperieren, sogar als Van Kiet ihn unter massiven Druck setzte.«

Nicholas dachte eine Weile darüber nach. Log sie ihn an oder sagte sie die Wahrheit? Die sexuellen Schwingungen, die sie jedesmal erzeugte, wenn er seine Psyche in sie hineinprojizierte, machten es ihm sogar unmöglich, Vermutungen auszustellen. Alles was sie sagte, klang plausibel, aber entsprach es deswegen der Wahrheit? War er hier unter Freunden, oder hockte er in einer tödlichen Schlangengrube?

»Und wer hat Tinh ermordet? Aus dem was ihr mir erzählt habt, schließe ich, daß Rock ein Motiv hatte. Trotzdem habe ich keinen eindeutigen Beweis.«

»Ist das wirklich so wichtig? Vincent Tinh ist tot. Nicht, was du tust, wird ihn wieder lebendig machen.« Sie holte tief Luft. »Er hat es nicht anders verdient.«

»*Mir* bedeutet die Wahrheit eine ganze Menge.«

Sie stellte die Tasse ab. »Ich habe dir die Wahrheit gesagt.« Mit den Innenflächen nach oben hielt sie ihm ihre Hände entgegen. »Du kannst es ja mit *tau-tau* überprüfen.«

Er sagte nichts, saß regungslos da, doch sein Blick bohrte sich in ihren, bis sie blinzeln mußte und wegsah.

Sie nahm einen Schluck Tee und sagte: »Ich möchte dir etwas erzählen. Ich hatte einen Bruder, Matsuro. Ich werde dir von seinem Tod berichten, denn er ist unter … ungewöhnlichen Umständen gestorben.« Sie hielt inne, als wollte sie es sich vielleicht noch anders überleben.

Vorsichtig stellte sie ihre Tasse nieder und starrte auf sie herab. »Matsuro war anders als die anderen; sein geistiges und sein körperliches Heranwachsen verliefen nicht synchron.« Sie blinzelte, als würde sich ihr Bruder in der Tasse spiegeln. »Er war zwei Jahre jünger als ich, aber im Innern war er ein kleiner Junge. Er verstand nichts ...« Ihre Stimme erstarb, und ihre Augen füllten sich mit Tränen. »Er hat die Welt einfach nicht verstanden.«

Sie spielte nervös mit ihren Fingern. »Zu der Zeit, vor fünf Jahren, lebte ich zusammen mit meiner Mutter und Matsuro. Nachts habe ich auf ihn aufgepaßt, denn meine Mutter arbeitet nachts; sie führt in Kyoto ein *akachochin.*« Ein Nachtclub. »Ich habe Matsuro jeden Abend gebadet. Es war eine Art ... ein Ritual, das er liebte. Ich erzählte ihm Geschichten, wir redeten miteinander, und er war so entspannt, daß er beinahe normal zu sein schien.

Ich hatte damals einen Freund, einen vietnamesischen Geschäftsmann, der mir eine Menge über ausländische Aktienmärkte beigebracht hat.« Sie geriet ins Stocken, schien einen Klos im Hals zu haben. Sie schluckte, griff nach der Teetasse, hielt aber mittendrin inne. »Du kannst dir sicher vorstellen, was passiert ist. Ich hatte ihn seit zwei Monaten nicht gesehen – er war geschäftlich in Saigon –, und er hat mich an diesem Abend gleich nach seiner Rückkehr angerufen. Ich ... ich wollte Matsuro nur einen Augenblick allein lassen, um ans Telefon zu gehen. Aber *er*, mein Freund, war am Apparat, und ich hatte ihn so vermißt, und er hatte so viel zu erzählen ...«

Sie senkte ihren Kopf, und auf ihre jetzt ruhig im Schoß liegenden Hände fielen Tränen herab.

»Für meine Unachtsamkeit gibt es keine Entschuldigung, zumindest keine ausreichende. Es waren höchstens sieben, acht Minuten vergangen, bis mir mein Bruder in der halbvollen Badewanne einfiel. Ich ließ den Hörer fallen und rannte ins Badezimmer.« Sie hielt wieder inne. Sie mußte sich erst wie ein Bergsteiger, der ein Plateau in dünner Luft erklommen hat, an die Härte der neuen Realität gewöhnen.

»Noch heute sehe ich diesen schrecklichen Anblick deutlich vor Augen. Matsuro, wie er mit dem Gesicht nach unten im Wasser liegt. Aus dem Hahn spritzt Wasser auf seine Haare und bewegt es hin und her wie die Ranken einer schönen Seeanemone. Er selbst ist völlig regungslos.«

Unerbittlich fiel eine Träne nach der anderen in ihren Schoß.

»Dies ist alles, was ich weiß; die Erinnerung daran ist wie ein Diamant, den man nicht zerschmettern kann. So hart und so kalt. Der Rest ist verschwommen: ich, wie ich ihn aus der Badewanne hebe, Mund-zu-Mund Beatmung mache, einen Krankenwagen rufe, Matsuro im Arm halte, bis die Sanitäter eintreffen, die Fahrt ins Krankenhaus – später meine weinende Mutter, ihre Schreie, ihren bitteren Zorn auf mich. Denn er war schon tot, als ich ins Badezimmer gestürzt kam. Ich konnte – *kann* – nicht akzeptieren, was ich angerichtet habe.«

Nicholas sagte nichts; angesichts ihrer tiefen Trauer wäre jedes Wort unangemessen gewesen. Schlagartig wurde ihm eine Menge über sie klar: wieso sie sich so isoliert von ihren Eltern fühlte; weshalb sie sich in diese gefährliche Schattenwelt begeben hatte, in der es von Verrätern nur so wimmelte. Sie wußte ganz genau, was passieren würde, wenn sie sich zu weit aus dem Fenster lehnte oder einen Fehler zuviel machte: Das Schwert würde fallen, ihr Kopf würde rollen, und ihre Schuld wäre letztendlich gesühnt.

Ihr Schmerz war echt, dessen war er sich hundertprozentig sicher. Aber weshalb hatte sie ihm diese Geschichte erzählt? Versuchte sie, ihre Unschuld zu dokumentieren, indem sie preisgab, wie verletzlich sie war? Oder war sie eine hervorragende Schauspielerin, die eine schreckliche persönliche Tragödie heranzog, um sein Vertrauen zu gewinnen?

Sie liebte ihn, und sie war zutiefst verunsichert; dies waren die beiden einzigen Dinge, derer er sich absolut sicher sein konnte, doch das reichte aus. Irgendwie mußte er einen Weg finden, um mehr in Erfahrung zu bringen.

Nicholas stand auf und ging ans Fenster. Die Händler waren verschwunden, und einzig der Geruch von ausgeweidetem Fisch war noch da. Wieder schoß ihm Koei durch den Kopf. Jede Faser seines Körpers schrie auf, warnte ihn. Er wußte aus erster Hand, was passierte, wenn man sich mit der Yakuza einließ. Und doch war er hier, gebunden an sein Versprechen, den Boß aller Yakuza-Bosse zu beschützen; bei sich eine halb japanische, halb vietnamesische Frau, die möglicherweise in Wirtschaftsspionage gegen seinen Konzern verwickelt war, und ein junger, ehrgeiziger Yakuza-*oyabun*, der obendrein geheimes *tanjian*-Wissen besaß. Gab es denn außer Lew und Tanzan Nangi niemanden, dem er vertrauen konnte?

»Solange du noch in Erzähllaune bist«, sagte er zu Seiko, »könntest du mir sagen, ob du an Tanchi Shidare irgendwelche Zweifel hegst.«

Seiko antwortete nicht sofort. Er hörte sie im Zimmer herumstöbern, drehte sich aber nicht zu ihr um. Nach einer Weile stellte sie sich neben ihn, angezogen, aber noch ungeschminkt.

»Tachi ist nicht wie die anderen *oyabun*.«

»Du meinst, er genießt es nicht, außerhalb des Gesetzes zu stehen, und ist auch nicht von Macht und Einfluß besessen?«

Betreten sah sie zu Boden. Sie stand dicht neben ihm, doch ihm war klar, daß sie sich der tiefen Kluft zwischen ihnen bewußt war. Weil er so unverhohlen seine Vermutungen geäußert und ihr dann nicht geglaubt hatte, fühlte sie sich zutiefst verletzt, aber das ließ sich jetzt nicht mehr ändern. Ihre Lage – sie mußten Okami finden, bevor seine Feinde es taten und ihn umbrachten, und sie mußten herausbekommen, was sich hinter Torch 315 verbarg, bevor es Mitte März gezündet wurde – ihre Lage machte persönliche Belange vollkommen nebensächlich.

»Nein, ich meinte nicht ... Natürlich, so gesehen ist er wie die anderen *oyabun*, aber ... Laß mich dir etwas erzählen. Ich habe im *akachochin* meiner Mutter als Kellnerin gearbeitet, als er mich unter seine Fittiche nahm. Er verschaffte mir einen Job in Tokio, damit ich dazulernen und meine Fähigkeiten erweitern konnte.« Sie wollte Nicholas' Wange streicheln, besann sich jedoch eines Besseren.

»Ich erzähle dir das alles, weil ich nicht anders kann. Ich kann deine Distanziertheit nicht länger ertragen. Dein Mißtrauen ist wie ein Messer in meinem Herz, und vorhin, als du dich im Schlaf gewälzt und ›Koei‹ gemurmelt hast, ist meine Seele vertrocknet wie ein Herbstblatt.«

»Vergiß Koei.«

»Wieso? Weil sie jemand aus deiner Vergangenheit ist? Vergangene Nacht hast du von *ihr* geträumt, obwohl du mich in Fleisch und Blut hättest haben können.«

»Es war bloß ein Traum, nichts weiter.«

»Du hast mir auf den Bauch ejakuliert, als du ihren Namen aussprachst.«

Mit aschfahlem Gesicht starrte er zu ihr hinab. Wie lange würde Koei ihn noch verfolgen? Solange er mit der Yakuza zu tun hatte? Nein, nein, unmöglich. Er mußte die Erinnerung an sie ein für alle mal begraben.

In Seikos Augen standen Tränen, und sie biß sich auf die Unterlippe, um nicht drauflos zu weinen. »Tachi war derjenige, der mich zu dem Vorstellungsgespräch für den Job als deine Assistentin geschickt hat. Es war ein wundervoller Job, und ich war ihm so dankbar. Dann bat er mich, als Vermittler zwischen Matsamoto Goei und Vincent Tinh zu fungieren.«

»Dann war also deine Geschichte, daß du mich zum ersten Mal in Nangis Club gesehen hast, eine Lüge.«

»Nein, keine Lüge, nur nicht die ... volle Wahrheit.« Sie atmete durch. »Ich wollte mich dir nähern, aber ich war vor Furcht gelähmt. Was, wenn du mich abgewiesen hättest? Ich war sicher, daß ich das nicht würde ertragen können. Also habe ich nichts gemacht. Aber ich habe Tachi von dir erzählt, und einige Monate später sagte er mir, daß der Job als deine Assistentin frei wäre. Er hat mich regelrecht gedrängt und auf das Vorstellungsgespräch vorbereitet.«

»Also war Tachi zu dem Zeitpunkt schon von Kumamoto nach Tokio gezogen und hat für Tomoo Kozo gearbeitet.«

Seiko nickte. »Er war ziemlich schlau und ist in der Hierarchie des Yamauchi-Clans schnell aufgestiegen. Es hat nicht allzu lange gedauert, bis er Kozo für sich gewonnen hatte; ich glaube, Kozo mochte ihn, weil er sich in Südostasien auskannte, und deswegen hat man ihm auch bald die Leitung dieser Sektion übertragen.« Trotz ihrer Bemühungen, sich zusammenzureißen, weinte sie jetzt. »Tachi ist davon besessen, Floating City zu infiltrieren. Frag mich nicht warum, ich weiß es nicht. Ich habe dir jetzt alles gesagt. Bis auf die Schuld am Tod meines Bruders und meiner Liebe zu dir herrscht in mir gähnende Leere.«

»Tatsache ist, du weißt so gut wie nichts über Tachi. Du betrachtest seine Hilfe als Freundschaftsdienst, obwohl sie genausogut pure Berechnung sein könnte.« An der Tür wurde diskret geklopft, was er jedoch ignorierte. »Was, wenn er dich absichtlich unter seine Fittiche genommen hat, um dich in meine Firma einzuschleusen?«

Dann wurde die *fusuma*-Schiebetür zur Seite geschoben, und Tachi stand vor ihnen.

»Zeit zum Frühstücken«, sagte er wohlgelaunt.

»Hey, die Uniform steht Ihnen richtig gut, wissen Sie das?«

Croaker, zielstrebig auf Flugsteig 19 der internationalen Abflughalle des Dulles-Airport zuschreitend, blieb abrupt stehen.

»Yeah«, sagte Bad Clams Leonforte. »Sie sehen aus, als wären Sie einer Werbeanzeige entsprungen, Sie wissen schon, ›Fly the friendly skies‹ und so.«

»Falsche Fluggesellschaft«, sagte Croaker, ohne Leonforte anzusehen. Er hatte es eilig, wollte seinen Flug nicht verpassen. Außerdem konnte er Bad Clams' Anblick nicht ertragen. Aber der Don hatte gedroht, Margarite eine Kugel in den Kopf zu jagen, falls er nicht kooperierte; also biß Croaker sich auf die Zunge und riß sich notgedrungen zusammen.

»Nein wirklich, echt schick. Vielleicht sollte ich mir auch eine Pilotenuniform schneidern lassen. Würde meine Madame bestimmt toll finden. Ich schätze ...«

»Ich bin spät dran. Was wollen Sie?«

Dieses breite verrückte Grinsen, diese wild gestikulierenden Hände. »Was denn, was denn. Ich schaue Ihnen doch bloß ein bißchen über die Schulter, Lew.« Er trug einen zinnfarbenen Armani-Anzug, darüber einen eleganten, lässig über die Schultern geworfenen Kamelhaar-Mantel. Seine 600-Dollar-Schuhe glänzten im Schein der Airport-Beleuchtung. »Kommen Sie, wir werden uns ein wenig unterhalten.«

»So leid es mir tut, ich hab' keine Zeit. Vielleicht ein andermal.«

»*Jetzt.*« Leonfortes' Augen blitzten auf, sein Grinsen erstarb. »Glauben Sie, Sie verpassen wegen mir Ihren Flug? Vergessen Sie's. Ihre Maschine wird nicht ohne Sie starten. Sie hat wertvolle Fracht an Bord, nicht wahr? Ganz ruhig, Mann, ich hab' überall meine Verbindungen.«

Croaker sah mindestens drei von Leonfortes' Gorillas an strategischen Punkten in der Halle herumlungern. Sehr professionell, wie sie ihn hier eingekreist hatten. Er ließ sich von Bad

Clams durch eine Tür führen, auf der *Zutritt nur für autorisiertes Personal* stand.

Er fand sich in einem kargen, fensterlosen Raum wieder: Ein altes durchgesessenes grünes Sofa, drei oder vier Stühle und ein Klapptisch, auf dem eine Kaffeemaschine, Pappbecher, Plastiklöffel, Zucker, Süßstoff und Cremepulver standen. Der Raum wirkte billig und gewöhnlich.

»Fast wie zu Hause, was?« sagte Bad Clams, jetzt wieder die Freundlichkeit in Person. Seine Stimmungswechsel kommen wie Blitzschläge aus heiterem Himmel, dachte Croaker. »Gott, man sollte meinen, daß man sich besser um die Piloten kümmert. Ist ja unter aller Sau.« Er glitt mit den Fingern durch sein gelocktes Haar und drehte sich zu Croaker um. »Also, wie steht's?«

»Prima. Lassen Sie mich doch einfach meinen Job machen, ohne ihre öligen Finger in meine Angelegenheiten zu stecken.«

»Sachte, sachte.« Mahnend hob Bad Clams einen Zeigefinger. »Sie sollten lernen, meinem brüderlichen Interesse an Ihnen mit dem gleichen Wohlwollen zu begegnen, mit dem es Ihnen offeriert wird.«

»Quatschen Sie nicht so einen Scheiß. Ist auch ohne Ihre dämliche Zirkusshow schon schlimm genug, Ihnen ausgeliefert zu sein.«

Er wußte, daß sein Spruch ein Fehler war, doch dieser Mann machte ihn rasend. Bad Clams kam auf ihn zugestürzt. Er rammte seine Handflächen gegen Croakers Brust und stieß ihn gegen die Klinkersteinwand. Croaker ballte seine biomechanische Hand, hob sie aber nicht.

»Spielen Sie hier nicht den Klugscheißer, klar?« Bad Clams funkelte ihn böse an und ging dann einen Schritt zurück. »Wenn wir gerade von Zirkusshow sprechen: Wieso zur Hölle hängen Sie Vesper Arkham am Rockzipfel? Wenn Sie noch länger hinter ihr her sind, werden Sie meine Hilfe ziemlich dringend benötigen.«

»Ihre Art Hilfe brauche ich nicht.«

»Nein? Augenblicklich bin ich Ihr magischer Patenonkel – Anspielung erwünscht. Und dort, wo Sie hingehen, werden Sie meiner Meinung nach alle Hilfe brauchen, die Sie kriegen können, selbst wenn sie von diesem bösen Onkel stammt.« Bad

Clams grinste verächtlich. »Kumpel, ich weiß genau, was du von mir denkst, nämlich, daß ich nur eine winzige Stufe über einem Gorilla im Zoo stehe.« Er zeigte auf Croaker. »Mich kümmert's einen feuchten Dreck, was du von mir denkst. Nur daß das klar ist. Du hast das gleiche Recht, ein Arschloch zu sein, wie jeder andere auch, deswegen verlier' ich keinen Schlaf.

Das einzige, was du ab jetzt bedenken sollst, ist, daß ich ein Auge auf dich habe, kapiert? Das du über'n großen Teich jettest, heißt nicht, daß ich nicht wissen werde, wo du steckst und was du treibst. Komm mir bloß nicht in die Quere, weder in London oder wo immer dich die Sache hinführt, denn sonst werde ich dich mit meinen Steigeisen plattbügeln, verstanden?«

»Ich höre Sie laut und deutlich.«

Bad Clams lachte. »Yeah, du klingst schon wie ein richtiger Pilot. Was hast du gemacht? Bei der Fluggesellschaft mit deiner Marke gewedelt?«

»So in etwa. Man hat mir die Uniform geliehen. Beim zweiten London-Flug des Tages gehe ich mit den Stewardessen an Bord.« Er sah Leonforte fragend an. »Sind Sie jetzt damit fertig, mich einzuschüchtern? Kann ich gehen?«

Bad Clams winkte abfällig. »Mach, was immer du willst, Lew. Aber vergiß nicht, daß jede Aktion eine Gegenreaktion nach sich zieht. Denk an die Konsequenzen, bevor du handelst, nicht danach. Ich mache keine Gefangenen.«

Die gigantische Maschine startete mit Verspätung, und Croaker fragte sich hinten auf seinem Platz, ob das etwas mit ihm zu tun hatte. Er war als letzter an Bord gekommen und hatte vom Gang aus Vespers Hinterkopf erspäht. Sie saß in der ersten Klasse, zusammen mit den anderen Millionären.

Er wollte nicht länger an Bad Clams Leonforte denken, aber dieser Verrückte ging ihm einfach nicht aus dem Kopf. Wie hatte er wissen können, wann und wo Croaker auftauchen würde, außer wenn er ihn beschatten ließ. Und wenn man ihm glauben konnte, war er in der Lage, einen Überseeflug aufzuhalten, um Croaker noch eine kleine Gehirnwäsche zu verabreichen.

Allmählich begann es ganz danach auszusehen, als wäre Bad

Clams auf seine Weise genauso außergewöhnlich wie dereinst Dominic Goldoni. In was für eine Welt war er hineingeraten, wo Unterweltfiguren sich in streng geheime Regierungsagenturen einschlichen, in einen Wirtschaftskrieg mit der japanischen Yakuza verstrickt waren und dabei nach außen den Anschein erfolgreicher und gesetzestreuer Geschäftsleute erweckten? Diese Leute waren keine stinknormalen *gavones* aus Sizilien, die zur Einschüchterung die Schädel ihrer Feinde einschlugen und blindlings Blut vergossen, wenn sie nicht bekamen, was sie wollten. Dies waren keine ungehobelten Bauern, sondern vielmehr kühl kalkulierende Denker mit einer ausgeprägten Weitsicht, die über schlichtes Profitdenken weit hinausging. Goldonis Erfolg hatte ein beinahe schon künstlerisches Niveau erreicht, doch Croaker bezweifelte, daß Bad Clams, der Egoist, der Möchte-gern-Philosoph mit dem aufbrausenden Temperament, in derselben Liga spielte wie einst Goldoni oder Bad Clams' Vater, der brillante Leon Waxman.

Waxman alias John Leonforte, der Mann mit den tausend Gesichtern und Identitäten, war während der amerikanischen Besatzung in Japan Mitte der vierziger Jahre in der Armee als Jonathan Leonard registriert gewesen.

Johnny hatte drei Kinder: Bad Clams, Michael und eine Tochter, Jaqui, die mit Zwanzig bei einem Autounfall ums Leben gekommen war. Michael war das wirkliche Mysterium, ein wahrer Rebell, der mit Autorität jedweder Art auf dem Kriegsfuß gestanden hatte. Er war in Vietnam den Special Forces zugeteilt worden, hatte sich kurz darauf unerlaubt von seiner Einheit entfernt und war irgendwo im Hinterland von Laos untergetaucht, wo ihn selbst die Supermänner der Special Forces nicht hatten aufspüren können. Niemand konnte mit Sicherheit sagen, ob er noch am Leben war.

Mikio Okami hatte geglaubt, John Leonard getötet zu haben, als sie im Frühjahr 1947 in Tokio aneinandergeraten waren, aber Leonard hatte überlebt, sich in ein Krankenhaus geschleppt und, nachdem seine Wunden verheilt waren, mittels plastischer Chirurgie sein Gesicht verändern lassen. So war er zu Leon Waxman geworden. Wie er die Aufmerksamkeit von Senator Dedalus auf sich gezogen hatte, war ein weiteres Mysterium, aber Tatsache war, daß er bis zu seiner Enttarnung und seinem Tod im letzten Jahr Leiter von Dedalus' Agentur war.

Das meiste, was er über Bad Clams' Vater wußte, hatte Croaker von Faith Goldoni erfahren, Dominics Mutter. Auch sie hatte des öfteren ihren Namen gewechselt. In Washingtoner Kreisen als Renata Loti bekannt, war sie heute eine außerordentlich einflußreiche Lobbyistin. Margarite hatte Croaker mit Faith bekannt gemacht, und er hatte erlebt, welch außergewöhnliche Frau sie war. Sie war diejenige, die Leon Waxman enttarnt hatte.

Seltsamerweise hatte Faith mit keinem Wort Senator Dedalus erwähnt. Aber augenblicklich interessierte sich Croaker am meisten für Dedalus' Beziehung zu DARPA, der Defense Advanced Research Projects Agency des Pentagon. Er fragte sich, ob man dort über Torch 315 und darüber, wo es Mitte März gezündet werden sollte, Bescheid wußte, oder ob er sich bloß aus einem Wirrwarr unzusammenhängender Hinweise eine nette kleine Katastrophenstory zusammenreimte. Er hoffte, daß diese Reise ihm einige Antworten bringen würde, denn er ahnte, daß Okami und der verstorbene Dominic Goldoni irgendwie mit Dedalus unter einer Decke steckten, beziehungsweise gesteckt hatten. Zumindest waren sie in die Aktivitäten der ominösen Waffenfirma Morgana Inc. verstrickt gewesen.

Die Plätze auf dem Karussell füllten sich allmählich, dachte Croaker: Dominic macht seine Schwester mit Senator Dedalus bekannt, dem Leiter der DARPA. Margarite ist auf du und du mit Vesper, die wiederum für Morgana Inc. arbeitet und gleichzeitig Mitglied von Okamis Nishiki-Netzwerk ist. Alle Spieler waren da; es lag jetzt bei Croaker, ihre Rollen herauszubekommen.

Er schloß seine Augen und schlief sofort ein, was ein Fehler war. Mit schreckensbleichem Gesicht schreckte er hoch, einen dünnen Schweißfilm über der Oberlippe, seine Achselhöhlen klitschnaß. Er war noch halb im Traum, wo wie in einem unseligen Bühnendrama seine allerschlimmsten Ängste zum Leben erwacht waren: Zwei Frauen schlichen über eine abgedunkelte Bühne, konspiratives Flüstern, das erotische Gleiten von Satin gegen nackte Haut. Dann plötzlich durchdrang eine vertraute Stimme das Halbdunkel, als Margarite Vesper befahl, ihn zu töten.

Blaue Rauchschwaden wie dichter Morgennebel.

Kupferne Schatten steigen sich windend zur Decke hoch, durcheinandergewirbelt von der Musik aus mattschwarzen Lautsprechertürmen, die sich im Halbkreis über der gigantischen Karaoke-Maschine erheben. An dem computerisierten Ungetüm war ein Chromgitter angebracht, so daß es wie die Schnauze eines alten amerikanischen Straßenkreuzers aussah. Sein schriller Nostalgie-Look war in Japan zur Zeit der letzte Schrei. In spätestens drei Monaten würde der Trend ein alter Hut sein, diese Karaoke-Maschine würde auf dem Müll landen und eine neue würde zusammen gezaubert werden.

Ein schmächtiger Geschäftsmann versuchte, ›Be My Love‹ zu singen und fuhr sich dabei mit der Hand über die Schläfen, um sein Haar so zurückzustreichen, wie es das bewegte Bild von Jerry Vale hinter ihm tat.

Als Nicholas und Tachi das Ningyo-ro betraten – der ultramoderne Nachtclub in Kyoto, in dem Pavlov gewesen war –, wurden sie vom ohrenbetäubendem Sound aus den Karaoke-Boxen beinahe erschlagen. Überwältigt von der glitzernden Atmosphäre, blieben sie einen Moment stehen und ließen die futuristische Konstruktion auf sich wirken. Die Kombination aus metallischem Anthrazit und chromverkleideten Geländern und Sitzbänken, alles von tausenden Punktstrahlern beleuchtet, tauchte den großen Raum in ein überspanntes Spiel aus Licht und Schatten. Hinter dem Hauptsaal war ein kleineres Gegenstück, ein mit Schwarzlicht ausgeleuchteter Raum, ein Schatten aus den Siebzigern.

Ningyo-ro, der Puppen-Pavillon, war brechend voll; überall dichter Zigarettenqualm und sich suchend umblickende Japaner, die hier ihre Kontakte zur Industrie, zur Regierung, zur Verwaltung und zur Yakuza pflegten. All diese Bereiche waren aufs komplizierteste miteinander verwoben, ein verwirrendes Sozialgeflecht aus berechnender Freundschaft, Einschüchterungsversuchen und Gesichtsverlust, das jeden außenstehenden Abendländler nur unverständig mit dem Kopf schütteln ließ.

Langsam schoben sich Nicholas und Tachi durch die dichtgedrängte Menschenmenge an die Bar am entfernten Ende des Raumes. Sie war eine altmodische Konstruktion aus Milchglas, das von unten mit fluoreszierenden Leuchtstoffröhren erhellt wurde.

Während sie sich diesem *film-noire*-Artefakt näherten, beobachtete Nicholas eine schlanke Kellnerin, die einigen wohlbeleibten japanischen Geschäftsleuten Drinks an den Tisch brachte. Mit ihrem traditionellen weißen Make-up sah sie wie eine lebendige Puppe aus. Die Geschäftsleute blickten mit ihren schweißglänzenden Gesichtern kurz zu ihr auf und lachten gutgelaunt. Einer griff nach einem Bier, und Nicholas erkannte auf seinem Unterarm den Teil einer kunstvollen *irizumi*, einer Yakuza-Tätowierung.

Nicholas und Tachi bestellten Sapporo-Bier. Ein weiterer närrischer Japaner versuchte sich an einer Elvis-Imitation und grölte ›Viva Las Vegas‹. Gleichgültig wieviel Mühe er sich gab, sein Hüftschwung war einfach lachhaft.

»Ziemlich fraglich, ob dieser Zao überhaupt hier ist«, knurrte Tachi.

»Denke schon«, sagte Nicholas. »Der Russe war ein pingeliger Bursche. Er hat sich hier extra eine Rechnung geben lassen. Das bedeutet, falls er in Kyoto übernachtete, hat er nicht dafür bezahlt.«

»Vielleicht hat er bei Zao geschlafen.«

»Richtig, würde Sinn machen«, stimmte Nicholas zu.

»Aber wie wollen wir Zao in diesem Ameisenhaufen finden? Ist fast so, als würden wir in einem Heuhaufen eine Plastiknadel suchen. Selbst ein Metalldetektor würde nicht helfen.«

Nicholas lächelte Tachi an. »*Wir* werden ihn nicht finden; wir werden uns von *ihm* finden lassen.« Nicholas winkte den Barkeeper heran und beugte sich zu ihm über den Tresen. »Sagen Sie Zao, Pavlov schickt uns. Das Geschäft hat nicht geklappt, und Pavlov ist unglücklich. *Sehr* unglücklich.«

»Ich kenne niemanden namens Zao«, entgegnete der Barkeeper.

»Mag sein, aber Pavlov schickt uns mit einer Nachricht für ihn.« Nicholas deutete auf den Punkt, wo unter seinem Jackett eine Waffe hätte stecken können. »Ich glaube, Sie verstehen.«

Mit einem Schulterzucken glitt der Barkeeper von ihnen fort, fast so, als stünde er auf Rollschuhen. Er füllte drei Gläser mit Whisky, zwei mit *sake* und einige mit Bier.

»Was denken Sie?« fragte Tachi.

»Reine Glückssache«, sagte Nicholas achselzuckend. »Aber falls Zao hier Stammkunde ist, kennt ihn der Barkeeper mit Sicherheit.«

Der Geschäftsmann gab jetzt eine wahrhaft grauenerregende Version von ›Feelings‹ zum besten. Schnelle Lieder waren schon schlimm genug, aber Balladen sollten beim Karaoke wirklich verboten werden, dachte Nicholas.

Tachi trank sein Sapporo aus, und Nicholas sah sich suchend um, um noch etwas zu bestellen. Der Barkeeper war verschwunden. Das konnte ein gutes Zeichen sein, oder der Kerl war einfach nur pinkeln.

Aus dem Schwarzlicht-Raum kam ein Yakuza geschritten. Der Anzahl und Qualität seiner *kobun* – Fußsoldaten – nach zu urteilen, war er mindestens eine Stufe unter einem *oyabun*. Er trug die für solche Männer typische Uniform: eine ums ganze Gesicht herumlaufende Sonnenbrille, einen schwarzen Anzug, ein weißes Hemd mit auf der Brusttasche eingesticktem Wappen, eine schmale Krawatte, polierte Schuhe.

»Da kommt er«, sagte Nicholas, und als sich Tachi umdrehte, fügte er eilig hinzu: »Lassen Sie mich das machen. Wir wollen keinen Familienkrieg heraufbeschwören.«

Als der Yakuza noch drei Schritte von der Bar entfernt war, sah Nicholas, was er vorhatte und machte sich darauf gefaßt. Der Mann, breitschultrig, mit schmalen Hüften und einem verschlossenen, pockennarbigen Gesicht, drängelte sich an die Bar, rammte Nicholas und stieß dabei dessen restliches Bier um.

Ohne sich zu entschuldigen und Nicholas keines Blickes würdigend, bestellte er bei dem wieder aufgetauchten Barkeeper ein Kirin. Nicholas wartete, bis der Barkeeper das große Bierglas vor dem Yakuza abgestellt hatte, griff danach und leerte es in einem langen Zug. Als er fertig war, schnalzte er laut mit den Lippen und stellte das leere Glas vor dem Mann auf den Tresen.

Nicholas begann sich abzuwenden, als plötzlich ein stählerner Griff seinen rechten Oberarm umschloß. Er drehte sich gerade rechtzeitig um, um noch den überraschten Blick des Mannes zu sehen, der mit seinen Fingern Nicholas' Bizeps begutachtete.

»Sie haben keine Manieren, *iteki*«, sagte der Mann auf japanisch, die Miene ob seines Gesichtsverlusts verdunkelt.

Nicholas befreite sich aus dem Griff des Mannes, verbeugte sich vor ihm und streckte ihm seine rechte Hand mit der Innenfläche nach oben entgegen.

»Ich bitte Sie in aller Höflichkeit, mich anzuhören«, sagte Nicholas, der rituellen Begrüßungszeremonie der Yakuza folgend.

Auf dem Gesicht des Yakuza zeichnete sich erneut Überraschung ab, dann wiedererwachter Ärger.

»Machen Sie sich über unsere Tradition lustig, *iteki?*«

Nicholas ignorierte die Frage und wiederholte seine Begrüßungsfloskel.

»Ich bin nicht taub«, sagte der Yakuza.

»Da Ihre Position höher ist als meine, möchte ich mich Ihnen als erster vorstellen.«

Der Yakuza nickte, richtete sich auf; Nicholas tat es ihm nach.

»Sprechen Sie, *iteki.*«

»Mein Name ist Nicholas Linnear. Ich wurde in Singapur geboren. Ich gehöre keinem Clan an.« Der Yakuza grinste nur abfällig. »Sie haben mich absichtlich beleidigt, mein Bier umgestoßen, mich angerempelt und beschimpft. Ich wünsche Genugtuung.«

Das Grinsen des Yakuza wurde breiter, und er öffnete sein Jackett weit genug, daß Nicholas den Knauf einer Waffe erkennen konnte. »Und welcher Art soll diese Genugtuung sein?«

»Ich bin höflich gewesen, habe Ihnen meinen Namen, meinen Geburtsort und meine Clan-Zugehörigkeit genannt.«

Verblüfft schwieg der Yakuza für einen Moment.

»Mein Name ist Kinc Oto; man nennt mich auch Zao. Ich wurde in Kyoto geboren und bin Unter*oyabun* des Dokudokushii-Clans.« Er reckte ihm sein Kinn entgegen. »Sie haben für mich eine Nachricht von dem Russen?«

»Jetzt verstehen wir einander.« Nicholas verbeugte sich. »Ich schlage vor, wir spielen eine Partie *karuta.*«

Erneut zögerte Zao. *Karuta* war ein Kartenspiel, das ursprünglich von Japans Elitefamilien gespielt worden war. Als sich diese Familien anderen, modernen Zeitvertreiben zuwandten, war es zum Lieblingsspiel der Yakuza geworden.

»Oh, das wird Spaß machen«, sagte Zao mit einem halbseidenen Lachen. »Also los.«

Karuta basierte auf den Blumen verschiedener Jahreszeiten, und bestimmte Zahlenkombinationen waren ausschlaggebend über Sieg und Niederlage. Unter der Bar wurde ein Satz Karten hervorgeholt und auf den Tisch gelegt. Nicholas fragte den Barkeeper, ob er wisse, wie man die Karten austeilt. Der Mann nickte verängstigt. Seine Furcht schien ins Grenzenlose zu steigen, als Nicholas ihn bat, Kartengeber zu sein.

Zao, Nicholas gegenüber sitzend, hatte keine Einwände. Er klopfte auf die oberste Karte. »Da Sie das Spiel ausgewählt haben, werde ich den Einsatz bestimmen. Ist das akzeptabel?«

»In Ordnung«, sagte Nicholas, obwohl Tachi ihn nervös am Ellbogen berührte.

Gewieft ließ Zao seinen Blick durch den Raum schweifen. »Wenn ich dieses Spiel gewinne, werden Sie vergessen, wer Sie zu mir geschickt hat, und weshalb er Sie zu mir geschickt hat. Darüber hinaus werden Sie auf die Karaoke-Bühne steigen und sich öffentlich bei mir entschuldigen.«

»Und falls ich gewinne?«

»Das werden Sie nicht.«

»Falls ich gewinne, werden Sie uns alles erzählen, was Sie über den Russen wissen, und weshalb er hierhergekommen ist.« Nicholas ignorierte den finsteren Blick des Yakuza, der ihn wohl einschüchtern sollte, und konzentrierte sich auf die Körpersprache des Mannes, die ihm bei dem Spiel alles verraten würde, was er wissen mußte.

Zao bedeutete dem Barkeeper die Karten zu geben. Beim ersten Blatt hatten beide gewinnbringende Kombinationen; beim zweiten paßten beide Männer. Aber beim dritten Spiel hielt nur Nicholas ein gewinnbringendes Blatt in Händen. Zao hatte eine acht, eine neun und eine drei; damit verlor er, und ironischerweise waren es genau diese drei Zahlen, aus denen sich das *kanji* – das Schriftzeichen – für das Wort *Yakuza* zusammensetzte.

»Ich habe gewonnen«, sagte Nicholas. »Vergessen Sie nicht unsere Abmachung, Zao-san. Sie müssen mir erzählen, was Sie über Pavlov wissen.«

»Ich werde in einer Stunde gehen. Wir können uns dann draußen unterhalten.«

Nicholas nickte, und er und Tachi erhoben sich. Als sie an die Bar zurückgingen, starrte Zao ihnen mit bösem Blick nach.

»Ich traue diesem Kerl nicht«, sagte Tachi. »Er haßt es zu verlieren. Besonders gegen Sie.«

»Da stimme ich Ihnen zu.« Nicholas bestellte Drinks für sie. »Aber wir haben jetzt keine andere Wahl mehr. Wir haben uns an ihn herangemacht und müssen jetzt einfach aufpassen, daß er uns beide nicht an die Wand nagelt.«

Als Zao den Nachtclub verließ, war es schon ziemlich spät. Nicholas und Tachi folgten ihm. Draußen wehte ein eisiger Wind, und in der engen Gasse schaukelten die roten Laternen an ihren Eisenringen wie verrückt hin und her. Nur wenige Passanten waren unterwegs, aber halb auf dem Bürgersteig waren diverse Wagen geparkt.

»Wo ist er hingegangen?« Suchend blickte Tachi von einem Straßenende zum anderen. »Er wird nicht mit uns reden.«

Nicholas hatte das gleiche Gefühl.

Plötzlich wurden die Scheinwerfer eines vor ihnen parkenden Wagens eingeschaltet und tauchten sie in gleißendes Licht.

»Iteki!«

»Zao«, murmelte Tachi.

Er sah Zaos mächtige Gestalt aus dem Wagen steigen wie einen schwarzen Vogel vor einer blendenden Sonne.

»Sie schulden mir meinen Gewinn«, rief Nicholas ihm zu. »Zeit zu bezahlen.«

»Ich will ein Wiederholungsspiel«, hallte Zaos Stimme durch die verlassene Straße.

»Vergessen Sie's. Sie haben verloren. Akzeptieren Sie das Unvermeidliche.«

»Ich kann nicht vergessen, daß ich durch Sie, durch ein Halbblut, mein Gesicht verloren habe.«

»Sie brechen Ihr Wort.«

Zao, inzwischen näher gekommen, lachte heiser. »Bei einem *iteki* zählt mein Wort nicht.«

»Dann haben Sie keine Ehre«, entgegnete Nicholas.

»Blödsinn! Was weiß ein Barbar wie Sie schon über Ehre.« Wie eine bösartige Kreatur blitzte in seiner Hand plötzlich eine Waffe auf. »Für mich sind Sie nicht mehr als ein widerwärtiger

Käfer, der die Dummheit besaß, meinen Weg zu kreuzen.« Er machte einen weiteren Schritt auf Nicholas und Tachi zu.

»Gehen Sie mir aus dem Weg, oder ich werde Sie zermalmen.«

Nicholas bewegte sich so blitzartig, daß es selbst für Tachis geübtes Auge bloß ein verschwommenes Zucken war. Nicholas hatte gehört, wie Zao den Hahn seiner Waffe spannte, und seine Instinkte hatten sich selbständig gemacht.

Die natürliche menschliche Reaktion auf einen Angriff war, sich direkt auf diesen zuzubewegen. *Aikido* hatte diesen Instinkt in Nicholas gebrochen und ihn durch andere ersetzt, bei denen es darum ging, einem Angriff auszuweichen und die der Attacke innewohnende Kraft für sich zu nutzen.

Instinkt war das einzige, was zählte. Im Augenblick eines Angriffs – in vielleicht einer Hundertstelsekunde – hatte man keine Zeit, seine Möglichkeiten abzuwägen, Strategien zu entwickeln und sie anzuwenden. Man konnte nur rein instinktiv reagieren.

Und genau das tat Nicholas. Alle Energien im *hara* gesammelt, dem Zentrum der dem Körper innewohnenden Kräfte, ließ Nicholas seinen von *ki* gesteuerten Instinkten freien Lauf.

Anstatt auf Zao loszustürzen, umschloß er die auf ihn gerichtete Waffe mit der rechten Hand und wich nach rechts aus. Gleichzeitig rammte er seinen linken Handballen gegen die Hüfte des Yakuza und zertrümmerte dabei Zaos ungeschützten Hüftknochen.

Als sein linkes Bein unter ihm wegknickte, schrie Zao vor Schmerz auf. Jetzt entwand ihm Nicholas die Waffe, indem er Zaos Handgelenk verdrehte, bis der Handwurzelknochen brach. Zao lag halb bewußtlos am Boden, als Nicholas auf dem asphaltierten Bürgersteig das Knirschen von Ledersohlen vernahm – Zaos *kobun.*

Tachi fuhr herum, riß die Waffe des Yakuza an sich und zerschoß die Autoscheinwerfer. Wie blaß schimmernde Satelliten am Nachthimmel konnte er jetzt im fahlen Dämmerlicht die Gesichter von Zaos Männern ausmachen.

»Dies ist nicht euer Kampf«, sagte er ruhig. »Euer *oyabun* hat sein Wort gebrochen; er allein hat Schuld an dem, was passiert ist. Dies ist eine ehrlose Angelegenheit, und ihr seid ihm zu nichts verpflichtet.«

Wie vor einem Hitzegewitter fühlte Nicholas die sirrende Spannung in der Luft. Die Fußsoldaten blieben stehen, hatten sich aber noch nicht zurückgezogen. Nicholas begann zu ihnen zu sprechen. Er verstellte seine Stimme, benutzte den uralten Klang aus dem tiefsten Teil seiner Kehle, den Klang, den selbst die besten Hypnotiseure nur schwer nachahmen konnten, den Klang, den *tau-tau* ihn zu meistern gelehrt hatte.

Beschwörend redete er immer weiter auf sie ein, bis er spürte, daß die psychische Spannung auf ein tolerierbares Maß gesunken war. Er wußte, daß ihnen ungefähr zwanzig Sekunden blieben, um zu tun, was getan werden mußte. Ohne seine Konzentration zu unterbrechen, signalisierte er Tachi, Zao vom Boden aufzusammeln und ihn auf den Rücksitz seines Wagens zu verfrachten.

Tachi setzte sich ans Steuer und startete den Motor. Nicholas sprang neben dem angeschlagenen Zao auf den Rücksitz, schlug die Tür hinter sich zu, und gemeinsam verschwanden sie in der Schwärze der Nacht.

2
Tokio / London / Kyoto

»Sie ist nicht da«, sagte der Mann im Rollstuhl. »Meine Mutter ist für einige Tage verreist. Kann ich Ihnen vielleicht behilflich sein?«

Ushiba lächelte freundlich. »Sehr nett von Ihnen, Ken, aber ich möchte Ihnen nicht zur Last fallen.«

»Wieso, weil ich ein Krüppel bin?« Die machtvollen Schultern zuckten. »Ich habe durchaus Zeit für Sie, Daijin. Sie sind bestimmt nicht den ganzen Weg hierher gekommen, um mit Kisoko nichtigen Klatsch auszutauschen.«

Ushiba nickte. Er kannte Kens sonderbare Art. Was andere zuweilen unhöflich nannten, war einfach bloß Kens unverblümte Direktheit. Er hatte mit Etikette und Benimmregeln wenig am Hut – zugegebenermaßen ungewöhnlich für einen Japaner – und erachtete sie bloß als langatmige Litanei nichtssagender Floskeln. Aber vielleicht war dies auch nichts weiter als eine gewisse Aufschneiderei, ein weiterer auffälliger Zug an ihm.

Nicht daß er so etwas nötig gehabt hätte; Ken war auch so ziemlich bemerkenswert. Er war bärenstark und überdies ein exzellenter Kampfkünstler, selbst ohne Einsatz seiner Beine. Als fanatischer Sammler besaß er eine beeindruckende Kollektion museumswürdiger antiker Waffen aus dem alten Japan – viele davon sagenumwoben und geheimnisvoll.

Eigentlich mochte Ushiba den jüngeren Mann, obwohl es ihm oft so vorkam, als würde Ken stets angestrengt versuchen, den Aufmüpfigen zu spielen.

Er liebe es, zu sticheln und Menschen zu verunsichern, hatte Kisoko Ushiba einst mit einem seltsamen Anflug von Stolz erzählt, weil ihn interessiere, was hinter der Fassade der Menschen vor sich ging.

Auf seine eigene Art war Ken ein vortrefflicher Soziologe, und oft betrachtete Ushiba dieses Haus, in dem Ken und seine Mutter wohnten, als ein einziges riesiges Versuchslabor für seine psychologischen Experimente.

»Ich würde gerne eine Weile bleiben und mich mit Ihnen unterhalten«, sagte Ushiba. »Eine kleine Verschnaufpause von der Außenwelt kann mir nur guttun.«

»Ja«, sagte Ken und führte ihn durch den Flur in die Küche im rückwärtigen Teil des Hauses. »Die Zeit scheint hier beinahe stillzustehen, nicht wahr?«

Er war ein gutaussehender Mann, hatte ein längliches Gesicht und sanfte braune Augen, die fälschlicherweise eine wankelmütige, vom Trauma seines Zustands gezeichnete Persönlichkeit vorgaukelten. Aber ihn umgab immer eine gewisse Traurigkeit, die Ushiba unbewußt berührte, ihm beinahe vertraut vorkam, als wäre Ken in einer Welt des Schmerzes ein umherirrender Seelenverwandter des *daijin*.

»Dort draußen jedoch ist die Zeit unerbittlich«, sprach Ken weiter. »Die LDP als stärkste politische Kraft in Japan hat endgültig ausgedient.« Er zog eine Grimasse. »War längst überfällig.«

»Immerhin hat die LDP beim Aufbau dieses Landes eine entscheidende Rolle gespielt. Ich würde sie nicht vorschnell aus unserer Zukunft verbannen.«

»Ich kann Ihre Sympathien für Ihren alten Freund Yoshinori gut verstehen«, sagte er spitzfindig. »Aber Sie sehen ja, was aus ihm geworden ist, diesem Symbol einer machtgierigen Vergangenheit.«

»Yoshinori hat schon an vielen Fronten gekämpft, als Sie noch ein kleines Kind waren, Ken. Wegen Männern wie ihm ist Japan zu einer Weltmacht geworden.«

»Wegen Männern wie Sie selbst, Daijin.«

Ushiba erwiderte darauf nichts. Dieser Mann konnte außerordentlich anstrengend sein. Seine intellektuellen Fähigkeiten waren beinahe grenzenlos, und man wußte bei ihm nie, ob er wirklich an seinen Standpunkt glaubte oder nur ein geistreiches Wortgefecht provozieren wollte.

»Ich mache mir etwas zu essen«, sagte Ken und rollte an den Küchentresen. »Möchten Sie auch etwas?«

Ushiba bejahte und sah zu, wie Ken mit geschickten Handgriffen zwei Teller Sushi mit viel *watabi* und eingelegtem Ingwer zusammenstellte. Zusammen mit einer Flasche Bier reichte er Ushiba einen der Teller; dann begaben sie sich an den ovalen

Eichentisch im linken Küchenteil. Es gab viele nicht japanische Elemente in diesem Haus, das ein Ort war, wo Ost und West wenn nicht in perfekter, so doch akzeptabler Harmonie aufeinandertrafen.

Eine Zeitlang aßen sie in kameradschaftlicher Stille. Daß Ken sich mit ihm wohlfühlte, erfüllte Ushiba mit gewissem Stolz. Zwischenmenschliche Interaktion war nicht unbedingt Kens Stärke, er war eher ein Beobachter denn ein aktiver Teilnehmer am Geschehen. Vielleicht hatte er aufgrund seiner Behinderung diesen Beobachtungsstatus angenommen und klammerte sich nun daran, weil in der Gesellschaft irgendein Status besser als gar keiner war, dachte Ushiba.

»Wie läuft's denn so bei Ihnen in der Politik?« fragte Ken schließlich. »Ein *daijin* muß in diesem Spiel verdammt gut sein, um seine Position zu erlangen und zu behalten.«

»Um ehrlich zu sein, es wird immer anstrengender. Zu viele Streitigkeiten. Zu viele Kämpfe an zu vielen Fronten.«

»Sie werden alt«, sagte Ken auf seine unverblümte Art. »Leute, die sich so fühlen wie Sie, sollten es besser wissen.«

»Besser wissen?«

Ken nickte geflissentlich. »Sie sollten sich zurückziehen, bevor Sie einen fatalen Fehler begehen und von der Macht Ihrer eigenen Politik überrollt werden.«

Ushiba unterdrückte seinen aufflammenden Zorn über diese harsche und unhöfliche Analyse. Doch Tatsache war, daß Ken, wenn er es sich brutal offen eingestand, recht hatte. Er sprach aus, was sich Ushiba vor lauter Stolz nicht hatte eingestehen wollen.

»Sie haben recht.« Ushiba schob seinen noch halbvollen Sushi-Teller beiseite. Sein Appetit war nicht mehr der gleiche wie noch vor sechs Monaten. »Sobald das Spiel zur Belastung wird, ändern sich die Regeln, und der Jäger läuft Gefahr, der Gejagte zu werden.«

»Und wilde Tiere wittern Blut sofort«, entgegnete Ken, den Mund halbvoll mit Fisch, Reis und Ingwer.

Ushiba lächelte. »Ich werde mich daran erinnern, falls ich je der Gejagte werden sollte.«

»Sehen Sie sich vor. Das könnte schneller passieren, als Sie glauben.«

Ushiba musterte ihn mit neu erwachtem Interesse. Ken mußte mittlerweile Anfang vierzig sein, doch sein Gesicht war noch immer faltenlos, sein Haar so dunkel wie mit zwanzig. Seine Leidenschaften loderten mit Sicherheit so heftig wie eh und je.

Den Schmerz in seinem Bauch ignorierend, lehnte sich Ushiba zurück. »Der Blutinstinkt ist einem angeboren.«

»Stimmt«, pflichtete Ken ihm bei und vertilgte den letzten Bissen Sushi. »Man hat ihn in den Knochen, bekommt ihn mit der Muttermilch einflößt.«

Ein seltsamer Satz. Etwas an seinem Tonfall veranlaßte Ushiba, sich zu fragen, ob Ken auf seine Mutter, Kisoko, anspielte. Immerhin war sie Mikio Okamis Schwester. Sie mußte ebenfalls mit diesem Blutinstinkt geboren worden sein.

Ken deutete auf Ushibas Teller. »Essen Sie das noch?«

Ushiba schüttelte den Kopf und sah mißbilligend zu, wie Ken den Teller nahm und sich frohlockend über das Sushi hermachte. Man mußte eben Zugeständnisse an Leute machen, die die Konventionen der Außenwelt nicht gewohnt waren.

»Also, was führt Sie her, Daijin?« fragte Ken zwischen zwei Bissen. »Offensichtlich brauchen Sie den Rat meiner Mutter. Welches Ärgernis plagt Sie denn heute?«

»Es gibt jemanden, der einen Fehler begangen hat«, begann Ushiba vorsichtig. Kisoko wußte von seiner geheimen Verbindung zum inneren Zirkel, weil sie die Schwester des Kaisho war, aber mit Ken sah das völlig anders aus. »Ein gravierender, folgenschwerer Fehler, der unbedingt korrigiert werden muß.«

»Ich schätze, wir reden jetzt von Bestrafung.«

Viel entging dem jungen Mann nicht. »Bestrafung, ja. Aber aufgrund meiner ... Beziehung zu dem Mann, ist die Sache äußerst heikel für mich.«

»Verdient er die Strafe?«

»Ohne Frage.«

Ken nickte beipflichtend, als wäre das Urteil des *daijin* über jeden Zweifel erhaben. »Dann überlegen Sie sich eine dem Verbrechen angemessene Strafe.«

»Ich wünschte, ich könnte, aber ich weiß nicht weiter.«

Ken schwieg eine Weile und vertilgte die letzten Reste vom Sushi-Teller des *daijin*. »Kommen Sie nach oben«, sagte er schließlich. »Ich möchte Ihnen etwas zeigen.«

Sie begaben sich zu dem kleinen Aufzug an der Rückwand des Hauses und fuhren in den ersten Stock, wo Kens privates *dojo* und seine Waffensammlung fast die halbe Wohnfläche einnahmen.

Man hatte die alten Fenster ersetzt, als das *dojo* eingerichtet worden war. An ihre Stelle waren übergroße Panoramascheiben eingebaut worden, die immens viel Licht in den Raum ließen, ohne die von Kisoko und Ken geheiligte Privatsphäre preiszugeben. Der auf Hochglanz polierte Parkettboden schimmerte. Über eine gesamte Wand hinweg hingen *katana* und *daikatana*, die großen Kampfschwerter der Samurai, *wakizashi*, lange Messer, mit denen man *seppuka* beging, und kürzere *tanto* sowie weitere, eher esoterische Waffen, von denen Ushiba die meisten noch nie in seinem Leben gesehen hatte.

Ken rollte zu der Wand, hob sich mit Hilfe seiner muskelbepackten Arme spielend aus seinem Rollstuhl und ließ sich zu Boden gleiten. Er klemmte seine Beine in die Lotusposition und stapfte dann auf seinen geballten Fäusten vorwärts. Sein Oberkörper schwang dabei wie ein Pendel hin und her, was seine Bewegungen geschmeidig und mühelos erscheinen ließ. Ushiba wußte, daß nichts weiter von der Wahrheit entfernt war.

Ken stoppte vor einer Reihe von *dansu* aus *kyoki*-Holz, länglichen, flachen Truhen, in denen *katana* aufbewahrt wurden. Er öffnete das oberste Fach und zog ein in Seidenpapier gewickeltes Objekt heraus. Während er es auspackte, kam Ushiba steifbeinig zu Ken und kniete sich neben ihn.

Gebannt starrte Ushiba auf das Objekt in Kens Hand. Es war ein Schädel, der im Laufe der Jahrhunderte gelbbraun nachgedunkelt war. Er glänzte, woraus Ushiba schloß, daß Ken den Schädel regelmäßig einwachste, um zu verhindern, daß er brüchig wurde.

»Dies«, sagte Ken, »ist der Schädel von Masamoto Musashi, den ich als den besten japanischen Schwertkämpfer aller Zeiten erachte.« Musashi hatte mit seinem *Buch der fünf Ringe* weltweit Beachtung gefunden; es handelte sich dabei um eine Abhandlung aus dem siebzehnten Jahrhundert über *kenjutsu*, die Kunst des Schwertkampfes.

Mit geschickten Fingern drehte Ken den Schädel auf seiner Handfläche langsam herum. »Wußten Sie, daß Musashis bester

Freund derjenige war, der das Fleisch vom Kopf abtrennte und den Schädel dann verkaufte? Er mußte es tun, um sich über Wasser zu halten.« Der Schädel rotierte wie auf einem Präsentierteller. »War Musashis Freund ein Schurke oder bloß ein Opfer der Umstände? Oder erwies er Musashi den ultimativen Dienst, indem er vorhersah, daß auf diese Weise die Erinnerung an Musashi nicht verblassen, sondern über die Jahrhunderte hinweg lebendig bleiben würde?«

Ken legte den Schädel in Ushibas Hände. »Halten Sie ihn, Daijin. Fühlen Sie Musashis weder vom Tod noch vom Strom der Zeit geminderte Kraft. Ist das nicht eine Art Unsterblichkeit?«

Der Schädel war schwerer, als Ushiba erwartet hatte; vielleicht lag das an seiner machtvollen Aura. Ken hatte recht. In den Schädelkonturen, Vertiefungen und Furchen konnte Ushiba die komplexen elektrischen Muster visualisieren, die Musashis Gehirn einzigartig gemacht hatten, und in diesem Moment fühlte er weder den Schmerz seines Krebsgeschwürs noch das belastende Wissen um seinen nahenden Tod. Hier in seinen Händen lag, wie Ken gesagt hatte, eine Existenz, die mächtiger als der Tod war. Und wenn es sich auch nicht um eine dem Menschen vertraute Existenz handelte, so war sie vielleicht etwas Größeres, etwas außerhalb jeglicher Vorstellungskraft.

»Es hat Sie bewegt, Daijin.« Ken machte keine Anstalten, den Schädel zurückzunehmen. »Sie fühlen, was ich fühle. So nahe bei Musashi gibt es kein Leid.«

»Nein.« Ushiba war wie gelähmt. »Es gibt keinen Schmerz, keinen Tod, keine Zeit.«

»Daijin«, sagte Ken leise, »Sie müssen Akira Chosa für sein Verbrechen bestrafen.«

Ushiba, von dem der Schädel entströmenden Aura leicht benommen, traute für einen Moment seinen Ohren nicht. Dann sah er Ken an und wußte, daß er richtig gehört hatte.

»Woher wissen Sie …?«

»Intuition plus Fakten. Chosa war vor kurzem hier, um mit meiner Mutter zu sprechen. Ich glaube, sie hätte ihn getötet, wenn ich nicht zufällig dazugekommen wäre. Sie denkt, er habe Mikio Okamis Ermordung angeordnet.«

»Vielleicht weiß sie mehr als ich.« Plötzlich war ihm der

Schädel zu schwer, und er legte ihn in Kens wartende Hand zurück. »Zu viele Leute rühmen sich einer Tat, die nicht zu Ende geführt worden ist.«

»Und doch sitzt der Kaisho nicht mehr auf seinem Thron. Er ist vertrieben worden. Ist das nicht genug, mit dem man sich brüsten kann?«

Ushiba nickte. »In unserer so unvollkommenen Welt wahrscheinlich schon.« Er sah Ken fragend an. »Weshalb wollte Chosa mit Kisoko reden?«

»Um sie zu fragen, was sie über Okamis Beziehung zu Colonel Linnear weiß ... und über Koei.«

»Koei? Wieso wollte er ...?«

»Bestrafen Sie ihn.« Ken starrte auf Musashis Schädel. »Niemand ist geeigneter als Sie, für Chosa eine gerechte Strafe zu ersinnen.«

»Ich sagte Ihnen doch, mir fällt nichts ein.«

»Wenn ich einen Weg vorschlagen dürfte.« Kens Augen wanderten von Musashis Schädel zum schönen Gesicht des *daijin*. »Die Lösung liegt auf der Hand, Daijin, genau wie Musashis Schädel.«

»Wovon sprechen Sie?«

»Von Ihrem Freund, dem Tokioter Staatsanwalt. Tanaka Gin.«

Zu dieser Jahreszeit in London zu sein, war wie in einer Wolkenbank zu schweben. Von der Themse stiegen dichte Nebelschwaden auf, die den Blick auf die Bürogebäude der Stadt verschleierten und den Tower wie in Watte hüllten. Es hatte an diesem Morgen einen Bombenanschlag gegeben, und aufgrund einer Drohung der IRA, eine weitere Bombe hochgehen zu lassen, war Harrods geräumt worden. Die Straßen um den Explosionsort waren abgeriegelt, damit Einsatzkommandos die Trümmer beseitigen konnten. Experten der Spurensicherung untersuchten die verbogenen Metallträger des Bankgebäudes in der Hoffnung auf Hinweise, die zu den Terroristen führen könnten.

Manchmal hob sich der ewige Nebel und enthüllte die kärglichen Baumkronen im Hyde Park und St. James, manchmal kondensierte er und wurde zu einem dichten, unaufhörlichen

Nieselregen, der weder Anfang noch Ende zu haben schien. Unermüdlich pflügten die Londoner durch die regennassen Straßen und den zähen Verkehr, ihre schwarzen Regenschirme aufgespannt. Mit der stoischen Präzision eines Exerzierchors gingen diese Engländer ihren täglichen Pflichten nach, verläßlich wie Ebbe und Flut.

Trotz alledem waren Teile Londons zweifellos amerikanisiert worden. War der Picadelly Circus einst ein wenig verlottert, aber trotzdem essentiell englisch, so konnte man nun genug schrill werbende amerikanische Läden finden, um sich beinahe wie in New York vorzukommen. Picadelly Circus war nur noch ein Schatten seiner selbst, eine üble grelle Kopie, die, wie alle Fälschungen, ein erschreckendes Eigenleben entwickelt hatte.

Wieder einmal hatte Vesper Croaker überrascht. Er hatte erwartet, sie würde von Heathrow direkt nach Hammersmith fahren, wo das Büro von Malory Enterprises war. Statt dessen war er ihr nach Belgravia gefolgt, wo sie an der Kings Road aus dem Taxi gestiegen und in südwestliche Richtung zum Eaton Square gegangen war. Das Stadthaus, das sie betreten hatte, bot eine exzellente Aussicht auf die Turmspitzen der Holy Trinity Church gleich nördlich vom Sloan Square.

Er hätte sie in Heathrow beinahe aus den Augen verloren. Auf dem Weg zur Gepäckausgabe war sie in der Damentoilette verschwunden, und der einzige Hinweis, auf das, was folgen würde, war ihr eckiger kleiner Bordkoffer. Zehn Minuten später war sie mit einer schulterlangen roten Perücke auf dem Kopf wieder aufgetaucht. Die rehbraunen Kontaktlinsen hatte sie herausgenommen, und ihre wundervollen kornblumenblauen Augen funkelten in dem herzförmigen Gesicht. Ihr Make-up war schrill: auberginefarbener Lippenstift, schwarz nachgezogene Augenbrauen, schwarzer, dick aufgetragener Lidschatten. Der Jadeklunker hing noch immer um ihren Hals, aber ihre Schuhe hatte sie gegen glänzendschwarze, bis übers Knie reichende Plastikstiefel vertauscht; anstelle ihrer Jeans und ihres Hemds trug sie nun ein hautenges Kleid aus Kunstseide, das dort endete wo ihre Schenkel begannen. Wenn sie sich vorbeugte, um ihr Gepäck vom Förderband zu nehmen, würde jeder hinter ihr stehende Mann sofort eine Herzattacke erleiden.

Das Problem mit London war, daß ihm seine Marke hier nichts nützte; schlimmer noch, damit herumzuwedeln könnte ihm sogar Schwierigkeiten mit der hiesigen Polizei einbringen, die, wie er aus Erfahrung wußte, es nicht gerne sahen, wenn Yankees auf ihrem Territorium herumschnüffelten. Fast bedauerte er, Bad Clams' Hilfsangebot abgelehnt zu haben. Andererseits war er ja mit einem Chefinspektor von Scotland Yard befreundet, für den er einmal einen flüchtigen Gangster in New York gefaßt und seine Auslieferung an die Engländer bei den zuständigen Behörden forciert hatte.

Der Chefinspektor hieß Tom Major, doch Croaker konnte der Versuchung nicht widerstehen und nannte ihn insgeheim Major Tom. Major war Ende Vierzig, hatte das rosige, verschlossene Gesicht eines Mannes aus Yorkshire, einen Schnauzbart und die etwas dröge Miene eines ehemaligen Boxers, der er, wie sich herausgestellt hatte, während seiner Dienstzeit in der Armee auch gewesen war. Ein ständiges Lächeln umspielte seine Lippen, und seine allzeitige Bereitschaft, unglaubliche Mengen Ale zu konsumieren, hatte selbst Croaker in Erstaunen versetzt. Außerdem hatte er eine unfaßbare Vorliebe für turmhohe Pastrami-Sandwiches.

Major war nicht in seinem Büro, doch als Croaker sich Majors Sergeant zu erkennen gab, schickte ihn dieser in die Flood Street in Chelsea. Da die U-Bahn nicht bis Chelsea fuhr und er mit den verwirrenden Buslinien nichts anfangen konnte, blieb Croaker nichts anderes übrig, als ein unverschämt teures Taxi zu nehmen – egal, Senator Dedalus kam ja für die Spesen auf, rief er sich ins Gedächtnis.

Flood Street lag im Süden Chelseas, ganz in der Nähe der Themse. Vielleicht war Chelsea aufgrund der relativ schlechten Verkehrsanbindung eine der letzten Enklaven zivilisierter Wohnkultur, die London einst weltberühmt gemacht hatte.

Er entdeckte Tom Major in einem Vorgarten, in dem der neue Besitzer beim Pflanzen einer Ulme zufällig eine Leiche entdeckt hatte. Ein gutes Dutzend Polizisten durchpflügten unter Majors Aufsicht das Erdreich; fein säuberlich waren die während ihres Winterschlafs aus der Erde herausgerissenen Lilien und Tulpen samt Wurzeln auf einem Sandhaufen aufgereiht. Auf ausgebreiteten Plastikfolien lagen Teile von mindestens drei verschiedenen Skeletten, die im Verlauf der Ausgrabungen wahrscheinlich komplettiert werden würden.

»Kein Wunder, daß in diesem Garten alles gedieh«, hörte Croaker einen Polizisten sagen.

Major hockte vor einer der Plastikfolien und entfernte mit der Spitze seines Kugelschreibers Erde und Wurzelstücke von einem Schädel, während ein Fotograf aus allen erdenklichen Winkeln Fotos schoß.

»Thomas.«

Entnervt blickte Major hoch, doch als er Croaker erkannte, hellte sich seine Miene sofort auf. »Allmächtiger.« Er erhob sich und klopfte den Staub von seiner Hose. »Sieh mal an, wer hier aus dem Grab geklettert kommt.« Einige Kollegen unterbrachen ihre Arbeit und blickten zu den beiden Männern hinüber, nahmen aber gleich darauf wieder die Arbeit auf. »Was führt Sie ins sonnige London, alter Freund?« Er schüttelte Croakers Hand mit festem Griff. »Reisefieber bestimmt nicht, nicht zu dieser Jahreszeit.«

»Ein Job, fürchte ich.«

Major musterte Croaker von oben bis unten. »Haben Sie mir keine Pastrami aus dem Stage Deli mitgebracht?«

»Tut mir leid, nein. Hätte sie nicht durch den Zoll bekommen.«

»Schon gut, alter Freund. Mein Cholesterinspiegel ist sowieso viel zu hoch. Zuviel Fleisch, obwohl mein Kardiologe meint, es läge am Streß.« Er deutete auf die Gebeine zu seinen Füßen. »Sehen Sie sich das an. Ist schon bemerkenswert, was Menschen einander antun können.«

Einer von Majors Untergebenen kam zu ihnen. »Wir haben alle Nachbarn verhört, Sir. Was jetzt?«

»Gehen Sie nach Hause und schlafen Sie sich aus. Das gilt auch für die anderen. Und sagen Sie dem Hausbesitzer, daß er morgen Punkt neun Uhr in Hollworths Büro in der Lucan Street erscheinen soll.«

»Was werden Sie ihm sagen?«

»Nur so viel wie nötig, nämlich, daß die erste Leiche als Ausländer identifiziert wurde und man uns deshalb mit dem Fall beauftragt hat.«

Major wandte sich wieder Croaker zu. »Ich bin schon seit

kurz vor Tagesanbruch bei diesem Massengrab. Weniger Streß – schön wär's. Mein Arzt wird fuchsteufelswild auf mich sein.«

»Tom, ich sehe, Sie haben alle Hände voll zu tun, aber könnten wir uns trotzdem ein wenig unterhalten? Ich brauche Ihre Hilfe.«

»Hilfe? Wie wär's mit einem Drink? In der King's Road ist ein nettes kleines Pub.« Major rieb sich die Augen und streckte sich erschöpft gähnend. »Schön, daß Sie vorbeigekommen sind. Ich kann eine Pause gebrauchen. Wenn man stundenlang das gleiche macht, wird man irgendwann meschugge im Kopf.« Er sagte einem seiner Männer, wo er zu finden sein würde, und machte sich dann mit Croaker auf den Weg.

»Haben Sie schon eine Übernachtungsmöglichkeit?«

»Wenn Sie ein Hotel meinen, nein. Ich bin gerade erst angekommen.«

»Ein richtiger Nomade, eh?« Major grinste. »Typisch Lewis.«

Major war der einzige Mensch, den Croaker je gekannt hatte, der ihn Lewis nannte. Selbst sein Vater hatte ihn immer Lew genannt. Sie erreichten die King's Road und bogen rechts ab.

»Nun, wenn Sie wollen, können Sie bei mir schlafen.«

»Ich möchte ihrer Gattin nicht zur Last fallen.«

»Zerbrechen Sie sich darüber nicht den Kopf, alter Freund. Moira ist schon vor mehr als zwei Jahren ausgezogen.«

»Tut mir leid.«

»Ist der verdammte Job.« Major öffnete die Tür zum Pub, und sofort schlug ihnen der vertraute Biergeruch entgegen. »Man kann nicht gleichzeitig mit einem Menschen und einem Job verheiratet sein. Zumindest nicht mit einem Job wie meinem.« Er zuckte mit den Schultern. »Am meisten beschwerte sie sich darüber, daß mir das Telefon wichtiger sei als sie. Na ja, sie hatte wahrscheinlich recht. Ich vermisse Moira, klar, aber meinen Job würde ich mehr vermissen.«

Sie setzten sich an einen angejahrten, rauchdunklen Holztisch. Major bestellte für sie Ale, Würstchen und Fleischpasteten. Leicht schockiert schloß Croaker die Augen und versuchte in Gedanken, seinen protestierenden Magen zu beschwichtigen.

Beim Essen berichtete Croaker, warum er wen verfolgte, zensierte seine Schilderung aber. Er erzählte Major, daß er an einem Fall arbeite, in den internationale Waffenschieber verwickelt seien. Diese Geschichte hatte den Vorteil, halb wahr und für Major besonders interessant zu sein, da der Engländer, wenn er nicht gerade der Metropolitan Police beim Ausheben von Massengräbern half, hauptsächlich mit illegalen Waffenhändlern zu tun hatte, die London als Umschlagplatz für Lieferungen in den Nahen Osten benutzten.

»Eaton Square ist 'ne ziemlich feine Gegend«, sagte Major, nachdem Croaker ihm berichtet hatte, wohin Vesper vom Flughafen aus gefahren war. Über ihre Verkleidungskünste hatte er natürlich nichts verlauten lassen. »Na ja, ist ja auch 'ne Menge Geld im Spiel.« Major schob sich mit seiner Gabel ein Stück Pastete in den Mund. »Sie sagen, diese Frau sei irgendwie mit einer amerikanischen Firma namens Morgana Inc. involviert?«

Croaker nickte. »Ja, und es ist ziemlich sicher, daß diese Firma mit Malory Enterprises in Hammersmith in Verbindung steht. Aus Morganas Büchern geht hervor, daß Malory ein Waffenlieferant ist. Und das, was sie liefern, kommt direkt aus Uncle Sams Warenhaus, das eigentlich dicht ist wie ein Entenarsch.«

Major nahm einen tiefen Schluck Ale und war dann ganz in Gedanken versunken. Er schwieg so lange, daß Croaker ihn schließlich fragte: »Was ist los, Tom?«

Majors Augen fokussierten wieder Croaker. »Ich hab' bloß nachgedacht ... Ist schon irgendwie merkwürdig ...«

»Was?«

»Die beiden Firmennamen. Morgana und Malory. Sie erinnern mich an eine alte Legende. Morgana war Merlins Schwester und, so hieß es, selbst eine machtvolle Zauberin. Nur war ihr Zauber weitaus elementarer, begründet auf der Tradition der Druiden. Diese Legende ist unzählige Male erzählt, ausgeschmückt und weitererzählt worden, doch die beste, ursprünglichste Fassung, *Morte d'Arthur*, wurde von einem gewissen Sir Thomas Malory verfaßt. Er war ein echter Finsterling – erst Wilddieb, dann Teufelsaustreiber, bis er schließlich zum Mörder wurde. Das Buch schrieb er im Gefängnis.« Major sah Croaker an. »Ist Ihnen etwas über die Leber gelaufen, alter Freund?«

Croaker war blaß geworden. Das schwere fettige Essen

schien sich allmählich in seiner Magengrube zu zersetzen. »Tom, wo war laut Malorys Legende Arthurs Hof?«

»In Camelot. Weiß doch jeder.«

»Und der geheime Ort, den er regieren sollte?«

»Avalon, eine Art Märchenland, das im Nebel schwamm. Manche sagen, es sei druidisch, Morganas Heimat. Auf was wollen Sie hinaus?«

Croakers Gedanken rasten auf vollen Touren, aber seine rationale Seite hatte Schwierigkeiten, mit der intuitiven Seite mitzuhalten. Ihm fiel ein, daß John Jay Arkham ihm erzählt hatte, Vespers Ausbildung sei von einer Stiftung namens Avalon Foundation finanziert worden, Avalon, *wie in King Arthur*.

»Mein Partner hat eine Firma infiltriert, die ebenfalls im Waffengeschäft tätig ist«, sagte Croaker. »Sie ist in ein internationales Kartell eingebunden, daß sich aus Mitgliedern der amerikanischen Mafia und der japanischen Yakuza zusammensetzt.« Seine Augen hefteten sich auf die Majors. »Was noch schlimmer ist, letztes Jahr entdeckten mein Partner und ich, daß bestimmte Mitglieder der US-Regierung ihre Finger mit im Spiel haben. Die Firma heißt Avalon Ltd. Bislang glaubte ich, Avalon und Morgana-Malory wären Konkurrenten.«

Major schüttelte den Kopf. »Nein, ganz im Gegenteil; sieht so aus, als wären sie alle Teil einer weitreichenden Organisation.«

Croaker wußte, daß er einen riesigen Schritt vorangekommen war. Seitdem Okami untergetaucht war, hatte er Croaker und Nicholas stetig Richtung Avalon Ltd. gelenkt. Wieso? Er hatte angenommen, daß Avalon der *godaishu* gehörte. Dann, als er auf Morgana gestoßen war, hatte er geglaubt, dies sei Okamis und Goldonis neues Unternehmen, mit dem sie Avalon aus dem Geschäft drängen wollten. Jetzt, da er wußte, daß Avalon, Morgana und Malory zusammengehörten, stellte sich die Frage, wer den weltweiten illegalen Waffenmarkt an sich zu reißen versuchte. Die offensichtliche Antwort war: die *godaishu*. Es paßte. Das würde auch erklären, warum Okami sie zu Avalon dirigiert hatte. Vincent Tinh, örtlicher Direktor von Nicholas' Firmenzweigstelle in Saigon, war ermordet worden – von Rock, wie Nicholas ihm berichtet hatte. Der Mann, der die Leiche überführt hatte, war ein Yakuzu gewesen, der sich als Angestellter von Avalon ausgab und eine fiktive Londoner Adresse nannte. Jetzt war praktisch sicher, daß die *godaishu* in direkter Verbindung mit Rock und Floating City stand.

Aber Johnny Leonforte, Chef der amerikanischen Sektion der *godaishu,* war letztes Jahr getötet worden. Wer kontrollierte jetzt die nach wie vor existierende Pipeline, durch die aus der DARPA gestohlene US-Waffen in alle Welt verkauft wurden? Es konnte nur der Mann sein, der Leonforte ursprünglich eingestellt hatte und der die DARPA leitete: Senator Richard Dedalus.

»Ich weiß es nicht«, sagte Zao.

Eine alte Frau humpelte mit gekrümmten Rücken über den Steinweg, stoppte vor der roten *torii* und zog an dem dicken Hanfseil, mit dem sie die bronzene Glocke läutete.

»Selbst wenn ich's wüßte, würde ich's Ihnen nicht sagen.«

Die alte Frau vor dem Shinto-Schrein klatschte zweimal in die Hände, verbeugte sich vor den *kami,* die sie gerade geweckt hatte, und begann mit ihren Gebeten.

»Sie beide sind so gut wie tot.« Zao sah von Nicholas zu Tachi. »Sie haben ja keine Ahnung ...« Verblüfft sperrte der Unter*oyabun* seinen Mund auf, als Tachi einen Ärmel hochkrempelte und seine *irizumi* entblößte.

Zao blickte von der Tätowierung zu Tachis Gesicht hoch. Er saß auf einem Stuhl, seine Hände hinter der Rückenlehne gefesselt. Seine Züge waren von Haß entstellt. »Wer immer Sie sein mögen, hier in Kyoto sind Sie ein Niemand.«

Nicholas, der aus dem Fenster geschaut und die alte Frau beim Beten beobachtet hatte, warf Tachi einen vielsagenden Blick zu, und sie zogen sich in eine Ecke des Raumes zurück. Sie waren in dieses Liebeshotel gekommen, weil es anonym war und den Gästen traditionsgemäß keine überflüssigen Fragen gestellt wurden. Es lag in einer schmalen Seitenstraße im Gion-Viertel; ein häßlicher kleiner Betonklotz in einer Gegend, wo es hauptsächlich alte Restaurants gab, die den schönen, parkähnlichen Shinto-Schrein umsäumten, der einer der Attraktionen Kyotos war.

»Dies führt zu nichts«, sagte Nicholas. »Und die Zeit arbeitet gegen uns.«

Tachi nickte. »Ich weiß. Bestimmt sind seine Männer mobilisiert worden und durchkämmen die Stadt nach ihm. Und falls sein *oyabun* informiert wurde ...«

Nicholas wußte, was Tachi sagen wollte. Falls man ihn irgendwie mit Zaos Entführung in Verbindung brachte, konnte das einen schlimmen Zusammenstoß zwischen ihm und Zaos *oyabun* heraufbeschwören.

»Er weiß, daß die Zeit auf seiner Seite ist«, sagte Nicholas. »Wir müssen ihn irgendwie veranlassen, uns die Informationen zu geben und dann sofort aus Kyoto verschwinden, bevor seine Männer uns finden.«

»Keine Sorge«, sagte Tachi so leise, daß Zao ihn nicht verstehen konnte. »Er wird uns alles sagen, was wir wissen wollen, und sich hinterher an nichts erinnern.«

Mit leicht gespreizten Beinen, die Hände in die Hüften gestemmt, stellte sich Tachi in Positur. Er holte tief Atem, und Zao starrte ihn an, als wäre er ein Wahnsinniger.

Nicholas spürte, wie sich Tachis psychische Kraft aufbaute, ein sich windender Energiestrom gleich einer Viper kurz vor dem Zubeißen. Doch erst als Tachi leise zu singen begann, wurde Nicholas das wahre Ausmaß dessen, was passieren würde, bewußt.

Beinahe bildhaft konnte er vor seinem geistigen Auge die Vereinigung zweier Ströme erkennen, den des Lichtes und den der Finsternis, *akshara* und *kshira,* die einander entgegengesetzten Lehren des *tau-tau.* Auf magische Weise sah er jetzt *kyu,* die Sphäre von *tau-tau,* vor sich treiben. Darin eingebettet, erkannte er *akshara,* den Weg des Lichtes, seine eigene Disziplin, sowie ihr finsteres Gegenstück, *kshira.* Während er beobachtete, daß sich die beiden Hälften wie DNA-Ketten umeinander wanden, wurden seine schlimmsten Befürchtungen Realität, denn inmitten von *kshiras* Struktur konnte er dunkle, metaphysische Materieteilchen ausmachen. Kansatsu, sein *sensei,* sein Feind, hatte seine *akshara*-Lehren mit Bruchstücken von *kshira* durchsetzt, und wie tief vergrabene Zeitbomben waren diese Fragmente Teil von Nicholas geworden; nur das Licht mit der Dunkelheit in Einklang zu bringen, würde ihn jetzt retten.

Nicholas stand wie angewurzelt da. Er war sich sicher, *shuken* zu erleben. Tachi besaß *koryoku,* die Kraft der Erleuchtung, den einzigen Pfad zur perfekten Vereinigung von *akshara* und *kshira,* der Weg zu *shuken.* Nicholas hatte das Geheimnis um *koryoku* von Mikio Okami lernen wollen, doch der Kaisho war zu schnell verschwunden.

Shuken. Die Sphäre, *kyu,* wirbelte in funkelnden Mustern um einen imaginären Mittelpunkt, während Tachi sich in *koryoku* fallen ließ, um *shuken* zu erlangen. Der Gesang setzte sich fort; die Luft im Zimmer schien zu einer klebrigen Flüssigkeit zu werden, doch Zao war sich all dessen nicht bewußt. Seine Augenlider flatterten, seine Atmung verlangsamte sich, wurde tief und regelmäßig. Nicholas spürte, wie Zaos Gehirnaktivität allmählich den Alpha-Zustand durchlief und schließlich in Delta, dann in Theta versank.

Dies war der Zeitpunkt, wo Tachi signalisierte, daß Nicholas Zao die Fragen stellen möge, die der Unter*oyabun* vorher nicht hatte beantworten wollen. Zao redete, als wäre er wach und voll bei der Sache. Er war weder in Trance, noch war er hypnotisiert, sondern gleichsam eingebunden in die Sphäre, die für seine Augen unsichtbar direkt vor seinem Gesicht in der schneidend dicken Luft rotierte. Inmitten dieser Sphäre, in der *akshara* und *kshira* nicht länger einander entfremdete Gegner, sondern vielmehr zwei Hälften eines Ganzen waren, glaubte Zao alles, was Tachi wollte. Vielleicht dachte er, er würde schlafen und träumen oder mit V. I. Pavlov reden. Es spielte keine Rolle; Zao berichtete ihnen, wie er sich mit Pavlov im Ningyo-ro getroffen, er den Russen mit nach Hause genommen und ihn am nächsten Tag zu einem Treffen gefahren hatte. Namen, Orte, Taten, er verriet alles.

Als Nicholas mit der Befragung schließlich fertig war, brach Tachi seinen Gesang ab. Die Sphäre, *kyu,* zerfloß zu zehntausend Fasern, die wiederum in eine Million Bruchstücke zersprangen und im Zimmer wie Glühwürmchen funkelten, bis sie sich in nichts auflösten. Über Zaos Körper hinweg sahen Nicholas und Tachi einander an, und was sich dabei zwischen ihnen abspielte, konnte selbst Nicholas nicht beschreiben. Sie ließen Zao alleine im Zimmer zurück, lehnten die Tür nur an, so daß ihn irgendwann jemand finden würde.

Seiko sah Nicholas und Tachi aus dem Liebeshotel kommen. Die beiden hatten es offenbar eilig. Sie trug einen bis zu den Knöcheln reichenden Regenmantel und hatte eine große Handtasche bei sich. Sie hielt sich im Schatten des Shinto-Schreins verborgen, und die beiden bemerkten sie nicht. Die Tatsache, daß die beiden Männer sich offensichtlich zusammengetan hatten, machte sie wütend; sie war eifersüchtig auf die psychische Verbindung zwischen den beiden, doch ebenso fühlte sie sich hintergangen, dann als es drauf ankam, hatten Nicholas und Tachi sie wie eine Frau behandelt. Den Yakuza Zao zu verhören, war offenbar zu gefährlich für sie.

Sie verließ die Tempelanlage, betrat das Hotel und fand im ersten Stock die einzige offene Tür. Zao saß auf dem Stuhl und versuchte, seine Hände frei zu bekommen. Als er sie bemerkte, hielt er inne und ruckte mit dem Stuhl zu ihr herum. Sie dämpfte das Licht, so daß der Raum beinahe dunkel war.

»Wer sind Sie?«

Sie antwortete nicht, sondern sah ihn bloß abschätzend an.

Zao bedachte sie mit einem schiefen Lächeln. »Herzchen, das ist hier fürchterlich unbequem. Meinen Sie, sie können mir helfen?« Ordinär spreizte er seine Beine. »Deswegen sind Sie doch hier, oder? Um mich weichzukochen. Na los, machen Sie schon, und dann verschwinden Sie.« Sein Lächeln wurde zu einem höhnischen Grinsen. »Und sagen Sie den Scheißern, die Sie angeheuert haben, daß es nicht funktioniert.«

Seiko ging zum Tisch und stellte die große Tasche darauf ab.

»Wie zum Teufel heißen Sie überhaupt? Ich kenne alle Nutten in Kyoto.«

Er sah ihr zu, wie sie in ihrer Tasche kramte und schließlich ein Paar chirurgische Gummihandschuhe herausholte. Geschickt zog sie die Handschuhe über ihre leicht gepuderten Finger.

Zao war verstummt. Er betrachtete sie mit der gelähmten Faszination einer Ratte im Angesicht einer Giftschlange.

Mit beiden Händen durchwühlte sie erneut ihre Tasche, diesmal sehr lange.

»Sie sind keine Nutte, oder?« fragte Zao nach einer Weile.

Seiko schenkte ihm ein gelangweiltes Lächeln. »Ich bin Ärztin.«

»Ärztin?« Er sagte es so, als würde er ein ihm völlig unbekanntes Wort nachsprechen. »Ich brauche keinen Arzt.«

»Sie werden mit Sicherheit keinen mehr brauchen, wenn ich mit Ihnen fertig bin.«

»Was soll das heißen?« Sein Blick war auf die Stelle ihrer Unterarme geheftet, wo diese in der Tasche verschwanden.

Es war äußerst interessant, sein Mienenspiel zu sehen, als sie ihre Hände aus der Tasche zog. Eine hielt ein längliches, dünnes Objekt.

Leise zischend sog Zao Luft ein. »Eine Spritze. Was haben Sie vor?«

»Keine Sorge. Sie werden nichts spüren.« Seiko lächelte erneut. »Nie wieder.«

Entsetzt ruckte Zao von ihr fort und wäre mit seinem Stuhl beinahe hinten übergekippt.

»Lassen Sie Ihre Beine geöffnet, Liebster.«

Zao preßte seine Oberschenkel zusammen. »Fassen Sie mich nicht an.«

Seiko wartete, hielt dabei das Objekt hoch in die Luft. Sie starrte auf Zao hinab wie ein tadelnder Schulmeister auf einen ungelehrigen Schüler. »Was haben Sie denn?«

Ein Hauch von Zaos Draufgängertum blitzte auf. »Wenn Sie mich umbringen, wird man Sie zusammen mit den beiden Scheißern da draußen zur Strecke bringen.«

Seiko lachte. »Sie umbringen? Wozu soll das gut sein? Nein, Sie haben Ihr Wort gebrochen, und ohne das sind Sie ein Nichts – nicht einmal ein Mann.« Sie kam einen Schritt näher, das Objekt unheilverkündend vor sich. »Ich werde Ihnen eine Substanz injizieren, die Ihre Prostata angreift.«

Zao glotzte sie an. »Meine Prostata? Warum?«

»Sie wissen doch was Sex ist, Liebster, oder?« Sie kam einen weiteren Schritt auf ihn zu. »Wenn ich mit Ihnen fertig bin, wird Sex für Sie nur noch eine blasse Erinnerung sein.«

»Nein!« schrie Zao so laut, daß die Lampenschirme bebten. »Das können Sie doch nicht tun!«

»Na klar kann ich.«

Später, nachdem ihr ein völlig entnervter Zao alles erzählt hatte, was er über den Russen V. I. Pavlov wußte, nahm sie das lange dünne Objekt aus seinem Blickfeld, zog die Kappe von der Spritze und schob den Mascarastift in das Schminkkästchen in ihrer geräumigen Tasche.

3
Vietnamesisches Hochland / London

»Ich habe schon wieder einen verloren.«

»Macht nichts«, sagte Rock. Unverwandt starrte er in die Zelle mit der Brennkammer aus gebranntem Uran 238 hinunter. »Da, wo er herkam, gibt's noch jede Menge.«

»Oh, Gott.« Abramanov stand in seinem Bleikittel und den dicken Gummihandschuhen vor ihm. »Das macht jetzt zwanzig.« Sein Blick war leer. »Pavlovs Wunderschild funktioniert nicht.«

Rock grunzte. »Welch eine Überraschung. Ihr Russen habt ja schon seit Jahren nichts mehr auf die Reihe bekommen.«

Abramanov schüttelte den Kopf. Er versuchte, sich ausnahmsweise mal nicht von dem großen Mann einschüchtern zu lassen. »Sie verstehen nicht. Element 114m ist schmutziger als jedes andere Isotop, mit dem ich je gearbeitet habe.«

»Was soll das heißen? Sie haben mir doch eine absolut *saubere* Spaltungsexplosion garantiert.«

»Das wird sie auch sein. Aber in diesem Stadium ist das Isotop tödlich. Um damit zu arbeiten, muß man damit herumhantieren, es in die Brennkammer stecken und wieder herausnehmen. Genau dabei passieren die Unfälle.«

Unbehaglich trat Abramanov von einem Bein aufs andere. »Was werden Sie mit unserem neuesten Strahlenopfer machen?«

Rock starrte den Russen an, spitzte die Lippen und pfiff wohlgelaunt eine flotte Version von Be-Bop Deluxe' ›Sleep That Burns‹ vor sich hin. Er wartete lange genug, um Abramanovs nervöses Blinzeln zu genießen, dann antwortete er: »Das gleiche wie mit den anderen auch: ihn kopfüber im Dschungel aufhängen. Ist eine gute Lektion für die Einheimischen. Ich hasse Verschwendung.«

Der Russe schüttelte den Kopf. »Jetzt muß ich schon wieder jemanden anlernen, und eigentlich habe ich gar keine Zeit dafür.«

»Dann arbeiten Sie eben in Doppelschichten.« Rocks blasse Augen funkelten. »Noch zehn Tage bis zum fünfzehnten März. Dann muß Torch einsatzbereit sein.«

»Ich weiß nicht, ob das ein realistisches Datum ist. Ich hatte nicht erwartet, so viele Männer zu verlieren.«

Rock packte Abramanov und hob ihn so abrupt hoch, daß die Kiefer des Russen schmerzhaft gegeneinander schlugen. Der schraubstockartige Griff von Rocks Pranken machte ihn völlig bewegungsunfähig. »Doktor, ich habe Ihnen nicht das Leben gerettet, Ihre wertvolle Ladung geborgen und Ihnen alles besorgt, was Sie wollten, nur damit Sie mich jetzt verarschen.«

»Aber ich hatte doch keine Ahnung, wie giftig Element 114m ist. Ich hätte nie ...«

»Verschonen Sie mich mit Ihrer scheinheiligen Scheiße, Doktor. Inzwischen kenne ich Ihre armseligen Moralpredigten in- und auswendig. Sie sind nichts als schwachsinniges Gefasel. Sie werden immer wieder das tun, was Sie jetzt tun, und wissen Sie warum? Weil Sie es lieben, in Ihrem Labor herumzubasteln. *Ich* habe Ihnen gegeben, was Sie schon immer wollten, nicht Ihre alten Sowjet-Bosse. Weil Sie Jude sind, hat man Sie diskreditiert und klein gehalten. Hätten Sie es bis in die USA geschafft, anstatt vor der vietnamesischen Küste abzustürzen, hätte die US-Regierung Sie erst mal ein Jahr lang auseinandergenommen, und selbst dann hätte man Ihnen nicht völlig vertraut. Sie wissen ganz genau, daß Sie's hier am besten getroffen haben. Mir, mir ist scheißegal, was Sie sind. Sie sind ein verdammtes Genie, und das ist, was zählt.«

»Aber ich habe Alpträume. Dieses Projekt hat so fürchterliche Konsequenzen ...«

Rock wandte sich abrupt ab. »Erfüllen Sie einfach Ihre Aufgabe; irgendwie werden Sie's schon schaffen. Ansonsten wird sich all das hier – Ihr magisches Wunderland – in Luft auflösen. Ist es das, was Sie wollen?«

»Ich ...« Abramanov senkte den Kopf. »Nein.«

Menschen sind so pathetisch und so leicht zu manipulieren, dachte Rock mit Befriedigung. »Torch wird in zehn Tagen gezündet. Ich habe noch nie einen Liefertermin platzen lassen, und ich habe nicht vor, jetzt damit anzufangen.«

Rock überließ Abramanov seine abschließenden Arbeiten an

Torch. Er verließ das Brennkammer-Observatorium, ging zwei Treppen hinunter und trat aus dem Laborgebäude. Fächerförmig angeordnet, breiteten sich diverse Gebäude, Baracken, Lagerhäuser und Wachtposten vor ihm aus, alles umschlossen von einer sechs Meter hohen Mauer aus ineinandergreifenden massiven Baumstämmen, die in knapp zwei Meter hohe Betonklötze einzementiert waren. Alles in allem hatte man eher den Eindruck, in einer Militäranlage denn in einem Dschungeldorf zu sein.

Rock blieb neben dem Käfig stehen. Er war zwei Meter hoch, einszwanzig mal einszwanzig breit; eine exakte Rekonstruktion eines Vietcong-Käfigs. Er hatte ihn aus feuergehärteten Bambusstäben gebaut, die mit Nylonschnüren und nahezu unzerstörbaren Drahtfasern zusammengebunden waren. Zur Zeit vegetierte dort ein Mann vor sich hin, der allmählich aus Wasser- und Nahrungsmangel verendete. Er war dabei erwischt worden, wie er ein Kilo halbveredeltes, angeblich durch zuviel Schwefelsäure verdorbenes Opium aus Floating City herauszuschmuggeln versuchte.

Rock musterte den auf dem harten Erdreich kauernden Mann, der so entkräftet war, daß er nicht mehr auf seinen Beinen stehen konnte. Ihn umgab ein ekelerregender Fäulnisgeruch, der ihn zu einem wilden Tier machte; in seinen Augen schimmerte der blanke Wahnsinn, ein Ausdruck, den Rock zu schätzen wußte. Ihm war das Wesen der Folter von Do Duc beigebracht worden. Sie hatten viele Dinge miteinander geteilt, Rituale, Morde und Geheimwissen, das nur wenige Menschen verstehen konnten. Aber Do Duc war tot, von Nicholas Linnear umgebracht. Do Duc war ihm so nah gewesen wie eine Ehefrau oder ein bester Freund, obgleich sich keiner von ihnen ihre Beziehung eingestanden hatte; sie hatten sie schlichtweg als Tatsache hingenommen. Sobald Rock an Nicholas Linnear dachte, schossen ihm wirre, abstruse Gedanken durch den Kopf, Gedanken, die in dem eigenartigen Schattenreich zwischen Leben und Tod angesiedelt waren; gemeinsam hatten er und Do Duc dieses Reich erkundet, sondiert und schließlich erobert. Er wußte, wie gefährlich Nicholas war, doch das machte diese Gedanken nur um so stimulierender.

Neben dem Käfig hockend, schob Rock einen Arm durch die

Bambusstäbe und packte den ausgemergelten Mann an der Kehle, um sich an dessen wahnsinnigem Ausdruck zu ergötzen und sich so Do Duc ein wenig näher zu fühlen.

Nach einer Weile erhob er sich und ging zu einem dem Labor gegenüberliegenden Gebäude. Er betrat sein Büro und ließ sich in seinen ledernen Drehstuhl fallen. Er schaltete die Stereoanlage ein. Psychedelischer Rock von Pink Floyd durchflutete den Raum. ›Arnold Layne‹. Das alte Zeug ist immer noch das Beste, dachte Rock. Gutgelaunt stimmte er in das Lied ein.

»Du hast Ärger mit ihm«, sagte die vertraute Stimme aus einer Ecke seines Büros.

»Mit wem?«

»Mit Abramanov.«

Rock fuhr in seinem Drehstuhl herum. Vor Jahren hatte ein Vier Sterne-General in ihm gesessen und in einem wahnsinnigen Krieg unsinnige Befehle erteilt. Jetzt gehörte der Stuhl ihm; er machte davon besseren Gebrauch, als es der Vier Sterne-General je getan hatte, glaubte er zumindest.

»Abramanov wird's schaffen.«

»Rechtzeitig?«

»Ja.«

»Wir haben Kunden, die ich nicht enttäuschen möchte.«

»Ich muß dich wohl nicht daran erinnern, daß wir einen ganz besonderen Kunden haben, den zu enttäuschen wir uns nicht leisten können«, sagte Rock. »Keine Sorge, niemand wird enttäuscht werden.«

Lange Zeit sagte keiner von beiden ein Wort. In den kurzen Pausen zwischen den Pink Floyd-Songs krähte ein Wildvogel aus dem Dschungel hinter dem stadtähnlichen Gelände. Tropisches Sonnenlicht flutete durch die mit Bambusstreben vergitterten Fenster und überzog den Raum mit einem Tigerfellmuster aus Licht und Schatten. Es roch nach Öl und Schweiß.

»Ich glaube, du wirst langsam weich«, sagte der Mann im Schatten.

Rock stierte in die Ecke auf die Gestalt, die ihm im Laufe der Jahre vertrauter geworden war als jedes Mädchen, mit dem er schlief. Er lächelte. »Du bist bescheuert.«

»Meinst du? Du hast Niigata gehen lassen.«

»Ich habe ihn nicht gehen lassen; er hat sich aus dem Staub gemacht. Aber zu dem Zeitpunkt war er längst verrückt, radioaktiv verseucht. Warum hätte ich meine Zeit damit vergeuden sollen, ihn zu verfolgen? Er kann nicht weit gekommen sein. Seine Knochen sind schon lange abgenagt worden dort draußen im Dschungel.«

Die Gestalt bewegte sich. »Du hättest dich nicht in das Treffen in den Cu Chi-Tunneln einmischen sollen.«

»Diese Schlampe. Weißt du, was *Bay* heißt? Sieben. Sie war das siebente Kind, das Unglückselige. Sie fickte mit diesem Bastard Vincent Tinh. Sie hat verdient zu sterben.«

Die Gestalt schnippte mit den Fingern. »Mag sein, aber ihr Tod hat Linnear erst richtig heiß gemacht; er hat es persönlich genommen, und davor habe ich dich gewarnt. Um deinen Fehler wiedergutzumachen, hast du Delacroix benutzt – einen *Kunden.*«

Rock stellte die Musik lauter. »Ein Kunde war die perfekte Wahl. Ein Außenstehender, der nicht für uns arbeitet, kann auch nicht zu uns zurückverfolgt werden. Was willst du eigentlich, du hast dem Anschlag doch zugestimmt.«

»Das war ein Fehler.«

Rock schoß nach vorne; ein plötzlicher Blutsturz ließ die Pockennarben unter seiner gebräunten Haut weiß erscheinen. »Schwachsinn! Weil es nicht geklappt hat, ist es jetzt plötzlich ein Fehler. Verschone mich mit deinem revisionistischen Müll, nimmt dir sowieso keiner ab.«

»Die Einheimischen schon.«

»Die sind ja auch blöd und ungebildet«, zischte Rock verächtlich. »Selbst Bugs Bunny könnte denen den Kopf verdrehen.«

»Die Vergangenheit aufzuarbeiten, hat nichts mit verdrehen zu tun. Es handelt sich einfach um freie Meinungsäußerung.«

»Geschichte hat nichts mit Meinung zu tun, mein Freund«, sagte Rock tonlos. »Sie besteht aus Erinnerungen und Fakten.«

»Ach wirklich? Ich frage mich, ob sich die Erinnerungen des Generals, in dessen Stuhl du sitzt, mit deinen decken, wenn's um den Krieg in Vietnam geht.«

Verächtlich winkte Rock ab. »Ich habe keine Lust, mit dir darüber zu diskutieren. Das würde dieser wertlosen Scheiße viel zuviel Bedeutung geben.« Er stand auf. »Wir werden noch einen aufknüpfen.«

»Noch einen? Gott, ich schätze, ich sollte mir langsam einen Bleipyjama zulegen.«

Finster funkelte Rock die Gestalt im Schatten an. »Nur zu, mach dich ruhig lustig.«

»Ich mag den Gedanken nicht, daß Timothy Delacroix in Saigon rumhängt.«

»Keine Sorge, der wird sein Maul halten.«

»Wieso, hast du ihm die Lippen zugenäht? Würde dir ähnlich sehen.«

Rock nahm ein Seil und seine allgegenwärtige Panzerfaust, LAW, und blieb dann stehen. »Weißt du, ich erkenne dich kaum noch wieder. Als ich dich kennengelernt habe, war ich sicher, du wärst wie ein echter Asiate, aber ich habe mich wohl geirrt. Liegt an den verdammten französischen Philosophen und der Nazischeiße, die du ständig liest. Das Zeug hat dir den Kopf verdreht.« Er zuckte mit den Schultern. »Verdammt, ich schätze, wir beide haben uns ganz schön verändert seit den alten Tagen im Busch von Laos.«

»Du nicht. Weißt du, was dein Problem ist?« Die Gestalt schaltete die Stereoanlage aus. »Du bist in einer Zeitfalle gefangen, bist immer noch Wild Boy, lebst immer noch in den Siebzigern. Wach auf, Kumpel, wir haben die Neunziger. Es ist ein ganz neues Spiel da draußen.«

Rock blieb an der Tür stehen und sah grinsend über seine Schulter zurück. Er begann die ersten Takte des Rolling Stones-Songs ›Gimme Shelter‹ zu pfeifen. Dann setzte er mit überraschend wohlklingender Stimme in den Gesang ein: »War, children, it's just a shot away, shot away ...«

Zu dieser späten Stunde war Eaton Square so ruhig wie eine Totengruft. Graupelregen prasselte auf den Bürgersteig und trommelte gegen das Dach des Wagens, den Major ihm geborgt hatte; mit ausgeschalteten Scheinwerfern rollte er die King's Road entlang und fand endlich einen Parkplatz.

Croakers Befürchtungen, Vesper betreffend, hatten einen Höhepunkt erreicht. Falls sie tatsächlich Morgana Inc. managte, mußte sie auch mit der *godaishu* zu tun haben. Wenn man bedachte, wie nahe Vesper Dedalus stand, war dies ein weiterer Beleg dafür, daß Dedalus der amerikanische Repräsentant der *godaishu* war.

Er bog um die Ecke zum Eaton Square. Schnellen Schrittes eilte er durch das scheußliche Abendwetter und erreichte schließlich das fünfstöckige weiße Stadthaus mit der elegant verzierten Stuckfassade. Er zögerte kurz, ging dann die Stufen zu der mit Säulen eingerahmten Vorhalle hoch und drückte die Messingklingel.

Unter Zuhilfenahme seines Computers hatte Major den Hausbesitzer ausfindig gemacht, der sich als eine ältere Dame herausstellte, die wegen ihres Emphysems aufs Land gezogen war. Das Haus war zu vermieten, doch laut Grundstücksverwalter, den Major durch seinen Untergebenen hatte befragen lassen, stand es zur Zeit leer. Ihn eines besseren zu belehren, schien wenig Sinn zu machen.

Nach einer halben Ewigkeit wurde die Tür einen spaltbreit geöffnet. Eine junge Frau mit hellen Augen und kurzem Haar starrte ihn entgeistert an.

»Kann ich Ihnen helfen?« Hinter ihr konnte er einen schmalen Ausschnitt des Vestibüls mit Marmorfußboden und einige Kristalle eines Kronleuchters erkennen.

»Ah, ich glaube, ich habe mich total verirrt«, platzte es aus ihm heraus. »Ich suche nach« – er kramte einen Londoner Stadtplan hervor – »ehm, Eaton Terrace.«

»Ich fürchte, man hat Sie in die falsche Richtung geschickt. Dies ist Eaton Square.«

»Oh, verdammt«, sagte er mit einem nervösen Blick auf seine Uhr. »Ist es weit von hier? Ich bin schon jetzt viel zu spät dran.«

»Nein. Haben Sie ein Auto?«

»Leider nicht. Ein Taxi hat mich hierhergebracht.« Verdrießlich sah er in den Graupelregen. »Könnten Sie mir vielleicht per Telefon ein neues Taxi herbeirufen?«

Die braunen Augen musterten ihn eine Weile, als müßte er einen Test bestehen. »Warten Sie hier.« Die Frau hakte eine kurze Türkette ein und verschwand.

Ihre Schritte entfernten sich auf dem Marmorfußboden, und Croaker nahm schnell eine Rolle Isolierband, die Major ihm gegeben hatte, und klebte einen schmalen Streifen über das Schloß, so daß es nicht einrasten konnte.

Einen Moment später kam sie zurück. »Ihr Taxi wird gleich hier sein.«

»Vielen Dank, Miss …« Doch sie hatte die Tür schon vor seiner Nase zugeschlagen.

Er ging die Stufen hinunter, zog seine Schultern hoch und wartete auf das Taxi. Er hatte keine Ahnung, ob die Frau mit den hellen Augen ihn beobachtete, aber er durfte kein Risiko eingehen. Als das Taxi kam, stieg er ein und sagte dem Fahrer, er solle ihn nach Eaton Terrace bringen. Doch nach einem Block entrichtete er den vollen Fahrpreis und eilte wieder durch den dichten Regen die Straße zurück. Als er Eaton Square erreichte, hielt er sich im Schatten und schlich die Stufen zur Vorhalle des weißen Hauses hoch.

Mit angehaltenem Atem betätigte er den Drehknauf der Eingangstür. Als er lautlos ins Haus huschte, riß er den Klebestreifen vom Schloß.

Er ging durchs Vestibül, lauschte. Das Hausinnere war ganz anders, als er es sich von draußen vorgestellt hatte. Nicht mit altenglischen Möbeln überladen, keine viktorianischen Wandleuchter, kein reich verzierter Kamin, nichts dergleichen. Die Einrichtung war kalt und modern. Alles war in Schwarz, Weiß und einem eisigen Grauton gehalten. Überall klare Konturen, präzise Winkel, alles geometrisch und symmetrisch angeordnet. Wo immer möglich, gab es alles doppelt. Identische Spiegelbilder. Man fühlte sich versucht, etwas umzustellen oder zu stehlen, um die in der Natur übliche Unordnung wieder herzustellen.

Er kam zu einer schwarzen Wendeltreppe aus Gußeisen. Er vernahm das Ticken einer Uhr, dann gedämpfte Stimmen von oben. Er zog seine Schuhe aus und ging vorsichtig die Metallstufen hoch, die selbst das leiseste Geräusch verstärken würden.

Die Stimmen wurden deutlicher: zwei Frauen. Er blieb am Treppenabsatz stehen und schaute den Flur entlang, der in zwei Richtungen verlief; auf jeder Seite vier Türen, perfekte Symmetrie. Aus der letzten Tür zu seiner Rechten strahlte Licht in den Flur.

Geräuschlos schlich er zur vorletzten Tür und öffnete sie. Der Raum war dunkel, und er brauchte einen Moment, um seine Augen daran zu gewöhnen. Er sah ein Bett, eine Kommode, einen Nachttisch und eine Wandtür, hinter der er ein geräumiges Badezimmer fand. Überall Marmor und Spiegel, an der gegenüberliegenden Wand eine Verbindungstür zu dem beleuchteten Zimmer. Er ging zu der Tür und preßte ein Ohr dagegen. Dann drückte er vorsichtig die Klinke herunter und öffnete die Tür Millimeter für Millimeter, bis ein winziger Spalt Einblick ins Zimmer gewährte.

Jemand ging an einer Tischlampe vorbei. Vesper? Nein, jemand anders; ein vorüber huschendes Gesicht, das ihm sofort bekannt vorkam.

Croaker sah ihren an der Wand tanzenden Schatten. Dann, mit zwei Schritten, hatte sie die Badezimmertür erreicht und öffnete sie. Es war Margarites Schwester, Celeste.

4
Yoshino

Yoshino war eine heilige Landschaft. Über die Jahrhunderte hinweg waren dort in ruhmreichen Schlachten viele der Legenden der japanischen Heldenmythologie geboren worden; die zerklüfteten Bergregionen waren der Endpunkt monatelanger Pilgerreisen der *yamabushi* gewesen, und bis auf den heutigen Tag war dort *Shugendo,* die synkretistische Mischung aus Shintoismus und Buddhismus, lebendig geblieben – trotz aller Ausrottungsversuche während der zweihundertjährigen Herrschaft der machtbesessenen Tokugawa-Familie, die den formellen Charakter des Buddhismus bevorzugt hatte. Wären alle Japaner Buddhisten, räsonierten die Tokugawa-Shogune, würden sie sich alle in ihren jeweiligen Tempeln registrieren lassen und somit leichter zu kontrollieren sein. Shintoismus stellte keine derartigen Forderungen an seine Gläubigen. Seine einzigen Gebote leiteten sich aus den Jahreszeiten und von den *kami* – Geistern – der Ortschaft ab, in der der Shinto-Schrein erbaut worden war. Für einen Schintoisten gab es keinen Gott, keinen Buddha, sondern nur spirituelle Wächter, die jedem Atom des Universums innewohnten.

Es hieß, auf den Hängen der Yoshino-Berge stünden einhunderttausend Kirschbäume, deren prächtige blaßrosa Blüten an drei Tagen im Frühling den fantastischsten und bewegendsten Anblick in ganz Japan boten. Yoshino war die Gegend, in welche die meisten japanischen Herrscher gepilgert waren, um die *kami* der Berge anzubeten, und es war die Gegend, in die es Nicholas und Tachi aufgrund der Informationen des Yakuza-Unter*oyabun* Zao verschlagen hatte.

»V. I. Pavlov kam mit Zao hierher, um sich mit einem Mann namens Niigata zu treffen«, sagte Nicholas, während sie eine schmale Bergstraße hinauffuhren. Zu dieser Jahreszeit war es in Yoshino so neblig, daß man zuweilen den Eindruck hatte, der Berg würde sich bis kurz unter den Himmel erheben.

»Laut Zao ist dieser Niigata eine Art Einsiedler und wurde vor kurzem Shugendo-Mönch.«

»Hört sich an, als wäre er vorher etwas anderes gewesen«, entgegnete Tachi.

Nicholas nickte; ihm fiel auf, daß Tachi sich nur schwach an Zaos Verhör erinnerte. Was hatte *shuken* in ihm angerichtet? »Ja, ein Nuklearphysiker. Aber es kommt noch überraschender. Er ist vor sechs Monaten nach einem längeren Vietnamaufenthalt nach Japan zurückgekehrt.«

Als Tachi seinen Blick von der Straße abwandte und sich zu Nicholas umdrehte, knackten seine Nackenknochen unüberhörbar. Der Wagen schoß rumpelnd über ein großes Schlagloch hinweg. »Tachi, passen Sie auf!«

»Vietnam«, sagte der *oyabun*. »Er war nicht etwa in Floating City?«

»Das wußte Zao nicht. Aber er wußte, daß Pavlov mit Niigata über Abramanov gesprochen hat.«

»Da haben wir unsere Verbindung zu Rock!« entfuhr es Tachi triumphierend, als er die schmale Auffahrt des *ryokan* hochfuhr, in dem sie übernachten würden.

Bläulichweiße Nebelschwaden umwaberten die Berghänge mit einer derartigen Zähigkeit, daß Nicholas und Tachi praktisch nicht aus ihren Zimmerfenstern sehen konnten. Die Pension war eines dieser modernen *ryokan*, in denen jetzt alles, was einst aus Holz gewesen war, aus Plastik bestand. Anstelle einer Vase mit frischen Blumen stand in jedem Zimmer ein Fernsehapparat, der sich mittels Münzeinwurf für jeweils eine halbe Stunde einschaltete. Die Wände waren grün tapeziert anstatt handbemalt, und im Korridor zu den Toiletten waren diverse Automaten aufgestellt, in denen man von heißem *sake* bis zu eisgekühltem Cappuccino alles bekommen konnte. Es war kein erholsamer Ort und hatte nichts von dem rustikalen Charme, der die traditionellen *ryokan* zu einer angenehmen Übernachtungsmöglichkeit machte.

Diese über alle Maßen praktische Seite des modernen Japan war oft nur schwer zu ertragen. Anscheinend gab es überhaupt keine Verbindung mehr zu der alten Kultur, in der selbst die Herstellung alltäglicher Gebrauchsgegenstände wie Kämme und Haarnadeln eine hohe Kunst gewesen war – bis man verstand, daß Japan das Land der Fassaden war. Wie bei den lackierten Wänden, den Wandschirmen aus Papier und den durchsichtigen *noren,* die in offenen Türeingängen hingen, hatte man bei allen japanischen Dingen den Eindruck, daß sich unter der Oberfläche noch etwas anderes verbarg; meinte man, hinter der Fassade die Wahrheit zu entdecken, erwies sich dies als Illusion, und der kulturelle Imperativ, Geheimnisse im Innern zu verbergen, hatte seine Aufgabe erfüllt.

Zaos Informationen zufolge lebte Niigata in einem Tal zwischen zwei Yoshino-Bergen. Eilig nahmen sie eine Mahlzeit ein, verließen das *ryokan* und gingen die Hauptstraße des Dorfes zum Shugendo-Schrein hoch, in dem angeblich die Überreste des rebellischen Herrschers Go-Daigo begraben lagen, der hier im vierzehnten Jahrhundert ein südliches Kaiserreich aufgebaut hatte.

Am Fuß der zum Schrein hochführenden Treppe gabelte sich die Straße; sie nahmen die rechte Abzweigung, die auf einem immer schmaler werdenden Weg vorbei an abseits gelegenen Läden und Wohnhäusern bergab führte und am Rand eines jähen Abhangs endete. Eine steile, mit zinnoberrotem Stoff überdachte Treppe führte in die Tiefe hinab.

Sie waren beinahe den ganzen Tag gefahren und mittlerweile ziemlich erschöpft. Es würde bald Abend werden, und das Zwielicht verlieh dem dichten Nebel einen mattschimmernden, perlenartigen Glanz. Während sie die Bergtreppe hinuntergingen, wurde das Licht allmählich immer trüber; vom Waldboden stieg kühle Luft auf und kroch durch Flechten, Moos und Farne. Tachi fröstelte und schlang seinen Mantel enger um den Körper, während sie Stufe um Stufe der scheinbar endlosen Treppe hinabstiegen.

»Dieser Ort verursacht mir eine Gänsehaut«, sagte er.

Sie hörten ein unheimliches, durch den Wald hallendes Geräusch und verharrten. Es wiederholte sich, noch bevor die Echos des ersten verklungen waren.

Tachi blickte sich um. »Was ist das?«

»Die Priester. Sie beginnen die Abendmesse, indem sie in riesige Muschelgehäuse blasen«, erklärte Nicholas. »Das machen sie schon seit Jahrhunderten so.«

Sie setzten ihren Abstieg an dem dichtbewaldeten Berghang fort, begleitet von sonderbaren Klängen, die zwischen den Bäumen hindurch hallten wie die Rufe erwachter Yoshino-Geister. Sie sahen, daß die Treppe weiter unten eine 45-Grad-Wendung nach rechts machte; kurz vor der Biegung kamen sie an eine Nische, wo in einem moosbedeckten Felsen ein riesiges Schwert steckte. Metallische Flammen sprangen aus dem Klingenrand hervor. Sie sollten daran erinnern, daß in Yoshino die *kami* lang verstorbener Helden wie Minamoto no Yoshitsune lebten, dessen Schwert hier in Yoshino in einem Feuerbad heiliggesprochen worden war.

Für Nicholas war Yoshino auf ewig von der eigenartigen Melancholie durchdrungen, welche die zum Scheitern verurteilte Liebe zwischen diesem großem Helden des dreizehnten Jahrhunderts und seiner Angebeteten, der Tänzerin Shizuka, der schönsten Frau ihrer Zeit, hinterlassen hatte. Nach einem Mordversuch an Yoshitsune war das Paar hierhergeflohen. Shizuka soll eine beinahe magische Tänzerin gewesen sein. Man sagte ihr nach, sie wäre in der Lage gewesen, Dürreperioden mit Regenstürmen zu beenden, und habe mit ihren ätherischen Tänzen erwachsene Männer zu Tränen gerührt. Und hier in Yoshino hatte das Schicksal das legendäre Liebespaar auseinandergerissen, denn hier war Shizuka verraten und von Yoshitsunes Feinden gefangen genommen worden.

An diesem trüben Winternachmittag waren Shizuka und Koei für Nicholas untrennbar miteinander verbunden. Je tiefer er in das Shinto-Tal hinabstieg, desto stärker verwoben sich seine persönlichen Erinnerungen mit den Fängen der Geschichte, die an diesem Ort die Zeit überdauert hatte und das Zeitalter des Fernsehens und der Getränkeautomaten bedeutungslos erscheinen ließ.

Während sie die letzten Stufen hinabstiegen, erblickten sie den Schrein. Er lag neben einem reißenden, quer durchs Tal fließenden Bach. Die spitz zulaufenden Dächer und die Säulen aus poliertem Zedernholz fügten sich auf natürliche Weise in die Landschaft ein.

Sie betraten eine kleine Holzbrücke, unter welcher der Bach über ein geglättetes Steinbett strömte. Neben der Brücke stand ein dicker, ungefähr ein Meter hoher Rundpfeiler, auf dem ein bronzener Schlangendrache residierte, Noten O-kami, eine Versinnbildlichung des Zao Gongen, Yoshinos Gottheit.

»Erzählen Sie mir etwas über Seiko«, sagte Nicholas zu Tachi, während sie die Brücke überquerten.

»Ich glaube, das würde unsere Freundschaft gefährden«, entgegnete Tachi, seinen Blick auf den sich windenden Schlangendrachen gerichtet. »Immerhin schlafen Sie ja mit ihr.« Mit dem Anflug eines Lächelns im Gesicht wandte er sich zu Nicholas um. »Hat man uns in *tau-tau* nicht gelehrt, daß drei die Zahl des Streits ist?«

»Sie sagt, Sie wären nicht wie die anderen *oyabun.*«

Tachi zog die Augenbrauen hoch. »Nun, vielleicht stimmt das. Ich bin *tanjian,* und allein das macht mich schon anders, oder?« Auf der anderen Brückenseite erhoben sich riesige, uralte Kryptomeria-Bäume, die einen Großteil der Talsenke einnahmen und auch die weit entfernten Berghänge bedeckten. »Aber Sie wollen nicht wirklich über Seiko sprechen. Ich spüre, daß Sie bereits mehr über sie wissen, als Ihnen lieb ist.«

Nicholas blieb stehen. »Wie meinen Sie das?«

»Seiko zu kennen, ist schon schlimm genug, aber ein Verhältnis mit ihr zu haben, ist wie in Treibsand zu versinken. Sie ist eine Frau, die überhaupt keinen Sinn für sich selbst hat. Vielmehr ist sie das, was Männer sie glauben machten zu sein. Wenn Sie Ihnen jetzt stark vorkommt, liegt es daran, weil Männer ihr das beigebracht haben – ich fürchte, ich bin einer davon. Im Innern jedoch hat sie jeglichen Kontakt zu sich selbst verloren. Um ganz offen zu sein, ich glaube, sie hat nie gewußt, wer sie wirklich ist.«

»Und das macht sie gefährlich?«

»Oh ja. Ein Mensch, der kein Selbstwertgefühl hat, besitzt auch nicht die Fähigkeit, Menschenleben zu achten. Bei ihr ist es wahrscheinlich, daß sie stets das für sie kurzfristig Nützlichste tut und wie eine herrenlose Hündin immer der neuesten männlichen Stimme folgt, die sie hört. Die meisten Menschen werden von Geld, Sex, Ideologie oder durch das Versprechen von Macht getrieben, doch nicht so Seiko. Sie läßt sich von Launen lenken, und das macht sie völlig unberechenbar.«

Nicholas fragte sich, ob Tachi wußte, auf welch tragische Weise ihr Bruder ums Leben gekommen war. »Wollen Sie sagen, sie ist nicht fähig zu lieben oder andere menschliche Gefühle zu empfinden?«

»Nein. Ich meine, ihre Definition von Liebe oder anderen menschlichen Gefühlen ist völlig unterschiedlich von Ihrer oder meiner. Das macht die Sache ja so schwierig und gefährlich, weil sie einem problemlos etwas vorgaukeln kann. Es ist ein ziemlicher Schock, wenn Sie realisieren, daß alles ganz anders ist, als Sie angenommen haben.«

Zu ihrer Linken versammelten sich die Priester zur Abendandacht. Nicholas und Tachi gingen einen Abhang hinab und marschierten zwischen zwei Schrein-Gebäuden hindurch zu einer schmalen, sich durchs ganze Tal windenden Straße.

»Wieso sagten Sie, ich wolle nicht wirklich über Seiko sprechen? Ich wollte.«

»Vielleicht. Aber wir beide wissen ganz genau, was Ihnen wirklich auf der Seele liegt.«

Shuken.

Das Wort hing zwischen ihnen wie ein Gespenst bei einer Kirchenfeier, ein Geist, der das Festmahl in Asche und den Wein in schales Wasser verwandelt. Tachi besaß *shuken*, Nicholas nicht. Die noch vor einem Tag völlig offene Zukunft war jetzt auf zwei Alternativen eingegrenzt worden. Bei jeder Entscheidung, die getroffen werden mußte, bei jeder Meinungsverschiedenheit, hing *shuken* wie ein Damoklesschwert über ihnen. Alles, was sie taten, war jetzt davon überschattet; sie würden entweder Freunde oder Feinde sein, dazwischen gab es nichts. Dies war, was *shuken* ihrer Zukunft angetan hatte; Kompromisse waren nicht mehr möglich.

»Ja«, sagte Nicholas einsilbig. »Shuken.«

»Und natürlich möchten Sie, daß ich Ihnen beibringe, wie man diese Sphäre erreicht.«

Nicholas erwiderte nichts, sondern ging wortlos die Straße entlang, die eigentlich nicht mehr als ein Trampelpfad war. Schnell hatten sie die etwas zivilisiertere Gegend der Tempelanlagen hinter sich gelassen und befanden sich jetzt inmitten rauher Wildnis. Hoch oben in den Baumkronen zwitscherten Vögel, gefangen in dem dichten Wirrwarr der Kryptomeria-Nadeln.

»Aus dem, was Sie gerade gesagt haben, kann ich Ihre Antwort bereits erahnen.« Nicholas sah Tachi an. »Sie haben recht. Ich habe nichts für die Yakuza übrig – nicht das geringste. Aber

bei Ihnen war ich gewillt, eine Ausnahme zu machen, weil ...«
Nicholas starrte die in Dämmerlicht gehüllten Bäume an. »Weil unsere Seelen einander berührt haben und wir die Chance hätten, voneinander zu lernen. Tachi, wir beide führen ein solch isoliertes Leben ... Wegen dieser Isolation habe ich meine Frau und einen weiteren mir sehr wichtigen Menschen verloren. In meiner Jugend hat mir diese Isolation nichts ausgemacht, meine Kunst hat mir genügt, aber das ist lange her, und ich bin heute ein völlig anderer Mensch.« Er schüttelte den Kopf. »Es stimmt, ich suche *shuken*, seitdem mir bewußt wurde, daß ich *tanjian* bin – und ich habe zwingende Gründe, es zu suchen, Gründe, die Sie niemals vollständig nachvollziehen könnten. Aber ich werde weder auf Sie noch auf andere Druck ausüben, um in den Besitz der vereinigenden Kraft von *akshara* und *kshira* zu gelangen.«

Tachi musterte Nicholas. Über ihren Köpfen kreiste ein schwarzer Vogel und verschwand dann zwischen den Bäumen. »Wer sagte Ihnen, *shuken* sei die Vereinigung der beiden Lehren des *tau-tau?*«

»Niemand, reine Intuition ...«

»Die Theorie der Verschmelzung ist ein Mythos, Linnear-san. Lassen Sie sich nicht verwirren. *Shuken* existiert, und *koryoku* ist der einzige Weg, der dort hinführt; aber was *shuken* bewirkt, ist, den hellen und den dunklen Pfad im Geist voneinander getrennt zu halten. Eine perfekte Integration ist völlig unmöglich.« Tachi sah Nicholas' eigenartigen Gesichtsausdruck, wußte aber nicht, was dieser zu bedeuten hatte. Er hatte keine Ahnung von der *kshira*-Zeitbombe, die in Nicholas tickte. »Aber ich werde Ihnen gerne alles beibringen, was ich weiß. Ich habe versprochen, mich mit jedem *tanjian* auszutauschen, den ich treffen würde, aber selbst ohne dieses Versprechen würde ich Ihnen mein Wissen offenbaren. Wir sind doch Freunde, oder?«

»Ja«, sagte Nicholas und dachte an Seikos Warnung, daß Tachi von Floating City besessen sei, »das sind wir.«

Sie gingen weiter. Niigata lebte in einer kleinen Hütte am Ende des Weges, und in einiger Entfernung konnten sie bereits die Lichter der Behausung ausmachen. Bald darauf erblickten sie das strohgedeckte Holzhäuschen, das im traditionellen Stil japanischer Bauernhäuser aus miteinander verkeilten Baumstämmen ohne Nägel oder Klebstoff zusammengesetzt war.

»Lassen Sie mich das machen«, sagte Tachi, als sie zur Eingangstür gingen. »Ich weiß, wie man mit Rocks Leuten umzugehen hat.«

»Woher wollen Sie wissen, daß Niigata in Floating City war?«

Tachi schlug sich mit der Faust auf den Bauch. »*Dies* sagt's mir.«

Mit versteinerter Miene pochte er gegen die Tür. Einen Moment später starrte ihnen ein schmächtiger Mann Mitte sechzig entgegen. Er war so ausgemergelt, daß er an die Insassen eines Konzentrationslagers erinnerte.

»Ja?«

Sein Kopf war völlig kahl, was für einen Mann seines Alters nicht weiter bemerkenswert war, doch Nicholas fiel auf, daß er weder Wimpern noch Augenbrauen hatte.

»Niigata-san?«

»*Hai.*«

»Ein Freund schickt Ihnen eine Nachricht.« Tachi ging einen Schritt auf die Türschwelle zu. »Sein Name ist Rock.«

Nicholas schoß nach vorne und fing Niigata auf, bevor dieser zu Boden fiel. Sie zogen ihre Schuhe aus, und Nicholas half dem dürren Mann auf die Beine. Er schien leichter als ein Kind zu sein; seine gerötete, mit Pusteln übersäte Haut glänzte wie Vinyl.

»Verzeihen Sie«, entschuldigte sich Niigata, »aber ich hätte nie gedacht, diesen Namen noch einmal zu hören.«

»Der Mann ist radioaktiv verseucht«, sagte Nicholas zu Tachi und wandte sich dann wieder Niigata zu. »Niigata-san, werden sie ärztlich versorgt? Sie gehören in ein Krankenhaus.«

Niigata lächelte traurig. »Für das, was ich habe, gibt es keine Behandlung. Ich bin lieber hier als in einem Krankenhaus, wo ich doch nur ein Objekt wissenschaftlicher Neugier wäre.«

»Dann sind Sie also in Floating City gewesen?« fragte Tachi.

Nicholas spürte, daß sich Tachis Herzschlag beschleunigte.

»Kommen Sie.« Niigata deutete ins spärlich beleuchtete Innere.

»Ich mache mir gerade etwas zu essen. Möchten Sie auch etwas? Ist schon eine Weile her, daß ich Gäste hatte. Die Priester besuchen mich zwar regelmäßig, aber sie bleiben nie lange. Ich heiße jede Gesellschaft willkommen, selbst wenn Rock Sie geschickt hat.«

Nicholas warf Tachi einen Blick zu, den der *oyabun* jedoch ignorierte. »Gern. Sehr freundlich von Ihnen«, sagte Tachi in nach wie vor drängendem Tonfall.

Sie folgten dem ausgemergelten Mann ins Hausinnere. »Sie waren in Floating City, und doch sind Sie jetzt hier«, sagte Nicholas, während Niigata um die *hibachi*-Kochstelle herumschlurfte.

»Ich bin geflohen«, entgegnete Niigata trocken. Er rührte das Gemüse um, welches in einer dicken Sojabrühe schwamm. Die Suppe kochte in einem großen eisernen Topf, der an einem Haken über der *hibachi* hing.

»Und trotzdem scheint Sie unser Kommen nicht zu beunruhigen.«

Niigata sah auf. »Ich bin längst tot. Was sollte mir Rock also noch anhaben können?« Er nahm drei Holzschälchen und füllte sie bis zum Rand mit Gemüsesuppe. Seine Hände zitterten, und fast hätte er etwas auf die *tatami* verschüttet, doch keiner der beiden bot sich an, ihm zu helfen. »Setzen Sie sich«, befahl er.

Schweigend aßen die Männer, doch nur Nicholas und Tachi schienen Appetit zu haben. Obgleich die Suppe gesund und schmackhaft war, rührte Niigata sie kaum an. Nicholas war nicht sonderlich überrascht.

»Sie haben an Abramanovs Projekt mitgearbeitet, oder?« fragte Tachi.

Niigata legte seine Eßstäbchen nieder; er begann zu verstehen. »Sie kommen nicht aus Floating City.«

»Nein, ganz im Gegenteil«, sagte Tachi. »Wir wollen stoppen, was dort vorgeht.«

»Dann wissen Sie also nichts.« Niigatas Stimme klang jetzt sehr schwach.

»Die Wahrheit ist, wir sind hier, um es herauszufinden.«

Niigata nickte. »Die Wahrheit ist wichtig.« Er hob den Kopf, und seine fiebrigen schwarzen Augen bohrten sich abwechselnd in die von Nicholas und Tachi. »Ich denke, sie ist das Wichtigste überhaupt heutzutage.«

»Es *ist* die Wahrheit«, sagte Nicholas.

»Ja.« Niigata nickte. »Ich schätze, mir bleibt nichts anderes übrig, als Ihnen zu glauben.« Er zuckte mit seinen dünnen Schultern. »Ist auf jeden Fall eine schöne Illusion.« Dann erzählte er ihnen alles, was er wußte. Wie Rock im November 1991 Abramanov aus dem Südchinesischen Meer gefischt hatte, und wie Abramanov ihn dann überredet hatte, im darauffolgenden Frühjahr, nachdem seine Verletzungen verheilt waren, zur Absturzstelle zurückzukehren, um die wertvolle Ladung des Russen zu bergen. Und wie Rock danach das Labor mit der Brennkammer für Abramanovs Experimente mit dem hochgiftigen radioaktiven Isotop baute.

»Wie groß ist die Sprengkraft dieses 114m?« wollte Tachi wissen.

»Schwer zu sagen.« Niigatas Kopf schaukelte auf seinem Hals hin und her. »Das weiß niemand so genau. Selbst Rock wagt nicht, das Material innerhalb Vietnams zu testen, daher basiert der Prototyp auf rein spekulativen Berechnungen. Allerdings weiß ich aus erster Hand, daß das Isotop chemisch um ein Vielfaches giftiger ist als Plutonium. Ein Alptraum-Material. Direkter Kontakt mit feinsten Partikeln hat fatale Folgen. Da diese Mikropartikel wegen der Oxidation und Oberflächeninstabilität ständig auf der Oberfläche umherschwirren, sind extreme Kontaminationskontrollen notwendig. Also arbeitet man mit dem Stoff in einer Antidruck-Brennkammer mit versiegelter Argon-Atmosphäre, um Oxidation zu verhindern. Aber das funktioniert nicht immer, und dann entweicht hochgiftiger Staub. Außerdem gibt es die Gammastrahlung, um die man sich sorgen muß. Element 114m ist ein solch energetischer Gammastrahlen-Emitter, daß ein ungeschützter Aufenthalt im Abstand von zehn Metern innerhalb von fünf Minuten zum Tod führt.«

»Wenn es so ein Alptraum ist, wieso sich überhaupt damit abgeben?« fragte Tachi.

»Aus mehreren Gründen. Element 114m hat eine übermäßig starke Wechselwirkung mit thermischen Neutronen, was es zu einem extrem leicht spaltbaren Material macht. Seine kritische Masse liegt weit unter der von Uran oder Plutonium. Und seine Halbwertzeit ist außergewöhnlich lang. Wissen Sie, was all das bedeutet?«

»Ich kann's mir denken.« Nicholas spürte ein eisiges Frösteln durch seinen Körper kriechen. »Das Isotop, das Abramanov entdeckt hat, ist ein exzellentes Waffenmaterial.«

Niigata nickte. »Stimmt. Abramanov behauptet, die kritische Masse sei äußerst gering: Wenn man so dumm wäre, zwei kleine Platten des Isotops – sagen wir zwölf mal zwanzig mal zwei Zentimeter – im Abstand von einem Meter nebeneinander zu legen, würde eine spontane Atomspaltung eine vollständige Kettenreaktion initiieren.«

»Eine Nuklearexplosion.« Nicholas' Kehle schien mit Blei gefüllt zu sein. »Wirkungskreis?«

»Mit diesen kleinen Platten vier Straßenzüge einer Großstadt, schätzt Abramanov.«

»Allmächtiger.«

Für eine Weile saßen die Männer schweigend da. Auf einem Ast direkt vor dem Fenster sang ein Vogel und verstummte dann plötzlich. Es war so still, daß sie in einiger Entfernung das Rauschen des Baches vernehmen konnten. Niigata zog seine Stirn in Falten und versuchte, seine steifen Gliedmaßen zu strecken. Offenbar hatte er starke Schmerzen.

»Das Isotop war selbst für die Brennkammer zu heiß«, stellte Nicholas fest.

»Ja. Wir mußten Einheimische aus den Bergen anlernen. Mit dem Material umzugehen, erfordert exaktes Arbeiten, und wir hatten nicht genug Zeit. Es wurden Fehler gemacht – zwar nur kleine, aber bei 114m reicht das schon aus. Während ich dort war, sind fünfzehn Männer an radioaktiver Verseuchung gestorben. Sie sehen, die extreme Giftigkeit macht das Material ungeeignet für kommerzielle Zwecke.« Niigata schüttelte den Kopf. »Was für eine Schande. Ansonsten hätte Abramanov nämlich einen der größten Menschheitsträume wahr machen können: eine sichere, billige, praktisch unerschöpfliche Energiequelle.«

Tachi beugte sich vor; das flackernde Feuer der Kochstelle warf unruhige Schatten auf seine angespannten Züge. »Wird Abramanov gegen seinen Willen in Floating City festgehalten?«

»Ja und nein.« Mit einem Stock stocherte Niigata im Feuer herum und legte ein weiteres Holzscheit hinein. Er hatte dabei große Mühe, doch keiner der beiden wollte ihn bloßstellen, indem er ihm Hilfe anbot. »Ich glaube nicht, daß Rock ihn gefangenhält; das braucht er gar nicht, das macht Abramanov selbst.«

Im Schein der züngelnden Flammen schien alles Fleisch von Niigata abgefallen zu sein; was jetzt vor ihnen saß, war ein bewegliches Skelett, in dessen gelblichen Knochen die Überbleibsel eines verlorenen Lebens schimmerten.

»Abramanov redet sich ein, seine Arbeit in Floating City sei wichtig. Er glaubt, das Projekt, das Rock Torch genannt hat, wäre der Preis, den er bezahlen müßte, um sein Lebenswerk fortzuführen. Er gehorcht Rock wie ein Schwachsinniger und erledigt die Dreckarbeit für ihn. Eine kompakte, tragbare Nuklearwaffe. Es läßt einem das Blut in den Adern gefrieren. Aber Abramanov ist engstirnig. Er ist nur auf eins fixiert, und ausschließlich dafür lebt er – für die Beachtung, die er von der Menschheit zweifellos erhalten wird.«

Also das ist es, worauf Okami mich die ganze Zeit aufmerksam machen wollte, dachte Nicholas. Floating City baute diese Nuklearwaffe, und es war beinahe sicher, daß jemand plant, sie am fünfzehnten März gegen ihn einzusetzen. Aber wo steckte Okami, und wer kaufte Torch von Rock?

»Sieht Abramanov denn nicht, welch fürchterliche Folgen das Ganze haben wird?« fragte Tachi Niigata.

»Welcher Wissenschaftler tut das schon? Hat sich etwa das Team in Los Alamos durch solche Erwägungen vom Manhattan-Projekt abbringen lassen?« Niigata starrte auf den Ruß an seinen Fingerspitzen. »Ich versichere Ihnen, das Wesen des Bösen läßt solch rationale Gedanken nicht zu.«

»Wissen Sie, wer das erste Torch kauft?« fragte Nicholas.

»Ein Japaner«, sagte Niigata, ohne zu zögern. »Ich habe mal etwas von Rock aufgeschnappt. Er erwähnte die Yakuza. Einen *oyabun.*«

»Welchen *oyabun?*« Nicholas Herz pochte schwer in seiner Brust.

»Ich weiß es nicht. Aber er erwähnte den Kaisho.«

Nicholas' Kehle war mit einem Mal wie ausgedörrt. Okami war das Zielobjekt von Torch. Das bedeutete, daß, wer immer Torch kaufte, auch wußte, wo sich der Kaisho versteckt hielt. »Ich glaube, ich kenne das Ziel«, sagte er mit rauher Stimme. »Warum benutzen sie dafür Torch?«

Niigata zuckte mit den Schultern. »Ich glaube, aus zweierlei Gründen. Erstens, der ungefähre Aufenthaltsort des Zielobjekts ist zwar bekannt, aber er ist nicht exakt lokalisiert worden. Mit einer Waffe wie Torch ist es unnötig, den genauen Aufenthaltsort, etwa ein Haus oder auch nur die Straße, ausfindig zu machen. Die gesamte nähere Umgebung wird vernichtet. Zweitens, das daraus resultierende Desaster ist eine vortreffliche Werbung für potentielle Kunden. Torchs Preis wird in astronomische Höhen schnellen. Glauben Sie mir, jeder Terrorist, Söldnerführer und Ethno-Fanatiker wird sich ein Bein ausreißen, um es kaufen zu können.«

Nicholas erschauderte bei dem Gedanken. Er mußte herausfinden, wo sich Okami versteckte. »Ich besitze Informationen, nach denen Torch in einer Großstadt gezündet werden wird. Haben Sie eine Ahnung, in welcher?«

Niigatas Atem ging immer schwerer. »Ich vermute, selbst Abramanov weiß das nicht. Nur Rock und natürlich sein Partner. Doch mein Rat wäre, vor dem Fünfzehnten an Torch heranzukommen; denn hat man es einmal aus Floating City herausgeschafft, sind die Chancen, es zu finden, gleich Null – besonders in einer Großstadt.«

»Sein Partner?« fragte Tachi, die schrecklichen Implikationen dessen, was Niigata soeben gesagt hatte, ignorierend.

Tachis Stimme klang so gepreßt, daß Nicholas ihm einen scharfen Blick zuwarf.

»Rocks Partner lebt?« fragte er nach.

»Natürlich lebt er«, sagte Niigata. »Außer einer Torch-Detonation bringt diesen Bastard nichts um. Rock nennt ihn Mick.«

»Ja, Mick.« Ein gespenstischer Glanz hatte sich über Tachis Augen gelegt, und er zitterte so stark, daß es selbst Niigata bemerkte. »Du verdammter Hurensohn; jetzt hab' ich dich, Michael Leonforte.«

5
London / Tokio / Yoshino

Es hatte aufgehört zu regnen; durch die letzten tiefhängenden Wolken strömte silbriges Vollmondlicht ins Badezimmer und erhellte Celestes Gesicht. Als sie sich leicht vorbeugte, den Mülleimer über der Toilette umdrehte und den verbrannten Inhalt hinunterspülte, fielen ihr einige Haarsträhnen ins Gesicht.

Croaker stand mit angehaltenem Atem hinter dem Duschvorhang. Er hatte Celestes immer größer werdenden Schatten an der Wand auf ihn zukommen sehen und war im letzten Moment von der Tür zur Dusche geschlichen.

Celeste hatte sich nicht die Mühe gemacht, das Licht einzuschalten, und daher auch nicht die kleinen Wasserlachen bemerkt, die seine durchnäßten Schuhe hinterlassen hatten.

Während er jetzt zur Tür zurückschlich, wischte er die Pfützen mit seinen Socken weg. Es war ziemlich knapp gewesen, und noch immer dröhnte sein Herzschlag wie grollender Donner. Celeste war ihm so nahe gewesen, daß er ihr Parfüm hatte riechen können. Er hätte nur den Arm auszustrecken brauchen, um sie zu berühren. Und hätte sie hinunter auf die feuchten Kacheln geschaut ...

Croaker hatte Celeste letztes Jahr in Tokio kennengelernt, als sie Do Duc verfolgten, den Vietnamesen, der ihren Bruder Dominic Goldoni ermordet hatte. Daß Celeste Teil des Nishiki-Netzwerks war, überraschte Croaker nicht, denn Nicholas hatte sie zum ersten Mal in Venedig getroffen, wo sie für Mikio Okami arbeitete. Aber daß Vesper so tief in Nishiki eingedrungen war, bestürzte ihn. Langsam sah es so aus, als hätte sie, wie jeder erfolgreiche Maulwurf, Zugang zu den höchsten Ebenen von Okamis geheimen Nachrichtennetz.

»Zum ersten Mal, seitdem wir angefangen haben, bekomme ich Zweifel«, sagte Celeste. »Die Kräfte, die sich gegen Okami verschworen haben, sind so mächtig, so komplex.« Sie schüttelte den Kopf. »Sie haben ja gesehen, was passiert ist, als Leonforte enttarnt und getötet wurde – Dedalus trat an seine Stelle, und nichts hat sich geändert. Die *godaishu* ist wie eine Hydra, ein Monster mit so vielen Köpfen, daß es nicht ausreicht, einen oder zwei abzuschlagen.«

»Das hat Okami so geplant, als er die *godaishu* aufbaute. Jetzt bekämpft er sie, und es ist so, als würde er gegen sein eigenes Spiegelbild anrennen.«

Celeste sah zu Vesper auf. »Ich habe Angst, daß sie seine Verteidigung überwinden werden und ihn töten. Wenn er nicht bald Hilfe bekommt …«

»Ich denke, Sie sollten an Okami glauben«, sagte Vesper leise.

»Aber ich habe ihn schon so lange nicht mehr gesehen. Und mir kommt's so vor, als würde die *godaishu* von Tag zu Tag mächtiger werden.«

Vesper erwiderte nichts, doch ihr besorgter Gesichtsausdruck erschreckte Croaker. Erneut beobachtete er die Psycho-Expertin bei der Arbeit. War alles nur aufgesetzt, oder meinte sie es ernst, so wie es gerade den Anschein hatte? Konnte sie sich tatsächlich um diese Menschen sorgen – um Celeste, Margarite und Okami –, während sie dabei war, sie zu verraten? Je öfter er diese Frau sah, desto rätselhafter wurde sie ihm. Sie war eine einzigartige Kreatur, zumindest dessen war er sich sicher.

Celeste schüttelte den Kopf und biß sich auf die Unterlippe. »Wir haben eine weitere Krise. Serman hat seinen neuesten Bericht über Torch nicht abgeliefert. Ohne ihn sind wir so gut wie tot, und das gesamte Unternehmen gerät in höchste Gefahr.«

Welches Unternehmen? Croaker lechzte nach jedem Wort.

Vesper nickte. »Ja, es muß bei der DARPA ein Problem geben. Ich weiß nicht, was in Sermans Kopf vorgeht.«

Celeste sah beunruhigt aus. »Was, wenn er die Analyse von Element 114m nicht rechtzeitig liefern kann? Floating City wird das Waffensystem fertigstellen, und sobald es am Fünfzehnten auf dem freien Markt präsentiert worden ist, können wir gegen seine Verbreitung nichts mehr unternehmen.«

»So oder so, wir stecken in Schwierigkeiten. Die Zeit rennt uns davon. Ich werde morgen früh den ersten Flug nehmen und Serman persönlich aufsuchen.«

»Sie werden die Abendmaschine nehmen müssen. Zwei

Stunden, bevor Sie angekommen sind, habe ich eine Nachricht erhalten. Sie sollen morgen mittag am Treffpunkt 315 erscheinen.«

»Das ist doch neben dem Bird Lawn am Holland Park. Drei fünfzehn. Oh Gott, er wird Sermans neuesten Bericht wollen, und ich kann ihn nicht liefern.«

»Das wird er bestimmt nicht toll finden.«

»Mit Sicherheit nicht. Er hat noch nie in seinem Leben verloren.«

»Aber wir haben jetzt verloren, oder?« fragte Celeste.

Ushiba trank Tanaka Gin im unterirdischen Lebensmittelmarkt der Ginza-Filiale von Mitsukoshi, Japans berühmtestem Kaufhaus. Mitsukoshis Markt war legendär; es schien, als würde er sich in jede Richtung endlos erstrecken. Wenn etwas eßbar war, konnte man es mit größter Wahrscheinlichkeit hier finden. Alles war in gläsernen Schaukästen ausgestellt, von frisch geschnittenem Bambus, unzähligen Gemüsesorten, Kräutern, frisch gebackenen Broten bis hin zu einer erstaunlichen Vielzahl vorgekochter Mahlzeiten.

Tanaka Gin liebte es, in freien Stunden zwischen den Ständen umherzuschlendern und hier und da ein Appetithäppchen zu kosten, während seine Gedanken um ein Problem kreisten, das er in der Hektik seines Büros unmöglich lösen konnte.

Ushiba hatte Tanaka Gin niemals stillsitzen und eine ordentliche Mahlzeit zu sich nehmen gesehen. Man sollte meinen, daß er dies irgendwann im Laufe des Tages oder abends tat, doch eine solche Annahme war bei dem Tokioter Staatsanwalt gefährlich. Wie ein Hai war er immer in Bewegung, stets darum bemüht, Trägheit gar nicht erst aufkommen zu lassen. Ruhende Körper, hatte Ushiba ihn oft sagen gehört, seien nur schwer wieder in Bewegung zu bringen. Möglicherweise spielte er damit auf die undurchdringliche bürokratische Vetternwirtschaft an, die er tagtäglich bekämpfte, doch Ushiba glaubte nicht, daß sich Tanaka Gin allein darauf bezog. Bei näherer Betrachtung kam es Ushiba so vor, als hätte Gin schreckliche Angst davor, daß sich die Erde ohne ihn weiterdrehte. Wie ein Kind, das gegen den Schlaf ankämpft, während seine Eltern eine Party geben, besaß der Staatsanwalt einen angeborenen Instinkt, der Ausruhen mit dem Tod gleichsetzte.

»Wie läuft der Yoshinori-Fall?« fragte Ushiba, als er Tanaka Gin an einem Stand traf, an dem thailändische Frühlingsrollen verkauft wurden.

»Erwartungsgemäß.« Tanaka Gin nahm eine Frühlingsrolle, tauchte sie in eine klebrige orangefarbene Soße und verzehrte sie mit zwei Bissen. »Ich glaube, mein größtes Problem wird sein, ihn bis zum Prozeßbeginn am Leben zu halten.«

»Yoshinori möchte sterben?«

»Sein Leben ist vorbei.« Bevor sie zum nächsten Stand schlenderten, verdrückte Tanaka Gin eine weitere Frühlingsrolle. Der Duft von heißem Erdnußöl war so verführerisch wie der Anblick eines wohlgeformten Frauenschenkels. »Er weiß es, und wir wissen, daß er es weiß. Die ganze Geschichte liegt jetzt außerhalb seiner Kontrolle, dessen ist er sich bewußt. Daß ihm all der Luxus und Einfluß seines bisherigen Lebens nun nichts mehr nützen, schlägt ihm aufs Gemüt. Er fühlt sich überflüssig.«

»Nicht auszudenken, was passiert, wenn er Ihnen unter den Fingern wegstirbt«, sagte Ushiba in neutralem Tonfall. »Möchten Sie, daß ich noch mal mit ihm spreche?«

Tanaka Gin wollte gerade ein Stück gegrillte Haifischflosse vertilgen, hielt aber kurz inne. Er starrte auf das, was er gleich essen würde, schob es sich dann in den Mund und wischte seine Finger an einem kleinen gewachsten Papiertuch ab, das ihm die Frau gegeben hatte, die die Kostproben anbot.

»Haben Sie sich das gut überlegt?« Tanaka Gins dunkle Augen verweilten für einen Moment auf Ushibas schönem Gesicht. »Dies sollte keine leichtfertige Entscheidung sein.«

»Ich möchte nicht wie Yoshinori enden und mich überflüssig fühlen.«

»Ich zweifle, daß Ihnen das je passiert wäre, Daijin.«

Tanaka Gin sprach ihn nicht oft mit seinem Titel an. Dies, sowie der Wechsel der Zeitform, in der Tanaka Gin sprach, zeigte Ushiba, daß sich die Dinge zwischen ihnen geändert hatten. Er war jetzt auf Seiten des Staatsanwalts, ob er wollte oder nicht. Er würde nach Tanaka Gins Regeln spielen oder die unausweichlichen Konsequenzen tragen müssen. Ushiba nickte. Was immer vor ihm lag, er war darauf vorbereitet. Akira Chosas Verrat ihrer speziellen Freundschaft hatte all ihre Schicksale besiegelt. Auf gewisse Weise war ihr aller Karma mit Tanaka Gin verwoben worden. So unwahrscheinlich ihm das noch vor einem Monat vorgekommen sein mochte, nun war es Realität. Doch das war in Ordnung. Er war nicht bloß aufgrund seiner Intelligenz, seines Geschicks, seiner Kontakte und seiner glücklichen Hand *daijin* geworden, sondern auch wegen seiner Fähigkeit, sich allen erdenklichen Situationen sowie immensem äußerem Druck anpassen zu können.

Sie schlenderten über den Markt, blieben hier und da stehen, wann immer Tanaka Gin eine Köstlichkeit erblickte. Ushiba selbst aß nichts. Er aß kaum etwas dieser Tage, und wenn er es doch schaffte, etwas hinunterzubekommen, kam es eine Stunde später wieder hoch. Sein durch die Krankheit ausgezehrter Körper begann selbst das Lebensnotwendigste abzustoßen. Er war dankbar, daß Tanaka Gin seine Appetitlosigkeit und seine immer magerer werdenden Gesichtszüge nicht kommentierte. Schon vor langer Zeit hatte er alle Spiegel aus seinem Haus entfernt; er weigerte sich, Augenzeuge seines täglichen Verfalls zu sein. Doch vielleicht war dies ein Fehler gewesen, denn als er heute morgen im polierten Marmor der Lobby seines Bürogebäudes einen Blick auf sein Spiegelbild erhascht hatte, war er zusammengezuckt, als hätte er ein Gespenst gesehen. Auf sehr reale Weise hatte er das auch, denn zu seinem Entsetzen ähnelte er bereits einem Kadaver – als wäre ein Großteil seiner Physis bereits unter der Erde, einbalsamiert und begraben.

»Ich habe eine große Bitte an Sie«, sagte Tanaka Gin. »Wir werden in den nächsten Wochen viel miteinander zu besprechen haben, was ziemlich zeitraubend sein dürfte, da Sie und ich an entgegengesetzten Enden der Stadt wohnen. Ich frage mich, ob Sie für die Zeit nicht mein Gast sein wollen. Ich habe ein großes Haus mit einem getrennten Flügel für Gäste. Sie hätten Ihre absolute Privatsphäre, wären aber immer in meiner Nähe, wenn ich Ihre Aussage oder Ihre Meinung brauche. Was halten Sie davon?«

Ushiba konnte nicht anders, als einen Augenblick seine Augen zu schließen. Ihm war plötzlich schwindlig, und er hoffte, daß der Staatsanwalt dies nicht bemerkte. Er machte einen Schritt auf einen Sushi-Stand zu, um sich unauffällig am Verkaufstresen festhalten zu können.

Natürlich wußte er, weshalb Tanaka Gin ihm dieses Angebot machte – um ihm, Ushiba, zu helfen. Tanaka Gin war völlig klar, wie es um Ushiba stand. Er wußte, daß Ushiba alleine lebte, und glaubte, er wolle am Ende vielleicht nicht ohne Gesellschaft sein. Ushiba traten Tränen in die Augen, doch er hielt sie zurück. Es war schon merkwürdig, aber am Ende seines vom Streben nach Macht und Einfluß geprägten Lebens schien sich herauszustellen, daß Tanaka Gin – ein Feind der *godaishu* – sein einziger wahrer Freund war.

»Ich kann Ihnen nicht so sehr zur Last fallen«, sagte Ushiba und sah Tanaka Gin dabei zu, wie dieser sich einige graue Baby-Ale in den Mund schob und genüßlich auf ihnen herumkaute. »Meine Anwesenheit würde Ihren Haushalt ins Chaos stürzen.«

»Kaum, Daijin. Da ich alleine wohne und zweimal wöchentlich eine Putzfrau kommt, würden Sie niemandem zur Last fallen. Meine Putzfrau hat sowieso zuwenig zu tun. Ständig beschwert sie sich, daß außer mir niemand da ist, für den sie kochen kann.«

Ushiba wartete, bis sie den nächsten Stand erreichten, bevor er sich verneigte. »Wenn das so ist, werde ich Ihr großzügiges Angebot annehmen. Aber nur, weil es Ihre Arbeit erleichtert.«

Tanaka Gin lächelte. »Natürlich. Es ist sehr freundlich von Ihnen, mir auf diese Weise entgegenzukommen.«

Dieses eher steife Wortgeplänkel war nötig, um einen beiderseitigen Gesichtsverlust zu vermeiden. Ushiba konnte keine Dankbarkeit für eine Geste zeigen, deren Existenz Tanaka Gin nicht zugeben konnte. Wenn er den wahren Grund für sein Angebot offen darlegte, würde er eingestehen, um Ushibas demütigende körperliche Schwäche zu wissen, und das war völlig undenkbar.

»Ich habe in nächster Zeit jede Menge zu tun, und wenn ich an mein überarbeitetes Personal denke, werde ich mich offengestanden voll und ganz auf Sie verlassen müssen, Ushiba-san.« Er wischte seine Hände ab und wandte sich dem *daijin* zu. »Um ganz ehrlich zu sein, jetzt, wo die Tür einmal aufgestoßen ist, werden nach und nach die Skelette herausgetaumelt kommen. Yoshinori hatte seine Finger überall drin. Wir ermitteln jetzt nicht mehr nur wegen illegaler Spendenzahlungen, in die einige Politiker und Finanzhäuser verwickelt sind, sondern auch gegen große Baufirmen, die Yoshinori Unsummen gezahlt haben, um riesige öffentliche Aufträge zu erhalten, denen die Amerikaner schon jahrelang hinterherrennen. Die Amerikaner haben uns immer beschuldigt, wir würden unsere Märkte rigoros abschotten, und sie hatten recht. Und allmählich wird deutlich, daß all dies nur die Spitze des Eisbergs ist. Wir werden diese schmutzigen Praktiken mit Sicherheit auch in der Elektronik- und Autoindustrie vorfinden.«

Tanaka Gin ließ seine Blicke so betont gleichmütig über den Markt schweifen, daß Ushiba den Eindruck gewann, der Staatsanwalt sorge sich um ihre Sicherheit. Vielleicht war sein Vorschlag, sich hier zu treffen, doch nicht bloß ein launischer Einfall gewesen.

»Daijin, ich muß gestehen, daß ich auch einen persönlichen Grund habe, Sie um Hilfe zu ersuchen. Einer meiner Lieutenants hat in Yoshinoris Haus ein Dokument entdeckt. Ich weiß, es ist bloß ein einzelnes Stück Papier in einer Flut von Unterlagen, aber es ist anders als der Rest. Es handelt sich um ein persönliches Schreiben von Yoshinori an einen seiner Parteifreunde. Er erwähnt darin eine Vereinigung namens *godaishu.* Sagt Ihnen dieser Name etwas?«

»Nein, nie gehört«, entgegnete Ushiba mit so laut pochendem Herzen, daß er fürchtete, Tanaka Gin würde es hören.

»Überrascht mich nicht. Ich habe davon auch noch nie gehört. Es wird auch nur beiläufig erwähnt, aber mein Lieutenant glaubt, dieses Wort einmal bei der Yakuza aufgeschnappt zu haben. Wenn wir Yoshinori und seinen Flügel der LPD mit der Yakuza in Verbindung bringen können, würden wir den Yakuza-Würgegriff, in dem sich unsere Wirtschaft befindet, sprengen. Das wäre der entscheidende Durchbruch.«

Eine Zeitlang sagte Ushiba nichts. Sie hatten den Markt verlassen und fuhren mit der geräuschlosen Rolltreppe zur Straße hinauf. Die Ginza empfing sie mit gleißendem Sonnenlicht und den allgegenwärtigen Neonreklamen; überall wimmelte es von kaufwütigen Passanten, Touristen und dahineilenden Geschäftsleuten, doch Ushiba kam das hektische Treiben merkwürdig leblos vor. Er fühlte sich immer mehr von der Welt ausgeschlossen. Seine Sinne, wenn nicht gar sein Geist, wurden immer unsensibler, und man müßte ihm schon einen *tanto* gegen die Brust stoßen, damit er überhaupt etwas fühlte. Seit langem war der einzige Geschmack, an den er sich erinnern konnte, der seines eigenen Blutes.

Am Straßenrand wartete ein Wagen auf Tanaka Gin. »Möchten Sie mitfahren, Daijin? Mein Fahrer bringt Sie, wohin Sie wollen.«

»Danke«, sagte Ushiba und bückte sich, um in den Wagen zu steigen. »Ich muß für den Rest des Nachmittags ins Büro.«

Tanaka Gin nahm neben ihm Platz. »Ich kann meinen Fahrer heute abend zu Ihnen schicken, damit er Ihnen mit den Koffern hilft. Wann wäre es Ihnen recht?«

»Acht Uhr wäre gut.« Die Kraft der Wagenbeschleunigung machte Ushiba schwindlig, und er schloß für einen Moment seine Augen. Er hatte festgestellt, daß plötzliche, selbst geringfügige Veränderungen der Schwerkraft ihn bis ins Mark erschütterten und er sich dann fühlte, als würde er in einen unendlichen Abgrund stürzen. Fahrstühle waren ihm mittlerweile ein Greuel, da sie ihm minutenlang die Orientierung raubten, aber er mußte erst noch einen Weg finden, um sie bei der Arbeit zu umgehen.

Langsam verflüchtigte sich sein Schwindelanfall, und er kam wieder zu sich. Er rief sich ins Gedächtnis, weshalb er um dieses Treffen gebeten hatte. Der Zeitpunkt war gekommen, er spürte es. Falls er wirklich diesen neuen Pfad beschreiten wollte, war dies der Moment, um den ersten Schritt zu tun. Erneut war ihm Mikio Okamis Abwesenheit deutlicher bewußt als seine gegenwärtige Umgebung. Wie anders doch alles gekommen wäre, hätte man den Kaisho im Amt belassen. Von allen Entscheidungen, die er in seinem Leben getroffen hatte, bereute er am meisten, Okamis Sturz befürwortet zu haben. Hätte er gewußt, daß jemand – Chosa oder Akinaga – noch einen Schritt weiter gehen und versuchen würden, den Kaisho umzubringen, er hätte niemals zugestimmt. Doch er hatte es nicht gewußt. Chosa und Akinaga gingen sich nun offenbar gegenseitig an die Kehle, und er fühlte sich immer ohnmächtiger, den herannahenden, selbstzerstörerischen Krieg aufzuhalten. Dieses Ohnmachtsgefühl war sein stärkster Beweggrund gewesen, sich auf Akinagas Seite zu stellen, als Chosa seine Vollmachten überschritten und den dritten *oyabun* im inneren Zirkel, Tachi Shidare, damit beauftragt hatte, Nicholas Linnear zu töten. Dieses Machtgerangel mußte aufhören. Mikio Okami hatte das gewußt, als er sich zum Kaisho krönte, und nun wußte es auch Ushiba. Er hoffte inständig, daß er seine Lektion nicht zu spät gelernt hatte.

»Gin-san«, begann er langsam, »ich habe darüber nachgedacht, was Sie gerade sagten. Ich weiß von einer direkten Verbindung zwischen Yoshinori und der Yakuza.«

Tanaka Gin drehte sich in seinem Sitz zu ihm um. »Chefminister, wenn das tatsächlich der Fall ist, stehe ich so tief in Ihrer Schuld, daß ich das nie werde gutmachen können.«

»Darum geht es auch gar nicht.« Ushiba konnte spüren, wie ihm die Welt entglitt. Er wußte nicht, was ihm ab jetzt bevorstand, doch sicher war, daß alles anders werden würde. »Was ich Ihnen sagen kann, ist, daß Yoshinori zu Akira Chosa, dem *oyabun* des Kokorogurushii-Clans, enge Geschäftsbeziehungen unterhielt.«

An Tanaka Gins Miene konnte er ablesen, daß es vollbracht war: Ihre Schicksale waren jetzt in Stein gemeißelt, und sie beschritten einen mit unbekannten Konsequenzen gepflasterten Weg.

»Es ist schrecklich einfach«, sagte Tachi zu Nicholas. »Michael Leonforte tötete meinen Vater.«

Niigata war auf wackligen Beinen zur Toilette geschlurft. Aufgrund der Strahlung waren seine Knochen porös geworden.

»Drei Jahre, nachdem ich gegangen war, bin ich nach Hause zurückgekehrt, um meinen inneren Frieden zu finden, um meinem Vater zu zeigen, was aus mir geworden war. Ich weiß bis heute nicht, ob er verstand, was ich tue. Vielleicht ist es auch besser so; er lebte sein Leben so, wie er mußte. Auf jeden Fall hatte ihm mein rebellisches Aufbegehren in der Schule imponiert. Er hat sich meinen Arm zwar nie genau angesehen, aber ich wußte, daß er die Narben kannte, und er war stolz darauf, wie sie entstanden waren.«

Tachi behielt die Hintertür im Auge, wahrscheinlich um zu sehen, wann Niigata zurückkam, nahm Nicholas an. »Mein Vater hatte oft geschäftlich in Vietnam zu tun und hat mich meistens mitgenommen. Es machte meine Mutter wahnsinnig, weil es so gefährlich war. ›Gefahr‹, pflegte mein Vater zu sagen, ›ist ein wildes Tier, das man am besten in jungen Jahren zähmt‹. Er hatte recht. Ich lernte von ihm, mich zu schützen, Ärger zu vermeiden und, wenn nötig, Kompromisse einzugehen. Ich lernte, Vergeltung zu üben und zu verhandeln – was der Bruder der Vergeltung ist. Doch das Wichtigste, was mein Vater mir je beigebracht hat, war, darauf zu achten, was hinter meinem Rükken passiert.«

Das Feuer knisterte, flammte auf und reckte sich dem Eisentopf entgegen, in dem die Reste des Abendessens vor sich hin brodelten.

»Mein Vater expandierte ständig in Vietnam. Er hatte erkannt, daß Südostasien eine Muschel war, in der man Perlen zu einem Bruchteil des japanischen Preises ernten konnte. Er kaufte Textil- und Elektronikfirmen, Düngemittelfabriken und Anteile an den großen alten Hotels in Saigon, die jeder andere damals als wertlos erachtete. Und er kaufte Land. So geriet er an Leonforte.

Michael Leonforte kaufte ebenfalls Grundstücke auf, und zwar mittels einer Strohfirma, die ihm und Rock gehörte. Worauf es schließlich hinauslief, war, daß sie beide dasselbe Stück Grund und Boden haben wollten.

Dieses eine Mal vergaß mein Vater seine eigenen Spielregeln. Er gab nicht nach, und Leonforte auch nicht. Leonforte drohte ihm, doch mein Vater ließ sich nicht einschüchtern. Dann ging Leonforte auf mich los, und meinem Vater platzte der Kragen. Er vergaß, auf das zu achten, was hinter seinem Rücken passierte. Ich sah zu, wie Leonforte ihn wie einen Straßenköter abknallte. Und mehr noch, Leonforte hat's genossen. Ihm stand Schaum vor dem Mund; er jauchzte vor Vergnügen und vollführte über der Leiche meines Vaters einen regelrechten Freudentanz, bevor er sie in den Dschungel schleppte.«

Nicholas sah, wie die schmerzlichen Erinnerungen Tachis Züge verzerrten. Zumindest hier hatte Seiko nicht gelogen. Tachi war tatsächlich davon besessen, nach Floating City zu gelangen.

Nicholas beugte sich vor, goß Tachi eine Tasse Tee ein und

schob sie über die *tatami* in die Hände des *oyabun*. Flüchtig berührte er Tachis eiskalte Finger.

Bei der Berührung sah Tachi Nicholas kurz an und blickte dann auf den Tee zu seinen Füßen. Er nickte dankbar, nahm die Tasse und trank vorsichtig. Als er fertig war, waren seine Hände wieder ruhig.

»Niigata hat nicht verlernt, wie man guten Tee zubereitet«, sagte er leise, worauf Nicholas ihn anlächelte.

»Niigata ist aus Floating City geflohen, also ist anzunehmen, daß er auch einen Weg hinein kennt.« Nicholas nahm Tachis leere Tasse. »Jetzt sind Sie an der Reihe.«

Tachi nickte wortlos; Niigata kam zurück, und sie begannen mit der letzten Phase des Gesprächs.

Sie verließen Niigata so, wie sie ihn vorgefunden hatten, eine einsame Silhouette im Türrahmen, doch er erschien Nicholas jetzt noch zerbrechlicher, als würde die Krankheit ihn in rasendem Tempo altern lassen. Damit lag Nicholas gar nicht so falsch. Niigata erklärte, er habe die normale Lebenserwartung eines Verstrahlten bereits weit überschritten. »Wenn ich morgens die Augen aufschlage«, erzählte er ihnen, »ist es jedesmal eine Überraschung, und nicht immer eine angenehme.«

Draußen rauschten die Kryptomeria-Bäume in der Abendbrise. Es war kalt geworden,, und eiligen Schrittes marschierten sie auf die entfernten, zwischen den Bäumen durchschimmernden Lichter des Schreins zu. Jetzt, in der Nacht, war ihnen mehr denn je bewußt, wie tief das Tal wirklich war. Drohend erhoben sich die schwarzen Berghänge über ihnen und vermittelten ein völlig anderes Gefühl als in der Dämmerung.

Vielleicht war es das, was sie von Niigata erfahren hatten, das sie jetzt frösteln ließ. Schweigend erreichten sie die Lichtung mit der Brücke zum Schrein. Der Schrein selbst lag verlassen da, und die rot gestrichenen Holzwände glühten im Licht der Laternen.

Das Mondlicht strahlte noch immer hell, und während sie weitergingen, schien es wie ein lebendiges Wesen vom feuchten Boden aufzusteigen. Es kräuselte sich wie Nebel und wirbelte spiralförmig um einen Mittelpunkt, so daß es aussah, als würde es jeden Augenblick eine besondere Gestalt annehmen.

Weit entfernt vernahm Nicholas einen Rhythmus, der ihm gleichzeitig neu und vertraut vorkam und sein Blut in Flammen setzte. Er drehte sich zu Tachi um, sah, daß der *oyabun* ihn anstarrte, und hörte nun das pulsierende Schlagen der *kokoro*, den uralten Zauber des *tau-tau*, der Gedanken zu Tagen werden ließ.

Es war *koryoku*, die Kraft der Erleuchtung, der alleinige Weg zu *shuken*.

»Öffnen Sie Ihr Bewußtsein, Nicholas«, flüsterte Tachi. »Hier ist alles, was Sie wollten. Hier ist *koryoku*.«

Seinem Traum so nahe, zögerte Nicholas. Konnte er Tachi so weit vertrauen? Wenn er sein Bewußtsein öffnete, war er für einen psychischen Angriff seitens Tachi anfällig, der ebenfalls *tanjian* war. Doch wenn er diese Gelegenheit nicht wahrnahm, würde die Bedrohung, die *kshira* in seinem Geist darstellte, stetig größer werden und ihn eines Tages vernichten. Ihm blieb keine Wahl.

Er richtete seine psychische Kraft nach innen auf *kokoro* und begann den uralten *tau-tau*-Rhythmus zu schlagen. Vor seinen Augen explodierte der Kryptomeria-Wald zu dichten Rauchsäulen, die das Mondlicht verschleierten. Die Welt kippte zur Seite weg, als die Gegenwart sich aus dem Joch der Zeit löste. Er befand sich jetzt im Reich der Magie, wo Horizonte unbekannt waren und die unsinnigen, von Menschen gemachten Gesetzte aufhörten zu existieren. Einzig der Kosmos umgab ihn, pulsierend und atmend wie eine gigantische Maschine.

Er bemerkte eine zweite psychische Präsenz, die sich auf der anderen Seite der glitzernden Lichtsäule befand. Tachi.

Koryoku stand zwischen ihnen wie ein magnetischer, leuchtender Wegweiser, auf den sie sich zubewegten. Die Gefahr wuchs, als beide Männer sich der mittleren Säule näherten. Nicholas' Geist war weit geöffnet. Er konnte Tachi innerstes Wesen spüren und erfaßte etwas von dessen Beschaffenheit, nicht jedoch dessen Substanz. Falls Tachi insgeheim sein Feind war, wäre dies die perfekte Gelegenheit für ihn, Nicholas anzugreifen, jetzt, wo er tief versunken in *koryoku* war, verwirrt, seine psychischen Verteidigungsbarrieren gesenkt, um sich von der Kraft der Erleuchtung durchströmen zu lassen.

Er spürte ein Kräuseln jenseits der Zeit, eine sich selbst schließende Schleife, und einmal mehr erlebte er *shicho*, jenen eigenartigen und bemerkenswerten Gedankenstrom, der von Tachi ausging.

Beide Männer standen jetzt so dicht vor der funkelnden Lichtsäule, daß Nicholas Tachis Gesicht durchschimmern sah. Er spürte das Drängen des anderen Mannes und versuchte, mit ihm psychischen Kontakt aufzunehmen. Er kam der glitzernden Säule immer näher, bis er die prickelnde Woge ionisierter Partikel spüren konnte, die auf seiner Bewußtseinsoberfläche umherschwirrten.

Dann geschah etwas Merkwürdiges.

Tachi sprach in Nicholas' Geist.

Ich kann nicht, sagte Tachi.

Was können Sie nicht?

Hinter der Lichtsäule verschwand Tachis Bild für einen Moment, und Nicholas spürte, daß er alleine in *tau-tau* war. Dann war Tachi plötzlich wieder da.

Tachi, was ist es?

Etwas ... Ich weiß nicht ... Er hatte einen sonderbaren Ausdruck auf seinem Gesicht. *Kshira ist so stark ...*

Mein kshira? überlegte Nicholas. *Ist mein kshira zu stark, um koryoku zu erlangen?* Was sonst konnte Tachi meinen?

Dann verschwand Tachi wieder, und Nicholas wußte, daß er nicht zurückkommen würde. Er warf noch einen letzten Blick auf die Lichtsäule, die ohne Tachis Energie bereits zu verblassen begann wie eine Maschine ohne Energiequelle, und glitt dann aus *tau-tau* heraus.

Er fand sich in der Nähe des Schreins wieder und sah sich um.

Tachi überquerte die Brücke am Schrein, ging aber nicht auf die steile Bergtreppe zu, die ihn ins Dorf hochführen würde. Nicholas folgte ihm; mitten auf der Brücke hörte er ein lautes Geräusch, das aus dem nächsten Schrein-Gebäude zu ihrer Rechten drang.

Er blieb stehen und spähte in die von den Laternen nur spärlich erhellte Nacht, konnte jedoch nichts erkennen.

Tachi war jetzt am Schrein.

»Tachi!«

»Hier ist jemand«, rief Tachi atemlos.

»Bestimmt nur ein Priester oder Bediensteter.«

Doch Tachi schüttelte den Kopf. »Es ist jemand, der hier nicht hingehört.«

Er verschwand um eine Ecke. Nicholas folgte ihm. Das Innere des Schreins lag offen vor ihm, so wie es Sitte war. Es gab einige mit Schiebetüren verdeckte Bereiche und einen heiligen Springbrunnen in Form der sich windenden Drachenschlange Noten O-kami. Neben dem Steinbasin lag eine kleine Schöpfkelle aus Bambus, und es war dieses einfache Symbol der Reinheit, an das sich Nicholas noch lange nach dieser Nacht erinnern würde.

»Tachi«, rief Nicholas erneut. Er entdeckte den *oyabun* vor einer Reihe Steinstatuen neben dem letzten Gebäude. Die Statuen, am Fuße des steilen Berghangs aufgereiht, stellten die altehrwürdigen Priester dar, die diesen Schrein vor Jahrhunderten gegründet hatten.

»Hier!« rief Tachi und deutete auf eine Lücke zwischen zwei Statuen. Er ging durch sie hindurch, machte einen Schritt den Abhang hoch und wurde dann plötzlich herumgeschleudert. Etwas, das zuerst wie ein schwarzes Seil aussah, ragte aus seiner Brust. Mit weit auseinandergerissenen Armen schlug er auf dem Boden auf.

Nicholas war schon auf halbem Weg bei ihm. Beim Näherkommen sah er das stumpfe Ende des Stahlpfeils, der Tachis Herz durchbohrt hatte. Über das Gras wand sich das schwarze Seil, eine lange, dicke Blutspur.

»Tachi!«

Er kniete neben dem *oyabun* nieder und stützte seinen Kopf. Tachis Augen waren offen, in ihnen ein Ausdruck zwischen Überraschung und Zorn.

»Was haben Sie gesehen?« flüsterte Nicholas, doch Tachi verstand nicht mehr. *Shicho,* der Strom der Gedanken, der sie noch vor wenigen Minuten miteinander verbunden hatte, war durchtrennt worden, und er empfand seine Abwesenheit so schmerzlich wie den Verlust einer Hand.

Nicholas erhob sich, stieg über den toten *oyabun* hinweg und stürzte zwischen zwei Statuen den Abhang hinauf zur ersten Baumreihe. Lautlos rannte er durch das dichte Waldgestrüpp, alle ihn umgebenden Geräusche in sich aufnehmend. Die Nebelschwaden vom Tage waren verschwunden, und das Licht des Vollmonds tauchte alles in ein gespenstisches Helldunkel.

Seine Ohren erfaßten ein vages Geräusch, dann eine Reihe davon, wie Leder gegen Stein, und er änderte seine Richtung und jagte nach links auf die Bergtreppe zu. Seine Schritte wurden immer länger, das Blut rauschte durch seine Adern. Nach den langen bestürzenden Stunden bei Niigata tat ihm die Bewegung jetzt mehr als gut.

Er erblickte die am Berghang hochführende Treppe, die in dem milchigen Mondlicht weißlich schimmerte wie Niigatas von fast durchsichtiger Haut bedeckte Knochen.

Jemand rannte auf ihr nach oben, und Nicholas änderte erneut seine Richtung, lief im Schatten der Bäume parallel zur Treppe. Es war ein mühseliges Unterfangen; überall Steinschutt, wurzelüberwucherte Felsen, Flechten, Moos, trügerischer Untergrund.

An der Stelle, wo die Treppe eine 45-Grad-Wendung vollführte und Yoshitsunes massives Bronzeschwert aus dem Felsen ragte, brach er aus seiner Deckung hervor und rannte von der Seite auf die Gestalt zu. Er sah, daß in der leichtgewichtigen Titan-Bor-Armbrust ein weiterer Stahlpfeil steckte. Er war auf ihn gerichtet, aber als er näher kam, ließ die Gestalt die Waffe sinken. Im nächsten Moment sprang die Gestalt einen Schritt zur Seite und stellte sich mitten ins Mondlicht. Nicholas erkannte das Gesicht. Vor Überraschung wäre er beinahe gestolpert, während er den steilen Abhang herunterkam.

Seiko!

»Gott, was hast du getan?«

»Er war Gift«, preßte sie zwischen den Zähnen hervor. Unstetig wanderte ihr Blick hin und her. »Er hätte alles zerstört.«

»Du täuschst dich, er …«

»Er hätte dich umgebracht!« brüllte sie und hob die Armbrust.

Nicholas wirbelte herum und riß mit übermenschlicher Kraft das Bronzeschwert aus dem Felsen. Die scharfen Ränder der Metallflammen schimmerten seltsam, sahen fast wie echte Flammen aus.

Seiko schrie auf und schoß den Pfeil ab.

Nicholas sprang zur Seite, doch sie zielte nicht auf ihn, und der Pfeil jagte in den Felsen, auf dem er stand. Mit dem riesigen schweren Schwert in der Hand, geriet er aus dem Gleichgewicht und stürzte unbeholfen auf die aufgewühlte Erde unter ihm, die lawinenartig den steilen Abhang hinabzurutschen begann.

Er versuchte sich an einem Baumstamm oder einem Felsvorsprung festzuhalten, doch seine freie Hand fand nichts dergleichen, und er rutschte in die Schwärze des Tals hinab, während Seiko im milchigen Mondlicht nach oben rannte.

Er strampelte mit den Beinen, spürte, wie sich eine knorrige Wurzel an seinem Fußknöchel verfing und winkelte sofort das Bein an. Die Wurzel hielt ihn fest; kopfüber nach unten hängend, rammte er die Schwertspitze in den Berghang. Vorsichtig befreite er seinen Knöchel von der Wurzel. Das Schwert hielt sein Gewicht. Mit seinem rechten Fuß auf einen scharfen Felsvorsprung zielend, schwang er sich hoch; schließlich gewann er Halt, fand sein Gleichgewicht wieder und ließ das Schwert los.

Dann kroch er den Abhang auf allen Vieren wieder hoch. Er konnte sie deutlich spüren, merkte, wenn sie stehenblieb und in die Schwärze des Tals zu ihm hinunterblickte.

Dies reichte ihm, um sie zu überwältigen. Er wollte nichts weiter, als sie zu Boden werfen und zur Rede stellen, doch er kam mit einer solchen Geschwindigkeit aus der Dunkelheit auf sie zugeschossen, daß sie aufschrie und die Armbrust auf ihn richtete. »Na los, knall mich ab, so wie du Tachi abgeknallt hast.«

Sie biß sich auf die Lippen und schüttelte den Kopf. »Du verstehst nicht.«

»Warum hast du ihn getötet?«

»Weil er sonst dich getötet hätte«, antwortete sie leise.

»Das sagtest du bereits, aber ich glaube dir nicht. Du warst eifersüchtig auf ihn, weil es diese besondere Verbindung zwischen uns gab, in die du nicht einbezogen warst.«

»Was spielt es schon für eine Rolle, was ich sage? Du mußt nicht mal den Mund aufmachen; ich spüre, daß dein Herz zu Stein erstarrt ist.«

Was sollte er erwidern, wenn sie die Wahrheit sowieso kannte? Sie zu belügen, wäre viel grausamer als zu schweigen.

»Ich weiß jetzt, daß ich mir etwas vorgemacht habe. Was immer zwischen uns war, ging von mir aus; es war alles nur eine Illusion.«

»Glaubst du das wirklich?«

»Ich *weiß* es!« An ihrer Wange rollte eine einzelne Träne herab, die sie schluchzend wegwischte.

»Tu doch nicht so. Du hast doch sowieso kein Interesse an mir.« Sie schüttelte den Kopf. »Diese verdammte psychische Verbindung zwischen euch machte dich verwundbar. Ich hab' doch gesehen, wie mißtrauisch du anfangs warst, doch dann hat dich diese Verbindung magisch zu ihm hingezogen.«

»Du täuschst dich über Tachi. Er war mein Freund ...«

»Glaubst du das wirklich?« Sie bedachte ihn mit einem höhnischen Lächeln. »Nicht ich habe Tachi um Hilfe gebeten, nein, er ist zu mir gekommen. Er wurde von jemandem geschickt, der deinen Tod will.« Sie sah seine ungläubige Miene. »Du glaubst mir nicht? Tachi war sehr ehrgeizig, war aber in einer schwachen Position. Seine Ernennung zum Führer des Yamauchi-Clans war ein Kompromiß. Da Tomoo Kozo Mitglied des inneren Zirkels war, mußten die beiden verbleibenden *oyabun*, Akira Chosa und Tetsuo Akinaga, nach seinem Tod ein neues Mitglied finden. Tachi war der einzige, auf den sie sich einigen konnten.

Du siehst also, Tachi hatte keine wirkliche Machtgrundlage. Sein *oyabun*-Mentor entstammte einer Unterfamilie der Yamauchi in Kumamoto, die dort zwar mächtig war, aber in Tokio nichts zu melden hatte. Ich sagte schon, daß Tachi ehrgeizig war, vielleicht zu ehrgeizig. Als sich ihm eine Allianz mit einem älteren *oyabun* bot, griff er zu, ohne zu fragen. Er wußte, daß er damit die Autonomie seines Clans preisgab, aber in seiner Arroganz glaubte er, dies berichtigen zu können, bevor es überhandnahm. Aber zuerst mußte er dich töten.«

Nicholas sah sie lange schweigend an. Die Schichten ihrer Persönlichkeit schälten sich wie die Scheiben einer Zwiebel, und mit jeder Offenbarung schien es mehr an ihr zu geben, das er nicht verstand. In gewisser Weise kam es ihm so vor, als würde er durch die Zeit zurück auf seine tote Frau Justine schauen. Sie hatten einander geliebt, ohne sich jemals wirklich verstanden zu haben. Er liebte Seiko nicht im traditionellen Sinne, doch sie hatten etwas derart Intimes und Einzigartiges miteinander geteilt, daß er fest entschlossen war, bei dieser Frau nicht die gleichen Fehler zu begehen wie bei Justine. Voreilig und engstirnig über sie zu urteilen, wäre der erste Schritt auf einem trügerischen und gefährlichen Pfad, den zu beschreiten er nicht gewillt war.

»Vorausgesetzt, dies ist die Wahrheit«, sagte er langsam, »wieso erzählst du mir das alles erst jetzt, anstatt gleich zu Anfang in Saigon?«

»Weil zu guter Letzt Moral über Eigeninteresse obsiegt hat. Ich sagte dir, daß ich tief in Tachis Schuld stand. Er rettete mich vor mir selbst. Ich lief Gefahr, zu implodieren – in mich zusammenzustürzen, mich im Bild, das andere von mir haben, zu verlieren.«

»Im Bild deines Vaters?«

»Oder meiner Mutter oder meines Freundes ...« Ihr Blick streifte seinen, strich darüber hinweg wie über heiße Kohlen. »Aber was soll diese Litanei? Es gab so viele. Tachi war der letzte, und er hatte etwas Gutes in sich. Ich konnte ... es spüren, aber es war tief vergraben in einem Sumpf aus Eigennutz und Egoismus, war beinahe abgestorben. Ich bin gut darin, etwas nahezu Totes zu erkennen.«

»Also warst du an Tachi gebunden.«

»Mit Leib und Seele.« Sie kämpfte gegen ihre Tränen an. »Aber nicht mit dem Herzen. Das hielt ich frei.« Sie sah zu ihm auf. »Für dich.«

Ihre ausgeprägte psychische Aura hatte sie einerseits für Manipulation und Mißbrauch anfällig gemacht, andererseits ihr Gespür für ihre Umwelt und die Menschen darin sensibilisiert. *Er hatte etwas Gutes in sich. Ich konnte es spüren,* hatte sie über Tachi gesagt.

Er ging auf sie zu, wollte ihr die Armbrust aus der Hand nehmen. »Seiko ...«

»Laß mich in Ruhe!« schrie sie und stolperte einen Schritt zurück. »Ich kenne dich zu gut. Du kannst mir nicht verzeihen, dich vor Tachi gerettet zu haben. Du glaubst, meine Eifersucht hätte mich blind gemacht; du glaubst, euer kostbares Geschenk hätte ausgereicht, um ihn zu ändern. Du irrst dich. In erster Linie war er ein eiskalter Pragmatiker. Ohne diesen anderen *oyabun* war er ein Nichts. Er hätte auf seine Chance gewartet und dich umgebracht.« Sie hob die Armbrust. »Ich hasse dich für deine Rechtschaffenheit und für deine Arroganz gegenüber der Tatsache, daß es zwischen Schwarz und Weiß noch viele Grautöne gibt.«

Nicholas sprang auf sie zu und schlug ihr die Waffe aus der Hand. Die Armbrust krachte zu Boden, und mit einem zischenden Geräusch löste sich der Stahlpfeil.

Er durchbohrte Seiko aus dieser kurzen Distanz mit solcher Wucht, daß sie von den Beinen gehoben und an einen mächtigen Kryptomeria-Baumstamm hinter ihr genagelt wurde. Mit schmerzgeweiteten Augen starrte sie auf das aus ihrem Bauch herausragende Pfeilende hinab.

Nicholas rannte zu ihr, erfaßte die Situation sofort. Er konnte den Pfeil nicht herausziehen, ohne daß sie innerhalb weniger Sekunden verblutete.

»Seiko.«

Stumm schüttelte sie den Kopf. Tränen standen in ihren Augen. Ihr Brustkorb hob und senkte sich immer langsamer, und ihr Mund füllte sich mit Blut. Er konnte es nicht ertragen, sie leiden zu sehen. Er packte den Pfeil und riß ihn aus dem Stamm und aus ihrem Körper. Aufstöhnend glitt sie zu Boden.

Er hielt sie fest, und sie versuchte nicht, ihn von sich zu schieben. Er drückte seine Hand auf die Wunde, doch mit seinem *tanjian*-Auge konnte er spüren, wie das Leben aus ihr herausströmte. Auch sie spürte es.

»Halt durch. Ich bring' dich ins Krankenhaus.«

»Nein. Lüg mich nicht an. Nicht jetzt. Nie wieder.«

»Keine Lügen.« Er strich eine Haarsträhne von ihrer schweißnassen Wange. Für einen Moment schlossen sich ihre Augen, und er beugte sich zu ihr hinunter und küßte sie sanft auf die Lippen. Ihre Augenlider flatterten, öffneten sich.

Mit leerem Blick starrte sie zu ihm hoch, und nach einem Moment nahm sie ihn wieder wahr. Was hatte sie in dem Augenblick gesehen, bevor sie seiner bewußt wurde?

»Nicholas«, flüsterte sie. »Geh zu meinem Vater. Er wird dir sagen, was du wissen mußt.«

Sie rang um ihr Leben. Ihr Kopf lehnte an seiner Schulter, als wären sie ein Liebespaar, das unter dem Sternenhimmel lag und miteinander intime Augenblicke genoß. Ihre Augen verdrehten sich, und sie begann rasselnd nach Luft zu schnappen. Dann senkten sich ihre Lider.

»Vergiß mich nicht, das ist alles, worum ich dich bitte.«

In der Todeszone

Man muß schon sehr, sehr
lange mit geöffnetem Mund auf einem Stuhl sitzen,
bis einem gebratene Enten hineinfliegen.

Chinesisches Sprichwort

Tokio
Sommer 1947

»Ich glaube, ich habe unseren Mann gefunden«, sagte Mikio Okami.

»Tatsächlich?« Colonel Denis Linnear sah von seinem Unterlagenberg auf, von dem er sich anscheinend genauso schwer loseisen konnte wie Okami von einer schönen Frau. Dieser Tage gönnte sich der Colonel kaum Schlaf; er sah sein Bett nur gelegentlich, als wäre sein Zuhause ein Erholungsort geworden, den man nur ab und an besuchte.

»Ja.« Okami nickte. »Er ist perfekt.«

»Niemand ist perfekt. Am allerwenigsten ein potentieller Mörder.«

Der Colonel lehnte sich auf seinem Stuhl zurück, stopfte seine Pfeife und betrachtete Okami, der nervös durch den kleinen stickigen Raum stapfte. Es war Frühsommer, aber schon brütend heiß. Wenn diese Hitze anhielt, wollte er erst gar nicht an Tokio im August denken.

»Lassen Sie uns spazierengehen«, sagte der Colonel, während er seine Pfeife anzündete.

Tokio war eine einzige Trümmerlandschaft. Riesige Bereiche der Stadt würden von Grund auf rekonstruiert und wiederaufgebaut werden müssen; einige meinten, zusammen mit den Menschen und den Gebäuden sei auch die Vergangenheit eingeäschert worden. Die Wirtschaft stand auf wackligen Beinen, die Inflation wucherte, und die Kommunisten waren auf dem Vormarsch – alles destabilisierende Faktoren, die das Land reif für Anarchie machten.

Der Colonel wußte, daß ihm und Okami die Zeit weglief. Generalmajor Charles Willoughby und seine Gruppe waren bereits dabei, die wichtigsten japanischen Militärs, die sie vor den Kriegstribunalen gerettet hatten, umzudrehen, um sie zu amerikanisch indoktrinierten Führern einer neubewaffneten japanischen Armee zu machen, die Amerikas Speerspitze gegen den sich ausbreitenden Kommunismus im pazifischen Raum werden sollte.

Der Colonel war davon überzeugt, daß dieser faschistische Plan ein ums wirtschaftliche Überleben ringendes und sich in der Nachkriegsordnung neu definierendes Japan ruinieren und einem Amerika, das bereits wegen der Zündung zweier Atombomben unter immensem internationalen Druck stand, außenpolitische Alpträume bescheren würde. Ein Land, das seine hungrigen Menschen kaum mit Reis versorgen konnte, durfte seiner Bevölkerung die drückende Finanzbelastung einer Wiederaufrüstung einfach nicht zumuten.

»Na schön«, sagte er schließlich, »wer ist unser Narr?«

»Tokino Kaeda. Er ist ein Schlüsselmann im Yamauchi-Clan, ein Unter*oyabun,* der wegen seines Ehrgeizes und seiner Gewissenlosigkeit seit kurzem Katsuodo Kozos Liebling ist.« Okami blieb stehen und kaufte bei einem Straßenhändler eine Tüte Süßigkeiten. »Sein Ehrgeiz macht ihn zugänglich und verläßlich.« Okami zuckte mit den Schultern. »Macht über Ehre. Dies, fürchte ich, wird das Wesen der neuen Welt sein, die Sie uns gebracht haben.«

»Ja, die Welt hat sich unwiderruflich verändert«, entgegnete der Colonel gedankenvoll. »Zu schade, daß Leute wie Sie auf der falschen Seite gestanden haben. Wer hat Schuld an dieser Katastrophe?« Sie bogen um eine Ecke und gingen Richtung Sumida. »Aber jetzt ist nicht die Zeit für Bitterkeit und gegenseitige Beschuldigungen. Wir müssen in die Zukunft schauen, um die Gegenwart sicherer zu machen. Ich bin überzeugt, daß die Zukunft des Welthandels hier im Pazifik liegt. Hier in Asien gibt es den kollektiven Willen und die erforderliche Bevölkerungsdichte, um ein Wirtschaftswunder zu kreieren. Wir haben es uns zur Aufgabe gemacht sicherzustellen, daß Japan zumindest eine Chance bekommt, Okami-san. Wie ein Phönix aus der Asche, hm?«

Sie erreichten das Ufer des Flusses, der sich durch die Stadt schlängelte wie eine keck über die Schultern einer Frau geworfene Federboa. Diese Frau war Tokio, gezeichnet, mißhandelt, am Verhungern, doch immerhin war sie auf den Beinen und erholte sich langsam von ihren schlimmsten Wunden.

»Katsuodo ist unser erstes Hindernis.« Okami lehnte an einem schwarzen Eisengeländer und starrte auf das bräunliche, träge dahinfließende Wasser. »Er lehnt jegliche Zusammenarbeit der Yakuza mit den Amerikanern ab. Er glaubt, die Besatzungsführung mißbrauche uns für die Schmutzarbeit, die das amerikanische Militär nicht selbst erledigen möchte.«

»Auf gewisse Weise hat er recht, doch das ist kurzsichtiges Denken. Die Yakuza hat von den Kommunisten genausoviel zu befürchten wie die Amerikaner. Also warum sollten sie für die Amerikaner nicht einige Köpfe in der Öffentlichkeit rollen lassen? Schließlich werden sie gut bezahlt für das, was sie sowieso am besten können.«

Okami knurrte. »Vergessen Sie, was Katsuodo sagt. Er ist *oyabun* des Yamauchi-Clans und fürchtet meine Macht. Bedenken Sie, daß ich derjenige war, der ihn in seine Position gehoben hat. Jetzt weiß ich, was für ein großer Fehler das war. Er benutzt diese Angelegenheit dazu, um zu testen, welcher *oyabun* auf meiner und welcher auf seiner Seite steht. Deswegen ist seine Haltung gegen uns so unnachgiebig. Und nun hetzt er die Clans sogar gegeneinander auf. Wir können uns dieses selbstzerstörerische Verhalten nicht leisten. Japan befindet sich in der gleichen Situation wie Ende des sechzehnten Jahrhunderts, als Tyeyasu Tokugawa als Shogun an die Macht kam. Hätten wir doch bloß einen modernen Shogun, der alle *oyabun* vereint und sie unter Kontrolle hält.«

Der Colonel sog an seiner Pfeife. »Interessante Idee, mein Freund. Doch noch gibt es keinen *oyabun,* der eine solche Allianz führen könnte.« Er blies eine Rauchwolke in die Luft und sah zu, wie sie sich über dem Fluß verflüchtigte. »Aber irgendwann in der Zukunft ...« Er schien von dem Gedanken angetan zu sein. Nach einer Weile sagte er: »Wissen Sie, selbst ein vages Gerücht um eine solche Person würde das Ansehen der Yakuza heben, und das wäre für uns alle hilfreich.«

Einmal mehr war Okami beeindruckt von der Fähigkeit des Colonel, eine simple Idee zu ihrem vollen Potential auszuspinnen. Auf diese Art war er wahrhaft in der Lage, Weizen in Gold zu verwandeln.

Der Colonel drehte seine Pfeife um und klopfte die erkalteten Tabakreste heraus. »Faszinierendes Gedankenspiel. Aber für jetzt sollten wir uns unserem gegenwärtigen Problem zuwenden.«

»Katsuodo muß mattgesetzt werden, und zwar auf Dauer«,

sagte Okami. »Und da kommt Tokino Kaeda ins Spiel. Er hat mir garantiert, einen narrensicheren Weg zu kennen, Katsuodo zu stürzen. Anscheinend kann der *oyabun* nicht schwimmen. Dies ist ein streng gehütetes Geheimnis, aber als Katsuodos vertrauenswürdigster Unter*oyabun* kommt Kaeda an solche Informationen natürlich heran. In genau einer Woche wird Katsuodos Leiche im Sumida treibend gefunden werden, und wir können uns wieder ungestört um Willoughby und seine Kriegsverbrecherbande kümmern.«

Der Colonel nickte und begann seine Pfeife von neuem zu stopfen. Okami beobachtete ihn aus dem Augenwinkel und fragte sich, welcher Gedanke ihm gerade durch sein herausragendes Hirn jagte. Er mußte zugeben, daß er mit der Genialität des Colonel nie so ganz mithalten konnte, egal wie sehr er sich anstrengte. Er hatte nicht den geringsten Zweifel, daß der Colonel, wäre er Schachspieler geworden, es zum internationalen Großmeister gebracht hätte. Er dachte stets so viele Schritte voraus, daß Okami manchmal schwindlig wurde. Der *oyabun* hatte von diesem Mann mehr gelernt als von all seinen Lehrern, Tutoren und *sensei* zusammen.

Der Colonel war ein unnachgiebiger, manchmal fast störrischer Mann. Ebenso neigte er ab und an zur Leichtsinnigkeit, aber Okami kam es so vor, als wären diese Momente sorgsam eingeteilt wie das streng rationierte Essen eines Gefangenen. Es war so, als lastete das gesamte Gewicht der Welt auf seinen Schultern, die Last einer neuen Welt, die, das wußte Okami, der Colonel mit brennendem Eifer erschaffen wollte. Denn in erster Linie war der Colonel ein Architekt von Träumen. Seine Vision über das Japan der Zukunft schimmerte vor Okamis geistigem Auge wie die bunten Muster eines Kaleidoskops, aus deren schlingernden Bewegungen der *oyabun* herauslesen konnte, daß sich sein Reich wie die Wellen des Pazifiks ausdehnen würde, weiter und weiter, bis sie den ganzen Ozean überquert haben würden.

Okami griff in seine Papiertüte, schob sich einige süße Sojabohnen in den Mund und ließ sie langsam auf der Zunge zergehen. Eine Zuckerattacke war immer noch besser als übermäßiger Alkoholgenuß, der ihn, wie der Colonel gemahnt hatte, langsam aber sicher ins Grab brachte. »Soll ich Kaeda heute abend das Startzeichen geben?«

»Warten Sie noch damit«, sagte der Colonel unerwartet. »Ich will erst noch mal mit Katsuodo Kozo reden.«

»Wieso?«

»Um sicherzustellen, daß Kozo uns braucht und nicht bloß einen neuen Schneider – daß ein Mord unsere einzige Möglichkeit ist.«

Okami stopfte sich mehr Bohnen in den Mund. »Schön, warum nicht. Katsuodo verachtet alle Abendländer. Er wird sich um Kopf und Kragen reden.«

Am folgenden Nachmittag erschien der Colonel auf Katsuodo Kozos Anwesen. Es war ein imposantes, ummauertes Grundstück am Rand der Stadt, auf dem sich vier Gebäude befanden, das größte für Katsuodo und seine Familie, die anderen für Leibwächter, Ratgeber und die Familien seiner beiden Schwestern.

Der *oyabun* ließ den Colonel fast eine Stunde ohne Tee und Gebäck in einem muffigen Nebenraum warten, ein unverzeihlicher Bruch der Etikette. Aber der Colonel war ja auch kein Japaner; als ungebildeter Barbar verdiente er keine der Anstandsformen, die zivilisierten Menschen vorbehalten waren.

Es war ihm egal; er war es gewohnt, so von Japanern behandelt zu werden, die ihn nicht oder möglicherweise zu gut kannten. Er nutzte die Zeit, um aus dem Fenster zu schauen und sich vom Anwesen und damit auch von Katsuodo und seinem Clan ein Bild zu machen.

Die Yamauchi waren ihm schon seit langem ein Dorn im Auge. Wie die Industrie-*zaibatsu* im Vorkriegs-Japan hatten die Yamauchi eine seit jeher aggressive Expansionspolitik betrieben und waren im Verlauf ihrer Geschichte stetig mächtiger geworden. Ihr derzeitiger *oyabun* schien ebenfalls aus diesem Holz geschnitzt zu sein. Es waren arrogante Leute, ihrer selbst und ihrer Macht absolut sicher und gierig nach mehr von allem. Sie fühlten sich über die Dinge erhaben und sonderten sich von anderen Clans stark ab, was bei ihren Yakuza-Konkurrenten den Anschein von Unverwundbarkeit hervorrief.

»Suchen Sie Lücken in meiner Verteidigung?«

Der Colonel wandte sich um und erblickte Katsuodo Kozo. Die Haut spannte sich straff über sein Gesicht. Seine unnatürlich schimmernden, paranoid starrenden Augen waren die eines Menschen, der lange im Fieberwahn gelegen hatte.

»Wie ein echter *daimyo* gesprochen«, sagte der Colonel leicht amüsiert. Dies war mit Sicherheit die falsche Taktik, doch er bezweifelte, daß es bei Katsuodo überhaupt eine richtige gab.

»Ich bin kein feudaler Samurai-Lord«, sagte Katsuodo mit von schwelendem Zorn steifen Rücken. »Ich besitze keines der angeborenen Standesmerkmale eines Samurai. Was immer mein Status sein möge, ich habe ihn mir mit reiner Willenskraft erarbeitet.«

Er zog seine Pantoffeln aus und schlüpfte in seine Straßenschuhe, die auf dem kalten Steinfußboden auch vonnöten waren, da das Zimmer noch nicht integraler Teil des Hauses und somit ziemlich schmutzig war. »Nicht, daß ich etwas wirklich Weltbewegendes darstelle, aber wie ein einzigartiges Kunstwerk erschließt sich auch meine wahre Bedeutung nur einem kleinen Kreis Gleichgesinnter.«

»Was haben Sie erwartet? Sie sind ein Verbrecher.«

Über Katsuodos schädelartiges Antlitz kroch der Hauch eines Lächelns. »Korrigieren Sie mich, falls ich mich täusche, aber sind nicht einige Ihrer engsten Bekannten *Verbrecher*?«

»Meine Arbeit verlangt, mich mit allen Gesellschaftsschichten Japans in Dialog zu begeben.«

Katsuodo nickte. »Dennoch scheinen Sie eine besondere Vorliebe für die, wie Sie sagen, kriminelle Klasse entwickelt zu haben.«

Zu diesem Zeitpunkt war klar, daß Katsuodo ihn nicht ins eigentliche Haus einladen würde, sondern vorhatte, ihn in diesem Niemandsland-Raum schmoren zu lassen, der als eine Art Brücke zwischen der Außenwelt und Katsuodos Privatdomizil diente.

»Die Arbeit, die ich mit Okami-san mache, scheint Ihnen nicht sonderlich zu schmecken.«

Katsuodo lachte und entblößte dabei seine gelben Zähne. »So nennen Sie also das abscheuliche Unheil, das Sie und Okami anrichten. Es ist eine Schande. Yakuza arbeiten mit der Besatzungsmacht Hand in Hand. Schon Ihr Anblick erregt mir Übelkeit. Sie gehen jetzt besser, bevor es zu Gewalttätigkeiten kommt.«

»Es wird keine Gewalt geben«, entgegnete der Colonel so ruhig er konnte.

»Gut.« Katsuodo wandte sich von ihm ab. »Dann wäre ja alles gesagt.«

»Noch eine Sache«, sagte der Colonel, als Katsuodo schon durch die *fusuma*-Schiebetür ins Hausinnere verschwinden wollte. Er wartete, bis der *oyabun* sich umgedreht hatte. Seine Züge waren leblos; er hätte genausogut tot sein können.

»Was Okami und ich tun, ist zum Wohle aller – selbst zu Ihrem. Deswegen bin ich zu Ihnen gekommen, um Sie zu bitten, mit uns gemeinsame Sache zu machen. Wir würden von Ihrem Verstand und Ihrer Weisheit profitieren.« Stille. Sein Bild war vor Katsuodos Augen längst verblaßt. »Sie wollen uns aufhalten, aber ich versichere Ihnen, das ist so, als würde man versuchen, einen reißenden Fluß mit einem Damm aus Streichhölzern aufzuhalten. Das ist unmöglich. Meine Arbeit wird uns alle überdauern; Sie oder andere können nichts tun, um das zu verhindern.«

Katsuodo wandte sich ab und verschwand ohne ein weiteres Wort hinter der *fusuma*. Allein gelassen in dem muffigen, dreckigen Nebenzimmer, starrte der Colonel betreten auf seine Schuhe hinab. Er brauchte einige Augenblicke, um sein kochendes Blut wieder abzukühlen. Der Mann war genauso, wie Okami ihn beschrieben hatte: kurzsichtig und besessen von dem Wunsch, die Partnerschaft, die der Colonel in zeitraubender Kleinarbeit aufgebaut hatte, zu zerstören. Den Blick auf sein Spiegelbild in seinen blanken Schuhen gerichtet, sah er jetzt Katsuodos Schicksal voraus, als wäre er ein Seher in einem heiligen Tanz. Und auf gewisse Weise war er das auch.

Schließlich erhob er sich, schritt über den Steinfußboden und wollte nur noch so schnell wie möglich weg von diesem Ort. Der Geruch von Blut lag bereits in der Luft.

Während der Colonel versuchte, Frieden zu schließen, bereitete sich Okami auf Krieg vor. Generalmajor Willoughby, der den Spitznamen ›Kleiner Faschist‹ trug, war geradezu besessen von der kommunistischen Bedrohung in Japan. Daher hatte er vorgeschlagen, die Fünfzehner-Gruppe zum Nukleus einer antikommunistischen japanischen Armee zu machen. Generalleutnant Arisue, früher Chef des militärischen Geheimdienstes des Generalstabs, und mehrere seiner Offiziere waren bereits in die Historikergruppe des G-2-Stabes, der Nachrichtenabteilung der Besatzungsmacht, eingegliedert worden; Okami hatte unwiderlegbare Beweise, daß die Gruppe Willoughby mit aktuellen Berichten über sowjetische Truppenbewegungen im Fernen Osten versorgte und andere Geheimdienstberichte analysierte. Ein weiterer notorischer Kriegsverbrecher, Oberst Takushiro Hattori, war jetzt mit der Demilitarisierung der japanischen Streitkräfte betraut und hatte den ihm erwiesenen Gefallen prompt erwidert, indem er seine Mittäter vor dem Fallbeil rettete. Hattori würde es gerne in Kauf nehmen, für die Wiederaufrüstung des japanischen Militärs die Wachhund-Rolle für die Amerikaner zu spielen.

All diese Aktionen beunruhigten Okami aus mehrerlei Gründen. Davon abgesehen, daß er Willoughbys Unter-jeder-Fußmatte-ein-Kommunist-Theorie nicht teilte, hatte er kein Verlangen danach, sein Land an der straffen Leine der Amerikaner zu sehen, was eine Wiederaufrüstung unausweichlich mit sich brächte. Des weiteren würden die astronomischen Kosten eines Neuaufbaus der japanischen Armee all das unterminieren, wonach der Colonel strebte: eine gesunde, inflationsfreie Wirtschaft, die Japan wieder auf die Beine half.

Aber Okami hatte noch einen weiteren zwingenden Grund, Willoughbys Plan scheitern sehen zu wollen. Er haßte einige Mitglieder der Gruppe für ihre verachtenswerten Befehle während der letzten Kriegstage. Sie hatten die unter ihrem Kommando stehenden Männer wie den letzten Dreck behandelt und sie völlig sinnlos in den Tod geschickt, was mehreren Freunden Okamis das Leben gekostet hatte, unter anderem seinem Bruder.

Okami vermied es, an seinen Bruder zu denken, der gestorben war, bevor sein Leben so richtig begonnen hatte. Einige meinten, so sei eben der Krieg, doch Okami ließ sich nicht täuschen. Er wußte, wer für den Tod seines Bruders verantwortlich war, und obgleich diese Männer augenblicklich unter Willoughbys Schutz standen, hatte er einen Plan ersonnen, sie zu zerstören.

Er beschloß, dies ohne die Hilfe des Colonel zu tun, der trotz täglicher Ermahnungen seitens Okamis unerklärlicherweise noch immer nichts gegen die Gruppe unternommen hatte. In letzter Zeit waren diese Ermahnungen des öfteren in hitzige Streitgespräche ausgeartet, nach denen Okami sich stets frustriert, wenn nicht sogar betrogen fühlte.

»Versuchen Sie, sich wie ein Japaner zu verhalten«, hatte der Colonel erregt gesagt. »Haben Sie Geduld. Die Zeit wird alles richten.«

»Ich habe keine Zeit«, hatte Okami gleichermaßen erregt erwidert. »Dies ist *mein* Land. Solange Sie nicht in meinen Schuhen stecken, haben Sie kein Recht dazu, mir zu sagen, was ich zu tun und zu lassen habe.«

Obwohl er die Vorsicht des Colonel verstehen konnte – immerhin arbeitete er im Rahmen der SCAP, in der Willoughby und seine Leute derzeit das Sagen hatten –, zwang ihn sein brennender Wunsch nach Rache dazu, eigene Wege zu beschreiten.

Genau das hatte er getan. Während der Colonel sich anderen Dingen zuwandte, hatte er sich wochenlang mit dem gräßlichen Wagnis beschäftigt, das einzugehen er sich gezwungen sah.

Er würde mit den Kommunisten zusammenarbeiten müssen.

Er wußte genau, was passieren würde, wenn sie von den fünfzehn Kriegsverbrechern erführen, die Willoughby vor dem Prozeß gerettet hatte. Die Russen waren Tiere; sie würden umgehend teuflische Vergeltungsmaßnahmen in die Wege leiten; darin waren sie gut. Diplomatie dagegen war ein Spiel, das sie – wenn überhaupt – nur wie tolpatschige Kleinkinder beherrschten.

Er wußte, daß Tokio von sowjetischen Agenten infiltriert war, einige davon in höheren Positionen, als die Besatzer ahnten. Wenn man diesen Leuten die richtigen Informationen zuspielte, zweifelte er nicht daran, daß sie die Sicherheitsvorkehrungen der Amerikaner überwinden könnten, besonders wenn man ihnen insgeheim ein wenig Hilfestellung gab.

Ja, es wäre schon ein Ding, wenn die Kommunisten unwissentlich zu meinem Rachewerkzeug werden würden, hatte Okami an dem Morgen gedacht, an dem der Colonel Katsuodo Kozo aufsuchte. *Laß sie Willoughbys Kriegsverbrecher umbringen und damit den Tod meines Bruders und meiner Freunde vergelten.*

Natürlich mußte er seine Informationen aus nachvollziehbaren Motiven an den Mann bringen. Die Russen würden ihn kennen, und daher kamen ideologische Motive nicht in Frage. Geld. Yakuza standen in dem Ruf, leicht käuflich zu sein, wenn sie von einer Notwendigkeit getrieben wurden. Somit begann er seine Abende in einer schäbigen Bar zu verbringen, in der seinen Informanten zufolge kommunistische Agenten herumlungerten. Er betrank sich und prahlte lauthals damit zu wissen, daß die Amerikaner Kriegsverbrecher vor dem Prozeß retteten.

Irgendwann würde sich eine dieser Ratten an ihn heranmachen. Okami, der wenn nötig auch feinfühlig sein konnte, führte sich absichtlich wie ein Elefant im Porzellanladen auf, denn Feinfühligkeit gehörte nicht zu den starken Seiten der Russen.

Eines Abends setzte sich ein schmächtiger, schmalschultriger Japaner zu ihm an die Bar. »Es scheint, als hätten Sie und ich ähnliche Ansichten«, sagte er.

»Tatsächlich?«

»Nun, vielleicht auch nicht, aber mir ist zu Ohren gekommen, daß Sie Informationen besitzen, die für mich interessant sein könnten.«

»Ich glaube, ich höre das Knistern von Geldscheinen.«

»Gut möglich. Ich sähe es nur ungern, wenn ehemalige Kriegshetzer wieder was zu sagen hätten. Ich kann Ihre Hilfe gebrauchen.«

»Hängt davon ab, ob das Knistern weit entfernt oder ganz nah ist«, raunzte Okami.

»Ich versichere Ihnen, es ist sehr nah. Sagen Sie, Freund, woher haben Sie diese Informationen über die Amerikaner?«

Okami trank seinen Scotch aus und bestellte einen neuen. »Geht Sie nichts an.«

»Doch, das tut es. Schließlich ist es auch mein Geld.«

Okami musterte den Mann eine Weile. »Ich habe den SCAP-Adjutanten Jack Donnough an der Angel. Was ist Ihnen das wert?«

»Schreien Sie doch nicht so, muß ja nicht jeder mitkriegen.«

»Ach, wen kümmert das schon.« Okami stürzte seinen Scotch hinunter und orderte einen weiteren.

»Mich, zum Beispiel.«

Okami legte seinen Kopf in die Seite. »Und Sie sind?«

»Ein Freund ... eventuell.«

Okami nickte. »Na gut, Freund, ich lad' Sie zu 'nem Drink ein.« Er gab dem Barkeeper ein Zeichen, und als der Mann seinen Drink bekommen hatte, verzogen sie sich in eine Nische im hinteren Teil der Bar. Natürlich spielte es eigentlich keine Rolle, wo sie saßen, denn Okami hatte seine Männer überall in der Bar verteilt.

Er kannte die Vorgehensweise der Kommunisten. Sie würden versuchen, ihm eine Falle zu stellen. Es reichte ihnen nicht aus, einfach bloß Geld gegen Informationen zu tauschen; nein, sie würden mehr wollen – ihn, und zwar mit Haut und Haaren, um ihn auf ewig für ihre Zwecke zu mißbrauchen. Diese Tatsache war ebenso traurig wie erschreckend, dachte Okami, als er in die Nische rutschte und sich dem Mann gegenübersetzte. Diese Vorgehensweise war typisch für die Kommunisten, und dies war auch der Grund, weshalb ihre Ideologie so störrisch wie Eisen geworden war.

Der Mann hieß Iwanushi. Er war Fabrikarbeiter, aber weit wichtiger, er war Mitglied der Shin'ei Kinro Taishuto, der gefährlichsten aller reaktionären Gruppierungen, die sich neuerdings mit der wachsenden Arbeiterbewegung zusammenschlossen. Unkontrollierbare Inflation, hohe Arbeitslosenzahlen, die ungebremste Korruption der Yoshida-Administration, die allgegenwärtige Trägheit, die Japans Nachkriegswirtschaft zu lähmen drohte, die Auffassung der Bevölkerung, das Versprechen der SCAP auf ein besseres Leben durch Demokratie sei eine Lüge – all das bildete eine hochexplosive Mischung, die wie geschaffen war für die kommunistische Infiltration der im höchsten Maße frustrierten Arbeiterschicht. Geschickt benutzten die Sowjets gewerkschaftliche und reaktionäre Elemente wie Iwanushis Organisation als Zugpferde, um ihre eigene Sache in Gang zu bringen. Wieder ein Beispiel, wie sie ihre halsstarrige Ideologie als Peitsche benutzten, um ihre Anhängerschaft zu ›revolutionärer Inbrunst‹ zu ermahnen.

Iwanushi war typisch für seinesgleichen: durch Arroganz leicht einzuschüchtern, selbstgerecht, ungeduldig, blasiert in der festen Annahme, Sozialismus sei der Schlüssel zu einer neuen, besseren Welt, die da kommen würde, wäre doch nur seinesgleichen an der Macht. Doch es war eine Tatsache, daß Leute wie er keine klare Vorstellung von ihrer Politik hatten, wenn sie erst einmal an der Macht waren. Und genau darauf zielten die Kommunisten, waren sie doch nur zu erpicht, den Kommunismus in Japan auf breiter Front zu etablieren.

Okami haßte Iwanushi nicht, er bedauerte ihn. Irgendwer mußte das tun. Weder die Kommunisten noch die Yoshida-Regierung interessierte, was ihn in die Armut und in den Untergrund getrieben hatte.

»Sie sind Yakuza«, sagte Iwanushi. »Sie sind ein Kollaborateur, arbeiten für die SCAP. Erwarten Sie nicht, daß ich zu einem Volksfeind freundlich bin. Informationen gegen Geld. Ich wünsche ein einfaches, sauberes Geschäft.«

»Sehr lobenswert, daß Sie sich freiwillig Ihre Hände schmutzig machen, Genosse«, entgegnete Okami, der wußte, daß es alles andere als einfach werden würde.

Iwanushi sah ihn scharf an. »Ich wünschte, ich hätte Ihren Leichtmut. Sie leben wie ein Shogun und können überhaupt nicht wissen, was es bedeutet, arm zu sein. Sie sollten nicht über uns richten.«

»Mir scheint, ein wenig Leichtmut würde Ihnen guttun. Sie sollten tief durchatmen und Ihre Situation sorgfältig analysieren.«

»Meine Situation? Die ist geprägt von unterbezahlter Arbeit und einer katastrophalen Versorgungslage. Während Sie sich auf dem Schwarzmarkt dumm und dämlich verdienen, verhungert meine Familie und mit ihr Hunderttausende andere. So sieht die Gegenwart aus meiner Perspektive aus. Ist es da ein Wunder, daß ich darauf fixiert bin, ein besseres Morgen zu erschaffen?«

»Besser für wen? Für Ihre Familie oder für die Kommunisten?«

»Das ist ein und dasselbe«, sagte Iwanushi mit solcher Überzeugung, daß Okami wußte, er war an den Richtigen geraten.

Am nächsten Abend erschien Okami unangemeldet in Iwanushis Haus. Er hatte Geschenke dabei – frisches Obst, Gemüse und Fisch, für die Familie alles unerschwingliche Güter. Das Haus war winzig und baufällig und stand so dicht an den Eisenbahngleisen, daß jedesmal, wenn ein Zug vorbeidonnerte, die dünnen Wände einzustürzen drohten.

Iwanushi empfing ihn mit starrem Blick, war aber höflich. Es war kurz vor dem Abendessen, und die ganze Familie war anwesend: Iwanushis zierliche, ergrauende Frau und seine drei Kinder. Der Raum stank nach gekochtem Wurzelgemüse.

Iwanushi verbeugte sich und nahm Okamis Geschenke wortlos entgegen, doch als er sie in die Küche brachte, sah Okami, wie seine Frau sie in den Müll warf. Es gab ein kurzes Wortgefecht. Er hörte sie verärgert fauchen und schnappte das Wort *schandhaft* und den unerhörten Begriff *futei* auf, den Premierminister Yoshida in einer kürzlichen Radioansprache benutzt hatte, um die Gewerkschaftler zu diffamieren. Das Wort bedeutete ›subversiv‹.

Als Iwanushi wiederkam, sagte er: »Vielleicht sollten wir nach draußen gehen. Meine Kinder müssen essen, und meine Frau kann nicht sie und uns gleichzeitig bedienen.«

»Ja, natürlich«, sagte Okami. »Es war unbedacht von mir, um diese Zeit zu kommen.«

»Nein, ganz und gar nicht. Wir sind Unannehmlichkeiten gewohnt.«

Okami war auf Iwanushis hartnäckige Unhöflichkeit nicht vorbereitet, doch er sah sie als Lehrstunde am lebenden Objekt. Es war ihm wichtig zu verstehen, was diese Menschen anfällig machte für einen Seifenblasentraum wie den Sozialismus, der in einer von der menschlichen Rasse regierten Welt nicht die geringste Überlebenschance hatte. Menschen definierten sich aus den sieben Todsünden. Nur Heilige und Asketen konnten sich darüber erheben, und selbst unter ihnen gab es nicht wenige Scharlatane. Das Streben nach Einfluß, Ansehen und Macht war im Menschen genauso fest verankert wie ihr essentielles Bedürfnis nach Luft und Wasser. Außerdem gab es immer jemanden, der sich sicher war, die Heilsbotschaft zu verkünden, und dies war – allen ideologischen Facetten zum Trotz – die Wurzel eines jeden Krieges.

»Wie Sie sehen, haben wir nichts«, sagte Iwanushi. »Wir brauchen alles.«

Möglicherweise, sinnierte Okami, definierte ihn genau das. Er war ein ›Habenichts‹, und auf gewisse Weise schwelgte er in seiner Armut und benutzte sie, um das Nichts zu einem Status zu erheben. Okami konnte das nachvollziehen, da er als Yakuza kein Ansehen in der allgemeinen Gesellschaft besaß und jegliches Prestige, das er in seinen Kreisen genoß, sich ebenfalls aus dem Nichts heraus bildete.

»Vielleicht weiß dies die Regierung nicht«, sagte Okami.

»Ich glaube nicht, daß sich die Regierung darüber irgendwelche Gedanken macht. Sie existiert doch bloß, um sich das Geld in die eigene Tasche zu stopfen, und das macht sie ganz hervorragend. In Zeiten des Wohlstands würden ihre Sünden unbemerkt bleiben, weil genug für alle da ist, doch jetzt, wo Hungersnot und Arbeitslosigkeit wie die Boten der Apokalypse in Japan wüten, wird ihre Gefräßigkeit, Gier und Faulheit wirklich offensichtlich.«

»Sie müssen Katholik sein, um so zu reden.«

»Ich habe die Texte meiner Frau gelesen, und wenn schon. Es gibt in unserer Welt keinen Gott. Schauen Sie sich doch bloß mal um. Wie soll es da einen Gott geben?«

Wie ein echter Kommunist gesprochen, dachte Okami. Dies würde ein Vergnügen werden.

»Da klar ist, daß wir wohl kaum Freunde werden«, sagte er, »denke ich, es wäre das beste, wenn wir unsere Transaktion so schnell wie möglich über die Bühne brächten.«

»Soll mir recht sein. Wie wär's mit heute abend?«

»Ich weiß nicht; eigentlich habe ich schon etwas vor.«

Iwanushi starrte ihn ungläubig an.

»Na schön. Heute abend.« Okami kritzelte eine Adresse auf ein Stück Papier. »Seien Sie um Mitternacht dort.«

Iwanushi traf um Punkt Mitternacht in dem Wettkeller ein. Er gehörte der Yakuza – genauer gesagt Okami, doch Iwanushi und seine Mannen hatten davon keine Ahnung; niemand außer einigen Yakuza-Mitgliedern und dem Colonel wußte das. Okami spielte wie besessen *karuta* und verlor ein ums andere Mal. Während Iwanushi gebannt zusah, verzockte Okami zehntausend Dollar. Danach hatte er mit dem Geschäftsführer einen heftigen Disput über die Zahlungsmodalitäten seiner Spielschulden. Als Iwanushi mitbekam, daß Okami nicht bei Kasse war, wurde ihm warm ums Herz, denn er war darauf geeicht, bei seinen Kontaktleuten nach genau solchen Schwachstellen zu suchen.

»Sieht so aus, als würden eher Sie als ich Geld benötigen«, sagte Iwanushi, als Okami mit ihm den Wettkeller verließ.

»Ich werde meine Schulden bezahlen«, raunzte Okami säuerlich. »Ich finde immer einen Weg.«

»Sie sind doch Yakuza. Sie haben Macht.«

»Der *oyabun* dieses Mannes hat Macht«, log Okami, »nicht ich.«

»Welch eine Offenbarung! Selbst Gesetzlose erleben die Beschwernisse der Unterdrückten.«

Es kostete Okami einige Anstrengung, angesichts Iwanushis Naivität nicht lauthals loszulachen.

Iwanushi schien eine Zeitlang tief in Gedanken zu sein. »Wie wär's, wenn ich Ihnen genug Geld garantierte, um all Ihre Spielschulden zu begleichen?« sagte er schließlich.

Okami sah ihn an. »Mit dieser Summe könnten Sie sich und Ihre Familie eine halbe Ewigkeit ernähren.«

»Genau wie Macht ist Geld bloß eine Illusion. Die Zukunft der Menschheit ist wichtiger«, sagte Iwanushi mit dem Tonfall eines blinden Eiferers. »Wie alle Kapitalisten sind auch Sie dem Untergang geweiht. Mein Schicksal ist, die Menschheit auf den richtigen Weg zu einer klassenlosen Gesellschaft zu führen.«

»Und das erreichen Sie, indem Sie mir Geld geben?«

»Im Gegenzug werden Sie mich mit Donnoughs Informationen über die Fünfzehner-Gruppe und die zukünftigen Pläne der SCAP versorgen.«

Okami erkannte, daß Iwanushi seit ihrem ersten Treffen in der Bar ein fleißiger Junge gewesen war. Und seine Hintermänner hatten angeblasen.

»Von welchen Summen sprechen wir?«

»Zehntausend Dollar monatlich«, sagte Iwanushi hoffnungsvoll.

»Sie sollten öfter mit mir spielen gehen. Eine solche Summe verbrate ich pro Woche.«

Iwanushi versuchte, sich seine Unsicherheit nicht anmerken

zu lassen. »Ich bräuchte eine Kostprobe Ihrer Informationen. Wenn sie sich als interessant genug erweisen, nun, wer weiß? Zehntausend wären vielleicht erst der Anfang.«

Okami war zufrieden. Er hatte jetzt die Bestätigung, daß Iwanushi einen direkten Draht zu den Kommunisten hatte. Nur sie konnten derartige Summen aufbringen.

»Haben Sie die Informationen über die Fünfzehner-Gruppe dabei?« fragte Iwanushi mit gierigem Blick.

Was für ein Träumer, dachte Okami. »Ich könnte sie heute nacht zusammenstellen. Es liegt alles in schriftlicher Form bei mir zu Hause. In einigen Tagen ...«

»Glauben Sie, der Mann, dem Sie das Geld schulden, wird so lange warten wollen?«

»Sie haben recht. Je schneller, desto besser. Haben Sie das Geld?«

»Ich will erst die Informationen sehen.«

Okami führte ihn in eine kleine Wohnung in einem wohlhabenden Teil der Stadt. Iwanushi liefen fast die Augen über, als er sah, in welchem Luxus die andere Hälfte lebte. Okami kramte Donnoughs Berichte hervor und zeigte Iwanushi zwei der interessanteren Seiten. Der Mann war verzückt, konnte es kaum fassen.

»Welch eine Niedertracht«, entfuhr es Iwanushi. »Dies zeigt, daß alle Regierungen gleich sind. Kriegsverbrecher zu retten, um sie für eigene Interessen zu gebrauchen, während die Prozesse Schlagzeilen machen, ist ja wohl der Gipfel der Heuchelei. Sehen Sie, das ist, was Demokratie für uns bereithält: Lügen und Intrigen.«

Okami wünschte, er hätte eine adäquate Antwort parat, doch in diesem Falle stimmte er mit dem Sozialisten überein. Die Welt ertrank in Zynismus; allein die Zukunftsvision des Colonel gab ihm die Gewißheit, daß sein Handeln einen positiven Effekt auf das Morgen haben würde. Wie sehr doch seine Wünsche denen Iwanushis ähnelten. Aber er hatte keine Zeit, dieses eigenartige Phänomen näher zu untersuchen.

»Ich will mehr sehen«, sagte Iwanushi.

»Erst, wenn Sie mir das Geld gezeigt haben.«

»Ich kann keine Zahlung veranlassen, bevor die Papiere nicht auf ihre Echtheit überprüft worden sind.«

»So lautete aber nicht unsere Abmachung.«

Iwanushi zuckte mit den Schultern. »Ich bin vielleicht arm, aber nicht blöd. Falls sich dieses Material als gefälscht erweisen sollte, würde ich für nichts bezahlt haben.«

»Na schön. Ich gebe Ihnen die Hälfte des Materials, und Sie geben mir die Hälfte des Geldes. Dann werden wir ja sehen, ob wir einander vertrauen können.«

Iwanushi nickte. »Klingt vernünftig. Schließlich muß ich Sie nicht mögen, um Ihnen zu vertrauen.«

Innerhalb von achtundvierzig Stunden meldete sich Iwanushi bei Okami. Seine Hintermänner waren von dem Material angetan und wollten die restlichen Unterlagen. Genau darauf hatte Okami gewartet. Zwischen die restlichen Donnough-Papiere hatte er eine von ihm selbst geschriebene Seite geschoben, auf der der Aufenthaltsort der Fünfzehner-Gruppe genannt wurde. Informationen dieser Art hätte Donnough nie und nimmer zu Papier gebracht, geschweige denn sie an Dritte weitergegeben. Der Aufenthaltsort stammte aus einer anderen Quelle, und die Information hatte Okami eine Menge gekostet, nicht Bargeld oder Dienste, sondern Gewissensbisse.

Er hatte herausgefunden, daß Donnoughs männlicher Sekretär homosexuell war. Er und sein japanischer Geliebter hatten sich eines Nachts in einem von Okamis Etablissements amüsiert, das Menschen vom Rand der Gesellschaft anzog wie Fliegenpapier. Okami hatte dem Mann nur einige Schwarzweißfotos von ihm in diversen Stellungen mit seinem Geliebten zeigen müssen, um ihn zusammenbrechen zu sehen. Der *oyabun* hatte viele Japaner im Kampf mit lärmenden Trunkenbolden weinen gesehen, doch dies war anders. Den entblößten Rücken des hageren Mannes zu sehen, erinnerte ihn an den Anblick seiner Mutter, wie sie mit blutgetränkten Händen über seinen Vater gebeugt stand und versuchte, den Blutschwall aus mehreren Schwertstichen zu stoppen.

Diese beunruhigende Vision hielt ihn aber nicht davon ab, den Mann zu erpressen, doch wie so viele grausame und traumatische Erlebnisse zuvor, ließ sich auch diese Erinnerung nicht aus seinem Gedächtnis verbannen. Jetzt blitzte sie wieder vor seinem geistigen Auge auf, als wäre ein Scheinwerferlicht auf eine dunkle Bühne geworfen worden. Er konnte die

Rückenwirbel zählen, sah die blaßrosa Pigmentierung, sah den Leberfleck auf dem linken Schulterblatt. Er konnte das Blut förmlich riechen.

»War der Mann mit der Hälfte des Geldes zufrieden?« wollte Iwanushi als erstes wissen, als sie sich trafen.

»Zufrieden? Nein. Aber er ist Realist. Andererseits, wenn ich heute abend nicht mit dem restlichen Geld aufkreuze, werde ich ziemlichen Ärger bekommen.«

»Keine Sorge.« Iwanushi gab ihm ein dickes, in Reispapier gewickeltes Paket. »Ich gebe Ihnen Ihr Leben zurück. Denken Sie daran, falls Sie je mit dem Gedanken spielen, jemand anderem Ihre Informationen zu verkaufen.«

Okami wußte nicht wieso, doch er verspürte den Drang, Iwanushi zu seiner elenden Holz- und Wellblechbehausung an den Eisenbahngleisen zu folgen. Sich im Dunklen haltend, beobachtete er, wie Iwanushi zu seiner Haustür trottete und sie öffnete. Seine zierliche Frau verneigte sich vor ihm, und obwohl er mit leeren Händen zurückkam, begrüßte sie ihn respektvoll und mit echter Zuneigung.

Noch lange nachdem die Tür geschlossen und die Lichter ausgemacht worden waren, stand Okami in der Dunkelheit. Der Gestank von Abfall und Urin war beinahe unerträglich. Hundegebell kündigte einen sich nähernden Zug an, und als er vorbeidonnerte, wackelte das Haus so heftig, als bestünde es bloß aus Papier und Flechtwerk.

Zehn Tage später schrien es riesige Schlagzeilen von den Titelblättern der Zeitungen: Eine heftige Bombenexplosion hatte eine von der SCAP kontrollierte Wohngegend erschüttert. Die Informationen waren vage, da amerikanisches Militär in die Sache verwickelt war, doch vorläufigen Schätzungen zufolge schienen zwanzig Menschen getötet worden zu sein, die meisten davon für die SCAP arbeitende Japaner. Ob es sich bei der Explosion um einen Unfall oder um die Arbeit von Saboteuren handelte, war zum gegenwärtigen Zeitpunkt reine Spekulation.

Okami frühstückte gerade – *tofu* und gebratenen Fisch –, als sein Telefon klingelte. Es war der Colonel.

»Haben Sie die Radioberichte gehört?« fragte Colonel Linnear.

»Nein, aber ich lese gerade die Zeitung.«

»Die Kommunisten haben die Fünfzehn erledigt. Sieht so aus, als wäre Ihr Problem beseitigt.«

Okami wunderte sich über den angespannten Tonfall des Colonel. »Wenn sie tatsächlich tot sind, haben Sie recht. Würde mich glücklich machen.«

»Wie glücklich?«

»Verzeihen Sie, Linnear-san, aber woher wollen Sie wissen, daß es die Kommunisten waren?«

»Woher weiß man, daß eine Hornisse einem in den Arsch gebissen hat?« fragte der Colonel schroff. »Egal was in der Zeitung steht, die Bombe ist absichtlich unter dem Gebäude plaziert worden, in dem die Fünfzehn wohnten. Gegenwärtig untersuchen unsere Leute die Trümmer, aber sie haben schon jetzt genug gefunden, um den Absender mit Sicherheit bestimmen zu können. Es war eine sowjetische Bombe.«

»Und wo liegt das Problem?«

»Gott, sind Sie heute morgen schwer von Begriff! Kommunisten haben eine US-Regierungseinrichtung in die Luft gejagt und zwanzig Menschen ermordet, fünf davon amerikanische Wachhabende. *Dort* liegt das verdammte Problem.«

Okami schwieg.

»Woher wußten Sie, wo sich die Fünfzehn aufhielten?« fragte der Colonel in plötzlich neutralem Tonfall.

»Wieso fragen Sie mich das?«

»Oh, hab' ich? Ich habe nur laut gedacht.«

Doch Okami wußte es besser. Der Colonel hatte ihm eine clevere Falle gestellt, und er war geradewegs hineingestolpert.

»Ich will Sie heute abend sehen, Okami-san. Um Mitternacht in meinem Büro.«

Abrupt wurde die Leitung unterbrochen. Okami kümmerte es nicht, in welchem Ton der Colonel mit ihm gesprochen hatte, doch er trauerte um die fünf unschuldigen Wachhabenden, die bei dem Anschlag versehentlich getötet worden waren. Bei näherer Betrachtung war es vielleicht doch kein Versehen gewesen; er kannte die Kommunisten. Auf sich selbst wütend, schob er das restliche Frühstück beiseite. Weshalb hatte er das nicht bedacht? Er war so von sich angetan gewesen, die Kommunisten seine Drecksarbeit erledigen zu lassen, daß er ihre Methoden völlig außer acht gelassen hatte. Der Wunsch nach Vergeltung hatte ihn blind gemacht. Bis jetzt. Den Tod von fünf Amerikanern auf dem Gewissen zu haben, behagte ihm nicht.

Er ging zu Iwanushi. Vielleicht wollte er protestieren, vielleicht den Namen seines sowjetischen Hintermannes herausbekommen. Im nachhinein war er sich nicht sicher, was er eigentlich gewollt hatte.

Um sicherzugehen, daß Iwanushi zu Hause sein würde, machte er sich kurz vor dem Abendessen auf den Weg. Er war weniger als einen Block von Iwanushis Haus entfernt, als er hinter sich ein tiefes Brummen vernahm. Er drehte sich um und erblickte einen Konvoi von US-Militärfahrzeugen, die in seine Richtung fuhren. Hastig schob er sich in einen dunklen Hauseingang und spürte den martialischen Luftzug der vorbeidonnernden Wagen.

Sie hielten vor Iwanushis Haus. Mit schußbereiten Waffen sprangen die Militärpolizisten aus ihren Jeeps. Ein Offizier hämmerte gegen die Haustür, und als Iwanushi öffnete, wurde er unfreundlich nach seinem Namen gefragt. Er nannte ihn, worauf der Offizier einen Befehl brüllte. Sofort stürzten sich zwei MP's auf Iwanushi und drehten ihm die Arme auf den Rücken.

Er schrie und wand sich, während er zu einem der Fahrzeuge geführt wurde. Im Türrahmen tauchte eine zierliche Gestalt auf, und als Iwanushis Frau sah, was vor sich ging, fing sie auch zu schreien an und versuchte, zu ihrem Mann zu rennen, wurde aber von einem MP zurückgehalten.

»Wieso nehmen Sie ihn mit?« fragte sie immer wieder. »Weshalb? Er hat nichts getan!«

»Er ist für den Tod von zwanzig Menschen verantwortlich, Ma'am«, sagte der Offizier in scheußlichem Japanisch. »Fünf davon waren amerikanische Soldaten. Dafür wird er bezahlen.«

»Das kann doch nicht wahr sein!« schrie Iwanushis Frau mit tränenerstickter Stimme. »Dies ist ein Alptraum!«

Der Offizier entgegnete nichts. Vielleicht verstand er sie nicht. Er kletterte in den ersten Wagen; der Konvoi verschwand dröhnend in den dunklen Straßen und führte Iwanushi seinem Schicksal entgegen.

Die Luft war vom Pfeifenrauch und von zerreißender Spannung gefüllt; Okami hatte dies beim Betreten des Raumes sofort gespürt. Wie ein eingepferchter Tiger war der Colonel auf und ab marschiert und wirbelte herum, als die Tür geöffnet wurde.

»Nun«, sagte er in dem gepreßten Tonfall, den er annahm, wenn er zornentbrannt war. Okami freute sich nicht auf das Gespräch.

»Setzen Sie sich, Okami-san.«

Der Colonel klopfte die erkalteten Tabakreste aus seiner Pfeife, reinigte sie und stopfte sie von neuem. Währenddessen würdigte er Okami keines Blickes. Als die Pfeife schließlich brannte, nahm er mehrere tiefe Züge.

»In drei Tagen«, begann er, »sollte Donnough MacArthur ein Informationspaket zukommen lassen, welches Generalmajor Willoughby, den *Führer* der Fünfzehner-Gruppe, dermaßen belastet hätte, daß MacArthur gar nichts anderes übriggeblieben wäre, als gegen Willoughby vorzugehen, und zwar aus freien Stücken. Er beginnt allmählich einzusehen, daß es ein Fehler war, die Fünfzehn vor dem Prozeß zu retten. Donnough und ich wollten ihm die Munition liefern, um Willoughby als alleinigen Sündenbock hinstellen zu können. Mac hätte mit der Sache nichts zu tun gehabt und wäre völlig schuldlos gewesen.«

»Können Sie Ihren Plan nicht trotzdem in die Tat umsetzen?« Zurückblickend war diese Frage dermaßen unbedacht, daß sie der zweitgrößte Fehler war, den Okami beim Colonel je begangen hatte.

»Sie Idiot!« explodierte Colonel Linnear. »Dieser Anschlag hat aus Willoughby eine Art Held gemacht.« Er ragte über Okami auf wie ein Gott über einem Sterblichen. »Natürlich ist Mac erleichtert, daß der potentielle außenpolitische Alptraum, den die Gruppe darstellte, eliminiert worden ist, aber was ist mit den toten amerikanischen Wachhabenden? Nicht zu vergessen die Tatsache, daß die Kommunisten eine so große Angst vor der Gruppe hatten, daß sie beschlossen, sie umzubringen. Verstehen Sie denn nicht, daß der Tod der Fünfzehn Willoughbys Kommunisten-Paranoia neue Nahrung gibt? Der konservative Flügel ist jetzt stärker denn je. Japans Wiederaufrüstung hat zwar einen Dämpfer bekommen, aber letztendlich macht das unsere Arbeit nur noch schwieriger.«

»Aber MacArthur hat doch einer Wiederaufrüstung niemals ...«

»Fakt ist, niemand weiß genau, was Mac von einer Wiederaufrüstung Japans hält«, fiel ihm der Colonel ins Wort. »Besonders jetzt.«

Okamis Herz pochte schmerzhaft. Dumm, dachte er. Es war einfach nur dumm gewesen, sich mit den Kommunisten eingelassen zu haben. Nein. Seine wahre Dummheit war, den Glauben an den Colonel verloren zu haben. Er schwor sich, dies nie wieder zu tun.

Als er annahm, daß sich der Colonel beruhigt hatte, sagte er: »Die Amerikaner haben den mutmaßlichen Täter gefaßt.«

Die Augen des Colonel blitzten auf. »Und?«

»Er war es nicht.«

»Sie meinen, er ist unschuldig?«

Wie schaffte es dieser Mann nur, stets die richtigen Fragen zu stellen? fragte sich Okami fasziniert. »Er ist Sozialist und arbeitet für die Kommunisten, aber glauben Sie mir, mit dem Anschlag hat er nichts zu tun.«

»Haben Sie Beweise, die ich dem Sicherheitsoffizier der Militärpolizei vorlegen kann?«

»Nein, aber ...« Okami senkte den Kopf. »Ich habe keine.«

In der mondlosen Nacht war das Haus nur eine schwarze Fassade. Der Tod war allgegenwärtig, nichts wuchs hier, und selbst die Züge hielten hier nicht an. Ein ausgemergelter Hund wieselte um Okamis Beine herum, während der *oyabun* regungslos dastand und auf die dunklen Fenster von Iwanushis Haus starrte. Es war für ihn ein neues Gefühl, derart hilflos zu sein. Er lauschte seinem Herzschlag; der Hund schnüffelte an seinen Schuhen.

Er ging über die Straße, klopfte an der Haustür, und beinahe sofort wurde das Licht eingeschaltet. Er konnte sich gut ausmalen, wie die zierliche Frau im Dunkeln dasaß, dem Atmen ihrer Kinder lauschte und sich fragte, wo ihr Mann wohl wäre.

Die Tür wurde geöffnet, und mit schreckgeweiteten Augen starrte sie zu ihm hoch. »Sie! Haben Sie Neuigkeiten von meinem Mann? Geht es ihm gut?«

»Ich habe keine Neuigkeiten über Iwanushi-san.«

»Oh.« Ihre Gesichtszüge fielen in sich zusammen.

»Ich bin hier, um zu helfen.« Er ging einen Schritt auf sie zu. »Ich kann …«

»Bleiben Sie mir fern! Ich möchte nichts von Ihnen!« Sie spuckte ihm vor die Füße. »Sie sind ein böser *kami*, ein Krimineller. Sie sind Gift. Sie sind ins Leben meines Mannes getreten, und nun haben die Amerikaner ihn abgeholt. Ich habe ihn gewarnt, ihm gesagt, daß Sie uns Unglück bringen würden, doch er meinte nur, ich sei bloß eine Frau und verstünde nichts von diesen Dingen.« Sie musterte ihn mit einem finsteren Dämonenblick. Dann begann sie zu schluchzen, und Tränen rollten über ihre Wangen. »Ich weiß genau, daß ich ihn niemals wiedersehen werde«, preßte sie hervor und schlug Okami die Tür vor der Nase zu.

Regungslos verharrte er in der Dunkelheit. Das Licht ging aus, ein Zug donnerte vorbei und ließ die Wände des Hauses erbeben. Er klopfte noch einmal, doch niemand antwortete. In der anschließenden Stille war er sicher, Iwanushis Frau weinen zu hören. Er sah sich um. Selbst der Hund hatte das Weite gesucht.

Nach einer ganzen Weile wandte er sich ab und verschwand in der Finsternis.

Vierter Teil

Träume & Alpträume

Träume und Alpträume sind zwei der Schlüssel zur Natur unseres Wesens.

Ralph Waldo Emerson

1
London / Tokio / Saigon / Tien Giang

Wie die Finger eines Bettlers klebte der Morgennebel an den Londoner Gehsteigen. Croaker traf etwas verfrüht am Treffpunkt 315 ein. Der Holland Park befand sich am Westende der Stadt, nicht weit entfernt vom größeren Kensington Gardens. Es war ein relativ kleiner, aber wundervoll bepflanzter Park.

Croaker war mit der U-Bahn zur Station Holland Park gefahren, hatte westlich vom Notting Hill Gate die Holland Park Avenue überquert und war nach zwei kurzen Straßenblocks durch den Rose Walk in den Park gegangen.

Er verbrachte einige Zeit im Japanischen Garten, wo er sich nostalgischen Gefühlen hingab und sich fragte, wann er Nicholas wiedersehen würde. Vier Tage bis zum fünfzehnten; noch vier Tage, bis Torch gezündet werden würde. Ihnen blieb nicht mehr viel Zeit. Nicholas hatte ihm berichtet, daß Torch tatsächlich in Floating City hergestellt wurde und praktisch unmöglich aufzuspüren sei, sobald es einmal im Zielgebiet angelangt war. Des weiteren sei nahezu sicher, daß Okami das Zielobjekt war. Falls Nicholas nicht in Floating City eindringen und die Lieferung von Torch verhindern konnte, war eine Katastrophe unausweichlich. Sie mußten unbedingt herausfinden, wo Okami gerade steckte, um ihn zu schützen; seine Gegner kannten seinen ungefähren Aufenthaltsort, Nicholas und Croaker nicht.

Von seinem augenblicklichen Standort aus hatte Croaker gute Sicht auf den Bird Lawn, wo das Treffen stattfinden sollte. Es war jetzt drei Minuten vor zwölf.

Wer hatte Vesper kontaktiert? *Oh Gott, er wird Sermans neuesten Bericht wollen, und ich kann ihn nicht liefern,* hatte sie zu Celeste gesagt. Es mußte sich um ein hochrangiges Mitglied des Nishiki-Netzwerks handeln, vielleicht sogar um jemanden, der direkten Zugang zu Okami hatte. Außerdem hatte Vesper das Treffen nicht erwartet, was auf einen Notfall schließen ließ. Krisen lockten immer die eigentlichen Drahtzieher aus dem Unterholz hervor. *Vielleicht hab' ich heute mal Glück,* dachte Croaker. *Ich bin ganz nahe am Herz von Nishiki, ich kann's spüren.*

Nicholas war nicht der einzige Mensch, an den der Japanische Garten ihn erinnerte. Margarite ging ihm einfach nicht aus dem Kopf. Hatte er sich in ihr getäuscht? Er hatte gewußt, wie gefährlich es war, sich in eine Frau zu verlieben, die auf der anderen Seite des Gesetzes stand. Aber wer konnte Liebe schon kontrollieren? Seitdem er ihr nach Washington gefolgt war, hatte sie einen Weg eingeschlagen, auf den er völlig unvorbereitet gewesen war. Wie viele Leben führte sie eigentlich? In ihrer einen Rolle war sie Ehefrau und Mutter; aus Tony D.s Windschatten heraus lenkte sie die Geschicke des Unterweltimperiums ihres verstorbenen Bruders; sie war Croakers Geliebte, und nun stand sie auch noch mit dem Nishiki-Netzwerk in Verbindung, das von Vesper infiltriert worden war.

In Gedanken immer noch bei Margarite und Bad Clams' Drohung, sie umzubringen, sah er Vesper von der Orangerie her auf den Bird Lawn zuschreiten. Sie war in einen wallenden, pelzbesetzten Mantel mit großem Stehkragen gehüllt und trug auf dem Kopf eine alte russische Pelzmütze. Anmutig und voller Grazie stolzierte sie durch den Park, ihr Auftreten so selbstbewußt wie das eines jeden Top-Universitätsabsolventen. Ihr Gang strahlte sowohl Macht als auch extreme Weiblichkeit aus.

Mit der Präzision eines ausgefuchsten Profis suchten ihre kornblumenblauen Augen das Gelände um den Bird Lawn ab, und diese simple Demonstration ihrer Fähigkeiten enthüllte eine bis dato sorgfältig verborgene Seite in ihr: Sie war kein Amateur, keine Dilettantin, die ihr enormes intellektuelles Potential damit vergeudete, teuflische Spielchen zu spielen, um ein traditionell männliches Betätigungsfeld zu untergraben. Sie war mit tödlichem Ernst bei der Sache, und bevor er eine Möglichkeit ersann, um sie auszuschalten, mußte er erst sorgfältig die Beweggründe für ihr Handeln ausloten.

Sie wandte ihm jetzt den Rücken zu, woraufhin er den Japanischen Garten verließ und auf sie zuschlich. Aus südwestlicher Richtung, vom Holland House kommend, näherte sich ihr jemand.

Aus dieser Entfernung war die Gestalt unmöglich zu identifizieren; sie trug einen dicken Wintermantel, das Gesicht war von einem aufgespannten Regenschirm verdeckt. Er sah, daß die Gestalt klein war – eine weitere Frau, vermutete er. Vesper rannte jetzt mit ausgestreckten Armen auf sie zu. Sie umarmte die Gestalt herzlich, der Regenschirm fiel zu Boden, und Croaker erkannte das Gesicht.

Er stand wie erstarrt da, doch ein heftiger Adrenalinstoß jagte durch seinen Körper und setzte ihn unter Strom. Sein Geist sirrte wie elektrisiert, denn die Person, mit der sich Vesper hier traf, war niemand anders als der Kaisho, Mikio Okami.

»Es grenzt an ein Wunder«, sagte Dr. Benwa. »Ihr Krebsgeschwür wird kleiner.«

Ushiba saß auf dem Untersuchungstisch und starrte den dürren, weißgesichtigen Mann im grünen Arztkittel an. Dr. Benwa war selbst eine Art lebendes Wunder. Sein dünner rechter Arm hing schlaff und leblos an seiner Seite herunter. Benwa und seine Familie hatten sich außerhalb Hiroshimas aufgehalten, als die Bombe abgeworfen wurde. Seine Eltern waren sofort gestorben, und Benwa hatte schwerste Strahlenverbrennungen erlitten. Die Prognosen der Ärzte waren allesamt negativ gewesen, doch allen Voraussagen zum Trotz hatte er überlebt. Es war so, als hätte sich sein rechter Arm geopfert, um den restlichen Organismus zu retten. Selbst als sein Arm von der Strahlenkrankheit völlig zerfressen war, hatte sie seinem restlichen Körper nichts anhaben können. Kein Arzt hatte erklären können, wie Benwa überlebte, aber hier saß er nun und praktizierte Onkologie.

»Trotzdem dies zweifelsfrei eine gute Nachricht ist, möchte ich Ihnen keine falschen Hoffnungen machen«, sagte Dr. Benwa ernst. »Der menschliche Körper ist ein Wunderwerk und zu heroischen Leistungen imstande, aber Ihr Zustand kann jederzeit wieder umschlagen. Ich sagte Ihnen ja schon, daß Ihre Organe irreparablen Schaden erlitten haben. Die Krebszellen sind nach wie vor vorhanden, haben sich nicht in Luft aufgelöst, doch unerklärlicherweise ruhen sie zur Zeit.«

Beim Anziehen fragte sich Ushiba, ob sein verbesserter Gesundheitszustand irgendwie mit seinem Geständnis Tanaka

Gin gegenüber zusammenhing. Hatten seine Enthüllungen über Akira Chosas Verbindung zu Yoshinori eine reinigende Wirkung gehabt, die von seiner Seele aus seinen ganzen Körper erfaßte? Ushiba war kein religiöser Mensch, aber er wußte, daß so etwas möglich war. Er hatte durch *tai chi* und Meditation die enge Verflechtung von Körper und Geist ein ums andere Mal am eigenen Leib erlebt.

Bevor er die Praxis verließ, ging er noch einmal in Dr. Benwas Sprechzimmer. Benwa legte eine Krankenakte beiseite und bedeutete Ushiba hereinzukommen.

»Nehmen Sie Platz, Daijin.« Er lehnte sich zurück und faßte einen Punkt über Ushibas linker Schulter ins Auge. »Sagen Sie, wie sieht's eigentlich in Ihrem Innern aus?«

Ushiba sagte nichts, sondern wartete, daß der Doktor zur Sache kam.

»Wie Sie wissen, tun wir alles medizinisch Mögliche.« Er zuckte mit den Schultern. »Aber das ist oftmals nicht genug.« Sein Blick wanderte zu Ushibas Gesicht. »Sind Sie noch immer allein, Ushiba-san? Sehen Sie, ich mache mir Sorgen um Sie. Es gibt zahllose Studien, die belegen, daß bei einer schweren Krankheit und im hohen Alter Einsamkeit den körperlichen Verfall beschleunigt.«

»Aber es geht mir doch wieder besser.«

»Stimmt. Ich möchte Ihnen ja nur jede erdenkliche Hilfe anbieten. Das gehört zu meinem Beruf.«

»Über Ihre Behandlung kann ich mich wahrlich nicht beschweren, Doktor.«

Dr. Benwa nickte. »Sie sind eine große Bereicherung für dieses Land. Ihr Tod wird es ärmer machen. Ich bin nicht sonderlich erpicht ...«

»Doktor ...«

»Ja, ja. Ich weiß. Ich gehe zu weit.« Er hob seinen dünnen Arm hoch. »Sehen Sie, dies hat mir gewisse Privilegien eingebracht. Man kann mir nicht böse sein; es würde einen beschämen.« Einen Moment lang starrte er auf seinen Schreibtisch. »Daijin, Sie bekommen die beste und modernste Behandlung, die nur möglich ist. Verzeihen Sie mir, aber was Sie jetzt am dringendsten benötigen, ist Liebe.«

»Nun, Doktor, da wir völlig offen miteinander reden, muß

ich Ihnen gestehen, ich bin nicht sicher, ob ich Liebe überhaupt erkennen würde.« Ushiba erhob sich. »Aber um Sie zu beruhigen, kann ich Ihnen mitteilen, daß man mir Freundschaft offeriert hat. Sehr zu meiner Überraschung habe ich sie angenommen.« Er lächelte verkniffen. »Vielleicht ist meine Krankheit überhaupt keine so schreckliche Sache.«

Als er Dr. Benwas höhlenartige Praxis verließ, hatte bereits die Dämmerung eingesetzt. Ungeachtet seines Zustands lebte und atmete die Stadt um ihn herum. Er war sich seiner wachsenden Isolation nur allzu bewußt; die Gleichgültigkeit der Welt konnte furchtbar sein, wenn er sich gestattete, in seinem Selbstmitleid zu schwelgen. Dr. Benwa hatte recht – sein Gemütszustand spielte für seine körperliche Gesundheit eine große Rolle.

Anstatt sich sofort in seinen Wagen zu setzen, sagte er dem Fahrer, daß er ein Stück zu Fuß gehen würde. Er verspürte das Bedürfnis, in den Menschenstrom einzutauchen und ihn auf seiner Haut zu spüren, um die Leere um ihn herum für eine Weile zu verdrängen. Es kam ihm so vor, als lebte er seit Monaten in einem Vakuum. Seine Stellung als Minister und Leiter des MITI war nicht der einzige Grund für sein abgekapseltes Dasein in der Stadt; seine Position in der *godaishu* entrückte ihn noch mehr der Gesellschaft, als es seine offizielle Funktion tat.

Den Tod augenblicklich nicht vor Augen zu haben, war wirklich eine angenehme Überraschung. Die Klarheit, mit der er seine gegenwärtige Situation sah, erstaunte ihn. Er begann sich zu fragen, ob er und die *godaishu* die Welt, die sie so verzweifelt beherrschen wollten, überhaupt verstanden. Was würden sie tun, wenn sie ihr Ziel, die Weltwirtschaft zu kontrollieren, erreicht hatten? Noch mehr Geld anhäufen? Mehr Einfluß? Mehr Macht? Und wenn, was würde ihnen das bringen? Wieviel Geld, Einfluß und Macht brauchte man eigentlich?

Während er durch die überfüllten Straßen seiner Stadt schlenderte und sich zwischen den Menschen hindurchzwängte, die Tag für Tag über diese Bürgersteige hetzten, öffentliche Verkehrsmittel benutzten und sich abstrampelten, um ihre Steuern zu bezahlen, bekam er plötzlich Angst. Nicht um sie, sondern um sich und die anderen Mitglieder der *godaishu,* denn er ahnte die Antwort auf seine Frage. Sich jedes einzelne Mitglied vor Augen führend, wußte er, daß sie den Hals nie voll kriegen würden. War er Teil von ihnen? Sicher, bis eben war er das gewesen. Was hatte das aus ihm gemacht? Plötzlich benommen, schloß er die Augen. Ihm lief ein eisiger Schauer über den Rücken.

Er schlug die Augen auf und sah sich dem neugierigen Gesicht einer jungen Frau gegenüber, die die winzige Hand ihrer Tochter hielt.

»Sind Sie krank, mein Herr?«

»Nein, mir geht es ausgezeichnet, vielen Dank.«

Er ging weiter, drehte sich aber um und sah zu, wie sie ihre kleine Tochter über die breite Straße führte. Er hatte ihr Gesicht noch immer vor Augen. Es war beileibe kein ungewöhnliches Gesicht, aber die schlichte Gewöhnlichkeit bewegte ihn. Plötzlich mußte er an Torch und an die Konsequenzen denken. Ohne die *godaishu* hätte es Torch nie gegeben. Mit einem Mal schlug die Last des herannahenden entsetzlichen Verbrechens mit voller Wucht auf seine Schultern, so daß sich ihm der Magen umdrehte und bittere Gallenflüssigkeit in seiner Kehle hochgeschossen kam.

Wir sind von Sinnen, dachte er. *Wir sind alle völlig verrückt.*

Was für ein Blödmann ich bin, dachte Croaker. *Kann man noch mehr außer Form sein? Dieser Hurensohn Bad Clams.* Aber es war seine eigene Schuld, schließlich hatte Bad Clams ihn gewarnt. *Ich hab' ein Auge auf dich. Daß du über'n großen Teich jettest, heißt nicht, daß ich nicht wissen werde, wo du steckst und was du treibst.*

Gleich nachdem sich Vesper und Mikio Okami umarmt hatten, war Croaker auf den Mann hinter der Zeitung aufmerksam geworden. Er hätte den Kerl viel früher entdeckt, hätte er sich nicht so sehr darauf konzentriert, im Geiste Okamis Gesicht mit den Fotos zu vergleichen, die ihm Nicholas Anfang des Jahres in Tokio gezeigt hatte.

Sein Beschatter war vom Japanischen Garten zum Bird Lawn gekommen und hatte sich hinter einer Ausgabe der *London Times* verschanzt. Croaker hätte sich in den Hintern treten können. Nachdem er Okami identifiziert hatte, wußte er, daß er das letzte Puzzlestück in Händen hielt: Torch sollte im Herzen Londons gezündet werden.

Croaker sah sich jetzt einem klassischen Dilemma gegenüber. Er hatte das Nishiki-Netzwerk zu seinem Ursprung zurückverfolgt, hatte Mikio Okami gefunden. Aber gleichzeitig hatte er auch den Gegner hierhergeführt. Ihm blieben jetzt zwei Möglichkeiten: Okami zu seinem sicheren Unterschlupf folgen und dabei riskieren, Bad Clams' Mann dort hinzuführen, oder den Schatten loswerden und Okami verlieren.

Er hatte keine Wahl.

Während Okami und Vesper den Bird Lawn in nördliche Richtung verließen, schlenderte Croaker zu der Parkbank, auf der sich der Mann hinter seiner Zeitung versteckte.

»Hallochen«, sagte er fröhlich und ließ sich neben dem Mann nieder.

Das Zeitungspapier raschelte, aber der Mann antwortete nicht. Croaker riß ihm die *Times* herunter. Er sah sich einem bleichhäutigen Mann gegenüber, dessen unnatürlich schwarzes Haar sich bereits deutlich lichtete. Er hatte flinke, wachsame Augen, die gleichzeitig alles und nichts zu sehen schienen. Er trug einen billigen braunen Anzug und hatte am Kinn einen großen Leberfleck. Seine mehrfach gebrochene Nase war nur schlecht gerichtet worden, und er sah so hartgesotten aus, daß man die Falten in seinem Gesicht durchaus für Narben halten konnte.

»Kenne ich Sie?«

»Jetzt schon«, sagte Croaker, schob eine Hand unter die Jacke des Mannes und zog dessen Waffe aus dem Schulterhalfter. »Die ist hier illegal.«

»Falsch. Ich habe eine Lizenz.«

»Werden wir ja sehen.«

»Geben Sie sie mir zurück.« Leberfleck-Mann bleckte seine Zähne. »Oder Sie können Ihr blaues Wunder erleben.«

Croaker schüttelte die Patronen aus der Trommel und warf sie achtlos zu Boden. Dann steckte er den Revolver in das Halfter zurück. Gleichzeitig ließ er die rostfreien Stahlklauen aus den Öffnungen in seinen biomechanischen Fingern fahren und verhakte sie in Leberfleck-Manns Hemdkragen. Dann riß er ihm mit einem Ruck die gesamte Bekleidung – Hemd, Krawatte, Unterhemd – vom Leib, so daß der Kerl mit vom Hals bis zum Bauchnabel entblößtem Oberkörper dasaß.

»Himmel!«

Leberfleck-Mann versuchte aufzuspringen, doch Croaker hielt ihn mit seinen Titan-Fingern fest und drückte ihn unsanft auf die Bank zurück.

»Bedrohen Sie niemals Leute, die Sie nicht innerhalb einer Zehntelsekunde töten können.«

Leberfleck-Mann hatte eine Gänsehaut bekommen, aber an seinem stechenden Blick erkannte Croaker, daß der Kerl noch immer mehr Angst vor Bad Clams als vor ihm hatte.

»Ich will, daß Sie Ihrem Boß eine Botschaft übermitteln.«

»Verpissen Sie sich, Arschloch. Wen kümmert schon, was Sie wollen?«

Croaker verstärkte den Druck seiner Hand. »Sie zum Beispiel.«

Leberfleck-Mann grinste verächtlich. »Was wollen Sie denn machen? Mich hier zwischen den Vögeln und spielenden Kindern in Stücke reißen, oder was?«

Croaker hob ihn zu sich hoch. »Ich hab' genug von Ihnen, Freundchen. Wir gehen jetzt zu Scotland Yard. Die haben dort sicher eine Zelle für Sie frei.«

Leberfleck-Mann begann wild um sich zu schlagen. »Sie haben nichts gegen mich in der Hand. Sie können mich nicht einbuchten ...« Er riß sich los, und wie durch einen magischen Zaubertrick hielt er plötzlich eine Kleinkaliberpistole in der Hand. Sein Zeigefinger wollte sich gerade um den Abzug krümmen, doch Croaker rammte seinen massigen Körper gegen den Mann und verhinderte Schlimmeres.

Croakers Titan- und Polycarbonatfinger schlossen sich um die Waffe und drückten die Mündung von ihm fort, wofür er allerdings einige heftige Hiebe einstecken mußte. Leberfleck-Mann war stark und kannte sich im Straßenkampf aus. Er verpaßte Croaker zwei schmerzhafte Rippenstöße und rammte ihm eine Faust in die Leistengegend.

In Croakers Becken flammte Schmerz auf, und er glaubte, das Knacken einer Rippe gehört zu haben. Leberfleck-Mann nutzte die Gelegenheit und hämmerte auf Croakers rechte Seite ein, was Croaker jedoch die Gelegenheit gab, alle Kraft in seine biomechanische Hand zu legen. Er zerquetschte Leberfleck-Manns Handgelenk, mußte aber gleichzeitig einen teuflischen Schlag in die Nieren einstecken.

Croaker sah Sterne vor Augen, wäre beinahe ohnmächtig geworden, schaffte es aber, seine Titan-Hand vom zerquetschten Handgelenk des Mannes loszureißen. Dabei schnitten die noch immer ausgefahrenen Stahlklauen horizontal durch die Luft, rissen dem Mann Haut und Fleisch von der Wange und zertrümmerten seinen Nasenrücken. Dann stieß Croaker dem Mann seine Klauen in den Bauch. Mit einem dumpfen Knall schlug Leberfleck-Manns Kopf auf dem Boden auf, und Croaker verlor das Bewußtsein.

Eine aufgeregte Stimme holte ihn aus der Ohnmacht zurück. Er schlug die Augen auf und starrte einem aschfahlen Bobby ins Gesicht. Er war blutjung, fast noch ein Kind, und schien sehr erschrocken zu sein. Croaker bemerkte die Menschentraube um ihn herum. *Himmel, ist ja 'ne richtige Massenveranstaltung,* dachte er.

»Bewegen Sie sich nicht.« Der Bobby schluckte. »Sie sind verletzt, und überall ist Blut. Der Krankenwagen ist schon unterwegs.«

Trotz der Warnung des Polizisten drehte er sich unter Schmerzen auf die Seite und sah Leberfleck-Manns blicklos starrende Augen. Er hörte die auf- und abschwellende Sirene des näher kommenden Krankenwagens, doch in seinen Ohren dröhnte nur Bad Clams' Stimme:

Komm mir bloß nicht in die Quere, weder in London oder wo immer dich die Sache hinführt, denn sonst werde ich dich mit meinen Steigeisen plattbügeln, verstanden?

»Tachi ist tot.«

Chief Inspector Van Kiet sah zu Nicholas hoch. »Scheiße. Was ist passiert?«

»Seiko. Sie hat ihm mit einer Armbrust einen Pfeil ins Herz gejagt.«

Van Kiet schlug seine Handflächen auf die Tischplatte und sprang auf. »Diese Schlampe! Ich warnte Tachi noch, er solle ihr nicht vertrauen. Wo ist sie? Ich will sie vernehmen.«

»Sie ist auch tot. Karma.« Seine Worte klangen wesentlich

kälter, als er sich fühlte, doch Van Kiet hatte Seiko nicht sonderlich gemocht, und Nicholas sah keinen Sinn darin, seine Gefühle zum Ausdruck zu bringen. Soweit es ihn betraf, sollte Trauer eine Privatsache sein.

»Dieser Job«, sagte Van Kiet, ihn offenbar nicht verstehend, »ist voller Wege, die nie beschritten werden.«

»Dies ist nicht gerade die orientalische Einstellung. Glauben Sie nicht an Karma?«

»Nicht mehr«, sagte Van Kiet müde. »Hatte zuviel Umgang mit Amerikanern.« Er sah Nicholas an. »Aber Tachi muß doch seine Unschuld bewiesen haben. Er kannte den Yakuza, der Vincent Tinhs Leiche abgeholt hat.« Er sah Nicholas fragend an. »Er zeigte Ihnen doch die Fotos, die ich ihm gab, oder?«

»Nein«, sagte Nicholas mit einem aufkommenden Gefühl kalter Furcht.

Van Kiets Büro war so mit Papieren vollgestopft, daß er nicht in der Lage gewesen wäre, die Tür zu schließen, wenn er es gewollt hätte. Überall türmten sich Unterlagen auf: Dossiers, Notizzettel, Plakate mit Bildern gesuchter Verbrecher, interne Berichte, stapelweise Akten. Das Zimmer stank nach schalem Essen und noch schalerem Schweiß. Ein Lagerraum mit vergammeltem Fleisch wäre angenehmer gewesen.

Er durchstöberte einen hohen Aktenberg. Mit dem Elan eines Zauberers schaffte er es, aus der Mitte des Stapels einen Schnellhefter herauszuziehen, ohne daß die gesamte Konstruktion zusammenkrachte. Er schlug den Hefter auf, entnahm ihm drei Schwarzweißfotos und drückte sie Nicholas in die Hand.

Sie zeigten einen ungefähr fünfundzwanzigjährigen Yakuza. Auf einem der Schnappschüsse betrat er gerade einen Massagesalon, auf dem nächsten war er bis zur Hüfte nackt. Das dritte Bild zeigte ihn bäuchlings auf einer Matte liegend, während sich eine nackte Frau über ihn beugte.

»Wir sind hier nicht so rückständig, wie einige gerne glauben möchten«, sagte Van Kiet trocken.

Nicholas starrte auf die *irizumi* – die Tätowierungen – des Yakuza. »Dieser Mann gehört zu Tachis Clan, den Yamauchi.« Er deutete auf die Tätowierung. »Diese Tätowierungen sind so leicht zu identifizieren wie eine Unterschrift.«

Van Kiets Miene schien sich aufzuhellen. »Aber dies ist letzten Winter passiert, bevor Tachi *oyabun* der Yamauchi wurde.«

»Richtig, aber laut Seiko war Tachi bereits in Tokio und hatte Tomoo Kozos Vertrauen gewonnen. Zu dem Zeitpunkt vertrat er die Interessen der Yamauchi in Südostasien.«

»Mit anderen Worten, der Kerl hätte gut und gern von Tachi geschickt sein können«, sagte Van Kiet offensichtlich enttäuscht.

Nicholas nickte. »Zumindest ist es wahrscheinlich, daß Tachi von ihm gewußt hat«, sagte er, während er die Fotos in den Hefter zurücklegte. Dies war der Beweis, daß Seiko ihm die Wahrheit über Tachi erzählt hatte. Andererseits spürte Nicholas noch immer die Anziehungskraft von *shuken*. Er nahm an, daß Tachi im Laufe der Zeit gestanden hätte, daß er Nicholas umbringen sollte. Nicholas zog es vor zu glauben, daß ihre Freundschaft Tachis Pragmatismus besiegt hatte. Aber vielleicht war das auch bloß Wunschdenken; jedenfalls hatte die Zeit ihnen beiden ein Schnippchen geschlagen.

Nicholas musterte Van Kiet. »Sind Sie jetzt bereit, mir zu sagen, wer Vincent Tinh ermordet hat?«

Van Kiet nickte. »Sicher. Was habe ich jetzt noch zu verlieren? Sie werden es schon nicht hinausposaunen. Es war Rock. Tinh glaubte, sich in Floating City breitmachen und Rocks Partner werden zu können. Rock statuierte an ihm ein Exempel; er mußte in aller Deutlichkeit demonstrieren, was mit Leuten geschieht, deren Ehrgeiz außer Kontrolle gerät.«

Das Treiben in Saigons Innenstadt vibrierte mit einer schwindelerregenden Intensität, die nur eine massive kapitalistische Geldinfusion hervorrufen konnte. Plärrende Musik und enervierendes Hupen vereinten sich zu einer konzertanten Geräuschkulisse, und das rauschende Stimmengewirr war so allgegenwärtig wie die Dieselabgase in der Luft.

»Es ist noch immer das gleiche«, sagte Nicholas. »Ob Tag oder Nacht, nichts hat sich geändert.«

»Nein«, widersprach Van Kiet. »Es ändert sich von Minute zu Minute. Jeden Tag kommen mehr Japaner und Amerikaner, Koreaner und Thailänder in die Stadt. Firmen und ihre Repräsentanten, Agenten und Anwälte überfluten Saigon und eröffnen hier ihre Zweigstellen.«

»Sie klingen verbittert.«

»Tue ich das?« Van Kiet stierte durch die verdreckte Fensterscheibe, wandte sich dann ab. »Kann mir nicht vorstellen, warum. Zusätzlich zu Gelbfieber und Meningitis müssen wir uns jetzt auch noch mit AIDS und Hepatitis-Epidemien herumschlagen. Von unserer Kultur ist nach all den Kriegen nur wenig übriggeblieben; mein Land wird wieder einmal von Leuten überrannt, die meinen zu wissen, was für uns am besten ist. Die Kommunistische Partei, die uns noch führt, ist in sich völlig zerstritten, und die Kapitalisten, die uns führen werden, sind bis auf die Knochen korrupt. Man kann die beiden heutzutage kaum noch voneinander unterscheiden. Aber ich entschuldige mich, falls mein Ton Sie brüskiert haben sollte.«

»Kommen Sie. Zeit zum Abendessen. Lassen Sie uns losziehen und uns betrinken.«

Van Kiet ging mit ihm ins My Canh, eines von mehreren schwimmenden Restaurants auf dem Saigon River. Es war eine unglückliche Wahl, denn es erinnerte Nicholas an seine Bootsfahrt mit Bay und die darauf folgende unselige Aktion in den Cu Chi-Tunneln.

Auf dem trüben Fluß glitzerten die Lichter der Stadt wie ein buntes Kaleidoskop, das sich jedesmal, wenn ein Boot vorbeifuhr, in ein auf und ab wogendes Farbenmeer verwandelte. Während er das Schauspiel beobachtete, erloschen in einem *quan* – einem Bezirk – plötzlich die Lichter, was in Saigon alles andere als ungewöhnlich war. Aber in seiner derzeitigen Stimmung war es ein melancholischer Anblick. Trotz der gewaltigen Summen, die nach Saigon strömten, war die Stadt noch immer ein elendes Dritte-Welt-Loch. Die mühseligen Anstrengungen, ein billiger, am freien Markt orientierter Produktionsstandort zu werden, wurden immer wieder durch die Unfähigkeit, selbst rudimentärste Bedürfnisse zu befriedigen, zurückgeworfen.

Nicholas dachte an die tote Bay und an die Kind-Prostituierte, die sich ihm und Tachi im Tempel der Wale angeboten hatte. Irgendwie symbolisierten die beiden all die verlorenen Hoffnungen der einheimischen Bevölkerung, die von historischer Verleugnung und abrupten ideologischen und ökonomischen Richtungswechseln völlig verunsichert war. Auf gewisse Weise war Saigon wie Floating City, ein autonomer Stadtstaat, losgelöst von vietnamesischen Traditionen und kommunistischer Litanei, infiziert von ausländischer Habgier und Sexsucht, die die sowieso schon instabile Sozialstruktur der Stadt vergifteten. Die Geschäftswelt würde überleben – sogar prosperieren –, daran hatte er keine Zweifel. Aber was würde aus den Menschen werden? Wie würden sie überleben?

Mit rot geränderten Augen starrte Van Kiet finster vor sich hin und sagte keinen Ton, bis er seinen dritten Schnaps hinuntergespült hatte. Dann spuckte er über die Reling. »Ich werde heute nacht jemanden suchen, den ich abknallen kann; aber ich werde den Bastard gar nicht wahrnehmen, sondern Tachi mit einem Pfeil in der Brust vor mir sehen.«

Nicholas ließ ihn reden, denn das war es, was Van Kiet jetzt brauchte. Er war ein gewalttätiger Mensch, dessen Temperament nur allzu leicht überkochte; in seinem Innern loderte eine Wut, die jedesmal, wenn er den Abzug betätigte, etwas besänftigt wurde. Zivilisierte Umgangsformen waren ihm mehr oder weniger fremd, schließlich lebte er in einem Land, welches sich das Konzept der Zivilisation niemals ganz zu eigen gemacht hatte. Vietnam war eine Nation von Kriegern, ein in Blut gebadetes Land, das sich am Kampf mit den einheimischen Clans, den benachbarten Kambodschanern und den Laoten ergötzt hatte, ein Land, in dem die Flamme des Friedens niemals entzündet worden war.

Jetzt erntete Vietnam, was es dereinst gesät hatte. Wenn man an das Konzept von Sünde und Bestrafung glaubte, böte dieses Land einen perfekten Anschauungsunterricht.

Geduldig wartete Nicholas, bis Van Kiet seine mordlüsternen Haßtiraden beendet hatte. »Seiko war überzeugt, daß Tachi mich früher oder später umgebracht hätte.«

»Was?« Van Kiet wurde aus seiner trunkenen Lethargie gerissen. »Sie war eine Lügnerin.«

»Vielleicht nicht.« Nicholas berichtete ihm von Tachis schwacher Position innerhalb der Yakuza. »In einem hatte sie recht«, faßte er zusammen. »Wegen der andauernden Polizeiaktionen gegen die Yakuza ist es wichtig, einem mächtigen Clan anzugehören, ansonsten kann man sich gleich einer gewöhnlichen Straßengang anschließen.«

»Ich schätze, es ist unmöglich, einem Mann ins Herz zu schauen«, sagte Van Kiet, auf seine halb im Dunkeln liegende Stadt starrend.

»Ich muß mit ihrem Vater sprechen. Wissen Sie, wo er sich zur Zeit aufhält?«

Man hatte ihnen eine Schnapsflasche auf den Tisch gestellt. Van Kiet stürzte einen weiteren Drink hinunter und schenkte sich sofort nach.

»Er hat hier ein Apartment, übernachtet dort aber nur selten«, sagte Van Kiet. »Er benutzt es hauptsächlich für Geschäftstreffen in der Stadt. Er lebt auf einem großen Anwesen außerhalb von My Tho, der Hauptstadt der Provinz Tien Giang. Mit einem schnellen Wagen braucht man ungefähr fünfzig Minuten.«

»Werden Sie mich hinfahren?«

Van Kiet nickte. »Gleich morgen früh.«

Huynh Van Dichs Anwesen überblickte den Fluß Tien. Es war von Bananenplantagen umsäumt, die einer seiner vielen Firmen gehörten. Er hatte lederne, mahagonifarbene Haut und war mit seinem Silberhaar und den Falkenaugen selbst im Alter von dreiundsiebzig Jahren noch ein gutaussehender Mann. Er hatte sich weder von Ideologien noch Politik beeinflussen lassen und ging seiner Leidenschaft – Geldverdienen – mit eiserner Autorität nach. Er brachte dem Land so viele Devisen, daß weder Politiker noch Militärs es wagten, ihm in die Quere zu kommen. Zum Teil lag das vielleicht auch an seiner selbstauferlegten Neutralität in allen politischen Angelegenheiten. Solange sie ihre Nasen nicht in seine Geschäfte steckten, hielt er sich aus allem raus und ließ sie frei gewähren.

Dieses Arrangement hatte bestens funktioniert; es hatte aus ihm einen reichen Mann gemacht, obgleich er bei den zahlreichen Regierungen, die sich in Hanoi und Saigon die Klinke in die Hand gaben, kaum Einfluß besaß.

Er war klein und kompakt, beugte sich ständig zu seinem Gegenüber vor, als wäre er schwerhörig, doch in Wahrheit war er immer in Eile. Wenn er lief, rannte er, und wenn er rannte, hetzte er wie ein wildes Tier. Seine dreiundsiebzig Jahre schien er überhaupt nicht zu spüren.

Er war nicht erfreut, Van Kiet zu sehen, war aber neugierig auf dessen Begleiter. Er lud sie zu einem Frühstück mit gebratenen Bananen und Reis mit Fischpaste ein. Sie aßen an einem langen Holztisch, von dem aus man zwischen Kokospalmen hindurch bis zum Fluß sehen konnte. Sonnenlicht durchbrach die blaugraue Wolkendecke und schimmerte auf dem Wasser wie feiner Goldstaub.

Seine Kinder und seine neue Ehefrau waren nirgends zu entdecken. Bis auf die Geräusche der Vögel und Insekten und dem Rauschen des Windes in den Palmenwedeln war es still. Vielleicht mochte er es, allein zu essen.

Beim Essen sagten die drei Männer kaum ein Wort. Nachdem die Teller abgeräumt und französischer Kaffee serviert worden war, sagte Dich: »Was führt Sie zu mir, Chief Inspector?«

Van Kiet antwortete nicht.

»*Chu* Dich«, begann Nicholas langsam, »es tut mir leid, Ihnen mitteilen zu müssen, daß Ihre Tochter tot ist.«

Dich sah ihn eigenartig an. »Der Leichnam?«

»Ich habe seine Überführung nach Saigon in die Wege geleitet«, sagte Van Kiet.

»Möchten Sie wissen, wie sie gestorben ist?« fragte Nicholas.

»Ich weiß nicht einmal, wie sie gelebt hat, daher bezweifle ich, daß ich verstehen könnte, wie oder warum sie gestorben ist«, sagte Dich mit unerbittlicher Logik.

Van Kiet starrte hinaus auf die schmalen Deiche am Flußufer. Eine hagere Gestalt schleppte mit gekrümmtem Rücken eine schwere Last über eine Pfahlbrücke. Der Chief Inspector stand auf und entschuldigte sich.

»Falls es irgendwie tröstlich ist, ich war mit Ihrer Tochter gut befreundet; sie hat mir etwas bedeutet«, sagte Nicholas, sobald sie allein waren.

Dich drehte seinen Kopf zu Nicholas herum. »Sie sagen also, Seiko habe Ihnen etwas bedeutet, *Chu* Linnear. Haben Sie sie beschützt?«

»Ich glaube, am Ende hat sie mich beschützt.«

Dich stand auf. »Ich muß meine Runde machen. Möchten Sie mich begleiten?«

Sie gingen durch die offenen französischen Türen auf die

Terrasse hinaus. Der feuchte Plantagengeruch war allgegenwärtig. Dich führte ihn eine Steintreppe hinunter und einen Pfad entlang, der sich durch einen farbenprächtigen Garten wand.

Am Ende des Weges war eine weitere Treppe, die zu einem Areal aus trockener harter Erde führte, auf der nichts wuchs. Trotz der frühen Stunde brannte die Sonne gnadenlos herab.

Sie erreichten eine Reihe von Holzschuppen, in denen zahlreiche Bambuskäfige in allen Größen und Formen übereinandergestapelt waren. In ihnen zischten und züngelten sich schlängelnde Kreaturen, andere wiederum schliefen wie tot.

»Diese Schlangenfarm ist mein Hobby«, sagte Dich. »Ich komme her, um mich von den Anspannungen des Tages oder der Nacht zu erholen.«

Machte er Witze? Nicholas erkannte Kobras, Klapperschlangen und Giftnattern, aber es gab eine Vielzahl von Gattungen, die er nicht identifizieren konnte.

Während sie durch die Schuppen stöberten, sah Nicholas riesige Aquarien mit hochgiftigen Seeschlangen, die hinter Felsblöcken hervorkamen und sich durch das Dickicht aus fast durchsichtiger Vegetation wanden.

»Wir gewinnen hier alle Arten von Seren«, erklärte Dich. »Heilmittel für Schüttelfrost, Fieber, Narkosesubstanzen für Operationen, Mittel gegen Keuchhusten und Hyperventilation. Wir extrahieren nicht nur das Gift, sondern auch das Blut, die Gallenblase, die Hirndrüse und das Fleisch. Wir trocknen es und mahlen es zu einem feinen Pulver, das die sexuelle Leistungskraft erhält oder erhöht.« Dich ging von Käfig zu Käfig. »In gewisser Weise sind Schlangen wie Kinder. Man füttert sie, gibt ihnen ein Dach über dem Kopf, zieht sie groß, und wenn man nicht höllisch aufpaßt, jagen sie einem ihre Giftzähne ins Fleisch.«

»Seiko hat mich gebeten, Sie aufzusuchen.«

Dich starrte zur Sonne hoch. »So daß ich zu guter Letzt doch noch etwas über meine Tochter erfahre.«

»Wissen Sie, daß sie mit einem Yakuza-*oyabun* namens Tachi Shidare zu tun hatte?«

»Ich weiß ein wenig über Shidare«, erwiderte er unverbindlich.

»Sie glaubte, er hätte sich mit einem anderen, weitaus mächtigeren *oyabun* eingelassen, um in Tokio schnell Karriere zu machen.«

»Stimmt. Dummerweise hat Shidare genau das getan.« Dich führte ihn tiefer in sein Anwesen hinein, wo sich Reihen prächtiger Orchideen aus der dunklen, gehaltvollen Erde erhoben.

Umgeben von der beinahe überirdischen Schönheit der exotischen Blumen verspürte Nicholas ein schmerzhaftes Ziehen im Bauch. Er wußte jetzt endgültig, daß Seiko ihm die Wahrheit gesagt hatte. *Du kannst mir nicht verzeihen, dich vor Tachi gerettet zu haben.* Er war wütend und frustriert. Er wollte sie zurückhaben, lebendig, wiedervereint mit ihrem Vater. Er erkannte jetzt, daß dies die einzige Möglichkeit gewesen wäre, sie beide aus ihrer psychischen Pein zu erlösen.

»Welcher *oyabun* war es?« fragte er. »Chosa?«

Dich hockte vor einer violetten, goldgesprenkelten Spezies. »Der ältere, erfahrenere und hinterhältigere der beiden.« Er untersuchte den Erdboden um die Blume. »Tetsuo Akinaga.«

Akinaga. Der Bruder seiner Kindheitsfreunde, der Sohn des Mannes, der Nicholas' zweiter Vater gewesen war und ihn mit Koei bekannt gemacht hatte. Und jetzt wollte Akinaga seinen Tod. Endlich wußte Nicholas, wer sein Feind war.

»Tetsuo war immer ein brillanter Taktiker«, sagte er. »Bis er *oyabun* wurde, war der Shikei-Clan immer nur zweitrangig, was sich dann aber schnell änderte.«

Dich erhob sich und klopfte die Erde von seinen Händen. »Wissen Sie, weshalb er Ihren Tod will?«

»Ich habe seinen Vater Tsunetomo geliebt. Er war für mich wie ein zweiter Vater. Ich weiß, daß Tetsuo, obwohl er seinen Vater nach außen hin verehrte, ihn insgeheim um seine Position beneidete. Er konnte es nicht erwarten, daß Tsunetomo starb und er endlich an die Macht kam.«

»Ist das die einzige Erklärung, weshalb er Ihnen jetzt an den Kragen will?«

Nicholas dachte nach. Vielleicht erklärte es, wieso der Angriff auf die für Tetsuo typische hinterhältige Art und Weise erfolgt war, aber es beantwortete nicht die Frage nach dem Warum. War Tetsuo noch immer eifersüchtig auf seine Beziehung zu seinem Vater, oder hatte es zwischen Tsunetomo und dem Colonel eine Verbindung gegeben, von der Nicholas keine Ahnung hatte? Ihm war klar, daß der Colonel im Nachkriegs-Tokio viele Dinge getan hatte, von denen er nichts wußte. Und er wußte auch, daß sein Vater es so gewollt hatte. Weshalb? Zu viele Fragen, die er noch nicht beantworten konnte.

»Ich denke, dies ist eine nicht unbedeutende Frage«, sagte Dich, der Nicholas' Verwirrung spürte. Er schlenderte zu einem mit flachen Steinen gepflasterten Weg, der sich durch den Orchideenwald schlängelte. »Sehen Sie, es ist alles eine Frage der Loyalität.« In dem für ihn typischen rasenden Tempo eilte er den Weg entlang. »Früher war das eine simple Sache. Man schloß sich mit jemandem zusammen, und die Ehre schrieb einem vor, daß man diese Allianz bis zum Ende aufrechterhielt. Heutzutage hat man das Wort *Ehre* aus dem Lexikon gestrichen. Heute kämpft jeder nur noch für sich selbst und jagt dem anderen bei der erstbesten Gelegenheit ein Messer in den Rükken. Das Resultat ist, daß die meisten Beziehungen in die Brüche gehen, bevor sie sich gefestigt haben. Sie sind – wie ganz Japan – zu oberflächlichen Symbolen degeneriert, Anachronismen, die wie Schachfiguren hin und her geschoben werden, um einen Vorteil zu erlangen. Und genau wie Schachfiguren sind sie nur allzuoft austauschbar und entbehrlich.«

Dich schlug vor, zur Veranda des Haupthauses zurückzugehen, um etwas zu trinken. Sie saßen an einem runden Bambustisch, vor sich eisgekühltes Bier.

»Schade, daß Sie nicht aus geschäftlichen Gründen hier sind, *Chu* Linnear«, sagte Dich. »Nach Jahrzehnten des Krieges hat Vietnam jetzt eine echte Chance, ein florierender Industriestandort für Firmen aus aller Welt zu werden. Ich sehe der Zukunft voller Optimismus entgegen. Zu dumm, daß nicht alle meinen Enthusiasmus teilen.«

»Glauben Sie, daß die Kommunisten wieder versuchen werden, den Süden zu beherrschen?«

»Auf keinen Fall«, sagte Dich tonlos. »Sie sind wirtschaftlich und moralisch auf dem absteigenden Ast und haben ihre Existenzberechtigung verspielt. Die Menschen haben erkannt, daß man sie nur belogen hat.« Er schüttelte den Kopf. »Nein, Vietnam ist vor seinen alten Feinden sicher. Es sind die neuen Feinde, die mir Sorgen machen.«

Während Dich freimütig über seine Rolle im neuen, geöffneten Vietnam dozierte, konnte sich Nicholas des Gefühls nicht erwehren, daß dieser mysteriöse Mann, über den Seiko und Tachi nicht hatten sprechen wollen, das Verbindungsglied war, das die Protagonisten dieses Stückes mit einer Art magnetischer Kraft aneinanderkettete. Wie und warum er das tat, waren zwei ungeklärte Fragen, die, so ahnte Nicholas, besser beantwortet sein sollten, bevor er den entscheidenden Schlag gegen Floating City führte.

Dich nahm zwei weitere Biere aus der Kühlbox und schob eins zu Nicholas.

»Ich warnte Seiko davor, sich mit Tachi Shidare einzulassen, aber wie Sie sicherlich mitbekommen haben, war sie ein störrisches Kind und wußte oft nicht, was am besten für sie war.«

Dich nahm einen Schluck von seinem Bier. »Ich weiß, wer Sie sind, *Chu* Linnear. Ich habe eine Nachricht für Sie, von Ihrem Freund Mikio Okami.«

»Okami-san lebt?«

Dich lächelte. »Ja, aber er muß sich immer noch verstecken; er schwebt noch immer in großer Gefahr. Genau gesagt, die Gefahr ist größer denn je«, sagte Dich leise. »Aber das ist im Augenblick nebensächlich. Hören Sie mir gut zu. Es müssen einige Dinge geschehen, bevor er zurückkehren kann. Wäre er Kaisho geblieben, wäre all das nicht nötig geworden.«

»Ich verstehe nicht ganz.«

Dich legte seinen Kopf schräg. »Ich glaube, Sie verstehen mehr, als Sie zugeben. Sie wissen, wie Okami denkt. Wie sollten Sie auch nicht? Schließlich hat er das von Ihrem Vater gelernt.«

Nicholas sagte nichts, und Dich war anscheinend entschlossen weiterzureden, solange sie noch allein waren.

»Genau wie der Colonel denkt Okami in großen Dimensionen. Er ist ein Stratege allererster Güte. Als ihm bewußt wurde, wie gefährlich die Lage für ihn und Dominic Goldoni war, entwickelte er einen Gegenplan. Leider kam er zu spät, um Goldoni zu retten, was für uns alle eine Tragödie war.«

Nicholas fiel das ›uns‹ auf; jetzt begann er das Geflecht zu erkennen, das ganze Kulturen, nationale Grenzen und sogar Ideologien überspannte. Dort draußen im Verborgenen ging etwas Außergewöhnliches vor, und ihm wurde in aller Deutlichkeit bewußt, daß er letztendlich eingeweiht wurde.

»Sie sind der dritte Partner, oder? Okami, Goldoni und Sie gegen die *godaishu.*«

Dich nickte, fast ungeduldig. »Natürlich. Meine Beziehung zu Okami reicht viele Jahre zurück, aber das ist jetzt irrelevant. Okami bemerkte die Veränderungen in der *godaishu;* immerhin war sie seine Kreation, daher konnte er die Anfänge wie Korruption so deutlich erkennen wie einen Bakterienherd in gesundem Gewebe. Die Macht des Kaisho wurde aus dem inneren Zirkel heraus unterminiert, aber es gab keine Möglichkeit, den Feind zu bestimmen, ohne die *godaishu* und mit ihr die Yakuza in einen Krieg zu stürzen, was für Okami auf keinen Fall in Frage kam. Schließlich war er ja Kaisho geworden, um Frieden zwischen den *oyabun* zu gewährleisten.

Also verschwand er. Er wußte, was in seiner Abwesenheit geschehen würde; er konnte es durch *koryoku* vorhersehen, erkannte aber, daß er aus dem Schatten seines Exils heraus die Fäden viel effektiver ziehen konnte.

Seine Feinde werden verlieren. Die unsägliche Machtpolitik des inneren Zirkels wird ein Ende finden, und das Amt des Kaisho wird wiederhergestellt werden.«

»Wie können Sie sich dessen so sicher sein?«

Dich tat so, als hörte er Nicholas nicht. »Ich weiß, wohin Sie gehen werden, und ich möchte Sie darauf vorbereiten.«

»Mich vorbereiten? Ich verstehe nicht ganz.«

»Sie gehen dorthin, wo niemand lebend herausgekommen ist. Bevor Sie den Versuch wagen, müssen Sie geheilt werden.«

Nicholas spürte eine Art elektrisches Kribbeln auf seinen Armen und seinem Rückgrat; seine feinen Nackenhaare sträubten sich. Wieso fragte er Dich nicht, wovon er sprach? Weil ein Teil von ihm es bereits wußte?

Dich sah auf seine Uhr. »Ich muß für eine Weile fort. Ich habe gesehen, daß Sie meine Kinder mögen. Gehen Sie ruhig hin. Sie wissen ja, wo die Schlangenfarm ist. Sie müssen Ihre Neugier befriedigen.«

»Sie sehen aus, als wäre ein Regiment der Green Howards über Ihr Gesicht marschiert. Ich sagte Ihnen doch, Sie sollen vorsichtig sein, alter Freund.« Tom Major, mit Tweedmantel und Hut bekleidet, stand in dem Krankenhauszimmer und starrte Croaker an wie ein Babysitter, dessen Kind extrem unachtsam gewesen war. Auf seinem Gesicht lag eine Mischung aus Besorgnis und Erleichterung.

»Stimmt, das haben Sie gesagt, Paps.« Croaker schlug die Bettdecke beiseite. »Warum lassen Sie nicht endlich Ihren Einfluß spielen und holen mich hier verdammt noch mal raus?« Sein Körper schmerzte überall, fast so, als wäre er aus einem fahrenden Zug gefallen, aber seine Rippen waren nicht gebrochen, und im großen und ganzen war er noch in einem Stück.

»Schon organisiert.« Major nahm Croakers Kleidung aus dem Schrank und gab sie ihm. »Sie sollten sich beeilen. Leute, denen Sie im Augenblick besser aus dem Weg gehen, haben sich schon mehrfach nach Ihrem Zustand erkundigt.«

Croaker, auf dem Bettrand sitzend, stöhnte auf, als er die Beine hob, um in die Hose zu schlüpfen.

»Brauchen Sie Hilfe, Kumpel?« fragte Major jovial.

»Wagen Sie es ja nicht.« Behutsam zog Croaker sein Hemd über und stopfte es in die Hose. »Von welchen Leuten reden wir?«

»Von Leuten der schlimmsten Sorte, fürchte ich.« Major verlagerte sein Gewicht von einem Bein aufs andere, entweder weil ihm das Thema nicht behagte oder weil er endlich los wollte. »Lewis, Sie haben doch keinen Ärger mit der amerikanischen Unterwelt, oder?«

»Wieso fragen Sie das?«

»Weil ich mindestens einen der Kerle kenne, die so um Ihren Zustand besorgt sind.« Major half Croaker in den Mantel. »Er arbeitet für Caesare Leonforte, genau wie der Mann, mit dem Sie im Holland Park aneinandergeraten sind.«

»Aneinandergeraten?« Klassisches britisches Understatement. »Ich habe den Bastard getötet.«

»Ja, das haben Sie.« Major ging zur Tür und hielt sie Croaker auf. »Aber Sie werden alt; beinahe hätte er *Sie* getötet.«

Sie gingen den Flur hinunter, vorbei an offenstehenden Türen. Es roch nach Krankheit und Betäubungsmitteln. Major drückte den Fahrstuhlknopf.

»Was verschweigen Sie mir, Lewis?«

»Alles, was Sie kompromittieren könnte«, sagte Croaker und betrat den geräumigen Fahrstuhl, in dem sich ein Krankenpfleger und ein Patient auf einer Rollbahre befanden. Er hatte zwei Infusionskanülen im Arm, eine mit einer Blutkonserve, die andere mit einer Salzlösung. Frisch operiert, dachte Croaker. Der Mann sah nicht gerade wie das blühende Leben aus.

»Sagen Sie nichts mehr«, wies Major ihn an, als sich die Türen schlossen und sie hinabfuhren.

Der Fahrstuhl hielt zwei Etagen tiefer; der Pfleger rollte die Bahre heraus, und zwei Männer kamen herein. Die Türen schlossen sich.

Major stand an der rückwärtigen Wand, die beiden Männer direkt vor den Türen. Aus dem Augenwinkel sah Croaker Majors Hand unauffällig in der Manteltasche verschwinden, worauf er die beiden Männer argwöhnisch musterte. Sie waren groß und breitschultrig, trugen dunkle Burberry-Mäntel, an deren Kragen man das Kaschmirfutter erkennen konnte. Einer hatte eine kahle Stelle am Hinterkopf; seine Frisur ähnelte der eines Mönchs. Sie redeten nicht miteinander, sondern standen wortlos da, die Hände in den Manteltaschen.

Croaker spürte die elektrische Ladung in der Luft; er fühlte, wie die Spannung auch von Major Besitz ergriff, und ließ die rostfreien Stahlklauen aus seinen biomechanischen Fingern gleiten. Major starrte geradeaus auf die Nacken der beiden, als könnte er ihnen mit seinem Blick ein Loch ins Fleisch brennen.

Die Fahrstuhltüren öffneten sich im Erdgeschoß, und die beiden Männer setzten sich in Bewegung. Sie drehten sich nicht um, sondern gingen geradewegs zum Ausgang. Croaker und Major folgten ihnen in diskretem Abstand.

»Kannten Sie die beiden?« fragte Croaker.

»Nein, aber ich war auf alles gefaßt«, sagte Major und entspannte sich ein wenig. Unauffällig gab er mehreren Beamten in Zivil ein Zeichen.

Draußen wogte der Verkehr vorbei. Es wehte ein scharfer eisiger Wind; Croaker hörte das Heulen einer näher kommenden Sirene, und plötzlich lag er wieder im Holland Park. Der weißgesichtige Bobby beugte sich zu ihm hinunter. *Der Krankenwagen ist schon unterwegs.*

Zwei Londoner Polizeiwagen hatten einen schwarzglänzenden Daimler in die Mitte genommen. Ein uniformierter Fahrer hielt Croaker und Major den linken hinteren Wagenschlag auf. Die Scheiben waren beschlagen, die Scheibenwischer angestellt, und trotz des Straßenlärms hörte Croaker ihr quietschendes Geräusch.

»Ich muß Malory Enterprises unter die Lupe nehmen«, sagte er.

Major bedachte ihn mit einem mitleidigen Lächeln. »Schon erledigt, alter Freund. Ist eine Sackgasse, fürchte ich. Ich habe nicht rumgesessen und Däumchen gedreht, während Sie im Krankenhaus lagen. Ich bin dort gewesen. Malory ist eine völlig legale, stinknormale Import-Export-Firma. Falls dort irgend etwas Merkwürdiges vorgehen soll, haben wir es zumindest nicht gefunden.«

»Ich weiß, daß dort etwas nicht stimmt. Ich muß ...«

Die Sirene war mittlerweile ohrenbetäubend laut. Der Fahrer schlug die Tür zu, ging um den Wagen und stieg ebenfalls ein. Er legte den Gang ein, und zusammen mit ihnen setzten sich die Polizeifahrzeuge in Bewegung.

»Sie schweben in großer Gefahr, alter Freund«, sagte Major und lehnte sich ins Sitzpolster zurück. »Ich weiß nicht, in was für eine Sache Sie verwickelt sind, und etwas sagt mir, daß ich das auch gar nicht wissen möchte. Ich rate Ihnen, fliegen Sie am besten sofort nach Hause.«

Croaker war erneut unschlüssig. Er stand kurz davor, Okami zu finden; der Kaisho war hier in London, und falls Nicholas nicht verhindern konnte, daß Torch aus Floating City hierhergebracht wurde, würde es in wenigen Tagen inmitten der englischen Hauptstadt gezündet werden.

Aber Croaker hatte Okami verloren; es nützte nichts zu wissen, daß er sich irgendwo in London aufhielt. Croaker mußte herausfinden, wo genau sich der Kaisho versteckte. Allein Vesper wußte das. Und wieder versuchte er nachzuvollziehen, was in ihrem Kopf vorging. Sie stellte ein solch unergründliches Rätsel dar, daß er von dessen Zentrum unerbittlich angezogen wurde. Sie glich einem Zugunglück – eine fürchterliche Katastrophe, gleichzeitig erschreckend und faszinierend. Sie war grausam, herzlos, alles verschlingend –, und doch sah es so aus, als würde sie sich um Margarite und Celeste sorgen, obwohl sie gleichzeitig versuchte, die beiden zu manipulieren. Und dann ihre Beziehung zu Okami. Arbeitete sie für oder gegen ihn? War sie Dedalus' Maulwurf im Nishiki-Netzwerk? Jetzt, da er wußte, daß sie direkten Zugang zum Kaisho hatte, mußte er sie erst recht um jeden Preis aufspüren.

Doch Vesper Arkham war in genau diesem Augenblick auf dem Weg nach Washington, um sich bei der DARPA mit Douglas Serman zu treffen.

Major legte eine Hand auf seinen Arm. »Lewis, Sie haben ein paar schlimme Jungs im Nacken. Ich habe weder die Zeit noch das Budget, um für Sie den Babysitter zu spielen.«

Wenn Major doch bloß von Bad Clams' Drohung gegen Margarite wüßte, dachte Croaker. Er fragte sich, ob er Major von Torch erzählen sollte, doch was würde das bringen? Major könnte die gesamte Londoner Polizei mobilisieren – falls seine Vorgesetzten die Bedrohung ernst nahmen – und wäre trotzdem nicht in der Lage, Torchs Detonation zu verhindern. Außerdem würden die Medien von der Geschichte Wind bekommen, was eine chaotische Panik zur Folge hätte. Und egal, was er Major erzählte, es würde ihn nur dabei behindern, Vesper zu finden. Er beschloß, den Mund zu halten.

Er gab sich Mühe, seine Stimme gefaßt klingen zu lassen. »Vielleicht haben Sie recht.«

»Guter Junge. Wir bringen Sie sofort nach Heathrow.«

Leichter Nieselregen hatte eingesetzt. Durchs Fenster sah Croaker den Krankenwagen um die Ecke jagen. Er raste Richtung Notfallaufnahme, und die Polizeiwagen hielten an, um ihn vorbeizulassen. Der Fahrer des Daimlers stieg auf die Bremse, und sie kamen quietschend zum Stehen.

Vielleicht war es das Quietschen des Gummis auf dem nassen Asphalt, das die erste Salve übertönte. Croaker sah, wie es in der geöffneten Hecktür des Krankenwagens aufblitzte und sich ein tödlicher Kugelhagel über sie ergoß.

Obwohl er sich blitzschnell duckte, sah er noch, wie der Fahrer gegen die Wagentür sank und ein Blutschwall gegen das Innendach des Daimlers spritzte. Croaker stieß die Tür auf, stürzte aus dem Wagen und griff Major, um ihn aus dem Daimler herauszuziehen.

Als der Fuß des toten Fahrers vom Bremspedal rutschte, schoß der Wagen nach vorne, und beinahe hätte sich Croaker den Arm ausgekugelt. Mit seiner biomechanischen Hand hatte er sich in Majors Mantel gekrallt und schaffte es gerade noch, seinen Freund aus dem Daimler zu zerren, bevor der Wagen mit einem fast menschlichen Aufheulen über die Straße schoß und in zwei parkende Wagen raste.

Der Krankenwagen war mit quietschenden Reifen um die Ecke gejagt, und einer der Polizeiwagen nahm die Verfolgung auf; dem anderen wurde vom Wrack des durchsiebten Daimlers der Weg versperrt.

Croaker hörte die Schreie der Polizisten, Schritte auf dem Asphalt. Der eisige Regen prasselte auf ihn herab, lief in seinen Kragen und durchtränkte sein Unterhemd. Er drehte Major auf den Rücken und sah sofort, was die Kugeln angerichtet hatten.

»Oh Gott!« entfuhr es ihm. Dann hob er den Kopf und schrie: »Einen Arzt, schnell! Wir brauchen einen Arzt!«

Majors Oberkörper und rechte Schulter waren blutgetränkt. Überall quoll Blut hervor, seine Wangen und Haare waren rot gefleckt.

Majors Augen fixierten Croaker; seine Lippen bebten. »Ich hab's Ihnen doch gesagt, alter Freund.«

»Seien Sie still!« sagte Croaker und legte seine Arme um ihn. »Sie sehen aus, als wäre das gesamte Green Howards-Regiment auf Ihnen herumgetrampelt.«

Major versuchte zu lächeln. »So fühl' ich mich auch.« Sein Brustkorb zuckte. »Tun Sie, was ich Ihnen sage, alter Freund. Verschwinden Sie aus England, bevor Ihnen auch noch was passiert.«

»Ich sagte doch, Sie sollen still sein!« Major fror, und Croaker schloß ihn noch enger in die Arme. Wo zur Hölle blieb der Arzt? Sie waren doch nur wenige Meter vom Krankenhaus entfernt!

Major begann am ganzen Leib zu zittern.

»Verdammt, halten Sie durch, oder ich werde ...«

Majors Augenlider senkten sich. Aus seiner Brust drang ein tiefes rasselndes Geräusch.

»Tom! Tom!«

Nebel verschleierte die Dächer, traurig tropfte der Regen von den kahlen Ästen herab. Der Geruch von verbranntem Gummi, Kordit und Tod hing in der Luft. Sirenen heulten auf, das Knistern des Polizeifunks braute sich zusammen wie ein Gewitter, Füße stapften über den Asphalt.

»Schon gut, ist schon gut«, sagte jemand, als fremde Hände Croaker sanft von seinem Freund fortzogen. »Überlassen Sie ihn uns.«

2
Tien Giang / Tokio

Es war heiß, kein Lüftchen regte sich. Träge pflügten Boote durch das bräunliche Wasser. Arbeiter hockten vor ihren Bananenstauden und suchten mit geübten Handgriffen nach reifen Früchten. Irgendwo hoch oben in den Bäumen fing ein Affe an zu kreischen, was die Giftschlangen veranlaßte, gereizt übereinander hinwegzukriechen. Vielleicht witterten sie ihn.

Nicholas war gedankenverloren von der Veranda hierhergeschlendert. Jetzt drehte er sich um. Aus einem der Schuppen näherte sich ihm jemand. Mehrere Klapperschlangen witterten sie, wurden von Erregung gepackt und bauten sich zischelnd an der Seite des Bambuskäfigs auf.

Sie müssen geheilt werden.

Irgendwie wußte er, wer hier auf ihn wartete. Genau wie er auf sie gewartet hatte.

Sie müssen geheilt werden. Er nahm an, daß Dich ihr genau das gleiche gesagt hatte. Doch jetzt, am Rande des Abgrunds, zögerte er und fragte sich, ob er auf diese Begegnung vorbereitet war. Und, wenn er es sich genau überlegte, wie zur Hölle hatte Dich wissen können, daß er früher oder später hier auftauchen würde? War dies ebenfalls Teil von Okamis Strategie, die, wie Dich gesagt hatte, darauf beruhte, die Fäden aus dem Schatten seines Exils zu ziehen?

»Warum zögerst du?« fragte die Stimme aus seiner Vergangenheit. »Macht es dir angst, mich wiederzusehen?«

Plötzlich war ihm egal, was ihn hierhergeführt hatte. Ob Okamis Plan oder reiner Zufall, welche Rolle spielte es schon, solange er nur hier war? Ihre vertraute Stimme traf ihn mitten ins Herz. Mit einemmal hatte er wieder jene kühlen Herbstabende am Rand eines Feldes vor Augen; eine Eule schrie, und das ganze Universum lag ihnen zu Füßen.

»Koei.«

Sie trat aus dem Schatten hinter einem Aquarium mit Seevipern hervor. Sie schien überhaupt nicht älter geworden zu sein, schien die ganze Zeit, in der sie getrennt gewesen waren, in einer anderen Welt existiert zu haben, und doch war aus dem Mädchen von einst eine reife Frau geworden. Ihre Gesichtszüge waren unverkennbar die gleichen, obwohl ein wenig weicher als früher. Das Schimmern in ihren großen Augen schien noch stärker geworden zu sein.

Ihre sanft geschwungenen Lippen kräuselten sich zu einem schüchternen Lächeln. »Ich sehe dein Gesicht und was in ihm geschrieben steht, und alle Angst in meinem Herzen ist verflogen. Du haßt mich nicht.«

»Ich habe dich gehaßt und später all das, was du repräsentiert hast – deine Welt.« Einen Moment lang war er von ihrem Anblick so überwältigt, daß er nicht weiterreden konnte. Sie verstand und schwieg. Geduld war eine Tugend, die zu lernen sie so viel Zeit gekostet hatte, daß sie für sie so kostbar wie Rubine oder Perlen geworden war.

»Laß mich dich anschauen«, flüsterte er. »Es kommt mir so vor, als wäre die Zeit stehengeblieben.«

»Ist sie aber nicht.« Mit besorgter Miene kam sie einen Schritt auf ihn zu. »Ich seh's an deinen Augen. Deine Frau ...«

»Sie ist tot; sie hatte einen Autounfall, während ich unterwegs war, um Okami-san zu beschützen.«

»Und du kannst dir das nicht verzeihen.«

»Nicht so sehr das, sondern daß ich nie erkannte, daß unsere Lebenswege nicht parallel verliefen.«

»Aber das Leben verläuft in zwei Richtungen, Nicholas. Wenn mich unsere gemeinsame Zeit etwas gelehrt hat, dann das. Ihr beide hattet etwas Gemeinsames gefunden, und trotzdem führte jeder ein eigenständiges Leben. Wo liegt darin das Verbrechen?«

Natürlich hatte sie recht. Er hatte sich dies seit Justines Tod mindestens ein dutzend Mal gesagt, aber es aus dem Mund eines anderen Menschen zu hören – besonders aber dieses Menschen –, war eine enorme Erleichterung für ihn.

Er nickte.

»Und nun bist du hier.« Zögernd streichelte sie seine Hand. Ein Gefühl wohliger Wärme durchströmte ihn, und es kam ihm so vor, als wären all die vergangenen Jahre plötzlich transparent geworden. Auf einmal konnte er all das verstehen, was so lange in den Tiefen seiner Seele begraben gewesen war.

Sie müssen geheilt werden, hatte Dich gesagt. Nicholas spürte, daß der Heilungsprozeß begann.

»Wegen meiner Wut und wegen Hideyukes völlig unnötigem Tod habe ich mich lange von der Welt der Yakuza abgewandt ...« Seine Worte waren nur ein Flüstern. »Aber letztendlich verstand ich, was wirklich geschehen war. Ich war auf mich selbst wütend, nicht auf dich, nicht auf die Welt der Yakuza. Ich habe der Tatsache nie ins Auge sehen können, daß ich mich nicht nur in dich, sondern auch in eben diese Welt verliebt hatte. Genau wie es mein Vater getan hatte. Ich kämpfte dagegen an, weil es sich nicht mit meinem Ehrgefühl und den Grundsätzen meiner Kampfkunst vereinbaren ließ.«

»Weißt du, genau das habe ich nie verstehen können. Du als *ninja* – die in ihrer Zeit ja auch Außenseiter der Gesellschaft waren – hättest allen Grund gehabt, dich zu den Yakuza hingezogen zu fühlen, und doch ...«

»Im *ninjutsu* gibt es nur Schwarz oder Rot, Gut oder Böse; nichts dazwischen. Ich schätze, genauso habe ich das gesehen. Ich habe nie richtig verstanden, wie mein Vater der beste Freund eines Yakuza-*oyabun* sein konnte. Zweckdienlichkeit war eine Sache. Ich wußte, daß man ihm befohlen hatte, mit der Yakuza zusammenzuarbeiten, aber er war nicht verpflichtet, sich mit einem anzufreunden. Ich war deswegen sehr wütend auf ihn. Es war schwierig für mich, dieses Gefühl zu ertragen, und ich habe es tief in mir vergraben. Ich habe meinen Vater verehrt und geliebt, ihn aber dafür gehaßt, Mikio Okami zum Freund genommen zu haben.«

»Genau wie du mich zur Freundin genommen hast.«

Noch immer spukte ihm Seiko im Kopf herum. Er wußte, daß er ohne sie diesen Grad der Selbsterkenntnis nie erreicht hätte. *Ich hasse dich für deine Rechtschaffenheit und für deine Arroganz gegenüber der Tatsache, daß es zwischen Schwarz und Weiß noch viele Grautöne gibt.* Sie hatte ihn besser gekannt, als er sich selbst kannte. Er trauerte um sie. Wie kam es bloß, fragte er sich, daß das eigene Wesen immer das undurchschaubarste war?

Sie standen dicht beieinander, und er spürte, wie die Zeit

rückwärts lief und die Jahre wie welke Blätter von ihnen abfielen.

»Wie ähnlich wir einander doch waren«, flüsterte sie. »Das hätte uns einander näherbringen sollen, doch statt dessen haben wir uns gegenseitig Schmerz zugefügt.« Sie hob ihren Kopf und sah ihn mit ihren großen Augen an. »Ich wollte dich nicht belügen, aber wie hätte ich dir etwas gestehen sollen, das ich mir selbst nicht eingestehen konnte?«

»Du konntest es nicht. Es war Karma, und jeder von uns hat auf seine eigene Weise gelitten.«

Sie streichelte über seine Arme. »Wie lange ich auf diesen Moment gewartet habe. Mir scheint, mein ganzes Leben lang.«

Seine Lippen waren ihren ganz nahe. Aus dem Augenwinkel sah er die Schlangen in ihren Gefängnissen umherkriechen. Er spürte ihren Schenkel zwischen seinen, spürte ihre Zungenspitze auf seinen Lippen.

Die Hitze schwoll an, und die Schlangen fühlten es. Sie erwachten aus ihrer Trägheit, hoben ihre flachen Köpfe, kosteten mit ihren zweigeteilten Zungen die sinnlichen Körperausdünstungen in der Luft.

Koeis vibrierendes Zittern übertrug sich auf die Tiere. Ihre glänzenden Körper schlugen gegen das Bambus und ließen den Käfig erbeben; ihre normalerweise im Maul versenkten Giftzähne schoben sich hervor.

Er knöpfte ihre Bluse auf und umschloß ihre Brüste. Als er mit seinen Daumen über ihre Brustwarzen strich, biß sie ihm stöhnend in den Hals. Sein *tanjian*-Auge blitzte und funkelte und reflektierte sie beide in seinem Schein.

Behende öffnete sie seinen Gürtel und zog seine Hose herunter. Er schob ihr den Rock über die Hüfte. Sie trug kein Höschen. Er drückte sie gegen eine Wand, und sie hob ein Bein und schlang es um seine Hüfte. Sie faßte hinunter, führte ihn in dem Moment in sich hinein, als sie ihre Lippen auf seine preßte. Ihre Münder öffneten sich, und nun umschloß ihn ihr pulsierendes Fleisch vollständig.

Sie stöhnte, stieß spitze Schreie aus, und die Schlangen gerieten außer Rand und Band. Sie preßte sich gegen ihn, kreiste mit dem Becken und paßte sich seinen Stößen an, um ihn so tief wie möglich in sich aufzunehmen.

Sie atmete wie eine Maschine, ihr Geist war frei von allem Schmerz, frei von allen Gedanken. Etwas in ihrem Innern wurde befreit, losgerissen durch den Strudel ihrer Gefühle und die intensive Lust, die ihren Körper durchströmte. Verwirrt erkannte sie sich selbst, eine unversehrte Seele, die die Wunden der Vergangenheit überlebt hatte. *Ich existiere,* dachte sie mit benommener Verwunderung. *Oh Gott, ich lebe!*

Sex war nichts Neues für sie, doch dies hier war etwas anderes. Völlig aufgelöst im Jetzt, wurde sie aus Zeit und Raum herausgerissen. Die Vergangenheit besaß nicht länger die Kraft, sie zu quälen; die Gegenwart hielt sie nicht länger in Einsamkeit und Resignation gefangen. Es war so, als würde sie aus einem langen Schlaf erwachen und neuen, unbekannten Horizonten entgegenstreben.

Unaufhaltsam näherte sie sich dem Höhepunkt. Liebestrunken und mit schweißüberströmtem Gesicht taumelte sie gegen ihn und stieß genauso heftig zu wie er. Und als sie es geschehen ließ, spürte sie etwas in den Raum strömen, der sich ihr eröffnet hatte, etwas Geheimnisvolles, Einzigartiges, etwas, das nur ihr gehörte, und sie hieß es willkommen, während sie gleichzeitig spürte, wie er erbebte und seine Aura gleich einer gigantischen Flutwelle über sie hinwegspülte.

»Einige der Dinge, die ich getan habe, waren so falsch«, flüsterte sie in der Hitze des Schlangenschuppens.

Benommen drückte Nicholas sie an sich. Ihr Atem ging noch immer rasend schnell, und er spürte ihren hämmernden Puls so deutlich, als wäre dieser eine neuartige Energiequelle.

Um sie herum waren die Schlangen zum Leben erwacht; die Bambuskäfige schaukelten derart heftig hin und her, daß das Innere des Schuppens beinahe wie ein lebender Organismus wirkte.

Sie schwiegen für eine Weile. Draußen zogen von Westen her schwere, regenbeladene Wolkenbänke auf.

»Was machst du hier?« fragte er schließlich.

»Weißt du doch. Auf dich warten.«

»Was geschah, nachdem ich … nachdem wir uns trennten?«

Sie sah schmerzhaft schön aus, ungefähr so wie Shizuka für Minamoto no Yoshitsune im dreizehnten Jahrhundert ausgesehen haben mußte, dachte Nicholas.

»Von Männern hatte ich die Nase voll.« Sie starrte hinaus auf den nahenden Regen. »Nachdem du mich verlassen hattest, konnte ich es nicht ertragen, wenn mich ein anderer Mann berührte. Der Gedanke an Sex ließ mich kalt. Ich habe nie gelacht, und am liebsten wäre ich gestorben.«

»Koei …«

Sie wandte sich zu ihm um, und ihr Gesicht sah so traurig aus, daß er sie in den Arm nehmen wollte. »Nein, nicht«, wehrte sie ab. »Zu dem Zeitpunkt war ich längst tot. Ich wußte, wie wichtig Ehre für dich war, und ich muß auch gewußt haben, welches Risiko es barg, dich zu belügen. Ich war an allem schuld.«

Sie verharrte regungslos und sah ihn forschend an. »Eine Zeitlang glaubte ich, Nonne werden zu wollen. Das schien mir sicher und behaglich. Wie naiv ich doch war!« Sie lachte ironisch. »Aber mir fehlte das Entscheidende, der Glaube. Daher ging ich nach Yoshino, ließ mich zur *miko* ausbilden, und wurde eine heilige Shugendo-Tänzerin.

Es gefiel mir eigentlich nicht schlecht. Die Natürlichkeit des Shintoismus faszinierte mich, und wenn ich auch nicht wirklich glücklich war, so dachte ich zumindest nicht ständig an die Vergangenheit.

Eines Tages tauchte Tomoo Kozo auf. Er teilte mir im Namen meines Vaters mit, daß meine Hochzeit arrangiert worden sei. Diese Ehe, sagte er, habe große Bedeutung für die Zukunft, und ich sei es meinem Vater, ihm und dem Yamauchi-Clan schuldig, diesen Mann zu heiraten.

Anfangs dachte ich: ›Nun, ich bin sowieso tot. Was spielt es also für eine Rolle?‹ Aber nach sechs Monaten wurde mir klar, daß ich mich getäuscht hatte. Ich war beileibe nicht tot, und es spielte eine große Rolle. Ich konnte diesen Mann nicht heiraten, konnte nicht zu meinen Eltern gehen und nicht nach Yoshino zurückkehren, wo Kozo mich gefunden hatte. Also tat ich das einzige, das mir einfiel. Ich ging zum Kaisho.« Sie sah ihn an. »Mikio Okami war derjenige, der mich hierhergeschickt hat.«

»Okami wußte über uns Bescheid?«

»Oh ja. Ich entschloß mich, ihm alles zu erzählen. Es wurde langsam Zeit. Die Last meiner aufgestauten Erinnerungen drohte mich seelisch zu verkrüppeln. Aber wie sich herausstellte, wußte der Kaisho das meiste schon.«

»Woher?«

Sie schien überrascht zu sein. »Ich dachte, du wüßtest es. Ihn interessierte alles, was mit dir zu tun hatte. Deswegen war er auch bereit, mich zu beschützen.«

Ein entferntes Donnergrollen kündigte den Regen an. Die Sonne war verschwunden, die Luft plötzlich kühler. »Da ist noch etwas, das ich dir erzählen muß«, sagte sie schließlich. »Der Mann, mit dem ich sechs Monate zusammengelebt habe, der Mann, den ich heiraten sollte, war Michael Leonforte.«

Nicholas fühlte sich, als hätte man ihm einen Schlag in den Magen versetzt. »Derselbe Leonforte, der Rocks Partner in Floating City ist?«

»Ja. Er und Rock haben sich in Laos kennengelernt. Michael war eine Art einsamer Wolf. Er war von einer Gruppe amerikanischer Spione aus dem Pentagon rekrutiert worden, um im burmesischen Hochland den Drogenverkehr aus den Shan-Bergen zu überwachen. Nun, sie haben den falschen Mann ausgewählt, denn statt seine Aufgabe zu erfüllen, ist Leonforte desertiert und hat das Drogengeschäft an sich gerissen. 1971 wurde Rock mit den Special Forces losgeschickt, um Leonforte tot oder lebendig zurückzubringen. Doch Rock und ein anderer Mann – ein Vietnamese namens Do Duc – sind ihrerseits desertiert und haben sich ihm angeschlossen.«

Do Duc, Rock und Mick Leonforte waren Partner gewesen? *Gütiger Gott*, dachte Nicholas, *kein Wunder, daß mich Rock umbringen will – ich habe Do Duc getötet.* Van Kiet glaubte, Rock sei hinter ihm her, weil er seinen Bluff, einen Neuronalnetz-Chip der zweiten Generation zu besitzen, durchschaut hatte und ihn für gefährlich hielt. Jetzt erkannte er das wahre Ausmaß dieses Komplotts, das weitaus umfassender und teuflischer war, als er sich je hätte vorstellen können. Aus einer geheimen Festung in Vietnam heraus handelte ein Leonforte mit Drogen und Waffen, die der US-Regierung gestohlen wurden, während ein anderer Leonforte Leiter von *Alices Spiegel* gewesen war, der unsichtbarsten Geheimorganisation in der US-amerikanischen Geschichte. Waren die Leute, die hinter *Alices Spiegel* standen, dieselben, die während des Vietnamkriegs den Drogenverkehr hatten kontrollieren wollen? Wenn ja, bedeutete das, daß ein Teil der US-Regierung in das internationale Drogengeschäft verstrickt war.

»Weshalb wollte Kozo Mick Leonforte an die Yamauchi ketten?«

»Nicht an die Yamauchi – nicht mal an die Yakuza an sich. Nein, es ging um die *godaishu.* Damals wußte ich es nicht – bis auf zwei oder drei Personen wußte es niemand –, aber es existierten bereits Pläne, Okami aus dem Amt des Kaisho zu verjagen. Anfangs wollten die Verschwörer – Chosa, Akinaga und der Daijin des MITI, Naohiro Ushiba – ihn nur seines Amtes entheben, aber irgendwie wurde der Plan geändert, und plötzlich sollte Okami umgebracht werden. Kozo engagierte in Akinagas Auftrag Do Duc, um den Kaisho und seine Verbündeten, Dominic Goldoni und *Chu* Dich zu töten. Dank deiner Hilfe hat es nur Goldoni erwischt.

Floating City wurde für die *godaishu* immer wichtiger – für die neue *godaishu* ohne den Kaisho. Genau gesagt war die Partnerschaft mit Rock und Michael der Knackpunkt zwischen den beiden Seiten. Akinaga und der Rest des inneren Zirkels wollten eine permanente Zusammenarbeit mit Floating City; Okami war strikt dagegen. Er kannte Rock und Michael und wollte nichts mit ihnen zu tun haben. Selbst für Okami waren die beiden zu wild. Sie führten sich wie Kaiser auf, regierten Floating City mit gottähnlicher Macht und folgten einzig ihren eigenen Gesetzen.«

Auf das Wellblechdach des Schuppens begann ein Regenschauer niederzuprasseln, was die Schlangen erneut in Aufregung versetzte. Vom Ende der Dachrinne ergossen sich dicke Tropfen und versickerten im Erdboden. Dann wurde der Himmel schwarz, und aus dem Schauer wurde ein heftiger Wolkenbruch.

»Wegen des schlechten Rufes der beiden Männer wollten Akinaga und Kozo eine direkte verwandtschaftliche Verbindung zu ihnen schaffen. Sie glaubten, die Geschäftsbeziehung würde auf sicheren Füßen stehen, wenn ich mit Michael Leonforte verheiratet wäre.«

»Also waren sie gewillt, dich zu opfern.«

»Du weißt, daß sie es nicht so sahen.«

»Und Leonforte? Woher wollten sie wissen, ob er überhaupt an einer Ehe interessiert war?«

»Es war ein Tauschgeschäft, an dem alle interessiert waren. Liebe oder Sex spielte keine Rolle. Es sollte ein reines Geschäftsarrangement sein.«

So erschreckend es auch klang, derartige ›Arrangements‹ gab es in Asien seit Jahrhunderten. »Und wie entwickelte sich die Geschichte?«

»Es geschah, was niemand ahnen konnte«, antwortete Koei leise. »Es zeigt, daß die Unwägbarkeiten des Lebens selbst durch klügste Planung nicht umgangen werden können. Entgegen aller Voraussicht verliebte Michael sich in mich.«

Als Tanaka Gin an Akira Chosas Wohnungstür eintraf, hatte er drei Yakuza-Leibwächter im Schlepptau, die auf dem Weg nach oben wie Kletten an ihm gehangen hatten.

Chosa öffnete ihm die Tür. »Staatsanwalt. Ist dies ein Freundschaftsbesuch, oder arbeiten Sie zu dieser späten Stunde etwa noch?«

Tanaka Gin zeigte Chosa seine Marke. »Ich komme dienstlich.«

Chosa, in einen informellen Seidenkimono gehüllt, sagte: »Es ist fast Mitternacht.«

»Sie sind bis eben im Ink Stick gewesen. Ich wollte Sie nicht bei Ihren Vergnügungen stören.«

Chosa zuckte mit den Schultern und ging einen Schritt zur Seite. »Im Schlafzimmer warten zwei Frauen, die sehr enttäuscht sein werden, wenn Sie lange bleiben.«

»Ich werde nicht lange bleiben«, sagte Tanaka Gin und ging am *oyabun* vorbei ins Apartment. »Sie allerdings auch nicht.«

»Wie bitte?«

Tanaka Gin, der interessiert Marilyn Monroes lebensgroße Nachbildung betrachtete, drehte sich zum *oyabun* um, da er sich das Vergnügen nicht entgehen lassen wollte, Chosas Gesicht zu sehen, wenn er ihm die Anklagepunkte nannte. Er drückte ihm die Anklageschrift in die Hand und versuchte, nicht an die beiden – wahrscheinlich nackten – Frauen zu denken, die auf den *oyabun* warteten. Er war nicht von Natur aus enthaltsam, sondern vielmehr durch reine Willenskraft. Die Exzesse in seiner

Jugend hatten ihm eine ernüchternde Lektion über sich selbst erteilt. Nur allzu leicht würde er einem genußsüchtigen Lebensstil verfallen, der ihn als verantwortungsbewußten Erwachsenen in einem Beruf, der eine blütenreine Weste erforderte, blitzartig in den Ruin treiben konnte.

Es sprach für Chosa, daß er keine Miene verzog, als Tanaka Gin die einzelnen Anklagepunkte gegen ihn herunterbetete. Aber als der Staatsanwalt ihm das nächste Dokument zum Lesen in die Hand drückte, wich alle Farbe aus Chosas Gesicht.

»Dies sind alles Lügen! Wer zum Teufel denkt sich solch einen Schwachsinn aus?«

»Bitte, uns liegen eindeutige Beweise vor, die Sie mit Yoshinori-san in Verbindung bringen. Wir haben unabhängige Augenzeugen, die alles bestätigen.« Tanaka Gin lächelte, und in seinem Innern machte sich glühende Befriedigung breit. »Chosa-san, Sie sind unser Sprungbrett in die höchsten Ebenen der Yakuza. Wir werden jedwede Korruption ausfindig machen und sie beseitigen – wie Karies in einem Gebiß.«

»Wenn Sie hinter Korruption her sind, suchen Sie doch einfach in Ihrer eigenen Abteilung, Staatsanwalt«, giftete Chosa. »Wenn ich wollte, könnte ich Namen nennen und Verbrechen auflisten, daß sich Ihnen der Magen umdreht.«

»Denken Sie daran, mein Kronzeuge zu werden und mir Ihre Freunde auf dem Silberteller zu präsentieren?« Tanaka Gin war auf die Antwort gespannt.

»Ich bin nicht dumm. Ich weiß genau, von wem diese Beschuldigungen stammen«, sagte Chosa und faltete die Anklageschrift sorgfältig zusammen. »Ich versichere Ihnen, ab jetzt kenne ich keine Freunde mehr.«

»Dann sollten Sie erst recht die Gelegenheit beim Schopf packen und mit mir zusammenarbeiten«, sagte Tanaka Gin. »Kommen Sie bitte mit.«

Chosa sah zur Wohnungstür. »Sind Sie zu einem solch wichtigen Anlaß etwa allein gekommen? Nun, mit meiner Verhaftung wird Ihre Karriere auf ewig gesichert sein, Staatsanwalt.«

»Ich bin allein gekommen«, entgegnete Tanaka Gin formell. »Meine Pflicht zu erfüllen, ist eine Sache; einen unnötigen Gesichtsverlust zu verursachen eine andere.«

Chosa verneigte sich kurz. »Gleich wird gegenüber die Glokke des Shinto-Schreins geläutet. Ich würde es sehr zu schätzen wissen, Staatsanwalt, wenn ich sie ein letztes Mal hören dürfte.«

»Meinetwegen.«

Chosa nickte. »Schön, dann ziehe ich mich um.« Er verschwand im Schlafzimmer, während Tanaka Gin sich wieder der Marilyn Monroe-Statue in der Plexiglas-Vitrine widmete. Er bückte sich und sah unter ihren Rock, der ununterbrochen im Luftzug flatterte.

Die Shinto-Glocke erklang. Eins der Fenster im Wohnzimmer stand halb offen, und Tanaka Gin ging hin und blickte die zwanzig Stockwerke auf die Straße hinunter. Er sah auf seine Uhr und schritt dann zur Schlafzimmertür.

Er wollte gerade anklopfen, als er einen Schuß hörte. Er hob ein Bein und trat die Tür auf. Auf dem Bett kauerten zwei halbnackte junge Frauen. Eine von ihnen schrie; ihre Wangen und Schultern waren blutbespritzt.

Tanaka Gin blieb stehen und starrte auf Akira Chosas Leiche. Offensichtlich hatte er sich den Lauf in den Mund gesteckt. Die Wucht des großkalibrigen Projektils hatte den hinteren Teil seines Schädels weggerissen und den *oyabun* in die Bettecke geschleudert, wo er dem weit offenstehenden Fenster zugewandt dalag. Ein eisiger Luftzug blies ins Zimmer und fächelte den Geruch des Todes zu Tanaka Gin. Chosa hatte sich dem Anlaß angemessen gekleidet. Er trug einen dunklen Anzug, ein weißes Hemd und eine gemusterte Krawatte.

Tanaka Gin hörte Schritte, und einen Moment später stürzten Chosas Leibwächter in den Raum. Sie blieben wie angewurzelt stehen und starrten auf ihren gefallenen *oyabun*.

Darauf bedacht, nichts zu berühren, half Tanaka Gin den beiden Frauen aus dem Bett und führte sie aus dem Zimmer. Er bat sie, sich zu waschen und sich anzuziehen und auf ihn zu warten, damit er ihre Aussagen aufnehmen konnte. Dann ging er ins Schlafzimmer zurück und sah sich noch einmal Chosa an. Seine linke Hand hatte sich um etwas gekrallt. Tanaka Gin beugte sich zu ihm hinunter und bog mit seinem Kugelschreiber die Finger hoch. Es war ein Foto, ein altes, glänzendes Standbild aus dem amerikanischen Spielfilm *Misfits – Nicht Gesellschaftsfähig*. Es zeigte Clark Gable und Marilyn Monroe. Er trug Jeans und einen

Cowboyhut und hatte ein Grinsen im Gesicht. Vielleicht hatte er gerade einen Witz erzählt, denn die Monroe, strahlend wie immer, lachte hinter vorgehaltener Hand.

Das Schlagen der Shinto-Glocke hallte durch den Raum; es klang wie ein trauriger Kommentar zu dem Freitod nach abendländischer Art. Tanaka Gin erhob sich und ging. Was für ein Narr er doch gewesen war zu glauben, daß ein Mann wie Chosa einem Tokioter Staatsanwalt die Geheimnisse einer lebenslangen Verbrecherkarriere preisgeben würde. *Hybris,* sagte sich Tanaka Gin und dachte an Chosas Überreste auf dem Bett, *ist etwas Schreckliches.*

Er kam erst um kurz nach drei nach Hause. ein Todesfall, sei er auch noch so offensichtlich wie Chosas, zog immer eine Menge Papierkram nach sich.

Ushiba war noch wach; er saß auf einem alten Polsterstuhl und las im Schein einer Leselampe. Er sah auf, als Tanaka Gin zur Tür hereinkam und direkt in die Küche ging, wo er sich drei Finger hoch Scotch einschenkte. Er stürzte die bernsteinfarbene Flüssigkeit in einem Zug hinunter und goß sich noch einen ein.

Ushiba legte das Buch mit den *haiku* beiseite und ging leise in die Küche.

»Was ist passiert?«

»Chosa ist tot«, sagte Tanaka Gin tonlos. »Er hat es vorgezogen, sich eine Waffe in den Mund zu stecken und abzudrücken, anstatt verhaftet und abgeurteilt zu werden.«

»Irgendwie kann ich ihn verstehen.« Ushiba wandte sich ab und starrte in die Dunkelheit des fremden Apartments. Hatte er an ein solches Ende gedacht, als er auf Kens Vorschlag eingegangen war? Wie gerissen ihm Kisokos Sohn vorgekommen war, als dieser die Idee gehabt hatte, Chosa mit Tanaka Gins Hilfe zu bestrafen. Natürlich hatte Ushiba nicht ahnen können, daß etwas Derartiges passieren würde. Er war nicht so grausam und berechnend, daß er kalten Herzens das Todesurteil eines Mannes unterschreiben konnte, der einstmals sein Freund gewesen war.

Und doch hätte er es wissen müssen. *Irgendwie kann ich ihn verstehen.* Seine eigenen Worte verrieten ihn. Er hatte Chosa zu gut gekannt. Der Mann hätte es nicht zugelassen, durch die Medien gereicht, vor Gericht gedemütigt und ins Gefängnis gesteckt zu werden. Ushiba wußte, hätte er die Wahl, er selbst hätte *seppuku* begangen – rituellen Selbstmord. Durch eigene Hand zu einem selbst bestimmten Zeitpunkt zu sterben, hatte etwas Würdevolles, Heroisches. Der Gnade seines Feindes ausgeliefert zu sein, in eine kärgliche Gefängniszelle eingesperrt zu werden, war schlichtweg undenkbar.

Ich habe ihn getötet. Der Gedanke traf ihn wie ein Messerstich. Chosa hatte ihre Freundschaft hintergangen, richtig; er hatte den inneren Zirkel betrogen und die *godaishu* gefährdet, alles, nur um sich an Nicholas Linnear zu rächen. Aber reichte das aus, um einen Menschen zum Tode zu verurteilen? Es mußte. Jetzt war es sowieso zu spät. Zu spät, um …

»Ushiba-san?«

Mühsam löste der *daijin* seinen Blick von der Dunkelheit. Er blinzelte ins Küchenlicht.

»Es ist schon ziemlich spät, und ich bin völlig kaputt.«

Ushiba nickte, wissend, daß Tanaka Gin dies zu seinem eigenen Besten sagte. Tanaka Gin würde ihn niemals mit der Frage *Geht's Ihnen gut?* beschämen.

»Ich bin auch müde, aber ich kann momentan nicht einschlafen. Es ist fast so, als ob ich's verlernt hätte.«

Tanaka Gin goß sich einen weiteren Drink ein. »Ich habe auch Phasen, in denen mir Schlaf so fern ist wie Urlaub in Paris.« Er schüttelte den Kopf. »Ich bin ein schlechter Gastgeber. Kann ich Ihnen etwas anbieten?«

»Nein, vielen Dank.«

Sie gingen ins Wohnzimmer, wo Tanaka Gin mehrere Tisch- und Stehlampen einschaltete; er benutzte in seinem Apartment nie das Deckenlicht, weil es, wie er sagte, eine kalte Atmosphäre schuf. Sie saßen einander in tiefen Polstersesseln gegenüber.

Ushiba musterte Tanaka Gins Gesicht, das blaß und eingefallen war. »Sie bilden sich ein, versagt zu haben, glauben, Sie hätten wachsamer sein sollen, aber wie wollen Sie wissen, was im Kopf eines Mannes vorgeht?«

»Ja, natürlich.« Tanaka Gin nahm einen Schluck Scotch. »Wissen Sie, jemanden sterben zu sehen, erinnert einen an sein eigenes Ende.«

»Ja, aber der Gedanke kann einem nur dann etwas anhaben, wenn man ihn zu sehr fürchtet«, entgegnete Ushiba, der diesen bemerkenswerten Mann auf einmal besser verstand.

»Schon möglich. Aber oft kann man einfach nicht anders.«

Er war jetzt davon überzeugt, daß Tanaka Gin unwissentlich enthüllt hatte, warum er Staatsanwalt geworden war. Es war der gleiche Grund, weshalb einige Männer zur See fuhren: Sie hatten Angst davor, und indem sie versuchten, ihre Furcht zu überwinden, gelang es ihnen, ihre Angst vor dem Leben zu bewältigen. Der Staatsanwalt hielt seine Angst vor dem Tod im Zaum, indem er sich täglich mit ihm auseinandersetzte.

»War es sehr schlimm?« fragte Ushiba nach einigen Augenblicken des Schweigens.

»Der Tod ist immer schlimm, egal, wen es trifft, egal, wie es passiert.«

Eine interessante Antwort für einen Tokioter Staatsanwalt, dachte Ushiba, besonders für einen wie Tanaka Gin, der etliche gefährliche Verbrecher vor Gericht gebracht hatte.

»Aber vielleicht ist dieser spezielle Fall eine Ausnahme von der Regel.«

Tanaka Gin sah von seinem Scotch hoch. »Wie das?«

»Ich habe immer vermutet, daß Chosa sich allmählich von der amerikanischen Denkweise und ihren Werten korrumpieren ließ. Sicherlich haben Sie in seinem Apartment die Marilyn Monroe-Nachbildung gesehen. Sie trägt das Original-Kleid. Es hat Chosa mehr gekostet, als Sie in einem Jahr verdienen. Ich fürchte, Chosa war ziemlich zynisch, was das neue Japan anbelangte. Er nannte es das Land der leeren Symbole. Er hatte seinen Glauben an Japan verloren.«

»Ich verstehe. Also war die Art zu sterben, die er wählte, eine Art letzter Geste, die diesen Glaubensverlust dokumentieren sollte.«

»Genau. Er wollte wie ein Krieger der Neuzeit sterben; lieber tot sein, als in Unehre leben.«

»Macht das seinen Tod erträglicher oder verständlicher?«

Ushiba erkannte, daß Tanaka Gin nach einer philosophischen Erklärung für Chosas Tod suchte – und damit auch nach einer Erklärung für den Tod an sich. Ushiba wußte, daß seine Antwort für diesen Mann von immenser Bedeutung war. »Weder noch«, sagte er schlichtweg. »Aber es gibt ihm Form und Inhalt. Sein Tod war nicht bloß ein leeres Symbol.«

3
Virginia / Tokio / Vietnamesisches Hochland

Das DARPA-Laboratorium für experimentelle Kernphysik, in dem Douglas Serman arbeitete, lag inmitten der Einöde Virginias. Die Größe des Geländes – ungefähr zwanzig Hektar – garantierte der Regierung ein Minimum an herumschnüffelnden Nachbarn; das an der Hauptstraße angebrachte Hinweisschild *Knife River-Reitschule, Termine nur nach Vereinbarung* hielt allzu neugierige Zeitgenossen davon ab, ihre Nasen in Angelegenheiten zu stecken, die sie nichts angingen. Natürlich wußte halb Washington über die DARPA-Einrichtung hier draußen Bescheid, aber kaum jemand fragte je danach.

Auf dem Höhepunkt des Vietnamkriegs in den siebziger Jahren hatte hier ein inzwischen aufgelöster Zweig der Bundesregierung Experimente zur chemischen Kriegsführung durchführen lassen; hauptsächlich waren dafür Ratten verwendet worden, doch Gerüchte besagten, daß auch nichtsahnendes Armeepersonal für die Experimente mißbraucht worden war. Damals war das Gelände mit sechs unter Strom stehenden Stacheldrahtzäunen gesichert gewesen, an denen ständig bewaffnetes Schutzpersonal mit abgerichteten Wachhunden patrouillierte. Zumindest in dieser Hinsicht hatte sich nicht viel geändert, und man mußte schon ein äußerst leichtsinniger Dummkopf sein, wenn man ernsthaft erwog, hier einzudringen. Das hatte auch niemand getan, selbst nicht während der heißen Phasen des mittlerweile beendeten Kalten Kriegs; die heutigen fanatischen Fundamentalisten des globalen Terrorismus waren eher an der für weltweite Aufmerksamkeit sorgenden Zerstörung öffentlicher Gebäude oder unbezahlbarer Kunstwerke interessiert als an streng geheimen Einrichtungen, wo eine totale Nachrichtensperre ihr Anliegen nach öffentlicher Aufmerksamkeit ad absurdum führen würde.

Als Croaker in Washington landete, hatte er sich nichts sehnlicher gewünscht, als eine Woche lang zu schlafen, doch ihm blieben nur noch sechsunddreißig Stunden bis zum fünfzehnten März. Außerdem war er zu sehr damit beschäftigt, sich Bad Clams' Männer vom Leib zu halten, als daß er es sich leisten konnte, lange an einem Ort zu bleiben.

Ein Kollege von Major hatte ihm versprochen, dem Flugzeug einen Funkspruch senden zu lassen, sobald Tom aus dem OP gekommen und in einigermaßen stabilem Zustand war; eine Stunde, bevor sie in Washington gelandet waren, hatte ihm ein Flugbegleiter einen gefalteten Zettel mit der frohen Kunde überreicht. Allerdings war es zu dem Zeitpunkt noch zu früh gewesen, um eine langfristige Prognose abzugeben.

Croaker hatte Margarite aus dem weitläufigen Irrgarten des Dulles Airports angerufen.

»Lew, was ...«

»Keine Zeit, Liebes«, hatte er atemlos gesagt. »Schnapp dir Francie und mach dich auf die Socken.«

»Aber ich ...«

»Tu, was ich dir sage!« Es hatte ihn all seine Willenskraft gekostet, sie nicht anzuschreien. Sein Herz hämmerte in seiner Brust. Wenn Bad Clams versucht hatte, ihn in London umzulegen, würde er dann nicht auch seine Drohung gegen Margarite wahr machen? Er wußte es nicht, durfte aber kein Risiko eingehen. »Nimm dir ein paar kräftige Jungs mit.«

»Lew, du mußt mir wenigstens *irgend etwas* sagen.«

»Margarite ...«

»Um Himmels willen, Lew, geht's dir gut?«

»Im Moment schon, aber laß es mich so ausdrücken: Dein Feind ist jetzt auch mein Feind.«

»Caesare?«

»Bingo. Bitte, Margarite, tu, worum ich dich bitte.«

»Ja, natürlich, aber, Lew ...«

»Gib Francie einen Kuß von mir«, sagte er hastig, während sein Blick durch die Ankunftshalle schweifte. »Ruf an und hinterlasse eine Nachricht, wenn du einen Unterschlupf gefunden hast.« Er gab ihr die Nummer von *Alices Spiegel*. »Aber gib ihnen *auf keinen Fall* deine Adresse. Such dir eine Telefonzelle und gib ihnen die Nummer und einen täglichen Zeitpunkt durch, an dem ich dich dort erreichen kann, okay?«

»Ja, ja, aber Lew ... Gott, leg noch nicht auf.«

Er konnte ihren Atem hören. Er hatte ihr angst gemacht. Gut.

Wenigstens würde sie jetzt die nötigen Vorsichtsmaßnahmen ergreifen.

»Ich liebe dich, egal was passiert, egal ...«

»Ich liebe dich auch.« Er schloß seine Augen und stellte sich Margarite im Geist vor, als könnte er sie mit reiner Willenskraft durch die Leitung zu sich holen. Mehr als alles andere wollte er sie küssen, sie in den Arm nehmen, sie beschützen. Statt dessen ließ er den Hörer auf die verchromte Gabel sinken.

Er brauchte einen Moment, um sich zu sammeln, und rief dann Senator Dedalus an.

»Ich muß in die DARPA.«

»Wo zum Teufel haben Sie gesteckt?«

»In London«, sagte Croaker. Er wußte, daß der Senator sein Hirn zermarterte, weshalb Croaker in die DARPA wollte.

»Haben Sie gefunden, wonach Sie suchten?«

»Ja und nein.«

»Was soll das heißen?«

»Wenn ich in die Einrichtung reinkomme, werde ich's Ihnen sagen können.«

»Verdammt, die DARPA hat ein Dutzend Einrichtungen. In welche wollen Sie?«

Unter allen, die im Verdacht standen, die strenggeheime Regierungsagentur systematisch zu bestehlen, war Dedalus Verdächtiger Nummer eins. Jemand lieferte DARPA-Produkte – ultramodernes Kriegsgerät – an Rock und Mick Leonforte in Floating City. Es konnte nicht Micks Vater Johnny Leonforte alias Leon Waxman sein, denn der war tot. Und obwohl er sich nicht sicher sein konnte, bis er ihn verhörte, war es unwahrscheinlich, daß Serman der alleinige Lieferant war.

Vesper war in die Sache verwickelt, und sie stand in Dedalus' Diensten; der verstorbene Dominic Goldoni hatte ebenfalls die Finger im Spiel gehabt und war mit Dedalus befreundet gewesen. Und auch Margarite hatte mit der Geschichte zu tun, und sie war durch ihren Bruder mit Senator Dedalus bekannt gemacht worden. Immer wieder tauchte derselbe Name auf.

Er hatte nicht vorgehabt, dem Senator Sermans Identität zu verraten, aber ihm dämmerte, daß ihm keine Wahl blieb. Er mußte unbedingt Vesper in die Finger bekommen und rauskriegen, wo genau in London Mikio Okami steckte.

Torch ...

Das furchteinflößende Phantom der herannahenden Katastrophe in London hing wie eine Guillotine über ihm. Er konnte bereits das rostige Geräusch der Klinge hören, die sich auf der vorgezeichneten Bahn langsam seinem Hals näherte. Nur noch sechsunddreißig Stunden bis zur Zündung.

»In London wurde ein Mann namens Serman in Zusammenhang mit dem Fall erwähnt. Wahrscheinlich hat's nichts zu bedeuten, Senator, aber ich muß jede Spur verfolgen.«

»Sind Sie sich sicher, daß der Name *Serman* war? Dr. Douglas Serman?«

»Ganz sicher.«

»Na schön. Ich gebe Ihnen ein paar meiner Leute mit«, brummte Dedalus.

»Wenn Sie das tun, mache ich mich sofort aus dem Staub. Sobald Serman irgendwelche FBI-Agenten vor seinem Büro herumschwirren sieht, wird er dermaßen Schiß bekommen, daß er kein Wort mit mir spricht.«

Dedalus schien darüber eine Weile nachzudenken. Schließlich gab er nach und nannte Croaker den Weg zum DARPA-Laboratorium für experimentelle Kernphysik.

Er wußte, daß es ein enormes Risiko war, mit der DARPA-Geschichte zum Senator zu gehen. Aber was hätte er sonst tun sollen? Er hatte Sermans Aufenthaltsort nicht gekannt und würde ohne Dedalus' Hilfe auch nicht an ihn herankommen. Außerdem, wenn Dedalus tatsächlich der Drahtzieher des Ganzen war, würde ihn die Information über Serman nervös machen. Croaker wußte aus Erfahrung, daß nervöse Männer unvorsichtig wurden und Fehler begingen. Dedalus hatte zum Beispiel nicht erwähnt, daß die DARPA zum ultrageheimen Sicherheitsprogramm des Landes gehörte. Genausowenig hatte er das Treffen zur Sprache gebracht, das Croaker mit Vesper hätte haben sollen, zu dem es aber nie gekommen war. Croaker fragte sich, ob der Senator wußte, daß Vesper zur gleichen Zeit wie Croaker in London gewesen war.

Die Fahrt ins ländliche Virginia war Balsam für Croakers gestreßte Nerven. Während des Transatlantikfluges hatte er nur sporadisch geschlafen und ständig von Tom Majors Blut geträumt, das wie rosafarbene Wolken durch die Luft getrudelt war. Als er aus dem Schlaf aufschreckte, hatte ihn das dumpfe Brummen der Düsentriebwerke an die beängstigenden Geräusche der medizinischen Apparaturen erinnert, an die sein Freund im OP angeschlossen worden war.

Im Registrationsbüro am Knife River händigte eine hartherzig dreinblickende Blondine in einer abgetragenen Reituniform ihm seinen DARPA-Gästeausweis aus. Zwei gedrungene Männer, die Brüder hätten sein können, aber wahrscheinlich nur Absolventen derselben Militärakademie waren, nahmen seine Fingerabdrücke und unterzogen ihn sogar einem Netzhaut-Scan.

Er fragte die Blondine, ob Dr. Serman in den letzten zwei Tagen Besuch erhalten habe, was die Frau verneinte. Dann führte man ihn aus dem Gebäude, wo ein Jeep mit einem muskelbepackten Fahrer auf ihn wartete, der mit ihm an Pferdeställen, Gehegen, einem Springparcours sowie mehreren barackenartigen Gebäuden vorbeifuhr. Eine holprige Straße führte zu einem Damm hinunter und über eine Balkenbrücke hinweg, die, wie er annahm, den Knife River überspannte. Sie hielten am Rand eines Waldes an, wo eine Gruppe von Männern mit Jagdhunden und lässig um die Schultern geschlungenen Gewehren auf sie zukam; Croakers Papiere wurden überprüft. Dann wurden sie weitergewunken und rumpelten über einen schmalen Pfad in den Wald hinein.

Nach einer Weile wichen die Bäume struppigen Dornbüschen; mit erhöhtem Tempo fuhren sie schließlich über eine Wiese, die im späten Frühjahr und Sommer wunderschön sein mußte, momentan jedoch öde und, da in Nebel gehüllt, melancholisch aussah.

Auf der Ostseite einer sanft geschwungenen Hügelkette rückte der Laborkomplex ins Blickfeld. Von irgendwoher bellten Hunde, und Croaker fragte sich, wieviel schmerzhafter Ultraschall wohl auf die Tiere niederprasselte. Der Jeep brachte ihn zum Vordereingang eines niedrigen, quadratischen Gebäudes mit schwarzen Spiegelglasfenstern. Es sollte zweifellos futuristisch und furchteinflößend wirken, sah aber nur spröde und langweilig aus, ein typisches Regierungsgebäude eben.

Croaker hatte die jüngste Geschichte der DARPA-Einrichtung im Kopf, als er sich Douglas Serman vorstellte, der ihn mit seinen präzisen, sich wiederholenden Bewegungen und seinen hellen Augen mehr als alles andere an ein Eichhörnchen erinnerte.

»Können wir uns irgendwo ungestört unterhalten?« fragte er so beiläufig wie möglich.

Serman, der offenbar die Angewohnheit hatte, aus dem Augenwinkel alles im Blick zu behalten, fragte: »Ist dies ein offizieller Besuch? Brauche ich meine Unterlagen?«

»Im Moment nicht«, antwortete Croaker. »Doktor, gibt es hier eine Lounge oder so was ähnliches?«

»Ja, natürlich.« Serman rieb sich seine schweißnassen Hände und führte Croaker durch einen Korridor, in dem es ekelerregend nach chemischen Duftstoffen roch. Kirsche, dachte Croaker und fühlte sich an eine stinkende öffentliche Toilette erinnert.

Mit der Schulter drückte Serman eine Tür mit der Aufschrift *Privat* auf. Croaker fand sich in einem unerwartet gemütlichen Raum wieder, der mit seinen gerafften Gardinen, dem flauschigen braunen Teppichboden und den mit Chintz überzogenen Sofas eher wie der Gesellschaftsraum einer Reitschule aussah.

Serman stand unsicher in der Mitte des Zimmers, als wüßte er nicht, wie er sich bei einem zwanglosen Treffen zu verhalten habe.

»Sie gehören zu den Leuten des Senators.« Er meinte Dedalus.

»Ja, aber ich komme gerade aus London.«

»Bin niemals dort gewesen«, sagte Serman und kicherte traurig. »Eigentlich bin ich nirgendwo gewesen; zumindest nicht in den letzten Jahren. Man läßt mich nicht außer Landes, wissen Sie. Man fürchtet, ich könnte entführt werden.« Ein weiteres trockenes Kichern. »Als wäre ich ein Staatsschatz.«

»Ich habe in London eine Bekannte von Ihnen getroffen. Vesper Arkham.«

Nervös klapperte Serman mit den Augenlidern.

»Vesper wer?« Er war nicht sonderlich gut darin.

»Arkham, Doktor. Vesper Arkham.«

»Ich bin mir nicht sicher, ob ich ...«

»Normalerweise ist sie Ihre Kontaktperson«, unterbrach

Croaker ihn barsch und ließ die freundliche Fassade fallen. Serman war wie ein Bergsee am Frühjahrsanfang: Er war noch mit einer dünnen Eisschicht bedeckt. »Und sie ist sehr beunruhigt, daß Sie ihr keine Berichte mehr geben.«

Serman blinzelte. »Berichte?«

Es war an der Zeit, beschloß Croaker, sich auf seine Intuition zu verlassen und zu pokern. »Ja, Doktor. Über das Projekt, an dem Sie und Abramanov arbeiten. Wie heißt es noch gleich?« Ein kränklicher Ausdruck kroch über Sermans Gesicht, und Croaker verspürte ein Gefühl des Triumphes. »Ach ja, Torch.«

Sermans Beine schienen auf einmal aus Butter zu sein. Croaker stützte ihn an den Ellbogen und führte ihn zu einem der Chintz-Sofas.

»Geht's Ihnen gut, Doktor?«

Sermans bläuliche Lippen zuckten. »Vesper hat mir versprochen, niemandem von diesen Berichten zu erzählen«, flüsterte er.

Croaker war der Wahrheit ganz nahe; er konnte sie in der elektrisch geladenen Luft beinahe greifen. »Welche Art Abmachung hat Vesper mit Ihnen getroffen?«

Serman sprang auf. »Vesper ermöglichte es, daß die Übertragungen zwischen Abramanov und mir fortgesetzt werden konnten. Ohne ihre Hilfe hätte man sie durch das spezielle Kurzwellen-Aufspürsystem, das man hier als Antiabhörmethode verwendet, längst entdeckt. Als Gegenleistung mußte ich sie über unser Neutronen-Projekt auf dem laufenden halten.«

Serman schob seine Hände in die Hosentaschen, ging zu einem der Fenster und starrte hinaus. »Eins möchte ich klarstellen. Ich bin kein Verräter. Ich habe mein ganzes Leben lang für die Regierung gearbeitet und war immer ein ergebener Patriot. Aber solche Ergebenheit ...« Er drehte sich um.

»Solche Ergebenheit muß auch belohnt werden, verdammt noch mal! Aber statt dessen hat man mich hier eingekerkert. Ich kann nirgendwo hingehen, nichts tun, mich mit niemandem treffen, ohne unzählige Formulare auszufüllen, Fragen zu beantworten und Verdacht zu erregen. Soweit es die Welt im Ganzen betrifft, bin ich vor fünf Jahren gestorben. Aber ich sag' Ihnen, dies hier ist schlimmer als der Tod.«

»Warum kündigen Sie nicht einfach?«

Einen Moment lang sah Serman ihn mit weit aufgerissenen Augen an, bevor er in dermaßen heftiges Gelächter ausbrach, daß es ihm Tränen in die Augen trieb.

»Guter Mann, Sie sehen doch, wo wir hier sind!« entfuhr es ihm keuchend. »Von einem Ort wie diesem geht man nicht einfach fort. Man weiß zu viele Dinge, die die nationale Sicherheit betreffen.« Mit seinem Hemdsärmel wischte er sich über die Augen. »Dies ist ein Job fürs Leben. Die Tatsache, daß einem das niemand sagt, wenn man anfängt, ist eine andere Geschichte.«

Croakers Mitleid hielt sich in Grenzen. »Also hatte Ihr Bleiben nichts mit dem Neutronen-Projekt zu tun.«

»Natürlich hatte es das«, sagte Serman mit der unerbittlichen Logik eines Wissenschaftlers. »Abramanov sagte, er würde mit meiner Hilfe einen entscheidenden Durchbruch erlangen. Und schließlich schaffte er es, ein transuranisches Isotop herzustellen, das stabil war. Wissen Sie, was ein transuranisches Isotop ist?«

»Ja, eine radioaktive Substanz mit einer höheren Kernladungszahl als Uran – was diese Substanz für Menschen absolut tödlich macht. Und ich weiß auch, daß er mit dem Isotop eine extrem gefährliche Waffe hergestellt hat.«

»Torch.« Serman setzte sich plötzlich wieder hin. »Ja. Ich glaube, ich weiß, wie Abramanov Element 114m hergestellt hat, aber aus einem mir unerfindlichen Grund bin ich bislang nicht in der Lage gewesen, seinen Erfolg zu duplizieren.« Er hielt inne und legte seine Hände an den Kopf. »Wir hatten solch hochtrabende Hoffnungen. Eine fast unerschöpfliche Energiequelle, billig in der Herstellung, das Ende aller Energiekrisen. Welch ein Traum!« Er blickte auf. »Aber das ist alles, was es ist, ein Traum. Abramanov hat daraus die ultimative Waffe gebaut.« Serman sah ihn mit leerem Blick an. »Da man für eine machtvolle Explosion nur äußerst geringe Mengen braucht, erfüllt es in unserer von Terrorismus und ethnischen Kriegen geprägten Welt alle Kriterien für die ultimative Waffe: Es ist tragbar, leicht zu schmuggeln und hat verheerende Auswirkungen.«

Croaker hatte eine Idee. »Können Sie Abramanov jetzt kontaktieren?«

»Nein. Vor fünf Tagen ist jegliche Kommunikation abgebrochen worden. Ich habe auf meine wiederholten Anfragen keine Antwort erhalten.«

»Inwiefern haben Sie mit den aus der DARPA gestohlenen Waffen zu tun?«

»Wovon sprechen Sie?«

Er sah, daß Serman von Vespers anderen Aktivitäten in der DARPA keine Ahnung hatte. Er hatte vorgehabt, Serman dem Sicherheitsbüro am anderen Ende des Komplexes zu übergeben, besann sich jetzt aber eines Besseren. Irgendwie mußte Croaker Serman aus dem DARPA-Gelände herausschmuggeln und Nicholas kontaktieren. Die Detonation von Torch 315 zu verhindern, war wichtiger denn je.

Er borgte sich von Serman einen weißen Laborkittel und fragte den Doktor dann über seinen Tagesablauf und die Anordnung der Gebäude aus.

Dann ging er mit Serman zu dessen Labor zurück. Im Schein eines Bunsenbrenners setzte er sich an den zinkfarbenen Versuchstisch, während Serman sich darunter versteckte. Es wäre das einfachste gewesen, seinen Plan zu ändern und mit Serman zu verschwinden, ohne auf Vespers Erscheinen zu warten, doch sein Instinkt sagte ihm, daß dies ein Fehler gewesen wäre. Er konnte den Maulwurf, der das Nishiki-Netzwerk so tief infiltriert hatte, daß er direkten Zugang zu Okami besaß, nicht ungeschoren davonkommen lassen. Er mußte Vesper erledigen, und er mußte es jetzt tun, solange er einigermaßen Herr der Lage war. Und doch beschäftigte ihn etwas, das am Rand seiner Wahrnehmung unaufhörlich um Beachtung kämpfte. Etwas, das Serman gesagt hatte …

Lautlos glitt eine dunkle Gestalt durch die Tür.

»Sie sind also *tatsächlich* hier.«

Er erkannte ihre Stimme; es war Dedalus' Maulwurf. Er saß völlig regungslos da, fühlte sich aber so, als wäre ein Laserstrahl zwischen seine Augen gerichtet worden.

»Kommen Sie bitte mit. Wir haben eine Menge zu besprechen.«

Croaker studierte ihr Gesicht. Sie nahm es ziemlich gelassen auf, dachte er, nicht das geringste Anzeichen von Überraschung. Dies war der Beweis: Dedalus hatte ihr gesagt, daß er hier sein würde. Sie war sein Maulwurf – und sie kam an Okami heran. Kein Wunder, daß seine Widersacher Okami in London aufgestöbert hatten. Sie hatte ihn verraten.

»Sie sind vielleicht ein Anblick«, sagte Croaker, die neueste Inkarnation von Vesper Arkham in Augenschein nehmend. Sie trug schwarze Leggings und eine schwarze Steppjacke über einer Seidenbluse. Ihr naturblondes Haar war streng nach hinten gekämmt. Sie sah besser aus denn je – und tödlicher. »In der Tat, wir haben eine Menge zu besprechen.« Lächelnd hob er seine biomechanische Hand, die rostfreien Stahlklauen voll ausgefahren. »Aber dieses Mal bin ich auf Sie vorbereitet.«

»Sie Idiot«, sagte sie zu seinem Erstaunen. »Wo zum Teufel steckt Serman? Ich muß Sie beide hier herausschaffen, bevor man Sie erschießt!«

»Tachi Shidare ist tot«, sagte Tetsuo Akinaga. »Und nun, da Chosa Selbstmord verübt hat, existiert der innere Zirkel nicht mehr.«

Ushiba schwieg. Als ihm Akinagas Nachricht übermittelt worden war, hatte er sogar in Betracht gezogen, das Treffen zu verschieben, denn er war sterbensmüde. Die Gewißheit, daß Chosas Tod notwendig gewesen war, linderte Ushibas Schuldgefühle nur teilweise, aber die Sicherheit der *godaishu* hatte oberste Priorität, zu welchem Preis auch immer. *Sie sollten sich zurückziehen, bevor Sie einen fatalen Fehler begehen und von der Macht Ihrer eigenen Politik überrollt werden*, hatte Ken ihm gesagt. Und er verstand die Weisheit seiner Worte, denn er hatte ihm geantwortet: *Sobald das Spiel zur Belastung wird, ändern sich die Regeln, und der Jäger läuft Gefahr, der Gejagte zu werden.* Er erinnerte sich an sein Gefühl neuer Stärke, als er gesagt hatte: *Der Blutinstinkt ist einem angeboren.*

Dieser von der Arroganz der Jugend geprägte Ausspruch hatte sich als fataler Irrweg erwiesen. Es war dieser Instinkt, der ihn so sicher gemacht hatte, daß Chosas und Akinagas Vision von der *godaishu* vernünftig sei und man dem Protest gegen den Despotismus des Kaisho auch Taten folgen lassen müsse. Erst jetzt erkannte er, wie sehr die Gier nach Macht sie alle geblendet hatte.

Jetzt, da Chosa und Shidare tot waren, wurde ihm endgültig

klar, daß sie nie und nimmer in diese schreckliche Lage gekommen wären, hätten sie nicht die kurzsichtige Entscheidung getroffen, den Kaisho seines Amtes zu entheben. Mit Mikio Okami an der Macht wäre alles völlig anders gekommen. Es lag jetzt an ihm, Ushiba, die *godaishu* zu lenken.

»Was ist dem jungen *oyabun* zugestoßen?« fragte er.

Akinaga zuckte mit den Schultern. »Ich habe nichts damit zu tun. Shidare ist von einem Attentäter in Yoshino ermordet worden.«

»In Yoshino. Was wollte er dort?«

Die beiden Männer saßen in dem spärlich möblierten Wohnzimmer des *tomi,* einem obeliskartigen Betonklotz, den Akinaga sich als Zufluchtsort hatte bauen lassen. Er stand auf einem siebzig Quadratmeter großen Flecken Erde im Zentrum Tokios. *Tomi,* abgeleitet von dem japanischen Wort für einen Wachturm, der ein großes Gebiet überblickt, war eines von vielen Geheimquartieren des *oyabun.* Wie ein Oberbefehlshaber in Kriegszeiten besaß er viele Zufluchtsmöglichkeiten, um den Anspannungen seines Daseins für eine Weile zu entrinnen. Von der Straße führte eine steile Steintreppe über einen schmalen Parkplatz zu dem Raum, in dem sie saßen; nebenan befand sich eine winzige Küche. Eine schwarze, eiserne Wendeltreppe in der Ecke des Raumes führte zu den Schlafzimmern und zum Bad. Ushiba hatte die Wohnung niemals gemütlich gefunden, doch für Akinaga erfüllte sie ihren Zweck voll und ganz.

Wunderschöne *kiaki*-Holzblöcke – das einzige Holz im Raum – waren zu einem niedrigen Tisch zusammengefügt worden, vor dem sie jetzt knieten. Als Ushiba eingetroffen war, hatte er auf dem Tisch dampfenden Tee und frisches Gebäck vorgefunden; mit Sicherheit zeichnete Akinaga nicht selbst dafür verantwortlich; vielmehr war es ein subtiler Hinweis für Ushiba, daß sich noch jemand anders im Haus befand, nirgends zu entdecken zwar, aber für alle Fälle anwesend.

»Ich nehme an, Shidare war in Yoshino, um seinen Auftrag zu erledigen«, sagte Akinaga. »Nicholas Linnear aufzuspüren und zu töten. Offensichtlich ist er genau wie Tomoo Kozo gescheitert.«

»Und jetzt sind wir an der Reihe«, sagte Ushiba. »Falls Linnear rausbekommen hat, daß Shidare Yakuza und obendrein Mitglied des inneren Zirkels war, weiß er, was er als nächstes zu tun hat.«

»Finden Sie es nicht interessant«, sagte Akinaga, das Thema geschickt wechselnd, »daß Linnear in Yoshino war? Warum nur? Vielleicht versteckt sich der Kaisho in Yoshino.«

»Unsere Hauptsorge sollte Linnear sein. Wegen Chosas dummen Rachegelüsten wird Linnear bestimmt demnächst in Tokio auftauchen und Sie suchen. Ich könnte Ihnen helfen, ihn ...«

»Ich glaube, Sie haben bereits genug getan, Daijin.«

Ushiba sah den *oyabun* in stummer Überraschung an.

»Nach Chosas und Shidares Tod bin nur noch ich übrig, Chefminister.« Akinaga beugte sich über den *kiaki*-Tisch. »Sie hatten im Zirkel immer eine beratende Funktion, aber mir ist nicht entgangen, daß Ihr Einfluß im Laufe des letzten Jahres stetig gewachsen ist. Es fing schon an, bevor wir Okami aus seinem Amt verjagten, und seitdem scheinen Sie erpicht darauf zu sein, Ihre Macht zu vergrößern.« Akinaga verzog sein Gesicht. »Sehen Sie, deshalb unsere kleine Übung.«

»Welche Übung?« In Ushibas Magen bildete sich ein eisiger Klumpen.

»Ich habe Ihnen Chosa auf dem Tablett serviert, und sehr zu meiner Befriedigung haben Sie ihn vollständig vernascht.« Akinaga brach in schallendes Gelächter aus. »Man stelle sich das mal vor! Ich habe Sie gegen Ihren alten Freund aufgehetzt! Wirklich verblüffend!«

Ushibas Gesicht war leichenblaß. »Drücken Sie sich bitte etwas genauer aus.« Er schaffte es nicht ganz, seine Stimme gefaßt klingen zu lassen.

»Ich war derjenige, der die Ermordung des Kaisho angeordnet hat. Dieser Schwächling Chosa wollte sich nur damit brüsten.«

»Aber der Plan ist fehlgeschlagen.«

»Immerhin hat der Plan den Kaisho ins Exil getrieben und ihn all seiner Macht und seines Einflusses beraubt«, tönte Akinaga. »Okami könnte genausogut tot sein; das Resultat ist das gleiche.« Er nahm eine Zigarette und zündete sie gemächlich an. »Dann habe ich mir Shidare gegriffen. Ich habe ihn davon überzeugt, daß er keine wirkliche Macht besitzt, solange er sich nicht mit einem Mitglied des inneren Zirkels verbündet. Er war ein pragmatischer junger Mann und hat zugestimmt. So habe ich ihn Linnear auf den Hals gehetzt.«

»Sie!«

»Natürlich! Ich wußte, daß Shidare *tanjian* war. Nur ein *tanjian* hat gegen Linnear eine Chance, aber anscheinend habe ich Shidare überschätzt. Er hat versagt.«

»Aber Chosa ...«

»Ach, Chosa!« Genüßlich sog Akinaga an seiner Zigarette. »Früher oder später mußten Chosa und ich aneinandergeraten. Er wollte Kaisho werden – genau wie ich. Der innere Zirkel war für uns beide nicht groß genug.«

»Aber ihn selbst zu erledigen, war Ihnen zu heikel. Dafür war er Ihnen zu mächtig.«

»Stimmt genau. Das ließ ich Sie für mich besorgen.«

»Aber Yoshinori sagte mir ...«

»Yoshinori sagte Ihnen genau das, was ich wollte. Der alte Junge kann mir keinen Gefallen abschlagen. Wir sind schon seit Jahrzehnten Busenfreunde und konnten uns immer aufeinander verlassen.«

»Und ich habe ihm geglaubt.«

»Warum sollten Sie auch nicht? Ich an Ihrer Stelle hätte das auch getan.« Akinaga bedachte ihn mit einem mitleidsvollen Blick, was Ushiba in Rage versetzte. »Yoshinori ist ein begnadeter Schauspieler; es ist sein Hobby, seine große Leidenschaft!«

Akinaga stand auf und ging zu einem der kleinen, in die grobe Betonwand eingelassenen Fenster. Er starrte auf den vorbeirauschenden Verkehr in der schmalen Straße unter ihm.

»Jetzt habe ich, was ich wollte. Chosa und Shidare sind tot, und nichts kann mich daran hindern, Kaisho zu werden.«

»Okami ist aber noch am Leben.«

»Stimmt, er lebt.« Akinagas Gelassenheit war erschreckend. »Aber ich weiß ungefähr, wo er sich versteckt hält. Und sobald ich Torch aus Floating City geliefert bekomme, wird Okami nichts weiter als ein Häufchen Asche sein, und Rock wird seiner Klientel demonstriert haben, wie machtvoll Torch ist. Wir werden eine extrem fruchtbare Partnerschaft haben.«

»Also deswegen haben Sie sich für die Zusammenarbeit mit Floating City stark gemacht«, stellte Ushiba bestürzt fest. »Sie hatten ein privates Abkommen mit Rock und Mick Leonforte. Sie wollten Torch.«

Ein gespenstisches Lächeln legte sich über Akinagas Züge; mühsam kam Ushiba auf die Beine; er spürte, wie eisige Furcht von ihm Besitz ergriff. Sie befanden sich jetzt in genau der Situation, die Okami immer hatte verhindern wollen: Ein despotischer Führer kontrollierte die *godaishu*. »Ich werde alles in meiner Macht Stehende tun, um Sie aufzuhalten«, sagte Ushiba.

Akinaga wandte sich zu Ushiba um. »Chefminister, ich fürchte, Sie überschätzen sich. Sie *haben* keine Macht.«

»Mein Gott, Sie haben Nerven.«

»Ich habe mehr als das.« Akinagas Lächeln wurde zu einer schlangenartigen Fratze. »Sie tun mir leid, Chefminister, wirklich. Wir entstammen der gleichen Generation und haben viele Gemeinsamkeiten, aber im Laufe der Zeit habe ich meine Meinung über Sie revidiert. Sie haben sich ziemlich verändert, seitdem Okami fort ist. Wenn ich mich mit Ihnen unterhielt, glaubte ich manchmal, den Kaisho vor mir zu haben. Ich bin zu dem traurigen Schluß gelangt, daß Sie ihm zu sehr ähneln.«

»Und wenn dem tatsächlich so ist? Sie können nichts dagegen tun.«

»Oh, doch, das kann ich.« Akinaga drückte seine Zigarette in einem dunkelgrünen Metallaschenbecher aus, der schimmerte wie der Rückenpanzer eines Insekts. »Ich habe alle Trümpfe in der Hand.«

Akinaga ging zu einem schwarzen Metallregal mit Büchern über Architektur und Geschichte. Zwischen zwei Bänden zog er zwei kurze Seile aus Reisfasern hervor. »Sie wissen, was dies ist«, sagte er mit einem tödlichen Lächeln auf den Lippen.

»Torinawa«, sagte Ushiba, und ein schmerzhaftes Zucken durchfuhr seine Magengrube.

Gutgelaunt schwang Akinaga die Seile über seinem Kopf. »Ja.« Ein *torinawa* zu übergeben – einstmals ein spezielles Seil, mit dem Samurais Verbrecher fesselten – bedeutete, daß ein führerloser Clan seine Bereitschaft bekundet, sich einem anderen Clan unterzuordnen. »Hier sind die *torinawa* des Kokorogurushii- und des Yamauchi-Clans. Sie unterstehen jetzt meinem Befehl; demzufolge bin jetzt ich allein der innere Zirkel. Und von diesem Moment an bin ich der neue Kaisho.«

Wie Donnergrollen rollte die Stille durchs Zimmer. Am liebsten hätte Ushiba sich in Luft aufgelöst, aber wie ein guter Samurai blieb er da und sah seiner Bestrafung entgegen. Er hätte Okamis Entmachtung niemals zustimmen sollen. Man hatte den Kaisho als machthungrigen Despoten hingestellt, obgleich das Gegenteil der Fall gewesen war. Kozo hatte Nicholas Linnears Ermordung geplant, und Chosa und Akinaga hatten gegeneinander intrigiert, um der neue Kaisho zu werden, obwohl sie allesamt bekundet hatten, daß es nie wieder einen Kaisho geben würde.

»So«, sagte Akinaga, »jetzt verstehen Sie, was die Stunde geschlagen hat. Sie gehören mir, Daijin, und ich plane, mir Ihren Einfluß und Ihre Kontakte zunutze zu machen. Ohne Wenn und Aber. In dreißig Stunden wird mein Triumph vollkommen sein – dann ist Mikio Okami nämlich zu Asche verglüht. Sie werden meine loyale Rechte Hand. Ich gebe die Befehle, Sie führen sie aus. Mit Hilfe der *godaishu* und des MITI werden wir die Weltwirtschaft kontrollieren.« Flink kam Akinaga zwei Schritte auf Ushiba zu. »Habe ich mich klar und deutlich ausgedrückt, Daijin?«

Ushiba holte tief Luft und ließ sie zischend aus seiner Lunge entweichen. »Ja.« Dieses eine Wort besaß eine Endgültigkeit, die er sich vor diesem Augenblick niemals hätte träumen lassen.

»Sie sind verrückt, wenn Sie glauben, daß ich mit Ihnen irgendwo hingehe«, sagte Croaker. »Jedesmal, wenn ich Sie sehe, sind Sie eine andere Person.«

»Ein anderer Zeitpunkt, ein anderer Ort, eine andere Identität«, entgegnete Vesper aus dem Halbdunkel heraus. »Um Himmels willen, nun kommen Sie schon!«

Croaker rührte sich nicht. Er hörte das leise Zischen des Bunsenbrenners, in dessen unheimlichen Licht er Vesper betrachtete und sich fragte, welche ihrer zahlreichen Inkarnationen er sah. Sie anzuschauen, war wie in einem Spiegellabyrinth zu stehen; jedes verzerrte Bild führte einen weiter fort von der Wahrheit, bis man schließlich glaubte, die Spiegelungen an sich seien die Realität.

Ihr Kopf wirbelte herum. »Ich höre ihn! Er kommt!«

»Ach, hören Sie schon auf. Ich …«

»Verdammt, Sie haben bereits Serman an Dedalus verraten! Wollen Sie uns beide nun auch noch opfern?«

Er hörte tatsächlich Schritte auf dem Gang. Sagte sie die Wahrheit? War es Dedalus, der da kam?

»Geben Sie auf«, sagte er. »Ich weiß alles über Torch. Ich weiß, daß Okami in London ist und am fünfzehnten getötet werden soll. Ich weiß, daß Sie ihn an seine Feinde verraten haben.«

»Sie haben mit den falschen Leuten gesprochen. Ich werde Ihnen alles erklären, wenn Sie sich endlich in Bewegung setzen, bevor wir endgültig in der Falle sitzen.«

»Sie sind eine unverbesserliche Lügnerin. Ich habe Beweise, daß Sie Dedalus' Maulwurf in Okamis Nishiki-Netzwerk sind.«

»Glauben Sie mir wenigstens dieses eine Mal. Wir müssen hier verschwinden, und zwar sofort!« Er glaubte, wachsende Beunruhigung zwischen ihren Worten herauszuhören.

Irgend etwas stimmte nicht. Wenn sie der Feind war, warum hielt sie ihn hier nicht einfach fest, bis Dedalus kam? Was sollte er glauben? Und plötzlich fiel ihm ein, was die ganze Zeit in seinem Hinterkopf gebohrt hatte …

»Oh, Gott«, flüsterte er und zog Serman aus seinem Versteck hervor. »Okay, lassen Sie uns verschwinden.«

Croaker und Serman folgten ihr auf den Korridor. Das Geräusch war mittlerweile zu deutlichen Schritten auf dem Kachelboden angeschwollen. Sie schienen sehr nahe zu sein.

Gebückt schlich sie in den nächsten Raum, ein Lagerraum für Chemikalien, in dem Temperatur und Luftfeuchtigkeit auf konstantem Niveau gehalten wurden. Sie ging zu einer der mannshohen Kühleinheiten und zog sie ohne Croakers Hilfe zur Seite. Dahinter sah er eine alte zerkratzte Abdeckplatte an der Wand lehnen. Vesper schob sie fort, und ein viereckiges, grob in die Wand eingelassenes Paneel kam zum Vorschein.

Sie wandte sich zu ihm um. »Wir brauchen Ihre Hand.«

Während Croaker seine rostfreien Stahlklauen in den schmalen Spalt rammte, um das eingepaßte Stück zu fassen zu kriegen und herauszuzerren, sagte sie: »Vor Jahren, als in dieser Einrichtung noch Menschenversuche gemacht wurden, fanden einige der armen Schweine einen Fluchtweg.«

Er zerrte die Platte heraus, und Vesper schob die Kühleinheit so nahe wie möglich zurück vor das Loch in der Wand. Dann kroch sie hinein und half Serman durch die enge Öffnung. Croaker folgte den beiden, wandte sich um und zog die Kühleinheit mit seiner biomechanischen Hand mehr oder weniger an ihren ursprünglichen Platz zurück. An der Rückseite des Paneels befand sich ein Griff, der es ihm ermöglichte, es ohne Schwierigkeiten wieder in die Wand einzupassen.

Er wollte loskriechen, doch Vesper hielt ihn zurück.

»Wir bleiben hier«, flüsterte sie. »Die Männer damals haben es nie bis ganz hinaus geschafft. Sitzen Sie einfach still.«

Es war merkwürdig. Er konnte ihren Atem hören, ihren schwachen Duft riechen, der ihn an eine Pfingstrose erinnerte, aber er konnte sie nicht sehen. Statt dessen stellte er sich vor, wie sie bei ihrem ersten Treffen in der Lobby des Washington Holiday Inn ausgesehen hatte; wie er sie als Gärtner verkleidet auf Dedalus' Anwesen gesehen hatte und wie sie später mit Margarite gesprochen hatte; er stellte sich vor, wie sie sich mit Celeste und Okami getroffen hatte. Auf magische Weise verschmolzen diese so unterschiedlichen Bilder zu einem Ganzen, so als wäre sie ein Filmstar, der von der Leinwand herabgestiegen war und sich zu ihm gesellt hatte.

»Wer sind Sie?« flüsterte er.

»Welche Rolle spielt das? Alles, was Sie wissen müssen, ist, daß ich für Mikio Okami arbeite.«

Er konnte ihr jetzt glauben – oder zumindest anfangen, ihr zu glauben, denn Serman hatte seine Abmachung mit ihr getroffen – nicht mit Dedalus. Es hatte Serman in Angst und Schrecken versetzt, daß sogar Croaker wußte, daß er Vesper regelmäßig mit Berichten über das Fortschreiten der Arbeiten an Torch versorgte. Wenn Vesper in Dedalus' Diensten stünde, hätte der Senator von Torch gewußt, was aber eindeutig nicht der Fall war. Vesper hatte es arrangiert, daß Serman und Abramanov ihren heimlichen Funkdialog fortsetzten, und versorgte Okami mit den neuesten Informationen über Torch.

»Ich muß mehr über Sie erfahren, bevor ich Ihnen voll vertrauen kann«, sagte er trotz alledem.

Er spürte, wie sie ihn anstarrte.

»Margarite sagt, ich könne Ihnen vertrauen, aber ich bin mir da nicht so sicher.« Dann schien sie einzulenken – wenn nicht wegen ihm, dann aufgrund der Situation. »Ich glaube, Sie sind verdammt gefährlich, und das habe ich ihr auch gesagt. Ich sagte, sie solle sich von Ihnen fernhalten. Jetzt bin ich mir aber nicht mehr sicher, ob ich damit recht hatte.«

»Weshalb sollte ich Ihnen glauben? Als Domino haben Sie mir nichts als Lügen aufgetischt; als Vesper haben Sie so viele Gesichter wie ein Orakel. Außerdem habe ich Ihren Code geknackt, nachdem ich die Papiere aus dem Safe im Moniker's gestohlen hatte. Ich habe die Auflistung der Waffensysteme gesehen, die Morgana illegal verkauft – die Firma, die Sie für Dedalus leiten.«

»Morgana gehört Dedalus, na schön. Aber was Sie gestohlen haben, waren Kopien, die ich Okami schicken wollte.«

Darauf fiel Croaker keine passende Erwiderung ein. Gut möglich, daß sie die Wahrheit sagte.

»Außerdem haben Sie auch gelogen«, fuhr Vesper fort. »Und Sie haben mir höllische Angst gemacht, als Sie Margarite und mir hinterherspionierten.«

»Ja, wir haben beide gelogen. Und Sie haben mir verschwiegen, daß Dedalus die DARPA leitet.«

»Sie haben mir Ihren netten Plausch mit Caesare Leonforte im TriBeCa verschwiegen«, erwiderte sie trocken.

Blitzartig wurde ihm bewußt, wie das für Margarite und Vesper ausgesehen haben mußte. Er und Bad Clams wie alte Freunde beim Essen. Allmächtiger, glaubte Margarite, daß er sie verraten hatte? Warum auch nicht? Beinahe wäre ihm genau das passiert. Wie wollte er sein Problem mit Bad Clams lösen? Bislang hatte er noch keine Idee gehabt, und er hoffte noch immer auf den rettenden Einfall.

»Also dachten Sie, ich würde für Bad Clams arbeiten. Was hat Ihre Meinung geän ...«

Er spürte ihre Hand auf seinem Mund. Angestrengt lauschte er den Geräuschen außerhalb ihrer winzigen Höhle. Er vernahm das Kratzen von Stuhlbeinen auf dem Kachelboden des

Lagerraums, und er wußte, daß sie nach ihm suchten. Weiter hinten in der Dunkelheit kauerte Serman zitternd wie Espenlaub und stand Todesängste aus. Er war voll darauf konzentriert, ihren Verfolgern zu lauschen; Croaker und Vesper hatte er völlig vergessen.

Dedalus' Leute.

Nach einer Weile wurde es still, doch Vesper verharrte regungslos. Schließlich nahm sie ihre Hand von seinem Mund und sagte leise: »In dem Moment, als Sie Caesares Mann im Holland Park angriffen, wußte ich, daß ich einen Fehler begangen hatte.«

»Sie wußten, daß ich Ihnen nach London gefolgt war?«

»Bevor ich Washington verließ, ging ich noch einmal zu Moniker's. Es hat nicht lange gedauert, bis ich merkte, daß jemand in meinem Safe herumgeschnüffelt hat, und man mußte kein Genie sein, um sich auszumalen, wer es war.«

»Wenn Sie wußten, daß ich Ihnen auf den Fersen war, wieso haben Sie mich nicht gestoppt?«

»Ich hab's versucht. Wenn Sie sich erinnern, ich gab Ihnen falsche Informationen, aber Sie waren zu schlau, um darauf hereinzufallen. Ich hätte es wissen müssen.«

»Was meinen Sie?«

»Was glauben Sie denn, was ich meine? Margarite ist in Sie verliebt.«

Ihre Worte klangen wie Musik in seinen Ohren, und er hätte sich am liebsten zu ihr hinübergebeugt und ihr einen Kuß gegeben. »Ach, es macht alles keinen Sinn«, sagte er.

»Muß Liebe denn Sinn machen?«

»Ich meine, es ist doch völlig absurd, oder?«

»Nur, wenn Sie nicht das gleiche empfinden.«

»Aber Margarite und ich stehen auf verschiedenen Seiten des Gesetzes.«

»Sind Sie sicher? Ihrer Logik zufolge stehe ich dann ebenfalls auf der anderen Seite des Gesetzes. Sie wissen, daß das nicht stimmt.«

Sie ließ ihn das eine Weile verdauen, bevor sie sagte: »Ich gehe ein enormes Risiko ein, Ihnen das alles zu erzählen. Für Margarite würde ich mein Leben geben.«

»Kann ich gut verstehen.« Er spürte, wie die Spannung allmählich von ihnen abfiel. »Wie kommen wir hier raus, ohne daß Dedalus uns findet?«

»Es gibt nur eine Möglichkeit. Wir müssen denselben Weg nehmen wie die Versuchskaninchen damals.«

»Aber Sie sagten doch, sie hätten es nicht geschafft.«

»Richtig. Wir werden gleich herausfinden, warum.«

Ich sah zu, wie Leonforte ihn wie einen Straßenköter abknallte, hatte Tachi gesagt. *Und mehr noch, Leonforte hat's genossen. Ihm stand Schaum vor dem Mund; er jauchzte vor Vergnügen und vollführte über der Leiche meines Vaters einen regelrechten Freudentanz, bevor er sie in den Dschungel schleppte.*

Dies war der Mann, mit dem Koei sechs Monate zusammengelebt hatte, der Mann, den sie hatte heiraten sollen, der Mann, der sich in sie verliebt hatte. Aller Wahrscheinlichkeit nach würde Nicholas Mick Leonforte in Kürze von Angesicht zu Angesicht gegenübertreten. Wenn er in Floating City eindringen konnte.

Der Zauber seines leidenschaftlichen Wiedersehens mit Koei hing noch immer wie ein magischer Schleier über ihm, und er konnte es kaum ertragen, sich wieder von ihr trennen zu müssen. Sein einziger Trost war, daß sie ihm versprochen hatte, nach Tokio zu fliegen, wo sie bei seinem Freund und Partner Tanzan Nangi bleiben würde, bis Nicholas zurückkam.

»Es ist Zeit, mein Exil hier zu beenden«, hatte sie ihm gesagt, kurz bevor er sich mit Van Kiet auf den Weg gemacht hatte. »Seitdem ich Michael verließ, habe ich entsetzliche Angst vor ihm. Er hatte so einen Ausdruck in den Augen ...« Erschaudernd waren ihr die Worte im Hals stecken geblieben, und er hatte sie in den Arm genommen.

»Mick Leonforte kann dir nichts mehr anhaben«, hatte er sie zu beruhigen versucht.

Koei hatte sich an ihn geklammert, ihn nicht gehen lassen wollen. »Du kennst ihn lange nicht so gut wie ich. Er ist rücksichtslos und sehr gerissen. Letztendlich bekommt er immer, was er will.«

»Hör zu. Sobald du in Tokio bist, wirst du Nangi alles erzählen, okay? Er wird wissen, was zu tun ist.« Er küßte sie fest auf die Lippen. »Du wirst mich früher wiedersehen, als du glaubst.«

Nicholas wandte sich wieder der Gegenwart zu. Der Jeep raste über die holprige Schnellstraße, die in nördlicher Richtung von Saigon wegführte, das bereits eine halbe Tagesreise hinter ihnen lag. Van Kiet war schlechter Laune. In dem Augenblick, in dem er Nicholas mit Huynh Van Dich bekannt gemacht hatte, war ihm die Kontrolle entglitten, und das machte ihn wütend. Tachi war tot, und Nicholas kannte den Weg nach Floating City.

»Sobald wir drin sind«, sagte Van Kiet, »werden Sie Rock mir überlassen. Ich weiß, wie man mit solchem Abschaum umspringt.«

Nicholas bezweifelte das. Van Kiet war zornig, und Zorn trübte den Verstand. Außerdem war er darauf versessen, Rock und jeden anderen, der sich ihm in den Weg stellte, abzuknallen. Was Nicholas brauchte, waren Antworten. Weshalb war Floating City so wichtig für Akinaga und Chosa – und für Mikio Okami, wie er zu vermuten begann? Rock und Mick Leonforte einfach nur zu töten, wäre dumm.

»Wir müssen uns unsere Vorgehensweise überlegen«, sagte Nicholas.

»*Dies* ist die einzige Vorgehensweise, die uns nicht umbringen wird«, grummelte Van Kiet und hob seine MAC-10 Maschinenpistole.

»Es gibt noch einen anderen Weg.«

Kopfschüttelnd trat Van Kiet aufs Gaspedal. »Sie kennen diese Arschlöcher nicht. Tachi und ich haben die beiden seit zwei Jahren gejagt.« Er überholte zwei klapprige, mit Baumstämmen beladene Lastwagen, die ihre rußigen Dieselabgase in die Abenddämmerung spien. »Es gibt nur eine Art, wie man mit ihnen fertig wird. Reden steht außer Diskussion. Ihre Gehörgänge sind mit wabernder Sphärenmusik verklebt. Irgendwelches Gefasel geht denen glatt am Arsch vorbei. Sie … Buddha!«

Vor ihren Augen riß ein Geysir aus Asphaltbrocken, Geröll und Staubschutt die Straße auf. Die Druckwelle der Explosion riß die Windschutzscheibe vom Jeep, und Van Kiet, von einem Metallstück getroffen, warf mit einem Aufschrei die Arme in die Luft.

Blitzschnell kletterte Nicholas zum Chief Inspector hinüber, trat mit aller Gewalt auf die Bremse und riß das Lenkrad nach links herum. Ungeachtet der Trümmer, die wie eine Schrotladung auf ihn niederprasselten, drückte er Van Kiet zur Seite. Heftig schlingernd schoß der Jeep auf den Rand des Kraters zu, den die Explosion in die Straße gesprengt hatte.

Mit aller Kraft gegen die Vorwärtsbewegung des Jeeps ankämpfend, erkannte Nicholas, daß sie unweigerlich in den Krater stürzen würden; geschickt beförderte er den Chief Inspector auf den Rücksitz hinter ihm und trat dann das Gaspedal durch. Ruckartig beugte er sich auf die linke Seite und spürte, wie sich das Gewicht im Jeep verlagerte. In dem Augenblick, als sich der rechte Vorder- und Hinterreifen vom Boden hoben, steuerte er der Kippbewegung entgegen und hielt das Fahrzeug damit im Gleichgewicht.

Der Wagen rollte auf zwei Reifen am Rand des klaffenden Lochs vorbei, und Nicholas kämpfte darum, ihn auf der Fahrbahn zu halten, damit die beiden Reifen festen Untergrund behielten.

Vorsichtig nahm er das Gas weg, bis der Jeep sich soweit verlangsamt hatte, daß er gefahrlos auf die beiden rechten Reifen zurückkippte.

»Wer zum Teufel ...«

Bei der zweiten Explosion überschlug sich der Jeep.

Nicholas überließ sich seinem Instinkt und seinem *tanjian*-Auge. Er ließ das Lenkrad los, entspannte seine Muskeln und rollte seitwärts die Böschung am Straßenrand hinunter. Aber eine dritte Explosion riß das Erdreich neben ihm auf, und er taumelte rückwärts und schlug mit dem Kopf gegen einen Baumstamm. Benommen sank er zu Boden und versuchte, einen klaren Gedanken zu fassen.

Etwa achtzig Meter entfernt sah er Van Kiet blutüberströmt und am ganzen Leib zitternd aus dem in bläuliche Rauchschwaden gehüllten Jeep klettern. Van Kiet hatte die MAC-10 im Anschlag, und jetzt sah Nicholas auch den Giganten von einem Mann, der auf einer dicht bewachsenen Anhöhe stand. Auf einer Schulter trug er eine LAW-M72, einen Panzerabwehr-Raketenwerfer, den die Amerikaner im Krieg benutzt hatten. Der Mann mußte stark wie ein Pferd sein, um das Ding so einfach mit sich rumschleppen zu können, dachte Nicholas.

Er hatte ein kantiges, zerfurchtes, tiefbraunes Gesicht, das von sonderbar blaßblauen Augen dominiert wurde. Sein blondes Haar war militärisch kurz, aber trotzdem glich er in keiner Weise dem amerikanischen Armeepersonal, das Nicholas bisher gesehen hatte. Vielmehr bewegte er sich wie ein Asiate – also aus dem unteren Teil des Bauches heraus. Er hatte seine innere Mitte gefunden, war sowohl geistig als auch körperlich extrem stark. Sein Gesicht legte Zeugnis davon ab, daß der Krieg jegliche normale menschliche Emotion in ihm ausgelöscht hatte. Als er seine Panzerfaust auf Van Kiet richtete, wußte Nicholas, daß er Rock vor sich sah, den Herrscher von Floating City.

»Verschwinden Sie!« schrie Van Kiet zu Rock hinüber. »Sie sind ja vollkommen wahnsinnig!«

»Sie kapieren's wohl immer noch nicht, Sie verdammtes Bullenschwein«, rief Rock und kam auf Van Kiet zu. »*Ich* erteile hier die Befehle, nicht Sie.«

Nicholas rief Van Kiet eine Warnung zu, aber der Chief Inspector hörte ihn nicht. Seine Wut hatte ihn taub für Nicholas' Worte gemacht. Er feuerte eine Salve aus seiner Maschinenpistole, aber da er viel Blut verloren hatte und auf seinen zittrigen Beinen hin und her schwankte, verfehlte er sein Ziel um Längen.

»Schwachkopf.« Rock kam Van Kiet immer näher. Nicholas lief los, direkt auf den großen Mann zu. »Verdammter Kretin. Ich hätte Sie reich machen können.«

»Ich bin nicht käuflich!« schrie Van Kiet.

»Aber sterblich.« Ohne mit der Wimper zu zucken, betätigte Rock den Abzug seiner LAW, und sofort warf sich Nicholas in Deckung.

Das Projektil zischte durch die Luft und explodierte so dicht vor Van Kiet, daß dieser fünfzehn Meter hoch in die Luft geschleudert wurde. Rock hatte ihn so zielgenau von den Beinen geholt, als hätte er mit einem Scharfschützengewehr geschossen. Van Kiets Überreste regneten zu Boden.

Ungerührt lud Rock die todbringende LAW nach und kam durch den diabolischen Blutregen auf Nicholas zugeschritten.

»Darauf habe ich schon lange gewartet, Fucker.«

Nicholas benutzte *tau-tau*, um seinen Kopf klarzubekommen

und seine Reaktionsfähigkeit wieder auf Normalniveau zu bringen. »Das werden Sie bereuen.«

Rock grunzte verächtlich. »Wir werden sehen, wer was bereut, nachdem Sie einige Tage in Floating City verbracht haben.« Er winkte ihn mit der LAW zu sich. »Kommen Sie. Ich hätte nichts lieber, als wenn Sie eine falsche Bewegung machten.« Er grinste. »Nicht? Sie werden's wahrscheinlich bereuen. Der verdammte Käfig wartet auf Sie.«

Ushiba saß in seinem Büro im MITI und dachte an Akira Chosa. Von draußen hörte er das Läuten der Telefone, das Klappern hereinkommender Faxe mit Meldungen aus allen Winkeln der Erde und das Summen der Laserdrucker, die offizielle Memoranden für die Weitergabe an andere Ministerien und an die Medien ausspuckten. Gerade hatte er eine Telefonkonferenz mit dem Premierminister und dem Minister für Wohnungswesen hinter sich gebracht, doch er konnte sich kaum noch an das Gespräch erinnern. In zwanzig Minuten mußte er in der Haupthalle seine wöchentliche Pressekonferenz mit Tanaka Gin abhalten. Er wußte es, weil er auf seinen elektronischen Kalender starrte, den sein Assistent dreimal täglich auf den neuesten Stand brachte. Doch heute hatten die Termine keine Bedeutung für ihn.

Er hatte sein ganzes Leben dem Wohle Japans gewidmet. Wie ein Wahnsinniger hatte er gebüffelt und dabei den Großteil seiner Kindheit und seine gesamte Jugend geopfert, um eine politische Karriere einschlagen zu können, eine Karriere, die zu Lasten seines – nicht existenten – Privatlebens gegangen war. So und nicht anders mußte es sein; alle Krieger führten ein von strenger Selbstdisziplin und asketischem Verzicht geprägtes Leben. All das hatte er nie in Frage gestellt – bis jetzt.

Wie in Trance kam er hinter seinem Schreibtisch hervor, ging zu der Anrichte und goß sich ein Glas Eiswasser ein. Gedankenversunken trank er es aus und trottete zu seinem Schreibtisch zurück, wo er sich abwesend in seinen schwarzen Drehsessel fallen ließ und aus dem Fenster auf Tokios Neon- und Glastürme starrte. Doch sein Blick war nach innen gerichtet, seine Gedanken ganz woanders.

Was war sein erster Gedanke gewesen, als er gehört hatte, daß Chosa Selbstmord verübt hatte?

Durch eigene Hand zu einem selbst bestimmten Zeitpunkt zu sterben, hatte etwas Würdevolles, Heroisches. Der Gnade seines Feindes ausgeliefert zu sein, in eine kärgliche Gefängniszelle eingesperrt zu werden, war schlichtweg undenkbar.

Mit der nach wie vor existenten Bedrohung durch sein Krebsgeschwür konnte er leben; er hatte sich längst damit abgefunden, es für den Rest seiner Tage in sich zu tragen. Auf gewisse Weise war der Krebs für ihn zu einer Art speziellem Freund geworden, ein Besucher aus einer anderen Existenzebene. Es war zwecklos, sich gegen etwas aufzulehnen, das man sowieso nicht ändern konnte.

Aber dies war etwas anderes. Dies war Tetsuo Akinaga. Akinaga, sein Feind, der ihn einmal übertölpelt hatte und sich nun anschickte, ihn damit auf ewig zu beherrschen. Undenkbar.

Mehrmals blinzelnd, fokussierten seine Augen die Umrisse der Stadt, in der er sein ganzes Leben verbracht hatte. Tokio war Japan – zumindest die Seele des neuen Japan. Zu spät erkannte er, daß Chosa damit recht gehabt hatte, genauso wie er über die Amerikaner recht gehabt hatte. Wie die Beziehung von Eltern zu ihrem frühreifen Kind, hatte die Beziehung zwischen Amerika und Japan eine neue, unbekannte Ebene erreicht.

Chosa hatte recht daran getan, seine Beziehung zu den Amerikanern fortzusetzen. Japan brauchte den diplomatischen Einfluß und die innovativen Ideen der Amerikaner, und die Amerikaner brauchten die japanische Arbeitsmoral, ihre Effizienz und ihre Fähigkeit, neue Märkte und Produktpaletten zu kreieren.

Soweit er zurückdenken konnte, hatte er versucht, Japan vor den Amerikanern abzuschotten, und es hatte ihn fast umgebracht. Warum hatte Chosa erst sterben müssen, damit er diese Tatsache erkannte? Dies war nur eine von vielen unbeantworteten Fragen. Aber es lag eben in der menschlichen Natur, Fragen zu stellen, ganz gleich, ob es Antworten gab oder nicht.

Er betätigte die Sprechanlage auf seinem Schreibtisch und ließ Yukio Haji kommen, sein Protegè, dem er aus einem finanziellen Engpaß geholfen hatte. Sechzig Sekunden später erschien der junge Mann in seinem Büro. Er stand in der Tür und verneigte sich respektvoll.

»Kommen Sie rein und schließen Sie die Tür, Haji-san.«

»*Hai.*«

Während Haji durch den Raum ging und auf dem Stahlrohrstuhl Platz nahm, auf dem er gesessen hatte, als er seinem Mentor seine Geldnöte geschildert hatte, zog Ushiba in seinem Schreibtisch eine Schublade auf. Er starrte auf die darin liegende Metallschatulle hinab. An dem Tag, an dem bei ihm Krebs diagnostiziert worden war, hatte er diverse Gegenstände in die Schatulle gelegt, die er als notwendig erachtete. Er würde sie vielleicht nie benutzen, die Schatulle vielleicht nicht einmal öffnen, hatte er gedacht, doch ihre Gegenwart hatte ihm ein gewisses Maß an Beruhigung verschafft.

»Wie ist es denn in den letzten Wochen so gelaufen, Haji-san? Ich fürchte, ich bin so beschäftigt, daß ich gar nicht mehr auf dem neuesten Stand bin.«

»Alles in Ordnung. Es gibt keine Probleme«, sagte Haji leicht nervös. Man wurde nicht jeden Tag zum *daijin* ins Büro gerufen. »Natürlich muß die Immobilienfrage noch geklärt werden, und ich warte noch immer auf die Bestätigung des Mikrochip-Vertrags durch die EPS. Natürlich hat auch die Sektion für Internationalen Handel die Finger im Spiel, deswegen ist die Geschichte nicht ganz einfach.«

»Ja, ja, stimmt.« Ushiba war traurig. Einst hatten ihn Gespräche dieser Art fasziniert, doch nun lagen ihm andere Dinge auf der Seele, Dinge, die ihm wesentlich wichtiger erschienen als die Alltagsarbeit des MITI. »Aber solange Sie entschlossen auftreten, sollte es keine Schwierigkeiten geben.«

»Wird es auch nicht.«

»Exzellent.« Ushiba verfiel in solch tiefes Schweigen, daß es schien, er hätte aufgehört zu atmen. Schließlich nahm er einen Messingschlüssel und öffnete die Schatulle. In ihr lag ein akkurat zusammengelegter schwarzblauer Kimono. Er nahm ihn heraus. Darunter kam ein *wakizashi* zum Vorschein – ein langes, zeremonielles Messer.

»Entschuldigen Sie mich bitte einen Augenblick«, sagte Ushiba und erhob sich. Als er aus seinem Privatzimmer wiederkam, trug er den Kimono.

Alarmiert sprang Haji auf. »Daijin, nein!«

»Es ist Ihre Pflicht, mir zu helfen«, sagte Ushiba trocken. »Dies ist *kanryodo.*«

Ein Ausdruck der Trauer legte sich über Hajis Züge, verschwand aber sofort wieder. »Ja, Daijin.«

Barfuß ging Ushiba in die Mitte des Raumes, kniete nieder und arrangierte den wallenden Kimonostoff kreisförmig. Unter einer Falte holte er das *wakizashi* hervor. Er nickte Haji zu. »Dies ist Ihre letzte Lektion«, sagte er leise. »Was jetzt geschieht, müssen Sie aus vollem Herzen akzeptieren.«

»Ja, Daijin.« Er kniete sich neben Ushiba.

»Sie müssen es wissen, und Sie müssen fest daran glauben.«

»Ja, Daijin.«

Ushiba schloß seine Augen und machte sich bereit. Es war schon irgendwie ironisch, daß er sich nicht das Leben nehmen würde, um dem würdelosen Endstadium seiner Krebserkrankung zu entgehen, sondern um sich aus einer von Menschenhand geschickt konstruierten Falle zu befreien. Traurig dachte er an Mikio Okami und daran, daß er zum Tod des einzigen Menschen beigetragen hatte, der sie vor dem blindwütigen Akinaga hätte retten können.

»Sind Sie soweit?«

»Ja, Daijin.«

Die letzte Person, an die er dachte, war Tanaka Gin, und er verspürte tiefe Trauer darüber, den Staatsanwalt nie mehr wiederzusehen. Sie waren wie zwei einsame Wanderer gewesen, die einander aus reinem menschlichen Mitgefühl zu Hilfe geeilt waren. Dann füllten sich seine Gedanken mit Poesie, und die einfachen Bilder der *haiku* entspannten ihn. Derart von Schönheit umgeben, rammte er sich das *wakizashi* in den Bauch. Seltsamerweise spürte er bis auf einen kurz aufflammenden Schmerz nichts. Dann begann er zu zittern, und Haji legte seine Hände um die des *daijin.* Hajis Lippen bewegten sich wie im Gebet. Zu wem betete er? fragte sich Ushiba.

Als wären sie in Körper und Seele vereint, führten sie gemeinsam den zweiten, endgültigen Schnitt aus.

Ushiba fühlte sich, als bestünde er aus Wasser. Er hörte ein sanftes Plätschern, das ihn an ein *haiku* erinnerte, das er letzte Nacht in Tanaka Gins Apartment gelesen hatte. Die Flüssigkeit wurde zu Dampf; Ushiba spürte, wie er sich vom Boden seines Büros erhob. Er sah hinab und konnte Haji erkennen, der mit aschfahlem Gesicht, die Hände um den Knauf des *wakizashi* geschlossen, etwas stützte, das wie ein getrockneter Reisballen aussah. Wer war das? Was tat er?

Übermannt von der strahlenden Schönheit der Kirschblüte im Frühjahr, durchflutet vom spröden Zwielicht des ersten Herbsttages und schließlich durchdrungen von der Dunkelheit der Abenddämmerung schwanden ihm die Sinne.

4
Floating City / Tokio / Virginia

Der Käfig stand in einem vom Floating Citys Hauptgebäuden umsäumten Bereich des Geländes. Rechts davon war das Haus, in dem Rock und Mick Leonforte wohnten, links der Gebäudekomplex mit den Laboratorien und der Brennkammer, die Rock für Abramanov hatte bauen lassen; dort lagerte der gesamte Vorrat an Element 114m, und dort war auch der Aufbewahrungsort von Torch, das wie eine ruhende Viper seinem Einsatz entgegenfieberte.

Der Käfig stank wie ein Leichenhaus. Der Boden, nackte, harte Erde, war blutgefleckt und mit Fäkalien übersät; wie von einem Innenarchitekten mit makaberem Sinn für Humor arrangiert, lag in einer Ecke ein menschlicher Oberschenkel, von dem feinsäuberlich das Fleisch und die Sehnen abgenagt worden waren.

Rock ging mit Nicholas in den Käfig, hob den Oberschenkelknochen auf und schlug ihn höhnisch grinsend gegen seine fleischige Handfläche. Mit ihrem russischen AK-47 im Anschlag standen ein Dutzend seiner Männer um den Käfig herum. Es waren mehr als nötig, aber dies sollte eine Zurschaustellung von Macht sein. Sie hatten Nicholas unsanft und gründlich durchsucht. Andererseits war Rock unbewaffnet mit Nicholas in den Käfig gestiegen, und diese Manifestation seines Mutes wurde ordnungsgemäß zur Kenntnis genommen.

Während der Fahrt nach Floating City hatte Nicholas weder zu essen noch zu trinken bekommen. Man hatte ihm die Augen verbunden und ihn auf Rocks Wagen geschmissen, wo er kurz darauf den schmerzhaften Stich einer Injektion in der Armbeuge gespürt hatte. Wie bei dem Russen V. I. Pavlov hatte er sich voll konzentriert und mittels *tau-tau* allmählich seine Stoffwechselaktivität gesteigert, um die Chemikalien abzubauen, bevor sie ihn vollständig außer Gefecht setzen konnten.

»Ich sehe, Sie haben sich von Ihrem Nickerchen gut erholt«, sagte Rock überraschend freundlich. »Das beheben wir gleich.«

Er musterte Nicholas mit dem professionellen Interesse eines Schönheitschirurgen. »Derweil dürfte es für Sie interessant sein zu erfahren, daß viele bemerkenswerte Persönlichkeiten ihre letzten Tage in diesem Käfig verbracht haben. Interessanterweise waren ihre Reaktionen darauf höchst unterschiedlicher Natur. Ich schätze, wenn ich Wissenschaftler wäre, würde ich eine Studie über den menschlichen Geist in Extremsituationen anfertigen.« Er schlug den Knochen gegen seine Handfläche. »Genau das hat mein Partner Do Duc getan.«

»Er war ein Killer.«

Rock lächelte. »Wir sind alle Killer, Linnear, Sie und ich, genau wie Do Duc. Denken Sie bloß nicht, Sie wären etwas Besseres.«

»Aber Do Duc war *anders*. Ich weiß, was ihn die Jungs gelehrt haben; ich weiß, daß die heilige weiße Elster sein Talisman war und daß ihn dieser Bote Gottes verdammt hat. Und ich weiß auch, daß es eine Frau gab, die ihm etwas bedeutete, eine Frau, die er trotz des Blutes, das an seinen Händen klebte, über alles geliebt hat. Ich kannte Ihren Freund Do Duc besser, als Sie glauben – und das gibt mir über Sie zu denken.«

Rock erwiderte nichts. Es war unmöglich zu erahnen, was in seinem Kopf vorging. »Denken Sie, was Sie wollen, Scheißer«, sagte er schließlich.

Er schob eine Hand durch die Gitterstäbe des Käfigs und ließ sich von einem seiner Männer eine Spritze geben. Dann ging er langsam auf Nicholas zu. »Schieben Sie sich ihr verschissenes intellektuelles Gefasel in den Arsch.«

Seinen Blick auf Nicholas' Augen geheftet, stieß er ihm die Nadel ins Fleisch. »Zur Hölle mit Ihnen.«

Er verließ den Käfig und verriegelte die Tür hinter sich. Dann nahm er seine LAW, hievte sie auf die Schulter und richtete die Mündung auf Nicholas. In ihm tobte ein Krieg. Nicholas fühlte es so deutlich, als hätte sich die Zeit zurückgedreht, als befänden sie sich im Vietnam des Jahres 1969. Auf gewisse Weise war es genau das, was hier geschah. Rock war in einer Art Zeitfalle gefangen; er hatte nie gewollt, daß der Krieg zu Ende ging; Krieg war sein ein und alles geworden und diente seinem Lebensunterhalt. Er hatte eine Vielzahl zwingender Gründe, hier in Südostasien zu bleiben. Nicholas hätte sein letztes Hemd darauf verwettet, daß die USA der Tod für ihn wären – oder schlimmer, eine lebende Hölle voller Regeln und Gesetze.

Agent Orange, Flächenbombardierungen und das Feuer der Heckenschützen um vier Uhr morgens hatten jeglichen Sinn für die Errungenschaften der Zivilisation aus ihm herausgebrannt. Der Gestank von verwesendem Fleisch hing an ihm wie ein pervers riechendes Rasierwasser, das so sehr Teil von ihm geworden war, daß es sich nie mehr verflüchtigen würde; er würde es nicht wollen, wüßte gar nicht, wie er ohne diese Aura leben sollte. Hier, inmitten des vietnamesischen Dschungels, hatte er sich seine eigene Welt erschaffen – Floating City –, und das einzige, das ihn umbringen könnte, wäre, ihn gewaltsam vor hier fortzubringen.

Erneut strömten hochwirksame Betäubungsmittel durch Nicholas' Kreislauf. Wie schon auf der Fahrt hierher benutzte er *tau-tau,* um seinen Stoffwechsel zu beschleunigen und die Drogen zu zersetzen. Es kostete ihn ungeheure Anstrengung, laugte ihn aus, aber daran ließ sich jetzt nichts ändern. Rasch senkte sich die Nacht über Floating City. Insekten sirrten geschäftig, in den Bäumen zwitscherten Vögel, das gelegentliche Brüllen eines Raubtieres durchdrang die Dunkelheit, die vom flackernden Fackellicht und von einigen generatorgetriebenen Glühbirnen nur spärlich erhellt wurde. Von den Kochstellen wehte der Duft von heißem Essen zu ihm herüber, was Rock zweifellos beabsichtigt hatte.

Auf dem widerwärtigen Käfigboden liegend, sah Nicholas aus halb geschlossenen Augen vier bewaffnete Wächter. Er begann seine Chancen abzuwägen und die Vektoren zu errechnen, während er seine inneren Kräfte sammelte, die ihm *kokoro,* das Herz des *tau-tau,* verlieh.

»Noch hier?« fragte eine Stimme aus der Dunkelheit. »Nein, schon gut, nicht bewegen. Die Spritze hat Sie doch außer Gefecht gesetzt, zumindest glaubt das Rock. Er hält mehr von sich als ich von ihm. Seitdem Do Duc ihn in den Kult des Messulethe eingeführt hat, glaubt Rock, er sei Superman. Sie und ich wissen, daß er das nicht ist. Er besitzt nicht Do Ducs außergewöhnliche mentale Disziplin. Und Do Duc haben Sie getötet. Wirklich beeindruckend.«

Nicholas hörte, wie sich der Fremde neben dem Käfig niederließ.

»Ich war neugierig auf Sie. Hab' schon viel von Ihnen gehört. Ich kenne mich mit *tau-tau* wesentlich besser aus als Rock, aber er ist ja auch ein engstirniger Kerl. Ich wußte, daß das Betäubungsmittel, das er Ihnen injiziert hat, nicht wirken würde. Er hätte auch Zyankali nehmen können, und trotzdem wären Sie bei bester Gesundheit, oder? Es ist diese Sache mit dem beschleunigten Stoffwechsel, nicht wahr? Erstaunlich. Ein westlicher Arzt würde den Glauben an die Medizin verlieren.« Er lachte leise. »Oh, das würde ich zu gerne sehen.«

Eine Zeitlang herrschte Stille, nur unterbrochen vom Vogelgezwitscher und dem Kreischen der Affen.

»Sie wollen mich doch sicherlich anschauen, oder?« fragte der Fremde nach einer Weile.

Nicholas erblickte einen gutaussehenden Mann mit langem dunkelblondem Haar und einem gepflegten Vollbart. Sein Gesicht wurde von einer großen Nase und klaren grauen Augen beherrscht. Es war das Gesicht eines Mannes, der es gewohnt war, Befehle zu erteilen, eines Mannes mit einer radikalen Lebensphilosophie und einer unerschütterlichen Weltanschauung außerhalb jeglicher Norm. Nicholas, sah ihm an, daß er ein Mann war, der Worte liebte und deshalb wahrscheinlich ein gewiefter und überzeugender Redner war. Möglicherweise hatten ihn die Jahre im vietnamesischen Hochland verändert, seine Weltanschauung verhärtet und ihn zu dem gemacht, was er heute war. Dies konnte nur ein ganz bestimmter Mann sein: Mick Leonforte.

»Sie versuchen die Gefahr einzuschätzen, oder? Ich glaube, ich kann Ihr *tau-tau* und die Projektion Ihres *ki* spüren, aber vielleicht ist das auch bloß Selbsthypnose.«

Mick holte eine Zigarre aus seiner Jackentasche, biß das Ende ab und zündete sie an. Eine Weile sah er den bläulichen Rauchschwaden nach. »Ich kenne mich ein bißchen mit Hypnose aus, mit Massenhypnose, um genau zu sein. Alle Philosophen lernen diese Kunst auf die eine oder andere Weise. Und wissen Sie warum? Weil ein Philosoph ohne Anhänger nichts wert ist, genau wie eine Religion ohne Anhänger nichts wert ist. Je mehr Anhänger, desto besser. Und genau wie Religion bedeutet Philosophie Revolution. Das ist es, was ich bin. Ein Revolutionär.« Er blies den Rauch in die Nachtluft. »Revolutionäre sollten Ihnen eigentlich vertraut sein; Sie sind von einem großgezogen worden.«

Er lächelte so gütig wie ein Onkel, der seinen jungen Neffen zu Bett bringt. »Ich habe mich intensiv mit Ihrem Vater beschäftigt. War nicht leicht, hier, mitten im Nirgendwo. Überdies war der Colonel der geheimnisvollste Mann, den man sich vorstellen kann. Darin übertraf er sogar meinen eigenen Vater, der so oft seine Identität wechselte, daß ich mich schließlich fragte, ob er noch wußte, wer er wirklich war.«

Er zuckte mit den Schultern. »Aber natürlich war diese Geheimnistuerei die einzige Gemeinsamkeit zwischen Johnny Leonforte und Colonel Linnear. Sie waren sehr verschiedene Männer.

Sie mögen es vielleicht nicht glauben wollen, aber ich habe Ihren Vater zutiefst bewundert. Ich wünschte, *ich* wäre mit ihm verwandt. Welch ein bemerkenswerter Verstand. Er hat das MITI mehr oder weniger im Alleingang kreiert. Sie wußten das nicht, verstehe. Ihr Vater war ein Visionär, ein Revolutionär. Er hegte eine tiefe Abneigung gegen das MCI, das alte Ministerium für Handel und Industrie, das zwischen 1940 und '45 die totale Kontrolle über Wirtschaft und Militär gehabt hatte. Nach Kriegsende tummelten sich dort unzählige Kriegsverbrecher. Daher entwickelte Ihr Vater den Plan, das MCI mit dem Board of Trade zu vereinen, das er bestens kannte, weil das englischsprachige Personal eng mit der SCAP zusammenarbeitete.

Der Colonel wußte, daß Japans einzige Überlebenschance der internationale Handel war; er setzte 1948 seinen Plan in die Tat um und erschuf zusammen mit einigen Japanern aus dem MCI und dem BOT das MITI. Er begann Japan auf die ökonomische Überholspur zu lenken, während er gleichzeitig die Feinde des neuen Japan, das ihm vorschwebte, unnachgiebig verfolgte. Mit diesem einen Geniestreich setzte der Colonel zahllose Ereignisse in Gang, deren Auswirkungen bis zum heutigen Tag anhalten.«

Mick sog an seiner Zigarette und behielt den Rauch unnatürlich lange in der Lunge. »Und nun haben sich die Söhne unter Umständen kennengelernt, die man nur als unglücklich bezeichnen kann. Das ist für mich aber irrelevant. Ich habe es mir zur Aufgabe gemacht, die Vergangenheit unbarmherzig zu sezieren und sie im Angesicht der Zukunft neu zusammenzusetzen. Verstehen Sie, was ich meine? Das bezweifle ich. Rock versteht's auch nicht, und er ist alles andere als dumm. Er ist vor Jahrzehnten hierhergekommen. Ihn zu meinem Partner zu machen, war ein kluger Schachzug von mir.« Er betrachtete das glühende Ende seiner Zigarre. »Aber jede Ehe geht einmal zu Ende, jedes Reich zerfällt irgendwann, und die Zukunft wartet mit offenen Armen. Rock ist wie die meisten Menschen; er lebt in der Gegenwart, weil er damit zufrieden ist, obwohl diese Gegenwart nur ein Traum, eine Erinnerung ist, die Reflektion einer goldenen Vergangenheit, von der er sich nicht lösen kann.«

Abrupt stand Mick auf. »Nun, ich für meinen Teil habe diese kleine Unterhaltung genossen. Wir müssen das demnächst wiederholen.« Er schnippte die Asche von seiner Zigarre und trottete lächelnd davon.

Nicholas sah ihm nach, bis er in einem der Gebäude verschwand. Er legte sich auf den Boden, sammelte seine Gedanken und grübelte über mehrere Fragen nach. Weshalb war Mick zu ihm gekommen? Aus Schadenfreude? Unwahrscheinlich. Im Gegensatz zu Rock war er dafür nicht der Typ. Vielleicht hatte Mick die Wahrheit gesagt – Neugierde hatte ihn hierhergetrieben. Aber da steckte noch mehr dahinter. Zwischen seinen Ausführungen über Philosophie, der Sezierung der Vergangenheit und der erstaunlichen Enthüllung über die angebliche Rolle des Colonel bei der Gründung des MITI hatte er durchschimmern lassen, daß er und Rock nicht länger ein untrennbares Gespann waren. Mick brauchte etwas Neues. *Jedes Reich zerfällt irgendwann.*

Lastwagen rumpelten über das Gelände; ihre Scheinwerfer schnitten schimmernde Schneisen in die Dunkelheit. Vorsichtig wandte Nicholas seinen Kopf. Rocks Männer hatten angefangen, in Kisten verstautes und mit Planen bedecktes Equipment zu verladen.

Torch würde bald auf Reisen gehen. Mick Leonforte ebenfalls.

Mit diesem einen Geniestreich setzte der Colonel zahllose Ereignisse in Gang, deren Auswirkungen bis zum heutigen Tag anhalten.

Was hatte Mick damit gemeint? War dies ein Hinweis auf einen gigantischen, Jahrzehnte überdauernden Plan, dessen Umsetzung noch bevorstand? War so etwas möglich, oder war Mick einfach nur verrückt? Mick und Rock hatten mit ihrem Waffen- und Drogengeschäften ein unvorstellbares Vermögen angesammelt und waren der Konkurrenz – wenn es die überhaupt noch gab – haushoch überlegen. Durch Dedalus hatten sie einen Draht zur US-Regierung, durch die *godaishu* einen zur japanischen. Und nun sagte Mick plötzlich, er wolle weiterziehen. Wohin? Was konnte größer sein als das Geschäft, das sie aufgebaut hatten? Nicholas war klar, daß er das herausfinden mußte, bevor er aus Floating City verschwand.

Er prüfte, wo seine Wachen standen. Dann versank er mit geschlossenen Augen in sich selbst, berührte *kokoro* und begann mit dem rhythmischen Schlagen gegen die *kokoro*-Membran, was *tau-tau* zum Leben erwecken würde.

Zum ersten Mal konnte er jetzt die Trennung in seinem Innern spüren. *Akshara* und *kshira* durchströmten ihn wie zwei sich umeinander windende Flüsse – der eine hell, der andere dunkel und furchteinflößend.

Die Theorie der Verschmelzung ist ein Mythos, hatte Tachi in jener Nacht in Yoshino gesagt. *Lassen Sie sich nicht verwirren. Shuken existiert, und koryoku ist der einzige Weg, der dort hinführt; aber was shuken bewirkt, ist, den hellen und den dunklen Pfad im Geist voneinander getrennt zu halten.*

Nicholas versuchte, sie in zwei parallele Ströme zu trennen, doch ohne *koryoku* konnte er sie immer nur für wenige Sekunden auseinander halten, und es kostete ihm so viel psychische Energie, daß er bald aufgab. Aber in diesen kurzen Augenblicken hatte er in seinem Innern einen ersten flüchtigen Blick auf *shuken* erhascht, und es lehrte ihn viele neue Wahrheiten. Zum einen bestätigte es, daß er noch immer geschädigt war – seine *tanjian*-Ausbildung war auf teuflische Weise sabotiert worden. Da er *shuken* jenes eine Mal mit Tachi so nahe gewesen war, wußte er jetzt, daß er die beiden *tau-tau*-Pfade in seinem Geist unbedingt voneinander trennen mußte. Ohne *shuken* würde *akshara* irgendwann von *kshira* überwältigt werden, und er würde den dunklen Mächten des Bösen genauso hilflos ausgeliefert sein wie dereinst Kansatsu, sein *tanjian*-Lehrmeister.

Zusammengerollt lag er auf dem Boden und stellte sich im Geiste die Position seiner vier Bewacher vor. Noch immer hing ihm der Geruch von Micks Zigarre in der Nase, ein vollmundiger Duft, viel zu stark, um …

Vorsichtig wandte er den Kopf zur Seite und erblickte dicht neben dem Käfig den Zigarrenstummel, der auf dem Boden vielversprechend vor sich hin glimmte.

Jetzt verstehen Sie, was die Stunde geschlagen hat. Sie gehören mir, Daijin, und ich plane, mir Ihren Einfluß und Ihre Kontakte zunutze zu machen. Ohne Wenn und Aber. In dreißig Stunden wird mein Triumph vollkommen sein – dann ist Mikio Okami nämlich zu Asche verglüht. Sie werden meine loyale rechte Hand. Ich gebe die Befehle, Sie führen sie aus. Mit Hilfe der godaishu und des MITI werden wir die Weltwirtschaft kontrollieren. Habe ich mich klar und deutlich ausgedrückt, Daijin?

Ja.

Als Yukio Haji die Stoptaste des tragbaren Kassettenrecorders drückte, sah Tanaka Gin den jungen Mann fassungslos an. Eine ganze Weile sagte der Staatsanwalt nichts. Immer wieder sah er vor Augen, wie er aufgrund eines dringenden Anrufes in Ushibas Büro im MITI erschienen war. Vor dem Büro war alle Arbeit zum Stillstand gekommen, und jeder hatte wie zur Salzsäule erstarrt, vor seinem Schreibtisch oder auf dem Gang gestanden. Es war fast so, als besäße nur er allein die Fähigkeit, sich zu bewegen. Erneut sah er Ushibas gekrümmten Leichnam auf dem Boden liegen. Yukio Haji hatte daneben gestanden, und Tanaka Gins erstes Wort war »Setzen!« gewesen, so als spräche er zu einem unterwürfigen Hund. Dann hatte er die Bürotür geschlossen und seine Dienststelle angerufen. Bald würde es hier von Polizisten wimmeln.

»Was ist hier geschehen?« hatte er leise gefragt.

Er hatte sich Hajis Ausführungen angehört, war zum Fenster gegangen und hatte mit starrem Blick auf den träge dahin fließenden Verkehr wie zu sich selbst gesagt: »Wieso hat er sich das Leben genommen?«

»Ich glaube, ich weiß es«, hatte Haji gesagt und ihm dann die Kassette vorgespielt.

»Wie sind Sie an diese Kassette gelangt?« fragte Tanaka Gin.

»Hat der Daijin Sie darum gebeten, sie mir nach seinem Tod zu geben?«

»Nein. Der Daijin wußte nichts von der Kassette. Ich ...

Mit einer flinken Handbewegung brachte Tanaka Gin den jungen Mann zum Schweigen. »Was Sie als nächstes sagen, könnte Sie schwer belasten. Sie könnten alles verlieren, Ihren Job, Ihre Karriere ...«

Doch Haji schüttelte den Kopf. »Staatsanwalt, der Daijin war mein Mentor. Er hat mich gelehrt, daß *kanryodo* das einzige ist, was zählt.«

Tanaka Gin sah Haji überrascht an und nickte dann kurz. »Na schön. Reden Sie weiter.«

»Vor einigen Monaten kam einer von Tetsuo Akinagas Männern zu mir. Wissen Sie, ich habe ein Problem, Staatsanwalt. Ich spekuliere an der Börse und habe in letzter Zeit einige schlimme Rückschläge einstecken müssen. Ich hatte meine gesamten Ersparnisse verloren und war hoch verschuldet.«

»Sie brauchten mehr Geld, als Sie im MITI verdienten.«

Haji nickte. Er saß kerzengerade auf seinem Stuhl, hielt den Kopf hoch erhoben. Tanaka Gin verstand. Unter anderen Umständen hätte eine solche Beichte Schande über Haji gebracht, aber sein Schmerz und seine Trauer hatten sich zu Opferbereitschaft transformiert. Tanaka Gin bewunderte den strikten Ehrenkodex dieses Mannes.

»Irgendwie hat Akinaga von meiner mißlichen Lage Wind bekommen, und in einem schwachen Augenblick nahm ich sein Geld an. Ich bezahlte meine Schulden und fing an, mich nach einem Zweitjob umzusehen, damit ich Akinagas Geld zurückzahlen konnte. Dies war der Zeitpunkt, als ich erkannte, wie dumm ich gewesen war. Akinaga kam persönlich zu mir. Er wollte sein Geld nicht zurück, sondern wollte, daß ich ihn über die Aktivitäten des Daijin auf dem laufenden halte. Ich sollte für ihn spionieren.«

»Sie sagten vorhin, Ushiba wäre ihr Mentor gewesen. Ohne ihn wären Sie nie ins MITI gekommen.«

»Richtig.«

»Dann hat Akinaga Sie also in eine äußerst unglückliche Lage gebracht.«

»Das war auch mein erster Gedanke. Ich habe mich die ganze Nacht unschlüssig im Bett herumgewälzt, bis mir plötzlich ein seltsamer Gedanke kam. Was wollte Akinaga mit Informationen über den Daijin, wenn es nicht irgend eine Verbindung zwischen ihnen gab? Und wenn es *tatsächlich* eine Verbindung gab, welches Unheil plante Akinaga dann gegen den Daijin? Ich schloß meinen Pakt mit dem Teufel und akzeptierte Akinagas Art der Rückzahlung.«

In diesem Moment schreckte ein scharfes Klopfen an der Tür die beiden auf. Tanaka Gin blaffte einen Befehl, und zwei Detektive in Zivil betraten den Raum. Tanaka Gin gab ihnen eine kurze Schilderung der Ereignisse und verließ dann unter dem Vorwand, Haji sei Kronzeuge in den Ermittlungen gegen Yoshinori, gemeinsam mit dem jungen Mann das Büro. Beim Hinausgehen schnappte er sich den Recorder mit der Kassette, die Haji vom letzten Gespräch zwischen Ushiba und Akinaga aufgenommen hatte.

Auf der Straße fragte Tanaka Gin: »Wissen Sie irgend etwas über Floating City oder Torch?«

»Nein, überhaupt nichts. Dieser Teil des Gesprächs ist mir ein völliges Rätsel.«

»Akinaga sprach davon, Mikio Okami zu töten. Darüber wissen Sie auch nichts Näheres, oder?«

»Nein, Sir.«

Es war offensichtlich, daß der junge Mann die Wahrheit sagte. »Weshalb haben Sie mit Akinaga gemeinsame Sache gemacht?«

»Um dem Daijin zu helfen, natürlich. Ich dachte, wenn ich herausfände, was Akinaga vorhat, könnte ich den Daijin warnen.«

Tanaka Gin nahm die Kassette aus dem Recorder. »Ließ Akinaga Sie auch zu anderen Treffen mit Ushiba-san kommen?«

»Nein. Es war das erste Mal. Es schien ihm auf perverse Weise Vergnügen zu bereiten. Ich habe nicht verstanden, wieso, bis ich hörte, wie er den Daijin in die Enge getrieben hatte.«

Tanaka Gin wußte, daß dies der Grund war, weshalb Ushiba Selbstmord verübt hatte. Nicht wegen seines Krebsleidens. Er hatte ihm gesagt, die Erkrankung sei zum Stillstand gekommen, und außerdem hatte Ushiba sich mit dem Krebs abgefunden. Aus ihren Gesprächen hatte Tanaka Gin herausgehört, daß

Ushiba den Zeitpunkt seines Todes selbst bestimmen würde. Er konnte es nicht ertragen, in ein Gefängnis gesperrt zu sein, und das war genau, was Akinaga mit ihm gemacht hatte.

»Noch eine Frage«, sagte Tanaka Gin. »Sagt Ihnen das Wort *godaishu* etwas?«

»Nein.«

Tanaka Gin nickte. »Sie haben sich richtig verhalten, Haji-san. Ihr Daijin wäre stolz auf Sie. Aber wenn ich Akinaga verhaften und anklagen soll, kann ich nichts zu Ihrem Schutz tun. Alles, was Sie mir gesagt haben und vielleicht noch sagen werden, wird herauskommen. Ihre Karriere im MITI ist vorbei.«

Haji vollführte eine leichte Verbeugung. »Vielen Dank für Ihre freundlichen Worte, Staatsanwalt. Ich werde sie nicht vergessen.«

»Sie sind Mikio Okamis Maulwurf in Dedalus' Maschinerie«, sagte Croaker.

Er spürte, daß Vesper ihn anlächelte. »Der Detektiv beim Kombinieren.«

»Eigentlich hatte ich's mir genau anders herum zusammengereimt.«

»Gut für Sie, daß Sie falsch lagen. Dedalus hat mich hierhergeschickt, um herauszufinden, was Sie vorhaben. Aber er verschwieg mir, daß er auch kommen würde.«

»Dann stecken Sie jetzt aber tierisch in der Klemme. Wenn Dedalus erstmal herausfindet, daß Sie mir geholfen haben, ist ihre Deckung aufgeflogen.«

»Ich weiß. Deswegen müssen wir schleunigst von hier verschwinden. Sie haben unser aller Schicksal besiegelt, als Sie Dedalus nach Serman fragten. Er beschloß, Ihnen hier eine Falle zu stellen, und ich wußte, daß ich Sie und Serman herausholen mußte. Bekäme Dedalus den Doktor erstmal in die Finger, würde mir sowieso die ganze Geschichte um die Ohren fliegen.«

Noch immer kauerten sie in ihrem dunklen Verließ im Gemäuer des Gebäudekomplexes für experimentelle Kernphysik. Seit einiger Zeit war aus dem Lagerraum kein Laut zu ihnen gedrungen. Serman hatte heftig zu zittern angefangen. Dies war nicht sein Metier, und offensichtlich stand er Todesängste aus, gab sich aber alle Mühe, die Nerven zu behalten.

Croaker kroch ein Stück von dem Wissenschaftler weg; Vesper folgte ihm, ahnend weshalb. »Okami ist in Lebensgefahr«, sagte er. »Ich glaube, Caesare Leonforte weiß, daß er in London ist. Einer von Bad Clams' Schlägern folgte mir, während ich Sie beschattete. Ich hab' mich um ihn gekümmert, aber später wäre ich um ein Haar erschossen worden, und ich vermute, daß Leonforte hinter dem Anschlag steckt.«

»Oh Gott. Wenn Sie recht haben und Ihr Partner, Nicholas Linnear, nicht verhindern kann, daß Torch aus Floating City herausgelangt, wird Okami zusammen mit Tausenden unschuldiger Londoner getötet werden«, sagte Vesper mit brüchiger Stimme.

»Wir müssen hier verschwinden und so schnell wie möglich nach London gelangen.«

»Das wird Dedalus niemals zulassen.«

»Zur Hölle mit Dedalus.« Croaker war wegen Serman besorgt. Ihm schmeckte nicht, wie nervös der Wissenschaftler mittlerweile geworden war. »Wir müssen Nicholas helfen, egal zu welchem Preis. Wenn er es nicht schafft, Torch in Vietnam zu stoppen, wird es an uns liegen, das in London nachzuholen.«

»Da stimme ich Ihnen zu, aber wir müssen höllisch aufpassen. Vergessen Sie nicht, daß die Leute, die diesen Fluchtweg früher benutzt haben, nie ans Ziel gelangt sind.«

»Zum Teufel, worüber sprechen Sie beide überhaupt? Wir werden's auch nicht schaffen.«

»Halten Sie den Mund, Doktor«, flüsterte Croaker. Zu Vesper gewandt, sagte er: »Wie haben Sie das gemeint, als Sie sagten, Dedalus würde niemals zulassen, daß wir nach London gelangen?«

»Dedalus will Okamis Tod, genau wie Caesare Leonforte und der Yakuza-*oyabun* Tetsu Akinaga; jeder der drei hat dafür eigene Motive. Wir wissen jetzt, daß Akinaga der neue Kaisho werden will; Caesare glaubt, Okamis Tod wird den Informationsfluß im Nishiki-Netzwerk stoppen und damit die Vorherrschaft der Goldonis beenden, und zweifellos hat auch Dedalus einige Leichen im Schrank, die nicht entdeckt werden sollen.«

»Sie meinen, alle drei haben mit Floating City und Torch zu tun, weil sie alle Mitglieder der *godaishu* sind.«

Vesper nickte. »Genau. Das ist der gemeinsame Nenner.«

»Also das ist es, worauf Okami hingearbeitet hat: all seine heimlichen Feinde an die Oberfläche zu spülen.«

»Ja. Er nahm an, Floating City mit Torch würde eine unwiderstehliche Versuchung für seine Feinde darstellen – ihre Gier sollte seine Gegner zu übereilten Schritten gegen ihn veranlassen. Jetzt hat er sie dort, wo er sie haben wollte.«

Croaker konnte über die Kühnheit und die Weitsicht dieses Planes nur staunen. »Aber sich dermaßen offen ins Fadenkreuz zu stellen …«

»Es war die einzige Möglichkeit, die Ratten aus ihren Löchern zu locken.«

»Aber Goldoni hat dabei sein Leben gelassen. Das war ein ziemlich verzweifeltes Spiel des Kaisho.«

Vesper schüttelte den Kopf. »Ich denke, *kalkuliert* ist das treffendere Wort. Es war absolut lebensnotwendig, die Person zu identifizieren, die die Autorität des Kaisho im inneren Zirkel unterminierte. Dominic Goldoni wußte, daß es ein extrem gefährliches Spiel werden würde, als er zusammen mit Okami diesen Plan entwickelte.«

Dagegen konnte Croaker nichts einwenden. Er kroch zu Serman hinüber, sprach leise mit ihm und kroch dann zu Vesper zurück.

»Alles in Ordnung mit ihm?« fragte sie. »Er scheint sich vor Angst gleich in die Hosen zu machen.«

»Kann man so sagen, aber er wird's schaffen.« Croaker senkte seine Stimme, als er sich wieder ihrem ursprünglichen Thema zuwandte. »Eins ist mir noch unklar. Woher bekommt Okami, ein Japaner, die Geheiminformationen, die er durch sein Nishiki-Netz weiterleitet?«

»Gute Frage. Irgend ein Außenstehender muß ihn mit dem Schmutzgeschichten versorgen.«

Croaker war überrascht. »Dann ist Okami also nicht die Quelle der Nishiki-Informationen.«

»Entgegen dem was Caesare und jeder andere annimmt, nein. Aber Okami hat in Washington sicherlich genügend einflußreiche Kontakte.«

Auf allen vieren krochen sie durch den dunklen Belüftungsschacht. Croaker behielt Serman im Auge, der immer noch völlig mit den Nerven fertig war. Er fragte sich, wie das Gespräch für den Wissenschaftler geklungen haben mochte. Vielleicht hatte er aber auch gar nicht zugehört.

Die Luft war sauber, wenn nicht sogar frisch, und sie vernahmen das dumpfe Brummen der Ventilationsturbinen. Vesper führte sie in Richtung des Geräusches, und Croaker begriff, was sie vorhatte. Die Turbinen versorgten die Labors mit Frischluft; also mußte es an der Außenseite des Gebäudes eine Ansaugöffnung geben. Hatten die Tunnelgänger von damals denselben Gedanken gehabt? Wenn ja, was hatte sie daran gehindert, diese Öffnung zu erreichen?

»Was hatten Sie hier eigentlich zu suchen?« fragte er.

»Durch Dedalus als Chef der DARPA hatte ich hier hin und wieder zu tun. Irgendwann bin ich durch Zufall über eine von Abramanovs geheimen Funkübertragungen an Serman gestolpert. Ich habe mir das eine Zeitlang angesehen und entdeckte dabei, woran die beiden Wissenschaftler arbeiteten. Ich hab's Okami berichtet. Zu diesem Zeitpunkt wußte er bereits, daß Abramanov in Floating City war, und er wurde ziemlich neugierig auf das transuranische Isotop, das Abramanov entwickelt hatte. Es war eine schreckliche Fügung des Schicksals, daß es Rock und Mick Leonforte in die Hände gefallen war, und Okami war klar, daß er alles in seiner Macht Stehende tun mußte, um zu verhindern, daß sie Element 114m zu einem waffenfähigen Material machten. Wir haben sie bei jedem ihrer Schritte überwacht – bis zum Schluß, als Serman uns seinen Abschlußbericht verweigerte.« Sie wandte sich zu dem Wissenschaftler. »Weshalb haben Sie das eigentlich getan?«

»Als mir klar wurde, daß ich Element 114m nicht herstellen konnte, erkannte ich, daß dies ein Wink des Schicksals war.« Serman sah Vesper scharf an. »Ich wußte, daß es nicht lange dauern würde, bis man mich darum bitten würde, ein ähnliches Isotop herzustellen. Wenn nicht 114m, dann eben 115, 116, 117, solange, bis ich ein stabiles Isotop gefunden haben würde, das die gleichen Eigenschaften wie Element 114m besitzt. Ich möchte mit all dem nichts mehr zu tun haben, denn das Zerstörungspotential solcher Materialien ist für viele Menschen einfach zu verlockend.«

Im Halbdunkel sah Croaker Vespers Augen aufblitzen. Keiner von ihnen maßte sich an, Serman zu widersprechen. Sie setzten ihren Weg durch den Schacht fort, und das Brummen der Ventilationsturbinen wurde immer lauter. Schließlich gabelte sich der Schacht in zwei Richtungen.

»Wo lang?« fragte Croaker.

Vesper lauschte, schüttelte dann den Kopf. »Kann ich nicht sagen.«

»Nach links«, sagte Serman.

»Sind Sie sicher, Doktor?« fragte Vesper.

»Ich kenne dieses Labor besser als Sie, meine Liebe.«

Sie nahmen die linke Abzweigung. Es wurde immer heißer, der Schacht immer enger. Sie waren gezwungen, auf der Seite liegend zu kriechen, um überhaupt noch voranzukommen.

»Wenn der Schacht noch enger wird«, sagte Croaker, »müssen wir zurück.«

»Unmöglich«, entgegnete Serman. »Dies ist der einzige Weg.« Vesper, die vorankroch, stoppte plötzlich. »Sehen Sie.«

Croaker blickte über ihre Schulter und sah den Lichtstrahl, der tief unten aus einer breiten Kluft im Schacht heraustrat.

»Die Kluft ist zu breit. Wir kommen nicht rüber«, sagte Vesper.

Croaker schüttelte den Kopf. »Klar, das schaffen wir schon.«

»Wir brauchen's gar nicht zu versuchen«, sagte Serman von hinten. »Wir müssen nach unten.«

»Nach unten?« Croaker drehte sich um.

Vesper sah Serman entgeistert an. »Aber das Turbinengeräusch kommt von vorne.«

Der Doktor nickte. »Ja, dort liegen die internen Ventilationsturbinen, aber wir dürfen auf keinen Fall in ihre Nähe kommen. Sie ventilieren die Brennkammern in denen wir mit Plutonium und den transuranischen Isotopen arbeiten. Die Turbinen leiten die kontaminierte Luft in versiegelte Wasserkammern. Sollten wir die radioaktiven Partikel nur wenige Augenblicke lang einatmen, wären wir derart verseucht, daß wir uns nicht mehr fortbewegen könnten. Wir wären innerhalb weniger Stunden tot.«

Vesper und Croaker tauschten im aus dem vertikalen Schacht aufsteigenden Licht unschlüssige Blicke aus; dann starrte sie über den Rand des Abgrunds nach unten. »Es geht höllisch tief hinab. Ich kann nicht einmal das Ende erkennen.« Sie wandte sich zu Serman. »Sind Sie sich ganz sicher?«

»Ich weiß nur, daß uns kein anderer Weg als der nach unten bleibt«, sagte Serman, sah aber alles andere als begeistert aus. »Vielleicht ist das der Grund, weshalb die Testpersonen es nie bis nach draußen geschafft haben.«

»Spielt keine Rolle. Wir haben keine Wahl«, sagte Croaker, und Vesper nickte in stummer Übereinkunft.

Das Problem war die Luftfeuchtigkeit. Er war hier in den Tropen, und selbst im Winter war seine Kleidung durchnäßt.

Sie würde nicht brennen, und das bedeutete, daß er seine Situation neu überdenken mußte. Er hatte vorgehabt, seine Kleidung mit Micks Zigarrenstummel in Brand zu setzen. Das hätte die Wächter alarmiert, und sie hätten ihn aus dem Käfig holen müssen, was ihm völlig gereicht hätte.

Natürlich war ihm klar, was er tun mußte, aber ein Teil von ihm rebellierte. Er war ganz und gar nicht erfreut über das, was ihm bevorstand, und er mußte seinen Widerwillen mit aller Kraft verdrängen. Im Geiste vernahm er den schwachen Widerhall der *kokoro*-Schwingungen. Er hoffte, daß das ausreichen würde. Er mußte seinen Geist von den bevorstehenden Schmerzen und der aufkeimenden Furcht ablenken. Hinzu kam die Verwirrung durch *kshira,* die dunkle Seite des *tau-tau,* die ihre Ranken immer enger um *akshara* schlang und seinen Geist in Unruhe versetzte.

In der Ecke seines Käfigs, wo sich die abgenagten Menschenknochen auftürmten, lagen überall vertrocknete Exkremente auf dem Boden. Er hockte sich hin und hob beim Urinieren einige der trockenen Klumpen auf und zerbröselte sie auf seinem rechten Arm, seiner rechten Schulter und seinem Brustkorb. Dann stand er auf, drückte den glimmenden Zigarrenstummel gegen seinen Unterarm und sah zu, wie die getrockneten Fäkalien allmählich zu glühen begannen und schließlich knisternd in Flammen aufgingen.

Er fing an zu brennen.

Er warf den Stummel zu Boden und stieß einen durchdringenden Schrei aus. Die alarmierten Wächter kamen auf Nicholas zugestürzt und sahen die Flammen. Einer öffnete den Käfig, ein anderer rannte hinein, um Nicholas zu holen.

Tief in *tau-tau* versunken, spürte er zwar die Hitze, jedoch nicht den Schmerz. Anfangs brannten nur die Fäkalien, dann verglühten die Härchen auf seiner Haut, und schließlich begann sein Fleisch aufzuplatzen und zu schmelzen.

Er rammte einen Ellbogen in den Solarplexus des Wächters, der in den Käfig gekommen war, und stieß dem anderen seinen brennenden Arm ins Gesicht.

Der erste Wächter sprang ihn von hinten an. Nicholas wirbelte herum, packte mit seiner linken Hand das rechte Handgelenk des Mannes, komplettierte seine Drehung und stieß ihn dabei zu Boden. Er knickte ein Knie ein, folgte dem Mann nach unten in Richtung seines Angriffs und verwendete dabei dessen Bewegungsenergie gegen ihn. Mit einer blitzartigen Handbewegung vollführte er einen *irimi*. Knochen zersplitterten, und der Wächter blieb regungslos liegen.

Panisch, die Waffe gezückt, versuchte der zweite Wächter, die Flammen auf seiner Kleidung auszuschlagen. Mit seiner verhärteten Handkante traf Nicholas ihn an dem Punkt, wo sich die Nervenstränge im Handgelenk bündelten. Der Wächter ließ die Waffe fallen. Nicholas rammte seinen Handballen knapp unter dem Kinn gegen den Hals des Wächters und zertrümmerte dessen Ringknorpel. Unfähig zu atmen, ging der Mann in die Knie.

All das passierte in der Zeitspanne eines Herzschlags. Die beiden verbliebenen Wächter rannten noch immer auf den Käfig zu, hatten aber den Schock, ihre beiden Kollegen am Boden zu sehen, noch nicht überwunden.

Der dritte Wächter hatte seine AK-47 auf Nicholas gerichtet, war aber nicht darauf gefaßt, daß sein Zielobjekt direkt auf ihn zugestürzt kam. Sein Finger erstarrte am Abzug, als Nicholas vor seinem Gesicht auftauchte und ihm mit einem mörderischen *kite* alle Rippen auf einmal brach.

Entsetzt eröffnete der vierte Wächter das Feuer. Salven peitschten durch die Nacht. Nicholas packte den Mann mit den gebrochenen Rippen, benutzte ihn als Schutzschild und warf ihn dann in die Schußlinie, während er Kopf und Schultern einzog und, wie zu einem Ball zusammengerollt, auf den vierten Wächter zustürzte.

Der Mann hielt den Abzug gedrückt, bis er, realisierend, daß er auf seinen Kameraden schoß, abrupt die Mündung seiner

AK-47 hochriß. Mit voller Kraft trat ihm Nicholas gegen das rechte Bein und brach seine Kniescheibe. Der Mann ging zu Boden, gerade als Nicholas ihm mit einem markerschütternden Schlag das Schlüsselbein zertrümmerte.

Nicholas hob die AK-47 auf und sprintete, sich die brennenden Fäkalien vom Arm reißend, über das Gelände. Seine Rolle über den Erdboden hatte die meisten Flammen bereits ausgedrückt, und er versuchte weiterhin, seine Schmerzrezeptoren zu blockieren und gleichzeitig den widerwärtigen Gestank seines verbrannten Fleisches zu ignorieren.

Er rannte im Zickzackkurs über das Gelände und überlegte dabei, weshalb Mick Leonforte den brennenden Zigarrenstummel in seiner Reichweite hatte liegenlassen. Er bezweifelte, daß es Zufall gewesen war. Hatte Mick ihm zur Flucht verhelfen wollen, und wenn ja, wieso? Er glaubte es zu ahnen.

Um ihn herum war die Hölle los. Das Feuer der AK-47 war natürlich nicht unbemerkt geblieben, und die Hundertschaft von Männern, die soeben noch die Lastwagen beladen hatte, kam in seine Richtung gerannt. Nicholas duckte sich hinter einem strohgedeckten Schuppen, nahm den letzten Lastwagen in der Reihe ins Visier – den ihm nächstgelegenen – und feuerte auf den Benzintank.

Die Explosion erschütterte das Gelände und jagte die Männer, die von der Detonation nicht in Stücke gerissen worden waren, in die Flucht. Nicholas schoß hinter seinem Versteck hervor und rannte zu dem Türeingang, in den er Mick hatte verschwinden sehen. Er erreichte die Tür, während die Echos der Explosion noch immer wie grollender Donner über dem Gelände hingen und schwarze, ölige Rauchfahnen die entfernt gelegenen Gebäude einhüllten.

Er hatte Büros oder Schlafquartiers erwartet, doch statt dessen fand er sich in einem Vorraum mit gläsernen Wänden wieder, hinter denen sich eine Reihe klimakontrollierter Laborräume erstreckte. Er rannte eine Betontreppe hinunter und ging durch zwei Metalltüren. Die Luftzusammensetzung hatte sich radikal geändert. Es war merklich kühler; jegliche Feuchtigkeit war herausgesaugt worden, und er wußte, daß er wiederaufbereitete Luft atmete.

Nach wie vor in *tau-tau*, vergegenwärtigte er sich die Beschreibung des Laborkomplexes, die ihm der dahinsiechende Niigata gegeben hatte; er hatte den vollständigen Gebäudeplan vor Augen und ging direkt auf Abramanovs Labor zu.

Zwei mit Maschinenpistolen bewaffnete Männer kamen um die Ecke gerannt. Nicholas, der die Vibrationen ihrer Psychen länger gespürt hatte, lief direkt in sie hinein. Er trat zu, traf einen in die Leistengegend und stürzte sich auf den zweiten. Die Maschinenpistole ging los, und Hunderte kleiner Betonsplitter regneten auf sie herab. Die Lichter im Korridor erloschen. Der Mann hob seine Waffe hoch in die Luft und wollte den Kolben auf Nicholas's Kopf niederstoßen. Nicholas hob einen Arm, ergriff die Maschinenpistole und riß sie in dem von dem Mann geplanten Winkel nach unten. Währenddessen schob er seinen Oberkörper aus dem Weg. Als die Maschinenpistole in Hüfthöhe war, rammte er den Ballen seiner anderen Hand gegen den linken Ellbogen des Mannes und stieß ihn scharf nach oben. Der Mann verlor sein Gleichgewicht, stürzte zur Seite, und Nicholas führte einen *kite* gegen seine Luftröhre.

Unbeirrt rannte er weiter; er wußte, daß er Abramanovs Labor fast erreicht hatte. Die Stahltür lag direkt vor ihm. Er stieß sie mit der Schulter auf und stürzte hinein.

Dort fand er Abramanov. Er kauerte auf seinen Knien, und nach einer kurzen Psychenprojektion wußte Nicholas, daß er zu spät kam. Er hockte sich neben den verwundeten Russen. Man hatte ihm in den Magen geschossen; Rock hatte für ihn eine besonders schmerzhafte Art zu sterben ausgewählt.

»Abramanov«. Nicholas hüllte den Russen in *tau-tau.* Wenn er schon nicht sein Leben retten konnte, so konnte er wenigstens seine letzten Augenblicke etwas erträglicher machen.

Der Russe stöhnte auf, vielleicht, weil die fürchterlichen Schmerzen etwas nachließen. Aus wässrigen Augen sah er Nicholas an.

»Wer ...«

»Wo ist Torch?«

»Rock ... Rock hat es ...« Aufgrund des immensen Blutverlustes war das Gesicht des Russen kalkweiß. Nicholas spürte Abramanovs Lebenskraft dahinschwinden, und er blockierte dessen Schmerzrezeptoren, so gut er konnte. Zwar war er nicht wirklich in Abramanovs Bewußtsein, doch er war nahe genug, um das Herankriechen des Todes zu spüren. Selbst *tau-tau* hatte seine Grenzen.

»Wo ist Rock?«

»Draußen ... irgendwo.« Aus Abramanovs Augen flossen Tränen, und seine Nasenlöcher weiteten sich. Flüssigkeit flutete seine Lunge. »Die Gefahr ... Sie wissen nicht ... Es gibt mehr als ...«

Im Geiste konnte Nicholas den Flügelschlag eines Engels hören. Dann sank Abramanov in seine Arme.

5
Tokio / Virginia / Floating City

Jeden Freitag um achtzehn Uhr ging Tetsuo Akinaga ins *o-furo,* das öffentliche Badehaus, das sein Vater vor Jahrzehnten hatte bauen lassen. Im Gefolge hatte er stets mehr als ein Dutzend bewaffneter Männer, die mit der tatkräftigen Entschlossenheit von Ameisen das *o-furo* durchstöberten, bevor der *oyabun* einen Fuß in das Badehaus setzte.

Akinaga war mit Grund stolz auf das *o-furo,* das sein Vater gebaut hatte. Nicht daß er selbst zu derart großmütigen Gesten zum Wohle der Öffentlichkeit neigte; er besaß nicht die fragwürdige Eigenschaft seines Vaters, von allen geliebt und bewundert werden zu wollen. Akinaga fühlte sich in seiner Außenseiterrolle über alle Maßen wohl; es ging ihm nicht darum, ein Bad in der Menschenmenge zu nehmen. Diese allwöchentliche Pilgerfahrt ins *o-furo* diente der Erinnerung an seinen Vater, von dem die Clan-Mitglieder stets in höchsten Tönen sprachen.

Während er sich in dem dampfigen, mit Zedernholz ausstaffierten Umkleideraum auszog, dachte Akinaga daran, wie ironisch es doch war, daß Tsunetomo zu Lebzeiten die Geschicke des Clans auf äußerst einfältige Weise gelenkt hatte, aber nach seinem Tod dennoch in einen Status erhoben worden war, der beinahe dem eines Kaisers gleichkam. Vergötterung war ein durchaus übliches Denkkonzept der Japaner, die allesamt in dem Glauben erzogen wurden, besser als der Rest der Menschheit zu sein. Aus Tsunetomos Andenken einen Kult zu machen, war Akinagas Idee gewesen; es vergrößerte seinen Einfluß und sicherte gleichzeitig seine Position als *oyabun.* Akinaga war fest entschlossen, daß seine Familienlinie die Position des *oyabun* des Shikei-Clans noch für Jahrzehnte bekleiden sollte, genau wie die Tokugawa-Familie über zweihundert Jahre die Position des Shogun innegehabt hatte. Er durfte nicht zulassen, daß der clevere Coup, den Mikio Okami bei den Yamauchi inszeniert hatte, von jemandem wiederholt werden würde.

Er betrat den gekachelten Waschraum, setzte sich auf einen

niedrigen Holzschemel und ließ sich von einem seiner Männer mit heißem Wasser aus einem Zedernholzeimer übergießen. Er seifte sich ein und wurde abgespült; das Wasser floß durch Schlitze im aromatischen Zedernholzboden ab. Niemand außer seinen eigenen Männern befand sich in dem Waschraum.

Dann erhob er sich und betrat mit sechs Leibwächtern im Schlepptau das eigentliche *o-furo*. Aus den sechs im Boden eingelassenen Wasserbecken stieg heißer Dampf auf. Mit Kräutern versehen, diente jedes von ihnen einem anderen medizinischen Zweck.

Wie gewohnt setzte sich Akinaga ins Birken-Becken, aus dem alle anderen Badenden vorher hinauskomplimentiert worden waren. Verstohlen beobachteten die Badegäste in den anliegenden Becken, wie der *oyabun* es sich in dem angenehm heißen Wasser bequem machte. Er streckte seine Beine aus, lehnte sich gegen die Kacheln zurück und schloß seine Augen zu schmalen Schlitzen. Er dachte an ein *haiku*, und Ushiba kam ihm in den Sinn. Welch eine Schande, daß sich der *Daijin* als eine derartige Enttäuschung erwiesen hatte. Er hatte geplant, sich Ushibas Einfluß im MITI zunutze zu machen, um seine Position gegenüber den sogenannten Reformern in der Liberalen Demokratischen Partei zu stärken. Er erkannte, daß sich Japan langsam veränderte, auf schmerzhafte Weise amerikanisiert wurde, wie Chosa gesagt hätte.

Er vermißte Ushiba auf die gleiche rein pragmatische Art wie er Chosa vermißte. Chosa hatte die Amerikaner gekannt; seine Hilfe wäre in diesen Zeiten der Veränderung von unschätzbarem Wert gewesen, aber er hatte sich gegen Akinaga gestellt, und das hatte sein Schicksal besiegelt.

Vielleicht spielt es keine Rolle. Geld sprach immer noch lauter als alle Worte. Was immer diese sogenannten Reformer auch daherfaselten, um die politische Landschaft von Schmiergeldzahlungen, Freundschaftsdiensten und ökonomischer Abschottung zu säubern – all das würde wenig an der Realität ändern. Der Erschaffung neuer Arbeitsplätze und einer partiellen Öffnung des Inlandsmarktes würde zunächst viel Aufmerksamkeit geschenkt werden, um den öffentlichen Aufschrei zu beschwichtigen und die Amerikaner zu beruhigen, doch Akinaga hatte bereits einen Plan, der die Fundamentalisten mehr oder weniger wieder auf die Schiene bringen würde, auf der sie schon immer gefahren waren. Japan war ein Meister oberflächlicher Symbolik und scheinbarer Veränderung, während es genau das tat, was es schon immer getan hatte.

Als er ein lautes Geschrei hörte, fuhr Akinagas Kopf herum. Zwei Männer in Anzügen hatten das *o-furo* betreten. Sie kamen auf Akinagas Becken zugerannt. Einer seiner Männer zog eine Waffe, und ein ohrenbetäubender Schuß hallte durch den großen gekachelten Raum. Entsetzt sprangen einige Besucher in die Becken, und das Wasser spritzte in hohen Fontänen über die Ränder.

Akinagas Mann stürzte kopfüber ins Birken-Becken. Seine Waffe fiel auf den Kachelboden und schlitterte bis auf wenige Zentimeter zu der Stelle, wo Akinagas Hand lag. Plötzlich wimmelte es im *o-furo* von Männern in Anzügen. Das Wasser begann sich zu verfärben, anfangs zu einem Blaßrosa, dann zu einem immer tiefer werdenden Rot, das in wunderschönen Ranken durchs Wasser schwebte. Akinagas Finger zuckten unruhig auf dem Kachelboden, während seine Männer die Stellung hielten.

»Nur zu«, rief Tanaka Gin und ging zu dem nach Birke duftenden Becken. »Heben Sie sie auf.«

Akinaga starrte ihn aus seinen basiliskartigen Augen an. »Was hat diese extreme Unhöflichkeit zu bedeuten, Staatsanwalt?«

Tanaka Gin bückte sich und stellte die Waffe des erschossenen Yakuza mit einem Taschentuch sicher. Ohne sich umzudrehen, übergab er sie einem Detektiv, der direkt hinter seiner rechten Schulter stand. Das *o-furo* war voller Polizisten, von denen einige die Aufgabe hatten, die unbeteiligten Anwesenden aus dem Badehaus zu bringen.

Mit ausdrucksloser Miene starrte Tanaka Gin zu dem *oyabun* hinunter. »Draußen warten die Medien; sie reißen sich um ein Interview. Es liegt ganz bei Ihnen, ob Sie ihnen angezogen oder in Handtücher gewickelt gegenübertreten. So oder so, ich werde Sie auf der Straße vorführen; ich werde ein riesiges Spektakel daraus machen.«

Nun gestattete sich Akinaga ein listiges Lächeln. »Verbringen Sie immer Ihre Zeit damit, Bürger zu belästigen?«

»Sie sind kein Bürger.«

Akinaga zog die Augenbrauen hoch. »Das sehen meine Anwälte aber anders. Ich habe niemandem etwas getan; ich habe kein Gesetz gebrochen. Fragen Sie doch Ihre Memme Yoshinori.«

»Yoshinori hat nichts über Sie oder Chosa gesagt ...«

»Dann verschwinden Sie. Mein Wasser haben Sie bereits verunreinigt.«

»... oder über Ushiba«, sagte Tanaka Gin unversöhnlich.

Zum ersten Mal schien Akinagas kaltschnäuzige Fassade für einen Moment zu bröckeln.

»Über den Daijin? Ich verstehe nicht ganz.«

Tanaka Gin antwortete nicht. Er sah sich um. Die Polizisten hatten Akinagas Männer vor der Kachelwand aufgereiht und durchsuchten sie nach Waffen.

Träge floß das Blut durchs Wasser, das Akinaga plötzlich zu heiß war. Am liebsten wäre er aus dem Becken gekommen, doch er erachtete dies als einen Gesichtsverlust, und diese Befriedigung wollte er dem Staatsanwalt nicht geben.

»Deshalb sind Sie hergekommen?« fragte er verächtlich. »Wegen eines Bluffs?«

»Dies ist kein Bluff«, sagte Tanaka Gin. »Stehen Sie auf.«

»Sie können mich nicht ...«

»Na los, machen Sie schon!«

Tanaka Gins Stimme hallte dermaßen laut durch den Badesaal, daß die Yakuza, die ihm am nächsten standen, erschrocken zusammenzuckten. Akinaga erhob sich; das rosagefärbte Wasser tropfte an seinem nackten Körper herab. Er war sich bewußt, daß die Polizisten und seine Männer ihn anstarrten, und schwor sich, den Staatsanwalt für diese öffentliche Demütigung büßen zu lassen. Tanaka Gin veranstaltete einfach zu großen Wirbel. Erst nahm er Yoshinori fest, und nun das hier. Akinaga wußte, daß es Mittel und Wege gab, um ...

Seine Gedanken wurden abrupt unterbrochen, als er sah, was Tanaka Gin plötzlich in Händen hielt. Ein kurzes Seil wedelte gegen Akinagas tropfnasse Brust.

»Ich habe hier ein *torinawa*«, sagte Tanaka Gin und fesselte damit Akinagas Hände auf dem Rücken. »Ich will, daß jeder hier weiß, was für ein Verbrecher Sie sind.«

Mit leerem Blick starrte Akinaga in Tanaka Gins Gesicht, das Herz haßerfüllt. »Welches Verbrechens wollen Sie mich mit dieser Scharade anklagen?«

»Der Erpressung des Daijin des MITI. Außerdem sind Sie schuld am Tod von Akira Chosa und Naohiro Ushiba.«

»Unsinn. Die beiden haben Selbstmord begangen.«

»Drehen Sie sich um, und steigen Sie aus dem Becken.«

Akinaga stand dicht vor Tanaka Gin, seine Augen durchbohrten die des Staatsanwalts. »Ich weiß nicht, was Sie glauben, gegen mich in der Hand zu haben, Gin, aber ich garantiere Ihnen, daß meine Anwälte mich spätestens um Mitternacht nach Hause geholt haben werden.«

»Dieses Mal nicht.«

»Egal, welche Beweise man Ihnen hat zukommen lassen, sie sind allesamt gefälscht. Meine Anwälte werden beweisen ...«

»Sie werden durch Ihre eigenen Worte überführt werden. Kommen Sie jetzt endlich aus dem Becken.«

Einen spannungsgeladenen Augenblick lang verharrte Akinaga regungslos. Dann sprach er mit so leiser Stimme, daß nur Tanaka Gin ihn hören konnte: »Sie haben diese eine Chance. Ich werde die Demütigung hinnehmen, der Sie mich hier ausgesetzt haben. Aber wenn Sie mich der Presse zum Fraß vorwerfen, kann ich für nichts garantieren. Ich warne Sie. In Ihrer eigenen Abteilung gibt es Mechanismen, die zu Ihrer Vernichtung führen werden. Ich gebe Ihnen diese eine letzte Chance. Nehmen Sie mir die *torinawa* ab und verschwinden Sie mit Ihren Leuten. Tun Sie es jetzt sofort, und es ist so, als hätte dieser Vorfall niemals stattgefunden. Ich gebe Ihnen mein Wort.«

Erschaudernd dachte Tanaka Gin an Chosas Worte. *Wenn Sie hinter Korruption her sind, suchen Sie doch einfach in Ihrer eigenen Abteilung, Staatsanwalt.* Dann dachte er an Ushiba, der in einer Blutlache in seinem Büro gelegen war, befreit aus der Zwangslage, in die ihn dieser Mann gebracht hatte, und er wußte, daß er keinen Rückzieher machen würde.

»Steigen Sie aus dem Becken«, sagte er ohne einen weiteren Moment des Zögerns. »Sie sind längst fällig, Ihrem Schicksal entgegenzutreten.«

Es gab keine Hilfsleiter, die vom horizontalen Schacht hinunterführte. Croaker, Vesper und Serman waren gezwungen, den Abstieg mit Händen und Füßen zu bewerkstelligen. Es war eine ziemlich schweißtreibende Arbeit, besonders da die Luft immer heißer wurde, je näher sie dem äußeren Turbinenkomplex kamen.

Serman hatte die größten Schwierigkeiten. Zweimal wäre er fast abgestürzt, hätte die beiden anderen fast mitgerissen, was Croaker jedoch jeweils im letzten Augenblick verhindert hatte.

Keiner sprach ein Wort; sie benötigten ihre ganze Energie für den Abstieg. Sie hatten keine Möglichkeit herauszufinden, wie tief sie bereits waren oder wie weit sie noch klettern mußten. Serman war sich nicht sicher wie weit hinunter die Belüftungsschächte führten, bevor sie an den Frischluftturbinen endeten.

Dann, direkt unter ihm, hörte Croaker Vesper hervorpressen: »Ich kann den Boden sehen.«

In diesem Moment verlor Serman erneut den Halt, aber Croaker war darauf gefaßt. Der Doktor stürzte auf Croakers Schulter herab, und Croaker trug mit gegen die Schachtwand ausgestreckten Armen das Gewicht von ihnen beiden. Allerdings langte Vesper gleichzeitig nach oben und versuchte, Sermans Sturz aufzuhalten. Ihre Finger schlossen sich versehentlich um Croakers Handgelenk und zogen es herunter.

Er taumelte seitwärts, und Serman kippte von seiner Schulter.

»Oh Gott!« schrie er und versuchte, den Wissenschaftler zu halten. Doch er mußte auch an seine eigene Sicherheit denken, und Serman rutschte in die Tiefe, während Croaker seine rostfreien Stahlklauen in die Schachtwand trieb und sich und Vesper so lange hielt, bis sie wieder sicheren Halt gefunden hatte.

»Serman?« rief er.

Er starrte hinunter und sah Vesper den Kopf schütteln. »Sieht so aus, als hätte er sich das Genick gebrochen«, sagte sie.

Wenige Momente später erreichten sie den Boden des unteren horizontalen Schachtes, wo Serman völlig regungslos dalag. Er war tot.

Bestürzt hockten sie einige Augenblicke neben seiner Leiche. Das Brummen der Turbinen war ohrenbetäubend; mit einem

Blick nach rechts konnten sie die riesigen Belüftungsrohre erkennen. Sie hatten es geschafft – sie waren am Ende des Tunnels.

Croaker drückte Sermans Augen zu. »Er hätte nur noch wenige Meter durchzuhalten brauchen.«

»Kommen Sie«, sagte Vesper, und er nickte.

Zusammengekauert krochen sie durch den Schacht auf die Belüftungsrohre zu. Croaker wurde ungeduldig; er wollte endlich das Absperrgitter vor den Rohren erreichen, doch Vesper schien sich Zeit zu lassen.

»Warten Sie einen Augenblick«, flüsterte sie. »Sehen Sie sich das an.«

Er schloß zu ihr auf. Anfangs konnte er in dem Halbdunkel nichts ausmachen. Dann begann er knapp über dem Betonboden des Schachts die winzigen Funken in der Luft zu erkennen. Sie sahen aus wie Leuchtkäfer.

»Was ist das?« fragte er und musterte die Schachtwände links und rechts von ihm. »Eine Meßapparatur der DARPA?«

»Schlimmer, glaube ich.« Vesper drehte sich auf den Rücken und starrte durch das Funkenfeld nach oben. »Eine Art elektrisches Feld. Ich glaube, es soll Eindringlinge entmutigen, aber dies – oder etwas weniger Fortschrittliches – könnte auch der Grund sein, weshalb die armen Schweine es damals nie bis nach draußen geschafft haben.«

Croaker sah sie entgeistert an. »Woher zum Teufel wissen Sie das alles?«

Sie kroch von dem Feld fort und wandte sich zu ihm um.

Als sie keine Anstalten machte, ihm zu antworten, sagte er: »Wissen Sie, allmählich beschleicht mich das ungute Gefühl, daß ich überhaupt nicht weiß, wer Sie sind. Und wenn ich recht habe, wissen es Margarite und Okami ebenfalls nicht.«

Sie schenkte ihm ein rätselhaftes Lächeln. »Wissen Sie, weshalb Schauspieler schauspielen, Lew? Weil sie es lieben, in andere Personen zu schlüpfen, richtig, aber auch, weil sie im Innern niemand sind – oder weil sie es nicht ertragen können, jemand anders sehen zu lassen, wer sie wirklich sind.«

»Trifft das alles auf Sie zu?«

Sie zuckte mit den Schultern. »Ich bin ein Produkt der Welt, in der ich lebe. Ich hätte alles sein können, aber statt dessen entschloß ich mich, ein Niemand zu werden – und damit alles zugleich. verstehen Sie, was ich meine?«

»Ich gab' mir Mühe – aber es klingt ein wenig fantastisch.«

Plötzlich schien sie voller Elan zu sein. »Ja, ja, genau das ist es. Und darin liegt meine Stärke – eine Stärke, die jedem von uns innewohnt – in Männern *und* in Frauen. Anfangs ist es erschreckend, und den meisten Menschen kommt diese Stärke durch ihre engstirnige Erziehung abhanden, aber ich bin dazu ausgebildet worden, diese Kraft zu erkennen und zu benutzen.«

»Ausgebildet? Von wem?«

Erneut lächelte sie ihn rätselhaft an. »Wir sollten endlich einen Weg durch dieses elektrische Feld finden, sonst kommen wir hier nie mehr raus.«

Sie wandten ihre Aufmerksamkeit wieder dem Feld zu, Croaker jedoch etwas widerwillig. Er spürte, daß sie kurz davor gewesen war, ihm einen Blick hinter ihre Maskerade zu gewähren, und er hätte das Thema liebend gerne noch etwas weiter verfolgt, aber er wußte, daß dies weder der richtige Zeitpunkt noch der richtige Ort dafür war.

Vesper deutete auf etwas zu ihrer Linken, das wie drei parallele Linien in der Wand aussah. »Sensoren. Dieses Feld hat eine thermische Komponente.«

»Sie meinen, die Sensoren registrieren die Körperwärme eines Menschen, ein Stromkreis schließt sich, und das Feld röstet die besagte Person.«

Vesper nickte. »Kann man so sagen, ja.«

»Wie setzen wir das Ding außer Betrieb?«

Sie starrte weiterhin auf die Sensoren. »Wenn ich erstmal drin bin, könnte ich den Stromkreis ohne weiteres unterbrechen. Das Problem ist, nahe genug heranzukommen. Selbst die Wärme meiner Hand würde das Feld aktivieren.«

Croaker hob seine biomechanische Prothese und grinste diabolisch ins Halbdunkel. »Aber meine nicht.«

»Gott, Sie haben recht. Kein Fleisch, kein Blut, keine Wärme.« Sie sah von seiner Hand zu der Sensorenanordnung. »Hoffentlich beurteilen wir die Distanzen richtig, sonst wird Ihr Handgelenk das Feld aktivieren, während Sie versuchen, an die Sensoren heranzukommen.«

»Versuchen wir's einfach.« Croaker kroch zur Seite, bis seine linke Schulter gegen die Mauer traf. Dann streckte er seinen Arm mit der biomechanischen Hand aus. Die Titan-Polycarbonat-Finger glitten durch die tanzenden Funken hindurch, dann die Hand selbst.

»Passen Sie auf!« sagte Vesper scharf. »Ihr Handgelenk.« Sie schüttelte den Kopf. »Die Sensoren sind zu weit im Feld. Sie kommen nicht ...«

Sie verstummte, als Croaker die rostfreien Stahlnägel aus den Fingerspitzen herausgleiten ließ, bis sie den Kasten mit den Sensoren erreichten.

»Okay«, sagte er. »Was jetzt?«

Vesper nickte und begann ihm Anweisungen zu geben. Zuerst brach er die durchsichtige Plexiglas-Abdeckung auf, dann steckte er die Spitze einer Stahlklaue in einen schmalen Schlitz in der Mitte des Kastens. Auf ihr Kommando hin drehte er nach rechts, dann nach links. Die Vorderplatte des Kastens löste sich. Sie war mit drei verschiedenfarbigen Drähten an das Innenleben der Sensorenapparatur angeschlossen.

»Wir haben nur einen Versuch«, sagte Vesper. »Es gibt einen roten, einen gelben und einen weißen Draht. Wir müssen die Erdung durchtrennen. Das wird den Stromkreis unterbrechen, ohne das Feld zu aktivieren.«

Selbst seinen Kopf konnte Croaker nicht zu ihr umdrehen. »Wissen Sie, welcher Draht die Erdung ist?«

»Schneiden Sie den roten durch.«

»Ist das die Erdung?«

»Schneiden Sie!«

Er tat es.

Das Feld tanzender Funken verschwand, und erleichtert ließ Croaker den Kopf auf seinen ausgestreckten Arm sinken.

Vesper stieß einen Seufzer aus. »Gott sei Dank. In dieser DARPA-Einrichtung sind alle Erdungen rot. Ich habe gehofft ...«

»Sie haben *gehofft!*« Croaker hob den Kopf und starrte sie entgeistert an.

Sie stand auf. »Wenn Sie eine bessere Idee hatten, hätten Sie etwas sagen sollen.«

Croaker erhob sich ebenfalls. »Ich habe Ihnen vertraut.«

Wieder dieses rätselhafte Lächeln. »Sie haben gut daran getan. Wir sind durch.«

Croaker führte sie durch das augenblicklich nicht existente elektronische Feld zu den riesigen Gittern am entfernten Ende des Schachts. Sie hatten die Hälfte des Weges hinter sich gebracht, als sie sahen, wie sich weit vor ihnen in der Decke eine Abzugsluke öffnete.

»Ich denke, wir haben für heute genug Spaß gehabt, Mr. Croaker.« Dedalus starrte zu ihm hinunter. Croaker konnte seinen Kopf und seinen Oberkörper erkennen. Er hatte eine 9mm Beretta in der Hand. »Kommen Sie raus«, befahl er. »Ich bin ein ziemlicher Experte mit diesem Ding, wissen Sie.«

Vesper, hinter Croaker geduckt und außerhalb von Dedalus' Blickfeld, flüsterte: »Lassen Sie uns verschwinden.«

»Wohin denn?« flüsterte Croaker. »Zurück in den Lagerraum? In die nukleare Entlüftungskammer? Sie haben doch gehört, was Serman darüber gesagt hat.« Er schüttelte den Kopf. »Nein, ich habe einen Plan.« Der Plan war ziemlich gewagt, extrem gefährlich; es bedeutete, alles auf eine Karte zu setzen, aber es gab nur diese eine Möglichkeit.

»Schauen Sie, Sie wissen doch gar nicht ...«

»Jetzt heißt's alles oder nichts. Ich werde Dedalus fertigmachen, bevor er uns fertigmacht.«

»Unmöglich! Er ...«

»Ich weiß, was er mehr als alles andere will, und ich werde es ihm geben.«

Plötzlich war Vesper auf der Hut. »Was gedenken Sie zu tun?« Doch sie hatte sich die Frage bereits selbst beantwortet. »Das können Sie nicht tun.«

»Ich kann, und ich werde. Vertrauen Sie mir, es ist unsere einzige Option. Wir müssen ihm Mikio Okamis Aufenthaltsort verraten.«

»Wenn er ahnt, daß wir etwas vorhaben, wird er uns auf der Stelle töten.« Energisch schüttelte sie den Kopf. »Vergessen Sie's. Ich kenne ihn, Sie nicht.«

»Ich weiß so viel über ihn, wie ich wissen muß; ich weiß, was er am meisten will.«

Er hatte recht, und sie wußte es. Vielleicht war es ein neues Gefühl für dieses geniale Wesen anzuerkennen, daß es jemanden gab, der ähnlich intelligent war wie sie. Sie mußte derart daran gewöhnt sein, andere Menschen zu dominieren, daß es sie einschüchterte, jemanden zu sehen, der ihren Feind manipulierte – oder zumindest hoffte, daß ihm dies gelingen würde.

Sie gab ihre Zustimmung, indem sie eine Hand auf seinen Rücken legte. »Ich muß verrückt sein, auf einen Verrückten zu hören.« Dann kroch sie zurück, um Sermans Leiche herbeizuzerren.

»Mr. Croaker«, rief Dedalus. »Ich habe nun genug Geduld an den Tag gelegt. Kommen Sie her, und erzählen Sie mir, was Sie mit meinem Nukleartheoretiker angestellt haben.«

»Ich fürchte, Dr. Serman ist tot. Er hatte einen unglücklichen Unfall«, rief Croaker, während er sich bückte und mit herausgefahrenen Stahlklauen Sermans Pulsadern aufschlitzte. »Schmieren Sie sich das Blut ins Gesicht«, flüsterte er Vesper zu. Dedalus rief er zu: »Er ist den Schacht hinuntergestürzt. Er ist ziemlich schwer. Es dauert eine Weile, bis ich seine Leiche zu Ihnen gebracht habe.«

»Vergessen Sie ihn«, rief Dedalus ungeduldig. »Sie sind derjenige, den ich will.«

»Ich fürchte, daß wird nicht so einfach sein«, rief Croaker, wandte sich um und drehte Vespers Arm auf ihren Rücken. Sie schrie auf vor Schmerz; genau das hatte er gewollt. »Ich habe Ihre Agentin Vesper in meiner Gewalt. Sie möchten doch nicht, daß ich sie töte, oder?«

Dedalus lehnte sich etwas weiter vor und richtete die Beretta auf sie beide. »Offengestanden ist mir das scheißegal. Jeder meiner Agenten ist ersetzbar. Das ist Teil ihres Jobs.«

»Scheißkerl. Ich freue mich schon auf dich«, murmelte Croaker leise. Zu Dedalus gewandt sagte er: »Etwas Derartiges habe ich von Ihnen erwartet, also hier das Geschäft ...«

»Kein verdammtes Geschäft, Mr. Croaker. Kommen Sie endlich da unten raus, ob mit oder ohne Vesper, ist mir völlig egal.«

»Unser Geschäft lautet: Sie garantieren mir freies Geleit, und ich komme hoch ...«

Dedalus brach in schallendes Gelächter aus.

»... und verrate Ihnen, wo sich Mikio Okami versteckt.«

Dedalus lachte noch lauter. »Oh, Mr. Croaker, ich weiß

längst, daß Okami in London ist. In vierundzwanzig Stunden ist sein Gehirn nur noch schmutzige Asche. Kommen Sie hoch, und hören Sie endlich auf, James Bond zu spielen.«

Croaker holte tief Luft. *Das war's,* dachte er. »Senator, Okami weiß alles über Sie und Leonforte und Akinaga. Er ist nicht mehr in London, aber ich weiß, wo er steckt.« Das war eine Lüge – eine verzweifelte Lüge –, und er konnte nur hoffen, daß er gut genug war, sie Dedalus, dem geborenen Lügner, unterzujubeln.

»Meine Informationen ...«

»... stimmen nicht mehr, Senator.« Timing war jetzt alles. Er durfte Dedalus keine Zeit zum Nachdenken geben. »Ich habe Okami im Holland Park getroffen. Soll ich Ihnen sagen, wo genau? In der Nähe des Bird Lawn, wo ...«

»Ich glaube Ihnen nicht.«

Gott, er schwitzte wie ein Schwein. Er hatte schreckliche Angst, daß es klappen würde, und schreckliche Angst, daß nicht. Welch ein Plan. Kein Wunder, daß Vesper ihn verrückt genannt hatte. Und doch hatte sie eingewilligt; dies gab ihm einen Hauch Hoffnung. Aber wie Ben Franklin schrieb: *Er, der einzig von Hoffnung lebt, wird mit leerem Magen sterben.*

»Warum, glauben Sie wohl, bin ich nach London geflogen? Ich habe eine Spur verfolgt.«

»Zu Okami? Sie untersuchen doch angeblich Dominic Goldonis Ermordung.«

»Okay, Senator, reden wir doch endlich Klartext. Wir beide wissen, daß Do Duc Goldoni umgebracht hat, und wir wissen, wer sein Auftraggeber war: Leon Waxman, Ihr Mann, der *Alices Spiegel* geleitet hat. Aber Waxman war in Wirklichkeit Johnny Leonforte, ein ziemlicher Fauxpas Ihrer Personalkontrolle. Im Zuge meiner Ermittlungen entdeckte ich, daß Goldoni und Okami Partner in einem globalen Geschäftsnetzwerk waren. Do Duc sollte auch Okami ermorden, aber wie wir wissen, hat er versagt, und Okami ist untergetaucht. Sprechen wir jetzt allmählich die gleiche Sprache, Senator.«

»Möglicherweise.«

»Und seitdem haben Sie Okami gesucht, Senator. Das war der Grund, weshalb Sie mir den Fall nicht entzogen, als wir uns kennengelernt haben. Sie glaubten, da Goldonis Mörder getötet worden war und meine Ermittlungen trotzdem noch liefen, müßte ich ebenfalls hinter Okami her sein, genau wie Sie. Sie hatten recht. Nur, im Gegensatz zu Ihnen habe ich seine Spur nicht verloren. Ich weiß, wo er steckt.«

»Wo ist er?«

»Aber das wußten Sie bereits alles, oder?« fragte Croaker, den Senator ignorierend. »Sicher. Johnny Leonforte hat schließlich für Sie gearbeitet. Wenn der Vater, weshalb nicht auch der Sohn? Es war Caesares Mann, der mich in London beschattet hat. Ich habe mich um ihn gekümmert, aber bislang ist mir noch nicht der Gedanke gekommen, daß Okami im Holland Park vielleicht von mehr als einem Mann gesehen wurde. Caesare hat Ihnen brühwarm berichtet, wo Okami steckt, stimmt's, Senator?«

»Wo ist Okami, Mr. Croaker?«

»Sind wir im Geschäft?«

»Mein Gott, Croaker«, flüsterte Vesper heiser. »Was zum Teufel werden Sie ihm sagen, wenn wir draußen sind?«

»Seien Sie still.«

»Ich frage Sie noch einmal, Mr. Croaker ...«

»Sind wir im Geschäft, Senator?«

Stille. Dann verschwand Dedalus plötzlich. Croaker nutzte die Gelegenheit und näherte sich mit Vesper der Öffnung in der Schachtdecke.

Dedalus kam zurück und sagte: »Meine Männer sind weg. Kommen Sie aus Ihrem Loch, Mr. Croaker. Vielleicht haben wir ja etwas zu besprechen.«

»Sie verzeihen mir sicherlich, daß ich Ihnen nicht glaube, solange ich nicht selbst nachgesehen habe«, sagte Croaker und ging auf den Senator zu. »Ach so, packen Sie die Beretta weg. Sie ist nicht gerade vertrauensfördernd, wenn Sie wissen, was ich meine.«

Dedalus ließ die Waffe fallen. Croaker half Vesper durch die Luke und kletterte ihr nach. Sie standen auf einer kleinen Lichtung nahe einer dichtbewaldeten Hügelkette. Es war niemand außer ihnen zu sehen, aber Croaker traute Dedalus nicht über den Weg. Der Mann handelte mit Lügen wie andere Menschen mit Aktien oder Haushaltswaren. Croaker hatte Männer wie ihn kennengelernt, und er kannte ihre Schwachstelle: Gier nach

Macht. Hier und jetzt Mikio Okamis Aufenthaltsort zu erfahren, war für Dedalus der ultimative Schlüssel zur Macht.

»Zufrieden?« fragte Dedalus in neutralem Tonfall.

»Kaum.« Croaker hielt Vesper wieder im Polizeigriff umklammert; mit ihrem blutverschmierten Gesicht sah sie exakt so aus, wie er gewollt hatte. Der Senator schien über ihren Anblick besorgt zu sein. Immerhin hatte er sie in die DARPA-Einrichtung geschickt und sah nun die Konsequenzen seines Befehls. Es bewies, daß er menschlich war, genau wie jeder andere auch.

Dedalus starrte sie an. »So ein schönes Gesicht. Hat er Ihnen die Nase gebrochen?«

»Ich glaube, ja«, sagte sie mit betont nasaler Stimme. »Ich fühle nichts. Ist alles taub.«

»Schnauze!« fuhr Croaker dazwischen.

»Lassen Sie sie gehen«, sagte Dedalus, wieder ganz die besorgte Vaterfigur.

»Ich muß mir unseres Geschäfts sicher sein.«

»Ich habe alles getan, was Sie forderten. Was wollen Sie denn noch?«

»Eine Rückversicherung, Senator. Sobald ich Ihnen gesagt habe, wo Okami steckt, werde ich all Ihre Hilfe benötigen. Sie wissen ja, was mit Do Duc passiert ist.«

»Sie werden unter meinem Schutz stehen, vorausgesetzt, Ihre Informationen sind korrekt.«

»Keine Sorge, das sind sie, Senator.« Croaker sah sich um. »Haben Sie einen Wagen in der Nähe? Allmählich verursacht mir dieser Ort eine Gänsehaut.«

»Gleich hinter der Anhöhe«, sagte Dedalus und bückte sich, um die Beretta aufzuheben.

»Entladen Sie sie, Senator.«

Dedalus gehorchte, ohne zu protestieren. Vesper schaute zu den Bäumen. »Er lügt, Senator.«

Dedalus' Kopf fuhr hoch. »Was?«

Croaker schüttelte sie unsanft. »Ich sagte doch, Sie sollen still sein!«

»Dr. Serman lebt. Croaker ist über mich hergefallen, als ich versuchte, dem Doktor zu helfen. Sie sollten jemand in den Schacht schicken, um ihn zu holen.«

»Aber ich habe ...«

»Er wird sterben, wenn Sie nichts unternehmen.«

Dedalus nickte. Er gab mit der Hand ein Zeichen, und ein Mann löste sich aus dem Schatten der Bäume. Er trug eine Waffe, hielt die Mündung aber gesenkt.

»Soviel also zum Thema Vertrauen«, sagte Croaker trocken.

»Glauben sie etwa, ich liefere mich Ihnen schutzlos aus? Wir kennen einander kaum«, sagte Dedalus mit einer entschuldigenden Geste. Zu seinem Leibwächter gewandt, sagte er: »Steigen Sie in den Schacht. Dort unten liegt ein verletzter Wissenschaftler namens Serman. Bringen Sie ihn rauf.«

»Einen Moment«, sagte Vesper, als der Mann gerade in die Einstiegsluke klettern wollte. »Ich muß mitgehen. Dort unten ist ein elektronisches Sensorenfeld zum Schutz vor Eindringlingen. Ich muß ihn daran vorbeiführen.«

»Tun Sie das«, sagte der Senator, der augenblicklich verstand, daß sie die Gelegenheit wahrnehmen wollte, um von Croaker wegzukommen.

»Vergessen Sie's«, fuhr Croaker dazwischen. Auch er verstand. Dies war der ultimative Vertrauenstest, aber konnte er ihr tatsächlich vertrauen? »Sie wird nicht dort runtergehen.«

»Wieso nicht?« Dedalus lächelte. »Ich habe meine Waffe entladen, Ihnen meinen Leibwächter präsentiert. Es ist an der Zeit, daß auch Sie mir ein wenig Vertrauen entgegenbringen.«

»Miststück!« schrie Croaker Vesper an. »Hätten Sie ihm nicht gesagt, daß ...«

»Aber Sie hat«, unterbrach ihn Dedalus. »Es war ihre Pflicht. Lassen Sie sie gehen, Mr. Croaker.«

Mit einem mürrischen Grunzen stieß Croaker Vesper von sich fort. Sie stolperte über das Grad zur Einstiegsluke, wo ihr der Leibwächter des Senators nach unten half.

»Da wir jetzt allein sind, Mr. Croaker, erwarte ich, daß Sie mir verraten, wo sich Mikio Okami versteckt. Ich behalte Sie solange in Gewahrsam, bis wir ihn gefunden haben. Danach sind Sie frei.«

»Ist das Ihre Vorstellung von einem Geschäft? Vergessen Sie's.«

»Unglücklicherweise bin ich nicht in der Lage, es zu vergessen.« Plötzlich hielt der Senator eine kleine silberne Pistole in der Hand. Es war die Art Waffe, mit der Frauen das Schießen lernten, da der Rückstoß minimal war. Aber auf diese kurze Distanz war sie genauso tödlich wie die Beretta. »Ich muß Okami in die Finger bekommen, und Sie werden mir dabei helfen. Ihre Spielchips sind aufgebraucht, Mr. Croaker. Verraten Sie mir, wo er sich versteckt, oder ich jage Ihnen eine Kugel in die rechte Kniescheibe. Fünf Minuten später in die linke, und so weiter. Sie werden mir verraten, was ich wissen möchte, das verspreche ich Ihnen.«

»Senator?« Es war Vespers Stimme.

»Ja, was gibt's denn?« fragte Dedalus mißmutig. »Haben Sie Serman raufgebracht?«

»Serman ist tot«, antwortete sie und schob ihren Kopf und ihre Schultern durch die Öffnung. Sie hatte die Waffe des Leibwächters in der Hand.

»Wo ist Andrew?«

»Ich fürchte, er ist ...«

Dedalus hatte Zielen und Schießen bei einem Experten gelernt. Er feuerte schneller als Vesper, doch auf diese Entfernung war seine kleinkalibrige Waffe zu ungenau. Sein Schuß verirrte sich im Innern des Schachts. Er wollte gerade ein weiteres Mal feuern, als Vesper ihn mitten zwischen die Augen traf. Er riß die Arme hoch und kippte mit einem überraschten Ausdruck auf dem Gesicht nach hinten.

»Sie haben Ihren Beruf verfehlt: Sie hätten Schauspieler werden sollen«. Vesper sah zu Croaker hoch, während sie aus der Einstiegsluke kletterte. »Sie sehen«, sagte sie, »manchmal zahlt es sich aus, ein wenig Vertrauen zu haben.«

Floating City stand in Flammen, jedenfalls kam es Nicholas so vor, als er aus dem Laborkomplex gestürmt kam. Der Lastwagen, der explodiert war, brannte lichterloh, und das Feuer hatte inzwischen zwei weitere Fahrzeuge des Konvois erfaßt, der bereitstand, um durch das Haupttor hinauszurollen.

Die Gefahr ... Sie wissen nicht ... Es gibt mehr als ... Mehr als was? Was hatte Abramanov versucht, ihm zu sagen? Wo lag die zusätzliche Gefahr?

Während Nicholas über das Gelände rannte, war er gezwungen, über die Leichen der von der Explosion getöteten Männer zu springen. Dann sah er durch die wabernden schwarzen Rauchschwaden Rocks riesige Gestalt auf den vordersten Lastwagen zuschreiten. An seiner rechten Schulter hing die Law; zusätzlich trug er eine kleine Cobray M-1 mit der verräterischen T-Form des Magazins bei sich. Er hatte die Schnellfeuerwaffe zu einem besonders tödlichen und zielgenauen Mordinstrument umgebaut.

»Raus, da, du verdammtes Arschloch!« schrie er dem Fahrer des vordersten Lastwagens zu.

Er wollte gerade auf den Mann schießen, als er aus dem Augenwinkel Nicholas erblickte. Er fuhr herum und grinste.

»Sie sind also rausgekommen. Mick warnte mich, daß Sie es auf die eine oder andere Weise schaffen würden, aber ich habe ihm nicht geglaubt. Na ja, scheißegal.« Er schwang seine LAW. »Dieselbe alte Waffe, denken Sie, stimmt's. Falsch. Das Ding ist jetzt mit dem ersten Torch geladen.«

Eine Zehntelsekunde, bevor Rock aus der Cobray feuerte, spürte Nicholas, was passieren würde, und warf sich hinter einer Leiche in Deckung. Kugeln pfiffen ihm um die Ohren. Rock schoß in kurzen, genauen Salven und kam stetig näher. Systematisch zerfetzten die Geschosse den Leichnam, und ein Regen aus Blut, Fleisch und Knochensplittern rieselte auf Nicholas herab.

Rock riß das leere Magazin aus der Maschinenpistole und rammte ein neues in die Halterung. Noch wenige Schritte, und er wäre nahe genug, um Nicholas in Stücke zu schießen. Nicholas blickte sich um, entdeckte eine AK-47. Er riß sie an sich, aber sie stammte aus chinesischer Produktion: der Mechanismus klemmte.

Rocks Grinsen war breiter denn je. »Komm schon, du Wichser. Du hast Do Duc umgelegt. Mal sehen, ob du auch mich schaffst.«

Wie um sie zu reinigen, nahm Nicholas die AK-47 in Windeseile auseinander. Er legte eine Hand auf den Lauf, die andere knapp über das Magazin. Dann ließ er sein Bewußtsein nach außen strömen und entfesselte all seine Kräfte. Die Welt um ihn herum wurde unscharf, Lichter schossen an ihm vorüber, als säße er in einem rasenden Zug; in seinen Ohren hallten weit entfernte Geräusche, die aus einer anderen Dimension zu kommen schienen. Plötzlich brach der Lauf entzwei, und er hatte seine Waffe.

Rock spie eine tödliche Salve aus seiner Cobray, und Nicholas warf sich hin, rollte über den Erdboden und spürte die aufspritzenden Steinsplitter gegen seine Knöchel schlagen. Aber er hatte jetzt den abgebrochenen Lauf. Er sprang vom Boden auf und stürzte direkt auf Rock zu, dessen Finger am Abzug kurz erstarrte, als er die Mündung der Cobray in Nicholas' Richtung schwang.

In diesem Augenblick, in dem die Zeit stillzustehen schien, ließ Nicholas den abgebrochenen Lauf der AK-47 durch die Luft sirren. Tief in *tau-tau* versenkt, projizierte er eine Flugbahn, eine Art Schacht aus unsichtbarem Licht, durch den das Geschoß flog. Er befand sich in einem Tunnel einer seltsamen, fremdartigen Dimension. Er hatte nur das speerartige Geschoß vor Augen. Er spürte dessen rasende Geschwindigkeit und die Reibung der Luft gegen die stählerne Außenhaut; er spürte das subtile Zerren der Schwerkraft, und über die momentan bedeutungslose Entfernung hinweg fühlte er das Aufblitzen der Synapsen in Rocks Gehirn, das auf die Bedrohung reagierte.

Rock war viel zu langsam. Ein sonderbares Pfeifen lag in der Luft, dann ein dumpfes Geräusch, als die Spitze des Laufs mit solcher Wucht in Rocks Brustkorb stieß, daß er mehrere Meter nach hinten geschleudert wurde. Genau unter dem Brustbein aufgespießt, lag er, in den verrauchten Himmel starrend, da; aus seiner Wunde spritzte eine Blutfontäne.

Wo war Mick?

Stotternd erwachte der Motor des vordersten Lastwagens zum Leben, und ohne einen weiteren Gedanken zu verschwenden, sprintete Nicholas auf ihn zu. Als er die Stelle erreichte, wo Rock mit blicklosen, glasigen Augen dalag, bückte er sich und zog das Torch-Geschoß aus der LAW, die viel zu klobig für ihn war, um sie mit sich rumzuschleppen; Torch alleine war schon schwer genug. Er rannte weiter, sprintete im Zickzackkurs über das verwüstete Gelände.

Und nun haben sich die Söhne unter Umständen kennengelernt, die man nur als unglücklich bezeichnen kann, hatte Mick gesagt.

Mick saß am Steuer des Lastwagens, warf den ersten Gang ein und fuhr Richtung Tor los. Nicholas steigerte sein Tempo, holte allmählich auf. Torch war schwer, aber er war fest entschlossen, eine derart tödliche Waffe hier nicht zurückzulassen.

Vielleicht hatte Mick ihn im Rückspiegel gesehen, denn er riskierte es, die Kupplung zu beschädigen, und schaltete vorschnell in den zweiten, dann in den dritten Gang hoch. Das Fahrzeug ächzte, rollte aber immer schneller werdend, auf das Haupttor zu.

Mit pfeifender Lunge unternahm Nicholas einen letzten verzweifelten Versuch, das Fahrzeug einzuholen; er versuchte das Seil zu erwischen, das die hintere Wagenklappe in vertikaler Position hielt. Er würde es nicht schaffen; er konnte sein Wahnsinnstempo nicht mehr allzu lange halten, und in wenigen Augenblicken würde der Lastwagen auf und davon sein. Plötzlich geriet das Fahrzeug ins Schlingern, kam plötzlich zum Stehen, als der rechte Vorderreifen gegen ein Hindernis fuhr – vielleicht ein toter Wärter. Nicholas langte nach dem Seil, bekam es zu fassen und schwang sich in dem Moment auf den Laster, als dieser sich ächzend wieder in Bewegung setzte.

Als er, um Atem ringend, über seine Schulter zurückblickte, sah Nicholas, wie Rock sich auf die Seite zu drehen versuchte. Wie in Gottes Namen konnte der Mann noch leben? Er hatte fünfzehn Zentimeter gehärteten Stahls in der Brust stecken und schaffte es dennoch, sich auf die Seite zu rollen, die LAW zu sich heranzuziehen und sie in Schußposition zu bringen.

Dann jagte der Laster um eine Biegung, und Nicholas verlor Rock aus den Augen. Er versank in *tau-tau,* und die Lichter um ihn herum verblaßten. Zeit und Raum gehorchten nun seinem Willen, und selbst das gräßliche Rumpeln des Lasters schien weit entfernt zu sein. Im Geiste sah er jetzt, wie Rock realisierte, da die LAW nicht geladen war.

Die Straße machte wieder eine Biegung, und in einiger Entfernung rückte erneut Floating Citys offenstehendes Haupttor ins Blickfeld. Rock war wieder zusammengebrochen, oder bückte er sich bloß? Etwas lag in seiner Hand. Tief in *tau-tau* versunken, erkannte Nicholas, was es war.

Ein weiteres Torch-Geschoß!

Rock schob es in die Ladekammer, und erneut schossen Nicholas Abramanovs schicksalhafte letzte Worte durch den Kopf. *Die Gefahr … Sie wissen nicht … Es gibt mehr als …*

Es gibt mehr als ein! Das war, was Abramanov ihm zu sagen versucht hatte!

Buddha, steh mir bei, dachte Nicholas, *er wird das Torch-Geschoß abfeuern!*

Selbst aus dieser Entfernung konnte er Rocks mörderische Intention fühlen. Mit übermenschlicher Anstrengung hievte Rock den Lauf der LAW in Feuerposition, und Nicholas sah nur noch das schwarze Mündungsloch.

Rocks Finger legte sich um den Abzug, und Nicholas tat das einzig ihm Mögliche: Er projizierte seine Psyche mit einem kraftvollen Stoß nach außen, so als würde er einen physischen Schlag ausführen. Leblose Objekte wie die LAW konnte er nicht beeinflussen, aber der Pfeil aus psychischer Energie explodierte in Rocks Bewußtsein. Zu spät. Rocks Finger drückte den Abzug durch, und mit einem unheilvollen Grollen setzte sich das Torch-Geschoß in Bewegung.

Doch Nicholas' psychischer Angriff war nicht ohne Wirkung geblieben. Obgleich sie vom Haupttor bereits zu weit entfernt waren, um Rock zu erkennen, sah Nicholas das Nukleargeschoß in einer fast senkrechten Flugbahn durch das Laubwerk zum Himmel aufsteigen. Die *tau-tau*-Projektion war stark genug gewesen, um Rock die LAW hochreißen zu lassen und das Geschoß von seinem Ziel abzulenken.

Doch nun, während er Floating City hinter sich ließ, fiel Nicholas ein, daß Niigata gesagt hatte, zwei kleine Brocken von Element 114m würden ausreichen, um vier Straßenzüge vollständig zu zerstören. *Vier.*

Gütige Mutter Gottes!

Nicholas begann nachzurechnen, schätzte die Geschwindigkeit des Lasters und die Höhe, die das Torch-Geschoß erreichen konnte, bevor die Schwerkraft ihren Tribut forderte und der Sprengkörper zur Erde zurückfiel.

Mick hatte es eilig. Der Laster jagte heftig rumpelnd über die holprige Schotterstraße den Berg hinunter. Wie alle Gebirgsstraßen wand sie sich in Serpentinen durch das Terrain, und Floating City war jetzt nicht mehr zu sehen. Sie hatten die Festung bereits weit hinter sich gelassen, doch Nicholas glaubte nicht, daß es ausreichen würde.

Die Straße wurde immer abschüssiger. Auf der einen Seite

war eine zerklüftete Felswand, auf der anderen ein jäher Abgrund. Der Laster raste in eine Haarnadelkurve, und plötzlich vernahm er ein dumpfes Grollen. Sein Blut gefror. Für einen Moment glaubte er, Torch wäre detoniert, doch dann sah er den Katarakt, der sich hoch oben vom Bergrücken in einen tief unter ihnen liegenden, reißenden Fluß ergoß.

Idee und Durchführung waren nahezu eins. Das Torch-Geschoß fiel mit Sicherheit längst wieder auf die Erde zurück. Sobald es detonierte, würden er und Mick und jeder andere in diesem Gebiet pulverisiert werden.

Er ließ das Seil los, ging in die Knie und sprang seitwärts in den Abgrund. Er streifte den Rand des Wasserfalls, geriet ins Trudeln, aber *tau-tau* schützte ihn, während er wie ein sirrender Pfeil durch die Luft flog. Kopfüber tauchte er in den Fluß ein und wurde sofort nach unten gezogen. Die reißende Strömung katapultierte ihn wie ein Unterwasserprojektil durch die dunklen Untiefen flußabwärts, schneller, als er je hätte rennen können, schneller, als der Lastwagen fuhr.

Einen Moment später schlug das Torch-Geschoß in einem grüngolden aufblitzenden, beinahe anmutigen Feuerball auf der Erde auf, kaum hundert Meter von der Stelle entfernt, von wo aus Rock es abgefeuert hatte. Die Detonation schien nahezu lautlos zu sein, aber die Druckwelle der Kettenreaktion erschütterte den Berg in seinen Grundfesten.

Von einer Sekunde zur anderen war Floating City vom Antlitz der Erde verschwunden, wie durch einen chirurgischen Eingriff ausgemerzt. Die Druckwelle erfaßte den rasenden Lastwagen, hob ihn von der Straße und schleuderte ihn einen felsigen Abhang hinab, den es im nächsten Augenblick nicht mehr gab. Der Laster überschlug sich – das Heck war bereits weggerissen –, um dann tief unten an einem gezackten Felsvorsprung endgültig auseinanderzubrechen.

Die Iden des März

In einer Nacht,
in welcher der Mond so hell scheint wie in dieser,
offenbaren sich die unausgesprochenen Gedanken
selbst der verschlossensten Herzen.

Izumi Shikibu

Tokio / Venedig / Washington
Frühjahr, Gegenwart

Tau-tau und das tiefe Flußwasser hatten Nicholas geschützt. Er hatte nichts gespürt, war sich aber der Detonation bewußt gewesen; krampfartige Kontraktionen seiner Psyche hatten ihn das abrupte Verenden des Lebens wahrnehmen lassen. Als er völlig erschöpft aus dem Fluß gestiegen war, befand er sich so weit vom Explosionsherd entfernt, daß er sich um radioaktiven Niederschlag keine Sorgen hatte machen müssen.

Als er Tage später in Tokio eintraf, erwarteten ihn dort bereits Croaker und Vesper. Sie verbrachten den gesamten Nachmittag und einen Gutteil des Abends damit, sich gegenseitig über die Ereignisse der letzten drei Tage vor dem Inferno zu informieren, in denen sie nichts voneinander gehört hatten.

»Gott«, sagte Croaker, »nach dem, was uns Serman erzählte, kann ich mir die Verwüstungen kaum ausmalen, die Torch angerichtet hat.«

»Glücklicherweise lag Floating City in einem solch entlegenen Gebiet, daß nur die Menschen getötet wurden, die sich dort aufhielten«, sagte Nicholas. »Dennoch wird ein Team von Atomexperten die Situation vor Ort untersuchen müssen. Und sie müssen das zweite Torch-Geschoß aus dem Fluß bergen.«

Vesper erschauderte. »Das ganze war eine furchtbare Lektion über argloses Herumhantieren mit Atomwaffen.« Die beiden Männer saßen, während sie im Wohnzimmer auf und ab marschierte. Nicholas bemerkte ihre Nervosität nach dem Abendessen. Er war ins Nebenzimmer gegangen, hatte die Verbände an seinem angesengten rechten Arm gewechselt und gehört, wie sie telefoniert hatte.

Sie gingen alle früh zu Bett, aber Nicholas fand keinen Schlaf. Im Geiste sah er immer wieder das Torch-Geschoß zur Erde fallen, sah sich selbst unter Wasser, sah hoch oben auf der Gebirgsstraße Mick Leonforte am Steuer des Lasters, das Gaspedal bis zum Anschlag durchgetreten. Er fragte sich, wie Mick gestorben war. Es schien jetzt klar zu sein, daß er Nicholas geholfen hatte, aus dem Käfig auszubrechen. Vielleicht hatte er das bloß getan, damit Nicholas die aus Micks Perspektive sinnlos gewordene Partnerschaft mit Rock ein für allemal beendete. Und ironischerweise hatte Nicholas sein Bestes gegeben, um Micks Leben zu retten, als Rock mit der LAW auf sie gezielt hatte.

Ein Schatten im Flur ließ seinen Kopf herumfahren.

»Nicholas? Darf ich reinkommen?«

Es war Vesper.

Er rollte auf seinem Futon zur Seite und schaltete die Nachttischlampe aus Reispapier und lackiertem Holz ein. Lautlos kam sie in sein Schlafzimmer und hockte sich mit zusammengepreßten Knien auf den Boden. Sie strich ihr Haar aus dem Gesicht und sagte: »Ich weiß, daß Sie ein wenig Zeit mit Ihrem Freund verbringen wollen.«

»Ehrlich gesagt, das ist momentan das einzige, was ich will.«

Eine Weile sagte sie nichts, dann verkündete sie: »Ich habe Order, Sie nach Venedig zu bringen.«

»Venedig? Wieso?«

»Ich glaube, Sie wissen es.«

»Okami?«

Am liebsten hätte er gelacht. Er wollte ihr sagen, daß er die letzten Monate vergeblich versucht hatte, den Kaisho aufzuspüren, und nun wurde er ihm hier auf dem Präsentierteller serviert. Einfach so. Aber er wußte genau, daß es nicht so einfach sein konnte für Okami, dessen Leben noch immer in Gefahr war. Wer wollte seinen Tod? Den inneren Zirkel gab es nicht mehr; seine Mitglieder hatten sich gegenseitig außer Gefecht gesetzt. Dedalus war tot. Wer blieb da noch?

In ihre kornblumenblauen Augen starrend, hätte er beinahe nein gesagt, und gleich darauf wurde ihm auch klar, warum: In Venedig würde er Celeste wiedersehen, und er wußte nicht ob er nach seiner Begegnung mit Koei dafür gewappnet war.

»Wir fliegen morgen früh«, sagte er dennoch.

»Ich habe mich bereit erklärt, Sie zu schützen, aber das ist auch alles«, sagte Nicholas dreißig Stunden später. »Weder Lew Croaker noch ich müssen gutheißen, was Sie tun.«

Mikio Okami schien davon ungerührt. Er sah fit aus, überhaupt nicht wie ein Mann von mehr als neunzig Jahren. Sie saßen zwei Straßen vom Rialto entfernt in einem kleinen, wundervollen Restaurant, in dem hauptsächlich Einheimische verkehrten. Vesper war gerade solange in Venedig geblieben, um Nicholas persönlich zu Okami zu bringen, und war dann über London nach Washington zurückgeflogen.

Okami nippte an seinem Espresso. »Natürlich haben Sie das Recht auf eine eigene Meinung, aber Sie machen mich neugierig. Wie können Sie verurteilen, was ich tue, ohne zu wissen, was es ist?«

»Sie sind ein Yakuza. Ihr Partner war Dominic Goldoni, einer der Top-Bosse der Mafia. Das zu wissen, reicht mir.«

»So? Sie sollten versuchen, die Figuren in diesem Spiel neu zu beurteilen. Sie fühlen sich zu zwei Frauen hingezogen. Eine entstammt einer Yakuza-Familie, die andere ist Doms Schwester, die, wie Sie wissen, mit mir zusammenarbeitet. Wenn dies nicht ausreicht, versuchen Sie's damit: Ihr Vater war mein bester Freund – und Partner.«

Einen Moment lang war die Stille so ohrenbetäubend, daß Nicholas meinte, Donnergrollen zu hören. Doch draußen erstrahlte Venedig in sonnendurchflutetem Glanz. Dann merkte er, daß es sein Puls war, dessen Pochen ihm in den Ohren dröhnte.

»Sagten Sie *Partner?*« fragte er mit einer Stimme, die jegliches Timbre verloren hatte. Okami hatte ihm gesagt, er müsse die Figuren dieses Spiels neu beurteilen, doch diese Offenbarung verlangte mehr – man mußte das Spiel in einem völlig neuen Licht betrachten.

»Wer, glauben Sie, hat das Konzept der *godaishu* ursprünglich ersonnen? Colonel Denis Linnear.«

»Gütiger Gott! Was hat er sich bloß dabei gedacht?«

»Er war ein Genie, ein wahrer Visionär, und ich wurde sein Schüler. Als der Colonel starb, setzte ich sein Werk fort – eine globale Partnerschaft, die sich den Teil der Welt zunutze machte, der normalerweise von Kriminellen beherrscht wird. Er hat mit der Yakuza zusammengearbeitet – das hat sein Beruf verlangt. Aber er hat in uns etwas entdeckt, was wir selbst nicht zu würdigen wußten – unsere Loyalität und Tapferkeit. Ihm schwebte eine Partnerschaft zwischen Industrie, Regierung und

Yakuza vor – alle Mächtigen sollten einem gemeinsamen Ziel entgegenarbeiten.«

»Aber es konnte niemals funktionieren.«

»Natürlich konnte es das. Genau gesagt, es hat funktioniert. Das japanische Wirtschaftswunder ist Realität. Innerhalb von nur drei Jahrzehnten sind wir von einer zerbrochenen, ohnmächtigen Nation, die aufgrund von Inflation, Arbeitslosigkeit und einer nationalen Kollektivschuld am Rande des Zusammenbruchs stand, zu einem modernen Wirtschaftskoloß aufgestiegen.«

Hatte Mick Leonforte die Wahrheit gesagt? fragte sich Nicholas. »Stimmt es, daß mein Vater für die Vereinigung des MCI mit dem BOT verantwortlich war, um daraus das Ministerium für internationalen Handel und Industrie zu bilden?«

»Wer hat Ihnen das erzählt?«

»Mick Leonforte. Er sagte, er habe sich mit meinem Vater intensiv beschäftigt.«

Okami knurrte mißbilligend. »Nur gut, daß er in der Torch-Explosion krepiert ist.« Er nahm einen Schluck von seinem Espresso, während er sich seine nächsten Worte zurechtlegte. »Die politischen Mechanismen sind notwendigerweise von Japanern in Gang gesetzt worden, von Yoshida und Shirasu. Aber der Colonel stand hinter ihnen. Genau gesagt, als ihre letzten verbliebenen Gegner im MCI einen jungen Mann namens Nagayama als Spion auf sie ansetzten, war es Ihr Vater der ihn ins Yoshida-Lager hinüberzog. Ein Jahr darauf wurde Nagayama der erste Leiter des MITI-Sekretariats, und die *godaishu* kam langsam in Gang.«

»Aber wie konnten all diese unterschiedlichen Kräfte zusammenwirken? Sie hätten sich doch gegenseitig an die Kehle springen müssen.«

»Ich sagte Ihnen bereits, der Colonel war ein Visionär. Er wußte, welche Gemeinsamkeit sie miteinander verband: Sie alle waren fanatische Kapitalisten. Geld zu machen, war ihr alles beherrschender Traum, und er machte sich diesen gemeinsamen Nenner zunutze, um eine Allianz zu schmieden: die *godaishu.* Dann entwickelte der das Konzept zur Erschaffung der Liberalen Demokratischen Partei. Er war ein großartiger Kenner der Geschichte, Ihr Vater, und er wußte, daß die Gefahr eines totalen Chaos damals sehr real für uns war. Er erkannte, daß Japan eine starke Hand brauchte, die jahrzehntelang die Geschicke des Landes lenkte. Im Grunde genommen riet er uns, einen Abschnitt unserer eigenen Geschichte zu wiederholen.

Als Anfang des siebzehnten Jahrhunderts Iyeyasu Tokugawa, der erste und größte aller Tokugawa-Shogune, an die Macht kam, befriedete er ein feudalistisches, zerrissenes Land, das am Rande der Anarchie stand. Er regierte mit eiserner Hand, richtig, und seine Gesetze konnten bisweilen grausam sein, doch all das erachtete er als notwendig, um das Land zu stabilisieren, es auf eine gemeinsame Vision zu fokussieren.

In eben diese Richtung versuchte der Colonel den harten Kern der Politiker, Minister und Yakuza-*oyabun* zu lenken. Er betrachtete die LPD und die *godaishu* als das moderne Äquivalent zur zweihundertjährigen Shogun-Herrschaft der Tokugawas: ein Fokus, der die Energie der Bevölkerung für die vor ihnen liegende Aufgabe – die Erschaffung des neuen Japan – bündelte und sie gleichzeitig vor den Gefahren des aufkeimenden Sozialismus und Kommunismus schützte.«

Okami machte an dieser Stelle eine gedankenvolle Pause, bestellte einen weiteren Espresso, während Nicholas nur stumm dasaß, völlig verblüfft und gefesselt von dem Gedanken, daß sein Vater mehr oder weniger der Erbauer des Japans der Neuzeit war. Wie hatte er das geschafft, und welche unvorhergesehenen Schwierigkeiten hatten sich aus seinem visionären Handeln ergeben?

Seine Gedanken erratend, sprach Okami weiter. »Über die Jahrzehnte hinweg geschah, was geschehen mußte, das liegt nun mal in der Natur des Menschen. Korruption kam auf. Ihr Vater war in vielerlei Hinsicht außergewöhnlich, Nicholas, doch am ungewöhnlichsten war er in der eleganten Art und Weise, wie er mit Macht umzugehen verstand.

Da ich verpflichtet war, die Rolle der *godaishu* auszubauen und neue *oyabun* hineinzubringen, wurde sie allmählich von Korruption zerfressen, bis sie ein Eigenleben, eine Eigendynamik entwickelt hatte, die ich nicht länger kontrollieren konnte. Die *godaishu* im Zaum zu halten, überstieg selbst meine Fähigkeiten. Ich erkannte, daß ich sie zerstören mußte. Wie ein außer

Kontrolle geratener Koloß hatte sie begonnen, in verachtenswerte Bereich vorzudringen – Floating City war einer davon. Sobald Rock und Mick Leonforte vollwertige Partner wurden, mutierte die *godaishu* zu einer Bedrohung katastrophalen Ausmaßes. Ich wußte, daß die beiden Männer Chosas, Kozos und Akinagas perverse Gedankengänge zu einem logischen Abschluß führen würden. Die Folge wäre ein globaler Wirtschaftsverbund gewesen, der von Männern kontrolliert worden wäre, denen es einzig um die Anhäufung von immer mehr Macht ging. Langsam aber sicher hätten sie die Kontrolle über alle legalen Wirtschaftszweige an sich gerissen, so wie es Floating City bereits mit dem Drogen- und Waffengeschäft getan hatte. Die Konsequenzen wären katastrophal gewesen.«

Die Mittagskundschaft hatte das Restaurant verlassen, und die Kellner machten sich in ihren weißen Spenzerjacken ans Abräumen der Tische. Einer der Assistenten des Chefkochs füllte die Auslagen, in denen den Gästen frischer Fisch präsentiert wurde, mit zerstoßenem Eis nach. Niemand störte die beiden Männer an ihrem Tisch.

»Stellen Sie sich vor, wie ich mich gefühlt habe, als ich Sie um Hilfe bat«, fuhr Okami fort. »Ich wußte, Sie haßten die Yakuza, und ich trug das Geheimnis in mir, daß Ihr Vater mein Partner und Mentor gewesen war. Ich wußte, Sie würden das Versprechen halten, das Sie dem Colonel gegeben hatten. Aber ich wußte auch noch etwas anderes. Von Koei erfuhr ich, wie sehr Sie einander immer noch lieben, ganz gleich, weshalb die Beziehung vor so langer Zeit in die Brüche gegangen ist.«

Sie müssen geheilt werden, hatte Dich gesagt, und jetzt verstand Nicholas die volle Bedeutung dieser Worte.

»Als Sie im letzten Jahr zu mir gekommen sind, sah ich, wie haßerfüllt Sie noch immer waren, und ich fand einfach keine Möglichkeit, Ihnen die Wahrheit zu sagen. Ich war davon überzeugt, daß es in eine Katastrophe gemündet hätte. Sie hätten mich einen Lügner beschimpft und hätten Ihr Versprechen nicht gehalten. ich hatte schon überlegt, Sie gar nicht um Hilfe zu bitten – Sie haben gesehen, daß ich sehr wohl aus eigener Kraft in der Lage bin, mich zu schützen –, aber es mußte sein, damit Sie endlich anfangen konnten, die Wahrheit zu erkennen und zu akzeptieren, die sich hinter der sorgfältig konstruierten

Fassade Ihres Vaters verbarg. Es war an der Zeit, daß Sie die Arbeit fortsetzen, die Ihr Vater und ich begonnen haben.

Sehen Sie, Sie kamen mit einem völlig falschen Bild zu mir, waren vorbelastet durch Ihre gescheiterte Jugendliebe, durch Mechanismen, die weder Sie noch Koei kontrollieren oder verstehen konnten. An jenem ersten Abend, als Celeste Sie zu mir in den Pallazo brachte, sah ich sofort, daß Sie zutiefst verletzt waren – in einer Weise, die sich Ihr Vater niemals hätte vorstellen können. In diesem Zustand waren Sie für mich völlig nutzlos – nutzlos für sich selbst.

Ich gebe zu ich war nicht ganz schuldlos daran. Ich mußte den Fehler wiedergutmachen, den ich vor so vielen Jahren begangen hatte, als ich mich von Ihnen fernhielt und Sie nicht vor den furchtbaren Dingen schützte, die die Welt der Yakuza einem antun kann. Ich mußte einen Weg für Sie finden, Koei wiederzusehen, und um das zu tun, mußte ich Ihnen die Wahrheit vorenthalten – über mich, Celeste, Margarite und Vesper. Und ganz besonders über Ihren Vater.

Er bat mich vor vielen Jahren, Sie kennenzulernen und mich Ihrer anzunehmen, aber ich weigerte mich. Ich war in jenen Tagen ziemlich unglücklich, trank jede Menge Alkohol – ehrlich gesagt, ich bin sicher, der Colonel hat mir in dieser Hinsicht das Leben gerettet. Ich konnte mich kaum selbst kontrollieren, geschweige denn die Emotionen eines Teenagers. Tja, so wählte er Tsunetomo Akinaga. Und so lernten Sie Koei kennen. Karma, Nick-san.«

Sie bezahlten die Rechnung und verließen das Restaurant. Es war ein herrlicher Nachmittag. Das Ocker, Gold und Umbra der Pallazi schimmerte wie frisch gestrichen. Auf dem Canale Grande herrschte geschäftiger Verkehr, und an der Ufermauer entlang des *riva* stellten die Cafés in Erwartung des Frühlings ihre Tische auf. Schmachtend sang ein Gondoliere eine Passage aus einer Arie.

Es gab so vieles, das Nicholas erfahren mußte, so viele Fragen, die beantwortet werden mußten. Doch ein Gedanke drängte all seine Zweifel und Sorgen in den Hintergrund. *Mit diesem einen Geniestreich setzte der Colonel zahllose Ereignisse in Gang, deren Auswirkungen bis zum heutigen Tag anhalten,* hatte Mick gesagt. Nicholas wußte, daß er anfing, eine Ahnung vom wahren Ausmaß dieser Genialität zu bekommen. Er sog die süße Luft Venedigs ein und war froh, am Leben zu sein. Er freute sich sogar auf sein Abendessen mit Celeste.

Ein erhebendes Gefühl machte sich in ihm breit. Der Kaisho wollte, daß er den Entwicklungsprozeß vorantrieb, den der ›Geniestreich‹ des Colonels initiiert hatte. Er bekam die Gelegenheit, mit Mikio Okami zusammenzuarbeiten, der, wie Tachi, *koryoku* besaß und versprochen hatte, ihm das Geheimnis der Kraft der Erleuchtung zu offenbaren; ihm bot sich die einzigartige Gelegenheit, in eine völlig neue Welt einzutauchen. Nicht in die Welt der Yakuza, von der er sich immer fernzuhalten versucht hatte, sondern in das geheimnisvolle Schaffen seines Vaters, Denis Linnear. Wie konnte er sich dem entziehen? Sicher, er würde von Okami gewisse Zusicherungen verlangen müssen und er durfte seine Verpflichtungen gegenüber Tanzan Nangi und ihrer gemeinsamen Firma, Sato-Tomkin, nicht vernachlässigen, aber er wußte nun, daß er eine neue, eine große Aufgabe übertragen bekommen hatte. Ihn beschlich das eigentümliche Gefühl, daß dies genau das war, was sein Vater gewollt hatte; möglicherweise hatte er gerade deswegen Nicholas das Versprechen abgenommen, dem Kaisho zur Seite zu stehen, sollte dieser jemals darum bitten.

Nicholas hatte etwas sehr Wertvolles geschenkt bekommen. Ihm war gezeigt worden, daß die Vergangenheit eine lebendige Sache war, die die Gegenwart auf so vielfältige Weise beeinflußte, wie es sich die meisten Menschen kaum vorstellen konnten. Und was die Zukunft anbelangte, die würde sich auf ihre eigene Weise entfalten. Er war jetzt bereit, dies geschehen zu lassen.

In den Wochen nach ihrer Rückkehr aus Tokio hatte Vesper alle Hände voll zu tun. Zum einen beteiligte sie sich an den Ermittlungen des Pentagon, das Licht in Dedalus' Aktivitäten bei der DARPA bringen wollte und zudem die Frage zu klären gedachte, wie Johnny Leonforte Leiter von *Alices Spiegel* hatte werden können. Zum anderen zerbrach sie sich in ihrer Freizeit anstatt zu schlafen lieber den Kopf über die verschlüsselten Aufzeichnungen, die sie in den Büros der Morgana Inc. kopiert hatte.

Sie hatte nicht die Zeit gehabt sie zu dekodieren; aber Croaker hatte ihr sein Notizbuch und seine Aufzeichnungen in Tokio gegeben, kurz bevor sie und Nicholas nach Venedig geflogen waren.

Nach ungefähr vierzig Arbeitsstunden entschied sie, daß einige der Eintragungen reichlich merkwürdig waren. Es war ein Wort, das sie mit ›Larva‹ übersetzte. Als erstes überprüfte sie den Code, um sicherzustellen, daß sie das Wort richtig entschlüsselt hatte. Es stand kein Zahl dabei, kein Preis, kein Liefertermin, also handelte es sich offenbar nicht um ein Waffensystem. Auf einer nur mit ›Larva‹ überschriebenen Seite wurden wiederum ausschließlich Geldbeträge aufgeführt, die zusammengezählt in die Milliarden gingen. Wer oder was immer Larva war, Dedalus hatte Morganas Gewinne dort hinfließen lassen.

Es war Celeste, die Vesper den ersten Hinweis gab. Bei einem Nishiki-Rendezvous hatte Vesper ihr von Larva erzählt.

»Seltsam«, sagte Celeste, »eigentlich ist die Larva eine traditionelle venezianische Maske. Sie ist normalerweise weiß, doch ganz selten sieht man auch eine schwarze. Larva ist das lateinische Wort für Gespenst oder Geist. Man hat sie auch *volto* genannt.«

Den zweiten Hinweis bekam sie in Washington.

»Wofür war diese Dreihunderttausend-Dollar-Zahlung?« fragte Vesper einen Ermittler aus dem Pentagon, der zu dem Team gehörte, das Dedalus' *Spiegel*-Buchhaltung durchleuchtete.

»Scheint so, als hätte Dedalus eine außenstehende Firma beauftragt, für achtzehn Monate die Beschattung des Personals zu übernehmen.«

»Ist das nicht seltsam?«

»Eigentlich nicht. Oft wird aufgrund von Budgetdefiziten nicht dringend erforderliches Personal zeitweise auf Eis gelegt. Scheinbar hat Dedalus während einer dieser Phasen sein Sicherheitspersonal zusammen mit einigen Erbsenzählern und Sekretärinnen nach Hause geschickt.«

»Wie hieß noch gleich die Firma, die Dedalus engagierte?«

»Einen Moment.« Der Ermittler begann sich durch einen Aktenberg zu wühlen. »Hier ist es. Die Firma heißt National Security Services.«

Vesper setzte sich an ihrem Computer und rief aus ihren Datenbanken NSS ab. Nichts schien ungewöhnlich zu sein, bis ihr auffiel, daß NSS ein Subunternehmen war, daß sich vollständig in Besitz einer Gesellschaft namens VEU befand. Sie drückte einige Tasten und ließ ein weltweites Suchprogramm nach VEU durchlaufen.

Als sie fand, was sie suchte, setzte ihr Herz einen Schlag aus. Eine Weile starrte sie nur auf den Bildschirm und mußte die Neuigkeit erst mal verdauen. VEU stand für Volto Enterprises Unlimited. Volto, Larva. Das Gespenst in Weiß ... oder Schwarz.

Ihre Gedanken überschlugen sich, doch die Schlußfolgerungen waren so furchterregend, daß Vesper wie gelähmt für einige Sekunden verharrte und ihre Finger gefühllos über der Tastatur schwebten. Sie konnte nur noch an die unsterbliche Hydra mit den hundert Köpfen denken. Schlägt man einen oder zwei ab, wachsen sofort neue nach. Konnte es sein, daß sie sich allesamt geirrt hatten über Dedalus, daß er gar nicht der Boß der *godaishu* in den Staaten war, sondern bloß die Befehle eines anderen ausgeführt hatte?

Sie fand die Firmenadresse der VEU – West Palm Beach, Florida –, aber die Namen der Vorstandsmitglieder konnte sie nicht abrufen. Vor Angst erschaudernd, wechselte sie erneut das Programm. Ihre gefühllosen eiskalten Finger huschten über die Tastatur, immer schneller und schneller, bis ... Dort war es, die Bestätigung ihrer schlimmen Befürchtungen: Die Adresse der Hauptgeschäftsstelle der VEZ war dieselbe wie die einer herrschaftlichen weißen Stuckvilla mit Meeresblick; sie gehörte einer Scheinfirma mit Sitz auf den Bahamas. Diese sogenannte Firma tätigte weder irgendwelche nachweisbaren Geschäfte, noch deklarierte sie am Ende eines Rechnungsjahres irgendwelche Profite. Und doch glaubte das FBI, daß Millionen von Dollar auf ihre Auslandskonten flossen.

Der Mann, der diese Villa in den Wintermonaten bewohnte und dem ganz offensichtlich diese Briefkastenfirma gehörte, hieß Caesare Leonforte.

Atemlos lehnte Vesper sich zurück. Wenn nicht alles täuschte, hatte Bad Clam's Firma Leon Waxman überprüft. Kein Wunder, daß niemand entdeckt hatte, daß er Bad Clams' Vater war, Johnny. Kein Wunder, daß Johnny Leonforte mit offenen Armen als neuer Chef von *Alices Spiegel* empfangen worden war. Sein Sohn hatte alles gedeichselt. Und das hieß, Bad Clams hatte Dedalus die Befehle erteilt; Morgana Inc., Malory Enterprises und Avalon LTD. gehörten *ihm.* Er war Larva, der Geist, der seine Identität hinter der schwarzen *volto* verbarg. Die ganze Zeit über hatten sie gegen die hundertköpfige Hydra gekämpft.

Also ist es nicht vorbei, dachte Vesper. *Es fängt gerade erst an.*

Danksagung

In erster Linie danke ich Jeffrey Arbitol für seine unschätzbare Hilfe beim Umgang mit 114m und allen Fragen der Kernspaltung.

Für die Informationen über Washington und Südostasien danke ich Sichan Siv und Martha Pattillo Siv; für die Details über Saigon und Vietnam Sesto Vecchi.

Weiter habe ich Katy zu danken für ihre Gesellschaft und ihr perfektes Geschenk. *The Ink Dark Moon;* und Nick Sayers für seinen Rat bei den Einzelheiten des London-Teils.

Außerdem gilt mein Dank Tomomi-san.

Nicholas Linnears Flugreisen wurden von Bob Kunikoff, Valerie Wilson Travel, New York City, zusammengestellt.

Foto: Christine Strub